BASTEI
LÜBBE
Paperback

E. R. EDDISON

Der Wurm Ouroboros

Fantasy-Roman

Ins Deutsche übertragen
von Helmut W. Pesch

Mit einem Vorwort
von Paul Edmund Thomas

BASTEI LÜBBE
Paperback

BASTEI-LÜBBE-TASCHENBUCH
Band 28 215

Erste Auflage:
Oktober 1993
Zweite Auflage:
Februar 1994

Published by Arrangement with Dell
Publishing, a division of Bantam
Doubleday Dell Publishing Group, Inc.

Deutsche Lizenzausgabe 1993
Bastei-Verlag Gustav H. Lübbe GmbH
& Co., Bergisch Gladbach
Anmerkungen bearbeitet und ergänzt
von Helmut W. Pesch
Lektorat: Wolfgang Neuhaus/
Reinhard Rohn
Titelillustration: Tim Hildebrandt
Umschlaggestaltung: Quadro Grafik,
Bensberg
Satz: KCS GmbH,
Buchholz/Hamburg
Druck und Verarbeitung:
Clausen & Bosse, Leck
Printed in Germany

ISBN 3-404-28215-9

Der Preis dieses Bandes
versteht sich einschließlich der
gesetzlichen Mehrwertsteuer.

Inhalt

Vorwort des Übersetzers

Wenn man die Kenner der sogenannten Fantasy-Literatur fragt, welches ihrer Meinung nach das bedeutendste einzelne Werk dieses Genres sei, so werden die meisten nach kurzem oder längerem Nachdenken wohl J. R. R. Tolkiens »Der Herr der Ringe« benennen. Doch es gibt eine kleine radikale Minderheit, die dieses Prädikat einem relativ unbekannten Roman eines englischen Autors aus der ersten Hälfte dieses Jahrhunderts zuerkennt: E. R. Eddisons »Der Wurm Ouroboros«.

Eric Rücker Eddison wurde 1882 in dem kleinen Dorf Adel in Yorkshire, heute ein Vorort von Leeds, geboren. Sein Vater, Octavius Eddison, war ein angesehener Anwalt und Notar; er gehörte jener Schicht des oberen Mittelstandes an, in deren Händen von alters her die Verwaltung des Britischen Empire lag. Auch der junge ›Ric‹ erhielt nach einer unbeschwerten Jugend die beste vorstellbare Ausbildung in Eton und Oxford und wurde daraufhin Beamter im Londoner Handelsministerium – ein typischer Engländer, möchte man meinen, der jeden Morgen mit Bowler und Regenschirm durch Kensington Gardens und Hyde Park zur Arbeit spazierte, mittags in seinem Club, dem Atheneum, speiste und sich am Wochenende mit Cricket, Tennis oder Angeln vergnügte. Er erwarb sich mit der Zeit eine durchaus einflußreiche Position – auf unsere heutigen deutschen Verhältnisse übertragen vielleicht mit einem Ministerialrat zu vergleichen – wurde mit mehreren hohen Orden ausgezeichnet und wäre am Ende einer distinguierten Laufbahn vielleicht sogar noch ›Sir Eric‹ geworden, wenn er nicht im Alter von 59 Jahren aus dem Dienst ausgeschieden wäre, um sich hinfort nur noch seinen persönlichen Neigungen zu widmen. Denn wenn jener freundliche, intelligente, zuverlässige Mann am Schreibtisch von seinen Statistiken aufblickte, dann erblickte er in der Ferne hinter den Gipfelzacken des Koschtra Pivrarcha das ferne, sagenhafte Land Zimiamvia.

Wie viele seiner sozialen Schicht war E. R. Eddison alles andere als ein sturer Bürokrat. Er war ein kunstsinniger Mann, liebte Musik, Ballett und Theater und sammelte antike Ringe und moderne Bilder; so hingen bei ihm zu Hause Originale von Matisse und Augustus John. Er liebte Tiere und die Natur; er war ein passionierter Bergwanderer, der seine Familie jeden Sommer zu ausgedehnten Touren in den Lake District, nach Schottland, der Schweiz, Norwegen, Österreich, Italien, Frankreich oder Deutschland mitnahm, und 1926 unternahm er an

Bord eines Frachtschiffs sogar eine Reise nach Island, damals ein recht abenteuerliches Unterfangen. Und er hatte literarische Ambitionen ganz eigener Art.

Schon während der Schulzeit hatte Eddison sich selbst die Anfangsgründe des Isländischen beigebracht, um die Sagas im Original lesen zu können. In Oxford lernte er Homer und Sappho schätzen. Er beherrschte Latein, Griechisch und Französisch, und er sagte von sich selbst, er hätte lieber im Elisabethanischen Zeitalter, dem ausgehenden 16. und frühen 17. Jahrhundert, gelebt, der Zeit Shakespeares und John Websters und von Gentlemen wie Sir Walter Raleigh oder Sir Francis Drake, stets mit der Klinge schnell bei der Hand, die nichts mehr liebten als ihre Freiheit – und die Königin. Natürlich glaubte Eddison, Romantiker, der er war, auch an den Geist der Aristokratie, und seine Vorstellung von einer idealen Regierungsform war die einer wohlmeinenden Diktatur. Diesbezüglich war er durchaus ein Kind seiner Zeit. Doch anders als diejenigen, die solche Ideen im politischen Raum umzusetzen suchten, war er Realist genug, um zu wissen, daß ein solches Regime »nur im Himmel« und in der Phantasie zu verwirklichen sei.

All diese und andere Elemente verband er zu seinem ersten großen Roman mit dem seltsamen Titel *The Worm Ouroboros: A Romance* (1922), abgesehen von einem schmalen, als Privatdruck erschienenen Gedichtband seine erste literarische Veröffentlichung. Ihr folgten bald darauf ein Wikingerroman, *Styrbiorn the Strong* (1926), und eine Übersetzung – die erste vollständige englische Fassung überhaupt – der isländischen *Egil's Saga* (1930). Gegen Ende seines Berufslebens kehrte Eddison dann mit *Mistress of Mistresses: A Vision of Zimiamvia* (1935) zur heroisch-phantastischen Erzählung zurück; ihm folgten nach seinem Ausscheiden die Romane *A Fish Dinner in Memison* (1941) und *The Mezentian Gate*, das bei seinem Tod im Jahre 1945 unvollendet blieb; da jedoch der Autor zuvor genaue Kurzfassungen der einzelnen Kapitel verfaßt hatte, konnte es mit deren Hilfe rekonstruiert werden und erschien schließlich 1958, immer noch beeindruckend in seiner teilweise synoptischen Form. Doch sein Hauptruhm beruht nach wie vor auf seinem ersten Roman, den er im Alter von vierzig Jahren veröffentlichte: *The Worm Ouroboros.*

Es ist ein gewaltiges Buch. Und es bedarf eines Gewaltaktes, den Leser auf die Ebene dieses Buches zu heben – einer vom Rest der Geschichte völlig losgelösten ›Induktion‹, die in sich mysteriös ist und eine ganz seltsame Stimmung erzeugt, eine Stimmung, mit der der Leser dann im eigentlichen Geschehen allein gelassen wird. Und bevor er sich dessen recht bewußt wird, steckt er Hals über Kopf in einem Strudel von Namen und Ereignissen – jenem großen Krieg der

›Dämonen‹ gegen die ›Hexen‹ in der fernen Welt ›Merkurien‹, in der alles prachtvoller, schöner, edler, größer ist als hierzulande, bis an die Grenze des Erträglichen – angefangen von jenen freiheitsliebenden Fürsten des Dämonenlands, dem edlen Juss, dem umgestümen Spitfyr, dem starken Goldry Bluszco und dem stolzen Brandoch Daha bis zur schönen Fürstin Mevrian und der unsterblichen, allzeit jungfräulichen Königin Sophonisba. Doch auch die Schurken sind von ganz besonderer Art: der grobe Corsus, der überhebliche Corinius, aber auch der edle Corund und der listige Gro, den das Schicksal dazu verdammt hat, immer aus bester Überzeugung die eigene Seite zu verraten. Über allem aber steht der Schatten des Königs Gorice, den niemand töten kann, da er durch einen Zauber immer wieder in seinem Nachfolger wiedergeboren wird. Und so muß Juss erkennen:

> *»Rightfully, having such a timeless life, this King weareth on his thumb that worm Ouroboros which doctors have from of old made for an ensample of eternity, whereof the end is ever at the beginning and the beginning at the end for ever more.«*

Was für eine Sprache! Es ist allein die Sprache, die diese kuriose elisabethanisch-altgriechisch-hochmittelalterliche Saga-Welt zusammenhält. Es ist ein ungemein flexibles Idiom, das Stilformen aus fünf Jahrhunderten und einer Reihe von Dialekten mischt und doch, wenn man sich erst einmal darauf eingelassen hat, eine eigene Verständlichkeit gewinnt. Und es ist die einzige Sprache, die diesen übermenschlichen Helden und ihren übermenschlichen Taten angemessen ist.

Denn eines zeichnet Eddisons Heroen vor allen anderen Fantasy-Helden aus: Es sind keine Menschen. Selbst wenn man die Vorstellung jener gehörnten, schnurrbärtigen Dämonen rasch vergißt – ebenso wie der Autor bald vergißt, daß seine Geschichte auf dem Planeten Merkur spielt –, so ist der Tenor der Geschichte ein solcher, daß bloße Menschen zu all dem nicht imstande wären. Und wenn wir mit dem Fürsten Juss auf dem Rücken des Hippogryphen uns in die Höhen des Zora Rach nam Psarrion hinaufschwingen, jenseits der Grenzen der Welt und der Grenzen des Lebens, wo die Luft so kalt ist, daß »ihm die Augäpfel gefroren«, dann begreifen wir, daß wir es hier mit einem der wenigen echten Fantasy-Werke zu tun haben, die nicht nur eine platte Umsetzung irdischer Verhältnisse darstellen, sondern in denen das Ganze größer ist als die Summe seiner Teile und uns in seltenen Momenten heraushebt nahe an die Seelengröße eines Gottes.

Schon als ich dieses Buch vor mehr als zwanzig Jahren zum erstenmal las – wobei ich heute nicht weiß, wieviel ich damals wirklich verstanden habe –, war mir klar, daß es nur eine Möglichkeit gäbe, dieses Buch zu übersetzen:

»Zu Recht, da ihm solch zeitlos Leben eignet, traget dieser König auf seinem Daumen jenen Wurm Ouroboros, den Scholaren von alters her als ein Sinnbild der Ewigkeit angesehen, dieweil das Ende stets am Anfang ist und der Anfang am Ende auf immerdar.«

Doch ist ein solches Buch überhaupt zu übersetzen? Ist es möglich, das barocke Idiom des Originals in eine adäquate deutsche Sprache zu übertragen, mit ihren ganzen unterschiedlichen Bedeutungsfeldern? Eine Sprache, ähnlich flexibel wie die des Originals und dennoch ebenso lesbar. Die die ganze Ästhetik des Originals vermittelt und zugleich den jungenhaften Überschwang, dessen nur ein gebildeter Brite fähig ist? Und dies durchzuhalten, über Hunderte von Seiten?

Unmöglich, möchte man meinen. In der Tat gilt dieses Buch als unübersetzbar. Ein Übersetzer, der vor zehn Jahren einen ersten Versuch machte – dessen Ergebnis besser ist als sein Ruf –, scheiterte letztlich daran, daß sich das Ergebnis im Deutschen so las wie ein ganz normaler Abenteuerroman. Aber nach einer mehr als zwei Jahrzehnte umfassenden Liebe zur Fantasy-Literatur und einer mindestens ebenso langen Liebesaffäre mit der englischen Sprache war die Versuchung für mich, ungefähr im selben Alter wie seinerzeit der Autor, einfach zu groß, um ihr zu widerstehen. Die neue, sachkundig kommentierte englische Ausgabe, auf der die vorliegende Fassung basiert, trug das Ihrige dazu bei.

Hinzu kommt noch eines: Wäre dies bloß ein Barockroman, so wäre die Aufgabe zugleich klarer und in der Tat unlösbar. Aber Eddisons Merkurien ist gerade in seiner barocken Überladenheit eine durch und durch künstliche Welt – totales Art Déco der zwanziger Jahre –, und auch seine Sprache ist eine Kunstsprache, welche manche Vorbilder verrät, aber in dieser Form nie gesprochen oder geschrieben wurde. Nicht von ungefähr ist die Geschichte selbst in sich geschlossen, dem Bild des Ouroboros gleich, des Drachen, der seinen eigenen Schweif verschlingt, indem sie am Ende wieder zum Anfang zurückgekehrt. Und dies hebt sie unter allen anderen Romanen aus ihrer zeitlichen Gebundenheit heraus zu einem Kunstwerk von unvergänglichem Wert.

Mögen Sie am Ende zu jenen neigen, die dem ›Wurm‹ oder dem ›Ring‹ den Vorzug geben – und ich gestehe es ein, in meinem Herzen wird Eddison den Tolkien nie ersetzen –, so seien sie sich doch dessen bewußt, daß Sie ein Meisterwerk ganz eigener Art in Händen halten. Ein Meisterwerk mit Fehlern vielleicht. Aber es gibt nichts Vergleichbares.

Helmut W. Pesch
Köln
Juni 1993

Einführung

Als das Jahr 1922 in England begann, schien es kaum ein vielversprechendes Jahr für romantische Literatur über andere Welten zu werden. Der große präraphaelitische Romancier William Morris war seit fünfundzwanzig Jahren tot. Die Science-fiction-Romane eines H. G. Wells und die Märchen eines Andrew Lang gehörten zur vorangegangenen Generation. C. S. Lewis schrieb mythische narrative Verse, doch die schwimmenden Inseln von *Perelandra* lagen noch ungeträumt fünfzehn Jahre in der Zukunft seiner Phantasie. J. R. R. Tolkien erfand Mythologien und schrieb poetische Prosa über seine Geschichte der Valar und der Elben, doch es sollte noch zehn Jahre dauern, ehe er C. S. Lewis aus dem *Hobbit* vorlesen, und fünfzehn, ehe er die Ringe der Macht schmieden würde. Mervyn Peake war gerade elf Jahre alt. H. Rider Haggard schrieb immer noch, doch sein heller Stern war im Verblassen, und der Tod lag drei Jahre in seiner Zukunft. Nur die Iren Lord Dunsany und James Stephens und der Amerikaner James Branch Cabell hielten ein kleines englischsprachiges Publikum mit der Art von romantischer Literatur gebannt, die man in den letzten zwei Generationen mit dem unscharfen Begriff ›Fantasy‹ belegt hat.

Damals, 1922, hielten die modernen Autoren das literarische Feld besetzt. Gertrude Steins Salon florierte in Paris, und bei Gelegenheit plauschten Ernest Hemingway und Ezra Pound in ihrem Wohnzimmer. James Joyce fand in Paris einen Verlag für seinen bereits in Teilen erschienenen *Ulysses*. D. H. Lawrence bereiste Australien und schrieb *Kangaroo*. Virginia Woolf vollendete *Jacob's Room*. Und T. S. Eliot schuf und setzte einen Eckstein der Moderne, als er *The Waste Land* verfaßte.

Nahezu jede Generation hat Autoren, die rückwärts blicken, die nicht wie ihre Zeitgenossen nach neuen literarischen Formen suchen, sondern ihre Inspiration eher von älteren Autoren gewinnen. E. R. Eddison ist einer von ihnen. Sein literarisches Werk, obwohl in mancher Hinsicht so modern wie das von Eliot und Pound, gehört zum neunzehnten Jahrhundert, zur Ästhetik der Präraffaeliten, zu Swinburne, William Morris, Andrew Lang und Walter Pater. Eddison schrieb seinen ersten und längsten Roman mit Ende Dreißig. Es ist ein Buch voll von vier Jahrzehnten des Lebens, Lesens, Studierens und Phantasierens. Es enthält eine seltsam archaische und romantische Geschichte eines heroischen Abenteuers im Lande Merkurien. Es hat wenig gemein mit der modernen Literatur, die das Jahrzehnt beherrschte, doch ein unerschrockener junger Verleger namens Jonathan Cape sah das Genie in diesem Roman und veröffentlichte ihn 1922. Der Roman ist *Der Wurm Ouroboros.*

1. Der Wurm Ouroboros: »Alles ist eins«

Ouroboros (*ουϱοβοϱος* [gesprochen *urobóros*]) ist die Bezeichnung für ein altes griechisches Symbol eines Drachen oder einer Schlange, die ihren eigenen Schwanz verschlingt. Niemand kennt das genaue Alter des Symbols, doch zum erstenmal taucht es auf in Schriften über Alchimie, die im dritten oder vierten nachchristlichen Jahrhundert in Alexandria entstanden sind.[1] Eine obsolete Wissenschaft, war die Alchimie auf Theorien gegründet, die den Prinzipien der modernen Chemie nahezu diametral entgegengesetzt sind. Die Chemie hat gezeigt, daß die Materie in nahezu hundert Elementarformen existiert. Die Alchimisten gingen davon aus, daß die Materie eine vollkommene Form besitze, die aus aus vier Komponenten bestehe, welche in vollkommenem Maß vereinigt seien: Feuer, Luft, Erde und Wasser. Die alexandrinischen Alchimisten erforschten Methoden, die Verhältnisse oder Proportionen der vier Komponenten innerhalb von Substanzen zu verändern; sie wollten disproportionale Materie in proportionale oder ›goldene‹ Materie umwandeln.[2] Die alten Alchimisten benutzen oft Allegorien oder Symbole, um technische Prozesse zu beschreiben. In ihren Abhandlungen tritt der Ouroboros gewöhnlich als Emblem mit der Legende »Alles ist eins« (*εν το παν*)[3] auf und dient dazu, verschiedene wichtige Lehren zu symbolisieren, welche die Alchimisten zu beweisen versuchten: die ultimate Einheit der Materie, die potentielle Vervollkommnungsfähigkeit unvollkommener Materie, den Kreislauf von Geburt, Wachstum, Verfall, Tod und Wiedergeburt und die kreisförmige Wiederkehr einer unreinen Substanz zu seiner reinen Quelle durch den alchimistischen Prozeß.[4]

»Ich kann nicht umhin, mich zu erinnern, was mir das Liebste war.«

Es wäre schwer, ein geeigneteres Symbol für die Arbeitsweise von E. R. Eddisons Phantasie zu finden als den Ouroboros. Beim Schreiben griff seine Phantasie zurück auf Erinnerungen von Einflüssen und Erfahrungen, die sein aktives Denken bewußt oder unbewußt bestimmten. Erinnerungen von Geschichten, die er in der Kindheit ersonnen hatte, von Hügeln und Wiesen, die er im Lakeland und den Mittelgebirgen erwandert, von Orchestermusik, die er in den Konzerthallen Londons gehört, und Kunstwerken, die er in Londons Galerien gesehen hatte, und, was am wichtigsten war, von Büchern und Büchern, die er dreißig Jahre hindurch gelesen und studiert hatte – in jedem Augenblick konnte Eddisons schöpferische Phantasie Erinnerungen von vielen Dingen fassen. So mag der Ouroboros die fortwährende Wiederkehr von alten Gedanken in Eddisons neue Phantasien symbolisieren. Dieses Denkschema hat die kreisförmige Gestalt des Ouroboros, da es von der Gegenwart in die Vergangenheit zurückgeht und mit Erinnerungen in die Gegenwart wiederkehrt. Wie der Drache, der seinen eigenen Schweif verschlingt, ist der Kreis ungebrochen: Eddisons gegenwärtiges Denken vereinigt die verschiedenen Erinnerungen, die seine Phantasie erfüllen. Und wie der Drache, der sich selbst vernichtet und doch am Leben bleibt, erweckt der kreisförmige Prozeß des Erinnerns und Neugestaltens die tote und verschlungene Zeit vergangenen Denkens und Erlebens.

Der alchimistische Prozeß selbst bietet eine Metapher für Eddisons schöpferische Methode. Die Erinnerungen an das Gelesene und Erfahrene, die Eddisons bewußtes Denken beinhaltete, wurden wie ›niedere‹ Metalle legiert und durch Eddisons Phantasie formbar gemacht, daß sie seiner Prosa entsprachen. Weil er unterschiedliche literarische Einflüsse auf neue, nie dagewesene Arten kombinierte, ordnete er ihre relativen Proportionen neu und schuf daraus neue Materie. Und wenn Eddisons alchimistische Phantasie vollkommen arbeitet, dann ist das Ergebnis nicht bloße Materie, sondern Gold.

Einige von Eddisons größten Stärken als Autor liegen in der alchimistischen Kompositionsmethode, eklektische literarische Materialien zu kombinieren. Wenn man Eddisons Quellen kennt, sieht das innere Auge beim Lesen Schatten und hört das innere Ohr Echos dieser Einflüsse, doch man lächelt in der Erkenntnis, daß man beim Erspüren dieser Dinge nur die Teile eines Ganzen wahrnimmt, das in seiner Ganzheit nicht Nachahmung, sondern Neuschöpfung ist. Zum Beispiel mag einer von Eddisons Helden die Lebenseinstellung und Grundhaltung eines Achilleus haben und dabei wie Macbeth sprechen, wie William Caxton schreiben, Kleider tragen wie ein Heinrich von Navarre und Waffen tragen wie die Lanzelots, und doch wird er nicht bloß eine Kombination dieser Gestalten sein, sondern ein Geschöpf ganz eigener Art. Weil *Der Wurm Ouroboros* aus so vielen verschiedenen Quellen schöpft, läßt er sich nicht mit einem Genre-Etikett belegen. Dieser Roman ist teils Epos, teils Romanze, teils Abenteuergeschichte, teils Mythos, teils Märchen und teils phantastische Literatur.

Der beste Weg, die Natur dieses eklektischen Werkes zu beschreiben, liegt darin, ihn mit den vornehmlichen literarischen Quellen zu vergleichen, die ihn inspirierten. Viel an diesem Buch entsprang natürlich allein Eddisons Phantasie, und es wuchs und entwickelte sich über einen Zeitraum von dreißig Jahren. Doch viel kam von anderen Quellen, wie Eddison seinem Schwager Keith Henderson, dem ersten Illustrator seiner Bücher, versicherte: »Der *Wurm* . . . ist allenthalben, bewußt oder unbewußt, von jedem Autor beeinflußt, dessen Werke ich geliebt habe.«[5] Natürlich kann nicht jeder Einfluß aus vier Jahrzehnten hier besprochen werden, und so habe ich viele der weniger bedeutenden Quellen in den Anmerkungen am Ende des Textes belegt, während ich mich hier neben Eddisons eigener Vorstellungswelt auf die wichtigsten Einflüsse beschränken möchte: die isländischen Sagas[6], die *Ilias* des Homer und das elisabethanische Drama.

2. Die Ursprünge der Geschichte: »Knaben gleich, der Disteln köpft«

»Nomen est omen«

»Was für ein wunderbares Geschick im Erfinden von Namen Sie haben«, schrieb H. Rider Haggard an Eddison, als Eddison ihm ein Exemplar des *Ouroboros* geschickt hatte.[7] Haggard schrieb dieses Lob, als er das Buch gerade erst begonnen hatte, und vielleicht war es Höflichkeit, verbunden mit einer nur teilweisen Kenntnis des Werkes, die ihn so reden ließ; wenn nicht, dann mag er der einzige Bewunderer Eddisons gewesen sein, der Eddisons Namen liebte. Das Hauptproblem bei den meisten von Eddisons Namen ist, daß sie unseren Glauben an die Phantasiewelt Merkurien hemmen: Wenn wir einen Roman lesen, in dem der Autor eine neue Welt schafft, anders als unsere vertraute Welt, dann treten wir in unserer Phantasie in diese Welt ein, und während des Lesens glauben wir an die Ereignisse und Gestalten und Orte und Namen, weil sie stimmig und angemessen für diese Welt erscheinen. Wenn der Autor etwas einführt, das mit den anderen Aspekten dieser Welt nicht stimmig ist, dann reagieren wir mit Unglauben.[8] Unglücklicherweise hat die Antwort vieler Leser auf Eddisons Namen für die Völker, die Merkurien bewohnen – Dämonen, Hexen, Wichte, Gnomen, Kobolde und Ghulen –, in verärgertem Unglauben bestanden. Aufgrund ihrer Assoziationen in unserer vertrauten Welt, vermag kein Leser des *Ouroboros* diese Benennungen leicht zu schlucken, wenn Eddison sie verwendet, um die gewaltigen, kühnen und mächtigen Kriegervölker in seiner erfundenen Welt zu bezeichnen: Der Begriff ›Hexe‹ *(witch)* hat für den modernen Leser weibliche Konnotationen, verbunden mit dem Hexensabbat und *Macbeth;* und die Begriffe ›Wicht‹ *(imp)*, ›Gnom‹ *(pixie)* und ›Kobold‹

(goblin) bezeichnen die winzigen, mutwilligen, ausgelassenen übernatürlichen Geschöpfe aus den Märchen und Shakespeares *Sommernachtstraum*. Ironischerweise klingen einige der sinnlosen aber lyrischen Namen wie ›Gaslark‹ oder ›Tivarandartal‹ schön und werden von den meisten Lesern leicht akzeptiert.

Es scheint, daß Eddison kein etymologisches System für die Bildung von Namen hatte und daß ihm viele von ihnen einfach so in den Sinn kamen, ganz spontan; denn wer könnte sprachliche Verbindungen zwischen Namen wie Fax Fay Faz, La Feurioz *(La Fireez)*, Gro, dem Roten Foliot und Spitfyr *(Spitfire)* ziehen? Es verwundert daher nicht, daß der Philologe J. R. R. Tolkien, dessen Schöpfung elbischer Namen das Herz seiner Mythologie in *Das Silmarillion* bildet und auf systematischen linguistischen Strukturen basiert, Eddisons Namen mißfallen haben: »Übrigens fand ich seine Nomenklatur schlampig und oft ungeschickt. Trotz allem halte ich ihn immer noch für den größten und überzeugendsten Beschreiber ›erfundener Welten‹, den ich gelesen habe.«[9]

Warum hat er das getan? Warum hat Eddison an einigen Stellen seltsam bezaubernde Namen verwendet und an anderen alberne und ungeschickte, deren semantische Assoziationen seine literarische Schöpfung beeinträchtigen? Tatsache ist, daß viele der Figuren, Episoden und Orte des *Ouroboros* in Eddisons Kindheit entstanden sind, und obgleich er seinen Roman in den späten Dreißigern schrieb, behielt er die Namen bei, die er als Knabe erfunden hatte. Das ist die äußere Erklärung; doch seine Motive, weshalb er dies tat, entziehen sich einfacher Analyse. Vielleicht wollte er die Erinnerungen seiner kindlichen Phantasie bewahren und ihnen treu bleiben. Vielleicht hatten sich die Namen seiner Kindheit so untrennbar mit den Charakteren verbunden, daß er sich davon nicht mehr lösen konnte. Eddisons Motive haben zu tiefe Wurzeln, als daß man sie hier ans Licht zerren und inspizieren könnte; und ein vorschnelles Urteil zu fällen wäre ungebührlich. Jedenfalls kann ich zweifelsfrei sagen, daß diese Namen, problematisch wie sie sind für unsereinen, in Eddisons Phantasie genug Wert behalten hatten, daß er sie dreißig Jahre später wieder verwendete.

»Schon damals hast du den Wurm *geschrieben*«

Arthur Ransome, der Mann, der sich zuerst dadurch Ruhm erwarb, daß er Zeuge der Russischen Revolution wurde und darüber für die *Daily News* (London) berichtete, und dann ein zweites Mal berühmt wurde, als er die Jugendbuchserie ›Schwalben und Amazonen‹ *(›Swallows and Amazons‹)* schrieb, war ein lebenslanger Freund von Eddison. Ransome war bei Eddison, als dieser vieler der Namen und Figuren erfand, und Ransome hat vielleicht sogar zu deren Schöpfung beigetragen. Er schrieb Eddison 1922 und sprach, den *Wurm Ouroboros* zu lesen habe bei ihm »durchweg Erinnerungen an alte Schulhefte und Theateraufführungen auf den breiten Fensterbänken des Kinderzimmers von St. Helens [hervorgerufen]. . . . Schon damals hast Du den *Wurm* geschrieben.«[10] In seiner Autobiographie kommt Ransome wiederum darauf zu sprechen:

> Die Sprache, die Ortsnamen und die Namen der Helden waren für mich ein Echo jener alten Zeiten, als Ric und ich Theaterstücke in einem Spielzeugtheater inszenierten mit Pappfiguren, die genau solche Namen trugen und sich eben solcher Rhetorik befleißigten: Gorice, Goldry Bluszco, Corinius, Brandoch Daha waren für mich wie alte Freunde, als ich ihnen fast vierzig Jahre später wieder begegnete.[11]

Der junge ›Ric‹ und Arthur hatten einen gemeinsamen Hauslehrer, und sie verbrachten viele Tage lernend und spielend zusammen in St. Helens, dem Haus von Eddisons Vater, Octavius, im Dorf Adel, heute ein Vorort von Leeds. Die Stunden, die sie damit verbrachten, sich Puppenstücke mit eloquenter Rhetorik auszudenken, legten vielleicht den Grundstock für Eddisons spätere Liebe zum elisabethanischen Drama. Jedenfalls gab es eine Beziehung zwischen den Stücken, die Ric und Arthur aufführten, und den Zeichnungen in den ›Schulheften‹.

»Eine traurige Geschichte ist das beste für Wintertage. Ich habe da eine von Geistern und Kobolden.«

Nur eines von den ›Schulheften‹ ist erhalten, unter dem Titel *The Book of Drawings* in der Sammlung von Eddisons Papieren in der Bodleian Library zu Oxford. Dieses ›Buch der Zeichnungen‹, auf dem Innenumschlag groß mit Bleistift ›1892‹ datiert, enthält neunundfünfzig Bleistiftzeichnungen, und viele von diesen sind mit Legenden versehen, welche die Szenen beschreiben und die Figuren identifizieren. Diese Legenden enthalten die folgenden Namen, welche später Teil des *Ouroboros* werden sollten: *Juss, Spitfire, Goldry Blusoe* [sic!], *Brandoch Daha, Vizz, Voll, Zigg, Gaslark, La Feurioz, Gro, Corund, Gorice, Gallandus, Corsus, Fay Fay Faz, Demon, Witch, Imp, Pixie, Demonland, Impland* und *Goblinland*.

Vier von den neunundfünfzig Zeichnungen zeigen Szenen, welche Handlungen im Roman so genau entsprechen, daß sie unbestreitbar beweisen, daß Eddison die Geschichte in einem Alter von etwa zehn

Jahren zu entwerfen begann. Die erste, betitelt »Die Ermordung des Gallandus durch Corsus«, stellt das zentrale Ereignis von Kapitel XVIII dar und zeigt Corsus, wie er mit einem Dolch in der einen und einer Laterne in der anderen Hand auf den schlafenden Gallandus zuschleicht wie Macbeth im Schutze der Nacht auf Duncan. Die zweite Zeichnung ist beschriftet »Fürst Goldry Blusoe wirft Gorice I. im Ringkampf um Dämonenland«, und es zeigt den entscheidenden Moment von Kapitel II, als Goldry den König über seinen Kopf schleudert. Auch bemerkenswert ist, daß diese Zeichnung die erste von mehreren Gorice-Figuren darstellt und so den Gedanken an eine Dynastie von Herrschern des Hexenlandes erweckt: Es gibt Zeichnungen von Gorice I., II., VI. und vier Bilder (einschließlich zweier unterschiedlicher Tode) von Gorice IV. Das dritte Bild, betitelt »Fürst Juss und Fürst Brandoch Daha gefangen von Gorice IV. & gefoltert durch ein Bankett gerade außer ihrer Reichweite«, zeigt Juss und Brandoch Daha so, wie sie dreißig Jahre später Eddison in Kapitel VII beschreibt. Das letzte Bild, eine wunderschön detaillierte Zeichnung mit dem Titel »Fürst Brandoch Daha fordert Fürst Corund heraus«, stellt eine Szene aus Kapitel XI dar. Auch wenn Eddison 1892 noch nicht daran gedacht haben mag, einen Roman zu schreiben, und auch wenn diese vier Zeichnungen zu jener Zeit für ihn nicht unbedingt die wichtigsten gewesen sein müssen, erlaubt doch ihre unzweifelhafte Verbindung zu dem Roman, sie besonders hervorzuheben.

Selbst die Zeichnungen, die keine Szenen aus dem Roman darstellen, haben viel Vergleichbares damit im Erscheinungsbild der Figuren. Die verschiedenen handlungsbetonten und oft gewalttätigen Positionen lassen an die Kampfszenen im Buch denken. Auch ähneln die Gesichtszüge der Gestalten denen der Helden des Romans. Eddison zeichnete die Gesichter im Profil, und jedes Gesicht hat große Augen, wilde Brauen, eine große spitze oder gekrümmte Nase, gewelltes und wirres Haar und entweder einen Schnurrbart, einen Kinnbart oder beides. Vor allem aber hat jeder Kopf auch Hörner, die mit Schmuckfedern umwunden sind wie die der heroischen Dämonen des Romans. Und die kriegerischen, waffenschwingenden Gestalten in den Zeichnungen sind geschmückt mit den prächtigen Gewändern, die die Aristokraten des Romans zieren: Beinlinge, Halskrause, Wams, Hemd und Umhang.

Manche Bildunterschriften haben intrinsische Bedeutung, weil die die verbalen Fähigkeiten des jungen Eddison zeigen, die eloquente Rhetorik, die Ransome erwähnt. Einige der besten Legenden bezeichnen Bilder des Fürsten Goldry ›Blusoe‹:

Ein Trupp Reiter erschien, & plötzlich sprengte Goldry aus ihrer Mitten, &, gefolgt von seinen Soldaten, sprang er auf das Schafott, & indem er den Scharfrichter mit dem Schwert durchbohrte & einen der Soldaten, der danebenstand, niederschlug, rettete er Fürst Gro von einem schrecklichen Tod.

Goldry sprang vor, mit hängenden Federn und sein Gesicht bedeckt mit Staub & Blut, & schlug den Elfenboxerchampion mitten ins Gesicht, daß das Blut aufspritzte, & der Elfenboxerchampion fiel geschlagen & blutend in den Schmutz.

Aber bevor das Schwert herniederfallen konnte, stürmte Goldry den schroffen Hügel hinab wie ein Wirbelwind mit gezogenem Schwert. Aber das Schwert brach an einer Pappel, doch er stürmte weiter, & mit einem Schlag seiner Faust streckte er den Roten Elf leblos zu Boden.

In grammatischer Hinsicht sind diese Sätze beachtenswert wegen ihrer Appositionen und Nebensätze. Sie zeigen nicht nur die Fähigkeit des jungen Eddison, komplexe Prosa zu konstruieren, sie belegen auch seine bereits damals vorhandene Vorliebe für komplexe Sätze. In stilistischer Hinsicht zeigen diese Sätze Eddisons Geschick im Umgang mit mit lebendiger und kraftvoller Sprache; denn jeder Satz erzählt von raschem und gewaltsamem Tun, ergänzt durch bildliches Detail. In verbaler Hinsicht zeigen diese Sätze ein Kind, das bereits begonnen hat, aktiv zu lesen, denn das Vokabular ist literarisch und gebildet.

Blickt man auf das *Book of Drawings*, ist es, als sähe man eine Reihe von Momentaufnahmen aus Eddisons kindlicher Phantasie. Einige Gestalten erscheinen mehrmals, und man erhascht so einen Blick auf die verschiedensten Ereignisse. Jede Zeichnung illustriert wie ein Schnappschuß einen Moment innerhalb einer längeren Episode, und die schiere Zahl verschiedener Szenen legt den Gedanken nahe, daß Eddison zwar eine Kerngruppe von Figuren hatte, aber viele Geschichte um sie herum erfand. Insgesamt betrachtet, sind die neunundfünfzig Zeichnungen die Spuren eines dynamischen Erzähltalents, das sich schnell und fruchtbar in dem jungen Ric entwickelte. Die in der Kindheit zu Dutzenden erfundenen Stücke und Geschichten blieben mehr als dreißig Jahre lang in Eddisons Phantasie gewärtig, und einige davon fanden ihren Weg in den *Ouroboros*.

3. Isländische Sagas: »der wilde Disput zwischen Verdammnis und beseelter Materie«

»Meine erste Saga-Verrücktheit«

Nicht lange, nachdem er Puppenspiele mit Arthur Ransome erfunden und die Seiten des *Book of Drawings* gefüllt hatte, entdeckte Eddison die zwei Arten von Literatur, die ihn am meisten beeinflussen sollten: Homers Epen und die isländischen Sagas. Eddison dürfte Homer im Alter von elf Jahren zu lesen begonnen haben, denn 1893 bekam er eine Ausgabe der *Odyssee*-Übersetzung von Lang und Butcher geschenkt, und ungefähr um dieselbe Zeit begann er die *Saga Library* von William Morris und Eiríkr Magnússon zu lesen. Zweifellos liebte Eddison Homer, aber die isländischen Sagas trug er im Herzen.

Als Eddison sich an sein zweites literarisches Werk machte, den historischen Roman *Styrbiorn the Strong* (London: Jonathan Cape, 1926), bemerkte er zu einer seiner Typistinnen, daß sein neuer Roman inspiriert sei von »dem Zeitalter der großen klassischen Saga-Literatur des Nordens, die ich seit zwanzig Jahren studiert habe und die ich mehr liebe als alles andere«.[12] Eddison schrieb für den Band einen einführenden Brief, an seinen Bruder Colin gerichtet, und meinte darin, er wolle ihm das Buch widmen, weil »du, da du kleiner warst als ich, so tapfer viele Jahre lang meine erste Saga-Verrücktheit ertragen hast«.[13] Seine Leidenschaft für Sagas brachte Eddison dazu, daß er sich während seiner Schul- und Studienzeit in Eton und Oxford selbst Altisländisch beibrachte. Sein Studium trug erste Frucht in *Styrbiorn the Strong* und reiche Ernte in seiner Übersetzung der *Egil's Saga,* die 1930 von der Cambridge University Press herausgebracht wurde. Eddison hatte 1926 spontan beschlossen, sich an die Übersetzung zu machen, und den Augenblick dieser Entscheidung festgehalten: »Ich ging am 3. Januar 1926 in einem Sturm über den High Peak, Sidmouth, als ich gerade mit *Styrbiorn the Strong* fertig geworden war, und ich dachte plötzlich, meine nächste Arbeit sollte eine große Saga-Übersetzung sein, und zwar *Egil.* Damit könnte ich einen Teil meiner Schuld gegenüber den Sagas zurückzahlen, denen ich mehr verdanke, als sich je berechnen ließe.«[14]

»Ich will eine runde, ungeschönte Geschichte erzählen

Einfluß geht tiefer als bloße Bewunderung. Was verdankte Eddison den Sagas? Worin liegt seine Schuld ihnen gegenüber? Eddison beantwortet diese nebulösen Fragen in seiner Einleitung zu *Egil's Saga,* wo er eine Saga definiert nach ihren Hauptmerkmalen und herausragenden Momenten. Die Definition deckt auf, was er an dieser Art von Literatur schätzt, und so wirft er, indem er die Wirkung der Sagas erhellt, ein indirektes Licht auf den Saga-Einfluß im *Ouroboros.*

Er beginnt mit einer einfachen Definition der Form. »Eine Saga läßt sich grob definieren als eine Prosaerzählung, die auf dramatische Weise historisches Material behandelt.«[15] In der Einführung zu seinem vierten Roman, *A Fish Dinner in Memison,* sprach Eddison von seinen Werken: »Meine Form ist dramatische Erzählung in Prosa.« Sieht man ab von dem historischen Schauplatz der Sagas, laufen diese Beschreibungen von Form und Stil parallel wie zwei Geraden. Doch über diese Verallgemeinerungen hinaus läuft die Linie von Eddisons Stil nicht parallel zu dem Stil der Sagas, weil seine eklektische Treue zu anderen geliebten Quellen seinen Stil oft von den Konventionen der Saga-Prosa abweichen läßt. Wie in den meisten Aspekten des *Ouroboros* ist Eddison in seinem Prosastil ein Alchimist: Er vermischt Stilformen der Sagas mit solchen anderer literarischer Einflüsse und schafft so eine Prosa, die Anteile mehrere Stile enthält.

Eddison beschreibt den Stil der Sagas folgendermaßen: »Die beste isländische Prosa ist bewußt, einfach und lakonisch; sie benutzt die rauhe, salzige Rede von Handarbeitern: direkt, unbefangen, bäuerlich, ungeschminkt, doch klassisch und edel, weil es die Rede eines Volkes ist, das mit einem natürlichen Gespür für Sprache und für dramatische Erzählung geboren ist.« Die einzige Stelle im *Ouroboros,* wo ein Bauer spricht, ist in Kapitel XXVI. Hier eine der Ermahnungen an seine Tochter: »Ein ungehöriges Gör bist du, doch glaub' mir, komm Schwert, komm Feuer, was schert's mich; weiß ich doch, daß dieser Sturm vorüberzieht, da unser Herr heimgekehrt ist.« Jedes Wort hat seinen Ursprung in einer nordgermanischen Sprache, und die meisten Worte sind einfach, lakonisch, »rauhe, salzige Rede«. Zum Vergleich hier Worte, die Fürst Gro zur Fürstin Mevrian spricht. »Traun, 's ist ein übel Ding, daß Ihr, die Ihr nicht in Bedürftigkeit oder Armut aufgewachsen, sondern im Übermaße von Reichtum und Ehren, zum Flüchtling in Euren eignen Landen geworden sein solltet, mit Füchsen und dem wilden Getier der Natur zu hausen.« Hier sind die barocke Syntax mit ihren Anleihen vom Lateinischen und die Begrifflichkeit der Welt der Sagas sehr fremd. Der Bauer von Bühl steht nur drei Seiten lang im Vordergrund; die übrigen vierhundert werden beherrscht von den Fürsten, Fürstinnen, Prinzen, Königinnen und Königen. Und doch sprechen die Aristokraten nicht nicht immer die Sprache des 17. Jahrhunderts. Aus Zeldornius' Mund zum Beispiel kommen Sätze, die ebenso von isländischen Helden wie Gunnar in der Njalssaga stammen könnten: »Die Welt kommt zurück zu mir, und die Erinnerung mitdem, daß die von Dämonenland immer die Wahrheit sprachen, ob zu Freund oder Feind, und Lug und Trug ihnen stets als Schande galt.« (Kap. IX.) Die Dialoge im *Ouroboros* haben ihre stärkste Wurzel im elisabethanischen Drama, doch die schlichte, klare Sprache der Sagas klingt ebenfalls in den Stimmen nach, und die Verbindung ist etwas, das in seinem Gesamteindruck weder dem einen noch dem anderen gleicht.

Auch im Gang der erzählten Handlung läßt sich in Eddisons Prosa kein dominierender Saga-Einfluß feststellen. Dieser Aspekt des *Ouroboros* verdeutlicht sich in Eddisons Definition der Saga, wenn er den narrativen Pulsschlag der Sagas mit Homer und einer anderen seiner Inspirationsquellen, Sir Richard Burtons Übersetzung von *Tausendundeine Nacht* vergleicht:

> Schnell wie die Bewegung bei Homer ist, hält die Handlung fortwährend inne, um dichterischem Beiwerk, Vergleichen oder Beschreibungen Raum zu geben. Die Handlung der Sage hält niemals ein, außer zum Einbringen genealogischer Information. [Bei Burton] ... wird die Handlung verlangsamt, um Muße für die üppige Betrachtung jeder Art von sinnlicher Schönheit zu finden. ... Auf die Schönheit der Natur legten die Nordleute (nach den Sagas zu urteilen) wenig Wert; doch physische Schönheit bei Mann und Frau schätzte er hoch, doch war zufrieden, sie auf seine knappe, sachliche Art festzustellen – ›der schönste der Männer anzuschaun‹ –, und ging selten ins Detail und ließ den Fortgang der Geschichte dadurch nie ins Stocken geraten.

In diesem Punkt bleibt Eddison bei seinem Eklektizismus, statt nur den Sagas zu folgen. Er kann schnell und ohne Innehalten zu »dichterischem Beiwerk« erzählen, wie etwa in den meisten Schlachtszenen oder zum Beispiel wenn Juss gegen das Ungeheuer kämpft: »Eng umklammerte er die Bestie, so daß sie ihn nicht mit seinen mörderischen Zähnen erreichen konnte, doch ihre Klauen zerschlitzten ihm das Fleisch vom linken Knie abwärts bis zum Knöchel, und sie fiel auf ihn und begrub ihn unter sich, daß seine Rippenknochen brachen.« (Kap. XII.) Häufiger jedoch findet Eddisons Erzählung »Muße für die üppige Betrachtung jeder Art von sinnlicher Schönheit«. Die Handlung kann »verlangsamt« werden, um »die Schönheit der Natur« wiederzugeben, wie an jener Stelle, als die Dämonen in gemächlichem Schritt gen Krothering reiten: »Zur Linken schlummerte ein mit Seerosen bedeckter Teich kühl unter mächtigen Ulmen, und nahe seinem Ufer schwamm ein schwarzer Schwan, gefolgt von vier schlafenden Jungen, die den Kopf unter die Flügel gesteckt hatten, so daß sie aussahen wie Flocken von graubraunem Schaum, die auf den Wasser trieben.« (Kap. VII.) Wie die Nordleute schätzte auch Eddison »physische Schönheit von Mann und Frau« hoch, doch statt sie auf eine »knappe, sachliche Art« zu konstatieren, läßt er sich darüber in reichhaltigem Detail aus und läßt den »Fortgang der Geschichte« dadurch mehr als einmal zum Stillstand kommen. Darüber hinaus hält Eddison in der Geschichte das öfteren inne, um lange Absätze mit Schilderungen von Räumen und Kleidung und Mobiliar und Waffen einzuflechten. Im ganzen Buch verläßt Eddison nicht nur die knappe und zurückhaltende Ausdrucksweise der Sagas, sondern geht oft weit über das »dichterische Beiwerk« seine übrigen literarischen Vorlagen hinaus: Homers Vergleichsbilder unterbrechen die Handlung selten für mehr als fünf Zeilen, doch Eddisons ausgedehnte Beschreibungen können die Handlung seitenlang zum Erliegen bringen.

In der Sprache und den allgemeinen Ausdrucksformen des *Ouroboros* ist der Haupteinfluß wiederum nicht der der Sagas, wie Eddison deutlich macht, wenn er die Sagas den walisischen und irischen Legenden gegenüberstellt:

> ... die alte keltische Heldengeschichte ist in ihren Verfahrensweisen das direkte Gegenteil der isländischen; die instinktive Sprachform und Gestalt der einen ist Rhetorik und Überschwang, die der anderen Zurückhaltung und Verknappung. Somit sind Worte und Ausdrücke für den Kelten in seinen großen Szenen Material, das sich in einer Flut beredter Gefühle entlädt; in der Saga dagegen wird der Ausdruck um so knapper und verkürzter, je dramatischer die Situation wird.

Oft folgt Eddison exakt dem Saga-Vorbild in Augenblicken dramatischer Spannung. Als Juss auf dem schmalen Bergsims die schreckliche Mantichore die Felswand hinabstürmen sieht, auf ihn und seine Freunde zu, nimmt sich Eddison einen ganzen Absatz, um Juss' Gesichtsausdruck zu beschreiben, aber dessen einzige Worte sind: »Der Schwertraum ist eng.«(Kap. XII.) Doch häufiger in solchen Momenten neigt Eddison zur Überzeichnung und »einer Flut beredter Gefühle«. Brandoch Daha, der an der Handgelenken an der Wand des alten Bankettsaals von Carcë hängt, von Hunger gequält und von Schmerzen und Wunden aus der Schlacht gepeinigt, kann dennoch seinen Retter mit einer Folge von Alliterationen willkommen heißen: »La Feurioz! ... mir schwante schon, jene Schar schändlicher Schurken, das Geschmeiß von Hexenland, sei zurückgekehrt, um ihren Schimpf und Schabernack mit uns zu treiben.« (Kap. VII.) Prezmyra, grimmig in stolzer Verzweiflung gefaßt und entschlossen, sich nach dem Tod ihres Gatten das Leben zu nehmen, kann das Friedensangebot der

Dämonen beredt zurückweisen, bevor sie aus dem tödlichen Kelch trinkt: »Soll der schwärzende Frost, so er alle lieblichen Blumen des Gartens verdorrt und zerstört hat, zu der Rose sagen: bleibe bei uns; und soll sie auf ein so wölfisches Freien hören?« (Kap. XXXII.) Und Juss, den Tränen nahe, als Goldry von der schwarzen Magie Hexenlands entführt worden ist, kann dennoch mit erstickter Stimme ausrufen: »Was in der festen Welt gebührt mir, der ich also in einem Augenblick der Freude meines Herzens, meines Bruders, beraubet ward, der Kraft meines Armes, des stärksten Bollwerk meiner Herrschaft?« (Kap. V.) Eddisons Gegenüberstellung der Saga mit keltischen Überlieferungen und seine Entscheidung, die mustergültige Verknappung und Zurückhaltung der Saga nicht aufzugreifen, bedeutet nicht, daß er keltischen Vorbildern nacheifert. Sein rhetorischer Überschwang kommt nicht von den walisischen Geschichten im *Mabinogion* oder von irischen Sagen wie denen um den Helden Cuchulain, nicht einmal von Malorys *Morte Darthur;* vielmehr entstammt er demselben rhetorischen Trieb wie Christopher Marlowes *Tamburlain der Große*, Shakespeares *Richard II.* und *Heinrich V.* und John Websters *Die Herzogin von Malfi.*

Die Sprache des elisabethanischen Dramas durchdringt Eddisons Prosa in einem solchen Maße, daß es schwer ist, die Sagas in den Sätzen zu sehen. Der Saga-Einfluß liegt tiefer und läßt sich eher im Tonfall des Erzählers erkennen als in den Ausdrücken und dem Vokabular der Figuren. Eddison wirft ein Licht auf diesen Aspekt des *Ouroboros,* wenn er die Sagas dem Roman gegenüberstellt:

> Der Roman, trotz seiner vielfältigen Verwandlungsformen von Proust bis zur Detektiverzählung, ist beinahe immer analytisch: es wäre vielleicht richtiger zu sagen, daß er sich fast immer hier und da analytischer Prozesse bedient. Die Saga hingegen ist niemals analytisch. Der Romanautor ist oft introspektiv; die Saga nie.

Wenn Eddison sagt, daß die Saga nicht introspektiv sei und sich keiner analytischen Prozesse bediene, meint er, daß in Sagas die Stimme des Erzählers die Charaktere und Motive der Figuren nicht beurteilt, und er gibt auch keine bewertenden Kommentare zur Handlung. Die Erzähler der Sagas sind fast immer allwissend, doch sie enthalten sich einer psychologischen Durchleuchtung der Figuren. Die Stimme des Erzählers zeigt dem Leser die Figur; sie sagt dem Leser nicht, was eine Figur tut oder denkt. So widmet zum Beispiel der Erzähler der Njalssaga viele Kapitel der Familie Njals, aber er stellt sich nicht auf die Seite Njals und seiner Söhne, als Flosi und seine Männer kommen, um Njals Heim anzuzünden: Er berichtet nur, was geschieht. Der

Saga-Erzähler ist ein Berichterstatter, kein Kommentator. Die Ansicht des Lesers über die Figuren hängt einzig und allein von seiner eigenen Bewertung ihrer Worte und Taten ab.

Der Wurm Ouroboros hat einen solchen Erzähler. Du und ich, wie Ebenezer Scrooge in Charles Dickens' *Ein Weihnachtsmärchen*, begleiten den Erzähler überallhin, von den sonnigen, blumenbesäten Tälern des Dämonenlands zu den geheimsten Kammern der schwarzen Feste Carcë. Doch der Erzähler hält sich abseits vom Geschehen, wie der Geist der zukünftigen Weihnacht bei Dickens; er weist nur die Handlung, er urteilt, analysiert oder kommentiert nicht. Der Erzähler zeigt am häufigsten die Dämonen, aber er ergreift nicht deren Partei gegen die Hexen, und er macht Corund so edel wie Juss. Die Unparteilichkeit des Erzählers wird besonders deutlich gemacht, als Lessingham, der irdische Beobachter, der in Merkurien eingeführt wird, die Beurteilungen seines Vergilschen Führers, der Merlette, zurückweist. In den ersten beiden Kapiteln des Buches fungiert die Merlette als ein sekundärer Erzähler, der Lessinghams Fragen beantwortet und bewertende Kommentare zu einzelnen Figuren gibt. In diesen Kapiteln erweist sich der Beobachter am Ende als unbeeinflußt von der Voreingenommenheit der Merlette:

> »Siehe, staune und wehklage«, sprach die Merlette, »daß das unschuldige Auge des Tages auf diese Kinder der ewigen Nacht herabblicken muß: Corund aus Hexenland und seine verfluchten Söhne.«
>
> Lessingham dachte: »Recht einseitig sieht meine kleine Merlette die Dinge; für sie gibt es nur Engel und Teufel und nichts dazwischen. Doch werde ich nicht nach irgend jemandes Melodie tanzen, sondern zuwarten und schauen, was geschieht.«

Du und ich und Lessingham hören, was die Merlette sagt, doch Lessingham beschließt, daß er lieber die Dinge für sich selbst sprechen läßt: Er will zusehen und zuhören und dann sein Urteil über den Wert oder Unwert derer fällen, die in der Geschichte eine Rolle spielen, ohne Hilfe von anderer Seite, auch wenn diese vielleicht über mehr Informationen verfügt. Als Lessingham diese Entscheidung trifft, sich eines analytischen Führers zu begeben, entscheidet er für uns mit, denn von diesem Punkt an müssen wir zuhören und zusehen und uns unsere eigenen Gedanken machen.

In den Sagas stellt die zurückhaltende und unauffällige Stimme des allwissenden Erzählers die Handlungsfiguren in den Vordergrund der Vorstellung des Lesers. Wir sehen den Erzähler nicht; wir sehen die Figuren. Sie erweisen ihre Charaktere durch ihre Worte und Taten. In den Sagas, sagt Eddison, »konzentriert sich das Interesse auf Einzelpersonen, ihre Charakterzüge, Taten und Schicksale«, und »das Leben und die Kraft der Handlung hängt ganz allein vom Charakter der Handlungsfiguren ab«. Am meisten ist Eddison den Sagas verpflichtet, was deren eindrucksvolle Handlungsfiguren betrifft. Nicht die Prosa ist es, es sind die Menschen. Die Menschen der Sagas begeisterten Eddison sein Leben lang. Für ihn zeigen die lebendigen Haltungen, die diese Männer und Frauen ausdrücken, »viel von dem, was am besten und edelsten im menschlichen Geiste ist«.

»Auslese und Blüte der nordischen Rasse«

Eddison steht mit seiner Meinung nicht allein, weil die historischen Gestalten, die von den Sagas gefeiert werden, Bewunderung verdienen. Norwegische Wikinger erfuhren erstmals in Irland von Island, denn irische Priester hatte es in den neunziger Jahren des 8. Jahrhunderts dorthin verschlagen. Auf der Suche nach neuem Land kamen diese Wikinger dann zuerst zu den Faröerinseln und dann etwa um 860 nach Island, und sie besiedelten die Insel im Laufe der beiden folgenden Generationen. Neben den üblichen Motiven für Wikingerfahrten – Ehrgeiz und Rastlosigkeit und Raubgier und Überbevölkerung und Landknappheit – war der Hauptanlaß für die Landnahme König Harald Schönhaars unaufhaltsame Eroberung Norwegens. Viele führende Männer Norwegens verließen das Land, weil sie Haralds Armeen nicht genügend eigene Mannen entgegensetzen und den Gedanken an Unterwerfung nicht ertragen konnten. Eddison achtete diese Männer: »Die Männer, die Island besiedelten, waren die Auslese und Blüte der nordischen Rasse; genau jene, deren flammender Geist der Unabhängigkeit und Freiheit diese neue ›Versklavung‹ in Norwegen nicht hinnehmen konnte und die den Verlust von Land und Gütern und die Verbannung in einem unbekannten Land der Herrschafts König Haralds vorzogen.«[16] Professor Gwyn Jones pflichtet dieser Ansicht bei: ». . . die Qualität dieser Siedler war nachweislich hoch, und unter ihnen war ein hoher Prozentsatz von wohlgeborenen, fürstlichen Männern, unabhängigen Geistes und voller Kraft und Selbstvertrauen, die Erben, Bewahrer und Übermittler einer starken und ausgeprägten Kultur.«[17] Die Saga-Dichter selbst waren dieser Ansicht, und es war diese Inspiration, verbunden mit dem Wunsch, die isländische Geschichte zu bewahren, die sie vier Jahrhunderte später dazu brachte, literarisch überformte aber historisch begründete Prosa-Epen über die Gründerfamilien Islands zu schreiben. Ein Schreiber, der die Thidrekssaga im dreizehnten Jahrhundert kopierte, drückte seine Meinung über den Wert der Sagas wie folgt aus: »Sagas über würdige Menschen sind nützlich zu lesen, weil sie uns edle Taten und große Wagnisse zeigen, wohingegen Missetaten Zeugnisse des Müßiggangs sind.«[18] An erster Stelle denkt der Schreiber an die menschlichen Handlungen in den Sagas. Ein besonderer Wert liegt im menschlichen Verhalten, »edle Taten und große Wagnisse«; er lebt in den Sagas verkörpert und hat sich den meisten ihrer Leser tief eingeprägt. Gwyn Jones schreibt:

> ... die isländische Vorstellung von Charakter und Handlung war heroisch. Die Männer und Frauen der Sagas hatten eine vergleichsweise unkomplizierte Vorstellung vom menschlichen Schicksal. ... Sie hatten, das ist nicht zuviel gesagt, eine ästhetische Wertschätzung des Verhaltens. Es gab eine rechte Handlungsweise: Die Folgen mochten schrecklich, hassenswert sein; doch das Verhalten war wichtiger als dessen Folgen.

Jones' Worte spiegeln eine Einstellung wieder, wie sie mehrere Jahre zuvor von E. V. Gordon formuliert worden war:

> In keiner anderen Literatur gibt es solch einen Sinn für die Schönheit menschlichen Verhaltens; ja, die Autoren isländischer Prosa, mit der Ausnahme von Snorri, scheinen nichts um Schönheit gegeben zu haben außer im Verhalten und Charakter. Die Helden und Heldinnen selbst hatten die ästhetische Sicht des Verhaltens; sie war ihr Leitstern ...[20]

Eddison zitiert Gordons Worte in der Einführung zu seiner Übersetzung der Egilssaga, die als Hauptfigur einen Mann hat, dessen Handlungen die Ästhetik des Verhaltens perfekt erfüllen: Egils Worte und Taten, recht oder unrecht, bewunderns- oder hassenswert, beeindrucken und faszinieren den Leser, und so haben sie eine Art von Schönheit. Im *Ouroboros* fasziniert Corinius auf dieselbe Art.

Die Bedeutung, welche die dramatische Betonung des Charakters und der Schönheit menschlichen Verhaltens für Eddisons literarisches Werk besitzt, kann nicht deutlich genug herausgehoben werden. »Ich habe nur versucht, die beste Geschichte zu schreiben, die ich konnte, über die Gestalten, deren Gesellschaft ich selbst am meisten schätze«, schreib Eddison einem Bewunderer des Romans.[21] Wie die Sagas gewinnt *Der Wurm Ouroboros* seine Kraft aus den Figuren und deren Handlungen. Die Frage, die sich daraus ergibt, ist naheliegend: Welcher Art sind die Gestalten, die Eddison so schätzenswert fand?

4. Der Heros in tausend Gestalten: isländisch, homerisch, merkurisch.

»Gestalten, wie meine Phantasie sie als Spielzeug liebt«

›Edel‹, ›fürstlich‹, ›kraftvoll‹, ›unabhängig‹, ein ›flammender Geist der Unabhängigkeit und Freiheit‹, eine ›heroische Vorstellung von Charakter und Handlung‹ – mit solchen Begriffen haben Eddison und andere die tatsächlichen norwegischen Siedler Islands umschrieben, deren teils historische, teils literarische Gegenstücke in den Seiten der Sagas weiterleben. All diese Qualitäten lassen sich ohne Zögern Eddisons Dämonen, Hexen, Kobolden und Gnomen zuschreiben. Indes sind Eddisons Figuren nicht bloße Imitationen irgendwelcher bekannter Saga-Charaktere. Viel von ihrer Natur kommt auch aus Homer. In seiner Einleitung zu *Egil's Saga* sagt Eddison: »Die Saga ist wie Homer, dieweil sie heroisch im Inhalt und im Geiste ist.«[22] Sein ganzes Leben lang hat er Saga und Epos gleichgesetzt; so ist es nur natürlich, daß er selber, als er sein eigenes literarisches Prosa-Epos schrieb, auf beide Quellen zurückgriff. Wie die Sprache sind auch die Figuren des *Ouroboros* wie eine alchemische Verbindung eklektischer Materie.

Wie beeinflußten diese beiden Quellen die Schöpfung seiner Figuren? Wo hörte der Saga-Einfluß auf, und wo begann der Einfluß Homers? In einem Brief an seinen Schwager Keith Henderson gibt Eddison einen Hinweis auf die Natur des homerischen Einflusses, wenn er sagt, sein Stil sei «besonders geeignet für die Darstellung großer und gewaltiger Szenen und Personen, Gestalten, wie meine Phantasie sie als Spielzeug liebt«. Im selben Brief spricht Eddison von seiner Zielsetzung für seinen historischen Roman *Styrbiorn the Strong*, »ganz anders als der Wurm in Ausmaß und Stimmung und Thema, doch vergleichbar insofern, als es eine große Geschichte ist, von gewaltigen Personen und Szenen«.[23] Die Wiederholung von »»gewaltige Personen und Szenen« ist kein Beweis für eine direkte Abhängigkeit vom homerischen Epos, aber sie zeigt, daß Eddison seine Gestalten als überlebensgroß empfand, und es ist ein Ausdruck, der für die Personen der Saga als exzessiv und übersteigert empfunden würde. Die Männer und Frauen der Saga beeindrucken den Leser mit ihrem Heldenmut, und einige von den Helden reden und handeln wie Achilleus, Agamemnon und Hektor, aber sie sind keine übermenschlichen Gestalten, deren Größe an die der homerischen Helden heranreicht.

»Die Saga ist wie Homer, dieweil sie heroisch im Inhalt und im Geiste ist.«

Ein Unterschied in der Größenordnung zwischen Saga und homerischem Epos besteht in der Verschiedenheit göttlicher Teilhabe an menschlichen Dingen. Obwohl in den Sagas übernatürliche Geschehnisse vorkommen, äußern die Götter sich dort niemals direkt und treten nie in Person auf, während in der *Ilias* die Götter über die Ebene von Troja wandeln. Zeus, Hera, Athene, Aphrodite, Apollon, Ares und Poseidon zeigen persönliches Interesse an dem Krieg, und sie alle, einige mehr, einige weniger, mischen sich in die Handlungen der Kämpfenden ein. Diese göttliche Anteilnahme gibt den Gedanken und Taten der Menschen eine kosmische Bedeutung, welche in den Sagas fehlt. Achilleus' Entscheidungen verdeutlichen dies am besten. Nachdem er eine ungerechte Kränkung durch Agamemnon erfahren, sein Zepter niedergeworfen und beschlossen hat, nicht länger am Kampf teilzunehmen, bittet der erzürnte Achilleus seine göttliche Mutter Thetis, Zeus zu überreden den Trojanern Sieg und den Achäern Leid zu bringen, bis Agamemnon sein kränkendes Verhalten gegenüber dem größten achäischen Krieger bereut. Obwohl ihm die Bitte Sorgen macht, gibt Zeus ihr statt. So bewegt der Zorn des Achilleus Himmel und Erde, wie die ersten Verse des Epos besagen, und hat schreckliche Folgen für eine Vielzahl von Menschen. Zorn und Blutvergießen kommen oft genug in den Sagas vor, und diese Ereignisse können eine Familie oder eine ganze Region erschüttern, doch ihr Echo läßt nicht die Hallen Asgards erbeben.

In dieser Hinsicht liegt Eddisons *Ouroboros* irgendwo zwischen den Sagas und der *Ilias*. Die mächtigen Bewohner Merkuriens verehren die griechischen Götter, und doch, wie in den Sagas, treten die Götter nicht auf. Niemand bezweifelt die Existenz der Götter oder der übernatürlichen Welt. Die Götter teilen ihren Ratschluß den Sterblichen durch Vorzeichen, Eingebungen und Träume mit, und durch Zauberei können Sterbliche mit den Geistern Verbindung aufnehmen. Vor allem aber haben Eddisons Merkurier mit den Menschen der Sagas und der *Ilias* eine fatalistische Grundhaltung gemeinsam: Die Götter entscheiden die Geschehnisse und die Länge des menschlichen Lebens. Weil die Götter das Schicksal bestimmen, betrachten diese Frauen und Männer sich stolz nicht nur als den Göttern ebenbürtig, sondern als des Göttlichen teilhaftig; sie erniedrigen sich nicht zu Dienern der Götter, ob in Demut oder aus Schuld. Über diese sehr allgemeinen Aussagen hinaus bleibt die Theologie im *Ouroboros* verschwommen; denn die Geschichte enthält eklektische Elemente, deren genaue Beziehung zu diesen allgemeinen Wahrheiten undeutlich bleibt: Die Wichte beten falsche Götter an; es gibt Sylphiden (Waldgeister); manchmal wird das Schicksal des einzelnen von den Nornen, von Göttern oder von den Sternen regiert; Wiedergeburt ist möglich, aber nur für die Könige von

Hexenland; Merkurier rufen mitunter die Furien oder Satan an; Hölle und Himmel werden erwähnt; Odin erscheint Spitfyr; und die Erde tut sich auf für Helteranius, als er sein Leben beenden will.

Ein Teil der Größendifferenz liegt an der Unterschiedlichkeit in der politischen Macht des einzelnen. Die homerischen Helden sind aristokratische Fürsten, die Provinzen beherrschen und Armeen befehligen. Ihre Handlungen können für viele, die von ihnen abhängen, Leid oder Glück bedeuten. Die Saga-Helden sind aristokratisch im Fühlen und Denken, doch nicht an greifbarer politischer Macht, und obgleich sie sich oft als Königen und Fürsten ebenbürtig ansehen, sind sie Hofbauern ohne volkreiche Provinzen oder private Armeen. Ihre Handlungen haben keine Folgen für Hunderte von Menschen.

Eddisons ›gewaltige‹ Helden haben die politische Größe ihrer homerischen Vorbilder; denn sie herrschen über große Landstriche, und wen nötig, können sie Armeen aufstellen. Während eines Kriegsrats steht König Gorice XII. auf und blickt auf Corund und Corinius, »seine erwählten Hauptleute, große Krieger, die er zu Königen über zwei Viertel der Welt erhoben« (Kap. XXXI). Zudem haben Eddisons Helden mehr als nur militärischen Ehrgeiz; denn wenn Juss und König Gorice XII. einander begegnen, sagt der Erzähler, daß »jene beiden Männer gegenübertraten, für deren Ehrgeiz und Stolz die Welt ein zu kleiner Ort war, daß er sie beide gleichzeitig tragen und daß Frieden zwischen ihnen sein könnte« (Kap. XXXI). Und ihre Taten verändern die Welt. Als Juss und Brandoch Daha ihm bei Eschgrar Ogo durch die Finger schlüpfen, sagt Corund zu Gro: »Glaubst du denn, die beiden könnten hienieden überleben, ohne einen Lärm zu schlagen, der von hier bis Carcë zu hören sein wird?« (Kap. XI.)

Ein Unterschied in der Größe ist rein materiell. Die Saga-Helden siedelten in den leeren, urtümlichen Tälern Islands. Sie bauten sich funktionelle Gebäude aus Holz, Stein und Erde: Tempel, Methallen, Wohngebäude, Ställe und Scheunen. Zwar liebten auch sie den Luxus, doch der Bau von luxuriösen Palästen stand außerhalb ihres Interesses und ihrer verfügbaren Mittel. Die Helden der Saga haben nicht die prachtvollen Wohnstätten, die Armeen, die Schiffe, die Städte, den Reichtum und die prunkvollen Waffen der homerischen Könige.

An Prunk, Reichtum und Macht hält es Eddison zweifellos mehr mit den homerischen Maßstäben als denen der Sagas, doch die materielle ›Gewaltigkeit‹ im *Ouroboros* stellt selbst Homer in den Schatten. Man braucht nicht weit in den Roman hineinzulesen, um festzustellen, daß der prunkvolle Luxus von Stormhöh den Reichtum des Priamos und den Glanz seines Palastes in Troja bei weitem übertrifft.[24] Eddison beginnt seine ausführliche Beschreibung der Audienzhalle mit einer Bewertung ihrer Pracht: »Es hatte gewiß kein Potentat auf Erden, weder Krösus noch der Großkönig, noch Minos in seinem Palast zu Kreta, noch alle Pharaonen, noch Königin Semiramis, noch all die Könige von Babylon und Ninive je einen Thronsaal besessen, der an Glanz hätte wetteifern können mit jenem hohen Audienzsaale der Fürsten von Dämonenland.« (Kap. I.) Zudem übertrifft die Kleidung von Eddisons Aristokraten die seidenen Gewänder und die bronzenen Rüstungen der homerischen Könige. Als eines unter vielen möglichen Beispielen verdeutlichen Corinius' Gewänder zum Staatsbankett den Reichtum von Hexenland: »Seine breite Brust steckte in einem Wams aus ungegerbtem Wildleder, mit Silberschuppen besetzt, und er trug eine schwere Halskette aus Gold, die strotzend von Smaragden, und einen langen Umhang aus himmelblauem Seidenbrokat mit Silberborten.« (Kap. VII.) Selbst die im Kampf getragenen Rüstungen sind reichverziert und geschmückt, wie die des Fürsten Zigg: »Seine Rüstung schimmerte von Silber vom Kinn bis zu den Zehen, und Juwelen blitzten auf seiner Halsberge und seinem Wehrgehenk und dem Heft seines langen geraden Schwertes.« (Kap. XXVII.) Die juwelenfunkelnde Rüstung von Eddisons Helden stellt selbst die prachtvollen Waffen in den Schatten, die Hephaistos für Achilleus schmiedete, als dieser am Ende der *Ilias* in die Schlacht zurückkehrte.

»Wir wollen sein ein einzig Volk von Brüdern«

Die zwiefache Inspiration des Romans aus der Ilias und den Sagas kommt noch deutlicher zum Vorschein, wenn wir deren gesellschaftliche Strukturen mit der Merkuriens vergleichen. Verwandtschaftliche, eheliche und freundschaftliche Beziehungen waren die vornehmlichen Bande, die sowohl das heroische Griechenland als auch das mittelalterliche Island zusammenhielten, und diese bestehen auch in Eddisons Merkurien, aber nicht allenthalben. In Eddisons ›Zeittafel‹ wird gesagt, daß vor Beginn der Geschichte die ›zivilisierten Nationen‹ von Dämonenland, Hexenland und Koboldland eine Allianz bildeten, um einen ›heiligen Krieg‹ gegen die Ghulen zu führen. Kapitel V berichtet, daß Goldry Bluszco mit der Nichte König Gaslarks von Koboldland verlobt ist und daß diese Ehe die bereits freundschaftlichen Beziehungen zwischen Dämonenland und Koboldland festigen soll. Sippenverwandtschaft erscheint am deutlichsten in der brüderlichen Einigkeit zwischen Juss und seinen Brüdern, Goldry Bluszco und Spitfyr.

Abgesehen von diesen klaren Beispielen ist es schwierig, die Strukturen zu bezeichnen, weil Eddison die einzelnen Merkmale der verschiedenen Gesellschaften Merkuriens nicht deutlich erklärt. Wenn auch die Hauptfiguren sicherlich Aristokraten sind, spricht Eddison nie über Klassenunterschiede oder Unterschiede zwischen hohem und niederem Adel. Er legt auch nirgendwo die Grundlagen der Herrschaftsansprüche in den verschiedenen Staaten da; so weiß man zum Beispiel nicht, ob wir es in einzelnen Ländern mit einem Volks-, Gnaden- oder Wahlkönigtum zu tun haben.

Hexenland hat eine dynastische Alleinherrschaft die auf dem unbestreitbaren Recht der Reinkarnation beruht: Wenn ein König Gorice stirbt, nimmt sein Geist eine andere Form an. Im ersten Kapitel sendet König Gorice XI., »dessen Macht und Herrlichkeit sich über die ganze Welt erstreckt«, einen Gesandten nach Dämonenland, um diese Botschaft zu verkünden: »Es steht mir im Sinn, daß mir keine Huldigung und kein Lehenseid geleistet ward von den Bewohnern meiner Provinz Dämonenland.« Worauf Spitfyr zum Schwert greift und ausruft: »Provinz? Sind nicht die Dämonen ein freies Volk?« Dieser Wortwechsel kommt einer politischen Diskussion von allen Gesprächen in diesem Buch noch am nächsten. Obwohl Goldry Bluszco König Gorice XI. um diese Frage zum Kampf fordert, erklärt Eddison nie die Berechtigung für Hexenlands Anspruch. Will man intuitiv aus dem Zusammenhang urteilen, so scheint es, daß Hexenland durch Eroberung und erzwungenen Anschluß die Vorherrschaft über viele Länder erlangt hat und daß Hexenland zu Beginn der Geschichte entschlossen ist, Dämonenland zu unterwerfen. Hexenland beherrscht sein ›Reich‹ durch Angst und die Kraft einer großen Flotte und gewaltiger Armeen.

Die Gesellschaft von Dämonenland ist ist undurchsichtiger als die Hexenlands. Dämonenland hat keinen König an der Spitze. Er hat Fürsten, aber unter ihnen besteht keine formelle hierarchische Struktur. Dämonenland hat kein Parlament und keine Volksversammlung. Abgesehen von der bestehenden Verlobung Fürst Goldry Bluszcos werden im Verlauf der Geschichte keine Eheschließungen geplant oder vollzogen, und von den sieben obersten Dämonenfürsten ist nur einer, Fürst Zigg, verheiratet. Keine erwähnten Aristokraten sind älter als die herrschenden Fürsten, und es gibt keine näheren Informationen über irgend jemandes Eltern.[25] So, ohne eine Gemeinschaft, die an einen König gebunden ist, ohne parlamentarische Struktur, ohne eheliche Bande zwischen Familien und Ständen und ohne patriarchalische oder matriarchalische Bande der Verwandtschaft, fragt man sich, was Dämonenland und diese fürstlichen Junggesellen zusammenhält. In der brüderlichen Verbundenheit, die zwischen den drei mächtigsten Fürsten herrscht, beugen sich die beiden anderen Brüder Juss' Urteil, doch ob seine Autorität auf der Tatsache beruht, daß er der älteste ist, wird nicht klar. Es ist der zweitälteste Bruder, Goldry Bluszco, der den Vorschlag für den Ringkampf mit König Gorice XI. macht, und die anderen Dämonenfürsten akzeptieren dies, weil »dies ihnen allen gut erschien«. Doch als Juss den Plan für die erste Ausfahrt gen Hexenland vorschlägt, sagt Spitfyr: »Du bist unser ältester Bruder, und ich werde Dir folgen und gehorchen in allem, was Du tun oder weisen wirst.« (Kap. VIII.) Die anderen Dämonenfürsten respektieren Juss wegen seiner Weisheit und folgen seinem guten Rat, doch er scheint keine Befehlsgewalt über diese aristokratischen Krieger zu besitzen. Brandoch Daha, Volle, Vizz und Zigg sind mit Juss und seinen Brüdern nur durch Freundschaft verbunden. Beim letzten Kriegsrat glauben alle Dämonenfürsten mit Ausnahme von Brandoch Daha, daß sie Goldry Bluszco retten müssen, bevor sie Carcë angreifen, und Brandoch Daha steht auf und verläßt den Raum mit den Worten: »Juss, Freund meines Herzens, mich dünkt, ihr seid alle eines Sinnes und keiner meines Sinnes. So sag' ich euch Lebwohl.« Juss sieht ihm nach und meint: »Sein eignes Ich wird ihn beizeiten zu mir zurückbringen, wie's keine andere Macht wider sein Einvernehmen vermöchte; ihn, dessen großes Herz der Himmel nicht bewegen könnte mit Zwang.« Als Brandoch Daha zurückkehrt, sagt er: ›Es verwundert kaum, o Juss, daß du in allem, was du tust, solchen Erfolg hast, besitzest du doch die Gabe, stets die Unterstützung deiner Freunde zu gewinnen.‹ (Kap. XXVII.) Freundschaft ist das grundlegende gesellschaftliche Band, und dieses Band ist unauflöslich.

Dämonenlands anarchische, hoch individualisierte Aristokratie ähnelt dem Bündnis der Könige in der *Ilias*. Homer macht keine klare Aussage über die Beziehungen zwischen den vielen Königen und Fürsten, die zusammen gegen Troja ziehen, doch abgesehen von Menelaos, der Helena wiedererlangen will, haben sich die meisten der Könige dem Unternehmen angeschlossen, weil sie auf dem Heerzug Beute zu gewinnen hofften und weil sie die Freundschaft der mächtigen Atriden schätzten. Homer sagt nicht explizit, daß Agamemnon der Oberbefehlshaber der Streitkräfte sei. Nach der Auflistung im zweiten Gesang läßt sich schließen, daß Agamemnon der mächtigste König auf der peloponnesischen Halbinsel war.[26] Doch Agamemnon, wie Juss, hat keine absolute Befehlsgewalt über die anderen Könige; andernfalls wäre Achilleus' Verhalten im ersten Gesang ein Akt der Desertion und damit eine strafbare Handlung. Achilleus und die anderen Könige haben von sich aus entschieden, am Krieg teilzunehmen, und sie unterstützen einander im Rahmen eines freundschaftlichen Bündnisses und nicht unter Zwang.

Dämonenlands befreundete Fürsten ähneln auch den Isländern des zehnten Jahrhunderts, die in einer Kooperation, wie sie in jenem Zeitalter auf der Welt einzigartig war, eine vereinte Gruppe bildeten, welche so individuell aristokratisch war wie Homers achäische und Eddisons dämonische Allianz und doch stärker durchorganisiert als beide.

Die ersten Siedler in Island besetzten einfach große Landstriche, oft in beträchtlicher Entfernung voneinander. Als die Zeit verging und die Familien größer wurden und mehr Siedler ankamen, teilten die ursprünglichen Landbesetzer aus ihren Ländereien Güter für ihre Söhne und ihre Freunde ein. Sie bauten und erhielten auch auf ihrem eigenen Land Stätten für die Verehrung von Göttern wie Thor oder Frey, und so erlangten diese reichsten Landbesitzer für sich schließlich den Status und Titel eines *godi* (›Gottesmann‹), eine Art weltlichen Priestertums. Innerhalb von sechzig Jahren nach der Ankunft der ersten Siedler um 860 gründeten die wohlhabendsten Männer, die Godar von Island, die Institution des *althing*, einer jährlichen Generalversammlung, die an einem eigenen Ort, genannt *thingvellir* (›Versammlungsort‹), zusammentrat. Das Althing war eine Vereinigung von sechsunddreißig gleichberechtigten Godar, und sie bildeten ein Parlament mit gesetzgebender und richterlicher Gewalt. Das Althing war keine Institution zur exekutiven Durchführung von Gesetzen; die Aufrechterhaltung von Gesetz und Ordnung basierte auf den grundlegenden gesellschaftlichen Banden der Verwandtschaft, Ehe und Freundschaft. Indes sind Familienfehden und private Rache ein häufiges Element in den Sagas.[27] Zum Glück wird der innere Friede Dämonenlands nicht durch gewaltsame familiäre Streitigkeiten gefährdet.

»Wenn die Posaune des Krieges in unseren Ohren gellt, dann seid wie die Tiger im Kampf.«

Das Fehlen einer älteren Generation in Dämonenland ist vielleicht der merkwürdigste Aspekt der Gesellschaft dieses Landes, insbesondere da der älteste Dämonenfürst, Volle, erst vierzig ist, als die Handlung einsetzt, und man würde erwarten, daß der eine oder andere ältere Herr wie der alte Nestor und König Priamos in der *Ilias* oder Kveldulf in der Egilssaga noch am Leben wäre. Eddisons Schweigen über die Herkunft seiner Dämonen führt auch alle Hypothesen über Volks- oder Heerkönigtum in Dämonenland ad absurdum. Dennoch fragt man sich so erst recht, wie diese gehörnten Männer zu Fürsten wurden und wie sie ihre Herrschaft behaupten. Nimmt man den Roman selbst als Grundlage, so drängt sich die Vermutung auf, daß in erster Linie der Krieg das Kriterium für aristokratische Macht gibt. Im ersten Kapitel heißt es, daß Juss zwar die Kunst der Magie beherrscht, »doch wendet er sie nicht an; denn sie zehret an Leben und Kraft, und es geziemt sich nicht für einen Dämonen, Vertrauen in die Magie zu setzen, statt auf die Macht seines eignen Armes zu bauen.« Anders als Juss sieht König Gorice XII. die Zauberei nicht als unwürdige Praxis an; er legt viel Kraft und Vertrauen darin. Doch Gorice XII. delegiert seine Befehlsgewalt auf der Grundlage kriegerischer Stärke. Er belohnt seine siegreichen Generäle Corund und Corinius mit Königreichen, als sie ihre kriegerischen Fähigkeiten durch erfolgreiche Eroberungen unter Beweis stellen, die das Territorium Hexenlands erweitern. Für die alten Griechen war die Aristokratie ein Staat, in dem die besten Bürger regieren. Dämonenland und Hexenland sind militärische Aristokratien: Die besten militärischen Führer haben die Macht.

Indem er ein solches Gewicht auf militärische Tugenden legt, weicht Eddison von der isländischen Situation ab und schafft Gesellschaften, die kriegerischer sind als die in der *Ilias*. Die Helden der Sagas waren hauptsächlich Ackerbauern und Viehzüchter. Einige von diesen Männern führten ein Doppelleben als Wikinger während des Sommers und als Bauern während des übrigen Jahres. Aber in den Sagas ist der Kampf beinahe nie der Hauptaspekt im Leben eines Mannes; seine Stärke und seine Identität, wie auch sein Herrschaftsanspruch, kam aus dem Land, das er sein eigen nannte. Homers Könige, zweifellos große Krieger, herrschten über ihre griechischen Landstriche, weil eine allgemein anerkannte agnatische Praxis in jedem Teil der Peloponnes herrschende Dynastien hervorgebracht hatte, und in der Verbindung eines Königs mit der Dynastie lag seine Berechtigung, das Reich zu beherrschen.

In Merkurien ist Krieg alles, insbesondere für die Dämonen. Der Kampf unterscheidet und definiert die Fürsten. Als die Merlette dem Reisenden Lessingham die Fürsten von Dämonenland vorstellt, kennzeichnet er jeden von ihnen aufgrund kriegerischer Fähigkeiten, Taten oder Attribute. Volle ist »ein großer Seefahrer« und »einer, der sich für die Sache Dämonenlands trefflich geschlagen hat und der ganzen Welt obdrein, im letzten Krieg gegen die Ghulen«. Zigg ist »der weitberühmte Pferdezähmer« und »ein Mann der Tat zudem, wenn er mit seinen Reitern gegen den Feind zieht«. Spitfyr ist »ungestüm im Kampf«. Goldry Bluszco trägt das Schwert, »mit dem er das Seeungeheuer erschlug«. Brandoch Daha »[ward] über Jahre hinweg ... als drittbester Krieger in ganz Merkurien erachtet, zusammen mit Goldry Bluszco und Gorice X. von Hexenland. Und diesen Gorice hat er vor neun Sommern im Einzelkampf besiegt ... Und nun kann niemand mehr Fürst Brandoch Daha in der Waffenkunst übertreffen, es sei denn vielleicht Goldry allein.« (Kap. I.) Kampf ist die Grundlage für die Freundschaft, die so wichtig für den Zusammenhalt der Gesellschaft der Dämonenfürsten ist. Die tiefe Zuneigung zwischen den drei Brüdern und den anderen Fürsten beruht auf der gegenseitigen Bewunderung der Kampftüchtigkeit des einzelnen. Militärische Tüchtigkeit im Feinde weckt gleichfalls Bewunderung, und dies ist recht und notwendig in einer heroischen Gesellschaft, denn die Dämonen und Hexen würden nicht gegeneinander streiten, wenn sie einander nicht respektieren würden: Ein Krieger kann nicht Ruhm erlangen, indem er einen Feind besiegt, den er nicht achtet. In der Schlacht vor Carcë blickt Juss auf Corunds tapfere Verteidigung und sagt: »Dies ist die größte Waffentat, die ich je zu meinen Lebzeiten gesehen, und ich habe so große Bewunderung und Staunen in meinem Herzen für Corund, daß ich fast willens wäre, ihm Frieden zu geben« (Kap. XXXI). Alle Liebe und Treue zwischen Freunden und aller ehrbarer Haß zwischen Feinden wurzelt in der Kampftüchtigkeit.

»Komm doch näher heran, mein Töchterchen, setze dich zu mir . . . / Dass du auch jenes Manns, des gewaltigen, Namen mir nennest.«

Die heroischen Gesellschaften der Sagas und der *Ilias* haben, verglichen mit anderen sozialen Systemen, einen relativ engen Rahmen für akzeptable Formen männlichen Verhaltens. Nur eine Handvoll von Beschäftigungen sind für Aristokraten zulässig. In der *Ilias* sind alle prominenten Achäer und Trojaner Krieger und regierende Fürsten. In den Sagas sind die herausragenden Männer reiche Großbauern und Landbesitzer, Priester, Rechtsprecher und Wikinger; viele üben mehr als nur eine dieser Funktionen aus. In jeder der beiden Gesellschaften tun die herausragenden Männer ähnliche Dinge, haben ähnliche Wertvorstellungen und denken in ähnlicher Weise. Beide Gesellschaften haben auch einen engen Rahmen für akzeptables moralisches Verhalten. Die moralischen Werte werden von ihnen strikt aufrechterhalten, und ob sich jemand seine Stellung in der Gesellschaft behaupten kann, hängt davon ab, ob er sich auf eine Art verhalten kann, die den Moralvorstellungen gerecht wird. Diese allgemeinen Aussagen treffen gleichfalls auf die Gesellschaft des *Ouroboros* zu. Und doch sind Eddisons Gesellschaften, bestimmt von einem moralischen System, das hauptsächlich auf militärischen Tugenden basiert, einfacher und rigoroser als die ihrer beiden Quellen. Um Teil der heroischen Gruppe zu sein, muß ein Hexer oder ein Dämon sich wie die anderen Mitglieder der Gruppe verhalten, auf die allgemein akzeptierte kriegerische Art.

Angesichts solch menschlicher Gleichförmigkeit, wie kann da der Autor menschliche Unterschiede definieren? Wie kann er Individuen einzelne Persönlichkeiten geben, die sie von ihrer Gruppe abheben? Die Grundmethode hierfür, die auf verschiedene Weise umgesetzt wird, ist die Charakterisierung durch Handlung. Die Helden in den Sagas, der *Ilias* und im *Ouroboros* sind Männer der Tat. Obgleich sich ihre Handlungen im Rahmen eines strikten und oft unausgesprochenen Kodex heroischer Prinzipien bewegen, unterscheiden sie sich voneinander, indem sie innerhalb dieser Rahmenbedingungen unterschiedlich agieren.

Am ehesten hebt eine einzigartige Handlung den einzelnen von der Gruppe ab. Bolli tötet seinen besten Freund, Kjartan, am Ende der Laxdaelasaga; Diomedes verwundet Ares im fünften Gesang der *Ilias*; Goldry Bluszco besiegt Gorice XI. im Kapitel II des *Ouroboros:* diese einmaligen Handlungen unterscheiden ihre Vollzieher von ihren Mitmenschen, weil niemand sonst eine vergleichbare Handlung erbringt. Doch diese Methode ist nicht auf die Saga-Autoren, Homer und Eddison beschränkt; sie wird allgemein von Dramatikern, Romanautoren und narrativen Dichtern verwendet. Darüber hinaus gibt es indes eine zweite Methode, die Homer mit seinem Schüler Eddison gemein hat. Figuren unterscheidbar zu machen ist schwieriger für Eddison und Homer als für die Saga-Dichter, weil die *Ilias* und der *Ouroboros* einen epischen Gegensatz von Trojanern gegen Achäer und Dämonen gegen Hexen haben. Wo die Schöpfer der Saga mit widerstreitenden Individuen zu tun haben, die sich durch ihren Streit aus der gleichförmigen isländischen Gesellschaft abheben, handeln Homers und Eddisons Werke von polarisierten Gruppen. Sowohl Homer als auch sein Schüler benutzen häufig die Handlung, um individuelle Persönlichkeiten zu schaffen, indem sie die unterschiedlichen Reaktionen einzelner Charaktere auf eine gemeinsame Situation aufzeigen.

Am Ende des fünfzehnten Gesangs der *Ilias* führt Hektor die Trojaner zum Höhepunkt ihres Angriffs, als er den Kampf bis zu den Schiffen der Achäer treibt, die Hand an das Steuerende eines der Schiffe legt und nach einer Fackel ruft, um es in Brand zu setzen (15: 704ff.). Dieses Ereignis, eines der herausragendsten im ganzen Epos, gibt Homer die Gelegenheit, einzelne Charaktere herauszuarbeiten; denn drei Achäer reagieren darauf, doch jeder reagiert anders innerhalb des heroischen Kodex. Der riesige Telamonier Ajas hat sich bereits zuvor geweigert, mit den anderen achäischen Kriegern den Rückzug anzutreten, »Sondern der Schiffe Verdeck' umwandelt' er, mächtigen Schrittes, / Und bewegt' in den Händen die mächtige Stange des Meerkampfs« (15: 676f.) Ganz auf sich allein gestellt, hält Ajas als Vorkämpfer der Achäer mit einem zweiundzwanzig Ellen langen Speer die Trojaner von den Schiffen fern. Er hält diese Stellung, obgleich er müde wird: »Dennoch vermocht' ihn / Keiner umher zu erschüttern, mit Todesgeschoß ihn umdrängend« (16: 107f.). Ajas zeigt den grimmen, entschlossenen Mut, der seine ganze Kampfesweise charakterisiert, und das macht ihn, nach Achilleus, zum besten Krieger der Achäer. Ein anderer Krieger, Patroklos, reagiert auf eine Art, die unseren heutigen Vorstellungen von heroischem Verhalten etwas seltsam erscheinen mag: Er weint, »Heisse Thränen vergiessend, der finsteren

Quelle vergleichbar« (16: 3), doch als er Achilleus anfleht, in den Kampf zurückzukehren, zeigt sich, daß seine Tränen nicht der Feigheit, sondern seiner Empörung entfließen, daß Achilleus sich störrisch weigert zu kämpfen, und seinem Mitgefühl für die bedrängten Achäer. Der dritte Krieger, Achilleus, zeigt sowohl die uneinsichtige Erbitterung, die seinem Streit mit Agamemnon entstammt, als auch seine mitleidige, sensible Natur, wenn er auf Patroklos' Bitten antwortet. Er sagt, Patroklos' Worte hätten ihm »bittere[n] Schmerz« zurückgebracht und: »Nimmer ja war auch / Sonder Rast zu zürnen mein Vorsatz« (16: 55, 60f.). Der Vorsatz, dem Kampf fernzubleiben, reut ihn angesichts der Leiden von Kriegern, die er liebt, und nach einigem Nachdenken beschließt er, um seiner Ehre willen auch nun nicht in dem Kampf einzugreifen, aber in seinem Zorn doch so weit zurückzustecken, daß er Patroklos seine Rüstung leiht. In dieser entscheidenden Phase der Auseinandersetzung helfen drei unterschiedliche Reaktionen, drei individuelle Persönlichkeiten zu schaffen.[28]

Ein Beispiel für Eddisons Verwendung dieser Methode sind die Reaktionen der Dämonenfürsten auf König Gorice' »Sendung des Wurms aus dem Abgrund« und dessen Entführung Goldry Bluszcos in Kapitel V. König Gaslark findet die Zurückgebliebenen auf ihrem verkohlten und leckgeschlagenen Schiff, verstört und weinend vor Kummer. Gaslark schlägt vor, daß sie schnell nach Carcë segeln und einen Überraschungsangriff gegen die Feste führen sollen, da er glaubt, daß Goldry dorthin gebracht worden sei. Juss ist nicht einverstanden mit Gaslarks Plan: »Indes ist Hexenland nicht mit einem wilden Einfall zu bezwingen, sondern erst nach langen Tagen der Vorbereitung, nachdem Pläne geschmiedet, Schiffe erbaut und Heerscharen versammelt wurden.« Juss hält es auch für eine »wilde Vermutung«, daß Goldry nach Carcë verbracht worden sei, und wenngleich er es Gaslark nicht ins Gesicht sagt, fürchtet er, daß Gaslarks Kobolde den Hexen nicht gewachsen sein werden. Gaslark bedrängt ihn weiter, doch »mit allem Drängen vermochte Gaslark Juss nicht im mindesten zu bewegen«. In dieser Krise zeigen Juss' Handlungen die Umsicht und Klugheit, die ihn als großen Heerführer kennzeichnen. Spitfyr dagegen kann nicht verstehen, weshalb Juss eine solche Zögerlichkeit an den Tag legt, die ihm als Feigheit erscheint, und er springt auf und und ruft: »Denn mit Goldry ist jegliche Mannhaftigkeit aus Dämonenland gewichen, und wir sind Milchbübchen geworden, die man zu recht verspottet und bespeit.« Spitfyr, bei seinem ersten Auftreten charakterisiert als »ungestüm im Kampf« (Kap. I), handelt mit jener ungestümen Leidenschaft, die oft die Klugheit vermissen läßt. Derweil geht Brandoch Daha »auf dem Mittelgang hin und her und auf und ab, wie ein Panther durch den Käfig streicht, wenn die Fütterung längst überfällig ist«. Brandoch

Daha spricht dann von einer »grause[n] Verstörung« und einem »Sturm, der meinen Geist aufwühlt« und fordert Gaslark zum Kampf heraus, denn: »Das einzige Heilmittel dagegen ist der Kampf. ... Kämpfen muß ich, oder diese Leidenschaft wird mich umbringen.« (Kap. V.) Von der Entführung Goldry Bluszcos sind alle drei gleichermaßen betroffen, doch ihre Gefühle sind unterschiedlicher Natur, und sie drücken sie unterschiedlich aus. Die gehörnten Männer handeln im Rahmen des Verhaltenskodex ihrer heroischen Gesellschaft, aber jeder von ihnen handelt anders.

Handlung hat mehr Gewicht und Bedeutung zur Differenzierung von Charakteren denn als erzählerisches Moment. Für die Helden in der Geschichte ist sie eine unwiderrufliche Notwendigkeit. Müßiggang ist ihnen nicht gegeben. Sie müssen handeln, nicht nur um Helden zu sein, sondern um etwas zu haben, was die ihr eigen nennen können: einen Namen in der Welt. »Ich bedarf noch größerer Tat...«, sagt König Gaslark. »Etwas möcht' ich bezeigen, das die Welt aufrührt und staunen macht, ... ehr ich ins Schweigen hinabgehe.« (Kap. V.) Der Druck zum Erfolg liegt schwer auf diesen Helden. Wie in der *Ilias* ist verdienter Ruhm das höchste, was einem Menschen zuteil werden kann, und verdiente Schande das Schlimmste. Diese untrennbar gepaarten Gefühle stellen ein Antriebsmotiv für Erfolg dar. Die Schande, die aus dem Versagen herrührt, ruft selbstmörderische Gefühle der Wertlosigkeit hervor. Wie Pein und Zorn in ihm gären, nachdem Corinius ihn geschlagen hat, ruft Spitfyr gegen Volle aus: »Prahlte er nicht, er sei König im Dämonenland? Und doch hatt' ich mein Schwert nicht in seinem Gekröse. Und du glaubest, ich wollt' in Schande leben? ... Lieber tot als vor Corinius weggelaufen sein wie ein geprügelter Hund.« (Kap. XIX.) Für Spitfyr ist ein rascher Tod einem Leben in Schande vorzuziehen, das die ständige Erinnerung an sein Versagen beinhaltet. Und doch, wie in der *Ilias*, folgt aus der Niederlage nicht notwendigerweise Schande. Geschlagen und gefangengenommen von den Dämonen, blickt der Hexenfürst Laxus stolz auf seine Bezwinger und sagt: »Es mag schmerzlich sein, aber keine Schande, nach einem so offenen und so großen Kampf besiegt zu werden.« (Kap. XXVI.) Doch es braucht einen »so großen Kampf«, um Schande zu verhindern. »O ich habe meinen guten Namen verloren!« ruft Cassio bei Shakespeare in verzweifelten Worten, die in Merkurien unter den Besiegten ein verständnisvolles Gehör finden würden. »Ich habe das unsterblichen Teil von mir selbst verloren, und was übrigbleibt, ist tierisch!« [29] Erfolgreiche Taten bringen Ruhm, und vom Ruhm seines Namens hängt für den Krieger nicht nur die Bedeutung seines Lebens ab, sondern seine Seele.

Ruhm im Sieg und Schande in der Niederlage sind wie die beiden Seiten einer Münze. Wenn die Götter die Münze nehmen und sie hoch in Luft schleudern, wird sie immer eine Seite der Sonne zuwenden und eine dem Schatten, im ständigen Wechsel, doch irgendwann wird sie schließlich zu Boden fallen und zur Ruhe kommen. Am Ende aller Kriege steht eine letzte Schlacht. Endgültiger Sieg und schlußendliche Niederlage, letzter Ruhm und letzte Schande und ein Ende aller Kriegskunst: dies alles folgt auf das letzte Gefecht. Wenn in den Sagas und in den homerischen Epen die Kämpfe enden, gehen die Männer nach Hause und widmen sich fortan häuslichen Belangen und friedlichen Beschäftigungen. Nicht so in Merkurien. Dort bringt das Ende des Kampfes das Ende der Identität. Wenn der Krieg endet, so Juss, «müssen wir, die wir die Herrn der ganzen Welt waren, uns zu Schäfern und Jägern wandeln, auf daß wir nicht bloße Marktschreier und Gecken werden« (Kap. XXXIII). Nicht der Sieg ist es, was diese Helden lieben, sondern der Kampf. Wenn der Krieg sich überlebt hat, werden auch die Grundregeln des Lebens und die Maßstäbe eines jeglichen würdigen Unterfangens ihre Gültigkeit verlieren, die Grundlagen der Zivilisation zerbröckeln und die Helden selbst ihres Ruhms und ihrer Macht verlustig gehen, fast bis zu einem Punkt, an dem ihnen nur mehr Verachtung zuteil wird. Der Krieg rechtfertigt und nährt alle erstrebenswerten Tugenden in der Zivilisation Merkuriens.

Somit darf der Krieg in Merkurien niemals aufhören. Eddison verhindert das Ende des lebensspendenden Kampfes und den traurigen Niedergang der merkurischen Zivilisation durch eine perfekt ausgewogene Handlungsstruktur, die auf dem Ouroboros basiert. Die Hauptereignisse der Geschichte sind symmetrisch so angelegt, daß sie jeweils zweimal vorkommen und zu ihrem Ursprung zurückzukehren scheinen.

10. und 1. Hexenland schickt einen Gesandten nach Dämonenland

9. Der Tod Gorice' XII

2. Der Tod Gorice' XI.

8. Die zweite Beschwörung im Eisernen Turm

3. Die erste Beschwörung im Eiserne Turm

7. Der zweite Angriff gegen Carcë

4. Der erste Angriff gegen Carcë

6. Die zweite Ausfahrt gen Wichtland auf der Suche nach Goldry Bluszco

5. Die erste Ausfahrt gen Wichtland auf der Suche nach Goldry Bluszco

Die Geschichte endet, wo sie beginnt, und beginnt, wo sie endet. Die Ouroboros-Struktur macht Eddisons Merkurien zu einer immerwährenden Welt, in der die heroischen Ideale niemals vergehen. Fürst Juss selbst gibt dieser Vision eines heroischen Utopia Ausdruck, wenn er sich einen endlosen Kampf mit König Gorice ersehnt: »Laß mich derweilen noch träumen«, sagt Juss. »Daß wir hinfort, ich und er, die Seinen und die Meinen, zeitlos und unsterblich auf ewig, auf immerdar unsren edlen Streit ausfechten möchten, ob er oder wir sollten der ganzen Welt Gebieter sein.« (Kap. XXXIII.)

Eddisons letzte Seite lädt uns ein, zur ersten zurückzukehren und die Geschichte erneut zu beginnen. Und so ist es mit der Lektüre aller großen Bücher: Wir brauchen nur unsere Lieblingswerke wieder vom Regal zu nehmen, und die Gestalten und Geschichten, die in jener Schattenwelt von Druckerschwärze und Papier zwischen geschlossenen Buchdeckeln verharren, werden sogleich in unserer Phantasie wieder zum Leben erweckt. Aber der Ouroboros umfaßt mehr als nur das Lesen. Der sich ewig erneuernde Drache, der seinen Schweif verschlingt, symbolisiert das Muster der Liebe zur Schönheit in uns selbst. Wenn wir einmal Schönheit in irgendeiner Form erfahren haben, brauchen wir uns nur dessen zu erinnern und im Geiste zurückzugehen, und sie wird für uns neu geboren, auf daß wir sie erneut zu schätzen lernen, indem wir darin neue Dinge zu lieben finden: ein Morgen in der Galerie; ein Nachmittag im Theater; ein Abend im Konzert; eine Fahrt zum See; eine Wanderung unter Bäumen; eine Flasche alten Weins; ein Blick auf das Gesicht des Menschen, den man liebt.

Paul Edmund Thomas
Minneapolis
Oktober 1990

Dieses Buch ist W. G. E. *und meinen Freunden*
K. H. *und* G. C. L. M. *gewidmet.*

Es ist weder Allegorie noch Fabel, sondern eine Geschichte, um ihrer selbst willen zu lesen.

Die Eigennamen habe ich einfach zu schreiben versucht. Das *e* in Carcë ist lang, das *o* in Krothering kurz und der Akzent auf dieser Silbe. Corund wird auf der ersten Silbe betont, Prezmyra auf der zweiten, Brandoch Daha auf der ersten und vierten. Gorice wird auf der letzten Silbe betont und reimt sich mit ›Reis‹. Das *z* in Goldry Bluszco ist rein ornamental. *ch* ist immer guttural wie in ›Loch‹.

E. R. E.
9. Januar 1922

Der Reimer Thomas lag am Bach,
Am Kieselbach bei Huntley Schloß.
Da sah er eine schöne Frau,
Die saß auf einem weißen Roß.
Sie saß auf einem weißen Roß,
Die Mähne war geflochten fein,
Und hell an jeder Flechte hing
Ein silberblankes Glöckelein.

Und Tom, der Reimer, zog den Hut
Und fiel aufs Knie, er grüßt und spricht:
Du bist die Himmelskönigin!
Du bist von dieser Erde nicht!
Die blonde Frau hält an ihr Roß:
Ich will dir sagen, wer ich bin:
Ich bin die Himmelsjungfrau nicht,
Ich bin die Elfenkönigin.

Nimm deine Harf und spiel und sing
Und laß dein bestes Lied erschalln!
Doch wenn du meine Lippe küßt,
Bist du mir sieben Jahr verfalln!
Wohl sieben Jahr, o Königin,
Zu dienen dir, es schreckt mich kaum!
Er küßte sie, sie küßte ihn,
Ein Vogel sang im Eschenbaum.

Nun bist du mein, nun zieh mit mir,
Nun bist du mein auf sieben Jahr!
Sie ritten durch den grünen Wald,
Wie glücklich da der Reimer war!
Sie ritten durch den grünen Wald
Bei Vogelsang und Sonnenschein,
Und wenn sie leicht am Zügel zog,
So klangen hell die Glöckelein.

TOM DER REIMER von Theodor Fontane
Nach einer schottischen Ballade
aus der Sammlung von Francis James Child

Die Induktion[1]

Lessingham hieß ein Mann,[2] der wohnte in einem alten niedrigen Haus in Wasdale, umgeben von einem grauen alten Garten, wo Eiben standen, die als Setzlinge noch Wikinger in Copeland gesehen. Lilien, Rosen und Rittersporn blühten in den Rabatten und Begonien mit Blüten groß wie Untertassen, rot und weiß und pink und zitronengelb, in den Beeten vor dem Portal. Kletterrosen, Heckenkirschen, Clematis und roter Wein rankten die Mauern empor. Zu allen Seiten des Gartens erstreckten sich dichte Wälder, die sich nur gen Nordosten öffneten und einen Blick auf den einsamen See und die großen Hügel dahinter freigaben, wo jenseits der klaren, scharfen Silhouette der Screes der Gable sein zerklüftetes Haupt in den Himmel erhob.[3]

Kühle lange Schatten stahlen sich über den Tennisrasen. Die Luft war golden. Tauben gurrten in den Bäumen; zwei Buchfinken spielten auf dem vorderen Pfosten des Netzes; ein kleiner Wippsterz huschte den Pfad entlang. Eine Terrassentür stand zum Garten offen; darinnen war dunkel ein Eßzimmer zu erkennen, mit alter Eiche getäfelt, auf seinem jakobitischen Tisch leuchtete es hell von Blumen und Silber und Kristall und Wedgwoodgeschirr überquellend mit Früchten: Reineclauden, Pfirsiche und große Muskatellertrauben. Lessingham lag in einem Liegestuhl und betrachtete durch den blauen Rauch einer Abendzigarre das warme Licht auf den Gloire-de-Dijon-Rosen, die sich oben unter dem Schlafzimmerfenster drängten. Er hielt ihre Hand. Dies war ihrer beider Haus.

»Sollten wir nicht jenes Kapitel vom weisen Njal zu Ende lesen?«[4] fragte sie.

Sie nahm den schweren Band mit seinem verblaßten grünen Buchdeckel und las:

»Er ging vors Haus in der Nacht auf Sonntag, als zwölf Wochen waren bis Winteranfang. Er hörte ein lautes Krachen, so daß ihm war, als bebe Erde und Himmel. Darauf schaute er gegen Westen: ihm war, als sehe er dort einen Kreis, feuerfarbig, und in dem Kreise einen Mann auf grauem Pferde: der kam schnell näher, er ritt scharf; er trug einen Feuerbrand in der Hand. Er ritt so nah an ihm durch, daß er ihn genau sehen konnte; er war schwarz wie Pech. Er sprach mit lauter Stimme dieses Gesätze:

Reite ein Roß –
Reif deckt sein Haupt,
Stirnhaar ist naß –:
Ich Unheilstifter.
Glut an den Enden,
Gift in der Mitte:
Wie der fliegende Stab
Sind Flosis Pläne!
Wie der fliegende Stab
sind Flosis Pläne!

Da war ihm, als schieße der Mann den Brand nach den Bergen im Osten und als breche ein mächtiges Feuer aus ihnen empor, so daß ihm war, er sehe davor nichts mehr von den Bergen. Der Mann schien ihm ostwärts in das Feuer hinein zu reiten, und dort verschwand er. Darauf ging er ins Haus in zu seinem Bett und war lange bewußtlos und kam wieder zu sich: er erinnerte sich an alles, was ihm erschienen war, und erzähltes seinem Vater; aber der sprach, er möges dem Hjalti Skeggissohn erzählen. Er ging hin und erzähltes ihm. ›Du hast den Geisterritt gesehen‹, sprach Hjalti, ›und das deutet immer auf große Ereignisse.‹«

Sie waren eine Weile still, dann sprach Lessingham plötzlich: »Wäre es dir recht, wenn wir heute nacht im Ostflügel schlafen?«

»Was, im Lotuszimmer?«

»Ja.«

»Ich bin heut' abend zu träge für derlei, Liebster«, antwortete sie.

»Macht es dir etwas aus, wenn ich alleine gehe? Ich werde zum Frühstück zurück sein. Ich mag meine Herzliebste bei mir; doch können wir gemeinsam gehen, wenn der Mond das nächste Mal abnimmt. Mein Schatz hat keine Angst, nicht wahr?«

»Nein!« sagte sie lachend. Doch ihre Augen waren ein wenig groß. Ihre Finger spielten mit seiner Uhrkette. »Mir wäre lieber«, sprach sie dann, »du würdest später gehen und mich mitnehmen. All dies ist immer noch so seltsam: das Haus und alles; und ich liebe es so. Und schließlich ist es ein langer Weg und manchmal der Jahre viel im Lotuszimmer, auch wenn es am nächsten Morgen alles vorbei ist. Mir wär' lieber, wir gingen zusammen. Wenn dann etwas geschähe, nun, dann würden wir beide draufgehen, und es wäre nicht so schlimm, nicht wahr?«

»Würden wir was?« sprach Lessingham. »Ich fürchte, deine Sprache läßt zu wünschen übrig.«

»Du warst mein Lehrmeister!« sagte sie; und sie lachten.

Sie saßen dort, bis die Schatten über den Rasen krochen und die Bäume hinauf, und die hohen Felsen des Berghanges dahinter brannten rot in den Abendsonnenstrahlen. Er sprach: »Wenn du gern ein wenig mit mir den Hang hinauf spazieren möchtest, der Merkur ist heut nacht zu sehen. Wir könnten einen Blick auf ihn erhaschen, gleich nach Sonnenuntergang.«

Ein wenig später standen sie auf dem offenen Hang unter den beizenden Fledermäusen[5] und hielten Ausschau nach dem matten Gestirn, das sich schließlich tief im Westen zwischen dem Sonnenuntergang und der Dunkelheit zeigte.

Er sprach: »Es ist, als ob der Merkur heut abend einen Finger auf mich gelegt hätte, Mary. Es hat keinen Zweck, daß ich heute woanders Schlaf suche als im Lotuszimmer.«

Sie drückte seinen Arm. »Merkur?« sagte sie. »Das ist eine andre Welt. Es ist zu weit.«

Aber er lachte und sprach: »Nichts ist zu weit.«

Sie wandten sich zum Gehen, als die Schatten dunkler wurden. Wie sie im Rund des Tores standen, das von dem offenen Hang in den Garten führte, erklangen die weichen, klaren Klänge eines Spinetts aus dem Haus. Sie hob einen Finger. »Horch«, sagte sie. »Deine Tochter spielt *Les Barricades.«*

Sie lauschten. »Sie spielt gern«, flüsterte er. »Ich bin froh, daß wir sie spielen gelehrt haben.« Und nach einem kleinen Moment fuhr er flüsternd fort: *»Les Barricades Mystérieuses.*[6] Was mag Couperin zu diesem verzauberten Namen inspiriert haben? Und nur du und ich wissen, was er wirklich bedeutet. *Les Barricades Mystérieuses.«*

In jener Nacht schlief Lessingham allein im Lotuszimmer. Seine Fenster öffneten sich nach Osten auf die schlafenden Wälder und die schlafenden kahlen Hänge des Illgill Head. Er schlief sanft und tief; denn dies war das Haus des Postmeridians[7] und das Haus des Friedens.

Zu mitternächtlicher Stunde, in der Tiefe der Nacht, als der abnehmende Mond über den Bergkamm lugte, erwachte er plötzlich. Die silbernen Strahlen schienen durch das offene Fenster auf etwas, das sich auf dem Fußende des Bettes niedergelassen hatte: ein kleiner Vogel, schwarz, rundköpfig, mit kurzem Schnabel und langen spitzen Flügeln und Augen, die wie zwei Sterne blinkten. Er hub an und sprach: »'s ist Zeit.«

So stand Lessingham auf und hüllte sich in einen großen Mantel, der auf einem Stuhl neben dem Bette lag. Er sprach: »Ich bin bereit, meine kleine Merlette.«[8] Denn dies war das Haus des Innigsten Begehrens.

Wahrlich erfüllten die Augen der Merlette den ganzen Raum mit Sternenlicht. Es war ein alter Raum. Lotusblüten waren in die Täfelung und das Bett und die Stühle und die Dachbalken eingeschnitten, und in dem Silberschein schwankten die geschnitzten Blumen wie Wasserlilien in einem trägen Strom. Ein Wagen von der Farbe des Lichthofs um den Mond wartete vor dem Fenster, in der Luft, und ein seltsam Tier war davor gespannt. Einem Rosse schien es gleich,[9] doch geflügelt wie ein Adler, und seine Vorderbeine waren gefiedert und bewehrt mit Adlerklauen an Stelle von Hufen. Er stieg auf den Wagen, und die kleine Merlette setzte sich auf sein Knie.

Mit einem Rauschen von Schwingen sprang der wilde Renner himmelan. Die Nacht um sie her war wie ein Strudel von Blasen um eines Tauchers Ohren, der in einen tiefen Schlund unter einem glatten, steilen Fels in einem Gebirgsbach eintaucht. Die Zeit wurde von der Geschwindigkeit verschluckt; die Welt fiel unter ihnen hinweg; und es dauerte nur den Moment zwischen zwei tiefen Atemzügen, ehe jenes seltsame Pferd seine Regenbogenflügel ausbreitete und sich über einer großen Insel niedersenkte, die da, umgeben von kleineren Inseln, schlummernd lag in einem schlummernden Meer: ein Land von hohen Gebirgen und Hügelmatten und einer Vielzahl von Gewässern, welche allesamt im Mondlicht gleißten.

Sie landeten hinter einem Tor, das von goldenen Löwen gekrönt war. Lessingham stieg vom Wagen, und die kleine schwarze Merlette kreiste um seinen Kopf und wies ihm eine von Eiben gesäumte Allee, die vom Tor wegführte. Wie in einem Traum folgte er ihr.

Kapitel I

Das Schloß des Fürsten Juss

Von den Schätzen, dergleichen in dem hohen Audienzsaal waren gar schön und lieblich anzuschaun, und von den Vorzügen und dem Stande der Fürsten des Dämonenlandes; und von der Botschaft, welchselbige ihnen König Gorice XI. gesandt, und der Antwort darob.

Die östlichen Sterne verblaßten im Morgengrauen, als Lessingham seinem Führer über den Grasweg zwischen den dunklen Reihen irischer Eiben folgte, die wachsam wie Soldaten in der Dämmerung standen, voller Geheimnis und Erwartung. Das Gras war feucht vom Tau der Nacht, und die großen weißen Lilien, die im Schatten der Eiben schliefen, erfüllten die Luft mit einem köstlichen Duft. Lessingham spürte den Boden unter seinen Füßen nicht, und als er die Hand nach einem Zweig ausstreckte, ging sie durch Ast und Nadeln hindurch, als ob diese substanzlos wie ein Mondstrahl wären.

Die kleine Merlette, die sich auf seiner Schulter niedergelassen, lachte ihm ins Ohr. »O Erdenkind«, sagte sie, »du glaubst, wir sind im Lande des Traumes?«

Er aber gab keine Antwort, und also sprach sie weiter: »Dies ist kein Traum. Als erstes der Menschenkinder bist du nach Merkurien[1] gekommen, wo du und ich eine Zeitlang verweilen werden, damit du die Länder und Meere, die Wälder, Ebenen und alten Berge siehst, die Städte und Paläste dieser Welt und das Treiben jener, die darinnen wohnen. Doch tun kannst du hier nichts, noch dich den Bewohnern bemerkbar machen, auch wenn du dir die Kehle heiser schriest. Denn du und ich, wir wandeln hier ungreifbar und unsichtbar gleich zwei wandelnden Träumen.«[2]

Sie standen nun auf den Marmorstufen, die von der Eibenallee zur Terrasse gegenüber dem Hauptportal des Schlosses führten. »Dir und mir stehen alle Tore und Türen offen«, fuhr die Merlette fort, als sie in den Schatten jenes alten Portals traten, das mit seltsamen Insignien versehen war, und mitten durch das massive Holz des verriegelten Tores, schwer mit Silber beschlagen, in den Innenhof vordrangen.

»Gehen wir in den hohen Audienzsaal und verweilen dort ein wenig. Der Morgen entzündet die oberen Luftschichten, und bald werden die Bewohner des Schlosses sich erheben, denn sie recken sich nicht lange in den Betten, wenn es Tag wird im Dämonenland. Denn wisse, o Erdgeborener: dies Land ist Dämonenland und dieses Schloß das Schloß des Fürsten Juss und der nun anbrechende Tag sein Geburtstag, an welchem im Schloß ein großes Fest stattfindet, wo die Dämonen ihm Ehre erweisen sowie seinen Brüdern Spitfyr und Goldry Bluszco; und diese und vor ihnen deren Väter regieren seit undenklichen Zeiten im Dämonenland und haben die Herrschaft inne über alle Dämonen.«

Also sprach sie, und die ersten schrägen Sonnenstrahlen schlugen speergleich durch die Ostfenster, und die Frische des Morgens strömte und schimmerte in jenen hohen Saal und drängte die blauschwarzen Schatten der vergangenen Nacht in die Ecken und Winkel und zwischen die Sparren des gewölbten Daches. Es hatte gewiß kein Potentat auf Erden, weder Krösus[3] noch der Großkönig, noch Minos[4] in seinem Palast zu Kreta, noch alle Pharaonen, noch Königin Semiramis,[5] noch alle Könige zu Babylon und Ninive, je einen Thronsaal besessen, der an Glanz hätte wetteifern können mit jenem hohen Audienzsaale der Fürsten von Dämonenland.[6] Seine Wände und Säulen waren aus schneeweißem Marmor, dessen jede Ader mit winzigen Edelsteinen ausgefüllt war: Rubine, Korallen, Granate und rosa Topase. Sieben Säulen auf jeder Seite trugen das schattendunkle Dachgewölbe; der Firstbalken und die Sparren waren aus Gold, wundersam geschnitzt, das Dach selbst aus Perlmutt. Jenseits der beiden Säulenreihen schloß sich je ein Seitenschiff an, und sieben großen Fenstern an der Ostwand hingen sieben Gemälde an der Westwand gegenüber. Am Saalende auf einer Estrade standen drei Thronstühle, deren Armlehnen jeweils aus zwei in Gold getriebenen Hippogryphen[7] bestanden, mit ausgebreiteten Schwingen, und die Beine der Stühle waren die Beine der Hippogryphen; der Sitz eines jeden Thrones aber war ein einziger Edelstein von gewaltiger Größe: der linke ein schwarzer Opal, funkelnd mit stahlblauem Feuer; der nächste ein Feueropal, einer glühenden Kohle gleich; der dritte ein Alexandrit, rot wie Wein bei der Nacht, doch am Tage von einem tiefen Meergrün. Zehn weitere Säulen standen in einem Halbkreis und hielten über der Estrade einen Baldachin aus Gold empor. Die Bänke, die von einem Ende des hohen Saales zum andren reichten, waren aus Zedernholz, eingelegt mit Koralle und Elfenbein, desgleichen die Tische davor. Der Fußboden wies ein Mosaik aus Marmor und grünem Turmalin auf, und auf jedem der grünen Gevierte war das Bild eines Fisches zu sehen, als da wären: der Delphin, der Meeraal[8], der Wels, der Thunfisch, der Lachs, der Tintenfisch und andre Wunder der Tiefe. Hinter den Thronsesseln hingen Tapisserien mit gewirkten Blumen: Schlangenkraut[9], Löwenmaul, Drachenwurz[10] und dergleichen, und auf den Paneelen unter den Fenstern waren Reliefs von Vögeln, Landtieren und kriechenden Wesen.

Doch das größte Wunder dieses Audienzsaales und nur mit Staunen anzuschaun war, wie das Kapitell einer jeden der vierundzwanzig Säulen, aus einem einzigen Edelstein gehauen, von der Hand eines alten Meisters zu der lebensechten Gestalt eines Ungeheuers geformt worden war: Hier war eine Harpyie[11] mit kreischend aufgerissenem Mund, so wundersam in ockergetönte Jade geschnitten, daß man erstaunt war, ihre Schreie nicht zu hören; hier in weingelbem Topas ein fliegender Feuerdrache[12]; dort ein Basilisk[13], geschaffen aus einem einzigen Rubin; dort ein Sternsaphir in der Farbe des Mondlichts, geschnitzt zu einem Zyklop[14], so daß die Strahlen des Sterns in seinem einzigen Auge zusammentrafen; da waren Salamander, Meerweiber, Chimären[15], Riesen, Leviathane[16], alle aus makellosen Edelsteinen gehauen, die den dreifachen Umfang eines starken Mannes hatten: samtdunkle Saphire, Crystolithe[17], Berylle[18], Amethyste[19] und der gelbe Zirkon, der wie durchsichtiges Gold ist.

Um dem Audienzsaal Licht zu spenden, hingen sieben Garfunkelsteine[20] darinnen, groß wie Kürbisse, über die Länge des Saales verteilt, und neun helle Mondsteine standen auf silbernen Piedestalen jeweils zwischen den Säulen auf der Estrade. Diese Edelsteine, die bei Tag den Sonnenschein tranken, gaben in den Stunden der Dunkelheit ein rötliches Licht von sich und einen sanften Schein wie von Mondstrahlen. Und, noch ein Wunder, die Unterseite des Baldachins über den Thronstühlen war mit Lapislazuli[21] ausgekleidet, und in diesem künstlichen Himmelszelt brannten die zwölf Zeichen des Tierkreises – jeder Stern ein Diamant, der aus eigner Kraft leuchtete.

Die Leute im Schloß begannen sich nun zu regen, und eine Schar von Bediensteten kam mit Besen, Bürsten, Lappen und ledernen Tüchern bestückt in den Audienzsaal, um ihn zu fegen und zu schmücken und das Gold und die Juwelen des Saales zu putzen, bis alles glänzte. Wendig waren die Diener und flink, von frischer Hautfarbe und mit blondem Haar, mit Hörnern auf den Köpfen. Als ihr Werk vollendet war, verschwanden sie, und der Saal begann sich mit Gästen zu füllen. Eine Freude war es, solch vielfältige Pracht zu sehen an Samtstoffen, Pelzen, erlesenen Stickereien und Silberseide[22], Musselin[23], Spitzen, Rüschen, kostbaren Ketten und Halsgeschmeiden[24] aus Gold; solch ein Glitzern von Juwelen und Waffen; solch ein Nicken von Federbüschen, welche die Dämonen im Haar trugen und mit denen zum Teil die Hörner umwunden waren, die ihren Häuptern entsprossen. Einige Gäste ließen sich auf den Bänken nieder oder stützten sich auf die blanken Tische, andre flanierten über den glänzenden Mosaikboden auf und ab. Hie und da waren auch Frauen unter den Anwesenden – Frauen so schön, daß man ausrufen wollte: Sicherlich ist dies hier die weißarmige Helena[25]; dies die arkadische Atalante[26]; dies Phryne[27], die Praxiteles für das Bildnis der Aphrodite Modell stand; dies Thaïs, zu deren Ergötzen der große Alexander die Stadt Persepolis in Brand steckte wie eine Fackel; dies jene, welche der dunkle Gott von den fruchtbaren Feldern Ennas raubte, daß sie Königin sei auf immerdar unter den Geistern der Dahingeschiedenen.[28]

Nun kam Bewegung in die Gäste beim großen Portal, und Lessingham gewahrte einen reich gekleideten Dämon von stämmiger Gestalt und edlem Gebaren. Sein Gesicht war rotbacken und sommersprossig, seine Stirn breit, seine Augen ruhig und blau wie das Meer. Sein dichter, lohfarbener Bart war gescheitelt und an beiden Seiten nach hinten und oben gebürstet.

»Sag mir, meine kleine Merlette«, sprach Lessingham, »ist das Fürst Juss?«

»Das ist nicht Fürst Juss«, antwortete die Merlette, »und keiner, der sich mit ihm könnte messen. Der Herr, den du dort siehst, ist Volle, der unter Kartadza am Seegestade wohnet. Ein großer Seefahrer ist er, und einer, der sich für die Sache Dämonenlands trefflich geschlagen hat und der ganzen Welt, im letzten Krieg gegen die Ghulen.

Doch lenke deinen Blick erneut zur Tür, wo einer inmitten eines Knäuels von Freunden steht, von hohem Wuchs und in gebückter Haltung. Er trägt einen silbernen Harnisch und einen Mantel von alter brokatner Seide, der schimmert wie mattes Gold. In seinen Zügen ähnelt er Volle, doch ist seine Haut dunkler, und er hat einen struppigen, schwarzen Schnurrbart.«

»Ich sehe ihn« sprach Lessingham. »So ist das also Fürst Juss!«

»Mitnichten«, sprach die Merlette. »Das ist Vizz, Volles Bruder. Er ist der reichste an Gütern unter allen Dämonen, abgesehen von den drei Brüdern allein und Fürst Brandoch Daha.«

»Und wer ist der dort?« fragte Lessingham und zeigte auf einen, der soeben leichten und forschen Schritts und mit einem Funkeln im Auge auf Volle zutrat und ihn in ein Gespräch unter vier Augen verwickelte. Ein hübsches Gesicht besaß er, wenngleich etwas langnasig und scharfzügig: klar und hart und voller Leben und der Freude daran.

»Hier siehest du« antwortete sie, »Fürst Zigg vor dir, den weitberühmten Pferdezähmer. Unter den Dämonen sieht man ihn gern, da er von heitrem Gemüt ist und ein Mann der Tat zudem, wenn er mit seinen Reitern gegen den Feind zieht.«

Volle warf seinen Bart hoch und lachte schallend über einen Scherz, den Zigg ihm ins Ohr flüsterte. Sogleich beugte Lessingham sich weit vor, um besser hören zu können. Das Stimmengewirr im Saal übertönte die Worte; doch als er sich vorbeugte, gewahrte Lessingham, wie sich die Vorhänge hinter der Estrade kurz teilten, und einer von königlicher Gestalt trat an den Thronstühlen vorbei in den Saal. Des jungen Mannes Schritt war graziös wie der eines geschmeidigen Raubtiers, das eben aus seinem Schlummer erwacht war, und er begrüßte mit gelassener Anmut die vielen Freunde, die sich vor ihm verneigten. Sehr groß war er und schlank gewachsen wie eine Maid. Die Seide seines Rockes hatte die Farbe der wilden Rose und war mit goldnen Blumen und Blitzen bestickt. Juwelen glitzerten an seiner linken Hand und an den Ringen an seinen Armen und an dem Reif, der in die goldnen Locken seines Hauptes geflochten und mit den Federn des paradiesischen Königsvogels besteckt war. Seine Hörner waren mit Safran gefärbt und mit goldner Filigranarbeit eingelegt. Seine Halbstiefel waren mit Gold geschnürt, und an seinem Gürtel hing ein Schwert, dessen Klinge schmal und scharf war und dessen Heft bestückt mit Beryllen und schwarzen Diamanten. Seltsam leicht und zierlich von Gestalt und Art war er, doch spürte man eine große Kraft in ihm schlummern, wie bei den zarten Formen eines Schneegipfels, der fern im Schein der roten Morgensonne glüht. Sein Antlitz war herrlich anzuschaun; es besaß die weichen Farben eines Mädchengesichts, und sein Ausdruck war von einer sanften Melancholie, mit einer Spur Geringschätzung vermischt, doch erwachten hin und wieder feurige Blitze in seinen Augen, und die Linien rascher Entschlußkraft umspielten seinen Mund unter dem gedrehten Schnurrbart.

»Endlich«, murmelte Lessingham, »endlich Fürst Juss!«

»Dein Irrtum«, sprach die Merlette. »sei dir verziehen, denn wohl kaum hat dein irdisches Auge etwas Erhabeneres erblickt. Doch ist dies nicht Juss, sondern Fürst Brandoch Daha, dem ganz Dämonenland westlich der Ginsterheide und des Stropardon untertan ist: die reichen Weinberge von Krothering, die weiten Weidelande von Failze und alle westlichen Inseln mit ihren klippenbegrenzten Hügeln. Glaube nicht, weil er Seide und Geschmeide liebt wie eine Königin und gazellenhaft und graziös wie eine junge Birke ist, daß seine Hand leicht oder sein Mut im Kriege zweifelhaft sei. Über Jahre hinweg ward er als drittbester Krieger in ganz Merkurien erachtet, nächst Goldry Bluszco und Gorice X. von Hexenland. Und diesen Gorice hat er vor neun Sommern im Einzelkampf besiegt, als die Hexen ins Koboldland einfielen und Brandoch Daha mit fünfhundertundachtzig Mann ins Feld zog, um Gaslark, dem König jenes Landes, Entsatz zu bringen. Und nun kann niemand mehr Fürst Brandoch Daha in der Waffenkunst übertreffen, es sei denn vielleicht Goldry allein.

Doch siehe«, sprach sie, als eine süße und wilde Melodei sich an ihr Ohr stahl und die Gäste sich der Estrade zuwandten und die Behänge sich abermals teilten, »endlich, das Dreigestirn der Herrscher von Dämonenland! Jauchzet, ihr Instrumente! Lächelt, Schicksalsnymphen, ob dieses festlichen Tages. Glück und Friede erstrahle über diese Welt und über Dämonenland! Richte deinen Blick erst auf ihn, der majestätisch in der Mitte schreitet, gekleidet in einen olivgrünen Waffenrock aus Samt, geziert mit Symbolen von verborgner Bedeutung in Stickerei aus Gold und Perlen aus Chrysolith. Sieh, wie seine um die Waden geschnürten Halbstiefel vor Gold und Bernstein blinken. Sieh seinen nachtdunklen Umhang, mit Gold gesäumt und mit blutroter Seide ausgeschlagen: ein Zaubermantel, der in längst vergessenen Zeiten von den Sylphiden[29] gefertigt ward und über das Geschick seines Trägers wacht, daß er tapferen Herzens sei und niemals verzage. Und sieh nun ihn, der ihn trägt: sein süßes, dunkles Angesicht, das violette Feuer in seinen Augen, die Wärme seines Lächelns, gleich einem Herbstwald im letzten Sonnenschein. Das ist Fürst Juss, der Herr dieses altehrwürdigen Schlosses; keinem wird mehr Huldigung im ganzen Dämonenland zuteil denn ihm. Auch versteht er sich auf die Kunst der Magie, doch wendet er sie nicht an; denn sie zehret an Leben und Kraft, und es geziemt sich nicht für einen Dämonen, Vertrauen in die Magie zu setzen, statt auf die Macht seines eignen Armes zu bauen.

Und jetzt lenke deinen Blick auf ihn, der sich auf des Fürsten Juss linken Arm stützt. Kleiner, doch kräftiger denn jener, geht er in schwarze Seide gekleidet, die bei jeder seiner Bewegungen wie Gold schimmert, und mit einem Kamm von schwarzen Adlerfedern zwischen den Hörnern in seinem blonden Haar. Seine Züge sind wild und kühn wie die eines Seeadlers, und unter seinen dichten Brauen werfen die Augen Blicke umher so scharf wie die Spitze eines Speeres. Ein schwaches Feuer, blaß wie das Leuchten eines Irrlichts[30], strömt hie und da aus seinen geblähten Nüstern. Das ist Fürst Spitfyr, ungestüm im Kampf.

Zuletzt schaue zu Juss' rechter Hand jenen Fürsten, der von Gestalt mächtig wie Herkules erscheint, doch leicht einherschreitet wie eine Färse. Die Muskeln und Sehnen seiner mächtigen Arme wölben sich bei jeder Bewegung unter einer Haut weißer denn Elfenbein; sein Mantel aus Goldbrokat ist schwer mit Juwelen besetzt, und auf seinem Waffenrock aus schwarzem Zindeltaft[31] sind aus Rubinen und rotem Seidenfaden große Herzen gearbeitet. Von seiner Schulter hängt ein zweihändiges Schwert, dessen Knauf ein zur Form eines Herzens geschliffener Rubin bildet; denn das Herz ist sein Sinnbild und Zeichen. Dies ist das Schwert, von Elfen geschmiedet, mit dem er das Seeungeheuer erschlug, wie du auf jenem Gemälde an der Wand sehen kannst. Edel ist er von Angesicht, ganz wie sein Bruder Juss, doch von dunklerem Braun sein Haar, und röter sind seine Wangen und seine Wangenknochen stärker. Betrachte ihn dir gut, o Erdenkind, denn nimmer wird dein Auge einen größeren Recken sehen als den Fürsten Goldry Bluszco, Hauptmann der Heerscharen von Dämonenland!«

Nun, da man sich allenthalben begrüßt hatte, und die Klänge der Lauten und Flöten in der schattigen Wölbung des Daches verhallt waren, füllten die Mundschenke große, zu Kelchen geschliffene Edelsteine mit altem Wein, und die Dämonen tranken mit großen Zügen auf das Wohl des Fürsten Juss zu Ehren dieses Jahrestages seiner Geburt. Nun waren sie im Begriff, sich zu zweien oder dreien auf den Weg in die Parks und Lustgärten zu begeben, die einen, um sich zwischen den Rabatten und an den Fischteichen zu ergehen, andre, um auf den bewaldeten Anhöhen der Jagd zu frönen, wieder andre, um sich mit Wurfspielen, Ringstechen zu Pferde, Tennis oder kriegerischen Übungen zu ergötzen – sich, mit einem Wort, so den lieben langen Tag, wie es sich bei einem solch hohen Fest geziemte, sorglos den Freuden und Taten des Lebens hinzugeben, um sich hernach in der hohen Halle an Speis und Trank zu laben, bis die Nacht dem Morgen wich.

Aber noch hatten die edlen Gäste den Saal nicht verlassen, als draußen eine Trompete anhub und ein dreifach schmetterndes Signal ertönte.

»Welch Störenfried erdreistet sich hier?« sprach Spitfyr. »Die Trompete ertönt nur, wenn Reisende aus fremden Landen nahen. Ich spür' es in den Knochen, daß ein Unhold nach Stormhöh gekommen ist, einer, der Böses im Schilde führt und einen Schatten über diesen festlichen Tag zu werfen gedenkt.«

»Beschwör das Unheil nicht herauf«, mahnte Juss. »Wer immer es auch sein mag, wir werden uns sogleich seines Ansinnens annehmen, um uns dann ganz unsrem Vergnügen zu widmen. Jemand gehe zum Tor und lasse ihn herein.«

Der Diener eilte von dannen und kehrte alsbald zurück. »Herr«, sprach er, »'s ist ein Gesandter von Hexenland mitsamt Gefolge. Er heischt sofortiges Gehör.«

»Von Hexenland, ha? Solcher Rauch pflegt stets von Feurio zu künden.«

»Soll er doch warten«, sprach Spitfyr, »bis es uns beliebt. Eine Schande ist's, daß so einer unsren Frohsinn vergällt.«

Goldry lachte und sprach: »Wen man uns wohl gesandt hat? Etwa diesen Laxus? Damit er sich mit uns dafür versöhne, daß er uns bei der Schlacht vor Kartadza so schmählich im Stich gelassen und sein gegebnes Wort schändlich gebrochen hat?«

Juss fragte den Diener: »Du hast den Gesandten gesehen. Wer ist es?«

»Herr«, antwortete dieser, »sein Gesicht ist mir fremd. Klein von Gestalt ist er und hat, mit Euer Liebden Verlaub, gar wenig gemein mit einem Würdenträger von Hexenland. Und mich dünkt, trotz des wundersam reichen und kostbaren Gewandes, mit dem er angetan, gleicht er ganz einem falschen Stein in einer kostbaren Fassung.«

»Wohlan«, erwiderte Juss, »eine bittere Arznei wird durch Zuwarten nicht süßer. Der Gesandte möge vortreten.«

Fürst Juss saß auf dem Thron in der Mitte der Estrade; zu seiner Rechten hatte Goldry Bluszco auf dem Sessel aus schwarzem Opal Platz genommen; Spitfyr thronte zur Linken auf dem Alexandrith. Auch die andren Fürsten von Dämonenland hatten sich auf der Estrade niedergelassen, und die Gäste niederen Ranges füllten die Bänke um die glänzenden Tische im Saal, als die großen Türen in den silbernen Angeln aufgetan wurden und der Gesandte mit Pomp und Gepränge über den glänzenden Mosaikboden aus weißem Marmor und grünem Turmalin hereinstolziert kam.

»Traun[32], welch ein Ungetier ist dies!« flüsterte Fürst Goldry in seines Bruders Ohr. »Seine haarigen Hände reichen ihm bis zu den Knien. Er hoppelt wie ein Esel mit gebundnen Vorderbeinen.«

»Mir behagt das schmutzige Gesicht dieses Gesandten nicht«, sprach Fürst Zigg. »Seine Nase sitzt so flach in seinem Gesicht, als wäre sie ein Lehmklumpen; und ich kann ihm wohl einen Sommertag lang durch die Nase in den Kopf sehen. Ich will verdammt sein, wenn seine Oberlippe ihn nicht als einen selten unersprießlichen Bombasten verrät. Wäre sie einen Fingerbreit länger, könnt' er sie sich in den Kragen stecken, um sich in einer kalten Wintersnacht das Kinn zu wärmen.«

»Mir behagt der Geruch dieses Gesandten nicht«, sprach Fürst Brandoch Daha und befahl den Dienern, Rauchfässer und Wedel mit Lavendel und Rosenwasser zu bringen, um den Saal zu bestäuben, und er ließ die Kristallfenster öffnen, auf daß die frischen Brisen des Himmels hereinwehten und das Innere mit ihrem süßen Wohlgeruch erfüllten.

Also schlurfte der Gesandte über den glänzenden Fußboden und trat vor die Fürsten von Dämonenland. Er war in einen scharlachroten Mantel mit Hermelinbesatz gehüllt, der mit Krebstieren, Kugelasseln und Tausendfüßlern aus Goldgarn bestickt war. Auf dem Kopf trug er eine schwarze Samtmütze, an die mit einer Silbernadel eine Pfauenfeder gesteckt war. Umringt von seinen Schleppenträgern und Lakaien lehnte er sich auf seinen goldnen Stab, hub mit harscher Stimme an und verkündete laut:

»Juss, Goldry Bluszco und Spitfyr und Ihr andren Dämonen, ich trete vor Euch als der Gesandte von Gorice dem Elften, dem ruhmreichen König von Hexenland, Herrscher und Großfürst von Butenien und Estremerine, Fürst von Sulan, Thramne, Mingos und Permio und Markgraf der Esamozischen Sümpfe, Erzherzog von Trakien, Tyrann von Beschtrien und Nevrien und Prinz von Ar, Herr über die Reiche Ojedien, Maltraënien sowie der Baltarei und Toribiens und über viele andre Länder, Seine Durchlauchtigste Majestät, dessen Macht und Herrlichkeit sich über die ganze Welt erstreckt und dessen Name alle Generationen überdauern wird. Und zunächst ersuche ich Euch, die Unantastbarkeit meines heiligen Amtes als Gesandter des Königs zu achten, welche von allen Völkern und Potentaten, außer den wahrhaft unzivilisierten, Gesandten und Botschaftern zugestanden wird.«

»Sprich und fürchte dich nicht«, antwortete Juss. »Du hast meinen Eid. Und nie erwies ich mich meineidig, ob zu Hexen oder andren Barbaren.«

Der Gesandte formte seine Lippen zu einem O und drohte mit dem Kopf; dann grinste er und bleckte seine spitzen und mißgestalten Zähne und fuhr fort:

»Also spricht der ruhmreiche und mächtige Gorice, der mir auftrug, Euch diese Botschaft zu überbringen, ohne ein Wort hinzuzufügen oder wegzulassen: ›Es steht mir im Sinn, daß mir keine Huldigung und kein Lehenseid geleistet ward von den Bewohnern meiner Provinz Dämonenland . . .‹«

Wie das Rascheln von dürren Blättern, die über das Pflaster streichen, wenn eine jähe Brise sie erfaßt, ging ein Raunen durch die Gäste im Saal. Fürst Spitfyr indes konnte seinen Zorn nicht verbergen, sondern sprang auf und fuhr mit der Hand an den Schwertgriff, als wollte er den Gesandten auf der Stelle niederschlagen. »Provinz?« schrie er. »Sind nicht die Dämonen ein freies Volk? Und müssen wir's dulden, daß die Hexen diesen Sklaven zu uns senden, der uns Beleidigungen ins Gesicht schleudert – und das in unsrem eignen Schloß!«

Ein Murmeln ging durch den Saal, und hie und da erhoben sich die Anwesenden von ihren Plätzen. Der Gesandte zog den Kopf zwischen die Schultern wie eine Schildkröte, entblößte die Zähne und blinzelte mit seinen kleinen Augen. Doch Brandoch Daha, legte seine Hand leicht auf Spitfyrs Arm und sagte: »Der Gesandte hat noch nicht zu Ende gesprochen, Vetter, und du hast ihn erschreckt. Hab Geduld, und verdirb nicht die Komödie. Es wird uns nicht an Worten fehlen, Gorice Antwort zu geben; noch an Schwertern, sollte der Hexenkönig darauf bestehen. Aber von uns Dämonen soll es nicht heißen, daß es nur einer rüpelhaften Rede bedurfte, uns von unsrer alten Gastfreundschaft Gesandten und Herolden gegenüber abzubringen.«

Also sprach Fürst Brandoch Daha in gelassenem, halb spöttischem

Ton, wie einer, der beiläufig den Ball der Konversation zurückwirft; doch deutlich genug, daß alle ihn hören konnten. Und alsgleich verebbte das Gemurmel, und Spitfyr sagte: »Ich bin friedlich. Verkünde, was du zu verkünden hast, und fürchte nicht, daß wir dich für irgend etwas, das du sagst, zur Rechenschaft ziehen, an dessen Statt, der dich gesandt hat.«

»Dessen ergebenes Sprachrohr ich nur bin«, ergänzte der Gesandte, der wieder ein wenig Mut faßte, »und der, mit Verlaub, den Willen und die Macht besitzt, seinen Dienern zugefügte Unbill zu rächen. Also sprach der König: ›Deshalb befehle und gebiete ich euch, Juss, Spitfyr und Goldry Bluszco, zu mir ins Hexenland auf meine Feste Carcë zu eilen und mir dortselbst untertänigst die Füße zu küssen, um aller Welt zu bezeugen, daß ich euer Herr und König und rechtmäßiger Herrscher über ganz Dämonenland bin.‹«

Ernst und ohne Regung lauschte Juss dem Gesandten, zurückgelehnt auf seinem Thron, die Arme rechts und links um den geschwungenen Hals des Hippogryphen gelegt. Goldry, auf dessen Gesicht ein verächtliches Lächeln lag, spielte mit dem Knauf seines mächtigen Schwertes. Spitfyr saß angespannt und mit finsterem Blick; unter seinen Nasenlöchern prasselten die Funken.

»Hast du alles gesagt?« fragte Juss.

»Alles«, sagte der Gesandte.

»Du sollst deine Antwort haben«, sprach Juss. »Während wir uns darob beratschlagen, iß und trink«, und er winkte dem Mundschenk, für den Gesandten funkelnden Wein einzugießen. Doch der Gesandte entschuldigte sich und sagte, er sei nicht durstig; er habe Speis und Trank an Bord seines Schiffes, genug für sich und sein Gefolge.

Da sprach Fürst Spitfyr: »Kein Wunder, daß das Hexengezücht Gift im Becher fürchtet. Wer selbst seine Feinde mit solch heimtückischen Mitteln zu beseitigen pflegt, wie der Tod von Rezedor aus Koboldland bezeugt, den Corsus mit einem Gifttrank mordete[33], dem zittern wohl die Knie, daß ihm selbst solch tödliche Atzung zuteil werde«, und er ergriff den Becher, leerte ihn bis auf den Grund und schleuderte ihn vor dem Gesandten auf den Marmorboden, daß er in tausend Scherben zersprang.

Und die Fürsten von Dämonenland erhoben sich von ihren Thronen und zogen sich hinter die gewirkten Behänge in ein Nebengemach zurück, um mit sich zu Rate zu gehen, welche Antwort sie auf die Botschaft erteilen sollten, die König Gorice von Hexenland ihnen gesandt.

Als sie unter sich waren, ergriff Spitfyr das Wort und sprach: »Sollen wir's erdulden, daß der König uns solchen Schimpf angedeihen läßt? Könnt' er nicht zumindest einen der Söhne des Corund oder des Corsus zu seinem Botschafter bestellt haben, uns seine Herausforderung zu überbringen, anstatt dieses niedersten seiner Domestiken, dies Zwergen, der nur dazu da ist, sie beim Saufgelage zu erheitern, wenn sie bereits zu drei Vierteln trunken sind?«

Fürst Juss lächelte verächtlich. »Mit Bedacht«, sprach er, »hat Hexenland diesen Zeitpunkt gewählt, einen Streit vom Zaun zu brechen; denn er weiß sehr wohl, daß dreiunddreißig unsrer besten Schiffe vor Kartadza im Krieg gegen die Ghulen[34] gesunken sind und daß uns nur mehr vierzehn verbleiben. Jetzt, wo die Ghulen bis auf den letzten Mann vernichtet und ausgelöscht sind und somit die größte Plage und Gefahr auf dieser Welt ein Ende gefunden hat, allein durch das Schwert und den Mut Dämonenlands, scheint für diese falschen Freunde der glückliche Moment gekommen zu sein, über uns herzufallen. Denn haben nicht die Hexen eine starke Flotte, da all ihre Schiffe schon zu Beginn des Kampfes gegen die Ghulen die Flucht ergriffen haben? Und jetzt sinnen sie auf neuen Verrat und wollen in heimtückischer Weise in unser Land einfallen. Denn der König weiß wohl, daß wir nicht gen Hexenland ziehen und seiner Heerfahrt nicht wehren können, sondern erst viele Monate lang unsre Flotte erneuern müssen. Und ich zweifle nicht daran, daß er bereits seine Flotte zu Tenemos zusammengezogen hat, die Kurs hierher nimmt, wenn wir ihm die Antwort senden, die er von uns erwartet.«

»Also wolln wir ihn erwarten«, sprach Goldry, »und derweil unsre Schwerter schärfen; soll er doch mit seinen Armeen über die salzige See segeln. Nicht einer aus Hexenland mag seinen Fuß auf Dämonenlands Boden setzen, der nicht seine Gebeine und sein Blut hier lassen soll, um unsre Kornfelder und Weingärten zu düngen.«

»Wollen wir«, sprach Spitfyr, »ihm nicht zuvorkommen und mit den vierzehn Schiffen, die uns geblieben, noch heute in See stechen? Wir können Hexenland in seiner Feste Carcë überraschen, sie stürmen und ihn den Krähen zum Fraß vorwerfen, noch bevor er der Schnelle unsrer Antwort recht gewahr ist. Das ist mein Rat.«

»Nein«, sprach Juss, »wir würden ihn nicht überrumpeln. Du kannst sicher sein, daß seine Schiffe in den Gewässern Hexenlands bereit liegen und gegen jeden raschen Angriff auf der Hut sind. Es wäre Torheit, unsren Kopf in die Schlinge zu stecken, und es würde Dämonenland kaum zum Ruhme gereichen, geduldig seiner Ankunft zu harren. Das also ist mein Rat: Ich werde Gorice zum Zweikampf herausfordern und ihm anbieten, die Fehde von dessen Ausgang abhängig zu machen.«

»Ein guter Ratschluß, so er in Erfüllung ginge«, sprach Goldry. »Doch wird er es nie wagen, sich im Einzelkampf mit Waffen dir oder einem andren von uns zu stellen. Indes, so soll es geschehen: Ist Gorice nicht ein mächtiger Ringkämpfer, und hat er nicht in seinem Palast zu

Carcë die Schädel und Gebeine von neunundneunzig großen Recken, die er in dieser Disziplin bezwungen hat? Aufgeblasen über alle Maßen ist er in seinem Eigendünkel, und man sagt, es sei ihm ein Dorn im Auge, daß sich keiner mehr fände, der bereit wäre, gegen ihn im Ringkampf anzutreten, und wie sehr sehne er sich nach seinem hundertsten Schädel! Mit mir mag er drum in den Ring steigen!«

Dies erschien allen wohl gesprochen. Nachdem sie eine Weile darüber beraten hatten und fest stand, was sie tun würden, kehrten die Fürsten von Dämonenland frohen Herzens in den hohen Audienzsaal zurück. Und dort hub Fürst Juss an und sprach: »Dämonen, ihr habt die Worte gehört, die der König von Hexenland in dem maßlosen Stolz seines Herzens durch den Mund dies Gesandten zu uns gesprochen hat. Nun, das ist unsre Antwort, die mein Bruder, der Fürst Goldry Bluszco, geben wird; und wir tragen dir, o Gesandter, auf, deinem König unsre Erwiderung kundzutun, ohne ein Wort hinzuzufügen oder wegzulassen.«

Und der Fürst Goldry sprach: »Wir, die Fürsten von Dämonenland, verachten dich, Gorice XI., als elendigen Feigling, da du uns in der Seeschlacht gegen die Ghulen schmählich im Stich gelassen, obwohl du den heiligen Schwur eines Bündnisses eingegangen bist. Unsre Schwerter, die in jener Schlacht der großen Plage und Gefahr für die ganze Welt ein Ende setzten, sind weder stumpf noch gebrochen. Sie sollen in den Eingeweiden deiner selbst und deiner Lakaien wüten, als da wären: Corsus, Corund und deren Söhne sowie Corinius und all die andren Übeltäter, die das wäßrige Hexenland birgt, ehr[35] auch nur die kleinste Strandnelke an unsren Klippen sich dir beugt. Damit du aber, so du gewillt bist, unsre Macht spüren magst, trage ich, Fürst Goldry Bluszco, dir folgendes an: daß wir beide, du und ich, uns im Ringkampf messen, und zwar um drei Niederwürfe, am Hofe des Roten Foliots, der in dieser Fehde weder unsrer noch deiner Seite zuneigt. Und wir werden uns durch einen heiligen Eid an folgende Abmachung binden: Wenn ich dich bezwinge, werden die Dämonen euch von Hexenland in Frieden lassen und ihr uns, und die Hexen sollen auf immerdar ihrem ungerechtfertigten Anspruch auf Dämonenland entsagen. Falls aber du, Gorice, den Sieg davontragen solltest, gebührt dir zudem das Recht, deinen Anspruch gegen uns mit dem Schwert zu erkämpfen.«

Also sprach der Fürst Goldry Bluszco, wie er stolz und in seiner ganzen Pracht unter dem Sternenbaldachine stand, und so finster blickte er auf den Gesandten von Hexenland herab, daß dieser die Fassung verlor und ihm die Knie zitterten. Und Goldry Bluszco rief nach seinem Schreiber und ließ seine Worte in großen Buchstaben auf eine Pergamentrolle setzen, und die Fürsten von Dämonenland prägten dem Schriftstück ihre Siegel auf und überreichten es dem Gesandten.

Der Gesandte nahm es und eilte von dannen; doch als er an das große Portal des Audienzsaales gekommen war und wieder von seinem Gefolge umringt und nicht mehr so nahe bei den Herren von Dämonenland, nahm er sich ein Herz, drehte sich um und sprach: »Vorschnell und zu deinem sicheren Verderben, o Goldry Bluszco, hast du unsren Herrn und König herausgefordert, sich mit dir im Ringkampf zu messen. Magst du auch noch so mächtig sein an Leibeskraft, so hat der König schon gleich Mächtige besiegt. Und er ringt nicht zum Sport, sondern wird dich gewißlich zerschmettern und deine Gebeine zu denen der neunundneunzig Recken hängen, die er bereits in die Knie gezwungen hat.«

Damit, weil Goldry und die andren Fürsten gar schrecklich dreinblickten und die Gäste bei der Tür die Hexen schmähten und mit Pfuirufen bedachten, lief er schnell und schneller die glatten Stufen hinab und über den Schloßhof zum Tor, wie einer, der in einer dunklen und stürmischen Nacht einen Weg entlanghetzt und sich nicht umzusehen wagt, aus Angst, ein schreckliches Unheil könnte seine Klauen nach ihm ausstrecken. So schnell lief er, daß er seinen kostbaren Samtmantel mit den Krabben und andrem Kriechgetier unter die Achseln raffen mußte, um nicht zu stolpern, und unter dem gemeinen Volk erhob sich großes Gelächter und Gespött, als die Leute seines langen, knöchernen Schwanzes gewahr wurden, der also ihren unliebsamen Blicken preisgegeben ward. Alle stimmten in einen Chor ein: »Garstig ist sein Gesicht, doch hat er einen schönen Schwanz! Habt ihr seinen Schwanz gesehen? Ei der Daus, Gorice hat uns einen Affen als Boten gesandt!«

Und so begleitete den Gesandten und sein Gefolge den ganzen Weg hinab vom Schloß zu Stormhöh[36] bis zu den Kaimauern großes Gespött. Es war fast wie eine Heimkehr für ihn, endlich den Fuß auf die Planken seines wohlgebauten Schiffes zu setzen, und er ließ alsgleich den Anker lichten und es aus dem Hafenbecken aufs offene Meer hinausrudern. Und als sie das Kap von Sichthaven umrundet hatten, setzten sie die Segel, und ein günstiger Wind trieb sie ostwärts über die weindunkle Tiefe[37] gen Hexenland.

Kapitel II

Das Ringen um Dämonenland

Von denen Omina, welchselbige den Fürsten Gro schreckten, die Begegnung zwischen dem Könige von Hexenland und dem Fürsten Goldry Blusco betreffend; und wie nämliche sich zutrug und von derselben Ergebnis

»Wie konnte ich nur eingeschlafen sein? Wo ist das Schloß der Dämonen, und wie haben wir den großen Audienzsaal verlassen, wo sie den Gesandten empfingen?« Er stand nämlich in einem gewellten, baumlosen Hochland, das sich zum Meer hin neigte und sich ins Landesinnere erstreckte, soweit das Auge reichte. An drei Seiten aber schimmerte das Meer, von der Sonne geküßt und vom frischen Salzwind gekämmt, der über die grasbedeckten Hügel strich und in den grenzenlosen Höhen des Himmels Wolken ohne Zahl vor sich hertrieb.

Die kleine schwarze Merlette gab zur Antwort: »Mein Hippogryph durcheilt die Zeit ebenso wie den Raum. So geschwind haben wir Tage und Wochen hinter uns gelassen, daß es dir nur wie ein Augenblick erscheint, und du stehest nun auf den Foliotinseln, einem glücklichen Land unter der milden Herrschaft eines friedsamen Fürsten, und es ist der Tag, den König Gorice für den Ringkampf mit Fürst Goldry Bluszco ausersehen hat. Schrecklich muß das Ringen zwischen zwei so gewaltigen Recken sein und ungewiß sein Ausgang. Und mein Herz bangt um Goldry Bluszco: Zwar ist er groß und stark und unbesiegt im Felde, doch ist zuzeiten kein gefürchteterer Ringer erstanden als dieser Gorice, und stark ist er und unnachgiebig und ausdauernd und geschickt in jedweder Kunst des Angriffs und der Verteidigung und verschlagen obdrein[1] und grausam und tückisch wie eine Schlange!«

Wo sie standen, schnitt ein zum Meer abfallendes Trogtal[2] tief in die Hügellandschaft ein, und über dem Tal lag der Palast des Roten Foliot, ein weitläufiges niederes Bauwerk mit vielen Türmchen und Erkern, errichtet aus Steinen, die aus den Seitenwänden des Tales gebrochen waren, so daß es sich aus der Entfernung kaum ausmachen ließ, was Palast war und was gewachsener Fels. Hinter dem Palast erstreckte sich eine Wiese, eben und glatt, bedeckt mit der dichten zähen Grasnarbe des Hochlands. Zu beiden Seiten der Wiese waren Hütten aufgestellt, im Norden die Hütten derer von Hexenland und im Süden die Hütten der Dämonen. In der Mitte der Wiese war mit Ruten[3] ein Kampfplatz[4] abgesteckt, von jeweils sechzig Schritten im Geviert.

Außer den Vögeln des Himmels und dem Seewind regte sich nichts, bis auf jene, die in voller Wehr vor den Hütten der Hexen auf- und abschritten. Es waren ihrer sechs, gekleidet für die Schlacht, in Brünnen[5] aus schimmernder Bronze, mit bronzenen Beinschienen[6] und Schilden, die in der Sonne glänzten. Fünf waren ranke, schlanke Jünglinge, schwarzhaarig und mit kräftigem Kinn; dem Ältesten sproß gerade der erste Bartflaum. Der sechste besaß einen Leib wie ein Hornvieh[7] und war um einen halben Kopf größer; sein Bart war schon angegraut und hing buschig über die breite Brust bis zum Gürtel hinab, welcher mit Eisennieten beschlagen war; doch die Kraft der Jugend war in seinem Blick und in seiner Stimme, in seinem Schritt und in der Hand, welche den mächtgen Speer hielt wie ein Spielzeug.

»Siehe, staune und wehklage«, sprach die Merlette, »daß das unschuldige Auge des Tages auf diese Kinder der ewigen Nacht herabblicken muß: Corund aus Hexenland und seine verwünschten Söhne!«

Lessingham dachte bei sich: »Recht einseitig sieht meine kleine Merlette die Dinge; für sie gibt es nur Engel und Teufel und nichts dazwischen. Doch werde ich nicht nach irgend jemandes Melodie tanzen, sondern zuwarten und schauen, was geschieht.«[8]

So schritten diese sechs wie Löwen im Käfig vor den Hütten der Hexen hin und her, bis Corund innehielt, sich auf seinen Speer stützte und zu einem seiner Söhne sprach: »Geh hinein und hole mir Gro; ich will mit ihm reden.« Und der Sohn Corunds ging und kehrte alsbald mit Fürst Gro[9] an seiner Seite zurück. Dieser kam verstohlenen Schrittes, doch war sein Äußeres keinesfalls unangenehm. Seine Nase war gebogen wie eine Sichel; seine Augen waren groß und dunkel wie die Augen eines Ochsen, und ebenso unergründlich war sein Blick. Hager und schmächtig war er von Gestalt. Blaß war sein Gesicht und blaß seine feingliedrigen Hände, und sein schwarzer Bart kräuselte sich in dichten Locken[10] und glänzte wie das Fell eines schwarzen Apportierhundes.

Corund fragte: »Wie steht es um den König?«

Gro antwortete ihm: »Er ist ungeduldig; und um die Zeit zu vertreiben, macht er mit Corinius ein Würfelspiel, und das Glück stehet gegen den König.«

»Welchen Schluß ziehst du daraus?« fragte Corund weiter.

Und Gro antwortete: »Glück im Spiel und Glück auf dem Felde sind zwei Paar Stiefel.«

Corund grunzte in seinen Bart und legte seine große Hand auf des Fürsten Gro Schulter. »Komm mit auf die Seite«, sagte er dann, und als sie außer Hörweite waren: »Verschweige nicht mir und meinen Söhnen, was du weißt. War ich in den letzten vier Jahren nicht wie ein Bruder zu dir? Willst du mir noch immer nichts offenbaren?«

Gro aber lächelte traurig und sprach: »Warum durch unheilvolle Worte einen weiteren Axthieb tun, wenn der Baum schon schwankt?«

Corund stöhnte. »Zeichen des Unheils«, sagte er, »mehren sich seit der Stunde, da der König diese Herausforderung angenommen hat, gegen deinen und meinen Rat und gegen den Rat aller Großen des Landes. Gewiß haben die Götter sein Ende verfügt und ihn dem Tode geweiht und wollen uns vor diesen Dämonen den Nacken beugen. Ein schlechtes Vorzeichen jagt das andre, o Gro: Zuerst jener nächtliche Rabe, der wider den Sonnenlauf[11] um unser Schloß kreiste, in eben jener Nacht, da der König die Herausforderung annahm und wir nach einem großen Festgelage alle trunken zu Tische saßen. Sodann das Straucheln des Königs, als er auf das Deck des Langschiffes trat, das uns zur Kampfesstätte brachte. Dann der schielende Mundschenk, der uns gestern abend Wein in die Becher goß. Und die ganze Zeit über der teuflische Stolz und die hochmögende Stimmung des Königs. Genug: Er ist dem Tod geweiht. Und die Würfel fallen gegen ihn.«

Gro hub an und sprach: »O Corund, ich will dir nicht verhehlen, daß mein Herz schwer wie das deine unter dem Schatten nahenden Unheils liegt. Denn als ich den tiefsten Stunden der Nacht schlafend lag, da trat ein Traum an mein Bett und sah mich an mit einem so grimmen Blick, daß ich am ganzen Leibe zitterte und bebte. Und der Traum, so schien es mir, schlug gegen das Dach über meinem Bette, und das Dach tat sich auf, und darüber klaffte der dunkle Himmel, und durch die Dunkelheit zog ein geschweifter Stern, und die Nacht ward erfüllt von feurigen Zeichen. Und Blut war auf dem Dach, und es waren große Flecken von Blut an den Wänden und auf dem Kopfstück meines Bettes. Und der Traum schrie wie eine Nachteule und rief: *Hexenland aus deiner Hand, o König!* Und mich deuchte, die ganze Welt ginge in einer grellen Lohe unter, und mit einem lauten Aufschrei erwachte ich aus meinem Traum.«

»Du bist weise«, sprach Corund, »und der Traum war gewiß ein Wahrtraum, der durch das hörnerne Tor zu dir kam, und gewiß deutet er große und schreckliche Ereignisse für den König und unser Land voraus.«

Gro sprach: »Kein Wort davon zu den andren; denn niemand kann mit dem Schicksal ringen und dabei Sieger bleiben, und es würde nur ihre Herzen bedrücken. Wir jedoch müssen uns auf Unheilvolles gefaßt machen. Falls (was die Götter verhüten mögen) dieser Ringkampf ein schlimmes Ende nimmt, so versäumet nicht, mich um meinen Rat zu fragen, bevor ihr etwas unternehmt. ›Bloß ist der Rücken, der des Bruders entbehrt.‹ Gemeinsam müssen wir tun, was zu tun bleibt.«

»Du hast mein Wort darauf«, sprach Corund.

Jetzt kam eine große Gesellschaft aus dem Palast und nahm auf beiden Seiten des Platzes Aufstellung. Der Rote Foliot saß in einer Kutsche aus glänzendem Ebenholz, gezogen von sechs schwarzen Pferden mit wallenden Mähnen und Schweifen; vor ihm gingen seine Musikanten, Pfeifer und Spielleute einher, die ihre Weisen erklingen ließen, und hinter ihm kamen fünfzig Speerträger, schwer gepanzert und mit großen Langschilden, die sie vom Kinn bis zu den Zehnen deckten. Ihre Waffen waren in Krapplack[12] getaucht, daß es aussah, als wären sie in Blut gebadet. Doch freundlich anzuschaun war der Rote Foliot, und dennoch königlich. Seine Haut war scharlachrot wie der Kopf des grünen Waldspechts. Er trug ein Diadem aus Silber und eine scharlachrote Robe mit schwarzem Pelzbesatz.

Als die Foliots Aufstellung genommen hatten, trat auf Befehl des Roten Foliots einer mit einem Horn vor und stieß dreimal hinein. Alsgleich traten die Fürsten von Dämonenland samt Gefolge aus ihren Hütten: Juss, Goldry, Spitfyr und Brandoch Daha. Bis auf Goldry waren sie alle gewappnet; dieser trug einen Umhang aus Goldbrokat mit eingestickten Herzen aus roter Seide. Gleichzeitig traten auch die Fürsten von Hexenland aus ihren Hütten, ebenfalls in Wehr und Waffen, mit ihren Mannen, und wenig Liebe war in den Blicken, die sie mit den Dämonen wechselten. In ihrer Mitten schritt der König, gleich Goldry in einen Mantel gehüllt; und aus schwarzer Seide war dieser, mit schwarzem Bärenfell gesäumt und verziert mit Krebsen aus aufgesetzten Diamanten. Die Krone von Hexenland, die einem gräßlichen Krebs nachgebildet und so verschwenderisch mit Juwelen besetzt war, daß man das Eisen nicht zu erkennen vermochte, aus dem sie geschmiedet war, ruhte schwer auf seiner Stirn über den buschigen Brauen. Sein Bart war schwarz und zottelig, spatenförmig und dicht gewachsen, sein Haar kurz geschoren. Die Oberlippe war glatt rasiert, so daß sein höhnischer Mund gut sichtbar war, und aus den dunklen Höhlen unter den Brauen blickten zwei Augen hervor, in denen ein grünes Leuchten glomm wie bei einem Wolf. Corund ging zu des Königs Linken, und seine hünenhafte Gestalt war nur einen Zoll kleiner als die seines Herrn. Zur Rechten ging Corinius[13], mit einem prunkvollen Mantel aus himmelblauem Tuch über einer glänzenden

Rüstung. Groß und soldatisch war Corinius und jung und mannhaft anzuschaun, mit federndem Schritt und hochgemutem Blick, fleischigen Lippen und ein wenig groben Gesichtszügen, und die Sonne schien hell auf seine glattrasierten Wangen.

Nun ließ der Rote Foliot zum zweiten Mal das Horn ertönen, und er stellte sich in seiner Ebenholz-Kutsche auf, um die Bedingungen vorzulesen, als da waren:

»O Gorice XI., glorreicher König von Hexenland! O Fürst Goldry Bluszco, Führer der Heerscharen von Dämonenland! Ihr habt eine Abmachung getroffen und sie mit heiligen Eiden bekräftigt, für deren Einhaltung ich, der Rote Foliot, sorgen werde: daß ein Ringkampf ausgetragen werden solle um drei Niederwürfe, zu folgenden Bedingungen: daß nämlich, wenn Gorice der König gewinnt, ihm die Ehre gebührt und die Freiheit obdrein, seinen Herrschaftsanspruch über das gebirgichte Dämonenland mit dem Schwerte zu erzwingen. Doch wenn der Sieg dem Fürsten Goldry Bluszco zufällt, dann sollen die Dämonen sich friedlich mit den Hexen vergleichen und selbige mit ihnen, und die Hexen sollen für immer auf ihren Anspruch über die Dämonen verzichten. Und Ihr, o König, und Ihr, o Goldry Bluszco, seid gleichermaßen durch Euren Eid gebunden, ehrlich zu ringen und meinen Anweisungen zu folgen, die ich, der Rote Foliot, als Euer frei gewählter Schiedsrichter erteile. Und ich gelobe, gerecht zwischen Euch zu richten. Und die Regeln Eures Ringkampfes sollen sein: daß keiner den andren mit den Händen würge, noch ihn beiße, ihn kratze und sein Fleisch aufschürfe, noch mit den Nägeln in seine Augen steche oder ihm Faustschläge versetze und auch keine andren unerlaubten Mittel gegen ihn anwende, doch in jeder andren Hinsicht sei Ihr in Eurem Kampfe völlig frei. Als Niederwurf gelte, wenn einer mit Hüfte oder Schulter auf der Erde liegt.«

Der Rote Foliot sprach: »Habe ich recht gesprochen, o König, und schwört Ihr, dem Folge zu leisten?«

Der König sprach: »Ich schwöre.«

Der Rote Foliot fragte in gleicher Weise: »Schwört auch Ihr, dem Folge zu leisten, o Goldry Bluszco?«

Und Goldry antwortete ihm: »Ich schwöre.«

Ohne ein weiteres Wort trat der König auf der einen Seite in den Ring und Goldry Bluszco auf der andren, und sie warfen ihre Umhänge ab und standen einander nackt gegenüber. Und das Volk stand schweigend und voller Bewunderung angesichts der Sehnen und Muskeln der beiden Gegner und fragte sich, welcher von mächtigerer Statur sein und somit eher den Sieg davontragen mochte. Der König war um weniges größer und langarmiger als Goldry. Dieser aber hatte einen mächtigen Körperbau mit vorzüglichen Proportionen; wie bei einem Gott war jeder Teil dem andren vermählt, und wenn einer von beiden breiter in der Brust war, dann war er's, und auch sein Nacken war kräftiger als der des Königs.

Der König nun spottete Goldrys und sprach: »Rebellischer Hund, 's ist an der Zeit, daß ich dir und diesen Foliots und den Dämonen, die hier zugegen sind, beweise, daß ich dein Herr und König bin, nicht nur kraft dieser meiner Krone von Hexenland, die ich somit für eine Stunde ablege, sondern zudem ob meiner größeren Kraft und meiner Hände Geschick. Ich sage dir, daß ich erst von dir ablassen werde, wenn ich dir's Leben aus dem Leib gerissen und deine winselnde Seele ins Unbekannte geschickt habe. Und dein Schädel und deine Markknochen werde ich nach Carcë verbringen, in meinen Palast, auf daß sie der ganzen Welt davon künden, daß ich beim Ringen einhundert großen Recken, darunter nicht zuletzt auch dir, zum Verhängnis geworden bin, die ich alle in Ausübung meiner Macht erschlagen habe. Und wenn wir dann gegessen und getrunken und in meinem königlichen Palast ein großes Fest gefeiert haben, werde ich mit meinen Armeen über die wimmelnde Tiefe ins gebirgichte Dämonenland segeln, und es soll mein Fußschemel sein und diese andren Dämonen meine Sklaven, fürwahr, und die Sklaven meiner Sklaven.«

Aber der Fürst Goldry Bluszco lachte unbekümmert und sprach zum Roten Foliot: »O Roter Foliot, ich kam nicht hierher, um mich mit dem König der Hexen im Redenschwingen zu üben, sondern um meine Kraft mit ihm zu messen, Arm gegen Arm.«

Jetzt waren sie bereit, und der Rote Foliot gab ein Handzeichen, und mit lautem Klang schlugen die Becken gegeneinander und eröffneten die erste Runde.

Mit dem Schlag gingen die beiden Recken aufeinander zu und umklammerten einander mit ihren starken Armen, den rechten Arm jeweils unter und den linken über der Schulter des andren. Tief bohrten sich die Finger ihrer Hände, die wie eherne Bänder waren, in des Gegners Fleisch. Sie schwankten dabei ein wenig, wie gewaltige Bäume, die sich im Sturme wiegen, und ihre Füße waren so fest in die Erde gestemmt, daß es schien, als wären sie wie Eichenstämme im Boden verwurzelt. Und weder konnte der eine den andren zurückdrängen noch einen festen Griff anbringen. So schwankten sie lange hin und her, und schwer ging ihr Atem. Schließlich sammelte Goldry alle Kraft und lüpfte den König ein Stück in die Höhe, um ihn überzuwerfen und auf die Erde zu schleudern. Doch in dem nämlichen Augenblick, da der König den Boden unter seinen Füßen nicht mehr spürte, lehnte er sich machtvoll nach vorn, schob blitzschnell seine Ferse von außen um Goldrys Bein und trat mit aller Kraft dagegen. Er traf ihn von hinten direkt über dem Knöchel auf solche Weise, daß Goldry seinen Griff um den Leib des Königs lockern mußte, und alle wunderten sich darob, daß Goldry in dieser mißlichen Lage sich davor bewahren konnte, auf den Rücken geworfen zu werden. So umklammerten sie sich erneut, bis rote Striemen sich auf ihren Rücken und Schultern zeigten, so stark spannten sich ihre Muskeln. Alsdann drehte der König sich ruckartig zur Seite, so daß er Goldry die rechte Körperhälfte zuwandte, und schlang eines seiner Beine von innen um Goldrys Unterschenkel, und mit einer noch festeren Umklammerung stemmte er sodann sein ganzes Eigengewicht gegen Goldry, um ihn rücklings auf die Erde zu werfen und ihn unter der Last zu zermalmen. Doch Goldry beugte sich heftig nach vorne und verstärkte seinen Griff um den Leib des Gegners, und so machtvoll drückte er mit all seiner Kraft nach vorn, daß der König von seinem Vorsatz ablassen mußte, und so fielen sie eng umschlungen Seite an Seite mit einem heftigen Aufprall zu Boden und blieben für eine Zeit, in der man hätte bis zehn zählen können, benommen dort liegen.

Der Rote Foliot erklärte den Ausgang dieser Runde für unentschieden, und die beiden Kämpfer gingen zu ihren Kameraden zurück, um Atem zu schöpfen und sich eine Weile auszuruhen.

Während der Ruhepause nun kam eine Fledermaus von den Hütten der Hexen geflogen, flatterte wider den Sonnenlauf einmal um den Kampfplatz und verschwand stumm in der Richtung, aus der sie gekommen. Fürst Gro sah dies, und das Herz wurde ihm schwer in der Brust. Er sprach zu Corund und sagte: »Es tut not, daß ich selbst in dieser späten Stunde noch den Versuch wage, den König anderen Sinnes zu stimmen, daß er sich nicht weiter ins Verderben stürzt.«

Corund antwortete: »Tu, was du für richtig hältst, doch es wird vergebens sein.«

Gro trat also an den König heran und sprach: »Herr, beendet diesen Ringkampf. Größer und mächtiger von Wuchs als alle andren Recken, die Ihr vordem besiegt habt, ist dieser Dämon, und dennoch habt Ihr ihn bezwungen. Denn Ihr habt ihn zu Fall gebracht, wie wir alle sahen, und der Rote Foliot hat den Ausgang fälschlicherweise als unentschieden beurteilt, weil Eure Majestät selbst mit zu Boden gefallen sind. Fordert nicht mit einer zweiten Runde das Schicksal heraus. Euer ist der Sieg in diesem Kampfe, und wir, Eure Diener, warten nur auf einen Wink von Euch, über die Dämonen herzufallen und sie zu erschlagen, was uns mit Leichtigkeit gelingen würde, da die Überraschung auf unsrer Seite ist. Und was die Foliots betrifft, so sind sie ein lammfrommes, friedliches Völkchen, das von Furcht ergriffen sein wird, sobald wir die Dämonen mit unsren Schwertern niedergemacht haben. So möget Ihr nun, o König, als Sieger und in Ehren von hinnen gehen, um hernach gen Dämonenland zu fahren und es mit Macht zu unterwerfen.«

Der König blickte Fürst Gro finster von oben herab an. »Dein Rat ist unannehmbar und unangebracht. Was steckt dahinter?«

Gro antwortete: »Schlechte Vorzeichen, o König.«

Und der König fragte: »Welche Vorzeichen?«

Gro antwortete und sprach: »Ich will es Euch nicht verhehlen, o mein Herr und König, daß in meinem Schlaf um die dunkelste Stunde der Nacht ein Traum an mein Bett trat und mich so grimmen Auges anblickte, daß die Haare auf meinem Haupte zu Berge standen und bleiches Entsetzen mich erfaßte. Und mich deuchte, der Traum schlug an das Dach über meinem Bette; und das Dach tat sich auf in den nackten Mitternachtshimmel, der mit feurigen Zeichen übersät war; und ein geschweifter Stern zog durch die hauslose Finsternis. Und ich sah ein Meer von Blut am Dach und auf den Wänden. Und der Traum schrie wie die Nachteule und rief: *Hexenland aus deiner Hand, o König!* Und damit ging die ganze Welt in einer großen Lohe auf, und mit einem Schrei erwachte ich schweißgebadet aus dem Traum.«

Aber der König rollte die Augen im Zorn über Fürst Gro und antwortete: »Weislich wird mir von solch arglistigen Füchsen wie dir gedient. Es verträgt sich nicht mit deinen Absichten, daß ich diese Tat nur mit meinen eignen Händen vollbringe; und in der Verblendung deiner unverschämten Torheit trittst du an mich heran mit Geschichten, mit denen man Kinder ängstigt, und suchst mich zu überreden, daß ich auf meinen Ruhm verzichten sollte, damit du und deine Kameraden durch Waffentaten in den Augen der Welt zu Helden werden.«

Gro sprach: »Herr, dem ist nicht so.«

Doch der König wollte ihn nicht hören und fuhr fort: »Mich dünkt, es geziemt sich für treue Untertanen, Größe in der Größe ihres Königs zu suchen und nicht nach eignem Glanze zu trachten. Was diesen Dämonen betrifft, so ist es eine schwere und freche Lüge, wenn du sagest, ich hätte ihn besiegt. In jener Runde habe ich mich nur mit ihm gemessen. Aber dadurch weiß ich nun, daß er nicht vor mir bestehen wird, wenn ich mein ganzes Können aufbiete, und Ihr alle werdet in Kürze sehen, wie ich diesen Goldry Bluszco zerschmettere, so wie man einen Stengel Angelika[14] zerdrückt. Und was dich betrifft, du falscher Freund, listiger Fuchs und ungetreuer Diener, so bin ich endlich dessen müde, daß du in meinem Palast umherschleichst und finstere Pläne schmiedest, von denen ich nichts weiß – du, der du nicht aus Hexenland gebürtig bist, sondern ein Fremder, ein verbannter Kobold, eine Schlange, die ich an meinem Busen nährte. Aber das wird bald ein

Ende haben. Denn wenn ich erst diesen Goldry Bluszco zerschmettert habe, wird es mir ein Vergnügen sein, auch dich zu zermalmen.«

Und Gro verneigte sich mit schwerem Herzen vor dem Zorn des Königs und gab Ruhe.

Jetzt hub das Horn zur zweiten Runde an, und die Ringer betraten den Kampfplatz. Beim Klang der Becken sprang der König auf Goldry Bluszco zu wie ein Panther und drängte ihn durch die Wucht des Aufpralls zurück bis an das Ende des Ringes. Doch als der Stoß sie fast bis unter die Dämonen getragen hatte, die den Kampf beobachteten, drehte Goldry sich plötzlich nach links und wollte den König wie zuvor von den Füßen heben. Aber der König vereitelte diesen Versuch und beugte sich mit seinem ganzen Gewicht nach vorne, so daß Goldrys Rückgrat unter dem gewaltigen Druck der Arme seines Gegners beinahe gebrochen wäre. Da zeigte Fürst Goldry Bluszco sein großes Können als Ringer; denn selbst unter der mörderischen Umarmung des Königs brachten die Muskeln seines mächtigen Brustkastens die Kraft auf, den König zuerst nach links und dann nach rechts zu reißen, und der König mußte seinen Griff lockern und entkam nur unter Aufwand all seinen Geschicks einem folgenschweren Sturz. Doch Goldry zögerte und überlegte nicht lange, wie er den König als nächstes anzugehen habe, sondern schnell wie der Blitz duckte er sich im Drehen, und mit dem Rücken unter des Königs Bauch stemmte er diesen empor. Die Umstehenden hielten den Atem an und sahen den König schon über Goldrys Kopf fliegen. Aber so sehr Goldry sich auch mühte, so gelang es ihm doch nicht, den König hoch genug zu heben. Ein zweites und ein drittes Mal versuchte er ihn hochzustemmen, doch jedesmal war er seinem Ziel weiter entfernt. Derweil hatte der König den Körper leicht zur Seite gewunden. Und beim vierten Versuch Goldrys, seinen Gegner über den Kopf zu heben und zu Boden zu schleudern, wuchtete der König seinen mächtigen Rumpf vor, so daß Goldry auf Arme und Knie niederfiel, und der König warf sich auf ihn und umklammerte ihn von hinten, wobei er seine Arme unter den Achseln hindurch an den Nacken Goldrys führte.

Da sprach Corund: »Der Dämon ist verloren. Dieser Griff des Königs ist schon mehr als sechzig berühmten Recken zum Verhängnis geworden. Er wartet nur, bis seine Finger hinter dem Genick des verdammten Dämonen verschränkt sind, um ihm den Kopf nach unten zu pressen, bis das Genick oder das Brustbein zerbirst.«

»Er wartet zu lange für meinen Geschmack«, meinte Gro.

Des Königs Atem kam grunzend und in langen Stößen, als er sich mühte, die Finger hinter Goldrys Nacken zusammenzubringen. Nur der Größe seines Stiernackens und seines mächtigen Brustkorbs hatte es Goldry zu danken, daß diese Stunde nicht seine letzte wurde. Auf

Händen und Knien hatte Goldry keine Möglichkeit, den Griff des Königs abzuschütteln oder selbst einen Griff an seinem Gegner anzubringen, wogegen es dem König ob Goldrys mächtigem Körperbaus ebenfalls nicht gelang, einen wirkungsvollen Griff anzusetzen, wie sehr er sich auch mühte.

Als der König erkannte, daß dem so war und daß er nur seine Kraft verschwendete, sprach er: »Ich werde dich loslassen, und wir werden aufstehen und unsren Kampf Mann gegen Mann fortsetzen. Denn mich dünkt es unwürdig, gleich Hunden auf der Erde zu kriechen.«

So standen sie also auf und rangen eine Weile schweigend weiter. Bald versuchte der König wieder, Goldry auf dieselbe Art wie bei der ersten Runde niederzuwerfen: er drehte sich zur Seite, stellte Goldry ein Bein und drängte heftig gegen ihn. Und als, wie zuvor, Goldry sich mit großer Gewalt nach vorne stemmte und seinen Griff verstärkte, geriet der König ins Taumeln, und in seinem Zorn darüber, daß sein bisher unfehlbarer Griff versagt hatte, rammte er seine Finger in Goldrys Nase und kratzte und stocherte in Goldrys empfindlichen Nüstern, daß dieser notgedrungen den Kopf zurückriß. Der König nutzte den Augenblick der Schwäche und drückte ruckartig noch heftiger gegen Goldry und brachte ihn auf diese Weise schwer zu Fall; und er selbst stürzte auf Goldry und quetschte ihn ins Gras.

Und der Rote Foliot erklärte Gorice zum Sieger dieser Runde.

Der König ging zu den Hexen, die ihn laut ob seines Erfolgs über Goldry priesen. Er sprach zu Fürst Gro: »Es geschieht so, wie ich gesagt: zuerst die Prüfung, dann die Schrammen und in der dritten Runde das Zermalmen!« Und der König sah Fürst Gro mit bösen Augen an. Gro antwortete mit keinem Wort, denn sein Herz war voller Gram über das Blut an den Nägeln und Fingern der linken Hand des Königs, und er sagte bei sich, daß der König in dem Zweikampfe arg in Bedrängnis gewesen sein mußte, daß er ein solch übles Mittel hatte einsetzen müssen oder er wäre der Kraft seines Gegners nicht gewachsen gewesen.

Aber als der Fürst Goldry Bluszco wieder bei Sinnen war und sich von dem schweren Fall erholt hatte, sprach er zum Roten Foliot in männigem Grimm[15]: »Dieser verschlagene Teufel hat mich durch eine List besiegt und etwas Verabscheuungswürdiges getan, indem er seine Krallen in meine Nase schlug.«

Die Söhne Corunds brachen bei Goldrys Worten in einen Tumult aus und beschimpften ihn lauthals als größten Lügner und Feigling aller Zeiten; und alle Hexen zeterten und fluchten in gleicher Weise. Goldry aber schrie mit einer Stimme, die laut wie eine Trompete schallte und das Geschrei der Hexen übertönte: »O Roter Foliot, fälle ein gerechtes Urteil zwischen Gorice und mir, wie du gelobt hast! Soll er seine Fingernägel vorzeigen, ob nicht Blut daran ist. Dieser Niederwurf ist ungültig, und ich fordere, daß wir die zweite Runde erneut austragen.« Und die Fürsten von Dämonenland riefen in gleicher Weise, daß über den zweiten Niederwurf erneut entschieden werden müsse.

Der Rote Foliot hatte wohl gesehen, was geschehen war, und er war geneigt, die Runde für ungültig zu erklären. Dennoch verkniff er sich dies aus Furcht vor Gorice, welcher ihn mit dem Auge eines Basilisken angestarrt hatte, daß ihn Angst ankam. Und während der Rote Foliot noch unentschlossen zauderte, ob er die erzürnten Rufe der Hexen oder der Dämonen erhören sollte und ob es besser wäre, seine Ehre zu bewahren oder vor König Gorice zu Kreuze zu kriechen, sprach der König etwas zu Corinius, und dieser ging sofort zum Roten Foliot und flüsterte ihm ins Ohr. Und Corinius drohte dem Roten Foliot und sprach: »Sieh dich vor und lasse dich nicht von den Dämonen ins Bockshorn jagen. Zu Recht hast du unsren König zum Sieger dieser Runde erklärt, und dies Gerede vom Finger in der Nase ist ein nur Vorwand und entspringt der Einbildung dieses ruchlosen Goldry Bluszco, der vor deinen und unser aller Augen vorschriftsmäßig niedergeworfen wurde. Dieser Feigling ahnt, daß er vor dem König nicht bestehen kann, und er versucht, durch Großtuerei davonzukommen und glaubt, durch Gerissenheit und Tücke der unausweichlichen Niederlage entgehen zu können. Wenn du wider dein besseres Wissen und unser Zeugnis und das Ehrenwort des Königs so dreist sein und den Klagen der Dämonen stattgeben willst, dann bedenke, daß der König neunundneunzig große Recken in dieser Disziplin besiegt hat und dies der hundertste sein wird; und bedenke auch, daß unser Hexenland um viele Schiffstage näher an deinen Inseln liegt als Dämonenland. Hart sollst du und dein Volk das Schwert von Hexenland spüren, wenn du deinem heiligen Schwur als Schiedsrichter zum Trotz seine Feinde fälschlich bevorteilst.«

Also sprach Corinius; und der Rote Foliot ward eingeschüchtert. Obwohl er im Herzen davon überzeugt war, daß der König getan hatte, wessen Goldry ihn zieh, wagte er aus Furcht vor Gorice und Corinius, welcher immer noch neben ihm stand und ihm drohte, seinen Gedanken nicht auszusprechen. Und so ließ er in seiner Hilflosigkeit mit dem Horn die dritte Runde einleiten.

Und es begab sich, daß beim Ertönen des Signals erneut die Fledermaus von den Hütten der Hexen geflogen kam, wider den Sonnenlauf einmal um den Kampfplatz flatterte und stumm in der Richtung verschwand, aus der sie gekommen war.

Als Fürst Goldry Bluszco merkte, daß der Rote Foliot seinen Einwand in den Wind schlug, wurde er rot wie Blut. Es war gar schrecklich anzuschaun, wie er in seinem Zorne anschwoll und seine Augen blitzten gleich zwei unheilvollen Sternen um Mitternacht und wie er mit den Zähnen knirschte, bis Schaum vor seinen Mund trat und ihm über das Kinn rann. Nun läuteten die Becken den Beginn der dritten Runde ein. Wie von Sinnen stürzte Goldry mit Wutgebrüll in einem mächtigen Satz auf den König zu und packte ihn mit beiden Händen am rechten Arm: einmal am Handgelenk und einmal unterhalb der Schulter. Und so geschah es, daß, noch ehr sein Gegner sich rühren konnte, Goldry dem König den Rücken zukehrte, und mit seiner ganzen Kraft und der Kraft des Zorns in ihm stemmte er den König über seinen Kopf[16] und schleuderte ihn, wie man einen mächtigen Wurfspieß schleudert, daß dieser mit der Spitze in die Erde fährt. Und der König schlug mit dem Kopf auf den Boden, daß ihm die Wirbelsäule in den Schädel gerammt wurde und ihm die Knochen barsten, und Blut schoß ihm aus Nase und Ohren. Goldrys Zorn war durch diese übermächtige Anstrengung von ihm gewichen, und er taumelte, völlig entkräftet[17], als er den Kampfplatz verließ. Seine Brüder Juss und Spitfyr stützten ihn und hüllten seinen Mantel aus goldnem Tuch mit den eingestickten roten Herzen um seinen mächtigen Leib.

In den Gesichtern der Hexen stand blankes Entsetzen geschrieben beim Anblick ihres Königs, der so plötzlich überwältigt und zu Boden geschmettert ward, wo er jetzt dalag wie der zertretene Halm einer Schierlingspflanze, den man zerstampft und zermalmt hat. Der Rote Foliot stieg in größter Erregung aus seiner Ebenholz-Kutsche und eilte dorthin, wo der König in seinem Blut lag; und die Fürsten von Hexenland kamen ebenfalls näher, mit Gesichtern weiß wie Kalk, und Corund beugte sich hinab und hob den König in seine bärenstarken Arme. Aber der König war tot wie ein Stein. Alsdann fertigten die Söhne Corunds aus ihren Speeren eine Bahre und legten den König darauf und breiteten seinen königlichen Mantel aus schwarzer Seide und Bärenfell über ihn und setzten die Krone von Hexenland auf sein Haupt, und ohne ein Wort zu sagen, trugen sie ihn fort zu den Hütten der Hexen. Und die übrigen Fürsten von Hexenland folgten schweigend dem traurigen Zuge.

Kapitel III

Der Rote Foliot

Von der Lustbarkeit der Hexen im Palaste des Roten Foliot; und von den Listen und Heimlichkeiten des Fürsten Gro; und wie die Hexen bei Nacht den Foliotinseln den Rücken gekehrt.

Der Rote Foliot begab sich zurück in seinen Palast, woselbst er seinen Thron bestieg. Und er schickte nach den Fürsten von Hexenland und von Dämonenland, daß diese sich vor ihm einfänden. Und selbige säumten nicht, sondern fanden sich alsbald ein und ließen sich auf den langen Bänken nieder, die Hexen auf der östlichen Seite des Saales und die Dämonen auf der westlichen, und ihre Krieger nahmen zu beiden Seiten hinter ihnen Aufstellung. Also saßen sie in der schattendunklen Halle, und die Sonne, welche sich dem westlichen Meer zuneigte, schien durch die hohen Fenster des Saales auf die glänzende Wehr und Waffen der Hexen.

Der Rote Foliot richtete das Wort an sie und sprach: »Ein großer Recke ist heute in einem ehrlichen Kampfe gefallen. Und gemäß den heiligen Eiden, durch die Ihr gebunden seid und deren Obwalter ich bin, ist damit allem Unfrieden zwischen Hexenland und Dämonenland ein Ende gesetzt, und Ihr von Hexenland sollt auf immer Eurem Herrschaftsanspruch über die Dämonen entsagen. Um dies feierliche Bündnis zwischen Euch zu besiegeln und zu beschließen, ist es nur recht und billig, daß Ihr Euch an diesem Tag in Freundschaft und Brüderlichkeit zu mir gesellet, zum Salamander[1] für König Gorice XI., welcher mächtig und ruhmreich regierte wie kein andrer in der ganzen Welt, und hernach in Frieden in Eure Heimat zurückkehret.«

Also sprach der Rote Foliot, und die Fürsten von Hexenland pflichteten ihm bei.

Aber Fürst Juss antwortete und sprach: »O Roter Foliot, was die Eide zwischen uns und dem König von Hexenland angeht, so habt Ihr recht gesprochen; und wir werden um kein Jota von dem Wortlaut unsres Eides abweichen, und die Hexen mögen für immer in Frieden mit uns leben, so sie, gleichwohl es wider ihren Nutz und ihre Natur ist, davon ablassen, Unheil über uns zu bringen. Denn die Natur Hexenlands war immer gleich dem Floh, der einen Mann in der Dunkelheit anspringt. Aber wir werden weder essen noch trinken mit den Fürsten des Hexenlandes, welche uns, ihre geschworenen Bundesgenossen, in der Seeschlacht gegen die Ghulen schmählich verrieten und im Stich ließen. Wir werden auch nicht unser Gemäß[2] erheben zum Gedenken an König Gorice XI., welcher heute auf schändliche und regelwidrige Weise meinem Bruder zugesetzt, als sie miteinander rangen.«

Also sprach Fürst Juss, und Corund flüsterte Gro ins Ohr und sagte: »Wäre da nicht der schwerwiegende Anlaß dieser Zusammenkunft, wär' jetzt die Zeit, gegen sie anzugehen.« Doch Gro sprach: »Ich bitt' dich, fasse dich in Geduld. Das wäre allzu gewagt, denn das Glück stehet gegen Hexenland. Besser, wir überfallen sie heut nacht in ihren Betten.«

Gern hätte der Rote Foliot die Dämonen von ihrem Entschlusse abgebracht, allein, es gelang ihm nicht; sie dankten ihm höflich für seine Gastfreundschaft, derer sie sich, wie sie sagten, in ihren Hütten erfreuen wollten, da sie gedächten, zeitig am Morgen mit ihren scharfbugigen Schiffen aufzubrechen und über die ungepflügte See gen Dämonenland zu segeln.

Und damit erhob sich Fürst Juss; und mit ihm der Fürst Goldry Bluszco, der in voller Wehr ging, mit einem gehörnten Helm aus Gold und einer goldnen Brünne, mit Herzen aus Rubinen besetzt, und sein zweihändiges, von Elfen geschmiedetes Schwert bei sich führte, womit er einstens das Seeungeheuer erschlagen; und Fürst Spitfyr, der die Herren von Hexenland ansah, wie ein hungriger Falke nach Beute späht; und der Fürst Brandoch Daha, der selbige Herren, insbesondere Corinius, mit Blicken belustigter Geringschätzung bedachte, wobei er müßig mit dem juwelenbesetzten Heft seines Schwertes spielte, bis Corinius seinen Blicken nicht mehr standhalten konnte und auf seinem Platz hin- und herrutschte und eine finstere Miene aufsetzte. Denn trotz Corinius' prunkvoller Rüstung, seines hohen Wuchses und seines mannhaften Antlitzes erschien er neben dem Fürsten Brandoch Daha nur als ein Bauer, und die beiden haßten einander von Herzen. Also schritten die Fürsten von Dämonenland und ihre Kämpen hinaus aus dem Saal.

Der Rote Foliot schickte ihnen seine Diener nach und ließ sie in ihren eignen Hütten mit großen Mengen Weins und guten und köstlichen

Speisen bewirten und schickte ihnen Musikanten und einen Sänger, sie mit Liedern und Geschichten der alten Zeit zu unterhalten, so daß es ihnen an nichts fehlen möge. Seinen andren Gästen indes ließ er die großen Kelche aus Silber hereintragen und die großen Henkelkrüge, die jeweils einen Lögel[3] Wein faßten, und er ließ den Hexen und den Foliots einschenken, und sie rieben den Salamander zum Gedenken an König Gorice XI., der an jenem Tag durch die Hand Goldry Bluszcos gefallen war. Danach, als ihre Kelche erneut mit schäumendem Wein gefüllt waren, hub der Rote Foliot an und sprach: »O Ihr Fürsten von Hexenland, wollt Ihr, daß ich zu Ehren des Königs Gorice, den der dunkle Schnitter heute geerntet hat, ein Klagelied vortrage?« Und als sie Ja dazu sagten. rief er zu sich seinen Theorbenspieler[4] und seinen Hoboenbläser[5] und gebot ihnen und sprach: »Spielt mir eine ernste Weise!« Und sie spielten leise in der äolischen Tonart[6] eine Weise, die wie das Heulen des Windes durch kahle Äste in einer mondlosen Nacht war, und der Rote Foliot beugte sich vor von seinen hohen Sitz und hub folgende Klage an:[7]

»DIe Herrlikeit der Erden
Mus Rauch vndt Aschen werden /
Kein Fels / kein Ärtz kann stehn.
Dis was vns kann ergetzen /
Was wir für ewig schätzen /
Wirdt als ein leichter Traum vergehn.
Vanitas! Vanitatum vanitas!

Was sindt doch alle Sachen /
Die vns ein Hertze machen[8] /
Als schlechte Nichtikeit?
Waß ist deß Menschen Leben /
Der immer umb mus schweben /
Als eine Phantasie der Zeit.
Vanitas! Vanitatum vanitas!

Der Ruhm / nach dem wir trachten /
Den wir vnsterblich achten /
Ist nur ein falscher Wahn.
So baldt der Geist gewichen:
Vnd dieser Mundt erblichen:
Fragt keiner / was man hier gethan.
Vanitas! Vanitatum vanitas!

Es hilfft kein weises Wissen /
Wir werden hingerissen /
Ohn einen Vnterscheidt /
Was nützt der Schlösser Menge /
Dem hie die Welt zu enge /
Dem wird ein enges Grab zu weitt.
Vanitas! Vanitatum vanitas!

Dis alles wirdt zerrinnen /
Was Müh' vnd Fleis gewinnen
Vndt sawrer Schweis erwirbt:
Was Menschen hier besitzen /
Kann für den Todt nicht nützen /
Dis alles stirbt vns / wen man stirbt.
Vanitas! Vanitatum vanitas!

Ist eine Lust / ein Schertzen
Daß nicht ein heimlich Schmertzen
Mit Hertzens-Angst vergällt!
Was ists womit wir prangen?
Wo wirst du Ehr' erlangen /
Die nicht in Hohn und Schmach verfält?
Vanitas! Vanitatum vanitas!

Was pocht man auff die Throne?
Da keine Macht noch Krone
Kann vnvergänglich sein.
Es mag vom Todten Reyen /
Kein Scepter dich befreyen.
Kein Purpur / Gold / noch edler Stein.
Vanitas! Vanitatum vanitas!

Wir rechnen Jahr auff Jahre /
In dessen wird die Bahre
Vns für die Thür gebracht:
Drauff müssen wir von hinnen /
Und eh wir vns besinnen
Der Erden sagen gutte Nacht.
Vanitas! Vanitatum vanitas!«

Als der Rote Foliot sein Klagelied so weit vorgetragen, ward er durch einen unziemlichen Streit zwischen Corinius und einem von Corunds Söhnen unterbrochen. Denn Corinius, der keinen Deut um Musik und

Gesänge gab, sondern lieber dem Karten- und Würfelspiel frönte, hatte seine Würfel hervorgezogen und mit dem Sohne Corunds ein Spiel begonnen. Sie spielten eine Weile zu Corinius' großer Zufriedenheit; denn bei jedem Wurfe gewann er, und die gefüllte Börse des andren wurde leicht. Bei dieser achten Strophe indes rief der Sohn Corunds aus, daß Corinius' Würfel falsch seien. Und er schlug Corinius mit der Würfeldose an das glattrasierte Kinn und hieß ihn einen Betrüger und einen räudigen Schuft, worauf Corinius einen Balloch[9] hervorzog, um ihn damit in den Nacken zu stechen; doch andre traten dazwischen, und mit viel Aufhebens und unter viel Gestreite und Gefluche wurden sie getrennt, und da sich's erwies, daß die Würfel nicht gewichtet waren, sah sich der Sohn Corunds genötigt, dem Corinius Abbitte zu tun, und also setzten sie sich wieder.

Nun wurde den Fürsten von Hexenland wiederum Wein eingeschenkt, und der Rote Foliot tat einen Hochachtungstrunk auf das Wohl jenes Landes und seiner Herrscher. Und dann befahl er und sprach: »Meine Kagu soll kommen und vor uns tanzen und danach meine andren Tänzer. Denn es gibt keine Kunst, der wir Foliots mehr von Herzen zugetan sind als die Kunst des Tanzes, sei es die würdevolle Pracht der Pavane[10], die erhaben einherzieht gleich großen Wolken, welche in heiterer Ruhe vor dem Sonnenuntergang treiben; oder die grazile Allemande[11]; oder der Fandango[12], welcher sich von schmachtender Schönheit zur Sinnlichkeit und Leidenschaft von Bacchantinnen[13] steigert, die unter einem Sommermond, der in den Fichten hängt, über die Bergwiesen tanzen; oder der verschlungene Reigen der Galliarde[14]; oder die Gigue[15], die uns Foliots besonders lieb ist. Drum zögern wir nicht länger, sondern laßt die Kagu kommen, auf daß sie vor uns tanze.«

Alsgleich eilte die Kagu in den schattigen Saal, mit leichtem und etwas schwankendem Schritt und vorgestreckten Kopf; und ein wenig hektisch war sie in ihrem Auftreten, wie sie auch den Blick ihrer schönen großen Augen, sanft und furchtsam, hierhin und dorthin huschen ließ, welche aussahen wie flüssiges Gold, zur Rotglut erhitzt. Die Kagu ähnelte ein wenig einem Reiher, doch war sie kräftiger von Gestalt und kurzbeiniger, und auch der Schnabel war kürzer und stärker als der des Reihers; und so lang und zart war ihr blaßgraues Gefieder, daß man nicht zu unterscheiden vermochte, ob es Haare oder Federn waren. So spielten die Blasinstrumente, Lauten und Cimbeln eine Courante[16], und die Kagu bewegte sich mit kleinen Sprüngen und leichten Verbeugungen zwischen den Bankreihen durch den Saal, exakt im Takte der Musik; und als sie in die Nähe der Estrade kam, wo der Rote Foliot saß und verzückt ihren Tanz bestaunte, verlängerte die Kagu ihre Schritte und glitt geschmeidig und langsam auf den

Roten Foliot zu; und im Gleiten richtete sie sich zu würdevoller Größe auf, öffnete den Schnabel, zog den Kopf ein, bis ihr Schnabel fest gegen ihre Brust lag, spreizte ihr Federkleid, so daß es aussah wie ein weitgeschnittenes Kleid über einem Reifrock, und der Federbusch auf ihrem Kopf stellte sich auf und überragte ihre anmutige Gestalt um halbe Körperlänge, und in dieser majestätischen Haltung schwebte sie auf den Roten Foliot zu. Dies wiederholte die Kagu bei jeder Runde der Courante, wenn sie den Saal der Foliots hin und wieder zurück durchschritten hatte. Und alle lachten fröhlich dabei und ergötzten sich an der Darbietung. Als der Tanz beendet war, rief der Rote Foliot die Kagu zu sich und ließ sie auf der Bank neben sich Platz nehmen und streichelte über ihr blaßgraues Federkleid und lobte sie. Ganz scheu saß sie neben dem Roten Foliot und blickte mit ihren rubinroten Augen voll Staunen auf die Hexen und deren Gefolge.

Daraufhin rief der Rote Foliot nach seinen Katzenbären, die alsbald vor ihm Aufstellung nahmen, mit fuchsrotem Rücken, doch schwarzen Bäuchen, runden, pelzigen Gesichtern und unschuldigen bernsteinfarbenen Augen und großen weichen Pfoten, und Schwänzen, welche wechselweise mit fuchsroten und cremeweißen Ringen gestreift waren; und er sagte: »O Katzenbären, tanzt vor uns, denn euer Tanz ist uns eine Augenweide.«

Sie fragten: »O Herr, wollt Ihr, daß wir die Gigue darbringen?«

Und er antwortete ihnen: »Die Gigue, so ihr mich liebet.«

Also spielten die Streicher einen schnellen Lauf, und die Tamburine und Triangeln nahmen den Takt auf, und flink tänzelten die Füße der Katzenbären in dem fröhlichen Reigen. Munter floß die Musik dahin, und die Tänzer bewegten sich behende, bis der ganze Saal in ihrem Rhythmus mitschwang, und die Hexen klatschten begeistert Beifall. Plötzlich verklang die Musik, und die Tänzer verharrten, und Seite an Seite stehend, Pfote in pelziger Pfote, verneigten sie sich vor den Anwesenden, und der Rote Foliot rief sie zu sich und küßte sie auf den Mund und schickte sie auf ihre Plätze, daß sie sich ausruhen und den nachfolgenden Tänzen zuschauen konnten.

Als nächstes rief der Rote Foliot nach seinen weißen Pfauen, bleich wie Mondlicht, daß sie vor den Herren von Hexenland die Pavane anführten. In herrlicher Manier schlugen sie ihre Pfauenräder für den feierlichen Tanz und ein schöner und liebreizender Anblick war es, ihre Anmut und die Erhabenheit ihrer Haltung zu schauen, wie sie sich zur keuschen und edlen Musik bewegten. Zu ihnen gesellten sich die Goldfasane, die ihre goldnen Kragen spreizten, und die Silberfasane, die Spiegelpfauen, die Strauße und die Trappen[17], die würdevoll einherschritten und die Zehen spreizten und zum Gleichmaß der ernsten

Weisen der Pavane sich verneigten und zurücktraten. Jedes Instrument nahm teil an der feierlichen Pavane: die Lauten und die Cimbeln[18], die Theorben und die Posaunen und die Hoboen, die Flöten mit ihrem hellen Klang wie Vogelstimmen und die Silbertrompeten und die Hörner, die schwere, geheimnisvoll zärtliche Klänge verströmten, welche das Herz rührten; und die Trommeln, die zur Schlacht rufet, und das wilde Wogen der Harfe; die Becken, die dröhnten wie Heere in der Schlacht. Und eine Nachtigall, die beim Roten Foliot saß, sang die Pavane in leidenschaftlichen Tönen, deren süße, traurige Schönheit die Seele dahinschmelzen ließ.

Fürst Gro bedeckte sein Gesicht mit seinem Mantel und weinte, die göttliche Pavane zu hören und zu schauen; denn Geistern gleich, die aus dem Nichts erstanden, wurde in ihm die Erinnerung an alte, halb vergessene, glückliche Tage im Koboldland wach, bevor er sich gegen König Gaslark verschworen hatte und aus seiner geliebten Heimat in die Fremde des wäßrichten Hexenlandes verbannt worden war.

Hernach ließ der Rote Foliot die Galliarde aufführen. Freudig erklang von den Streichinstrumenten die heitere Weise, und zwei Springmäuse, feist wie Butter, wirbelten in den Saal. Wilder erscholl die Musik aus den Instrumenten, und immer höher hüpften die Springmäuse, bis sie vom Boden zu den Sparren des gewölbten Daches emporfederten und wieder zurück und wieder hinauf. Und die Foliots schlossen sich der Galliarde an und drehten sich und wirbelten umher, daß es eine Freude war. Und in den Saal kamen sechs Bocksfüßler gesprungen und tanzten und drehten sich leichtfüßig zur immer schneller werdenden Musik; und ein Einfüßler hüpfte wie ein Floh vom Boden empor und sprang hin und her, bis die Kehlen der Hexen heiser waren vom vielen Singen und Lachen und Geschrei. Und immer noch hüpften die Springmäuse, schneller und höher und wilder als alle andren, und so flink blitzten ihre Füßchen im rasenden Takt der Musik, daß kein Auge ihnen folgen konnte.

Wenig Freude indes hatte Fürst Gro an dem ausgelassenen Treiben. Düstere Melancholie hatte sich über ihn gesenkt, verdunkelte seine Gedanken und ließ ihm den Frohsinn verhaßt werden wie der Sonnenschein den Eulen der Nacht. So sah er es also mit Erleichterung, als der Rote Foliot leise von seinem Sitz auf der Estrade stieg und in einer Tür hinter dem Wandbehang verschwand, und als der Fürst Gro dies sah, erhob auch er sich leise und verließ den Saal, wo die Galliarde nun ihrem Höhepunkt zustrebte. Fürst Gro jedoch ließ die wilden Klänge und das ausgelassene Treiben hinter sich und trat in den stillen Abend hinaus, wo über dem sanft gewellten Hochland der Wind in den unendlichen Himmelsräumen in den Schlaf gelullt wurde und der Westen in feuerrotem Licht flammte, das sich nach oben hin zu Purpur und unergründlichem Blau verdunkelte; und nichts war zu hören außer dem Murmeln des nimmermüden Meeres und nichts zu sehen außer einer Schar von Wildgänsen, die in den Sonnenuntergang flogen. In dieser friedlichen Stille wandte Gro seine Schritte nach Westen oberhalb des Tales, bis er an dessen Abhang kam und an der Kante einer steil ins Meer abfallenden Kreideklippe stehenblieb, und dort wurde er des Roten Foliots gewärtig, der, eine einsame Gestalt auf jenem hohen Kliff, gedankenverloren auf die verblassenden Farben im Westen starrte.

Als sie eine Weile stumm dagestanden und über das Meer geblickt hatten, hub Gro an und sprach: »Sehet, wie der Tag nun in jenen Hallen des Westens erstirbt, so ist auch der Ruhm von Hexenland gestorben.«

Doch der Rote Foliot, tief in Gedanken versunken, antwortete ihm nicht.

Da sprach Gro: »Dämonenland liegt zwar dort, wo Ihr die Sonne untergehen sahet, doch gen Osten, nach Hexenland müßt Ihr Euren Blick wenden, um ihren Morgenglanz zu schauen. Und so sicher, wie Ihr sie morgen von dort wieder werdet aufsteigen sehen, werdet Ihr in Bälde die Wiedergeburt des Glanzes und der Herrlichkeit und der Macht von Hexenland erleben, und durch sein todbringendes Schwert werden seine Feinde fallen wie Grashalme vor der Sichel.«

Der Rote Foliot sprach: »Ich liebe den Frieden und das sanfte Wirken der Abendluft. Laßt mich; oder wenn Ihr bleiben wollt, zerstöret nicht den Zauber.«

»O Roter Foliot«, sprach Gro, »liebt Ihr den Frieden in der Tat? Dann sollte der Wiederaufstieg von Hexenland eine süße Musik zu Euren Gedanken anstimmen, denn wir von Hexenland lieben den Frieden, und wir sind keine Unruhestifter, sondern allein die Dämonen. Der Krieg gegen die Ghulen, welcher die vier Enden der Welt erschütterte, wurde von den Dämonen vom Zaun gebrochen –«

»Ihr sprecht«, sagte der Rote Foliot, »ganz gegen Eure Absicht ihnen einen großen Lobpreis aus. Denn wer sah je Schlimmeres als jene menschenfressenden Ghulen, was Verderbnis der Sitten, unmenschliche Entartung und Vielzahl an Greueln betraf? Deren schändliches Treiben seit undenklichen Zeiten in jedem fünften Jahre ihren Höhepunkt erlebte und die erst im letzten Jahr in unvorstellbarer Wildheit hervorbrachen. Doch wenn sie jetzt ausfahren, dann segeln sie auf der dunklen See und plagen keine irdischen Meere oder Ströme. Lob und Dank dem Dämonenland dafür, daß es sie für immer ausgemerzt hat.«

»Das bezweifle ich nicht«, antwortete Fürst Gro. »Doch Brackwasser löscht das heiße Feuer ebenso wie frisches. Schweren Herzens schlossen wir von Hexenland uns in jenem Kriege den Dämonen an; denn wir ahnten (was sich jetzt blutig bestätigte), daß der Ausgang nur die Selbstherrlichkeit der Dämonen bestärken würde, die nichts anderes begehren, als Herrn und Meister der ganzen Welt zu sein.«

»Ihr«, sprach der Rote Foliot, »wart in Eurer Jugend König Gaslarks Mann: als Kobold geboren, zum Kobold erzogen: sein Milchbruder, an derselben Brust genährt. Warum sollte ich wohl auf Euch hören, auf einen offenkundigen Verräter an einem so guten König? Dessen Tücke das gemeine Volk offen anprangerte – wie ich selbst erlebte, noch im vergangenen Herbst, als ich in der Stadt Zaje Zaculo weilte anläßlich der Verlobungsfeier der leiblichen Base des Königs, Prinzessin Armelline mit dem Fürsten Goldry Bluszco –, indem sie Schandbilder von Euch durch die Straßen trugen und dazu sangen:[18]

Anders ist er /
Anders scheint er.
Anders redt er /
Anders meint er.
Wer sich dessen
Wol befleyßt /
Der mit Recht
Verräther heyßt.«

Gro, den dies sichtlich anfocht, sprach: »Der Stil paßt wahrlich zum Inhalt und zum Geiste jener, die es erfunden haben. Ich will nicht meinen, daß ein so edler Fürst wie Ihr seine Segel nach dem Wind der verzerrten Haß- und Neidgefühle des Pöbels dreht. Was die perfide Hinzufügung von ›Verräter‹ betrifft, so weise ich dies aufs heftigste zurück und spucke darauf. Nicht dem Gott der Narren und Frauen, der guten Meinung, folg' ich, sondern meinem eignen Leitstern[20], der mein Handeln bestimmt. Wie dem auch sei, ich kam nicht zu Euch, über eine geringe Sache wie meine eigene Person mit Euch zu reden. Dies will ich Euch nahelegen, mit höchst traurigem und ernstem Behufe: Wieget Euch nicht in dem Glauben, die Dämonen würden die Welt in Frieden lassen. Nichts liegt ihnen ferner denn das. Sie wollten nicht Euren versöhnlichen Worten lauschen noch mit uns zu Tische sitzen, so verstockt sind sie in ihrem Wahn, uns als Quelle allen Übels zu betrachten. Was sagte Juss? ›Denn war nicht schon immer Hexenland wie ein Floh‹: Ja, ein Floh, und er brennt darauf, ihn zwischen den Fingernägeln zu zerdrücken. O, wenn Ihr den Frieden liebt, so liegt ein kurzer Weg offen zu Eurem innigsten Begehren.«

Der Rote Foliot gab keine Antwort, sondern starrte stumm auf den letzten Widerschein des Sonnenuntergangs, der sich im schwarzen Nachthimmel verlor, an den die ersten Sterne schimmerten. Gro sagte sanft, wie eine schnurrende Katze: »Wenn heilende Salben versagen, dann bringt ein scharfer Schnitt die rascheste Linderung. Willst du das nicht mir anheimstellen?«

Aber der Rote Foliot sah ihn zornig an und sprach: »Was habe ich mit Euren Feindschaften zu tun? Durch Euren Schwur seid Ihr daran gebunden, Frieden zu halten, und in meinem friedlichen Königreich werde ich keine Gewaltsamkeiten und keinen Wortbruch dulden.«

Gro antwortete: »Ein Schwur muß aus dem Herzen kommen. Und der ihn offen bricht, ist häufig, wie auch nun, kein wirklich Eidbrüchiger, denn schon ist der Eid verhöhnt und mit Füßen getreten worden durch die andere Seite.«

Doch wiederum sagte der Rote Foliot nur: »Was habe ich mit Euren Feindschaften zu schaffen, die Euch so heftig gegeneinander hetzen? Ich muß noch lernen, daß derjenige, welcher ein reines Herze und saubere Hände hat und aufrichtig und voller Liebe ist, notgedrungen in die Streitigkeiten und Fehden wie der Euren mit den Dämonen hineingezogen wird.«

Fürst Gro kniff die Augen zusammen und entgegnete: »Glaubt Ihr denn, daß Euch der gerade Weg dessen, der keiner Seite zuneigt, noch offensteht? Wäre dies Euer Ziel gewesen, hättet Ihr Euch den Schiedsspruch nach der zweiten Runde des Ringkampfes besser überlegen sollen. Denn klar wie der lichte Tag war es uns und Eurem eignen Volk und dem Großteil der Dämonen, daß der König in jener Runde gegen die Regeln verstoßen hatte, und als Ihr ihn zum Sieger erklärtet, riefet Ihr Euch laut und deutlich zu seinem Freund und zum Feind des Dämonenlandes aus. Habt Ihr nicht gesehen, mit welch kaltem Schlangenblick Fürst Juss Euch ansah, als er und seine Gefährten den Saal verließen? Er weigerte sich nicht nur, mit uns an einem Tisch zu sitzen, sondern auch mit Euch, auf daß sein abergläubisches Gewissen keine Skrupel habe, wenn er zu Eurer Vernichtung ausholt. Denn dazu sind sie entschlossen, die Dämonen. Nichts ist mehr gewiß denn das.«

Der Rote Foliot senkte das Kinn auf die Brust und stand eine Weile stumm. Und Schatten des Todes und der Stille breiteten sich aus, wo die Feuer des Sonnenuntergangs geglüht hatten, und wie Blüten öffneten sich die großen Sterne in den grenzenlosen Gefilden der Nacht: Arkturus, Spica, Gemini und der kleine Hund und Capella und ihre Zicklein.

Der Rote Foliot sprach: »Hexenland liegt vor meinen Toren. Und Dämonenland? Wie stehe ich zu Dämonenland?«

Und Gro sprach: »Auch geht die Sonne von morgen von Hexenland auf.«

Eine Zeitlang schwiegen sie beide. Dann zog Fürst Gro eine Schriftrolle aus seinem Gewand und sprach: »Die Ernte dieser Welt fällt nur dem Entschlossenen zu; und wer von schwacher Willenskraft[21] ist, der wird zwischen dem oberen und unteren Mühlstein zermahlen. Ihr könnt nicht umkehren: So würden sie Euch mit Hohn und Schande zurückweisen und wir Hexen gleichermaßen. Nur so mag nun dauernder Friede einkehren: Gorice von Hexenland muß auf den Thron von Dämonenland gesetzt und jenes Gezücht ein für alle Male unter der Ferse der Hexen zertreten werden.«

Der Rote Foliot sprach: »Ist nicht Gorice tot, gefällt von einem Dämonen, und rieben wir nicht zu seinem Gedenken den Salamander? Und ist er nicht der zweite in Folge aus jenem Geschlecht, der durch die Hand eines Dämonen fiel?«

»Ein zwölfter Gorice«, antwortete Gro, »sitzet jetzt als König in Carcë. O Roter Foliot, wisset, daß ich die Gestirne der Nacht und all jene verborgenen Mächte der Finsternis zu lesen vermag, welche das Netz des Schicksals weben. Somit weiß ich, daß dieser zwölfte König aus dem Hause Gorice zu Carcë ein Meister der Zauberei sein wird, voller Schläue und List, der durch die Macht seiner Egromantie[22] und das Schwert von Hexenland alle irdischen Mächte in den Schatten stellen wird. Und unentrinnbar wie der Blitzstrahl des Himmels wird sein Zorn seine Feinde treffen.« Mit diesen Worten nahm Gro ein Glühwürmchen aus dem Grase und sprach freundlich zu ihm: »Borge uns kurz dein Licht«, und hauchte es an und hielt es an das Pergament und sprach: »Nun setzet Euren königlichen Namen unter diese Vereinbarungen, welche Euch in keinster Weise dazu verpflichten, in den Krieg zu ziehen, sondern nur – im Falle eines Krieges – Euch auf unsre Seite zu stellen und nicht auf die der Dämonen, die Euch heimlich nach dem Leben trachten.«

Aber der Rote Foliot sprach: »Wie soll ich wissen, daß Ihr nicht die Unwahrheit sagt?«

Da nahm Gro ein Schreiben aus seinem Beutel und zeigte darauf ein Siegel gleich dem Siegel des Fürsten Juss; und dort stand geschrieben[23]: »Meynem gelibeten Frynd vndt Gesell Vollen! Verabsäume nicht, wo du gen Hexenlandt fahrest, der Schyppen iij oder iv zu den Folyott-Inseln zu entsenden vndt sie zu unterwerfen vndt dem Rothen Folyott seynen Palast über den Häupten zu entstecken. Dann wo wir jenes Gewyrm itzo nicht außmertzen, werden wir Schande ewiglich überkommen.« Und Gro fügte hinzu: »Mein Diener stahl das von ihnen, als sie heute abend in deinem Saale zugegen waren.«

Was der Rote Foliot glaubte; und er nahm aus seinem Gürtel Tintenhorn und Feder und setzte seinen königlichen Namen unter die Klauseln des ihm angetragnen Bündnisses.

Fürst Gro steckte das Schriftstück in seine Brusttasche und sprach: »Ein rascher Eingriff. Wir müssen sie heut nacht in ihren Betten überrumpeln; so wird der morgige Tag großen Triumph für Hexenland bringen, das nun im Finstern darnieder liegt, und Frieden und Glück für den Rest der Welt.«

Doch der Rote Foliot antwortete ihm: »Mein Freund Gro, ich habe diese Klauseln unterzeichnet und mich damit bindend wider Dämonenland erklärt. Aber ich werde nicht meine Gäste verraten, die von meinem Salz gegessen haben, seien sie mir auch noch so feindlich gesonnen. So wisse, daß ich Wachen habe aufstellen lassen vor euren Hütten und vor den Hütten derer von Dämonenland, daß keine Händel zwischen euch ausgetragen werden. Dies, was ich getan habe, dazu stehe ich, und ihr werdet morgen in Frieden von hinnen gehen, so wie ihr gekommen seid. Weil ich dein Freund bin und mich auf eure Seite gestellt habe, werden meine Foliots und ich Hexenland unterstützen, sollte es zu einem Krieg zwischen euch und den Dämonen kommen. Aber ich werde keinen nächtlichen Unfrieden oder Totschlag auf meinen Inseln dulden.«

Diese Worte des Roten Foliots wirkten auf Fürst Gro, wie wenn jemand über einen blumenbesäten Pfad zu seiner Ruhestätte wandelt und sich bei den letzten Schritten plötzlich der Erdboden vor ihm auftut, und erschrocken und entgeistert blickt er auf die andere Seite der unüberbrückbaren Kluft, an deren Rand er steht. Indes ließ sich Gro in seiner Schläue nichts anmerken, sondern antwortete alsgleich: »Recht habt Ihr beschlossen und weise, o Roter Foliot, denn wahr geht das Wort:[24]

Der ist ein rechter Mensch den eigne Tugendt rühmet /
Den sein selbst Raht vndt That zu Ehren hoch erhebt,

und die Saat, die man in der Dunkelheit säet, muß im hellen Licht des Tages aufgehen. Ich hätte Euch auch anderweis geraten, wäre meine Angst vor den Dämonen nicht so groß, und hatte doch nur gedacht, ihren teuflischen Plänen zuvorzukommen. Dies eine will ich von Euch erbitten: Wenn wir heimwärts fahren und sie uns auf dem Fuße folgen, werden sie uns heimtückisch überfallen, denn sie haben die schnelleren Schiffe; oder wenn sie vor uns in See stechen, werden sie uns weit draußen auflauern. Gestatte uns also, noch heute nacht in See zu stechen, und haltet Ihr die Dämonen unter irgendeinem Vorwande drei Tage nur zurück, so daß wir die heimatlichen Gefilde erreicht haben, ehr sie den Foliot-Inseln den Rücken kehren.«

»Diese Bitte werde ich nicht abschlagen«, antwortete der Rote Foliot, »denn das ist nur recht und billig und geht nicht wider meine Ehre. Um Mitternacht werde ich zu Euren Hütten kommen und Euch zu Euren Schiffen geleiten.«

Als Gro zu den Hütten der Hexen gelangte, fand er sie bewacht, wie der Rote Foliot gesagt hatte, und die Hütten der Dämonen desgleichen. Er ging also in die königliche Hütte, wo der König auf einer Bahre aus Speerschäften aufgebahrt lag: angetan mit seinen königlichen Gewändern über seiner Rüstung, die schwarz gefärbt und mit Gold eingelegt war, und mit der Krone von Hexenland auf seinem Haupt. Zwei Kerzen brannten zu seinen Häupten und zwei zu seinen Füßen; und der Nachtwind, der durch die Ritzen der Hütte blies, ließ sie flackern und flammen, so daß unstete Schatten unaufhörlich an Wänden und Dach und Boden tanzten. Auf den Bänken, welche die Wände säumten, saßen die Fürsten von Hexenland in dumpfer Trauer, denn der Wein war tot in ihnen. Böse Blicke erntete Fürst Gro, als er eintrat, und Corinius setzte sich auf und rief: »Hier ist der Kobold, der an unsrem Unglücke schuld ist. Kommt, wir wolln ihn töten.«

Gro stand mit erhobenen Kopf zwischen ihnen und hielt Corinius mit seinen Blicken im Bann. Er sprach: »Wir aus Hexenland sind nicht so von Sinnen, mein Fürst Corinius, daß wir den Dämonen diese Freude machten und uns gegenseitig wie Wölfe an die Kehle führen. Mich dünkt, auch wenn Hexenland nur meine angenommene Heimat ist, so habe ich dennoch an diesem kritischen Punkt alles getan, um Unheil von ihm abzuwenden. So ihr etwas gegen mich vorzubringen habet, laßt es mich hören und darauf antworten.«

Corinius lachte verbittert. »Hört euch diesen Narren an! Hält er uns für Säuglinge und Milchbübchen? Ist es nicht klar wie der lichte Tag, daß er es war, der uns daran gehindert, die Dämonen niederzumetzeln, als wir es hätten tun können, und der sich aus unerfindlichen Gründen dafür verwendet hat, des Nachts über die Dämonen herzufallen? Und nun ist die Nacht hereingebrochen, und wir sitzen in unsren Hütten fest und haben keine Möglichkeit, uns den Dämonen zu nähern, ohne daß ein ganzes Hornissennest von Foliots über uns kommt und wir die Dämonen selbst und jede Seele auf der Insel aufschrecken. Und all dies erst, seitdem er und der Rote Foliot die Köpfe zusammengesteckt haben. Das Maß ist voll, Gro, und nun wir werden dich töten und dir und deinen Ränken ein Ende bereiten.«

Und Corinius sprang auf und zog sein Schwert, und die andren Hexen mit ihm. Aber Fürst Gro zuckte nicht mit der Wimper, sondern sprach nur: »Hört zuerst meine Antwort. Wir haben noch eine ganze Nacht vor uns, und mich zu töten ist nur die Sache eines Augenblicks.«

Da erhob sich der Fürst Corund und trat mit seiner mächtigen Gestalt zwischen Gro und Corinius und sprach mit lauter Stimme: »Wer es wagt, die Waffe gegen ihn zu erhebern, soll es mit mir zu tun bekommen, und wär's einer meiner eignen Söhne. Wir werden ihn anhören. Und wenn er seine Unschuld nicht beweisen kann, dann werden wir ihn in Stücke hauen.«

Murrend setzten sie sich nieder. Und Gro hub an und sprach: »Sehet zuerst dies Dokument, welches die Klauseln eines heiligen Bundes beinhaltet, und sehet den Schriftzug, wo der Rote Foliot eigenhändig sein Handzeichen darunter setzte. Gewiß, sein Land verfügt über keine große Kampfkraft, und es wäre uns ein Leichtes, es zu zertreten, und würde uns kaum die Stiefel beschmutzen, und wenig Nutz würde uns ihre schwache Hilfe am Tage der Schlacht sein. Doch sind diese Inseln ein strategisch wichtiger Punkt und ein Hafen für Schiffe, und sollten unsre Feinde diese Inseln einnehmen, könnten sie uns schreckliches Unbill antun. Hat dieser Vertrag in der jetzigen Lage darum nicht großen Wert? Des weiteren wisset, daß ich Euch nur deshalb riet, die Dämonen in ihren Betten zu überfallen, statt in der Folioten Halle, weil mir zugetragen worden war, daß der Rote Foliot seinen Mannen befohlen hatte, sich gegen den, ob uns oder die Dämonen, zu wenden, der als erster das Schwert gegen den andren ziehen sollte. Es stimmt, ich habe den Saal verlassen, um mich mit dem Roten Foliot zu beraten, doch den Zweck dieses Treffens habe ich bereits offengelegt: dies Bündnis. Und wahrhaftig, hätte ich mich, wie Corinius mir auf übelste Weise vorwirft, gegen Hexenland verschworen, so wär' ich wohl kaum so einfältig gewesen, in die Höhle des Löwen zurückzukehren, wo ich in seinem Palast in Sicherheit gewesen wäre?«

Nun, da Gro erkannte, daß der Zorn der Hexen gegen ihn durch seine Verteidigungsrede beschwichtigt war, in welcher er in listiger Weise teils Lügen und teils die Wahrheit gesprochen, hub er abermals an und sprach zu ihnen: »Gering ist der Dank, den ich für mein umsichtiges Mühen und Trachten im Dienste Hexenlands geerntet habe. Und besser wär's für Hexenland, wenn mein Rat befolgt würde. Corund weiß, wie ich, ungeachtet aller Gefahr für mich selbst, dem König riet, nach der ersten Runde nicht weiter zu ringen; und hätte er auf mich gehört, anstatt mich zu verdächtigen und mir mit dem Tod zu drohen, so müßten wir ihn jetzt nicht erschlagen in die königliche Gruft zu Carcë tragen.«

Corund sprach: »Das ist wohl wahr.«

»Eins nur ist mir nicht gelungen«, fuhr Gro fort, »doch läßt sich das schnell wieder richten. Der Rote Foliot, obzwar auf unsrer Seite, läßt sich nicht dazu bewegen, die Dämonen mit List zu überwältigen; noch will er dulden, daß wir sie auf diesen Inseln vernichten. Einige törichte Skrupel umfangen wie Spinnweben seinen Geist, und ich vermochte sie nicht zu vertreiben. Aber ich konnte ihn dafür gewinnen, die Dämonen drei Tage auf seinen Inseln aufzuhalten, während wir schon heute nacht in See stechen, indem ich ihm erklärte – was er ganz unschuldig glaubte –, daß wir die Dämonen fürchten und heimwärts fliehen wollten, ehr sie imstande wären, uns auf offener See anzugreifen. Und in der Tat sollten wir eiligst heimwärts segeln, nicht aus Furcht, sondern um einen Gegenschlag zu ersinnen, auf daß sie nie mehr ins Dämonenland heimkehren.«

»Welchen Gegenschlag, Kobold?« fragte Corinius

Und Gro antwortete und sprach: »Einen, den ich mit unsrem Herrn und König Gorice XII., welcher uns in Carcë erwartet, in die Wege leiten werde. Einen, den ich nicht einem Weinsäufer und Würfelspieler ausplappern werde, welcher soeben das Schwert gegen einen wahren Freund Hexenlands gezogen.« Worauf Corinius in männigem Zorn aufsprang, um Gro mit seinem Schwerte zu durchbohren. Doch Corund und seine Söhne hielten ihn zurück.

Die Sterne zeigten die Mitternacht an, als der Rote Foliot mit seinen Wachen heimlich zu den Hütten der Hexen kam. Die Fürsten von Hexenland nahmen ihre Waffen, und die Reisigen trugen das Hab und Gut, und in der Mitten trugen sie den toten König auf seiner Bahre aus Speeren. So setzte sich der Zug in Bewegung, und sie marschierten durch die mondlose Nacht um den Palast herum über einen schmalen Pfad, der zum Grunde des Tales hinab und von dort westwärts, am Wasserlauf entlang, zum Meer führte. Unterhalb des Hanges hielten sie es für ungefährlich, eine Fackel anzuzünden, die ihnen den Weg zeigte. Kahl und öde wirkten die Wände des Trogtals im flackernden Licht; und der rötliche Schein wurde zurückgeworfen von den Juwelen der Königskrone von Hexenland und von den Schnürstiefeln des Königs, die unter seinem Bärenfellmantel hervorstachen und mit den gepanzerten Zehen zum Himmel ragten, und von den Waffen und Rüstungen jener, die ihn trugen, und von der schwarzen, kalten Oberfläche des kleinen Flusses, der immerwährend durch sein kiesiges Bett dem Meer zueilte. Der Pfad war holprig und steinig, und sie gingen langsam, um nicht zu stolpern und den König fallenzulassen.

Kapitel IV

Beschwörung im Eisernen Turm

Von der Veste Carzë und von den mitternächtlichen Praktiken König Gorice XII. in der alten Kammer, allwo er Ungemach und Leid für die Fürsten von Dämonenland heraufbeschwor

Als die Hexen sich an Bord ihres Schiffes begeben, alles verstaut und die Ruderbänke bemannt hatten, sagten sie dem Roten Foliot Lebewohl und ruderten aufs Meer hinaus, und dort setzten sie die Segel und drehten das Steuer in den Wind und segelten am Land vorbei der Heimat zu. Die Sterne zogen über ihnen ihre Bahn, und es lichtete sich der Osten, und die Sonne stiegt an Backbord voraus aus dem Meer. So fuhren sie weiter, zwei Tage und zwei Nächte, und am dritten Tage kam Land in Sicht, und der Morgen brach an in Dunst und Wolken, und die Sonne hing wie ein roter Feuerball im Osten über Hexenland. Eine Zeitlang lagen sie vor Tenemos, um auf die Flut zu warten, und bei Hochwasser segelten sie über die Sandbänke und den Druima hinauf, vorbei an Dünen, sumpfigen Wiesen und dem Ergasper See, bis sie die Biegung des Flusses unterhalb von Carcë erreichten. Einsames Marschland erstreckte sich auf beiden Seiten, so weit das Auge reichte, durchbrochen von Weidengestrüpp und vereinzelten Gehöften. Nordwärts über der Biegung fiel eine Klippe steil zum Knie des Flusses ab, und auf der andren Seite senkte sie sich allmählich über mehrere Meilen hinweg, bis sie sich im toten Niveau des Sumpflandes verlor. An der südlichen Flanke dieser Klippe lag, monströs wie ein Berg in jenem flachen Fenn, massig und schwarz die Feste Carcë. Sie war aus schwarzem Marmor erbaut, aus grob behauenen und ungeglätteten Blöcken. Die Bollwerke umschlossen viele Morgen Lands. Ein innerer Wall mit einem Turm an jeder Ecke bildete die Hauptburg, an deren Südwestecke sich über dem Fluß der Palas[1] erhob. Und an der Südwestecke des

Palas ragte steil, siebzig Ellen vom Flußufer bis zu den Zinnen, der Bergfried[2] auf, ein runder, mit Eisen beschlagener Turm, der auf dem Kranzgesims[3] unterhalb der Brüstung in mannigfacher Form und zahllosen Wiederholungen die skulptierte Figur des Krebses von Hexenland trug. Die äußeren Hänge der Festung waren dunkel von Zypressen, schwarze Flammen, die aus einem wallenden Meer der Düsternis unaufhörlich zum Himmel lohten. Östlich vom Bergfried war das Wassertor und daneben eine Brücke und ein Brückenhaus auf dem andren Ufer, das mit Gefechtstürmen und Pechnasen[4] befestigt war und von den hohen Zinnen der Festung aus beherrscht wurde. Bedrückend und furchteinflößend war diese Feste Carcë, wie die steingewordene Seele der Nacht, die über den Wassern jenes trägen Flusses lastete: bei Tage ein Schatten im hellen Sonnenlicht, der die freudlose Öde des Moores verdunkelte, ein Gleichnis unbarmherziger Gewalt auf mächtigem Thron; bei Nacht eine Schwärze, schwärzer als die Nacht selbst.

Nun hatte das Schiff nahe dem Wassertor angelegt, und die Fürsten von Hexenland gingen mitsamt ihrem Gefolge an Land, und das Tor ward ihnen aufgetan, und in einem Trauerzuge zogen sie in die Feste ein und stiegen den steilen Aufgang zum Palas empor. Mit sich trugen sie als eine traurige Last ihren König. Und in der großen Halle von Carcë wurde Gorice XI. für jene Nacht aufgebahrt, und der Tag neigte sich seinem Ende zu. Von König Gorice XII. indes war kein Wort zu hören.

Als aber die Schatten der Nacht herniedersanken, kam ein Kammerherr zum Fürsten Gro, derweil dieser sich auf der Terrasse vor dem Westflügel des Palastes erging, und der Kammerherr sprach: »Euer Liebden, der König ersucht Euch, ihm im Eisernen Turm Eure Aufwartung zu machen, und er läßt Euch sagen, Ihr möget ihm die Königskrone von Hexenland bringen.«

Gro eilte, dem Befehl des Königs zu gehorchen, und begab sich in die große Festhalle, und ehrfurchtsvoll nahm er die eiserne Krone von Hexenland, die mit unermeßlich kostbaren Juwelen besetzt war, in die Hände und stieg eine gewundene Treppe zum Turm hinauf. Der Kammerherr ging ihm voran. Als sie auf dem ersten Absatz angelangt waren, klopfte der Kammerherr an eine massive Tür, die alsgleich von einer Wache aufgetan wurde, und der Kammerherr sprach zu Gro: »Euer Liebden, es ist des Königs Wille, daß Ihr Seine Majestät in seiner geheimen Kammer an der Spitze des Turmes aufsucht.« Und Gro verwunderte sich, denn seit vielen Jahren hatte niemand jene Kammer betreten. Vor langer Zeit hatte Gorice VII. dort verbotene Künste gepflogen, und im Volke hieß es, daß er in jener Kammer die Geister beschworen habe, welche ihm zum Verhängnis wurden. Seitdem war die Kammer versiegelt, und die Könige von Hexenland hatten sie nie wieder benutzt; denn wenig Vertrauen hatten sie in die Kunst der Magie gesetzt und sich lieber auf die Macht ihrer Hände und des Schwertes von Hexenland gestützt. Aber Gro wurde es froh ums Herz; denn die Öffnung der Kammer kam seinen Absichten auf halbem Wege entgegen. Furchtlos stieg er die Wendeltreppe hinauf, die von den Schatten der einbrechenden Nacht verdüstert und mit Spinnweben verhangen und dem Staub des Vergessens bedeckt war, bis er zu der kleinen, niedrigen Tür der Kammer kam, und er hielt ein und klopfte an und lauschte auf eine Antwort.

Und eine Stimme rief von innen: »Wer klopfet da?«, und Gro antwortete: »Herr, ich bin es, Gro.« Und die Riegel wurden zurückgezogen, und die Tür tat sich auf, und der König sprach: »Tritt ein.« Und Gro trat ein und stand dem König gegenüber.

Die Kammer nun war von solcher Art, daß sie rund war, dieweil sie den ganzen Raum im obersten Geschosse des runden Bergfrieds einnahm. Es war inzwischen Abend geworden, und nur durch die tiefen Laibungen der schmalen Fenster, die in den vier Himmelsrichtungen in die Mauern des Turmes eingelassen waren, drang mattes Zwielicht. Ein Kohlenbecken in dem großen Kamin warf einen unsteten Schein in das Innere der Kammer und enthüllte seltsame Formen aus Glas und irdenem Geschirr, Flaschen und Retorten[5], Waagen, Stundengläser, Schmelztiegel und Astrolabien[6], einem monströsen, dreihalsigen Destillierhelm[7] aus phosphoreszierendem Glas, der in einem Bain-Marie[8] stand, und andre Instrumente von zweifelhafter und unheimlicher Erscheinung. Unter dem nördlichen Fenster, gegenüber dem Eingang, befand sich ein massiver, von Alter geschwärzter Tisch, auf dem große, in schwarzes Leder gebundene Bücher mit eisernen Bügeln und schweren Vorhängeschlössern lagen. Und in einem hohen Stuhl neben diesem Tisch saß König Gorice XII., gehüllt in seine Zauberrobe aus Schwarz und Gold, und stützte seine Wange in eine Hand, welche mager war wie eine Adlerklaue. Das Dämmerlicht, Mutter des Schattens und der Geheimnisse, das jene Kammer erfüllte, flackerte um die reglose Gestalt des Königs, seine Nase, die gekrümmt war wie ein Adlerschnabel, sein kurzgeschnittenes Haar, seinen dichten, gestutzten Bart mit glattrasierter Oberlippe, seine hohen Wangenknochen und grausamen, schweren Kinnbacken und die dunklen Firste seiner Brauen, aus deren Schatten der grüne Schimmer seiner Augen den Außenstehenden als kaum freundliche Leuchte entgegenglomm. Die Tür schloß sich ohne einen Laut, und Gro war allein mit dem König. Die Dämmerung vertiefte sich, und der Feuerschein pulsierte und blinkte in jener Kammer des Schreckens, und der König lehnte bewegungslos auf seine Hand, den

Blick auf Gro gerichtet; und es herrschte Totenstille bis auf das leise Schnurren der Glut im Kamin.

Schließlich sprach der König: »Ich habe nach dir gesandt, weil du allein so beherzt warst, dem Königе, der nun tot ist, Gorice XI. ruhmreichen Angedenkens, deinen Rat hartnäckig aufzudrängen. Und weil dein Rat gut war. Wundert dich nicht, daß ich von deinem Rate weiß?«

Gro sprach: »O mein Herr König, es wundert mich nicht. Denn ich weiß, daß die Seele unvergänglich ist, wenn auch der Leib zugrunde geht.«

»Hüte deine Zunge vor allzu raschen Worten«, sprach der König. »Dies sind Mysterien, an die nur zu denken dein Verderben sein könnte, und wer immer davon spricht, und sei es auch nur an einem so geheimen Ort wie diesem und mit mir allein, spricht doch auf größte Gefahr für sein eignes Leben.«

Gro antwortete: »O König, ich sprach nicht leichtfertig; zudem habt Ihr mich durch Euer Fragen versucht. Nichtsdestotrotz werde ich die Warnung Eurer Majestät zu beherzigen wissen.«

Der König erhob sich von seinem Stuhl und kam langsam auf Gro zu. Er war außergewöhnlich groß und hager wie ein halbverhungerter Kormoran[9]. Er legte Gro die Hände auf die Schultern und sprach, während er sich zu ihm hinunterbeugte: »Hast du denn keine Angst, mit mir in diesem Raume zu weilen, wenn der Tag sich neiget? Oder hast du nicht darüber nachgedacht und über diese Instrumente, die du siehst, über ihren Gebrauch und Nutz und den Zweck, den diese Kammer einst gehabt?«

Gro aber wich nicht um ein Haar, sondern sprach fest: »Ich habe keine Angst, o mein Herr König; vielmehr erfüllte Euer Befehl mich gar mit Freude. Denn es kommt meinen eignen Plänen zupaß, da ich im Innersten meines Herzens mit mir zu Rate ging nach dem Mißgeschick, welches die Schicksalsgöttinnen Hexenland auf den Foliot-Inseln zuteil werden ließen. Denn an jenem Tage, o König, als sich das Licht Hexenlands verdunkelte und seine Macht im Falle Gorice XI. ruhmreichen Gedenkens darniederlag, da gedachte ich Euer, Herr, des zwölften Gorice auf dem Thron von Carcë, und es kam mir das Wort des alten Sehers in den Sinn, der da singt:

Zehne / Ylfe / Zwelf ich seh' /
Männiglicher[10] Abfolge /
An Stärcke groß und Meisterschafft
An Schwert / und Arm / und Zauberkrafft:
In der Veste zu Carcë
Herrschen sie als Könige.

Und eingedenk dessen, daß er Euch als den Zwölften als groß an Zauberkraft hervorgehoben hat, war all mein Bestreben, jene Dämonen innerhalb der Reichweite Eurer Zaubersprüche aufzuhalten, bis wir Zeit hätten, heim zu Euch zu eilen und Euch von ihren Untaten zu berichten, um Euch also in Stand zu setzen, Eure Macht zu entfalten und Eure Feinde mittels schwarzer Magie zu vernichten, ehr sie die Küste des gebirgichten Dämonenlandes erreichen.«

Der König zog Gro an seine Brust und küßte ihn und sprach: »Bist du nicht ein wahres Juwel an Weisheit und Voraussicht? Ob dessen will ich dich umarmen und ewiglich ehren!«

Dann trat der König einen Schritt zurück, die Hände auf Gros Schultern gelegt, und blickte ihn eine Zeitlang in Schweigen an. Dann zündete er eine Kerze an, die in einem eisernen Ständer neben dem Tisch stand, wo die Bücher lagen, und hielt sie Gro ins Gesicht. Und der König sprach: »Ja, Weisheit besitzest du und Vorsicht und auch ein gehörig Maß an Mut. Doch wenn du mir in dieser Nacht dienen willst, so muß ich dich erst mit Schrecken läutern, bis sie dir nichts mehr anhaben können, so wie Gold im Kessel geläutert wird, oder, wenn du aus geringerem Metalle sein solltest, du von ihnen verzehrt würdest.«

Da sprach Gro zum König also: »Viele Jahre, Herr, lange bevor ich nach Carcë kam, wanderte ich hie und dort in der Welt umher, und Dinge des Schreckens sind mir vertraut wie einem Kind sein Spielzeug. Ich habe in den südlichen Meeren, in den Wirbeln von Korsch, im Lichte von Achernar und Kanopus, riesige Seepferde mit achtarmigen Kraken kämpfen sehen. Und doch hatte ich keine Angst. Ich war auf der Insel Ciona, als sich die Tiefen öffneten auf jener Insel und sie spalteten, wie ein menschlicher Schädel von der Axt gespalten wird; und die grünen Klüfte des Meeres verschlangen jene Insel, und der Gestank und der Dampf, wo Fels und Erde brennend im Meer verzischt waren, hingen tagelang in der Luft. Und doch hatte ich keine Angst. Und dreißig Tage und dreißig Nächte wanderte ich allein auf dem Antlitz der Moruna in Oberwichtland, wo kaum eine lebende Seele gewesen; und die Unholde, welche die Luft jener Öde bevölkern, hemmten meinen Schritt und redeten irres Geschwätz in der Dunkelheit. Und doch hatte ich keine Angst und kam zu guter Letzt nach Morna Moruna, und von dort, am Rande des Abgrunds wie am Ende der Welt, erblickte ich gegen Süden, was keines Sterblichen Auge je geschaut: die undurchdringlichen Wälder des Bhavinan und jenseits, in der Bläue des Himmels, Kette um Kette eisbedeckter Berge und dahinter zwei Gipfel, die auf ewig zwischen festem Land und dem Himmel in überirdischer Schönheit thronen: die Zacken und luftigen Grate des Koschtra Pivrarcha und die steilen Wände, die sich aus unerforschlichen Klüften aufschwingen zu jener schweigenden Königin der Berge, der weißen Kuppel des Koschtra Belorn.«

Als Gro zu Ende gesprochen hatte, kehrte der König ihm den Rücken und nahm aus einem Regal eine Retorte, die mit einer dunkelblauen Flüssigkeit gefüllt war, und stellte sie in ein Bain-marie und entzündete darunter einen Brenner. Rauch von schwachpurpurner Farbe stieg aus dem Hals der Retorte, welchen der König alsdann in einem Kolben sammelte. Er machte Zeichen über den Kolben; dann schüttete er daraus ein feines Pulver in seine Hand. Darauf hielt er das Pulver in seiner Handfläche vor Gros Augen und sprach: »Sieh genau auf dies Pulver!« Und Gro sah genau hin. Der König murmelte einen Spruch, und das Pulver rührte und regte sich wie eine wimmelnde Masse von Käsemilben in einem überreifen Käse. Das Pulver in des Königs Hand dehnte sich aus, und Gro gewahrte, daß jedes einzelne Korn Füßchen hatte. Vor seinen Augen wuchsen die Körner, wurden groß wie Senfkörner und dann Gerstenkörner, krabbelten und kletterten übereinander. Und während er darüber staunte, erreichten sie die Größe von Bohnen, und jetzt war ihre Gestalt und ihr Aussehen klar, und er erkannte, daß es kleine Frösche und Kröten waren; und sie nahmen schnell an Größe zu, flossen über von des Königs Hand und purzelten auf den Fußboden. Und sie hörten nicht auf zu wachsen, bis sie groß wie junge Hunde waren, so daß der König nur mehr eines halten konnte; er hielt es unter dem Bauch auf der flachen Hand, während es mit den Füßen in der Luft zappelte, und die anderen liefen über die Tische und drängten sich auf dem Boden. Bleich waren sie und lichtdurchlässig wie Horn, von einem schwach purpurnen Ton wie der Dampf aus der Retorte, aus dem sie geboren. Und jetzt war der Raum so angefüllt mit ihnen, daß sie übereinanderstiegen, und sie hatten die Größe gemästeter Schweine; und sie rollten die Augäpfel und glotzten Gro an und quakten. Der König ließ Gro nicht aus dem Blick, der inmitten der Kreaturen stand und die Krone Hexenlands in seinen Händen hielt; und der König sah, daß die Krone kein bißchen in Gros Händen zitterte. So sprach er ein bestimmtes Wort, und die Frösche und Kröten wurden wieder klein, schrumpften viel schneller, als sie gewachsen waren, und waren bald ganz verschwunden.

Der König nahm nun aus dem Wandregal eine Kugel von der Größe eines Straußeneis aus dunkelgrünem Glas. Er sprach zu Gro: »Betrachte dies Glas genau und sage mir, was du siehst.« Und Gro gab zur Antwort: »Einen sich bewegenden Schatten sehe ich in der Kugel.« Daraufhin befahl der König: »Wirf sie mit all deiner Kraft auf den Boden!« Fürst Gro ergriff die Kugel mit beiden Händen, hob sie mit Mühe über den Kopf, denn sie war schwer wie Blei, und wie der König Gorice ihm geheißen, schleuderte er sie auf den Fußboden, daß sie in tausend Scherben zersprang. Und siehe, eine dichte Rauchwolke quoll aus den Splittern hervor und formte sich zu einer Gestalt, die menschenähnlich und schrecklich anzuschaun war: Ihre Beine glichen zwei Schlangen, und so groß erhob sie sich in der Kammer, daß ihr Kopf die gewölbte Decke berührte, und feindselig und drohend starrte sie auf den König und Gro hinab. Der König riß ein Schwert herunter, das an der Wand hing, drückte es Gro in die Hand und rief: »Hack ihm die Beine ab, und zaudere nicht, oder du bist des Todes!« Gro schlug zu und schnitt dem Unhold das linke Bein ab, mühelos, als würde er durch Butter schneiden. Aber aus dem Stumpf wuchsen zwei neue schlängelnde Vipern; und ebenso war es beim rechten Bein, doch rief der König: »Schlag zu und hör nicht auf, oder du bist ein toter Mann!« Und jedesmal wenn Gro eine Schlange abtrennte, wuchsen zwei weitere aus der Wunde, bis die ganze Kammer ein Labyrinth wimmelnder Tentakel war. Doch nach wie vor schlug Gro mit großer Entschlossenheit zu, bis der Schweiß auf seiner Stirne stand, und während er zwischen den Hieben nach Luft schnappte, stieß er hervor: »O König, zu einem vielbeinigen Hundertfüßler habe ich ihn gemacht; muß ich ihn noch zum Tausendfüßler machen, ehr der Morgen anbricht?« Und der König lächelte und sprach ein Wort verborgener Bedeutung, und plötzlich war der ganze Spuk verschwunden, wie durch einen jähen Windstoß hinweggefegt, und es war nichts mehr da außer den zerstreuten Scherben der grünen Kugel auf dem Fußboden der Kammer.

»Du hattest keine Angst?« fragte der König, und als Gro den Kopf schüttelte, fügte er hinzu: »Mich deuchte, jene Bilder des Schreckens sollten nicht ohne Wirkung auf dich bleiben, denn ich weiß wohl, daß du die Kunst der Magie nicht beherrschst.«

»Indes bin ich ein Philosoph«, antwortete Fürst Gro, »und kenne die Grundzüge der Alchymie und die geheimen Eigenschaften der materiellen Welt: die Wirkungen von Kräutern, Pflanzen, Erden und Mineralen; ich weiß von den Bahnen der Gestirne und dem Einfluß der Himmelskörper. Und ich sprach mit Vögeln und Fischen, einem jeglichen nach seiner Art; und auch jene Kreaturen, die auf der Erde kreuchen, verachte ich nicht, sondern führte oft innige Gespräche mit dem Molch des Teichs, dem Glühwürmchen, dem Marienkäfer und der Ameise und dergleichen und erfuhr so allerlei Interessantes. So habe ich ein Wissen erlangt, das mir die Außenhöfe des geheimen Tempels der verbotenen Künste erhellt wie auch der Wissenschaften, obgleich ich nicht in jenen Tempel selbst geschaut habe. Und durch meine Philosophie, o König, weiß ich, daß jene Schreckensbilder, die Ihr mir vor Augen führtet, nur Trug und Illusion sind, wohl imstande, die Seele desjenigen in Angst und Schrecken zu versetzen, der die göttliche Philosophie nicht kennt, doch ohne körperliche Kraft oder Wesen. Als solche sind sie nicht zu fürchten; zu fürchten ist nur die Angst selbst, die sie dem Einfältigen einjagen.«

Da sprach der König: »An welchem Zeichen erkennst du das?«

Und der Fürst Gro gab ihm zur Antwort: »O König, wie ein Kind einen Kranz aus Gänseblümchen flicht, so mühelos habt Ihr diese Schreckensbilder herbeigezaubert. Nicht auf solche Weise vermag einer wirklich tödliche Mächte aus der Tiefe hervorzurufen; nur mit Mühe und Schweiß und mit aller Macht des Geistes, des Willens, des Herzens und des Körpers vermag er dies.«

Der König lächelte. »Es ist wahr, was du sagst. Da solche Phantasmagorie[11] dein Herz nicht anficht, will ich dir einen greifbareren Schrecken vorsetzen.«

Und er entzündete die Kerzen in den großen Kerzenständern aus Eisen und öffnete eine kleine Geheimtür in der Wand der Kammer nahe über dem Fußboden; hinter dem Türchen sah Gro Eisenstäbe, und er hörte ein Zischen hinter dem Gitter. Der König nahm einen silbernen Schlüssel von komplizierter Konstruktion und öffnete damit das Eisengitter. Und der König sprach zu Gro: »Betrachte diese Ausgeburt eines Hahneneis[12], das von einer Natter ausgebrütet ward. Der Blick seines Auges genüget, jedwedes lebende Wesen, das vor ihm stehet, in Stein zu verwandeln. Würde ich nur einen Augenblick den Bann lösen, mit dem ich es gebunden habe, wäre mein Leben verwirkt und das deine dazu. Denn so gewaltig ist die unheilvolle Kraft dieser Schlange, welche der alte Feind, der in Dunkelheit wohnet, auf die Erde brachte, daß sie den Menschenkindern zum Verderben gereiche, doch zum Instrument der Macht in der Hand des Zauberers und Beschwörers.«

Somit kam jene Ausgeburt der Finsternis aus ihrem Loch und ging gespreizt auf zwei Füßen, welche wie die eines Hahnes waren; auch einen Hahnenkopf hatte das Geschöpf, mit hellrotem Kamm und Kehllappen, doch sein Antlitz war nicht das eines Vogels aus Mittelerde[12], sondern vielmehr einer Gorgone[13] aus Höllentiefen. Schwarz schimmernde Federn wuchsen an seinem Hals, aber sein Leib war der eines Drachen, mit Schuppen, die im Schein der Kerzen glänzten, und einem aufgerichteten schuppigen Kamm am Rücken; und seine Schwingen waren wie Fledermausschwingen und sein Schwanz wie der einer Viper mit einem Stachel am Ende, und aus seinem Schnabel züngelte giftig seine gespaltene Zunge. Das Untier stand ein wenig höher als eine Elle. Aufgrund des Bannes, in den König Gorice es geschlagen, konnte es seinen tödlichen Blick weder auf Gorice noch auf Gro richten, sondern ging im Kerzenschein hin und her, die Augen stets von ihnen abwendend. In seinem Zorn stellte es die schwarzen Federn der Halskrause auf, und sein schuppiger Schwanz zuckte heftig; und es zischte immer wilder, verärgert über die Bande des Zaubers; und sein Atem war giftig und zog in Schwaden durch die ganze Kammer. So ging die Bestie eine Weile vor ihnen hin und her, und als sie von der Seite an Gro vorbeiblickte, sah dieser das Licht in ihren Augen, die wie fahle Monde durch einen Nebel grünlich gelber Rauchschwaden in der Dämmerung glühten. Und großer Ekel erfaßte ihn, so daß ihm die Galle hochstieg, dies Ungeheuer zu schauen, und die Stirn und die Handflächen wurden ihm feucht, und er sprach: »Mein Herr und König, ich habe standhaft auf diesen Basilisken geblickt, und dennoch fürchte ich mich nicht; doch bietet er einen so garstigen Anblick, daß mir die Galle hochsteigt.« Und mit diesen Worten erbrach er sich. Und der König befahl den Drachen zurück in sein Loch, worauf das Untier zornig zischend gehorchte.

Dann goß der König Wein in einen Becher und sprach einen Zauber darüber, und als der funkelnde Wein die Sinne des Fürsten Gro belebt hatte, sprach der König und sagte: »Es ist gut, Gro, daß du dich wahrhaft als Philosoph erwiesen und ein unerschrockenes Herz hast. Doch bedenke, daß ein jedes Schwert seine letzten Probe auf dem Kampfplatz bestehen muß, denn wenn es dort entzwei bricht, bedeutet es Verderben und Untergang für jenen, der es schwingt. So muß auch ich dich in dieser Nacht auf eine letzte, noch härtere Feuerprobe stellen, und wenn du versagst, so werden wir beide auf ewig verloren sein, und Carcë und ganz Hexenland werden untergehen und vom Erdboden verschwinden. Wagest du es, dich dieser Prüfung zu unterziehen?«

Gro antwortete: »Ich brenne darauf, Euch zu dienen, o König. Denn ich weiß, daß es töricht wäre, die Dämonen durch Erscheinungen und Trugbilder in Schrecken versetzen zu wollen, und gegen die Dämonen wäre auch das tödliche Auge Eures Basilisken wirkungslos. Tapferen Herzens sind sie und gelehrt in allen Dingen; und Juss ist uralter Magie kundig, und es wäre ihm ein Leichtes, den Blick des Basilisken abzuwenden. Nein, um die Dämonen zu besiegen, bedarf es wahrlich großer Zauberkraft.«

»Groß«, sprach der König, »ist die Kraft und die Schläue der Brut von Dämonenland. Durch Körperkraft allein haben sie uns jetzt ihre Überlegenheit bewiesen; davon zeuget als trauriger Beweis der Tod Gorice' XI., dem kein Sterblicher sich im Ringkampf ungestraft entgegenstellen konnte, bis dieser verfluchte Goldry ihn zornestrunken und haßerfüllt auf den Foliot-Inseln niederwarf. Auch in der Waffenkunst vermochte uns vormals keiner zu übertreffen, und Gorice X., siegreich in zahllosen Einzelkämpfen, machte unsrem glorreichen Namen über alle Grenzen hinaus Ehre. Dennoch ereilte ihn schließlich der Tod, wider alles Erwarten und wer weiß durch welche List, im Zweikampf von der Hand jenes blondgelockten Jünglings aus Krothering. Doch ich, der ich der Magie kundig bin, führe gegen die Dämonen eine mächtigere Waffe denn Muskelkraft oder das Schwert, das da birst. Indes ist meine Waffe gefährlich auch für den, der sie einsetzt.«

Damit schloß der König das größte jener Bücher auf, die auf dem massiven Holztisch lagen, und sagte Gro ins Ohr, wie einer, der nicht belauscht werden möchte: »Das ist das schreckliche Grimorium[14], womit in dieser Kammer, in einer ebensolchen Nacht, König Gorice VII. die gähnende Tiefe anrief. Und wisse, daß König Gorice VII. dieser eine Umstand zum Verderben gereichte: Als er mit dieser höllischen Kunst etwas aus der uranfänglichen Finsternis aufbeschworen hatte, ward sein Geist, völlig erschöpft durch den Schweiß und die Anstrengung des Beschwörens, für einen Augenblick getrübt, dergestalt daß er die Worte vergaß, die in diesen Buch geschrieben stehen; oder die Seiten, auf der sie standen; oder die Stimme ihm versagte, die Worte zu sprechen, die gesprochen werden mußten; oder die Kraft, das zu tun, was getan werden mußte, den Zauber zu vollenden. Und so verlor er die Herrschaft über das, was er aus der Tiefe gerufen hatte, und es wandte sich gegen ihn und riß ihn bei lebendigem Leibe in Stücke. Einem solchen Schicksal will ich wehren, wenn ich heute diese Beschwörung wiederhole, indem du mir unerschrocken zur Seite stehst, wann ich die Zauberformel spreche. Und solltest du mich zaudern oder irren sehen, ehr alles vollendet ist, dann sollst du selbst die Hand auf Buch und Tiegel legen, wie ich es dir alsgleich weisen werde. Oder hast du dazu nicht den Mut?«

Gro sprach: »Herr, zeiget mir meine Aufgabe. Und gleich, was kommen mag, ich werde sie ausführen, auch wenn sämtliche finstren Mächte sich gegen mich verschwören.«

So wies der König Gro ein und belehrte ihn über die verschiedenen Schritte, die notwendig waren, und prägte ihm die jeweiligen Seiten des Grimoriums ein, auf denen die Worte geschrieben standen, die in einer genau vorgeschriebenen Reihenfolge und zum rechten Zeitpunkt gesprochen werden mußten. Doch nahm der König jene Sprüche nicht in den Mund, sondern zeigte nur auf die Stellen im Buch; denn wenn man jene Worte zur Unzeit spricht, ist man verloren. Als die Retorten und Gefäße mit ihren vielen Hälsen und Röhren und Apparaturen schließlich hergerichtet waren, und die verbotenen Prozesse der Fixation, Konjunktion, Deflagration, Putrefaktion und Rubefikation[15] sich dem Endzustand näherten und der verhängnisvolle Stern Antares im Sternhöhenmesser fast den Meridian erreicht hatte und die Mitternachtsstunde ankündigte, beschrieb der König mit seinem Zauberstab auf dem Fußboden drei Drudenfüße, eingeschlossen von einem siebenzackigen Stern, und fügte die Zeichen des Krebses und des Skorpions hinzu, welche er mit gewissen Runen verband. Und in die Mitte des Sterns zeichnete er das Bildnis eines Krebses, der von der Sonne fraß.

Dann blätterte er zur dreiundsiebzigsten Seite seines großen schwarzen Grimoriums und stieß mit mächtiger Stimme Worte verborgener Bedeutung aus und rief den Namen an, den auszusprechen eine Sünde ist.

Als er die erste Zauberformel gesprochen hatte und schwieg, wurde es totenstill in der Kammer, und eine Kälte zog herauf wie im Winter. In der Stille hörte Gro des Königs heftigen Atem, wie von einem, der ein Wettrudern hinter sich hat. Nun schoß das Blut in Gros Herz zurück, und seine Hände und Füße wurden kalt, und kalter Schweiß brach ihm auf der Stirne aus. Doch trotz alledem blieb er festen Mutes und ließ sich nicht beirren. Der König bedeutete Gro, den Schwanz eines tropfenförmigen Gebildes aus schwarzem Glas abzubrechen, welches auf dem Tisch lag; und als das Gebilde entzwei war, zerfiel das Glas zu einem grobkörnigen schwarzen Pulver. Auf Weisung des Königs sammelte Gro dieses Pulver und schüttete es in den großen Destillierkolben, in dem eine grüne Flüssigkeit über der Flamme eines Brenners kochte und brodelte, und die Flüssigkeit wurde rot wie Blut, und lohfarbener Rauch erfüllte den Kolben, und blendend helle Funken blitzten und leuchteten durch die Schwaden. Darauf schlug sich am Hals des Kolbens ein weißes, unbrennbares Öl nieder, und der König tauchte seinen Stab in jenes Öl und umschrieb den siebenzackigen Stern auf dem Boden mit der Figur jenes Wurms Ouroboros, der seinen eigenen Schweif verschlingt. Und unter den Kreis schrieb er die Formel des Krebses und sprach seinen zweiten Zauber.

Als das geschehen war, wurde die Kälte noch beißender und die Grabesstille in der Kammer noch erdrückender. Des Königs Hand zitterte wie im Fieber, als er die Seiten des mächtigen Buches umblätterte. Gros Zähne klapperten; er biß sie zusammen und wartete. Und jetzt drang durch jedes Fenster Licht in die Kammer, als würde das Morgengrauen den Nachthimmel erhellen. Aber nicht gänzlich so; denn niemals kam die Morgenröte schon um Mitternacht, noch mit einem solchen Sauseschritt von allen vier Himmelsrichtungen zugleich, noch mit einem so gräßlichen Licht. Das Kerzenlicht brannte trüber, als es immer heller von draußen hereinschien: ein übles, fahles Licht der Verderbtheit und Entartung, in dem Hände und Gesicht des Königs Gorice und seines Adlaten[16] totenbleich und ihre Lippen schwarz wie die dunkle Haut einer Traube erschienen, wo der Hauch von ihr abgerieben ist. »Die Stunde ist gekommen!« rief der König mit furchtbarer Stimme, und er nahm eine Phiole[17] aus Kristall, die einen Absud[18] von Wolfsfett und Salamanderblut enthielt, und ließ sieben Tropfen aus dem Destillierkolben in die Phiole fallen und goß diese Lösung über die Figur des Krebses auf dem Boden. Gro lehnte sich gegen die Wand, schwach an Gliedern, doch im Willen ungebeugt. So bitter war die Kälte, daß seine Hände und Füße taub waren und die Flüssigkeit auf dem Boden gerann. Dennoch standen dem König dicke Schweißperlen auf der Stirn ob der gewaltigen Anstrengung, und in dem gleißenden Licht aus den Unterhimmeln stand er steif und aufrecht, mit ausgestreckten Armen und geballten Fäusten, und sprach die Worte LURO VOPO VIR VOARCHADUMIA.

Sogleich erlosch das grelle Licht wie eine ausgeblasene Lampe, und es war wieder Nacht draußen. Und es war nichts zu hören bis auf das schwere Keuchen des Königs; aber es war, als ob die Nacht in Erwartung dessen, was da kommen sollte, den Atem anhielte. Und die Kerzen zischten und brannten blau. Der König schwankte und klammerte sich mit der linken Hand am Tisch fest. Und wieder sprach der König mit schrecklicher Stimme das Wort VOARCHADUMIA.

Zehn Herzschläge lang hing eine Stille in der lauschenden Nacht wie ein lauernder Turmfalke. Dann ging ein Krachen durch Himmel und Erde, und ein grelles Feuer fuhr durch die Kammer wie von einem Blitz. Ganz Carcë erbebte, und die Kammer wurde von Flügelschlägen wie von den Schwingen eines riesigen Vogels erfüllt. Die Luft, die von klirrender Kälte war, wurde plötzlich heiß wie der Atem eines brennenden Berges, und Gro würgte bei dem Geruch nach Asche und dem Gestank von Schwefel. Und die Kammer schwankte wie ein Schiff in schwerer Dünung, wenn der Wind gegen die Flut anbläst. Aber der König, der sich gegen den Tisch stemmte und sich mit seiner schmalen Hand daran festklammerte, daß die Adern zum Bersten dick hervortraten, rief mit keuchender und gänzlich veränderter Stimme: »Durch die gezeichneten Figuren und durch diese Zauberworte, durch den Balsam von Wolf und Salamander, durch das unheilvolle Zeichen des Krebses, der in der Sonne steht, und durch das feurige Gemüt des Skorpions, der in dieser Stunde auf dem Meridian der Nacht leuchtet, bist du mein Knecht und Werkzeug. Beuge dich und gehorche mir, Gewürm der Tiefe. Oder ich werde aus der uralten Nacht Throne und Herrschaften herbeirufen, die weit mächtiger sind als du, und sie werden meinem Zwecke dienen und dich in Ketten unauslöschlichen Feuers binden und dich durch die Tiefe schleifen von Tortur zu Tortur.«

Damit versiegte die Kraft, welche die Erde erbeben ließ; es blieben nur mehr ein leichtes Zittern der Wände und des Fußbodens und der Wind von den unsichtbaren Schwingen und der beißende Geruch nach Ruß und brennendem Schwefel. Und eine Stimme ertönte aus der belebten Luft der Kammer und sprach sondersam süß: »Verfluchter Wicht, der du unsre Ruhe störest, was ist dein Wille?« Der Schrecken jener Stimme ließ Gros Kehle trocken werden, und die Haare standen ihm zu Berge.

Der König zitterte an allen Gliedern wie ein verstörtes Pferd, dennoch war seine Stimme fest und sein Antlitz unbewegt, als er heiser rief: »Meine Feinde stechen bei Tagesanbruch von den Foliot-Inseln in See. Ich hetze dich auf sie wie einen Falken von meiner Faust. Ich schenke sie dir. Verfahre mit ihnen, so du willst; wie oder wo, das sei dir überlassen, solange du sie vernichtest und vom Antlitz der Welt hinwegfegst. Fort mit dir!«

Und nun war des Königs Kraft erschöpft; die Knie versagten ihm, und er sank wie ein kranker Mann auf seinen großen Stuhl nieder. Aber die Kammer ward erfüllt von einem Rauschen wie dem eines Wasserfalls, und das Rauschen ward übertönt von einem Gelächter, das wie das Lachen verdammter Seelen klang. Da wurde dem König klar, daß er jenes Wort noch nicht ausgesprochen hatte, das seine Sendung auf den Weg schicken würde. Doch eine solche Müdigkeit hatte ihn nun erfaßt, und so gänzlich war seine Kraft durch die große Anstrengung der Zauberei von ihm gewichen, daß ihm die Zunge am Gaumen klebte und er das Wort nicht aussprechen konnte. In höchster Erregung rollte er das Weiß seiner Augen und flehte zu Gro, während seine kraftlosen Finger die schweren Seiten des Grimoriums umzublättern suchten. Da eilte Gro zum Tisch und mußte sich daran festhalten, denn abermals wurde die starke Feste Carcë von einem Beben geschüttelt, wie man einen Würfelbecher schüttelt, und Blitze fuhren vom Himmel hernieder, und Donnerschläge dröhnten unaufhörlich, und das Rauschen wurde zu einem ohrenbetäubenden Tosen, und immer noch erscholl das Gelächter über dem Sturm. Und Gro wußte, daß es nun dem König also widerfahren war wie vor langer Zeit Gorice VII., als ihm die Kraft schwand und der Geist ihn zerriß und die ganze Kammer mit seinem Blut besudelte. Doch entsann Gro sich trotz des grauenvollen Tumults der Zahl der Seite, auf welcher der König ihm das Wort der Sendung gezeigt hatte, und er riß dem König das Buch aus der gelähmten Hand und blätterte die Seite auf. Kaum hatten seine Augen das Wort gefunden, als ein Sturm von Hagel und Schnee in die Kammer fegte, die Kerzen löschte und die Tische umstürzte. Und in der plötzlichen Dunkelheit unter dem Donnerschlag, der ihn der Länge nach zu Boden geschleudert hatte, spürte Gro Klauen, die ihn an Kopf und Gliedern packten. In seiner Not stieß er das Wort aus, welches TRIPSARECOPSEM hieß, und ihm schwanden die Sinne.

Es war Mittag, als Fürst Gro in jener Kammer aus seiner Bewußtlosigkeit erwachte. Die warme Frühlingssonne schien durch das südliche Fenster und erhellte, was jene Nacht des Unheils angerichtet hatte. Die Tische waren umgekippt, und der Boden war übersät und bespritzt mit kostbaren Essenzen[19] und Erden aus zerbrochenen Fläschchen, Gläsern, Behältern und Schalen: Aphroselmia; Goldtinktur; Goldsafran; Asem; Amianth; Strypteria von Melos, zerstoßen mit Mandragore; Vinum ardens; Sal armoniack; ätzende Aqua regia; kleine Pfühle und verstreute Kügelchen von Quecksilber; giftige Absude von Pilzen und von Tollkirsche, Mistelbeere, Gallapfel, Eisenhut und Schwarzer Nieswurz; Quintessenzen von Drachenblut und Schlangengift; und mit diesen vermengt und unrettbar verloren Elixire, deren Verlangen weise Männer in den Tod getrieben hat: Spiritus mundi und jenes höchste Alkahest[20], das jedwede Substanz auflöset, die man hineingetaucht; und jenes Aurum potabile[21], das, selbst vollkommen, Vollkommenheit im lebenden Organismus induziert. Und in diesem Haufen zerstörter Schätze sah man die großen Grimorien verstreut zwischen den Resten von Retorten und Aludelen aus Glas und Blei und Silber, Sandbädern, Matrassen, Spatulae, Athanoren und andern Instrumenten ohne Zahl von seltner Art[22], die zerbrochen auf dem Boden lagen.

Des Königs Stuhl war gegen den Ofen geschleudert worden, und der König lag, gegen den Tisch gekauert, auf der Erde, den Kopf weit zurückgestreckt, daß sein schwarzer Bart zum Himmel zeigte und seine sehnige, behaarte Kehle entblößte. Gro betrachtete den König genauer und sah, daß er unverletzt zu sein schien und fest schlief; und da er wußte, daß der Schlaf ein gutes Mittel gegen jegliches Leiden ist, harrte er in Schweigen bei dem Könige aus, den ganzen Tag bis zur Zeit des Abendmahls, trotz des Hungers, der in ihm wühlte.

Als der König endlich die Augen aufschlug, blickte er sich verwundert um. »Mich dünkt, ich habe beim letzten Schritt versagt«, murmelte er. »Und wahrlich, seltsame Spuren der Zerstörung zeigen sich in meiner Kammer.«

Gro antwortete: »Herr, auf eine harte Probe wurde ich gestellt, doch tat ich, wie mir geheißen.«

Da lachte der König erleichtert, erhob sich und sprach zu Gro: »Nimm die Krone von Hexenland und kröne mich. Dir sei diese hohe Ehre zuteil; denn wahrlich liebe ich dich für das, was du letzte Nacht an mir getan.«

Draußen auf dem Schloßhof versammelten sich derweil die Fürsten von Hexenland, die unterwegs zum großen Bankettsaal waren, um dortselbst zu essen und zu trinken. Zu ihnen trat nun der König, in seinen Zaubermantel gehüllt, aus der Tür unter dem Turm. Wundersam hell glitzerten die Steine auf der eisernen Krone von Hexenland über seinen buschigen Brauen und dem strengen, abschätzigen Mund des Königs, als er vor ihnen stand in seiner Majestät, während Gro im Schatten des Torbogens bei der Wache verblieb. Und der König sprach: »Meine Herren Corund und Corsus und Corinius und Gallandus und ihr Söhne des Corsus und des Corund und ihr übrigen Hexen, sehet euren König, den zwölften Gorice, gekrönt mit dieser Krone zu Carcë zum König von Hexenland und von Dämonenland. Und alle Länder und Herrscher unter der Sonne sollen mir untertänig sein und mich Herr und Meister nennen.«

Und alle Anwesenden waren wohl zufrieden, priesen den König und huldigten ihm.

Dann sprach der König: »Glaubet nicht, daß von Gorice XI. allzeit glorreichen Angedenkens den Dämonen geleistete Eide für mich bindend seien. Ich werde keinen Frieden mit diesem Juss und seinen Gebrüdern halten, sondern sehe sie alle als meine Feinde an. Und in dieser Nacht habe ich eine Sendung ausgeschickt, die in der Wasserwüste auf sie niederkommen wird, wenn sie heimwärts ins gebirgichte Dämonenland segeln.«

Corund sprach: »Herr, Eure Worte sind wie Wein. Und es entging uns nicht, daß in der letzten Nacht die Fürsten der Finsternis am Werke waren; denn ganz Carcë bebte, und seine Grundfesten hoben und senkten sich, als atme die Brust der Erde.«

Als sie in den Bankettsaal gekommen waren, sprach der König: »Gro soll heut abend zu meiner Rechten sitzen, da er mir mannhaft gedient hat.« Und als die Hexen ob dieser Ankündigung die Stirn runzelten und einander ins Ohr flüsterten, fuhr der König fort: »Wer unter euch sich mir und dem Wohle Hexenlands so dienlich erweist wie Gro in dieser vergangenen Nacht, dem soll die gleiche Ehre zuteil werden.« Zu Gro aber sprach er: »Im Triumph werde ich dich nach Koboldland heimführen, von wo man dich verbannte. Gaslark werde ich von seinem Thron stoßen und dich zum König in Zaje Zaculo machen, und an meiner Statt sollst du es regieren.«

Kapitel V

König Gorices Sendung

Vom Könige Gaslark und von der Kunft der Sendung über die Dæmonen auf hoher See; und wie der Fürst Juss durch den Drang seiner Gefährten verleitet ward zu einer unbesonnen Tat

Am Morgen nach jenem Tage, an dem König Gorice XII., wie berichtet, zu Carcë gekrönt ward, segelte Gaslark auf hoher See von Osten heimwärts. Sieben Kriegsschiffe hatte er, und sie kreuzten in einer geschlossenen Reihe mit dichtgeholten Segeln Steuerbord voraus. Das größte und schönste unter den sieben Schiffe war jenes, das sie anführte: ein mächtiger Kriegsdrache in der azurblauen Farbe der sommerlichen See mit aufragendem Drachenhaupt, das, mit Gold verkleidet und mit überlappenden Schuppen beschlagen, vom Bug aus Trutz bot, und einem aufgerichteten Drachenschweif am Heck. Fünfundsiebzig ausgewählte Mannen von Koboldland taten auf diesem Schiff Dienst, alle mit farbenfrohen Kilts[1] und Panzerhemden angetan und mit Äxten, Speeren und Schwertern bewaffnet. Ihre Schilde, von denen jeder ein eignes Wappenzeichen trug, hingen aufgereiht am Schanzkleid. Auf dem erhöhten Achterdeck saß König Gaslark und hielt in seiner eignen Hand den mächtigen Helmstock. Prächtig anzuschaun und von kräftiger Gestalt waren sie alle, die Koboldländer, die auf jenem großen Schiff fuhren, doch Gaslark übertraf sie alle an edlem Wuchs, Kraft und geradezu fürstlichem Glanz. Er trug einen seidenen Kilt aus tyrischem Purpur[2]. Breite Armbänder aus gewirktem Gold lagen um seine Handgelenke. Dunkelhäutig war er wie einer, der sein ganzes Leben unter der heißen Sonne zugebracht, sein Gesicht von ebenmäßiger Form, wenn auch etwas krummnasig, mit großen Augen und weißen Zähnen und einem enggelockten schwarzen Schnurrbart. Nichts Gemächliches lag in seinem Auftreten und Gebaren, sondern Tollkühnheit und ungestümes Feuer; und er war wild anzuschaun, schnell und schön wie ein Hirsch im Herbst.

Teschmar, der Kapitän seines Schiffes, stand neben ihm. Gaslark sprach zu ihm: »Ist es nicht einer der drei wunderbaren Anblicke dieser Welt: ein stolzes Schiff, welches einer Königin gleich an Anmut und Schönheit über die rastlosen Wellen des Meeres dahingleitet und die Wogenkämme vor dem Bug in glitzernden Schauern durchteilt?«

»Ja, Herr«, antwortete Teschmar; »und was sind die andren beiden?«

»Das zweite ist einer, wie er mir leider versagt blieb und wovon uns erst gestern Kunde zuteil ward: solch einen Kampf großer Recken zu schauen und solch einen Sieg, wie ihn Fürst Goldry über jenen großmächtigen Tyrannen errang.«

»Den dritten wird man sehen, dünkt mich«, sprach Teschmar, »wenn der Fürst Goldry Bluszco in Eurem königlichen Palast zu Zaje Zaculo in Pracht und großem Frohlocken die junge Prinzessin, Eure Base, heiraten wird. Wie glücklich kann er sich schätzen, der ihr Gemahl sein darf, welche jeder Rechtdenkende erkennet als die Zierde der Welt, das Ebenbild des Himmels, die Königin der Schönheit!«

»Mögen die guten Götter diesen Tag schnell herbeiführen«, sprach Gaslark. »Denn wahrlich ist sie ein gar reizendes Kind, und jene Vettern aus Dämonenland sind meine teuersten Freunde. Denn ohne ihre Unterstützung, die sie uns in der Vergangenheit wieder und wieder zuteil werden ließen, Teschmar, wo wäre ich heute und mein Königreich, und wo wäret ihr alle?« Der König runzelte ein wenig nachdenklich die Stirn. Nach einer Weile meinte er dann: »Ich bedarf noch größerer Tat: diese armseligen Beutezüge – Plünderfahrten nach Nevrien, Jagd auf esamozische Mohren[3] – das sind Spielereien, die unsres großen Namens und Ansehens unter den Völkern nicht würdig sind. Etwas möcht' ich bezeigen, das die Welt aufrührt und staunen macht, gleich den Dämonen, als sie die Erde von den Ghulen säuberten, ehr ich ins Schweigen hinabgehe.«

Teschmars Blick aber war auf den südlichen Horizont geheftet. Er deutete mit dem Finger. »Da fährt ein großes Schiff, o König. Und mich dünkt, es sieht gar seltsam aus.«

Gaslark musterte das Schiff einen Augenblick, warf dann alsgleich das Ruder herum und nahm Kurs darauf. Er sprach nichts mehr, blickte nur angestrengt hinüber, und während der Abstand sich rasch verringerte, konnte er mehr und mehr Einzelheiten an jenem Schiff ausmachen. Das seidene Segel hing in Fetzen von der Rahe; die Ruder bewegten sich nur schwach, als ob wie Mannschaft kaum die Kraft besäße, zu verhindern, daß ihr Schiff achteraus vor dem Wind trieb. So lag es im Wasser, wie von einem betäubenden Schlag getroffen und nicht mehr wissend, wo sein Hafen oder welches sein Kurs sei. Wie ein

Gegenstand, der in die Flamme einer riesigen Kerze gehalten worden war, wirkte das Schiff: überall angesengt und mit Ruß bedeckt. Zerschmettert war sein stolzer Drachenkopf, zerschlagen sein hohes Vorderdeck, verbrannt und zerspellt waren das Spantenwerk des Achterdecks und die Prunksitze darauf. Das Schiff war leckgeschlagen, so daß ein Teil der Besatzung unentwegt schöpfen mußte, um es über Wasser zu halten. Von seinen fünfzig Rudern waren die Hälfte gebrochen oder abgetrieben, und viele von der Besatzung lagen verwundet und manche tot zwischen den Duchten[4].

Und nun, da er näher heranfuhr, bemerkte König Gaslark, daß Fürst Juss auf dem zerstörten Achterdeck das Ruder führte, und bei ihm waren Spitfyr und Brandoch Daha. Ihre reichverzierten Waffen und Rüstungen waren schwarz vor widerlich stinkendem Ruß, und es war, als ob ihnen Staunen und Kummer und Zorn gleichermaßen so tief in den Gliedern säßen, daß keines dieser Gefühle die Oberhand zu gewinnen und sich auf ihren versteinerten Mienen zu zeigen vermöchte.

Als sie nahe genug heran waren, rief Gaslark sie an. Sie erwiderten den Gruß nicht, sondern starrten ihm nur mit verstörtem Blick entgegen. Aber sie hielten das Schiff an, und Gaslark ging mit dem seinigen längsseits und kam an Bord und stieg zum Achterdeck hinauf und sprach sie an und sagte: »Wohl getroffen in einer üblen Stunde. Was ist geschehn?«

Der Fürst Juss setzte zum Sprechen an, brachte aber kein Wort hervor. Er nahm nur Gaslarks Hände, setzte sich mit einem tiefen Seufzer aufs Achterdeck und wandte das Gesicht ab. Gaslark sprach: »O Juss, so oft hast du mir in meiner Not zur Seite gestanden, daß es gewiß nur recht und billig ist, wenn ich dir jetzt zur Hilfe eile.«

Aber Juss antwortete mit einer seltsam schwermütigen Stimme, wie es gar nicht seine Art war: »Mir, sagest du, o Gaslark? Was in der festen Welt gebührt mir, der ich also in einem Augenblick der Freude meines Herzens, meines Bruders, beraubet ward, der Kraft meines Armes, des stärksten Bollwerks meiner Herrschaft?« Und er brach in herzzerreißendes Weinen aus.

König Gaslarks Ringe wurden ihm unter dem Griff von Juss' starken Händen ins Fleisch getrieben. Doch er spürte den Schmerz kaum, so großes Herzeleid hatte ihn erfaßt ob des Verlusts seines Freundes und ob der Entgeisterung und Betroffenheit darüber, daß diese drei Fürsten von Dämonenland schluchzten wie verängstigte Weiber und die ganze Besatzung ausgewählter Krieger ringsum gleichfalls weinte und wehklagte. Und Gaslark sah wohl, daß irgend etwas die edlen Gemüter der drei Fürsten zuzeiten verwirrt hatte, irgendein schreckliches Geschehen, dessen Spuren der Verwüstung er mit bestürztem Blick gewahrte, wenngleich ihm die näheren Umstände noch im dunkeln blieben, einem Dunkel indes, in dem ein Schrecken lag, welcher ihm das Herz zum Stocken brachte.

Durch viele Fragen konnte er sich nach und nach ein Bild davon machen, was geschehen war: wie sie tags zuvor im hellen Sonnenschein auf ruhiger See ein Geräusch vernommen hatten gleich dem Schlagen von Flügeln, die von einem Rand des Himmels zum andern reichten, und wie sich von einem Augenblick auf den andern die ruhige See hob und wieder senkte, und das ganze Meer sich auftat und über ihnen zusammenschlug; und doch sank das Schiff nicht. Und um sie herum war ein Tumult von Donnerschlägen und tobenden Wassern und wilden Feuern in schwarzer Nacht; und dann waren die Dunkelheit und das Getöse mit einmal vorbei, und so weit das Auge reichte, lag die See wieder ruhig und glatt. »Und nichts ist gewisser«, sprach Juss, »als daß dies eine Sendung des Königs Gorice XII. war, der von den Propheten als großer Schüler der Nekromantie geweissagt wurde. Und dies ist seine Rache für die Unbill, die wir Hexenland auf den Foliot-Inseln zufügten. Gegen solch eine Gefahr habe ich gewisse Amulette anfertigen lassen, die aus dem Steine Alectoria[5] bestehen, welcher im Magen eines Hahnes wächst, der in einer mondlosen Nacht schlüpft, wenn Saturn in einem menschlichen Zeichen steht und der Herr des dritten Hauses im Aszendenten ist. Diese haben uns gerettet, obzwar die Verheerung groß ist: alle außer Goldry allein. Ob er's nun versäumte, das Amulett zu tragen, oder ob während des Tumults die Kette riß oder ob's aus einem andren Grund verloren ging – als es wieder hell wurde, standen wir auf diesem Achterdeck nur mehr zu dritt, wo vorher vier gestanden. Mehr weiß ich nicht.«

»O Gaslark«, sprach Spitfyr, »unser Bruder, der uns geraubt ward, an uns liegt es gewiß, ihn zu finden und zu befreien.«

Juss aber stöhnte und sprach: »Auf welchem Stern des unerreichbaren Himmels willst du unsre Suche beginnen? Oder in welchen der geheimen Ströme des großen Ozeans, wo die letzten grünen Strahlen in schlammiger Düsternis verlöschen?«

Gaslark schwieg eine Weile. Dann sprach er: »Nichts dünkt mich wahrscheinlicher als dies: daß Gorice Goldry Bluszco nach Carcë verschleppt hat, wo er ihn gefangenhält. Und dorthin müssen wir alsgleich ziehn, ihn zu befreien.«

Juss antwortete kein Wort. Doch Gaslark nahm seine Hand und sprach: »Unsre alte Freundschaft und dein oftmaliger Einsatz für Koboldland in der Vergangenheit machen dies auch zu meinem Kampf. Höre nun meinen Rat. Als ich von Osten durch die Straße von Rinath fuhr, entdeckte ich eine mächtige Flotte von vierzig Segeln, die Kurs ostwärts auf das Beschtrische Meer genommen hatten. Gut war's, daß sie uns nicht bemerkten, da wir im Schutz der Ellien-Inseln lagen und die Abenddämmerung schon hereingebrochen war. Denn als wir später Norvasp in Gnomenland anliefen, erfuhren wir, daß dies Laxus mit der ganzen Flotte von Hexenland gewesen war, welcher Böses gegen die friedlichen Städte der beschtrischen Küste im Schilde führt. Und wie eine Antilope einem reißenden Löwen wären ich und meine sieben Schiffe diesen Piraten in solcher Überzahl auf hoher See ausgeliefert gewesen. Aber bedenke nun, wie weit die Tür unsrem Begehr offen steht. Laxus und jene große Streitmacht sind in sicherer Entfernung auf Ostkurs. Ich bezweifle, ob sich zum jetzigen Zeitpunkt mehr als zweihundert Krieger in Carcë befinden. Von meinen eignen Kriegern habe ich hier annähernd fünfhundert. Nie war eine bessere Gelegenheit, Hexenland zu überfallen, derweil es seine Klauen unter dem Tisch hat, und gar trefflich können wir ihm das Gesicht zerkratzen, ehr es sie wieder zücken kann.« Und Gaslark lachte vor schierer Kampfeslust und rief: »O Juss, sagt er dir nicht zu, dieser Rat?«

»Gaslark«, sprach Fürst Juss, »edelmütig und offen mit Hand und Herz, wie ich's seit je an dir geliebt, hast du dies Angebot gemacht. Indes ist Hexenland nicht mit einem Handstreich zu bezwingen, sondern erst nach langen Tagen der Vorbereitung, nachdem Pläne geschmiedet, Schiffe erbaut und Heerscharen versammelt wurden, die an Stärke denen gleichen, mit denen wir gegen die Ghulen zogen und sie vernichteten.«

Und mit allem Drängen vermochte Gaslark Juss nicht im mindesten zu bewegen.

Doch Spitfyr ließ sich neben seinen Bruder nieder und sprach leise zu ihm: »Bruder, was ist mit dir? Ist alle Beherztheit und Tatkraft aus Dämonenland herausgepreßt worden und verbleibt uns nur mehr die unnütze, saftlose Schale? Du bist so, wie du noch nie zuvor gewesen, und könnte Hexenland uns jetzt sehen, so würde er wohl meinen, daß die nackte Angst uns gepackt habe, da wir, obwohl zahlenmäßig weit überlegen, uns scheuen, zum Gegenangriff zu blasen.«

Juss sprach in Spitfyrs Ohr: »Es ist vielmehr so, daß ich die Standhaftigkeit der Kobolde anzweifle. Zu ähnlich einem Brand aus dürrem Laub ist das plötzliche Aufflackern ihres Mutes, wenig verläßlich, sobald die erste Prüfung kommt. Drum erachte ich es als leichtfertig, beim Sturm auf Carcë auf sie als unsre Hauptstreitmacht zu bauen. Zudem ist es nur eine wilde Ahnung, daß Goldry nach Carcë verschleppt wurde.«

Aber Spitfyr sprang mit einem Fluch auf und rief aus: »O Gaslark, fahre du nur heim nach Koboldland. Wir hingegen werden offen nach Carcë segeln und um eine Audienz beim großen König bitten, auf daß er uns gestatte, ihm untertänigst die Füße zu küssen und ihn unsren

Herrn und König zu nennen, dessen mißratne, ungehorsamen Kinder wir sind. So mag er uns vielleicht unsren Bruder wiedergeben, nachdem er uns ziemend gezüchtigt hat, und uns vielleicht in seiner Gnade heim nach Dämonenland ziehen lassen, wo wir vor Corsus oder dem üblen Corinius oder wem auch immer, den er zu seinem Statthalter in Stormhöh bestellt, katzbuckeln können. Denn mit Goldry ist jegliche Mannhaftigkeit aus Dämonenland gewichen, und wir sind Milchbübchen geworden, die man zu recht verspottet und bespeit.«

Während Spitfyr in seinem Zorn und seiner Verbitterung also redete, schritt Brandoch Daha auf dem Mittelgang hin und her und auf und ab, wie ein Panther durch den Käfig streicht, wenn die Fütterung längst überfällig ist. Und bisweilen umklammerte er das Heft seines langen glänzenden Schwertes und rüttelte es in der Scheide. Schließlich trat er vor Gaslark hin und beäugte ihn spöttisch, und: »O Gaslark«, sprach er, »das, was geschehen ist, löst in mir eine grause Verstörung aus, die jeden klaren Gedanken aus mir vertreibt wie ein Sturm, der meinen Geist aufwühlt, und meinen Leib zur Melancholie bereitet, welche in den Wahnsinn führt.[6] Das einzige Heilmittel dagegen ist der Kampf. Wenn du mich also liebst, Gaslark, dann heraus mit deinem Schwert und verteidige dich! Kämpfen muß ich, oder diese Leidenschaft wird mich umbringen. 's ist schade, daß ich gegen einen Freund ziehen muß, aber da wir nicht gegen unsre Feinde kämpfen dürfen, was bleibt mir andres übrig?«

Gaslark lachte und faßte ihn freundschaftlich bei den Armen und sprach: »Ich will nicht mit dir kämpfen, auch wenn du mich noch so lieb darum bittest, Brandoch Daha, der du Koboldland vor den Hexen gerettet«, doch alsgleich wurde er wieder ernst und sprach zu Juss: »O Juss, füge dich darein. Du siehst, in welcher Stimmung deine Gefährten sind. Alle sind wir wie Hunde, die an der Leine zerren, um endlich auf Carcë losgelassen zu werden, in dieser günstigen Stunde, die vielleicht nie wiederkehrt.«

Als nun Fürst Juss sah, daß alle gegen ihn waren und einem Angriff das Wort redeten, lächelte er spöttisch und meinte: »O mein Bruder und ihr meine Freunde, zu was für Echos und Wachtelpfeifen seid ihr geworden, welche die Weisheit einfangen wollen, indem sie deren Stimme nachahmen? Aber ihr seid toll wie Märzhasen, ein jeder von euch, und warum soll ich mich davon ausnehmen? Bricht man das Eis an einer Stelle, wird's auch woanders Risse zeigen. Und wahrlich, ich gebe nicht mehr viel auf mein Leben, jetzt, da Goldry von mir gegangen ist. Lassen wir also das Los entscheiden, wer von uns dreien mit unsrem Schiff, das seit der Sendung nur mehr dümpelt wie ein Kahn, heim nach Dämonenland fahren soll. Und er, auf den das Los fällt, soll heimkehren und den Bau einer mächtgen Flotte in die Wege leiten und ein Heer aufstellen, unsren Krieg gegen die Hexen fortzusetzen.«

So sprach Fürst Juss, und sie alle, die bis vor kurzem noch geglaubt hatten, daß keine Hoffnung auf Genesung oder allein auf Leben ihn ihnen war, faßten Mut; ihre Herzen hoben sich zu schierer Trunkenheit, und sie dachten nur noch an die Freude des Kampfes.

Die Fürsten von Dämonenland bezeichneten jeweils ihr Los und warfen es in Gaslarks Helm, und Gaslark schüttelte den Helm, und heraus sprang das Los des Fürsten Spitfyr, was diesen sehr ergrimmte. Dann legten die Fürsten von Dämonenland ihre Waffen und prächtigen Rüstungen ab, die schwarz vor Ruß waren, und ließen sie reinigen. Sechzig ihrer Mannen, welche die Sendung unversehrt überstanden hatten, gingen an Bord eines von Gaslarks Schiffen, und die Mannschaft jenes Schiffes besetzte das Schiff der Dämonen, und die Verwundeten wurden im geräumigen Schiffsbauch untergebracht. Ein Ersatzsegel wurde beschafft und anstelle des zerstörten gehißt, und alsdann übernahm Spitfyr das Ruder und brach mit Verdruß im Herzen, doch freundlicher Miene gen Westen auf. Und Gaslark der König saß am Steuer seines stolzen Kriegsdrachen, und bei ihm saßen der Fürst Juss und der Fürst Brandoch Daha, der ungeduldig wie ein Schlachtroß dem Kampf entgegenfieberte. Das Schiff schwenkte herum, bis der Kiel nach Osten zeigte und sein mit Windlilien[7] besticktes Segel umschlug und sich im Nordwestwind blähte, und die sechs andren Schiffe folgten in geschlossener Linie mit geschwellten weißen Segeln, und so glitten sie majestätisch dahin über das wogende Meer.

Kapitel VI

Die Klauen von Hexenland

Von des Königs Gaslarks Ansturm auf Carzë in der Dunkelheit; und wie es ihm darob erging; und von dem großen Fechtstück des Fürsten Juss und des Fürsten Brandoch Daha

Am Abend des dritten Tages, als sie fast in Sichtweite der hexenländischen Küste gekommen waren, geiten sie die Segel auf[1] und warteten auf die Nacht, um im Schutz der Dunkelheit zu landen. Der Gedanke, daß der König von ihrer Ankunft wissen könne, war ihnen nicht der Überlegung wert; ihr Plan war, an dem einsamen Strand etwa sechs Meilen nördlich von Tenemos an Land zu gehen, von wo aus es nur mehr ein zweistündiger Marsch über das Fenn nach Carcë war. Als die Sonne untergegangen war und alle Wege im Dunkeln lagen, umwickelten sie die Ruder und lenkten das Schiff leise zur flachen Küste, die in der Dunkelheit beängstigend nahe wirkte, sich gleichzeitig aber immer weiter zu entfernen schien, je näher sie kamen. Als sie endlich an Land waren, zogen sie ihre Schiffe auf den Strand. Etwa fünfzig von den Kobolden ließen sie zur Bewachung der Schiffe zurück, während die übrigen ihre Waffen anlegten. Und nachdem sie Aufstellung genommen hatten, marschierten sie über die Sanddünen landeinwärts, hinaus in das offene Marschland. Da bei weitem die meisten von ihnen aus Koboldland waren, kamen jene drei, Juss, Brandoch Daha und Gaslark, überein, daß Gaslark bei dieser Unternehmung den Befehl haben sollte. So zogen sie schweigend über das Moor, das fest genug war, das Gewicht eines Mannes zu tragen, wenn man die sumpfigen Stellen und die kleinen Weiher, die sich hie und da auftaten, vorsichtig umging. Denn das Wetter war in letzter Zeit gut gewesen, und es stand nur wenig Wasser in der Marsch. Als sie jedoch in die Nähe Carcës kamen, verschlechterte sich das Wetter, und ein feiner Nieselregen setzte ein. Und obgleich es wenig Tröstliches hatte, durch eine regentrübe Nacht auf jene übel beleumundete Festung zu marschieren, so war Fürst Juss doch froh über den Regen, da dieser die Überraschung begünstigte, und an der Überraschung hing ihre ganze Hoffnung.

Gegen Mitternacht hielten sie etwa vierhundert Schritt vor den Außenmauern Carcës inne, die drohend und gespenstisch durch den Regenvorhang aufragten, still, als wär's ein Grab, in dem Hexenland seine Totenruhe hielt, und nicht die gepanzerte Schale, in der eine gewaltige Macht versammelt war. Der Anblick dieser ungeheuren Masse, die schattenhaft in der regentrüben Dunkelheit lag, entzündete in Gaslarks Brust das Feuer des Kampfes, so daß er nichts andres hören wollte, als sogleich mit allen Mannen dagegen vorzurücken, eine Stelle zu suchen, an der sie die Mauer überwinden könnten, und die Feste zu stürmen. Auch auf den Fürsten Juss wollte er nicht hören, der lieber einen kleinen Spähtrupp ausgesandt hätte, die Lage zu erkunden, bevor die ganze Streitmacht weitermarschierte. »Sei gewiß«, sprach Gaslark, »daß die darinnen jetzt alle den dritten Tag berauscht vom vielen Wein und benommen vom vielen Jubeln daliegen, zur Feier des Triumphes, den des Königs Sendung erbracht, und daß in einer solchen Nacht nur eine unzureichende Wache auf Posten steht. Denn wer, denken sie sich, sollte gegen Carcë angehen, jetzt da die Macht Dämonenlands gebrochen ist? Die elenden Kobolde etwa? Ein lächerlicher Gedanke! Dein Spähtrupp könnte die Wachen alarmieren, noch bevor unsre Streitmacht Gelegenheit hätte, die Burg zu stürmen. Nein, so wie die Ghulen, die mich an einem Unglückstag plötzlich überfielen und meinen Palast eingenommen hatten, ehr wir ihrer recht gewahr wurden, müssen wir die Feste Carcë stürmen. Und wenn du einen Ausfall fürchtest, so wäre mir nichts lieber als das. Denn wenn sie das Tor öffnen, sind wir genug an Zahl, um uns Zutritt zu erzwingen, selbst wenn drinnen noch so viele harren.«

Juss hielt nicht viel von diesem Vorgehen, doch widersprach er nicht, denn sein Geist war merkwürdig stumpf und teilnahmslos. So schlichen sie alle gebückt an die großen Mauern der Festung heran. Immer noch nieselte es, und regungslos standen die schwarzen Zypressen in der Düsternis, und kalt und stumpf und leblos erhoben sich die schwarzen, marmornen Mauern der schlafenden Burg. Und grimmig lauernd lag die Nacht über dem Schauplatz.

Jetzt gab Gaslark seinen Mannen den Befehl, vorsichtig der Nordmauer zu folgen; denn im Süden und Osten fielen die hohen Mauern fast senkrecht zum Fluß ab, und er hoffte, auf der Nordostseite eine geeignete Stelle für den Zugang zur Burg zu finden. Die Marschfolge war so, daß Gaslark mit hundert seiner besten Mannen den Zug anführte, und nach ihm kamen die Dämonen. Die Hauptmacht der

Kobolde folgte zum Schluß, angeführt von Kapitän Teschmar. So zogen sie los, über den ansteigenden, felsigen Grund, der sich auf der Nord- und Westseite von Carcë zum Moorland hinabsenkte. Voller Eifer und Erwartung waren die Mannen von Koboldland und beflügelt vom Rausch des bevorstehenden Kampfes, und die von der Vorhut liefen immer schneller, den Dämonen voraus, so daß Juss genötigt war, hinter ihnen herzueilen, um nicht die Fühlung mit ihnen zu verlieren und den Zug auseinanderzureißen. Aber Teschmars Mannen befürchteten erst recht, zurückgelassen zu werden, und beschleunigten ihre Schritte; noch konnte dieser sie zurückhalten, so daß sie bald zwischen den Dämonen und der Mauer einherliefen, um zu Gaslark aufzuschließen. Juss fluchte bei sich und sprach: »Seht dies ungestüme Volk von Koboldland. Und ich sage, sie werden doch noch unser Verderben sein.«

In diesem Wirrwarr, als Teschmars Mannen kaum zwanzig Schritte von der Mauer entfernt waren, wurden plötzlich auf den Zinnen Brände entzündet, deren heller Schein die Kobolde und Dämonen blendete und sie für jene, die auf den Mauern standen, deutlich sichtbar machte; gleichzeitig prasselten Speere und Pfeile und Steine auf die Angreifer hernieder. Im selben Augenblick öffnete sich ein Seitentor, aus dem Fürst Corinius mit hundertfünfzig gewappneten Kriegern von Hexenland hervorbrach. Er rief: »Wer den Krebs Hexenland verspeisen will, muß zuerst von seinen Scheren kosten, ehr er seine Schale knackt«; und er fiel mit seinen Mannen Gaslarks Streitmacht in die Flanke und spaltete sie in zwei Teile. Wie ein Wilder stürzte sich Corinius in das Mêlée[2] und führte in jeder Hand eine zweischneidige Axt mit bronzebewehrtem Schaft; und wenngleich Gaslarks Mannen ihm zahlenmäßig überlegen waren, waren sie durch den unverhofften Angriff doch so verblüfft, daß sie dem Ansturm nicht standhielten, sondern allenthalben zurückwichen. Und viele wurden verwundet und einige erschlagen; so auch Teschmar von Koboldland, der Kapitän von Gaslarks Schiff. Mit dem Schwert hatte er Corinius angegriffen, den Gegner jedoch verfehlt und dabei Kopf und Arm vorgestreckt, so daß Corinius' Axt ihn voll im Nacken traf und ihm das Haupt vom Rumpf trennte.

Derweil war Gaslark mit den Besten seiner Mannen schon an dem Seitentor vorbeimarschiert, doch als der Kampf losbrach, wandte er sich alsgleich um, Corinius entgegenzutreten, und rief laut seinen Mannen zu, gegen die Hexen fest zu stehen und sie hinter die Mauern zurückzudrängen. Als Gaslark durch das Getümmel in Reichweite des Corinius gekommen war, stieß er mit dem Speer nach ihm und verwundete ihn am Arm. Doch Corinius schlug den Speerschaft mit der Axt entzwei, stürzte sich auf Gaslark und fügte ihm eine tiefe Wunde an der Schulter zu. Und Gaslark hob sein Schwert, und viele Schläge wechselten sie, die beide ins Wanken brachten, bis Corinius mit einem mächtigen Axthieb Gaslark von oben auf den Helm traf, wie man mit einem hölzernen Schlegel einen Pfahl in die Erde treibt. Und nur sein starker Helm, den ihm Fürst Juss zum Zeichen ihrer Freundschaft und Liebe geschenkt hatte, war Gaslarks Rettung, daß sein Kopf nicht gespalten wurde; denn jenen Helm konnte Corinius' Axt nicht durchdringen. Indes war die Wucht des Schlages so groß, daß Gaslark die Sinne schwanden und er ohnmächtig zu Boden sank. Und mit seinem Fall kam Verwirrung über die Mannen von Koboldland.

All dies geschah schon beim ersten Zusammenprall, als die Fürsten von Dämonenland noch gar nicht richtig in das Kampfgeschehen eingegriffen hatten, weil die dichtgedrängte Schar von Gaslarks Leuten sich zwischen ihnen und den Hexen befand. Jetzt aber bahnten sich Juss und Brandoch Daha mit ihrem Gefolge einen Weg durch das Gewühl und hoben den wie tot darniederliegenden Gaslark auf, und Juss befahl einer Gruppe von Kobolden, ihren König zu seinem Schiff zu tragen, wo er in Sicherheit wäre. Die Hexen aber riefen lauthals, daß König Gaslark tot sei; und in jenem günstigen Augenblick erschien Corund, der mit fünfzig Mann unbemerkt aus einer geheimen Tür gekommen war, und fiel den Kobolden in den Rücken. Diese, somit im Rückzug vor Corinius und Corund begriffen und mit Schrecken im Herzen, weil sie Gaslark gefallen glaubten, wurden von Zweifel und Mutlosigkeit erfaßt; denn in der feuchttrüben Dunkelheit vermochten sie nicht zu erkennen, wie sehr sie den Verteidigern zahlenmäßig überlegen waren. Und Panik erfaßte sie, und sie wandten sich um und flohen vor den Hexen, welche ihnen entschlossen nachsetzten, wie ein Frettchen[3] sich einem Kaninchen an die Ferse heftet, und sie auf ihrer wilden Flucht von Carcë zu Dutzenden niedermachten. Kaum sechzig Mann aus jener tapferen Schar von Koboldland, die mit Gaslark gegen Carcë zog, konnten sich in die Sümpfe retten und unbeschadet ihre Schiffe erreichen und entgingen so dem gnadenlosen Gemetzel.

Aber Corund und Corinius und ihre Hauptstreitmacht wandten sich flugs gegen die Dämonen, und erbittert war der Kampf, der zwischen ihnen entbrannte, und groß der Lärm der Schlacht. Und jetzt, da die Kobolde nicht mehr am Kampfgeschehen teilnahmen, hatte sich das Verhältnis umgekehrt, da nur wenige der Mannen von Hexenland gefallen waren, und sie zählten vier auf einen der Dämonen und bedrängten sie von allen Seiten. Und einige schossen von der Mauer auf sie, bis ein verirrter Pfeil um ein Haar Corunds Helm getroffen hätte, woraufhin dieser kund tun ließ, daß er den hohlköpfigen Dummbart zu Lerchenpastete verarbeiten werde, der den Befehl gegeben habe, von der Mauer zu schießen, und so den eignen Leuten den Spaß verderbe und ihr Leben gefährde. Sogleich wurde der Beschuß eingestellt.

Und nun wurde der Kampf grimmer und blutiger, denn die Dämonen wehrten sich mit aller Kraft gegen den Ansturm der Hexen, und Fürst Brandoch Daha stürzte sich wieder und wieder auf Corund oder auf Corinius, und beide konnten seinen mächtigen Hieben nicht lange standhalten, sondern wichen ein jedes Mal vor ihm zurück; und bitter fluchten sie einander, wenn der andre jeweils gezwungen war, im Gedränge seiner Mannen Zuflucht zu suchen. Und niemand hätte je erhoffen können, solche Waffentaten zu schauen, wie sie Brandoch Daha in jener Nacht vollbrachte, der sein Schwert so spielerisch führte, als wäre es eine Weidenrute; an dessen Spitze jedoch saß der Tod. Auf diese Weise fielen durch seine Hand elf hexenländische Krieger, und fünfzehn weitere wurden schwer verwundet. Und schließlich stürzte sich Corinius, von Corunds Schmähungen wie von einer Bremse angestachelt und nahezu berstend vor Scham und Zorn ob seines Unvermögens, wie von Sinnen auf Fürst Brandoch Daha und holte zu einem gewaltigen beidhändigen Axthieb aus, der diesen bis auf auf das Bruststück gespalten hätte. Doch Brandoch Daha wich dem Hieb leicht wie ein Eisvogel aus, der über einem erlenbeschatteten Bach im Flug einen Zweig umschwirrt, und stieß Corinius seine Klinge durch das rechte Handgelenk. Und damit war Corinius außer Gefecht gesetzt. Auch denjenigen, die gegen Fürst Juss anstürmten, erging es nicht anders; mit wuchtigen Hieben mähte er sie nieder, enthauptete oder zweiteilte sie, so daß sie genötigt waren, ihm Raum zu geben. So kämpften die Dämonen tapfer im fackelhellen, feuchttrüben Nebel gegen große Übermacht, bis alle gefällt waren außer jenen zwei Fürsten, Juss und Brandoch Daha.

Nun stand König Gorice auf der Außenmauer von Carcë, angetan mit seiner schwarzen, mit Gold eingelegten Rüstung, und blickte auf jene beiden herab, wie sie Rücken an Rücken kämpften und wie die Hexen sie von allen Seiten bedrängten, ohne etwas gegen sie ausrichten zu können. Und der König sprach zu Gro, der neben ihm auf der Mauer stand: »Meine Augen brechen[3] im Dunst und Fackellicht. Wer sind diese beiden, die sich meine Reisigen[4] so blutig vom Leibe halten?«

Gro antwortete ihm: »Gewiß, o König, sind das niemand anders als Fürst Juss und Fürst Brandoch Daha von Krothering.«

Der König sprach: »So trägt meine Sendung also nach und nach Frucht. Denn durch meine Kunst habe ich Kunde, wenngleich nicht Gewißheit, daß Goldry meiner Sendung anheimfiel; also erfüllte sich mein Wille gegen jenen, den ich am meisten hasse. Und diese, die durch ihren Zauber einem ähnlichen Verderben entgingen, gerieten so außer sich, daß sie sich geradenwegs in die Klauen meiner Rache stürzten.« Und als er eine Weile hinabgeblickt hatte, lächelte der König verächtlich und sprach zu Gro: »Welch süßer Anblick, wie hundert meiner besten Männer vor diesen Zweien duckmäusern und kneifen. Bis jetzt dünkte mich, es gäbe ein Schwert in Hexenland, und nicht, daß Corinius und Corund nur Prahlhänse ohne Kraft und Herz seien, wie es nun scheint; denn wie Knäblein, die die Rute geschmeckt, kuschen sie vor den glänzenden Schwertern des Herrn Juss und dieses Emporkömmlings aus Krothering.«

Doch Corinius, der sich aus dem Kampf zurückgezogen hatte und sich zum König gesellt hatte, rief zornig, wobei er die blutende Hand hielt: »Ihr tut uns unrecht, o König. Gerechter wäre es, meine große Tat zu preisen, daß ich dies mächtige Heer unsrer Feinde zerschlagen und sie alle vernichtet habe. Und wenn ich nicht gegen diesen Brandoch Daha bestand, dann brauchen sich Eure Majestät nicht zu verwundern, da ein Größerer als ich, Gorice X. allzeit ruhmreichen Angedenkens, mit Leichtigkeit von ihm bezwungen wurde. Weswegen ich mich als der Glücklichere schätze, da ich nur eine zerschnittene Hand, nicht aber den Tod davontrug. Wahrlich, diese beiden sind hürnerne Recken[5], die keine Schneide noch Spitze versehrt. Und nicht weniger müssen wir erwarten, da wir's bei diesem Juss mit einem Zauberer zu tun haben, wie ein jeder weiß.«

»Eher«, sprach der König, »seid ihr alle Milchbübchen geworden. Ich jedenfalls habe jetzt genug von diesem Schauspiel und werde ihm sogleich ein Ende setzen.«

Hierauf ließ der König den alten Herzog Corsus rufen und trug ihm auf, Netze zu nehmen und die Dämonen darin zu fangen. Und Corsus ließ Netze herbeischaffen, und ob der schieren Überzahl, wobei knapp zwei Dutzend Hexen ihr Leben lassen mußten, gelang es ihm, den Fürsten Juss und den Fürsten Brandoch Daha so in die Netze zu verstricken, daß sie wehrlos wie die Puppe des Seidenspinners in ihrem Kokon dalagen, und so schleifte man sie nach Carcë. Und die Hexen waren von Herzen froh, diese beiden großen Kämpen endlich dingfest gemacht zu haben. Denn Corund und seine Mannen waren zu Tode erschöpft, daß sie selbst fast vor Entkräftung zu Boden sanken.

Als die beiden in die Festung geschafft waren, ließ der König den Kampfplatz mit Fackeln absuchen und die Mannen von Hexenland, welche verwundet vor den Mauern lagen, in die Burg bringen; alle Dämonen oder Kobolde aber, denen es also erging, ließ er mit dem Schwerte erschlagen. Und die Fürsten Juss und Brandoch Daha ließ er, immer noch von den Netzen umschlungen, in eine Ecke des inneren

Palasthofes werfen, wie zwei Bündel beschädigter Güter, und stellte eine Wache auf bis zum Morgen.

Als die Fürsten von Hexenland sich in ihre Schlafgemächer zurückzogen, gewahrten sie im Westen an der Küste einen blutroten Feuerschein, und Corinius sprach zu Fürst Gro: »Seht, wie die Kobolde ihre Schiffe verbrennen, damit wir sie nicht verfolgen, wenn sie in dem einzigen verschonten Schiff in Schande heimwärts fliehen. Denn ein Schiff genüget ihnen, da die meisten tot sind.«

Und Corinius begab sich ermattet zu Bett, wobei er unterwegs kurz innehielt, um Brandoch Daha mit dem Fuße zu stoßen, welcher, gefangen wie ein Fisch im Netz, machtlos war, ihm etwas anzutun.

Kapitel VII

Gäste des Königs zu Carcë

Von denen zween Banketthallen, als da waren in Carzë, der alten und der neuen; und von dem Festmahle, welchselbiges König Gorice XII. bereitet: in der einen Halle dem Fürsten Juss und dem Fürsten Brandoch Daha und in der andren dem Prinzen La Feurioz; und von ihrem Abschiede nach der Festlichkeit Ende

Strahlend dämmerte nach der Schlacht der Morgen über Carcë herauf. Nach ihren Mühen lagen die Leute lange im Bett, und selbst als die Sonne schon hoch stand, rührte sich nichts vor den Mauern. Doch gegen Mittag trat eine Abteilung Soldaten auf Geheiß des Königs Gorice vor die Mauern, um die Beute einzusammeln; und sie nahmen die Leiber der Erschlagenen auf und legten sie in eine Grube am rechten Ufer des Flusses Druima, eine halbe Meile unterhalb von Carcë, Hexen, Dämonen und Kobolde gemeinsam in ein Grab, und türmten darüber einen hohen Erdhügel.

Jetzt brannte die Sonne heiß vom Himmel, aber der Schatten des runden Turmes lag noch auf der Terrasse an der Westmauer des Palastes. Kühl und friedlich und erfüllt von Stille war jene Terrasse, gepflastert mit rotem Jaspis, und in den Zwischenräumen des Pflasters wuchsen Pflanzen wie Schildfarn und Teufelsdröck[1], Blätterpilz, Drachenwurz und bitterer Mohn. Am äußeren Rand der Terrasse waren in einer Reihe Lebensbäume[2] angepflanzt, stämmig und rund wie schlafende Murmeltiere, mit dichtgedrängten Büscheln von Eisenhut[3] dazwischen. Über hundert Fuß maß die Terrasse von Nord nach Süd, und zu beiden Seiten führte eine schwarze Marmortreppe in den Innenhof und zu den Außenmauern hinab. Bänke aus grünem Jaspis, massiv gebaut und mit bunten Samtkissen bedeckt, waren entlang der Palastmauer aufgestellt, und auf der Bank, welche dem Eisernen Turm am nächsten war, saß eine junge Frau und aß Sahnewaffeln und Quittentörtchen, welche in goldnen Tellern von ihrer Kammerfrau zum Morgenmahl aufgetragen wurden. Hochgewachsen war jene Dame und schlank, und sie strahlte eine Schönheit aus, wie ein Buchenwald mit seinem roten Laubboden und den graugrünen Stämmen in der ersten Frühlingssonne erstrahlt. Ihr lohfarbenes Haar war mit großen Silbernadeln aufgesteckt, an deren Köpfen jeweils ein Diamant prunkte. Ihr Kleid war aus weißem Damast[4] gewebt und mit einem Flechtwerk aus schwarzer Seide und kleinen Mondsteinen besetzt, und darüber trug sie einen Mantel aus Diasper[5] in der Farbe des Gefieders der Ringeltaube, durchwebt und bestickt mit Silbergarn. Weiß war ihre Haut und ihre Bewegung anmutig wie die einer Gazelle. Ihre Augen waren grün, und ab und an blitzte ein gelbes Feuer darin auf. Genußvoll aß sie das Törtchen und die Waffeln und nahm hin und wieder aus einem kunstvoll geschnitzten Bernsteinkelch einen Schluck weißen Weins aus den Kellern unter Carcë; und eine Maid zu ihren Füßen schlug eine siebensaitige Laute und sang mit süßer Stimme dies Lied[6]:

Du Vater aller Lieblikeit /
O Frühling / Kleinodt vnsrer Jahre /
Bestreu die Erde weit vndt breit
Mit deiner schönsten Blumen Ware.

Las deiner bunten Vögel Schar
Die Welt mit tausend Liedern grüßen:
Las deine Sonne noch so klar
Die angenemen Strahlen schießen.

Du bist darumb das Schönste nicht:
Den all dein Glantz ist hier verdunckelt /
Wo meiner Herrin Angesicht[7]
Weitt über deine Sonne funckelt.

Vnd wen sich ihrer Stimme Schal
Zu einem Liede will bequemen /
So schweiget deine Nachtigal
Vndt mus sich aller Künste schemen.

Die Ros / auf deren Lieblikeit
Du doch am meißten pflegst zu prangen /
Ist bleich vndt welck und stehet weit
Vom frischen Leben ihrer Wangen.

Du hast kein Bild / das zeigen kan
Waß mich zu ihrer Liebe treibet:
Weil alles bey dir vmb vndt an
Nur irdisch ist vnd geistlos bleibet.

»Genug jetzt«, sprach die Dame; »deine Stimme ist heute ohne rechten Klang. Kannst mir keinen finden, der mir von den Ereignissen der gestrigen Nacht berichten könnte? Oder sind sie alle den Weg meines Gemahls gegangen, den ich noch schlafend zurückließ, als ob alle Mohndünste aus allen Gärten der Welt sein Haupt mit Müdigkeit umwölkten.«

»Da kommt einer, Madame«, sagte die Zofe.

Die Dame sprach: »Der Fürst Gro. Er mag meine Zweifel zerstreuen können. Obgleich es fast ein Wunder wäre, hätte er an dem gestrigen Geschehen teilgenommen.«

Gro, der die Terrasse über die nördliche Treppe betrat, trug einen Mantel aus mausgrauem Samt mit einem Kragen aus Goldgeflecht auf einer silbernen Borte; und sein langer schwarzer Krausbart war parfümiert mit Orangenblütenwasser und Angelika. Als sie einander begrüßt und die Dame ihre Zofen beiseite gewunken hatte, sprach sie: »Euer Liebden, mich dürstet nach Neuigkeiten. Berichtet mir, was sich seit Sonnenuntergang zugetragen hat. Denn fest schlief ich, bis das Tageslicht durch die Fenster meines Gemaches drang, und erwachte aus einem ungewissen Traum von Hörnern, die zum Angriff bliesen, von Fackeln in der Nacht und Kriegslärm. Und in der Tat brannten Fackeln in meiner Kammer und leuchteten meinen Gemahl ins Bett, welcher mit keinem Wort mir die Umstände erklärte, sondern ob seiner großen Erschöpfung sofort in tiefen Schlaf fiel. Einige Kratzer weist er auf, ist sonst aber unverletzt. Ich wollt' ihn nicht wecken, denn im Schlaf liegt Linderung; auch ist er sehr gereizt, wenn einer ihn also wecket. Aber das Geschwätz und Gerede der Dienerschaft versteigt sich, wie immer, zu den wildesten Gerüchten: daß eine große Streitmacht aus Dämonenland bei Tenemos gelandet, die letzte Nacht von meinem Gemahl und von Corinius besiegt worden sei, und daß Goldry Bluszco im Zweikampf mit dem König gefallen sei. Oder daß Juss Laxus und unsre ganze Flotte verzaubert habe, und diese seien wie Brudermörder gegen ihr eigenes Land angegangen, unter Juss' und der andren Dämonen Führung; und alle seien getötet worden, außer Laxus und Goldry Bluszco, welche wahnsinnig vor ohnmächtiger Wut und mit Schaum vor dem Mund in Ketten nach Carcë geschleppt worden seien. Oder, noch törichter«, und ihre grünen Augen blitzten gefährlich auf, »daß mein Bruder sich zum Aufstand erhoben habe, um sich der Herrschaft König Gorices über Gnomenland zu entledigen, und sich zu diesem Zwecke mit Gaslark zusammengetan habe und daß ihre Streitmacht unterlegen sei und beide gefangengenommen wurden.«

Gro lachte und sprach: »Die Wahrheit, o Frau Prezmyra, nimmt viele Gesichter an, wenn sie auf dem Besen des Gerüchts in Königspalästen einherreitet. Aber ein wenig hat sie sich Euch offenbart – insofern als zwischen Abendrot und Morgengrauen etwas vor sich ging, das die Welt in Staunen versetzt und die Macht Hexenlands in dieser Nacht zu neuem, unübertroffnem Ruhm erblühen ließ.«

»Ihr sprecht große Worte, Euer Liebden«, antwortete die Dame. »Hätten die Dämonen damit zu schaffen?«

»Ja, Madame«, sprach er.

»Und wurden sie geschlagen? Und vernichtet?«

»Alle bis auf Juss und Brandoch Daha, welche gefangen sind.«

»War dies meines Gemahls Werk?«

»Meistenteils, dünkt mich«, sprach Gro; »auch wenn Corinius, wie üblich, den Großteil der Ehre für sich beansprucht.«

Prezmyra sprach: »Er übernimmt sich.« Und weiter fragte sie: »Es waren nur Dämonen daran beteiligt?«

Gro, der ihre Gedanken kannte, lächelte und antwortete: »Auch Hexen, Madame.«

»Herr Gro«, rief sie, »haltet mich nicht zum Narren. Ihr seid mein Freund. Ihr kennt meinen stolzen, jähzornigen Bruder, den Prinzen. Ihr wißt, es ist ihm ein Stachel im Fleische, unter der Herrschaft Hexenlands zu stehen. Ihr wißt, daß der Tag längst überfällig ist, daß er seinen jährlichen Tribut an den König entrichte.«

Gros große Ochsenaugen waren sanft, als er die Fürstin Prezmyra ansah und sprach: »Ganz gewiß bin ich Euer Freund, Madame. Wahrlich, nur Euch und Euren Gemahl habe ich zum wahren Freund im wäßrichten Hexenland – Euch beide und den König; doch wer schläft sicher in der Gunst von Königen? Nein, Madame, es waren keine Mannen von Gnomenland in der gestrigen Schlacht. Des könnt Ihr ganz beruhigt sein. Meine grausame Pflicht indessen war's, mit dem König auf der Mauer zu stehn und zu lächeln und zu lächeln, während Corinius und unsre Krieger unter vier- oder fünfhundert meiner eignen Verwandten ein Blutbad anrichteten.«

Prezmyra schluckte und sagte eine Zeitlang gar nichts. Dann: »Gaslark?«

»Die Hauptstreitmacht war die seine, wie's scheint«, antwortete Fürst Gro. »Corinius rühmte sich als Gaslarks Bezwinger, und fest steht, daß er ihn niederschlug. Doch erfuhr ich von andrer Seite, daß Gaslark nicht unter den Toten war, die heut früh weggeschafft wurden.«

»Euer Liebden«, sprach sie, »während mein Durst nach Neuigkeiten gestillt wird, fastet Ihr. Bringt rasch«, rief sie den abseits stehenden Hofdamen zu, »Fleisch und Wein für den guten Herrn Gro.« Und zwei Zofen eilten davon und kehrten mit einem Kelch funkelnden Weins und einem Teller mit Neunaugen in Winzersalse[8] zurück. Also ließ Gro sich auf die Bank aus Jaspis nieder und aß und trank, während er der Fürstin Prezmyra die Ereignisse der Nacht schilderte.

Als er geendet hatte, sprach sie: »Wie ist der König mit jenen zwein, Fürst Juss und Fürst Brandoch Daha, verfahren?«

Gro antwortete: »Er ließ sie in den alten Bankettsaal im Eisernen Turm sperren.« Und seine Miene verfinsterte sich, als er fortfuhr: »Schade, daß Euer Gemahl so lange im Bette lag und so nicht zu der Beratung erschien, wo Corsus und Corinius mit Unterstützung Eurer Stiefsöhne und der Söhne des Corsus den König dazu anstachelten, den Fürsten von Dämonenland Schmach und Schande anzutun. Wahr ist dies Verspaar, welches uns mahnt[9]:

Schweigen ist ein hübsche Kunst / sonderlich zu diesen Tagen /
Da es oft gefährlich ist / die Wahrheit aus zu sagen.

Schwerlich wär's meinem Wohle und schwerlich meinem Nutz dienlich gewesen, hätt' ich ihnen offen widerstanden. Corinius lauert ständig darauf, mir ›Kobold‹ ins Gesicht zu schleudern. Corunds Stimme indes wieget schwer im Rat, wie seine Hand im Kampf wieget.«

Während Gro sprach, kam Fürst Corund auf die Terrasse und verlangte nach stillem Wein, um seine Kehle damit zu kühlen. Prezmyra schenkte ihm ein. »Man führt Klage über dich, daß du den ganzen Vormittag im Bett verbrachtest, anstatt den König zu beraten, was unsre Feinde anbelangt, die in der vergangnen Nacht gefangengenommen wurden.«

Corund setzte sich neben seine Gattin auf die Bank und trank. »Wenn das alles ist, Madame«, sprach er, »dann brauch' ich kein schlechtes Gewissen zu haben. Denn nichts liegt näher, als ihnen den Kopf abzuschlagen und die ganze Sache somit zu einem rechten und geziemenden Ende zu bringen.«

»Gänzlich anders«, sprach Gro, »hat der König entschieden. Er ließ Fürst Juss und Fürst Brandoch Daha vor seinen Thron schleifen, und mit männigem Hohn und Spott sprach er: ›Willkommen in Carcë. Euer Tisch soll der Köstlichkeiten nicht mangeln, solange ihr meine Gäste seid, auch wenn ihr ungeladen vor mir erscheint.‹ Damit ließ er sie in den alten Bankettsaal bringen. Und er hieß seine Schmiede, große Eisenklammern in die Wand zu treiben, und ließ die Dämonen mit ausgestreckten Gliedmaßen dort aufhängen und ihre Hand- und Fußgelenke mit eisernen Schellen[10] an die Klammern schmieden. Und vor ihren Füßen ließ der König den Tisch wie zu einem Bankett decken, auf daß der köstliche Anblick und Geruch ihnen grausame Qualen bereite. Und er rief uns alle dorthin zusammen, daß wir seine Klugheit preisen und die Gefangenen verspotten möchten.«

Sprach Prezmyra: »Ein großer König sollte eher einem Hund gleichen, der mit einem Biß tötet, als einer Katze, die mit ihrer Beute spielt und scherzt.«

»Wahr ist«, sprach Corund, »daß sie besser erschlagen gehörten.« Er erhob sich von seinem Sitz. »Es würde nichts schaden«, sprach er, »wenn ich ein Wort mit dem König spräche.«

»Worüber denn?« fragte Prezmyra.

»Manchmal hat sogar ein Spätaufsteher«, sprach Corund und beäugte sie belustigt, »ihr etwas voraus, die beizeiten aufsteht, um auf der Westterrasse zu sitzen. Und so kam ich, dir zu sagen, daß ich soeben vom Ostfenster unsres Schlafgemachs aus auf der Straße der Könige von Gnomenland nach Carcë einen Trupp Reiter gewahrte –«

»La Feurioz?«

»Meine Augen sind zwar scharf wie eh und je«, sprach Corund, »aber du würdest kaum von mir erwarten, auf eine Entfernung von drei Meilen hin zu beschwören, daß es mein eigner Bruder wäre. Und was deinen angeht, überlasse ich das Schwören dir.«

»Wer sollte sonst aus Richtung Gnomenland auf der Straße der Könige geritten kommen«, rief Prezmyra, »außer La Feurioz?«

»Das laß dir vom Echo beantworten«, sprach Corund. »In dem Zusammenhang sollten wir eingedenk sein, daß der Prinz, mein Schwager, einer ist, der die Erinnerung an frühere Wohltaten nicht aus dem Herzen läßt. Und daß kein andrer ihm je einen größeren Dienst erwiesen als Juss, der ihm vor sechs Wintern in Oberwichtland das Leben rettete.[11] Weswegen es dringend erforderlich ist, sollte La Feurioz an unsrem Gelage heute abend teilnehmen, daß der König diesen Prahlhänsen gebietet, bezüglich unsrer Gäste im alten Bankettsaal den Mund zu halten und ganz allgemein, was den Anteil Dämonenlands an der nächtlichen Schlacht betrifft.«

»Komm, ich begleite dich«, sprach Prezmyra.

Sie fanden den König auf der obersten Brustwehr über dem Wassertor, umgeben von seinen Fürsten, wie er gen Osten auf die breiten, niedrigen Hügel blickte, hinter denen Gnomenland lag. Doch als Corund dem König seine Gedanken zu eröffnen begann, sprach der König: »Du wirst alt, o Corund, und wie ein schlechter Kaufmann trägst du deine Waren zu Markte, wenn der Markt schon vorbei ist. Ich habe bereits Befehl erteilt und wissen lassen, daß letzte Nacht nichts geschehen sei außer einem Scharmützel der Kobolde um Carcë, bei dem ich sie vernichtend geschlagen und ins Meer getrieben habe. Und daß jeder seinen Kopf verliert, der La Feurioz mit Worten oder Zeichen etwas über den Anteil der Dämonen an dem gestrigen Angriff oder meine unfreiwilligen Gäste im alten Bankettsaal verrät.«

Corund sprach: »Das ist gut, o König.«

Sprach der König: »Hauptmann, wie viele Krieger verbleiben uns?«

Corinius antwortete: »Dreiundsiebzig sind gefallen, und und von den übrigen sind die meisten verwundet, darunter auch ich, da ich vorübergehend nur eine Hand zur Verfügung habe. Es wird mir kaum gelingen, o König, Euch in Carcë mehr als fünfzig gesunde Männer aufzutreiben.«

»Lieber Fürst Corund«, sprach der König, »deine Augen übertrafen die besten von uns stets um drei Meilen, ob jung oder alt. Sprich, wie viele sind bei dieser Truppe?«

Corund lehnte sich über die Brustwehr und beschattete seine Augen mit der Hand, die so breit war wie ein geräucherter Schellfisch und auf deren Rücken gelbliche Haare wuchsen, so spärlich wie auf der Haut eines jungen Elephanten. »Es sind sechzig Pferde, o König. Es könnten ein oder zwei mehr sein, aber sind es weniger als sechzig Reiter, möget Ihr mich in Acht und Bann tun.«

Der König murmelte eine Verwünschung. »Ausgerechnet jetzt muß er kommen, wo meine Streitmacht in der Fremde ist und mir hier zu geringe Stärke verbleibt, ihn Respekt zu lehren, sollte er sich als unbotsam erweisen. Einer deiner Söhne, o Corund, soll südwärts nach Sorn und Permio reiten und ein paar Dutzend Schäfer und Bauern als Soldaten einziehen, und es soll so schnell wie möglich vonstatten gehen. Das ist ein Befehl.«

Der Tag neigte sich dem Abend zu, als der Prinz La Feurioz mit seinem Gefolge Einzug gehalten hatte und die Begrüßungen vollzogen, der Tribut entrichtet und ihm und seinen Mannen Schlafgemächer zugewiesen worden waren. Und nun versammelten sich alle im großen Bankettsaal, den Gorice XI. nach seiner Krönung in der südöstlichen Ecke des Palas hatte errichten lassen; und er übertraf an Größe und Pracht bei weitem den alten Saal, wo Fürst Juss und Fürst Brandoch Daha gefangen gehalten wurden. Sieben gleiche Wände hatte der Saal, aus dunkelgrünem Jaspis, gefleckt mit blutroten Einsprengseln. In der Mitte einer Wand befand sich die hohe Eingangstür, und in den Wänden links und rechts davon und in den beiden, die gegenüber am andren Saalende zusammenstießen, waren große, hoch liegende Fenster ausgespart, die viel Licht in den Saal ließen. In jeder der sieben Ecken der Wände stand eine Karyatide[12], aus einem massiven Block von schwarzem Serpentin gehauen, in Gestalt einer dreiköpfige Riesin, die sich unter dem Gewicht eines monströsen Krebses aus dem gleichen Material beugte. Die mächtigen Scheren jener sieben Krebse ragten bis hinauf unters Dach und trugen die Kuppel, deren Wölbung ganz und gar mit Gemälden bedeckt war, welche Schlacht- und Jagd- und Ringkampfszenen darstellten, allesamt in den dunklen und rauchigen Farben gehalten, welche der düsteren Pracht dieses Saales entsprachen. Unter den Fenstern glänzten an den Wänden Kriegs- und Jagdwaffen, und an die zwei blinden Wände waren fein säuberlich die Schädel und Gebeine jener Kämpen angenagelt, die es gewagt hatten, sich Gorice XI. im Kampf zu stellen, bevor dieser in jener unglückseligen Stunde gegen Goldry Bluszco in den Ring trat. Quer zu der innersten Ecke, die der hohen Tür gegenüber lag, stand eine lange Tafel mit einer holzgeschnitzten Bank dahinter, und an die beiden Enden jenes Tisches schlossen sich im rechten Winkel zwei weitere, längere Tafeln an, mit Bänken in dem Raum zwischen Tafel und Wand, die durch den ganzen Saal fast bis zur Tür reichten. In der Mitte des von der Tür aus gesehen rechten Tisches erhob sich ein Thronstuhl aus altem Zypressenholz, groß und prunkvoll, mit Kissen aus schwarzem Samt, die mit Gold gesäumt waren, und in der Mitte der gegenüberliegenden Tafel stand ein weiterer Thronstuhl, der etwas kleiner war und silbergesäumte Polster hatte. In dem freien Raum zwischen den beiden Tischen waren in einer Reihe fünf eiserne Kohlenpfannen aufgestellt, groß und schwer und mit Klauenfüßen wie die eines Adlers, und hinter den Bänken reihten sich neun hohe Kandelaber, um bei Nacht den Saal zu erleuchten, und sieben hinter dem Quertisch. Der Fußboden war mit Steatit belegt, weißen, cremefarbenen Fliesen mit lebhaften Äderungen in schwarzen, braunen und purpurnen Tönen und mit scharlachroten Tupfen. Die auf massiven Schragen ruhenden Tafeln bestanden aus großen Platten aus einem polierten Stein mit einer besonders feinen Zeichnung aus glitzernden Goldkörnchen, winzig wie Atome.

Die Frauen saßen am Quertisch; in ihrer Mitte die Fürstin Prezmyra, die alle andren an Schönheit und Erhabenheit übertraf wie Venus die geringeren Planeten der Nacht. Zenambria, die Gattin des Herzogs Corsus, saß zu ihrer Linken und zu ihrer Rechten Sriva, Corsus' Tochter, die für solch einen Vater selten schön war. Auf der oberen Bank, rechts von der Tür, saßen zu beiden Seiten des Königsthrons die Fürsten von Hexenland in Festtagsgewandung, und die Mannen von Gnomenland hatten an der gegenüber liegenden niederen Tafel Platz genommen. Der Ehrensitz an dieser Tafel war La Feurioz vorbehalten. Große Teller und Schalen aus Gold und Silber und bemaltem Porzellan, mit allen Köstlichkeiten beladen, waren aufgetragen. Harfen und Dudelsäcke stimmten eine barbarische Musik[13] an, und die Gäste erhoben sich, als die glänzenden Türen sich auftaten und Gorice der König, gefolgt von seinem Gast, dem Prinzen, in den Saal trat.

Wie ein schwarzer Adler, der die Erde von hoher Warte überschaut, durchschritt der König in seiner Majestät den Saal. Seine Brünne war aus schwarzem Kettengeflecht, deren Kragen, Ärmel und Schoß mit schimmernden Goldplättchen verbrämt und mit roten Zirkonen und schwarzen Opalen besetzt. Seine Beinkleider waren schwarz, geschnürt mit Bändern aus Seehundsleder, an denen Diamanten blitzten. An seinem linken Daumen trug er den großen Siegelring aus massivem Gold in der Gestalt des Wurms Ouroboros, der seinen eigenen Schweif verschlingt, und der Kopf des Drachen war aus einem pfirsichfarbenen Rubin von der Größe eines Spatzeneis geschnitten. Aus den Häuten schwarzer Kobras war sein Mantel, mit Golddraht vernäht und ausgeschlagen mit schwarzem Atlas[14], über dem ein goldner Schimmer lag. Die eiserne Krone von Hexenland lastete schwer auf seinen Brauen; aufrecht wie Hörner ragten die Scheren des Krebses empor, und der Glanz ihrer Juwelen schillerte so kalt wie die Strahlen des Sirius in einer klaren, frostigen Windnacht zur Julzeit.

Der Prinz La Feurioz ging in einen Umhang aus schwarzem Zindeltaft gekleidet, der überall mit Goldflitter besetzt war, und die Tunika darunter war aus Seidendamast in der satten Purpurfarbe der Passionsblume[15]. Von dem goldnen Diadem auf seinem Haupt breiteten sich zwei exquisit gearbeitete Flügel aus getriebenem Kupfer aus, verkleidet mit Juwelen, Email und seltenen Metallen, welche die Flügel des Oleanderschwärmers[16] darstellten. Der Prinz war etwas kleiner von Wuchs als die meisten der Anwesenden, aber starkknochig und muskulös, mit einem lockigen roten Haarschopf und einem breiten, rotwangigen Gesicht, welches glattrasiert war, mit weit auseinander liegenden Nasenlöchern und buschigen, schweren roten Brauen, unter denen seine Augen, meergrün und feurig wie die seiner Schwester, löwengleich um sich blickten.

Als der König auf seinem Thron Platz genommen und Corund und Corinius sich zur Ehre ihrer großen Waffentaten zu seiner Linken und Rechten niedergelassen hatten und La Feurioz ihnen gegenüber auf dem kleineren Thron, trugen die Sklaven eingelegten Aal und Austern in der Schale, Wildenten, Schnecken und in Olivenöl gebratene und in roter und weißer Winzersalse schwimmende Herzmuscheln auf. Und die Gäste zögerten nicht lange, über diese Köstlichkeiten herzufallen, während der Mundschenk einen gewaltigen Krater[17] aus gehämmertem Gold mit funkelndem Wein in der Farbe des gelben Saphirs herumtrug, in dem sechs goldne Schöpfkellen steckten, deren Griffe in sechs halbmondförmigen Einkerbungen im Rand dieses riesigen Gefäßes ruhten.

Ein wenig gallig blickte Corinius auf den Prinzen, und er flüsterte Heming, Corunds Sohn, der neben ihm saß, ins Ohr und sprach: »Wahrlich, dieser La Feurioz versteht es wie kein andrer, sich mit Putz und Prunk hervorzutun. Sieh doch, wie er Dämonenland nacheifert und mit Geschmeide protzt und mit welch äffischer Überheblichkeit er am Tische sitzt. Und dabei lebt dieser Papagei nur von unsren Gnaden, und erst heute brachte er uns den Preis, der unsre Hand davon abhält, ihm den Hals umzudrehen.«

Jetzt wurden Schüsseln mit Karpfen, Makrelen und Hummern hereingetragen und danach Fleischgerichte in Überfluß: ein Kitzlein am Spieß auf einer geräumigen Silberplatte, an grünen Erbsen angerichtet, Ziegenpastete, Rinderzunge und Kalbsbrieschen, Kaninchen in Aspik, im Lehm gebackener Igel, Spießbraten vom Schwein, Karbonaden[16], Geselchtes und Siebenschläfer-Pastete. Diese und andre leckere Speisen wurden beständig von schweigenden, barfüßigen Sklaven herumgereicht; und die Zungen lösten sich, als der erste Heißhunger gestillt war und der Wein die Herzen der Männer erwärmte.

»Was gibt es Neues in Hexenland?« fragte La Feurioz.

»Mir ist nichts Neueres zu Ohren gekommen«, antwortete der König, »als daß Gaslark gefallen ist.« Und der König schilderte die Schlacht der vergangenen Nacht, ohne Einzelheiten über Zahlen, Zeiten, Entwicklungen und Bewegungen des Angriffs zu verschweigen; nur daß niemand aus seiner Erzählung hätte erahnen können, daß Dämonenland irgendwelchen Anteil an dieser Schlacht gehabt hätte.

La Feurioz entgegnete: »Seltsam, dieser plötzliche Überfall. Man sollte meinen, es müsse ein Anlaß dafür ersichtlich sein.«

»Unsre Größe«, sprach Corinius und sah ihn geringschätzig an, »ist eine Lampe, an der schon manch andre Motte denn er sich die Flügel verbrannt hat. Mich mutet das keineswegs seltsam an.«

»Seltsam fürwahr«, sprach Prezmyra, »so es ein andrer gewesen wär' als Gaslark. Aber gewiß war ihm keine plötzliche Eingebung zu abwegig, um wie Distelwolle[20] in einer Bö den Himmel zu stürmen.«

»Eine Seifenblase, Madame, die außen bunt schillert, aber nur leeren Wind enthält. Ich habe andre dergleichen gekannt«, sprach Corinius, dessen Blick noch immer mit deutlichem Mißfallen auf dem Prinzen ruhte.

Prezmyras Augen tanzten. »O Herr Corinius«, sprach sie, »ändert zuerst, ich bitt' Euch, Eure eigne Lebensart, ehr Ihr ein buntscheckiges Äußeres mit innerer Torheit gleichsetzt; denn betrachtet man Euch, mögen Zweifel an Eurem Spruch kommen – oder an Eurer Weisheit.«

Corinius trank seinen Becher bis zur Neige leer und lachte. Etwas rot war sein hochnäsiges, schönes Gesicht um die Wangen und das bartlose Kinn geworden; denn gewiß war keiner im Saal so herausgeputzt wie er. Seine breite Brust steckte in einem Wams[21] aus ungegerbtem Wildleder, mit Silberschuppen besetzt, und er trug eine schwere Halskette aus Gold, strotzend von Smaragden, und einen langen Umhang aus himmelblauem Seidenbrokat mit Silberborten. Ein mächtiger Ring aus Gold stak an seiner linken Hand, und in sein Haar war ein Kranz aus Bryonie[22] und Nachtschatten[23] gewunden. Gro flüsterte Corund ins Ohr: »Er leert den Wein in einem Zug, und die Stunde ist noch jung. Das läßt Böses ahnen; denn aus Unmut wird bei ihm schnell Unbesonnenheit und Prahlerei, wenn er trunken ist.«

Corund knurrte zustimmend und sprach laut: »Den höchsten Gipfel des Ruhms hätte Gaslark ersteigen können, wäre er nicht stets so übereilt vorgegangen. Von nichts Erbärmlicherem hat man je reden hören als von jenem großen Heerzug nach Wichtland, den er vor zehn Jahren aussandte, als er plötzlich dem Dünkel verfiel, ganz Wichtland zu unterwerfen und der mächtigste König der Welt zu werden, und dafür Zeldornius und Helteranius und Jalcanaius Fostus als Feldherren verpflichtete ...«

»Die drei hervorragendsten Heerführer der Welt«, sprach La Feurioz.

»Das ist wohl wahr«, sprach Corund. »Diese verpflichtete er und kaufte ihnen Schiffe und Soldaten und Pferde und Kriegsgeräte, wie es die Welt in hundert Jahren nicht gesehen, und sandte sie – wohin? In die reichen und lieblichen Länder von Beschtrien? Nein. Nach Dämonenland? Mitnichten. Hierher nach Hexenland, wo er sich jetzt mit einem Zwanzigstel jener Streitmacht versuchte und alles verlor? Nein! In jene entlegene, höllenverseuchte Wildnis von Oberwichtland, eine baumlos und wasserlose Öde, wo es niemanden gibt, der ihm Tribut zollen könnte, so er es denn erobert hätte, außer vielleicht ein paar streunenden Banden von Wichten mit mehr Flöhen auf der Haut als Hellern in der Tasche. Oder wollte er König der Luftgeister, Gespenster und Trolle werden, die in dieser Wildnis hausen?«

»Ohne Zweifel gibt es siebzehn verschiedene Arten von Geistern auf der Moruna«, sprach Corsus so laut und unvermittelt, daß alle ihm die Augen zuwandten, »Feuergeister, Geister der Luft und des Wassers, Erd- und Höhlengeister. Ohne Zweifel gibt es sieben bekannte und siebenmal siebzehn unbekannte Arten von Trollen, und wenn ich wollte, könnt' ich sie alle der Reihe nach aufzählen.«

Sonderbar ernst war das grobe Gesicht des Corsus mit den blutunterlaufenen Augen und dicken Tränensäcken, den runden, vollen Wangen und fleischigen Lippen, als er sich die Essensreste aus dem struppigen grauen Backen- und Schnauzbart wischte. Er hatte, hauptsächlich um seinen Durst anzuregen, eingelegte Oliven, Salzmandeln, Kapern, Sardellen und Sardinen in Senfsoße gegessen und wartete jetzt auf das

Hauptgericht des Abends, ein ganzes, gebratenes Spanferkel, als solide Unterlage für weitere Zechereien.

Die Fürstin Zemambria fragte: »Weiß jemand, was aus Jalcanaius und Helteranius und Zeldornius und ihren Armeen wurde?«

»Hörte ich nicht«, sprach Prezmyra, »daß sie von Irrlichtern in die hyperboräischen Gefilde[24] geleitet und dort zu Königen gemacht wurden?«

»Ich fürchte, liebe Schwester, das hat dir die Nachteule zugeflüstert«, sprach La Feurioz. »Denn als ich vor sechs Jahren durch Oberwichtland reiste, kamen mir viele wilde Geschichten darüber zu Ohren, doch waren das alles nur Märchen.«

Jetzt wurde in einer großen Schale aus Gold auf einem Bett von gedünsteten Zwiebeln das gebratene Schwein aufgetragen, und so schwer waren die Schale und die Last darauf, daß vier kräftige Sklaven sie heben mußten. Ein Licht glomm auf in Corsus' trübem Aug, als er dies gewahrte, und Corund erhob sich mit schäumendem Becher, und die Hexen riefen: »Das Lied vom Schweinebraten, o Corund!« Groß wie ein Hornvieh stand Corund in seiner rostbraunen Samttunika, gegürtet mit einem breiten Gürtel aus Krokodilleder, eingefaßt mit Gold. Von seinen Schultern hing ein Mantel aus Wolfsfell, mit dem Pelz auf der Innenseite, außen dagegen gegerbt und mit einem Rautenmuster aus purpurner Seide verbrämt. Das Tageslicht war fast schon geschwunden, und durch die Dämpfe, die vom Festmahl aufstiegen, schimmerte das Licht der Kerzen auf seinem kahlen Schädel, der von dichten ergrauten Locken umrahmt war, und in seinen scharfen grauen Augen und seinem langen, buschigen Bart. Er rief: »Erhebt die Gemäße, Ihr Herrn! Und wenn einer nicht einstimmt in den Choral, soll er in Sack und Asche gehn!« Und er sang das Lied vom Schweinebraten mit einer Stimme, die dröhnte wie eine Kesselpauke; und sie alle stimmten ein in den Refrain, bis die aufgehäuften Schüsseln auf den Tischen erklirrten[24]:

Ach weh! wie hungert mich / wo krieg ich neue Krafft /
Wo find' ich einen Koch / der mir zu essen schafft?

Deß sing ich laut / deß sing ich hoch:
Lob / Ehr' vnd Preis dem Meister-Koch!

Putt-Hühngen-Fleisch ist weich vndt gehet niedlich ein /
Es mag auch gut genug vor schwache Mädgen sein.
Das Schöpsen-Fleisch ist nett / indessen ist es doch
Ein tumbes Schaf gewesen vnd hat den Schafs-Kopf noch.
Drum bringt den Schweine-Braten /
Der rund vndt wol gerathen.

Deß sing ich laut / deß sing ich hoch:
Lob / Ehr vnd Preis dem Meister-Koch!

Das Schweinen-Fleisch ist süß vnd wird sehr hoch belibt /
Dieweil es guten Safft und volle Nahrung giebt.
Drum wil ich mich bequemen
Und wil in kurzer Frist
Das erste Bißgen nehmen /
Daß mir bescheret ist.

Deß sing ich laut, deß sing ich hoch:
Lob, Ehr vnd Preis dem Meister-Koch!

Als der Braten zerteilt und die Pokale wieder gefüllt waren, sprach der König: »Laßt meinen Zwergen kommen, auf daß er uns seine Possen zum besten gebe.«

Sogleich kam der Zwerg, Gesichter schneidend, in den Saal gehüpft. Ein ärmelloses Wams aus rot und gelb gestreiftem Mokett[26] trug er, und sein dünner, langer Schwanz schleppte auf dem Boden hinter ihm her.

»Gar widerlich ist dieser Zwerg«, sprach La Feurioz.

»Nicht doch, Prinz«, sprach Corinius. »Kennst du nicht seine besondere Qualität? Er war der außerordentliche Gesandte König Gorice' XI. allzeit ruhmreichen Angedenkens an den Fürsten Juss zu Stormhöh und die Herren von Dämonenland. Und eine beßre Ehre vermochten wir den Dämonen nicht anzutun, als ihnen diesen Tölpel als unsren Botschafter zu senden.«

Und der Zwerg vollführte seine Späße, und die Fürsten von Hexenland und die übrigen Gäste amüsierten sich köstlich; nicht jedoch Corinius und der Prinz, weil er sich einen derben Scherz erlaubte und sie beide Pfauen nannte, die man aufgrund ihrer farbenprächtigen Befiederung kaum zu unterscheiden vermöchte, was beide verärgerte.

Und nun war das Herz des Königs vom Weine froh gestimmt, und er trank Gro zu und sprach: »Freue dich, Gro, und zweifle nicht daran, daß ich mein Wort halten und dich zum König in Zaje Zaculo machen werde, wie ich's versprach.«

»Herr, ich bin Euer ergebenster Diener«, antwortete Gro. »Aber ich fürchte, ich bin nicht zum König geboren. Mich dünkt, ich war stets ein beßrer Verwalter andrer Menschen Glückes als meines eignen.«

Worauf der Herzog Corsus, der mit dem Kopf auf dem Tische lag und fast eingenickt war, mit lauter, zudem aber heiserer Stimme rief: »Soll mich ein Schock Düwel braten, wenn das nicht wahr ist! Aber wenn dein eignes Glück zerbricht, so trink und scher dich drein. Gebt mir Wein, einen vollen Becher. Ha! Ha! Hinunter damit! Ha! Ha! Hexenland! Wann werdet Ihr die Krone von Dämonenland aufsetzen, o König?«

»Was soll das, Corsus«, mahnte der König, »bist du betrunken?«

La Feurioz aber sprach: »Ihr schwort auf den Foliot-Inseln Frieden mit den Dämonen, und durch diesen heiligen Eid seid Ihr auf immer dazu verpflichtet, Eure Herrschaftsansprüche über Dämonenland aufzugeben. Ich hoffte, die Zwistigkeiten hätten damit ein Ende gefunden.«

»Nun, dem ist auch so«, antwortete der König.

Corsus kicherte. »Wenn Ihr das sagt, o König, dann soll's auch so sein. La Feurioz, unsre Zwistigkeiten sind zu Ende. Kein Grund, sie fortzuführen. Denn seht, Dämonenland ist wie eine überreife Frucht, die uns so mir nichts, dir nichts in den Mund fällt.« Und damit lehnte er sich weit zurück, mit aufgesperrtem Mund und hielt einen mit Speck bardierten Krammetvogel[27] über seinen Kopf. Der Vogel glitt ihm durch die Finger, klatschte gegen die Wange und von dort auf seine Brust und schließlich auf den Boden und besudelte dabei den bronzenen Kettenpanzer und die Ärmel des hellgrünen Wamses mit Bratensaft.

Worauf Corinius in schallendes Gelächter ausbrach; aber La Feurioz wurde rot vor Zorn und knurrte: »Über Trunkenheit, mein Herr, lacht nur das niedere Volk.«

»Dann haltet den Mund, Prinz«, sprach Corinius, »auf daß Eure Vornehmheit nicht in Frage gestellt wird. Was mich angeht, so lache ich über meine Gedanken, und die sind wahrlich erheiternd.«

Corsus jedoch wischte sich das Gesicht ab und hub zu singen an:[28]

Labt mir die Zunge ach / süße Säfte /
Perlt bis zum Randt hinan!
Ich bin ein Heide. Herz / Mundt und Kräfte
Beten Bacchus an.
Arm und versoffen
Seh ich doch offen
Einen Himmels Raum /
Schicksals umfangen
Todt auf den Wangen
Letz ich mir den Gaum /
Führ in der letzten Stund'
Noch das Glas zum Mundt.

Damit sank Corsus' schwer gewordener Kopf abermals auf den Tisch. Und der Zwerg, dessen Späße ansonsten von allen im Saal gut aufgenommen worden waren, auch wenn die eigne Person Gegenstand des Gespötts war, sprang auf und ab und rief: »Ei, welch ein Wunder! Diese Blutwurst singt. Statt mit zwei Tabletts, ihr Sklaven, wurde sie ohne Servierschale auf den Tisch gestellt. Eine Schale reicht nämlich nicht aus für dies Riesending aus Ochsenblut und Schweineschmalz. Schnell, schneidet es an, bevor die Dämpfe die Haut platzen lassen.«

»Ich werd' aus dir Blutwurst machen, du Ratte«, entgegnete Corsus und kam taumelnd auf die Beine; und er packte den Zwerg mit einer Hand am Arm und versetzte ihm mit der Faust der andren einen kräftigen Schlag aufs Ohr. Der Zwerg quietschte und biß Corsus in den Daumen, bis das Blut spritzte, daß dieser ihn loslassen mußte; und der Zwerg floh aus dem Saal, während die Gesellschaft herzlich lachte.

»So fliehet die Torheit vor der Wahrheit, welche im Weine liegt«, sprach der König. »Die Nacht ist jung; bringt mir Botarga[29] und Weißbrot. Trinke, Prinz. Der rote thramnische Wein, der dick ist wie Honig, erhebt die Seele zu heilger Philosophie. Wie nichtig Ehrgeiz doch ist. Das war Gaslarks Verderben, dessen Unternehmungen voller Mark und Nachdruck so geendet sind, in einer Art von Nichts[30]. Oder was denkst du, Gro, der du doch ein Philosoph bist?«

»Ach, armer Gaslark[31]«, sprach Gro. »Wäre alles nach seinem Sinn gegangen und hätt' er uns wider Erwarten geschlagen, so wäre er selbst dann seinem Herzenswunsch kein Stückchen näher gekommen als bei seiner ersten Ausfahrt. Denn hatte er nicht vordem in Zaje Zaculo alles, was das Herz begehrt: Speise und Trank, Gärten und Schätze und Musik und eine schöne Frau? Und am Ende, ganz gleich, welchen Kurs wir steuern, steht der Mohn im Hafen der Vergessenheit, in den wir alle einlaufen. Verdorrte Lorbeer- oder Zypressenzweige und ein wenig Staub. Mehr bleibet nicht.«

»Ja, 's ist traurig«, sprach der König. »Da halte ich schon den für weiser, der an seinem Glücke festhält, wie der Rote Foliot, der nicht aus übermäßigem Ehrgeiz die Götter herausfodert[32] und daran zerbricht.«

La Feurioz hatte sich in seinen Thron zurückgelehnt und die Arme auf die hohen Lehnen gelegt, daß die Hände zu beiden Seiten müßig herabhingen. Mit hoch erhobenem Kopf und einem ungläubigen Lächeln lauschte er auf die Worte des Königs.

»Der Wein hat den König seltsam milde gestimmt«, sprach Gro in Corunds Ohr.

»Ich denke, du und ich, wir fallen aus der Rolle«, antwortete Corund flüsternd, »da wir noch nicht betrunken sind; und der Grund dafür ist, daß du maßvoll trinkst, was gut ist, und ich am Gürtel diesen Amethysten trage, der mich nüchtern hält, auch wenn ich einen Becher nach dem andren leere.«

La Feurioz sprach: »Ihr beliebt zu scherzen, o König. Denn was mich betrifft, so hätt' ich lieber diese Warzenmelone auf meinen Schultern als einen so tumben Kopf, der keinen Ehrgeiz kennt.«

»Wenn du nicht unser königlicher Gast wärest, o Prinz«, sprach Corinius, »hätt' ich gesagt, dies sei ein Spruch, wie er sich wahrlich für einen kleinen Mann geziemet. Hexenland ergeht sich nicht in solchen Prahlereien, sondern kann es sich leisten, wie unser Herr, der König, in stolzer Bescheidenheit zu sprechen. Ein Truthahn bläht sich auf und kollert; nicht so der Adler, dem die Welt zu Füßen lieget.«

»Dann seid ihr zu bedauern«, rief der Prinz, »wenn euch dieser billige Sieg so überschwenglich macht. Kobolde!«

Corinius runzelte die Brauen. Corsus kicherte und sprach zu sich, aber laut genug, so daß alle es hören konnten: »Kobolde, fürwahr? Ein Kinderspiel, wär' das alles gewesen. Ja, wenn das alles gewesen wär'!«

Des Königs Gesicht war finster wie eine Gewitterwolke. Die Frauen hielten den Atem an. Aber Corsus, der den Sturm über seinem Haupt offensichtlich nicht wahrnahm, klopfte mit seinem Becher den Takt und sang dazu dumpf eine schwermütige Weise:[31]

Wen ehe die Erd ist / der Himel klar /
Wen Fels und Stein werden Wasser gar;
Wen Fische im Meer leben auf Erd /
Wen grünes Graß zu Heu nit werdt . . .

Ein lauter Schluckauf brachte ihn zum Schweigen.

Das Gespräch war verstummt, da die Fürsten von Hexenland, nicht wissend, was sie tun sollten, auf die Regungen des Königs harrten. Da ergriff Prezmyra das Wort, und ihre wohlklingende Stimme war wie ein erfrischender Regenguß. »Dies Lied unsres Herrn Corsus«, sprach sie, »ließ mich hoffen, Antwort auf eine philosophische Frage zu erhalten; doch leider hat, wie Ihr seht, Bacchus ihn für eine Weile ins Elysium entführt, und ich fürchte, weder Wahrheit noch Weisheit wird heute abend aus seinem Munde kommen. Und meine Frage war die, ob es wahr ist, daß es für jede Kreatur auf Land auch ein Gegenstück im Wasser gibt? Mein lieber Herr Corinius oder du, mein Bruder und Prinz, könnt ihr darauf antworten?«

»Nun, das mag wohl zutreffen, Madame«, sprach La Feurioz. »Viele Beispiele sprechen dafür, als da wären: Seekuh, See-Elephant, Seehund, Seepferd, Seelöwe, Seebär. Und ich habe gehört, daß die barbarischen Eingeborenen von Esamozien ein Gericht aus Seemäusen verzehren, mit dem Fleisch eines Tieres namens *Bos marinus* gemischt und im Mörser zerstampft, gewürzt mit Salz und Knoblauch.«

»Pfui! Sprecht rasch von etwas andrem«, rief das Fräulein Sriva,

»ehr ich in Gedanken dies abscheuliche Fleisch verschmecke. Bringt mir schnell saftige Pfirsiche und Trauben als Gegenmittel.«

»Fürst Gro wird euch besser unterweisen können als ich«, sprach La Feurioz. »Obzwar ich die Philosophie in Ehren halte, hab' ich doch wenig Muße, sie zu studieren. Oft bin ich auch schon auf Dachsjagd gegangen, doch habe ich nie Antwort auf die Frage der Scholaren gesucht, ob seine Beine auf einer Seite kürzer sind als auf der andren. Auch habe ich schon unzählige Neunaugen verspeist, ohne jedoch zu wissen, wie viele Augen dieser Fisch hat, ob neun oder zwei.«

Prezmyra lächelte. »O mein Bruder, ich fürchte, du bist viel zu sehr umwölkt vom Staub der Taten auf dem Feld der Ehre, dich zu solch subtilen Forschungen zu eignen. Aber gibt es denn Vögel unter dem Wasser, Herr Gro?«

Gro antwortete: »Gewiß, in Flüssen, doch sind es in der Regel nur Vögel der Luft, welche eine Zeitlang im Wasser verweilen. Ich selbst traf sie in Oberwichtland an, wo sie den Winter über am Grunde von Flüssen und Seen schlafen, jeweils paarweise, Schnabel an Schnabel, Flügel an Flügel. Im Frühjahr jedoch erwachen sie, und bald sind die Wälder wieder von ihrem Gesang erfüllt. Und was die See angeht, so gibt es den See-Kuckuck, die See-Drossel, den See-Spatzen und viele andre mehr.«

»Das ist höchlich seltsam«, sprach Zenambria.

Corsus sang:

Wen Zauberer das Zaubern hassen /
Wen Spinnen Fliegen fliegen lassen.

Prezmyra wandte sich an Corund und sprach: »Gab es nicht einen Disput zwischen dir, mein Gemahl, die Kröte und die Spinne[34] betreffend, wobei du meintest, daß sie einander mit ihrem Gift umbringen, und der Herr Gro, daß er dir das Gegenteil erweisen wolle?«

»Genauso war's«, antwortete Corund. »Und noch immer ist die Frage umstritten.«

Corsus sang:

Wen nimmer wirdt der Schnee wol weiß /
Die Höll mus auch seyn das Paradeis:
Dan kan man sagen und das fürwahr /
Die Alte Welt eine Neue gebar,

und sank so zurück in benebeltes Schweigen.

»Mein Herr und König«, rief Prezmyra, »ich bitt' Euch inständig, dieser Auseinandersetzung zwischen zweien Eurer Ratsmitglieder ein

Ende zu bereiten, bevor daraus ein hitziger Zwist wird. Laßt ihnen, o König, unverzüglich eine Kröte und Spinnen bringen, daß sie vor dieser hohen Gesellschaft das Experiment ausführen können.«

Alle Gäste brachen in lautes Gelächter aus, und der König beauftragte einen Sklaven, welcher alsbald zurückkam und ein Kristallglas und eine Kröte und fette Spinnen brachte, sieben an der Zahl. Und er stülpte das Kristallglas über Kröte und Spinnen und stellte es vor den König hin. Und alle sahen gespannt zu.

»Ich wette zwei Fässer permischen Weins gegen einen Bund Rettiche«, sprach Corund, »daß die Spinnen siegen werden. Seht, wie sie furchtlos über Kopf und Leib des Kröterichs laufen.«

Gro sagte: »Die Wette gilt.«

»Du wirst die Wette verlieren, Corund«, sprach der König. »Die Spinnen tun der Kröte nichts; und diese sitzet nur aus Taktik so still, um sie in Sicherheit zu wiegen und in einem unbesonnenen Augenblick zuzuschnappen.«

Während alle zuschauten, wurden Früchte aufgetragen: Renetten, Mandeln, Granatäpfel und Pistachios[35] und Krüge frischen Weins und auch eine bauchige Kristallflasche des pfirsichfarbenen Weins von Krothering, der vor vielen Sommern in den Weingärten gelesen worden war, welche sich von Fürst Brandoch Dahas Schloß nach Süden bis zum Meer erstreckten.

Corinius nahm einen tiefen Zug und rief: »Welch ein königlicher Trank, dieser Wein aus Krothering! Man sagt, er würde dieses Jahr sehr billig sein.«

Woraufhin ihm La Feurioz einen bösen Blick zuwarf, und der König, dem das nicht entging, flüsterte Corinius ins Ohr: »Willst du wohl Obacht geben! Hast dir dein Stolz so die Sinne benebelt, daß du glaubst, es ginge dir anders als meinem niedersten Sklaven, wenn durch dein Wort der Prinz meine Geheimnisse aufspürt.«

Inzwischen war es schon spät geworden, und die Frauen zogen sich zurück und wurden mit großem Pomp von Dienern mit Fackeln aus dem Saal geleitet. Nach einer Weile, als sie gegangen waren, rief Corund: »Zur Hölle mit allen Spinnen! Deine Kröte hat bereits eine verschlungen.«

»Und zwei weitere«, sprach Gro. »Dein Theorem[35] zerbröckelt. Sie verschlang zwei auf einen Streich, und nur mehr vier verbleiben.«

Der Fürst Corinius, dessen Gesicht bereits vom vielen Trinken glühte, hielt seinen Becher hoch und rief dem Prinzen zu: »Merke wohl, La Feurioz, ein Zeichen und eine Prophezeiung: Zuerst eine; dann zwei auf einen Streich; dann der ganze Rest. Fürchtest du nicht, du könntest dich als Spinne erweisen, wenn der Kampf ausbricht?«

»Ist dir der Wein zu Kopf gestiegen, Corinius?« sagte der König mit unterdrückter Stimme, die vor Zorn bebte.

»Er ist ein so witziger Possenreißer, wie mir je einer unterkam«, sprach La Feurioz, »aber ich weiß nicht, was, zum Kuckuck, er wohl meint.«

»Was ich meine«, antwortete Corinius, »wird dein blöde grinsendes Gesicht weiß wie Kreide werden lassen. Unsre alten Feinde mein' ich, diese hundsföttischen Bastarde aus Dämonenland. Die erste Spinne ist Goldry Bluszco, den des Königs Sendung in einem tödlichen Windhauch wer weiß wohin verwehte . . .«

»Der Teufel hole dich!« schrie der König. »Was ist das für ein trunkenes Geschwätz?«

Aber der Prinz La Feurioz wurde rot wie Blut und sprach: »Das also steckt: hinter all dem Getue, und Ihr zieht gegen Dämonenland in den Krieg? Auf meine Hilfe dürft Ihr dabei nicht rechnen.«

»Das wird uns nicht um den Schlaf bringen«, sprach Corinius. »Unser Mund ist groß genug für eine so kleine Portion Marzipan, wie du es bist, solltest du dich als lästig erweisen.«

»Dein Mund ist groß genug, die größten Geheimnisse auszuplaudern, wie wir voller Belustigung zur Kenntnis nehmen«, sprach La Feurioz. »Wenn ich der König wäre, würd' ich solch einem Papagei[37] das Schwatzen mit der neunschwänzigen Katze[38] austreiben.«

»Eine Beleidigung!« schrie der Fürst Corinius und sprang auf. »Nicht einmal von den Göttern im Himmel würde ich mich beleidigen lassen. Reiche mir ein Schwert, Knappe! Ich werd' ihm beschtrische Ornamente in das Gedärme schlitzen.[39]«

»Friede, bei eurem Leben!« sprach der König mit lauter Stimme, während Corund zu Corinius ging und Gro zu dem Prinzen, um sie zu besänftigen. »Corinius ist an der Hand verletzt und kann nicht kämpfen, und das Wundfieber erhitzt sein Gemüt.«

»So heilt denn seine Wunde von des Kobolds Klinge, und ich werde ihn auf der meinen aufspießen wie einen Kapaun[40]«, versetzte der Prinz.

»Kobolde!« zischte Corinius. »Wisse, daß diese Wunde vom besten Schwertkämpfer der Welt stammt. Wärest du vor mir gestanden, hätte ich dich in Koteletts zerlegt; kastriert bist du ja bereits.«

Der König aber erhob sich in seiner Majestät und sprach: »Schweigt, bei eurem Leben!« Und des Königs Augen funkelten vor Zorn, und er sprach: »Was dich angeht, Corinius, so sollen weder deine heißblütige Jugend und dein rebellisches Blut noch der viele Wein, den du in deinen gierigen Schlund gegossen, die Härte meines Mißfallens lindern. Deine Bestrafung hebe ich mir bis morgen auf. Und du, La Feurioz, sieh zu, daß du dich in meinen Hallen ehrerbietiger beträgst. Allzu keck war die Botschaft, die dein Herold mir bei deinem Eintreffen heute morgen überbrachte, und zu sehr schmeckte sie nach einer Begrüßung unter Gleichen; ein Geschenk nanntest du deinen Tribut, obwohl ich dein rechtmäßiger Herr und der Gebieter deines Volkes bin und nach eignem Ermessen darüber walten kann. Dennoch übte ich Nachsicht mit dir; was unklug war, denn von meiner Nachsicht genährt, springt mir deine Dreistheit an meiner eignen Tafel kecker denn je ins Gesicht, und du randalierst in meinen Hallen und wirfst mit Beleidigungen um dich. Sieh dich vor, oder der Blitzstrahl meines Zornes wird dich treffen.«

Der Prinz La Feurioz antwortete und sprach: »Bewahrt Euch Eure finstre Miene und Eure Drohgebärden für Eure unbotmäßigen Sklaven auf, o König; denn mich beeindrucken sie nicht, und ich verlache sie. Auch liegt es mir fern, Eure beleidigenden Worte unerwidert zu lassen; denn Ihr kennt meine alte Freundschaft zu diesem Haus, o König, und zu Hexenland und wißt, welcher Bund der Ehre mich in Eintracht mit Fürst Corund verbindet, dem ich meine Schwester zur Gattin gab. Wenn es nicht meine Art ist, wie ein unterwürfiger Diener Eure Oberlehnsherrschaft zu bekunden, so ist das kein Grund, an mir zu mäkeln; denn der Tribut ward Euch gezollt und das im Übermaß. Aber ich bin auch an Dämonenland gebunden, wie alle Welt weiß, und eher werdet Ihr die Leuchten des Himmels dazu gewinnen, herabzusteigen und für Euch gegen die Dämonen zu kämpfen, denn mich. Und zu Corinius, der sich so brüstet, will ich sagen, daß Dämonenland den Hexen stets überlegen war. Goldry Bluszco und Brandoch Daha haben das bewiesen. Und darum, o König, mein Rat an Euch, Frieden mit Dämonenland zu schließen: Erstens habt Ihr keinen rechtmäßigen Anlaß, sie zu bekämpfen, und zweitens – und das wird Euch mehr überzeugen – wird es für Euch und ganz Hexenland den Untergang bedeuten, solltet Ihr Euren Kampf fortsetzen.«

Der König biß sich in seiner großen Erzürnung auf die Finger, und eine Weile war es in dem Saale totenstill. Nur Corund flüsterte leise in des Königs Ohr und sprach: »O Herr, zügelt Euren königlichen Zorn. Ihr mögt Vergeltung üben, wenn mein Sohn Hacmon wiederkehrt; bis dahin aber sind die Seinen in der Überzahl und unsre eignen Mannen so vom Weine berauscht, daß ich, glaubt mir, keinen Pfifferling auf unsre Chancen setzen würde, sollte es zu einem Kampf kommen.«

Voll tiefer Sorge war Corund, denn wohl wußte er, wie über alle Maßen teuer seiner Gattin der Frieden zwischen La Feurioz und den Hexen war.

In diesem Augenblick fing Corsus, den der Tumult im Saal aus seinem weinseligen Schlaf gerissen hatte, laut zu singen an:

Wen Berg und Tal / all Hügel vndt Wald
Sollen in Lüften fliehen bald /
Dan ists hinieden kaum von Rechten /
Den Feindt zu kerkern vnd zu knechten.

Worauf Corinius, in dem der Wein und der Hader und des Königs Tadel ein Feuer wütender und schrankenloser Feindseligkeit entfacht hatten, in dem alle Vorsichtsmaßregeln zerschmolzen wie Wachs in einem Feuerofen, laut ausrief: »Willst unsre Gefangenen im alten Bankettsaal sehen, Prinz, um dich vollends zum Gespött zu machen?«

»Welche Gefangenen?« rief der Prinz und sprang auf. »Hölle und Furien! Ich habe diese dunklen Zweideutigkeiten satt und will die Wahrheit wissen.«

»Was erzürnst du dich?« sprach der König. »Dieser Mann ist betrunken. Schluß mit dem dummen Gerede.«

»Ich lasse mich nicht länger zum Narren halten«, sprach La Feurioz. »Ich will die Wahrheit wissen.«

»Das sollst du auch«, sagte Corinius. »Und das ist die Wahrheit: daß wir Hexen beßre Männer als du und deine hühnerherzigen Gnomen sind und beßre Männer als die verfluchten Dämonen. Warum es länger verbergen? Zwei von jener Brut haben wir in Ketten gelegt und an die Wand des alten Bankettsaals gehängt, wie ein Bauer Wiesel und Iltis an das Scheunentor nagelt. Und dort werden sie bleiben, bis sie tot sind: Juss und Brandoch Daha.«

»Das ist eine infame Lüge!« rief der König. »Ich lasse dich in Stücke reißen.«

Corinius aber entgegnete: »Ich halte Eure Ehre hoch, o König. Wir dürfen uns nicht länger ducken vor diesen Gnomen.«

»Das wirst du mit dem Leben bezahlen«, sprach der König, »und es ist eine Lüge.«

Nun herrschte Totenstille in Saal. Schließlich nahm der Prinz langsam wieder Platz. Sein Gesicht war weiß und angespannt, und er sprach zum König, langsam und mit leiser Stimme: »O König, wenn ich Euch gekränkt habe, so verzeiht mir. Und wenn ich meine Euch geschuldete Untertanenpflicht verletzte, so suchet den Grund dafür darin, daß es meine Art ist, an solchen Gesten keinen Gefallen zu finden, aber habt keine Zweifel an meiner Freundschaft zu Euch oder Argwohn, daß ich es mir je träumen ließe, gegen Eure Lehnsherrschaft aufzubegehren. Alles, was Ihr von mir verlangt und was nicht gegen meine Ehre verstößt, jede Geste der Höflichkeit und Lehenstreue, werde ich frohen Herzens erfüllen. Und außer wider Dämonenland ist mein Schwert bereit, gegen all Eure Feinde zu kämpfen. Aber hier, o König, schwankt ein mächtiger Turm, der über unsre Freundschaft fallen und sie zerstören könnte. Es ist Euch, o König, und allen Fürsten von Hexenland bekannt, daß meine Gebeine seit sechs Jahren in Oberwichtland bleichen würden, hätte nicht Fürst Juss mich vor den barbarischen Wichten gerettet, als Fax Fay Faz mich und meine kleine Gefolgschaft vier Monate lang in Lida Nanguna belagerte. Meine Freundschaft sollt Ihr haben, o König, wenn Ihr mir meine Freunde freigebt.«

Aber der König sprach: »Ich habe deine Freunde nicht.«

»Dann zeigt mir den alten Bankettsaal«, begehrte der Prinz.

»Ein andermal«, sprach der König.

»Jetzt will ich ihn sehen«, sagte der Prinz und erhob sich von seinem Sitz.

»Ich will mich nicht länger vor dir verstellen«, sprach der König. »Ich schätze dich sehr. Doch wenn du von mir verlangst, dir Juss und Brandoch Daha auszuliefern, so verlangst du etwas, was ganz Gnomenland und dein Herzblut nicht von mir zu erkaufen vermöchten. Denn diese beiden sind meine schlimmsten Feinde. Du weiß nicht, um den Preis welcher Mühen und Gefahren es mir schließlich gelang, ihrer habhaft zu werden. Und jetzt lasse dich durch deine Hoffnung nicht beirren, wenn ich dir schwöre, daß Juss und Brandoch Daha im Kerker sterben und verfaulen werden.«

Und trotz aller sanften Reden und Versprechungen von kostbaren Gütern und Vorteilen und Lehenstreue im Frieden und Krieg vermochte der Prinz den König nicht von seinem Entschlusse abzubringen. Und der König sprach: »Laß ab, La Feurioz, oder du wirst meinen Zorn erregen. Sie sind des Todes.«

Als La Feurioz sah, daß er den König durch freundliche Worte nicht umstimmen konnte, ergriff er seinen prächtigen Kristallkelch, eiförmig mit drei Füßen aus Gold, die zu einem Ring in der Mitte zusammenliefen, welcher mit Topasen besetzt war, und schleuderte ihn auf Gorice; und das Kelchglas traf diesen mit solcher Wucht an der Stirne, daß es zerbarst und dem König eine tiefe Wunde schlug und er ohnmächtig zusammenbrach.

Alsgleich erhob sich ein großer Tumult im Bankettsaal; und Corund, welcher der erste sein wollte, packte sein zweischneidiges Schwert, und mit dem Ruf: »Sieh nach dem König, Gro! Tod den Rebellen!« sprang er auf den Tisch. Und seine Söhne und Gallandus und die andren Hexen griffen gleichfalls zu den Waffen und desgleichen La Feurioz und seine Mannen, und im Bankettsaal zu Carcë brach eine Schlacht aus. Selbst Corinius, der die Waffe nur mit der linken Hand führen konnte, stürzte sich in das Getümmel und beschwor den Prinzen mit den übelsten Schmähungen, seinen Angriff abzuwarten. Doch der Dunst der zügellosen Zecherei, der ihm zu Kopfe gestiegen war und seinen Zorn entfacht hatte, machte seine Knie weich und dämpfte seine gewohnte Behendigkeit. Und sein Fuß glitt in einer Weinlache aus, daß er zu Boden stürzte und dabei mit dem Kopf gegen die steinerne Tafel schlug. Und Corsus, der inzwischen vom Wein vollkommen sprachlos und so benommen war, daß ein Säugling ebensogut zu sagen vermocht hätte wie er, was dies Durcheinander bedeutete, wankte mit dem Becher in der Hand umher und rief: »Trunkenheit ist besser für den Leib als Medizin. Trinket ohn' Unterlaß, und ihr werdet nie sterben!« Bei diesen Worten traf ihn ein Kalbsschlegel, den Elaron von Gnomenland geworfen hatte, mitten ins Gesicht, und er fiel wie ein abgestochenes Schwein auf Corinius, der am Boden lag, und rührte sich nicht mehr. Dann wurden die Tische umgestürzt und Hiebe ausgeteilt, auf beiden Seiten, und bald verloren die Hexen immer mehr an Boden. Denn obzwar die Gnomen nicht so große Kämpen waren wie die Mannen von Hexenland, hatten sie doch den Vorteil auf ihrer Seite, fast völlig nüchtern zu sein, während ihre Gegner so randvoll mit Wein waren, daß sie meist nur noch taumeln und lallen konnten, weil sie so viel gezecht und getrunken hatten. Auch Corunds Amethyst hatte nicht viel genützt, denn der Wein verstopfte seine Adern und ließ seine Schläge und Stöße schwächer und unsicherer ausfallen, als man von ihm gewohnt war.

Der Prinz nun, seiner tiefen Liebe zu seiner Schwester und seiner alten Freundschaft zu Hexenland wegen, befahl seinen Soldaten, nur so lange zu kämpfen, bis die Hexen überwältigt seien, und keinen zu töten, wenn es nicht sein müsse, und bei ihrem Leben darauf zu achten, daß Fürst Corund keinen Schaden nehme. Sobald sie eindeutig die Überhand gewonnen hatten, ließ La Feurioz einige seiner Männer Weinkrüge herbeibringen und überschüttete damit Corund und seine Leute, während andre sie mit gezückten Schwertern in Schach hielten, bis die Macht des Weines von innen und von außen die Hexen vollends kampfunfähig gemacht hatte. Und sie verbarrikadierten die große Tür des Saales mit den Bänken und den Tischplatten und den schweren eichenen Schragen, und La Feurioz befahl Elaron, mit einem Teil des Gefolges die Saaltür zu sichern, und stellte Wachen unter die vier Fenster, daß keiner aus dem Saal entkommen konnte.

Der Prinz selbst ließ Fackeln anzünden und eilte in Begleitung von sechs Mann in den alten Bankettsaal; sie überwältigten die Wachen, brachen die Tür auf und standen vor Fürst Juss und Brandoch Daha, welche Seite an Seite an der Wand hingen. Diese waren durch das plötzliche Fackellicht geblendet, aber dann erkannte Fürst Brandoch Daha den Prinzen und begrüßte ihn mit stolzer, selbstsicherer und höhnisch gelassener Stimme, welcher der Hunger und Durst, das lange Warten und das Hangen und Bangen jenseits aller Hoffnung kaum anzumerken waren. »La Feurioz!« sprach er. »Nie ging die Sonne auf – bis jetzt.[41] Mir schwante schon, jene Schar schändlicher Schurken[42], das Geschmeiß von Hexenland, sei zurückgekehrt, um ihren Schimpf und Schabernack mit uns zu treiben.«

La Feurioz berichtete ihnen, was sich zugetragen hatte, und schloß mit den Worten: »Die Zeit drängt. Nur unter der Bedingung lasse ich euch frei, daß ihr sofort mit mir Carcë verlaßt und euch heuer nicht an den Hexen zu rächen sucht.«

Juss stimmte zu, und Brandoch Daha lachte und sprach: »Prinz, ich liebe dich so sehr, daß ich dir nichts abschlagen könnte, wäre es nun, die Hälfte meines Bartes abzurasieren und bis zur Erntezeit zu fasten und in Sack und Asche zu gehen, in meinen Kleidern zu schlafen oder sieben Stunden täglich mit dem Schoßhund meiner Dame über fromme Nichtigkeiten zu debattieren. Heut nacht sind wir dir ganz und gar zu Willen. Nur einen Gefallen gewähre uns: Diese Speisen sehen so köstlich aus, daß wir sie nach so langem Betrachten nicht unberührt lassen wollen, was außerdem unhöflich gegen unsren Gastgeber wäre.« Alsdann aß er, nachdem die Ketten gefallen waren, ein großes Stück Truthahn und drei entbeinte Schnepfen in Gelee und Juss ein Dutzend Kiebitzeier und ein kaltes Rebhuhn. Fürst Brandoch Daha sprach: »Ich bitt' dich, Juss, zerbrich die Schalen, wenn das Ei geleert ist, damit kein Zauberer deinen Namen daraufschreiben und somit Unglück über dich bringen kann.« Und indem er sich einen Becher Wein eingoß, ihn hinunterstürzte und sich gleich den nächsten einschenkte: »Ich will verdammt sein, wenn das nicht mein eigner Wein aus Krothering ist! Hat man je einen umsichtigeren Gastgeber erlebt als König Gorice?« Und er trank den nächsten Becher auf des Fürsten Juss Wohl und sagte: »Das nächste Mal stoße ich mit dir in Carcë an, wenn der König von Hexenland und all seine Fürsten besiegt und gefallen sind.«

Hernach legten sie ihre Waffen an, die man neben dem Tisch aufbaut hatte, um der beiden Kämpen Herz zu entmutigen, ohne jedoch zu ahnen, daß sie selbige alsbald wieder aufnehmen würden; und frohgemut, wenn auch etwas steif in den Gliedern, verließen sie mit La Feurioz den alten Bankettsaal.

Draußen im Burghof hub Juss an und sprach: »Unsre Ehre würde uns verbieten, weiter zu gehen als bis hierher, auch wenn du mit uns nicht diese Abmachung getroffen hättest, La Feurioz. Denn nichts Schändlicheres gäbe es für uns, als über die trunkenen und wehrlosen Hexen herzufallen, die sich nicht verteidigen könnten. Doch laß uns, ehr wir Carcë verlassen, diese Feste nach meinem Bruder Goldry Bluszco durchsuchen, denn um seinetwillen und in der Hoffnung, ihn hier zu finden, haben wir diese Fahrt angetreten.«

»Wenn ihr nichts anrührt außer Goldry, falls ihr ihn findet, bin ich einverstanden«, antwortete der Prinz.

Als sie also die Schlüssel gefunden hatten, durchsuchten sie die ganze Festung, selbst die schreckliche Kammer, wo der König seinen Zauber gewirkt hatte, und die Keller und Gewölbe unter dem Fluß. Allein, sie fanden nichts.

Und als sie im Fackelschein wieder im Burghof standen, erschien auf einem Balkon, aufgeweckt durch die nächtliche Unruhe, Frau Prezmyra in ihrem Nachtgewand. Ätherisch wie ein Nebelschweif erschien sie, eingehüllt von der linden Nacht wie eine Wolke im Lichtkranz eines kurz vor dem Aufgang stehenden Mondes. »Welche Wandlung hat sich hier vollzogen?« sprach sie. »Dämonen, die frei im Burghof einhergehn?«

»Sei unbesorgt, geliebte Schwester«, antwortete der Prinz. »Dein Mann ist unversehrt und alle andren auch, glaub' ich; außer daß der König eine Wunde am Kopf hat, was ich bedaure, welche aber zweifellos bald schon verheilt sein wird. Sie ruhen heute nacht allesamt im Bankettsaal, da sie nach der Feier viel zu schlaftrunken sind, um in ihre Kammern zu steigen.«

Prezmyra rief: »So wurde meine Befürchtung Wirklichkeit? Hast du mit Hexenland gebrochen?«

»Das wird sich herausstellen«, antwortete der Prinz. »Sag ihnen morgen, daß ich es nicht aus Haß tat, sondern weil die Umstände mich dazu zwangen. Denn ich bin weder ein Feigling noch ein so großer Schuft, daß ich meine Freunde im Stich ließe, wenn es mir gegeben ist, sie aus der Falle zu befreien.«

»Ihr müßt sehen, daß ihr von Carcë fortkommt«, sprach Prezmyra, »und zwar auf der Stelle. Mein Stiefsohn Hacmon, der um Verstärkung geschickt wurde, um dich im Falle des Falles in die Schranken zu weisen, muß bald aus südlicher Richtung heimkehren. Deine Pferde sind frisch, so daß des Königs Truppen euch nicht einholen werden. Wenn du nicht doch noch ein Blutbad zwischen uns anrichten willst, so spute dich.«

»Dann lebe wohl, geliebte Schwester. Und gräme dich nicht: Dieser Zwist zwischen mir und Hexenland wird bald geschlichtet und vergessen sein.« Also sprach der Prinz mit frohgemuter Stimme, doch mit Sorge im Herzen. Denn wohl ahnte er, daß der König ihm diesen Übergriff nie verzeihen würde, noch, also seiner Beute beraubt worden zu sein.

Sie aber sprach bekümmert: »Lebe wohl, mein Bruder. Mein Herz sagt mir, daß wir uns nie mehr wiedersehn. Indem du diese beiden aus dem Kerker befreitest, hast du zwei Alraunen ausgegraben, welche über dich und mich und ganz Hexenland Jammer und Tod bringen werden.[43]«

Der Prinz schwieg; Fürst Juss aber verneigte sich vor Frau Prezmyra und sprach: »Madame, überlassen wir diese Dinge dem Lauf des Schicksals. Solange Atem und Leben in uns ist, werden wir dem Prinzen, Eurem Bruder, zur Seite stehen. Um dieser Nacht willen werden seine Feinde auch unsre Feinde sein.«

»Euer Wort darauf?« sprach sie

Er antwortete: »Madame, ich gelobe es Euch und ihm.«

Frau Prezmyra zog sich bekümmert in ihr Gemach zurück. Und kurz darauf hörte sie Pferdegetrappel auf der Zugbrücke, und als sie hinausblickte, sah sie, wie ihr Bruder und die Fürsten von Dämonenland und die Mannen ihres Bruders in wildem Galopp auf der Straße der Könige von dannen ritten, die als dunkles Band im kupfernen Licht eines abnehmenden Mondes lag, der sich über Gnomenland erhob. So saß sie am Fenster von Corunds hohem Schlafgemach und blickte hinaus in die Nacht, und lange nachdem die Reiter außer Sicht waren und das Echo der Hufe auf der Straße verklungen war, wurde es abermals laut um Carcë; wieder ertönte Hufschlag in der Nacht, diesmal aus dem Süden, und der Lärm vieler Soldaten; und sie wußte, daß es der junge Hacmon war, der aus Permio zurückkehrte.

Kapitel VIII

Die erste Ausfahrt gen Wichtland

Von dero Dæmonen Heimkehr; und wie Fürst Juss in einem Traume gelahrt ward, wohin er suchen solle um Kunde von seinem geliebten Bruder; und wie sie Rath gehalten zu Krothering und sich entschleußt zur Heerfahrt gen Wychtlanden

Sternenfunkelnd und ambrosisch lag die Mittsommernacht über dem Meer, als das Schiff, das die Dämonen heimbrachte, sich dem Ziel ihrer Reise näherte. Die Mäntel von Fürst Juss und Brandoch Daha, welche auf dem Achterdeck schliefen, waren naß vom Tau. Es war ein sanftes Gleiten durch eine zauberhafte Nacht, wo die Winde schlummerten und alles still war außer den Wellen, die unter dem Kiel plätscherten, dem auf- und abschwellenden Sang des Steuermanns und dem Ächzen, Eintauchen und Rauschen der Ruder, die sich im Takt zu seinem Lied bewegten. Wega leuchtete wie ein Saphir nahe dem Zenit und Arkturus tief im Nordwesten als Bake über Dämonenland. Im fernen Südosten stieg Fomalhaut aus dem Meer, eine einsame Pracht in der dunklen Zone des Steinbocks und der Fische.

So ruderten sie, bis der Tag anbrach und ein frischer, leichter Wind sich erhob. Juss erwachte; er stand auf und spähte über den grauen glasigen Wasserspiegel, der sich bis in endlose Fernen erstreckte, wo Wasser und Himmel eins wurden. Achteraus türmten sich mächtige Wolken vor den Toren des Tages auf und strömten aufwärts zu hohen Zacken aus weinrotem Dunst und brennenden Fahnen, die vom Sonnenaufgang kündeten. In den fleckenlosen Räumen des Himmels darüber zog die schmale Sichel des Mondes ihre Bahn, blaß und zerbrechlich wie eine weiße Schaumflocke, die von den gischtenden Wellen verweht.[1] Westlich, gegenüber dem Donnergewölk des Morgens, hob sich klar wie geschliffener Kristall der feine, ferne Rücken von Kartadza vom Himmel ab: ein erster Vorposten des gebirgichten Dämonenlands, dessen obere Klippen von der Morgensonne in blaßgoldnes und amethystfarbenes Licht getaucht wurden, während die tieferen Hänge noch im Schoß der Nacht verborgen lagen. Und mit dem anbrechenden Tag stiegen die Nebel, welche die Flanken des Berges umhüllten, in wogenden Massen auf, die wuchsen und schrumpften und wieder wuchsen, rastlos getrieben von den wechselnden Winden, welche der Morgen in der Höhlung des Berghanges weckte, und zerfasert zu Fäden und Schlieren. Einige wurden nach oben getrieben und strömten die großen Hangrinnen in den Felsen unterhalb des Gipfels hinauf, während hie und da eine Wolke sich löste und kurze Zeit frei schwebte, als wolle sie dem Himmel zustreben, sich aber bald wieder träge niedersenkte und den Berg in einen zarten Schleier aus goldnem Dunst hüllten. Und jetzt wurde die gesamte Westküste von Dämonenland[2] sichtbar, welche sich fünfzig Meilen und mehr von den Nordhaus-Schären, vorbei an den Drakenholmen und den niedrigen Hügeln von Kestawick und Bühlland, hinter denen das Riffgebirge aufragt, über das zackige Gebirgspanorama des Dornrückens und die fernen Gipfel des Nimmertals über den bewaldeten Hängen der Vorbergenhöhe und des unteren Tivarandartals bis zum südlichsten Punkt des Festlandes erstreckte, wo in blaß-trüber Ferne das große Massiv des Rimon Armon seine letzte, zerklüftete Bastion in die See taucht.

Wie ein Ritter, der seiner Dame ansichtig wird, so schaute Juss auf das aus dem Meer aufsteigende Dämonenland. Kein Wort sprach er, bis sie das Kap von Sichthaven umrundet hatten und der Blick sich öffnete auf den Sund, der sich jenseits des Kaps zwischen Kartadza und dem Festland auftat. Obzwar die offene See ruhig war, war die Luft im Sund erfüllt mit der Gischt der Wellen, die zwischen den Klippen und Untiefen aufpeitschten. Denn die Flut rauschte wie ein Sturzbach durch den Sund, und ihr Donnern war selbst auf eine Entfernung von zwei Meilen, wo ihr Schiff sich befand, deutlich zu hören. Und Juss sprach: »Erinnerst du dich, wie ich die Ghulenflotte in jene zähnebewehrte Meerenge trieb? Ich wollte es dir nicht sagen, aus Scham, solange ich unter der Anwandlung litt, aber heute ist der erste Tag, seit die Sendung über uns kam, daß ich mir nicht im Herzen wünsche, daß die Schnellen von Kartadza mich auch verschlungen und mir zusammen mit den verfluchten Ghulen ein Ende bereitet hätten.«

Fürst Brandoch Daha warf ihm einen raschen Blick zu, blieb aber stumm.

Nach kurzer Zeit war das Schiff in Sichthaven eingelaufen und hatte am marmornen Kai angelegt. Dort stand inmitten seines Gefolges Fürst Spitfyr, der sie empfing und sprach: »Ich traf alle Vorkehrungen, euch drei im Triumphe heimzuholen, aber Volle riet mir davon ab. Froh bin ich, daß ich seinen Rat beherzigte und alles beiseite schaffen ließ. Denn der Anblick dieser Dinge würde mir heuer ins Herz schneiden.«

Juss antwortete: »O mein Bruder, dieser Hammerlärm in Sichthaven und diese zehn Schiffskiele auf den Helligen zeigen mir, daß ihr eifrigst daran gearbeitet habt, Dinge zu schaffen, die uns mehr nützen als Lorbeeren und Festlichkeiten.«

Und so stiegen sie auf die Pferde, und während des Rittes berichteten sie Spitfyr alles, was sich seit ihrer Fahrt nach Carcë zugetragen. Auf diese Weise kamen sie am Hafen vorbei nach Norden und weiter über die Haberwaldzunge nach Achenfuß, wo sie den oberen Pfad einschlugen, der dicht unter den Geröllhalden der Felswartspitze hinaufführt ins Abendtal, und waren so kurz vor Mittag in Stormhöh.

Der schwarze Fels von Stormhöh steht am Ende des Ausläufers, der sich vom Südkamm des Kleinen Drakenholms herabsenkt und das Zaumtal vom Abendtal trennt. Auf drei Seiten fallen die Felswände steil von den Burgmauern zu den dichten Wäldern ab, in denen Eichen, Birken und Ebereschen wachsen, welche die ganze Niederung des Mondgrundkessels bedecken und sich die Seitenhänge der Waldschlucht hinaufziehen, durch welche die Zaumtalache in Wasserfall auf Wasserfall zu Tale rauscht. Nur von Nordosten mag irgendwer, es sei denn ein geflügelt Wesen, zum Schloß gelangen, über einen sanft gerundeten, grasbewachsenen Sattel, weniger als einen Steinwurf breit. Und über diesen Sattel verläuft der gepflasterte Weg, der von der Zaumtalstraße zum Löwentor führt, hinter welchem sich der Park mit dem Graspfad zwischen den Eiben anschließt, wo neun Wochen zuvor Lessingham mit der Merlette stand, als er in Dämonenland eintraf.

Als die Nacht hereinbrach und das Abendmahl beendet war, wandelte Juss alleine auf den Wällen seines Schlosses und betrachtete die Sternbilder am mondlosen Himmel über den mächtigen Schatten der Berge, lauschte den Schreien der Eulen im Wald unter ihm und dem fernen Läuten der Kuhglocken und atmete den Duft, den der Nachtwind vom Garten hinauftrug und der selbst im Hochsommer nach Bergen und Meer roch. Diese Bilder und Gerüche und Stimmen der heiligen Nacht bezauberten ihn so sehr, daß es eine Stunde vor Mitternacht war, als er endlich die Brustwehr verließ und nach den verschlafenen Hauskarlen[3] rief, ihm in sein Schlafgemach im Südturm von Stormhöh heimzuleuchten.

Gar wundersam war das große Himmelbett des Fürsten Juss, das aus massivem Gold gearbeitet und mit dunkelblauen Tapisserien verhangen war, auf denen Blumen des Schlafes aufgestickt waren. Der Baldachin über dem Bette war ein Mosaik winziger Steine[4]: Gagat, Serpentin, dunkler Hyazinth, schwarzer Marmor, Blutstein und Lapislazuli, so verwoben zu einem Wirrwarr unterschiedlicher Farben und Tönen, daß der pulsierende Nachthimmel davor verblaßte. Und darin war ein Abbild der Konstellation des Orion, des gewaltigen Jägers, den Juss zum Hüter seines Geschickes erkoren; und die Sterne, wie die unter dem goldnen Baldachin des großes Audienzsaales, waren Juwelen, die aus eigner Kraft leuchteten, und doch kein totes Holz, das in der Dunkelheit glomm. Denn Beteigeuze war ein funkelnder Rubin, ein Diamant war Rigel und helle Topase die übrigen Sterne. Die vier Pfosten des Bettes waren oben so dick wie der Oberarm eines Mannes, weiter unten aber so dick wie ein Männerleib und zu Vögeln und Tieren ausgebildet: am Fuße des Bettes ein Löwe als Sinnbild des Mutes und eine Eule für Weisheit, am Kopfende ein Wolfshund für Treue und ein Eisvogel für Lebensglück. In die Randleiste des Bettes und das kopfseitige Wandstück waren Reliefs eingearbeitet, welche die kühnen Taten des Fürsten Juss zeigten; auf dem letzten Relief war seine Seeschlacht gegen die Ghulen zu sehen. Rechts vom Bette stand ein Tisch mit alten Liederbüchern und Büchern über die Sterne und Kräuter und Tiere und mit Reisebeschreibungen, und dort pflegte Juss sein Schwert aufzubewahren, während er schlief. Alle Wände waren mit einem dunklen, süß duftendem Holz verkleidet, und Rüstung und Waffen hingen daran. Mächtige Truhen und Kästen mit goldenen Bändern und Beschlägen standen an der Wand; darin pflegte er seine kostbaren Gewänder aufzubewahren. Nach Westen und Süden öffneten sich Fenster, und auf jedem Fenstersims stand eine Vase aus hellgrüner Jade, mit weißen Rosen gefüllt, und die Luft, die von außen hereindrang, war getränkt mit ihrem Wohlgeruch.

Als der Hahn krähte, kam ein Traum über Fürst Juss, trat neben sein Haupt und berührte seine Augen, so daß er vermeinte, sie aufzuschlagen und sich umzuschauen. Und er wähnte eine abscheuliche Kreatur zu sehen, wie ein Drache in Flammen gehüllt, die sich in seinem Gemach zu schaffen machte, vielköpfig und widerwärtiger als alles, das er je im Leben gesehen, und ringsum deren fünf Jungen, ähnlich ihrer selbst, doch kleiner. Und es schien Juss, daß anstelle seines Schwertes ein großer Speer von feinster Arbeit auf dem Tisch bei seinem Bette lag; und in seinem Traum schien ihm, daß dieser Speer sein ganzes Leben schon sein Eigen gewesen und sein größter Schatz sei und daß er mit ihm alles und ohne ihn kaum etwas erreichen könne. Er versuchte nach dem Speer zu greifen, doch irgendeine Macht hielt ihn zurück, und so sehr er sich auch abmühte, vermochte er sich doch nicht zu rühren. Aber die Kreatur nahm den Speer zwischen die Zähne und verschwand damit aus dem Gemach. Es schien Juss, daß die Macht, die ihn zurückhielt, mit dem Verschwinden des Untiers aus der

Kammer versiegte, so daß er aufsprang und Waffen von der Wand riß und gegen die Jungen des Ungeheuers anging, welche die gewirkten Behänge zerfetzten und mit ihrem feurigen Atem die Figur des Eisvogels am Kopfende des Bettes versengten. Und die ganze Kammer war erfüllt von beißendem Brandgeruch, und Juss dachte, seine Freunde seien bei ihm in der Kammer: Volle und Vizz und Zigg und Spitfyr und Brandoch Daha, die mit den Ungeheuern kämpften, und die Tiere obsiegten wider sie. Dann erschien es ihm, als spräche der Bettpfosten in Gestalt einer Eule mit Menschenstimme zu ihm: »O Tor, mit Recht sollst du des Lebens nimmer froh werden, holst du nicht den Speer zurück. Hast du vergessen, daß er allein dein größter Schatz und wertvollstes Unterpfand ist?«

Daraufhin erschien abermals jenes grimme und gräßliche Ungeheuer in der Kammer, und Juss stürzte sich darauf, wobei er der Eule zurief: »Wo, du garstige Eule, kann ich denn meinen Speer finden, den dies Untier versteckt hat?«

Und es war ihm, als antwortete die Eule: »Suche im Koschtra Belorn.«

So stürmisch war sein Traum, daß Fürst Juss beim Erwachen aus dem Bett geschleudert wurde, auf das Hirschfell am Boden, und seine rechte Hand umklammerte das Heft des großen Schwertes auf dem Tisch neben dem Bett, wo er in seinem Traum statt dessen eine Lanze gesehen. Tief erschüttert war er ob des Geschauten; und eilends kleidete er sich an und stürmte durch die dunklen Gänge zu Spitfyrs Schlafgemach, setzte sich auf sein Bett und weckte ihn. Und Juss erzählte ihm seinen Traum und und sprach: »Ich dünke mich frei von jeglicher Schuld; denn seit jenem Tage war allein dies meine Sorge, wie ich meinen geliebten Bruder wiederfinden und heimholen könnte, um erst dann Rache an den Hexen zu üben. Und was war dieser Speer in meinem Traum, wenn nicht Goldry? Diese Vision entzündet für uns ein Leuchtfeuer, das uns den Weg weist. Im Koschtra Belorn zu suchen wurde mir aufgetan, und bis das vollbracht ist, werde ich nimmer ruhen und an andres nicht einen Gedanken verschwenden.«

Spitfyr antwortete und sprach: »Du bist unser ältester Bruder, und ich werde dir folgen und gehorchen in allem, was du tun oder weisen wirst.«

Dann ging Juss ins Gästezimmer, wo Fürst Brandoch Daha schlief, und weckte ihn und erzählte ihm alles. Brandoch Daha kuschelte sich unter seine Decken und antwortete: »Laß mich, wie ich bin, und gib mir noch zwei Stunden Schlaf. Dann werd' ich aufstehen, mich baden und ankleiden, mein Morgenmahl einnehmen und mich dann mit dir beratschlagen und dir mancherlei zu deinem Gewinn sagen. Denn all die Wochen habe ich nicht in einem Federbett und Laken aus Kammertuch[5] geschlafen. Und wenn du mich jetzt nicht in Ruhe läßt, werde ich, bei Gott, sogleich mein Pferd nehmen und über den Steig nach Krothering reiten, und du und deine Angelegenheiten können zum Teufel gehen.«

Da lachte Juss und ließ ihn zufrieden. Und später, als sie gespeist hatten, spazierten sie über einen von Hecken gesäumten Weg, wo die Luft kühl und der violette Schatten auf dem Pfad mit hellen Sonnenflecken besprengt war. Fürst Brandoch Daha sprach: »Du weißt, daß der Koschtra Belorn ein gewaltiger Berg ist, neben dem unsre Gebirge in Dämonenland wie kleine Erdhaufen anmuten, und daß er sich in den äußersten Regionen der Erde jenseits der Öde von Oberwichtland erhebt, und du könntest ein ganzes Jahr die gesamte bewohnte Welt absuchen und nicht eine lebende Seele finden, welche ihn auch nur von ferne erblickt hat!«

»Soviel weiß ich«, sprach Fürst Juss.

»Bist du wirklich entschlossen, diese Reise anzutreten?« sprach Brandoch Daha. »Ist es nicht vielmehr unsrer unwürdig und ein Trost für unsre Feinde, daß wir also aufgrund eines Traumes zu fernen und gefahrvollen Länder fliehen sollten, statt Hexenland unverzüglich die Schande heimzuzahlen, die es uns angetan?«

Juss entgegnete ihm: »Ein heiliger Zauber obwaltet über mein Bett, so daß kein nichtiger Traum und keine dunkle Magie den Schlaf dessen stören können, der darin ruhet. Dieser Traum ist wahr. Für Hexenland ist noch Zeit genug. Wenn du nicht mit mir nach Koschtra Belorn gehen willst, dann muß ich ohne dich aufbrechen.«

»Genug«, sprach Brandoch Daha, »du weißt, für dich bind' ich meine Börse mit einem Spinnenfaden. Dann werden wir also gen Wichtland fahren, wenn es sein muß, und hierin kann ich dir helfen. Denn höre, was ich dir berichte: Als ich Gorice X. in Koboldland erschlug, gab mir Gaslark neben vielen andren Geschenken eine Rarität: eine Abhandlung in Buchform, die von seinem Sekretär Bhorreon kopiert wurde, worin alle Wege nach Wichtland aufgezeigt werden und welche Länder und Königreiche an der Moruna liegen und wie deren Grenzen verlaufen und welche Wunder dorten zu finden sind. Und alles, was in diesem Buche steht, wurde von Bhorreon sorgfältig niedergeschrieben, so wie Gro es ihm gesagt – derselbe Gro, der jetzo mit den Hexenländern gemeinsame Sache macht. Gro stand damals bei Gaslark in hohem Ansehn für die weiten Reisen, die er unternommen, und die Wunder, die er in diesen Landen gefunden hatte; und dies war für Gaslark auch der Beweggrund, jene Expedition nach Wichtland zu entsenden, die seine Macht so sehr schwächte und so elendiglich fehlschlug. So du also den Koschtra Belorn willst suchen, so begleite mich heuer heim in mein Schloß, und ich werde dir mein Buch zeigen.«

Also sprach Fürst Brandoch Daha, und Juss ließ alsgleich die Pferde satteln und sandte Boten aus zu Volle unter Kartadza und Vizz in Dunkelhohlstätten, sie möchten so rasch wie möglich in Krothering zu ihm stoßen. Es war vier Stunden vor Mittag, als Juss, Spitfyr und Brandoch Daha von Stormhöh aufbrachen und durch die Wälder des Mondgrundkessels zum Fuße des Sees hinabritten; von dort folgten sie dem Saumpfad nach Brechental, der am westlichen Ufer des Mondsees vorbei unter den Steilhängen des Riffgebirges entlangführt. Sie ritten langsam, denn heiß brannte die Sonne in ihrem Nacken. Glasglatt war der See und wie ein Türkis, und die birkenbestandenen Hänge und schroffen Gipfel von Staderfels und Budrafels spiegelten sich in seinen Tiefen. Links von ihnen drohten von hoch oben die aufgetürmten Bastionen des Riffgebirges, aus schwarzem Ergußgestein und gewaltig wie Riesenburgen, und zwischen den Ausläufern zogen sich kleine Schluchten und Täler empor, angefüllt mit monströsen Felsblöcken, zwischen denen die silbernen Birken wie winzige Gartenpflanzen wirkten. Über jene Täler erhoben sich einer hinter dem anderen die Hauptgipfel des Riffgebirges, wild und erhaben, und starrten finster zu den Reitern herab: Gremmelspitze, Michelriff und Illschober. Gegen Mittag waren sie bis zum Kopf des Brechentals hochgestiegen und legten auf dem Steig, knapp unterhalb der Wasserscheide und direkt an der steil aufsteigenden Nordwand des Ill Drennock, eine Ruhepause ein. Vor ihnen lag der Paß, der als dunkler Einschnitt ins Amadartal führte. Der tiefer gelegene Scheidersee erglänzte fünfzehn oder mehr Meilen entfernt im Westen, fast verborgen in Hitzedunst. Nicht ganz so weit entfernt lag im Nordwesten der Rammericksee, eingebettet zwischen die gerundeten Hügelrücken von Kelialand und das östliche Hochplateau der Ginsterheide mit dem Meer dahinter; und im Talgrund, wo das Transtal auf das Amadartal traf, konnte man die Dächer von Ziggs Landsitz in Vielbüschen ausmachen.

Als sie dort ankamen, war Zigg zur Jagd ausgeritten. So hinterließen sie also bei seiner Gattin eine Botschaft, nahmen einen Abschiedstrunk im Sattel und ritten weiter über den Scheiderseepfad und zwölf Meilen und mehr am Südufer des Scheidersees entlang. So gelangten sie ins Klaftertal, und von dort umrundete sie die westlichen Ausläufer des Aartors, und als die Schatten im goldnen Sommerabend länger wurden, erreichten sie den Hang von Krothering. Der Hang erstreckte sich sanft etwa vier Meilen nach Norden und grenzte dann an die Donnerföhrde, die wie gehämmertes Gold in der Sonne lag. Jenseits der Föhrde stiegen die Fichtenwälder der Westmark, alt wie die Welt, zum Dachsstiegkamm und Gemsenkamm empor: ein weitläufiges Amphitheater nackter Klippen und Geröllhalden, das den Ausblick im Norden beschloß. Hoch zur Linken thronten die Gipfel des Aartors; nach

Süden und Südosten erstreckte sich das Meer. So ritten sie also den Hang talabwärts über saftige, friedliche Weiden, wo weiße Margeriten, Glockenblumen und gelber Geißbart und Lichtnelken, tiefblauer Enzian, Odermenning, wilder Majoran, roter Klee, Ackerwinde und gelbe Butterblumen sich an der Sonne labten.[6] Und auf einer Felsterrasse, deren Abhänge steiler ins Meer abfielen, ragten die Onyxtürme[7] von Krothering über die Wälder und Gärten und zeichneten sich milchigweiß gegen den klaren Himmel und das weindunkle Meer ab.

Eine halbe Meile vom Schloß entfernt sprach Juss: »Seht, Fräulein Mevrian hat uns von weitem erspäht und reitet uns entgegen, um Brandoch Daha heimzuführen.«

Brandoch Daha spornte sein Roß an und kanterte voraus, um sie zu grüßen: eine Dame von graziler Gestalt und überaus schön anzusehen, mit mutiger Haltung wie ein Streitroß, sanften Zügen und freundlicher Miene, grauäugig und stolzäugig und mit feingeschwungenem Mund, doch nicht wie eine, die nur süße Worte sprechen kann. Aus ockergelber Seide war ihr Gewand und spinnwebartig mit Goldfäden bestickt das Mieder; den Hals zierte eine Spitzenkrause, mit Gold- und Silberdraht verstärkt und mit kleinen Brillanten besetzt. Ihr dichtes Haar, schwarz wie die Schwinge des Raben, war mit goldnen Nadeln hochgesteckt, und eine gelbe Rose, die in ihren Locken nistete, war wie der Mond, der hinter dunklen Nachtwolken hervorlugt.

»Vieles ist im Gange, geliebte Schwester«, sprach Fürst Brandoch Daha. »Einen König Hexenlands haben wir vernichtet seit unsrer Abreise; und Gast eines zweiten waren wir in Carcë, wenn auch unfreiwillig. All dies werde ich dir alsbald berichten. Nun führt unser Weg gen Süden, nach Wichtland, und Krothering ist nur unsre Karawanserei[8].«

Sie wendete ihr Pferd, und alle gemeinsam ritten sie in den Schatten der uralten Zedern, die am Nordrand der Wiesen und Lustgärten standen; stattlich, mit knochigem Geäst, erhoben sie ihre stumpfen Häupter gegen den Himmel. Zur Linken schlummerte ein mit Seerosen bedeckter Teich kühl unter mächtigen Ulmen, und nahe seinem Ufer schwamm ein schwarzer Schwan, gefolgt von seinen vier schlafenden Jungen, die den Kopf unter die Flügel gesteckt hatten, so daß sie aussahen wie Flocken von graubraunem Schaum, die auf dem Wasser trieben. In steilem Zickzack führte der Weg über die Anhöhe hinauf zum Burgtor, eingezäunt von niedrigen Balustraden[9] aus weißem Onyx, auf deren Hauptpfosten quadratische Pflanztöpfe aus Onyx standen, in welchen teils gelbe Rosen wuchsen, teils wundersame Blumen, groß und schlank, mit zarten, weißen muschelartigen Blütenblättern. Ein tiefes, geheimnisvolles Inneres hatten diese Blüten, einen dichten Kranz von weichen Haaren darinnen und dunkel darinnen ein samtiges Purpur, gefleckt mit Schwarz und Blutrot und einem Hauch von Gold.

Das Schloß des Fürsten Brandoch Daha auf der Anhöhe war von einem breiten und tiefen Wassergraben umgeben. Das Tor vor der Zugbrücke war aus vergoldetem und kunstvoll geschmiedetem Eisen. Torhaus und Wachttürme waren wie das ganze Schloß aus weißem Onyx, und links und rechts vor dem Tor stand ein kolossaler Hippogryph aus Marmor, mehr als dreißig Fuß hoch bis zum Widerrist[10]; und die Schwingen und Hufe und Klauen der Hippogryphen und ihre Mähnen und Stirnlocken waren mit Gold überzogen, und ihre Augen Garfunkelsteine von reinstem Glanz. Über dem Tor stand mit goldnen Lettern geschrieben:[11]

Yhr Prahler vnd Pa',
Nemmt üch in A'
Für Brandoch Daha!

Aber auch nur einen zehnten Teil der Wunder reich und schön in diesem Hause zu Krothering aufzuzählen: seine kühlen Höfe und Säulengänge, geschmückt mit kostbaren Edelsteinen und erfüllt vom Duft edler Gewürze und seltener Blumen; seine Schlafgemächer, wo der Geist des Schlafes, eingefangen wie Aphrodite in ihrem goldnen Netz, allzeit süßen Schlummer aus den Federn zu schütteln schien, daß keiner in jenen Räumen lange wach zu bleiben vermochte, sondern ihm alsbald die Lider schwer wurden; das Gemach der Sonne und das Gemach des Mondes und der große Mittelsaal mit seiner hohen Galerie und der Elfenbeintreppe – von all diesen Dingen zu sprechen hieße die Phantasie zu übersättigen mit einem Bild von allzu großer Pracht und Herrlichkeit.

Nichts tat sich bis zum Morgengrauen außer der Ankunft Ziggs vor Sonnenuntergang und der beiden Brüder Volle und Vizz in der Nacht, welche hart geritten waren, um Juss' Gebot zu willfahren. Am Morgen, nachdem sie ihr Tagesmahl eingenommen hatten, begaben sich die Fürsten von Dämonenland in die Lustgärten, und Fürstin Mevrian begleitete sie. Unter einer Pergola aus Zedernbalken, die auf Marmorsäulen ruhten und allesamt, Balken wie Säulen, mit dunkelroten Kletterrosen überwuchert waren, nahmen sie Platz und blickten gen Osten über die Gartenterrassen. Das Wetter war süß und angenehm, und dicker Tau lag auf den abgetreppten Rasenflächen, die, von Blumenbeeten eingefaßt, hinunter zum Fischteich führten. Das Wasser war wie ein silberner Spiegel, auf dem gelbe und karminrote Seerosen trieben, mit zum Himmel geöffneten Köpfen. Die Grüntöne und das Bunt der Blumen leuchteten warm und rein, doch zugleich weich und schattig, in den grauen Dunstschleier des Sommermorgens gehüllt.

Sie saßen hie und dort lauschend auf Stühlen und Bänken, nahe einem riesigen Kübel oder Becken aus dunkelgrüner Jade, worin in schmachtender Schönheit schwefelgelbe Lilien blühten, deren zurückgerollte Blütenblätter die purpurroten Staubbeutel freigaben; und die ganze Luft war erfüllt von ihrer Süße. Das große Jadebecken war rund und flach wie der Panzer einer Schildkröte und oben, wo die Lilien wuchsen, offen. Es war mit eingemeißelten Schuppen überzogen, als wäre es der Leib eines Drachen, und an einem Ende ragte mit aufgesperrtem Maul ein Drachenkopf empor, und am andren bog sich ein Drachenschwanz wie der Henkel eines Korbes hinüber, und ein kleinerer Kopf am Ende des Schwanzes reckte sich nach unten und biß in den großen Kopf. Vier Füße trugen das Becken, und jeder Fuß war ein kleiner Drache, der auf den Hinterbeinen stand und dessen Kopf mit dem Becken verwachsen war, wo die Hüfte oder Schulter sich mit dem Rumpf verbindet. Im der Nackenbeuge des Tieres saß, den Rücken gegen dessen Kopf gelehnt, Fürst Brandoch Daha mit anmutiger Gelassenheit; ein Bein berührte den Boden, das andre baumelte frei herab. Und in seinen Händen hielt er das Buch, in dunkles, gelbliches Ziegenleder und Gold gebunden, das er vor langer Zeit von Gaslark erhalten hatte. Zigg beobachtete ihn, wie er müßig die Seiten umblätterte, während die andren sich unterhielten. Er beugte sich zu Mevrian und flüsterte ihr ins Ohr: »Ist er nicht dafür geschaffen, die ganze Welt zu erobern, dein Bruder? Ein Mann, der keine Gefahr scheut, und dabei so schön anzuschaun, daß es ein Wunder ist?«

Ihre Augen tanzten. Sie sagte: »Es ist die reine Wahrheit, Euer Liebden.«

Nun ergriff Spitfyr das Wort und sprach: »Lies uns, so bitt' ich, aus Gros Buch; denn meine Seele brennt darauf loszuziehen.«

»'s ist ein wenig wirr geschrieben«, entgegnete Brandoch Daha, »und erschröcklich lang. Fast die halbe letzte Nacht habe ich damit verbracht, und es geht daraus wohl hervor, daß es keinen andren Weg zu jenen Bergen gibt als über die Moruna; und durch die Moruna führt – wenn Gro die Wahrheit spricht – nur ein einzger Weg, und zwar vom Golf von Muelva aus: ›Eine zwanzigtägichte Reiß von Noord gen Südoost.‹ Denn hier spricht er von Quellen am Wege, doch an andrer Stelle des Weges in der Öde, behauptet er, gäbe es keine Quellen, außer vergifteten, ›allwo das Wasser bradelt allwie in einem Kessel vnnd nach Sylphyr[12] vnd andern widerwertichten Substauncen schmeckit.‹ Und weiter: ›Auch brynget der Bodem hier keine Pflantzen und Pfrüchte herfür denn giftig Piltzen vnd Teuffelsdrökh.‹«

»Ob er die Wahrheit spricht?« meinte Spitfyr. »Er ist ein Wortbrüchiger und Renegado[13]. Weshalb drum nicht auch ein Lügner?«

»Weil er ein Philosoph ist«, entgegnete Juss. »Ich kannte ihn gut einstens in Koboldland, und ich halte ihn für ehrlich außer in politischen Angelegenheiten. Er ist ein hintersinniger Kopf und liebt gar sehr das Ränkeschmieden und Intrigieren, doch neigt er auf seltsame Weise stets der Verliererseite zu, wenn er in einen Zwist verwickelt wird; und das hat ihn oftmals ins Unglück gestürzt. Doch in diesem Reisebuch, so denke ich, muß er einfach die Wahrheit sagen, um sich selbst treu zu sein.«

Die Fürstin Mevrian warf Fürst Juss einen anerkennenden Blick zu und zwinkerte mit den Augen. Denn es stand ihr zu Gemüte, das Wesen von Männern so erkannt zu sehen.

»O Juss, Freund meines Herzens«, sprach Fürst Brandoch Daha, »deine Worte entspringen wie immer dem wahren Born der Weisheit, und ich will ihnen glauben, weil ich dir glaube. Dies Buch indes ist ein Führer, dem wir nicht überstürzt folgen werden, sondern wohlüberlegt wie erfahrene Krieger. Wenn also die richtige Straße nach Morna Moruna vom Golf von Muelva ausgeht, sollten wir dann nicht gleich dorthin segeln und unsre Schiffe in jenem Golf vor Anker gehen lassen, wo die Küste und das Binnenland unbevölkert sind, statt die näheren Häfen Niederwichtlands anzulaufen wie etwa Arlanmünde, wohin du und Spitfyr vor sechs Sommern fuhret?«

»Nicht nach Arlanmünde, nicht auf dieser Fahrt«, antwortete Juss. »Zwar fänden wir dort vielleicht Gelegenheit, hätten wir die Muße dazu, gegen die verfluchten Eingeborenen zu kämpfen, doch bedeutet jeder neue Tag Verzögerung einen weiteren Tag der Gefangenschaft für meinen Bruder. Die Prinzen und Fazen der Wichte haben viele stark befestigte Städte und Türme in dieser Küstengegend, und auf einer Insel des Flusses Arlan, in Orpisch, steht die große Festung des Fax Fay Faz, wohin Goldry und ich ihn von Lida Nanguna zurücktrieben.«

»Und zum Anlegen ist diese Küste zu rauh«, sprach Brandoch Daha und blätterte weiter. »Hier schreibt er: ›Das Obere Wychtland begynnet an der Westseyte der Arlan-Mynde vnd erstrecket sich bis zur Landtzunge Sibrion, vnd von dorten gen Syden um deren vij hundret M.len biß Corscht, wa die Seen nit von wolgesonnen Natür seind, vnd keine Häfen günstlich vnd geeygnet vor Schyppen.‹«

So, nach einigen Gesprächen und weiterem Forschen in Gros Buch beschlossen sie, daß dies ihr Plan sein sollte: durch die Straße von Melikaphkhaz und über das Didornische Meer nach Wichtland zu segeln, ihre Schiffe im Golf von Muelva zurückzulassen und auf direktem Wege durch die Wildnis nach Morna Moruna aufzubrechen, genau wie Gro es beschrieben hatte.

»Bevor wir das Buch beiseite legen«, sprach Brandoch Daha, »höret, was er über den Koschtra Belorn sagt. Diesen sah er von Morna Moruna, worüber er schreibt: ›Das Land ist eine wellichte Sandödten ohn Bäume vnd Ackerpfrüchte. Das Castel von Morna Moruna staht auf einer Höh, gleichwie am Ende der Welt, vnd darbt als Ruïne in den rauen Wettern. In Kriegszeyten wart das Kasteel entstecket, verherget vnd geschleifft[14] von Goreiß IV. von Heksenland. Vnd man sagt, das dero Bewohner Unschuldige vnd sanftgemuthe Wesen gewesen, die Goreisz in seinem Mutwillen außmerzte – ohn rechtlichen Grund. Er liß die gesammten Burger vor ihm spalieren vnd tödtete viele höchstselbicht mit dem Schwerthe; die übrigen liß er vber die steilen Felsen stürtzen, was nur wenige erlebten[15]. Selbige, so saget man, fleuchten in die unwirtbaren Wälder Bhaviniens, wo sie elendiglich umkamen. Ob dieser grausamen That, so saget die Legenda, wart der König in der Moruna mitsammt seinem Gefolg von Gheysten geschlücket, bis auff einen, welcher nach Hexenlandt fliehen kunnt, vmb die traurige Mähr[16] zu verbringen.‹ Und jetzt aufgepaßt: ›Von Morna Moruna aus gewahrte ich südwärtlich zween groszen Bergen, wol sechtzig M.len entferet, vmbrinckt von eisbedeckten Gebirchten: Coschtre Belourne der eine vnd der andre Koschtre Pivrarca. Vnd ich betrachtte sie ohn Vnterlaß bis zum Niedergang der Sonnen, vnd es war der schönste Anblick meines Lebens vnd das grösste Wunder, daß mir widerfahren. Daraufhin hielt ich, meiner Gewohnheyt gemäß, Zwiesprech mit den kleynen Creatüren, die dort in den Ruïnes vnd dem Genistel lebten: vnd unter ihnen war eines jener Vögeleyn, Martletten geheyßen, deren Beine so wintzig seind, das man sie kaum zu schawen vermöcht. Vnd dise kleine Merlotte, die in einem *frambousier* oder Hymbeer-Buschhe saß, erzählte mir, daß keyner lebend den Coschtra Beloorn mag ersteygen, sintemalen[17] die Mantichoren der Berge gewißlich sein Hyrn auffretzen, ehdem er den Gyppfel erreychet. Vnd wäre man so gelückicht, den Mantychoren zu entkummen, so küme man doch nimmer auf den Giebel, da keiner die Krafft habe, die riesigen Eysfelder und Steilwände zu erklimben, so er kein Zauberer ist; doch selbst wider alle schwartzen Künste ist dieser Berg gefeyt vnd unterwirft sich nur der Krafft vnd Weisheit allein, indes sprach ich bereits, daß diese nit genvgen, die Ys- vnd Felzödten zu erklimben.‹«

»Was wohl jene Mantichoren der Berge sind, die Menschenhirne fressen?« fragte die Fürstin Mevrian.

»Das Buch ist so vorzüglich geschrieben«, antwortete ihr Bruder, »daß die Antwort auf deine Frage gleich auf der nächsten Seite steht: ›Die Mantichora[18], was soviel heisst wie Menschen-Fretzer, west in den oberen *regiones* der Bergen vnterhalb der Fyrnfelder. Dis seind monströse Thieren, greußlich vnnd voll Schricken, Feindte der

Menschheyt, von eyner rothen Farb, mit ij Reyen von risengroszen Zehnen in ihren Meulen. Sie hat eines Menschen Häupt, Äugen gleich einer Gheiß, eines Lewen Leip mit scharffen Stachlen vun hindten. Vndt dero Sterz ist der Schweyff Scorpionis, von bluthroter Farbe und mit grvnen Dolchzehnen bewehrt. Sie achtet der Gefahr nit vnd gehet stets zum Angriff für. Vnd dero Stimme gleycht dem Bryllen von x Löffen.‹«

»Diese Tiere«, sprach Spitfyr, »machen mich richtig neugierig. Ich werde Euch, Madame, ein Junges mitbringen, das Ihr in Eurem Hof an die Kette legen könnt.«

»Woraufhin unsre Freundschaft ein Ende finden wird, Vetter«, antwortete Mevrian und streichelte den kleinen Krallenaffen auf ihrem Schoß. »Was sich von Gehirn ernährt, würde in Dämonenland Nahrung im Überfluß finden und sich bald über das ganze Land ausbreiten.«

»Dann nach Hexenland damit«, sprach Zigg. »Wo es, nachdem Gro und Corund verspeist, ein paar Happen am König finden und dann mangels rechter Nahrung erbärmlich verhungern würde.«

Juss erhob sich. »Du und ich und Spitfyr«, sprach er zu Brandoch Daha, »müssen uns ans Werk machen und unsere Truppen sammeln, denn schon ist der Sommer zur Hälfte vorüber. Ihr, Vizz, Volle und Zigg, müßt den Schutz unsres Landes übernehmen. Wir benötigen für diese Reise mindestens zweitausend Schwerter.«

»Wie viele Schiffe, Volle«, fragte Fürst Brandoch Daha, »kannst du uns geteert und kalfatert[19] stellen, ehr dieser Mond vorüber ist?«

»Vierzehn haben wir«, antwortete Volle, »und in Sichthaven liegen zehn Kiele auf den Hellingen, und neun weitere hat Spitfyr daheim in Uhlswick im Bau.«

»Insgesamt dreiunddreißig«. sprach Spitfyr. »Du siehst also, wir haben nicht nur Däumchen gedreht, während ihr fort wart.«

Juss ging mit großen Schritten auf und ab; seine Stirn war gerunzelt und sein Gesicht verkniffen. Nach einer Weile sprach er: »Laxus hat vierzig Kriegsschiffe. Ich bin nicht so verblendet, ohne eine Streitmacht in Wichtland einzufallen; doch sollten unsre Widersacher gegen uns ins Feld ziehen, wären wir sowohl daheim als auch in der Fremde zu schwach, ihren Angriff abzuwehren.«

Volle sprach: »Von diesen neunzehn Schiffen, die im Bau sind, können allenfalls zwei binnen Monatsfrist vom Stapel laufen und nur sieben innerhalb weiterer sechs Monate, wie sehr wir die Arbeit auch vorantreiben.«

»Die Zeit verstreicht, und mein Bruder siecht in Ketten dahin. Wir müssen aufbrechen, ehr ein weiterer Mond sich rundet«, sprach Fürst Juss.

Volle entgegnete: »Dann segelst du mit sechzehn Schiffen, o Juss; und uns verbleibt daheim kein einziges, bis weitere vom Stapel gelassen werden können.«

»Wie können wir euch so zurücklassen?« rief Spitfyr

Brandoch Daha aber sah zu seiner Schwester, begegnete ihrem Blick und war's zufrieden. »Die Entscheidung ist leicht«, sprach er. »Wenn wir das Ei essen wollen, brauchen wir nicht lange zu debattieren, ob die Schale heil bleiben soll.«

Mevrian erhob sich lächelnd und sprach: »So laßt uns zu einem Entschluß kommen, meine Herren.« Und ihr Blick wurde ernst, und sie sagte: »Soll man Spottverse über uns dichten, daß wir von Dämonenland, die überall als die mächtigsten Herren der Welt angesehen und geachtet werden, ängstlich von diesem dringend notwendigen Unternehmen absehen, weil wir befürchten, unsre Widersacher möchten uns, wenn unsre großen Feldherrn in die Fremde auszogen, im Augenblick der Schwäche in den Rücken fallen? Es soll von uns Frauen Dämonenlands nimmer gesagt werden, daß wir ein solches Ansinnen gutgeheißen hätten.«

Kapitel IX

Die Berge von Salapanta

Von der Landung des Fürsten Juss und seiner Gefährten im äußren Wychtlande und der Begegnung derselben mit Zeldornio, Helteranio und Jalcanaio Fosto; und von der Märe, die ihnen durch Mirvasch zuteil ward; und von den Taten jener drei großen Heerführer auf dem Felde von Salapanta.

Am einunddreißigsten Tag nach jenem Rate zu Krothering stach in Sichthaven die Flotte Dämonenlands in See: elf Drachenschiffe und zwei große Knorren[1], mit Kurs auf die fernsten Meere der Erde, auf der Suche nach dem Fürsten Goldry Bluszco. Achtzehnhundert Dämonen nahmen an dieser Ausfahrt teil, und jeder von ihnen ein ausgebildeter Soldat. Fünf Tage lang ruderten sie gen Süden auf windstiller See, und am sechsten Tage tauchten an Steuerbord voraus die Seeklippen von Koboldland aus dem fernen Dunst auf. Sie ruderten weiter südwärts, an der Küste entlang, und am zehnten Tage nach dem Auslaufen aus Sichthaven passierten sie die Spitze von Ozam und segelten dann vier Tage lang mit einem günstigen Wind über das offene Meer nach Sibrion. Aber nun, da sie jenes düstere Kap umrundet hatten und auf Ostkurs entlang der Küste von Oberwichtland gingen und weniger als zehn Tagesreisen zwischen ihnen und ihrem Hafen in Muelva lagen, wurden sie plötzlich von einem heftigen Sturm überrascht. Vierzig Tage trieb er sie im Hagel und Schneeregen auf schwerer See umher, ohne einen Stern, ohne einen Kurs, bis in einer wilden Nacht in Wind und Dunkelheit und tosenden Wassern Juss' und Spitfyrs Schiff und vier andre auf die Felsen einer Leeküste geworfen wurden und zerschellten. Mit Mühe und nach einem schweren Kampf gegen die mächtigen Brecher gelang es den beiden Brüdern, verletzt und erschöpft, das rettende Ufer zu erreichen. Im ungastlichen Licht eines nassen und windigen Morgens musterten sie am Strand ihre dem Rachen des Meeres entronnenen Mannen, und sie zählten deren dreihundertunddreiunddreißig.

Spitfyr, der sich indessen umgeblickt hatte, hub an und sprach: »Diese Gegend weckt in mir unangenehme Erinnerungen, wie der bloße Anblick von Sauermost[2] den Mund eines jeden zusammenzieht, der davon gekostet hat«, und er wies dabei auf das Land. »Weißt du, wo wir sind?«

Juss betrachtete die niedrige Küstenlinie, die nördlich und westlich in eine trichterförmige Flußmündung auslief und sich nach Westen hin in Gischt und Nebel verlor. Hie und da kreisten Vögel über den Wellenkämmen. Er sprach: »Fürwahr, das ist Arlanmünde, wo ich am wenigsten an Land zu kommen hoffte, noch dazu mit einer so kleinen Schar von Männern. Dennoch soll sich hier beweisen, wie es stets gewesen, daß für uns alle mißlichen Umstände nur Sprossen der Leiter des Ruhmes sind, die es zu erklimmen gilt.«

»Unsre Schiffe sind verloren«, rief Spitfyr, »und der Großteil unsrer Streitmacht und, am schlimmsten von allem, Brandoch Daha, der zehntausend Mann aufwiegt. Leichter wird eine kleine Ameise diesen Ozean austrinken, als daß uns unser Vorhaben gelingen mag«, und er fluchte und lästerte die Götter und rief: »Verdammt sei die grausame See, die unsre Macht brach und uns nun an diese Küste schwemmte, zu unserem Verderben, und so dem hexenländischen König einen großen Dienst erwiesen hat, der übrigen Welt aber den Schaden.«

Doch Juss antwortete ihm: »Glaub nicht, daß diese widrigen Winde ein Zufall oder der Einfluß böser Sterne waren. Dieser Sturm bläst aus Carcë. So wie jede Welle, die du siehst, Sog und Widersee hat, so folget jeder Sendung ein Sog von Unheil, welcher zwar an sich weniger gefährlich ist, aber dennoch viele ertränkt und fortgerissen hat, die dem ersten Brecher unwankbar widerstanden. So waren wir zweimal seit jenem Tag dem Verderben nahe: das erste Mal, als unser Urteilsvermögen von einer seltsamen Verwirrung getrübt war und wir mit Gaslark gegen Carcë zogen; und jetzt, als dieser Sturm uns bei Arlanmünde an Land schleuderte. Obzwar ich durch meine Kunst des Königs Sendung abwehren konnte, so hilft doch mein Zauber nicht gegen diesen unheiligen Sog, noch ist dagegen irgendein Kraut gewachsen.«

»Ist dem so, und es ficht dich nicht an?« sprach Spitfyr.

»Mäßige dich«, sprach Juss. »Der Sand in dieser Uhr läuft aus. Eine gewisse Zeit nur strömt diese Woge des Unheils; jetzt dürfte sie sich nahezu verausgabt haben, und es wäre für Gorice zu gefährlich, abermals einen Zauber zu wirken so wie im letzten Mai in Carcë.«

»Woher willst du das wissen?« fragte Spitfyr.

»Ich weiß es nicht, ich vermute es«, antwortete Juss, »aufgrund meiner Studien gewisser prophetischer Texte, die Herren seines Geschlechts und Hauses betreffend. Es läßt sich daraus folgern, aber eben nicht gewiß, sondern nur in Rätseln: Falls ein und derselbe König, so er ein zweites Mal ein derartig Unterfangen betreibet, beim Zaubern fehlen sollte und die Mächte der Finsternis ihn vernichten, ist nicht nur sein Leben verwirkt – wie es Gorice VII. beim ersten Versuche erging –, sondern das ganze Haus Gorice wird für immer ein Ende finden, welches so viele Generationen zu Carcë regieret hat.«

»Nun denn«, sprach Spitfyr, »machen wir das Beste daraus. Alte Misthaufen mögen letztlich noch erblühen.«

Neunzehn Tage lang marschierten die beiden Brüder und ihre Mannen ostwärts durch Niederwichtland: zuerst durch eine Gegend sich träge dahinschlängelnder Flüsse und schilfreicher Seen ohne Zahl, dann über wellichtes Hochland und ebenen Grund. Schließlich erreichten sie an einem Abend eine Heidelandschaft, die im Osten anstieg und in einer felsigen Bergkette gipfelte. Die Berge waren weder hoch noch steil, wohl aber sehr zerklüftet, und ihre Oberfläche war mit Schroffen und Felsen durchsetzt, ein Labyrinth kleiner Gipfel und Täler, überwuchert von Heidekraut und Farn und spärlichem, trockenem Gras, mit verkümmerten Dornbüschen und Wacholdersträuchern in den Felsspalten. Auf dem Bergkamm, wie auf einem Pferderücken reitend und nach Westen in die untergehende rote Oktobersonne und nach Süden zu der fernen Wasserlinie des Didornischen Meeres schauend, erhob sich ein Broch[3], alt und verlassen; und einer saß unter dem Torbogen. So groß war ihre Freude, daß ihnen das Herz im Leibe sprang, als sie ihn erkannten; denn es war kein andrer als Fürst Brandoch Daha.

So schlossen sie ihn in die Arme wie einen, der jenseits aller Hoffnung aus dem Grabe erstanden war. Und er sprach: »Durch die Straße von Melikaphkhaz wurde ich getrieben und strandete schließlich an der einsamen Küste wohl dreißig Meilen südlich von hier, wohin ich allein mich durchkämpfte, nachdem ich mein Schiff und all meine lieben Gefährten verloren hatte. Es stand mir im Sinn, daß ihr auf dem Weg nach Muelva an dieser Stelle vorbeikommen würdet, wenn ihr an den äußeren Küsten Wichtlands Schiffbruch erlittet.«

Und er fuhr fort: »Höret, und ich will euch ein Wunder berichten. Sieben Nächte harrte ich eurer in diesem Nistplatz für Dohlen und Eulen. Und dieser Ort erwies sich als eine Karawanserei für große Heere, die auf dem Weg durch die Wildnis vorüberziehn, und nachdem ich mit zweien gesprochen, erwarte ich nunmehr das dritte. Denn mich dünkt, hier habe ich ein großes Geheimnis aufgedeckt, über das sich viele kluge Denker in den letzten Jahren den Kopf zerbrachen. Denn als ich hierher kam und die Sonne wie jetzt tief am Horizont stand, erblickte ich eine Armee, die mit wehenden Bannern und Trommelschlag aus dem Osten aufmarschierte. Wobei ich mir dachte: Sind das Feinde, so sterbe ich einen ehrenvollen Tod; sind es Freunde, dann bedeutet es frische Nahrung aus den schweren Bagagewagen, die dem Heer nachfolgen. Ein gewichtiges Argument, denn außer bitteren Nüssen und Beeren der weiten Flur hatte ich nichts Eßbares auch nur zu riechen bekommen, seit das Meer mich an Land warf. So stieg ich also in meiner Wehr auf die Mauern dieses Turmes und winkte ihnen und rief sie an, mir ihre Absicht kundzutun. Und der, welcher ihr Anführer war, ritt unter die Mauern und grüßte mich mit aller Höflichkeit und edlem Gebaren. Und wer, glaubt ihr, war's?«

Keiner gab eine Antwort.

»Einer«, sprach er, »der landauf, landab geachtet ward als wunderbar mutiger und tapferer Kriegsmann. Habt ihr jenes Unternehmen Gaslarks vergessen, das in Wichtland sein Ende fand?«

»War er klein und dunkel«, fragte Juss, »wie ein um Mitternacht plötzlich gezückter Dolch? Oder prächtig wie eine mit bunten Wimpeln gezierte Lanze bei einer Tjoste[4] am festlichen Tage? Oder war er gefährlich anzuschaun wie ein altes Schwert, rostig in der Mitte, aber hell glänzend an Spitze und Schneide, welches am verheißenen Tage zu großen Taten ans Licht gezerrt wird?«

»Dein Pfeil trifft in den dreifachen Ring der Scheibe«, sprach Fürst Brandoch Daha. »Groß von Wuchs war er und aufgeputzt wie ein prächtiger Pfau in seiner Kriegsrüstung; und ein großer pechschwarzer Hengst trug ihn. So sprach ich freundlich zu ihm und sagte: ›O allerherrlichster, göttlicher Helteranius, Sieger in hundert Schlachten, was tust du all die Jahre mit dieser großen Streitmacht in Niederwichtland? Und welch dunkler Magnet hält dich hier fest, seit du mit Zeldornius und Jalcanaius Fostus vor nunmehr neun Jahren unter großem Hörnerschall und Donner von Pferdehufen auszogest, um Wichtland zum Fußschemel Gaslarks zu machen? Alle Welt hält euch für verschollen und tot.‹ Und er sah mich mit seltsamem Blick an und antwortete und sprach: ›O Brandoch Daha, die Welt geht ihren Lauf nach ihrem eignen törichten Willen, ich jedoch habe immer nur mein Ziel vor Augen. Seien es neun Jahre oder nur neun Monde oder gar neun Äonen, was kümmert's mich? Zeldornius will ich stellen und eine Schlacht gegen ihn austragen, der so feige vor mir flieht. Iß und trink mit mir heute abend, aber glaube nicht, mich zu müßigen Gedanken verleiten und von meinem Ziele abbringen zu können. Denn im Morgengrauen muß ich weiterziehen, hinter Zeldornius her.‹

So aß und trank ich mit Helteranius in seinem Zelt aus Seide und

Gold. Und im Morgengrauen brach er mit seiner Armee nach Westen auf.

Und am dritten Tage, da ich vor diesem Gemäuer saß und euer langsames Kommen verfluchte, sah ich abermals eine Armee aus dem Osten aufmarschieren, und der sie anführte, ritt auf einem kleinen braunen Pferd; und er war angetan mit einer schwarzen Rüstung, die glänzte gleich einer Rabenschwinge, mit schwarzen Adlerfedern auf seinem Helm und Augen wie den Augen einer Wildkatze, voll funkelnden Feuers. Klein von Wuchs war er und wendig wie ein Wiesel, und sein Antlitz war wild. Ich rief ihn an, von wo ich saß, und sprach: ›O verehrungswürdiger, großmächtiger Jalcanaius Fostus, siegreich über viele Heere, wohin ziehest du über diese einsame Öde mit deiner großen Streitmacht?‹ Und er stieg aus dem Sattel und nahm mich mit beiden Händen an den Armen und sprach: ›Wenn man träumt, mit einem Toten zu sprechen, so bedeutet das Glück. Denn bist du nicht von den Toten, o Brandoch Daha? Wie Blumen in einem verwilderten Garten nach gar vielen Jahren, so blühest du in meiner Erinnerung, groß unter den Großen der Welt, du und dein Haus zu Krothering über dem Meeressaum im gebirgichten Dämonenland. Doch wie ein wogendes Meer liegt Vergessenheit zwischen mir und jenen Tagen; und das Tosen der Brandung umfängt meine Ohren, und die Gischt des Meeres verdunkelt meine Augen, welche nach jenen Zeiten und ihren großen Taten Ausschau halten. Um jener toten Tage willen indes, iß und trink mit mir in meinem Zelt, das ich für eine Nacht erneut hier auf den Hügeln von Salapanta aufschlage. Schon morgen werde ich weiterziehen. Denn nie mag Ruhe meiner Seele Balsam bringen, bis ich Helteranius gefunden und ihm den Kopf vom Rumpf getrennt habe. Schande über ihn, doch ein Wunder ist es kaum, daß er vor mir fortläuft wie ein Hase. Denn schon immer waren Verräter auch Feiglinge. Und wer hat je von einem schlimmeren, übleren und verabscheuungswürdigeren Verräter gehört denn ihm? Vor neun Jahren, als Zeldornius und ich uns bereit machten, unsren Zwist auf dem Schlachtfeld auszutragen, wurde mir in einer glücklichen Stunde zugetragen, daß dieser Helteranius mit der List einer Natter, der Bosheit einer Viper und der Verschlagenheit einer Otter dabei war, mir in den Rücken zu fallen. So drehte ich mich um, ihn zu zerschmettern, doch dieser Hasenfuß hatte sich bereits davongemacht.‹

Und ich aß und trank mit ihm in dieser Nacht, und im Morgengrauen brachen sie die Zelte ab und zogen gen Westen davon.«

Brandoch Daha verstummte und blickte ostwärts zu den Toren der Nacht. Und siehe, eine Armee kam herbeigezogen aus den Niederungen, Reiter und Fußvolk in Reih und Glied, und voran ritt auf einem großen braunen Pferd ihr Anführer. Langgliedrig und hager war er, und seine staubige, rostige Rüstung wies viele Beulen und Kerben von zahllosen Kämpfen auf. Er trug seinen Topfhelm[5] am Sattelknauf und ritt barhäuptig. Sein Kopf war wie der eines alten, zähen Jagdhundes: die weißen Haare nach hinten gestrichen aus einer durchfurchten Stirn, auf der sich blaue Adern zeigten; großnasig und knochig war sein Gesicht, mit einem großen, buschigen weißen Schnurrbart und ebensolchen Brauen und blauen Augen, die wie aus tiefen Höhlen leuchteten. Tückisch sah sein Pferd aus, mit zurückgelegten Ohren und gefährlichen, blutunterlaufenen Augen; und jener im Sattel saß aufrecht und fest wie eine Lanze.

Als er und seine Armee auf dem Kamm angekommen waren, ließ er anhalten und rief die Dämonen an, und er sprach: »An jedem neunten Tag habe ich seit nunmehr neun Jahren diesen einsamen Ort gesehen, derweil ich Jalcanaius Fostus nachfolgte, der vor mir auf der Flucht ist; und das ist seltsam, war er doch stets ein großer Kämpfer und seinerzeit erpicht darauf, sich mir zur Schlacht zu stellen. Jetzt aber fürchte ich, daß das Alter einen Schleier über meine Augen legt, als Zeichen des nahenden Todes, ehr ich mein Werk vollenden kann. Denn hier im ungewissen Licht des Abends steigen vor mir Gestalten und Trugbilder auf, Gästen zu Zaje Zaculo in längst vergangenen Zeiten gleich, alte Freunde Gaslarks aus dem gebirgichten Dämonenland: Brandoch Daha, der den König von Hexenland erschlug, und Spitfyr von Uhlswick und Juss, sein Bruder, welchselbiger die Herrschaft über alle Dämonen innehatte, da wir gen Wichtland zogen. Geister und Wiedergänger einer vergessenen Welt. Doch wenn ihr tatsächlich aus Fleisch und Blut seid, so sprecht und gebt euch zu erkennen.«

Juss antwortete ihm: »O vielgerühmter Zeldornius, unbezwingbar im Kriege, wohl könnte man meinen, in diesen stillen Hügeln in der Stunde der Dämmerung Geister von Toten wandeln zu sehn. Und wenn du uns dergleichen wähnst, wieviel mehr müssen dann wir, die wir Wanderer sind, jüngst als Schiffbrüchige dem hungrigen Meer entronnen, dich für einen Schatten und dies mächtige Heer für Geister der Verstorbenen ansehn, die aus dem Erebos[6] emporsteigen, wenn das Licht erstirbt?«

»O vielgerühmter und allseits geehrter Zeldornius«, sprach Brandoch Daha, »du warst einst mein Gast in Krothering. Um deine und unsre Zweifel zu zerstreuen, bitte uns zu Tisch. Es wäre fürwahr höchst seltsam, wenn körperlose Wesen Wein trinken oder gebratenes Fleisch verzehren könnten.«

Also ließ Zeldornius seine Zelte aufschlagen und lud die Fürsten von Dämonenland für die fünfte Stunde vor Mitternacht zum Gastmahl. Bevor sie zu seinem Zelt gingen, hielten sie Rat untereinander, und Spitfyr sprach: »Hat man je von einem solchen Wunder gehört oder von einem so elendigen Streich des Schicksals, welcher diese großen Feldherren dazu bringt, den Rest ihrer Tage in dieser entlegenen Öde zuzubringen? Glaubt mir, das kann nicht mit rechten Dingen zugehn, daß sie diese langen Jahre einander im Kreise folgen, derweil jeder den einen flieht, der ihn stellen möchte, und den anderen jagt, der vor ihm flieht.«

»Niemand hat einen Blick wie Zeldornius«, sprach Juss, »so er nicht verwunschen ist.«

»Diesen Blick«, sprach Brandoch Daha, »sah ich auch bei Helteranius und Jalcanaius Fostus. Würden wir diesen Bann brechen, könnten wir sie wohl um Hilfe ersuchen. Sollen wir dem alten Löwen heut nacht reinen Wein einschenken?«

Also sprach Fürst Brandoch Daha, und die beiden Brüder hießen seinen Rat gut. Und so, beim Gastmahl, als alle satt und zufrieden waren, setzte Fürst Juss sich neben Zeldornius und eröffnete ihm die Angelegenheit mit den Worten: »O vielgerühmter Zeldornius, wie kam es, daß du nun schon seit neun Jahren Jalcanaius Fostus verfolgst, den Bezwinger vieler Armeen, und was war der Anlaß deines Hasses?«

Zeldornius sprach: »O Juss, muß ich dir in dieser Sache, die von den hohen Sternen und Schicksalsmächten bestimmt wird, mit Vernunftgründen antworten? Es sollte dir genügen, daß Unfrieden zwischen mir und dem kriegsmächtigen Jalcanaius entflammte und wir uns einigten, den Zwist auf dem Feld der Ehre auszutragen. Aber er stellte sich mir nicht, und seit neun Jahren versuche ich nun vergeblich, ihn aufzuspüren.«

»Da gab es noch einen Dritten«, sprach Juss. »Welche Kunde hast du von Helteranius?«

Zeldornius antwortete ihm: »Keine.«

»Willst du«, sprach Juss, »daß ich dir berichte, was ich weiß?«

Zeldornius sprach: »Du und deine Freunde habt als einzige aus der weiten Welt zu mir gesprochen, seit dies alles begann. Denn jene, die diese Region bewohnten, sind vor vielen Jahren geflohen, weil sie diesen Ort für verflucht hielten. Ein armseliger Haufen war das, nicht mehr denn Strohpuppen für unsre Klingen. So sprich also, wenn du mir gut bist, und sage mir alles.«

»Helteranius«, sprach Fürst Juss, »verfolgt dich seit neun Jahren, so wie du Jalcanaius Fostus verfolgst. Mein Vetter hier hat ihn erst vor sechs Tagen gesehen, an eben diesem Ort, und er sprach mit ihm, schüttelte ihm die Hand und hörte ihn an. Gewißlich steht ihr alle drei unter einem Bann, daß ihr als alte Waffenbrüder von einst einander so sonderbar und aus so nichtigem Grund nach dem Leben trachtet. Ich bitt' dich, laß uns Mittler sein zwischen euch dreien, um euch wieder zu versöhnen und aus dieser seltsamen Knechtschaft zu befreien.«

Doch bei diesen Worten war Zeldornius blutrot geworden. Nach einer Weile sprach er: »Das wäre Verrat. Das kann ich nicht hinnehmen.«

Aber Fürst Brandoch Daha entgegnete ihm: »Aus seinem Munde vernahm ich's mit eignen Ohren, o Zeldornius. Ich gebe dir mein Wort darauf. Und darauf, daß Jalcanaius Fostus vor neun Jahren, wie er mir selbst gesagt und mit schrecklichen Eiden bekräftigt hat, davon abgehalten wurde, mit dir zu kämpfen, weil ihm zugetragen wurde, daß Helteranius zur gleichen Stunde beabsichtige, ihm in den Rücken zu fallen.«

»Ja«, sprach Spitfyr, »und seit jenem Tage folgt er Helteranius' Spur, wie du der seinen folgst.«

Bei diesen Worten war Zeldornius gelb wie altes Pergament geworden, und sein Schnurrbart sträubte sich wie die Barthaare eines Löwen. Er saß eine Weile stumm, dann richtete er den kalten, starren Blick seiner blauen Augen auf Juss. »Die Welt kommt zu mir zurück«, sprach er. »Und die Erinnerung mitdem, daß die von Dämonenland allzeit die Wahrheit sprachen, ob zu Freund oder Feind, und Lug und Trug ihnen stets als Schande galt.« Alle verneigten sich ernst. »Dieser Helteranius sinnt, wie es scheint, auf denselben Verrat gegen mich, dessen er fälschlich gegen Jalcanaius Fostus angeklagt wurde. Und es gibt keinen geeigneteren Ort, ihn zu zermalmen, als diese Hügel von Salapanta. Wenn ich hier Aufstellung nehmen lasse und seinen Angriff abwarte, dann habe ich den Vorteil des Geländes, und Jalcanaius, der ihm auf den Fersen folgt, kann die Reste aufsammeln, nachdem ich mein Schlachtfest gefeiert habe.«

Brandoch Daha flüsterte in Juss' Ohr: »Unser Friedensangebot nimmt eine unerwartete Wendung. Es liegt auf dem Rücken und streckt höchst undamenhaft die Füße in die Luft.«

Doch was sie auch sagten, Zeldornius ließ sich von seinem Vorhaben nicht abbringen. So boten sie ihm schließlich ihre Unterstützung an. »Und wenn der Sieg dein ist, sollst du uns deine Hilfe bei unsrem Unterfangen gewähren und dich im bevorstehenden Krieg gegen Hexenland mit uns verbünden.«

Zeldornius aber sprach: »O Juss und ihr Fürsten von Dämonenland, ich schulde euch Dank; aber ihr solltet euch nicht in diesen Zwist einmischen. Denn zu dritt kamen wir mit unsren Heerscharen in dies Land und unterwarfen es uns. Unser ist es und bleibt es, und wenn einer sich in unsre Angelegenheiten mengt, müßten wir uns wider ihn zusammentun und ihn vernichten, wären wir auch noch so sehr verfeindet. So nehmet denn Abstand und schauet und seht zu, was das Schicksal auf den Hügeln von Salapanta hervorbringen wird. Und wenn ich dies überlebe, so sollt ihr hernach meiner Freundschaft und meiner Hilfe in all euren Anliegen gewiß sein.«

Eine Zeitlang saß er schweigend da und krampfte die sehnigen, geäderten Hände auf dem Tisch zusammen; dann erhob er sich und trat ohne ein Wort hinaus aus dem Zelt, um den Sternenhimmel zu betrachten. Nach einer Weile wandte er sich um und sprach zu Juss: »Wisse, als dieser letzte Mond drei Tage alt war, befiel mich ein Katarrh oder ein Rheuma[7], an dem ich immer noch leide, und wohl wissest du, daß einer, der am dritten Tage des Mondes krank wird, des Todes ist. Heute haben wir zudem Neumond, und es ist ein Samstag; und das bedeutet Kampf und Blutvergießen. Und der Wind weht von Süden; und einer, der den Kampf bei Südwind beginnt, wird den Sieg davontragen. Mit solchen guten und bösen Zeichen öffnet sich vor mir die Tür des Schicksals.«

Bis spät in die Nacht saßen sie im Zelt des vielgerühmten Zeldornius und tranken und redeten über das Leben und das Schicksal, über alte Kriege und Heldentaten und über große Abenteuer; und eine Stunde nach Mitternacht trennten sie sich, und Juss und Spitfyr und Brandoch Daha zogen sich auf ihr Ruhelager im Broch auf dem Kamm von Salapanta zurück.

So verstrichen drei Tage: Zeldornius wartete mit seiner Armee auf dem Berg, und am Abend leisteten die Dämonen ihm Gesellschaft. Und am dritten Tage ließ er sein Heer in Stellung gehen, um auf Helteranius vorbereitet zu sein. Aber weder dieser Tag noch der nächste, noch der übernächste brachte Anblick oder Kunde von Helteranius, und sie verwunderten sich sehr und fragten sich, welche Wende des Schicksals ihn aufgehalten haben könnte. In der sechsten Nacht war der Himmel bewölkt, und eine trübe Finsternis bedeckte das ganze Land. Als das abendliche Mahl beendet war und die Dämonen sich zu ihrem Schlafplatz zurückbegaben, hörten sie ein plötzliches Gewühl und Handgemenge und dann die Stimme Brandoch Dahas, der vorausging: »Hier habe ich den Welpen eines Heidehunds gefangen. Bringt mir ein Licht! Was soll ich mit ihm machen?«

Soldaten wurden herbeigeholt und Fackeln angezündet, und Brandoch Daha betrachtete genauer, was er da vor dem Eingang zum Broch gefangen hatte und bei den Armen hielt: ein Geschöpf mit verschreckten Tieraugen in einem dunkelhäutigen Gesicht und mit goldnen Ringen in beiden Ohren, einem dichten, gestutzten Bart, in dessen Locken Golddrähte verflochten waren, und mit bloßen Armen, einer Weste aus Otterfell, weiten, haarigen Hosen mit Kreuznähten aus Silbergarn und mit einem goldnen Reif um die Stirn und dunklem, krausem Haar, das zu zwei Zöpfen geflochten vorn über die Schultern hing. Seine Lippen waren zurückgezogen wie bei einem knurrenden Hund, der zwischen Scheu und Wut schwankte, und seine weißen, spitzen Zähne und das Weiße seiner Augen leuchteten wild im Fackelschein.

Sie nahmen ihn mit in den Turm und setzten ihn vor sich auf den Boden, und Juss sprach: »Fürchte dich nicht, sondern sag uns deinen Namen und deine Herkunft und warum du des Nachts um unser Lager schleichst. Wir tun dir nichts, wenn du nicht wider uns und unsere Sicherheit handelst. Bist du ein Einwohner von Wichtland oder ein Fremder, wie wir selbst es sind, aus den Ländern jenseits des Ozeans? Hast du Begleiter, und wenn ja, wo sind sie und wer und wie viele?«

Und der Fremde knirschte mit den Zähnen und sprach: »O Ihr Teufel transmarin, spottet nicht, sondern tötet.«

Juss redete ihm freundlich zu und gab ihm zu essen und zu trinken und fragte ihn nach einer Weile abermals: »Wie heißt du?«

Worauf er antwortete: »O Teufel transmarin, Ihr tut mir leid, wenn Ihr Mirvasch Faz nicht kennt.« Und er brach in bitterliches Weinen aus und rief laut: »Wehe und dreimal wehe um das Leid, das über Wichtland gekommen!«

»Was ist denn?« fragte Juss

Doch Mirvasch hörte nicht auf zu weinen und zu wehklagen und sprach: »Wehe und dreimal wehe um Fax Fay Faz und Illarosch Faz und Lurmesch Faz und Gandassa Faz und alle Großen im Lande!« Und als sie ihn weiter befragen wollten, rief er wieder: »Dreimal verfluchst seist du, Philpritz Faz, der du uns im Schloß von Orpisch in die Hand des Teufels ultramontan verraten hast!«

»Von welchem Teufel sprichst du da?« fragte Juss.

»Er kam«, antwortete Mirvasch, »über die Berge aus dem Land des Nordens, und er allein konnte Fax Fay Faz das Wort reden, und die Stimme seines Mundes ist wie das Brüllen eines Büffels.«

»Aus dem Norden?« fragte Juss und gab ihm mehr Wein, wobei er Blicke mit Spitfyr und Brandoch Daha wechselte. »Ich würde gern mehr darüber hören.«

Mirvasch trank und sprach: »O Teufel transmarin, Ihr gebt mir starken Trank, der die Seele labt, und Ihr sprecht mit freundlichen Worten zu mir. Doch soll ich freundliche Worte nicht fürchten? Freundliche Worte kamen über die Lippen jenes Teufels ultramontan, als er und der verfluchte Philpritz in Orpisch zu uns sprachen: freundliche Worte zu mir und zu Fax Fay Faz und zu Gandassa und Illarosch und uns allen nach unsrer Niederlage in der Schlacht an den Ufern des Arlan.«

Juss fragte: »Wie sieht er aus?«

»Einen langen gelben Bart hat er, mit grauen Strähnen«, sprach Mirvasch, »und einen haarlosen, glänzenden Schädel, und er ist groß wie ein Hornvieh.«

Juss wandte sich zu Brandoch Daha und sprach etwas abseits zu ihm: »Falls das wahr ist, ist es für uns von Belang.« Und Brandoch Daha goß Mirvasch ein und ließ ihn trinken und sprach: »O Mirvasch Faz, wir sind Fremde und Gäste im weitläufichten Wichtland. Wisse, daß unsre Macht unermeßlich ist und unser Reichtum jede Vorstellung überschreitet. Doch von gleichem Maß wie unsere Macht und unser Reichtum ist unser Wohlwollen, welches sich wie Honig aus unsren Herzen über jene ergießet, welche offen zu uns sind und uns die Wahrheit sagen. Nur sei gewarnt, denn sollte uns einer belügen und hinters Licht führen wollen, so wären auch die Mantichoren jenseits der Moruna nicht schlimmer für jenen Mann denn wir.«

Mirvasch sank das Herz, aber er antwortete: »Mißbraucht mein Vertrauen nicht, und Ihr werdet von mir nichts hören als die reine Wahrheit. Mit dem Schwerte bezwang er uns erst, und mit sanften Worten lud er uns dann ein, mit ihm in Orpisch eine Unterredung zu führen, und täuschte Freundschaft vor. Doch jetzt sind alle tot, die ihm lauschten. Denn als er sie im Verhandlungssaal beisammen hatte, schlich er selbst sich heimlich davon, während seine Männer Hand an Gandassa Faz und Lurmesch Faz und Illarosch Faz legten und an Fax Fay Faz, der unter uns der Größte war, und ihnen die Köpfe abschlugen und sie vor dem Tor auf Pfähle steckten. Und unsre Armeen, die vor den Toren warteten, waren entsetzt, die aufgespießten Köpfe der Fazen von Wichtland zu sehen, und die Armeen der Teufel ultramontan bedrohten uns immer noch mit dem Tode. Und der große, kahle, bärtige Teufel redete den Mannen von Wichtland schön, und er sagte ihnen, daß die, welche er erschlagen, ihre Unterdrücker gewesen seien, und er würde ihnen allen die Freiheit schenken und ihnen alles geben, was ihr Herz begehre, und ganz Wichtland unter ihnen aufteilen, falls sie seine Leute würden. So ließen sich die einfachen Soldaten täuschen und unterstellten sich jenem kahlköpfigen Teufel, so daß er jetzt in Wichtland der Mächtigste ist. Ich aber, der ich mich von der Unterredung in Orpisch fernhielt, weil ich seine Arglist fürchtete, entkam nur mit Mühe meinen eignen Leuten, die sich gegen mich auflehnten. Und ich floh in die Wälder und Wildnisse.«

»Wo hast du ihn zuletzt gesehen?« fragte Juss.

Mirvasch antwortete ihm: »Drei Tagesreisen nördlich von hier, zu Tomerisch in Acherie.«

»Was tat er dort?« fragte Juss.

Mirvasch antwortete: »Neue Ränke schmieden.«

»Gegen wen?« fragte Juss

Mirvasch antwortete: »Gegen Zeldornius, welcher ein Teufel transmarin ist.«

»Gebt mir noch etwas Wein«, sprach Juss, »und füllt auch Mirvasch Faz einen neuen Becher. Nichts liebe ich mehr als das Geschichtenerzählen zu nächtlicher Stunde. Mit wem schmiedete er Ränke gegen Zeldornius?«

Mirvasch antwortete: »Mit einem andren Teufel von jenseits des Meeres; ich habe seinen Namen vergessen.«

»Trink und denke nach«, sprach Juss; »oder wenn du dich nicht entsinnen kannst, dann beschreibe ihn mir.«

»Er hat ungefähr meine Größe«, sprach Mirvasch, der recht kurzgewachsen war. »Seine Augen sind hell, und er ähnelt ihm hier«, wobei er auf Spitfyr zeigte, »wenngleich seine Miene nicht so wild ist. Sein Gesicht ist hager und seine Haut gegerbt. Er geht in schwarzes Eisen gekleidet.«

»Ist es Jalcanaius Fostus?« fragte Juss.

Und Mirvasch antwortete: »Ja.«

»Deine Worte fließen von Moschus und Ambra«, sprach Juss. »Ich muß mehr davon erfahren. Was gedenken sie zu tun?«

»Dies«, sprach Mirvasch: »Als ich in der Nacht vor ihrem Zelt lauschte, hieß es, daß dieser Jalcanaius getäuscht worden sei in seiner Annahme, daß ein andrer Teufel transmarin, den sie Helteranius hießen, ihn hinterlistig habe angreifen wollen; was, wie der kahlköpfige Teufel ihn glauben machte, nicht der Fall war. Und so wurde beschlossen, daß Jalcanaius Reiter zu Helteranius senden und Frieden mit ihm schließen solle und daß sie beide alsgleich gegen Zeldornius ins Feld zu ziehen sollten: einer von vorne und einer von hinten.«

»So steht es also«, sprach Spitfyr.

Und wenn sie Zeldornius geschlagen haben«, sprach Mirvasch, »dann müssen sie diesem Kahlkopf bei seinen Unternehmungen helfen.«

»Und ihn so für seinen Rat entlöhnen?« sprach Juss

Und Mirvasch antwortete: »Genau.«

»Eines noch möchte ich wissen«, sprach Juss; »wie groß ist seine Anhängerschar in Wichtland?«

»Was er an Teufeln ultramontan aufbringen kann«, antwortete Mitvasch, »sind wohl zweimal zwanzig Hundertschaften. Daneben folgen ihm viele Wichte, doch haben sie nur unsre einfachen Waffen.«

Fürst Brandoch Daha nahm Juss beim Arm und ging mit ihm in die Nacht hinaus. Das bereifte Gras knirschte unter ihren Füßen; seltsame Sterne blinkten im Süden in einer windigen Zone zwischen Wolken und schlafender Erde, und Achernar am Meridian stellte alle geringeren Feuer mit seinem reinen Licht in den Schatten.

»So kommt Corund über uns wie ein Adler aus den blauen Lüften«, sprach Brandoch Daha; »mit einem zwölffach überlegenen Heer, um uns zur Moruna zu geleiten, und ganz Wichtland folgt ihm wie ein treuer Hund auf den Fersen; wenn diese einfache Seele die Wahrheit sagt, was ich durchaus glaube.«

»Du scheinst ja bei der ersten Witterung von Gefahr«, sprach Juss, »gleich in Festtagsstimmung zu geraten.«

»O Juss«, rief Brandoch Daha, »dein eigner Atem gehet leichter, und deine Worte kommen munterer über die Lippen. Sind nicht alle Reiche, alle Zonen, ein Land für uns, so große Taten winken, unsere Schwerter scharf zu halten?«

Juss sprach: »Ehr wir schlafen gehen, will ich Zeldornius berichten, wie der Wind sich dreht. Er muß nun in beide Richtungen blicken, bis die Saat geerntet ist. Diese Schlacht darf sich nicht gegen ihn wenden, denn seine Feinde sind verpflichtet – so Mirvasch die Wahrheit sagt –, Corund Schwerthilfe zu leisten.«

So gingen sie also zu Zeldornius' Zelt, und unterwegs sprach Juss: »Dessen sei dir gewiß: Corund wird auf den Salapantahügeln keine Klinge zücken. Der König hat Zuträger, die ihn über alle verzauberten Kreise der Welt aufklären, und weiß sehr wohl, welche Einflüsse hier wirksam sind und mit welcher Gefahr für sich selbst Fremde hier zum Schwerte greifen, wie dieser Fluch bezeugt, der all die neun Jahre über den drei Heerführern lastete. Deshalb wird Corund, den sein Herr und Meister gewiß über diese Dinge aufgeklärt hat, uns anderswo zu stellen suchen als in dieser verwunschenen Gegend. Ebenso könnte er einen Bären beim Zahn packen, als sich in diese Schlacht einzumischen, die nun bevorsteht, und so diese drei altgedienten Armeen vereint zu seiner Vernichtung auf sich zu ziehen.«

Sie passierten die Wachen mit der Losung und weckten Zeldornius und erzählten ihm alles. Und er, in seinen großen, verblaßten Mantel gehüllt, ging sogleich hin und sorgte dafür, daß zu beiden Seiten Wachen aufgestellt wurden, um vor Überraschungen sicher zu sein. Und als er vor seinem Zelt stand und den Fürsten von Dämonenland eine gute Nacht wünschte, sprach er: »So gefällt es mir besser. Ich bin immer ein Krieger gewesen; also, auf in den Kampf.«

Der Morgen dämmerte heran und verging, ohne daß etwas geschah, und ebenso der Morgen des nächsten Tages. Doch am dritten Morgen nach der Ankunft von Mirvasch, siehe, da marschierten im Osten und im Westen große Armeen aus den Ebenen auf, und Zeldornius' Truppen gingen auf dem Bergkamm in Stellung, um sie gebührend zu empfangen, mit blitzenden Waffen, scharrenden Pferdehufen und Hörnerklang, der zum Angriff rief. Es gab keine Grüße zwischen ihnen, ja nicht einmal eine Botschaft der Herausforderung oder des Trotzes wurde ausgetauscht, sondern Jalcanaius mit seinen schwarzen Reitern stürmte von Westen zum Angriff vor und Helteranius von Osten. Zeldornius jedoch, wie ein grauer alter Wolf, schnappte nun hie zu, nun dort, und brachte ihren Angriff zum Stocken. So begann die Schlacht der drei Armeen, und sie währte den ganzen langen Tag. Dreimal machte Zeldornius mit einem Trupp ausgewählter Kämpen auf jeder Seite einen Ausfall, daß seine Feinde vor ihm flohen, wie das Rebhuhn vor dem Sperber flieht; und dreimal brachte Helteranius und dreimal Jalcanaius Fostus die Fliehenden zum Stehen und zwang Zeldornius zum Rückzug auf den Bergkamm.

Doch als der Abend nahte und der dunkle Tag sich zur Nacht verfinsterte, war der Kampf plötzlich zu Ende, und es wurde still auf dem Feld. Die Fürsten von Dämonenland stiegen von ihrem Broch herab und gingen zwischen den zahllosen Gefallenen zu einem steinigen Felsgrund auf der Berghöhe. Hier, ganz allein auf dem Schlachtfeld, stand Zeldornius auf seinen Speer gelehnt und starrte vor sich nieder, den Arm um den Hals seines treuen Braunen geschlungen, der den Kopf hängen ließ und den Boden beschnupperte. Durch einen Riß in den Wolken des Westhimmels brach ein letztes Mal die Sonne hervor, doch ihre Strahlen waren nicht so rot wie die Heide und Segge[8] auf dem Felde von Salapanta.

Als Juss und seine Gefährten näher kamen, war kein Laut zu hören, außer von dem Broch hinter ihnen: das mißtönende Spiel einer Harfe und die Stimme Mirvaschs, der vor den Mauern auf und ab ging und dies Lied sang:[9]

Kein seligr Tod ist in der Welt /
Als wer fürm Feind erschlagen:
Auf grüner Heid / im freien Feld /
Darf nicht hörn groß Weheklagen:
Im engen Bett / da einr allein
Muß an den Todesreihen /
Hie aber find er Gsellschaft fein /
Falln mit / wie Kräutr im Maien.
Ich sag ohn Spott /
Kein seligr Tod
Ist in der Welt /
Als so man fällt /
Auf grüner Heid /
Ohn Klag und Leid.
Mit Trommeln Klang
Und Pfeifen Gsang
Wird man begrabn /
Davon man tut habn
Unsterblichen Ruhm.
Mancher Held frumm

Hat zugsetzt Leib und Blute
Dem Vaterland zugute.

Als sie zu Zeldornius gekommen waren, sprach der Fürst Juss: »O vielgerühmter Zeldornius, unbezwingbarer Feldherr, gewiß waren deine Voraussagen unter dem Monde wahr: Siehe, welch gewaltigen Sieg du über deine Feinde errungen hast.«

Zeldornius aber antwortete ihm nicht, sondern starrte immer noch vor seine Füße. Und dort lag Helteranius erschlagen, und in seinem Herzen steckte das Schwert des Jalcanaius Fostus, derweil seine rechte Hand noch immer sein eignes Schwert umklammerte, mit dem er Jalcanaius den Todesstoß versetzt hatte.

Also blickten sie eine Weile auf diese beiden großen Heerführer nieder, die dort gefallen lagen. Und Zeldornius sagte: »Sprich nicht tröstend zu mir vom Sieg, o Juss. Solange diese beiden Schwerter in ihrer Herren Hand lagen, lag mir mein eignes Wohl nicht so sehr am Herzen, als ihnen den Tod zu bringen, die einst gemeinsam mit mir ausgezogen waren, das weite Wichtland zu erobern. Und seht, mit welch giftiger Leidenschaft sie an meinem Untergang wirkten, und in welch ungeahntes Verderben sind sie plötzlich gestürzt.« Und wie einer, der von einer tiefen Traurigkeit befallen, fuhr er fort: »Wo gab es Heldentum außer in Helteranius? Und ein Mann mochte eher dem wechselnden Mond ein Gewand schneidern, als den überbordenden Taten des großen Jalcanaius gerecht zu werden, der nun nichts als seinen Leib zurückläßt, die Erde zu nähren, die bis zur Stunde noch vor ihm erbebte. Bis zu den Knien bin ich in Blut gewatet; und in dieser Stunde, in meinen alten Jahren, ist die Welt für mich ein Trugbild und eine Farce geworden.«

Worauf er die Dämonen anschaute, und es lag etwas in seinen Augen, das ihnen die Sprache raubte.

Nach einer Weile fuhr er fort: »Ich sagte euch meine Hilfe zu, sollte ich überleben. Aber jetzt ist mein Heer geschmolzen wie Wachs vor dem Feuer, und ich harre dem dunklen Fährmann[10] entgegen, der bei keinem Menschen säumet. Dennoch, da ich meine Verpflichtungen niemals in Sand, sondern in den Marmor der Erinnerung geschrieben habe und da der Sieg mein ist, empfanget diese Geschenke, und zuerst du, o Brandoch Daha, mein Schwert; denn noch bevor du achtzehn Jahre warst, galtest du als der mächtigste unter den Schwertkämpfern. Möge es dir nützen wie mir in vergangenen Zeiten. Und dir, o Spitfyr, schenke ich diesen Mantel. Zwar ist er alt, doch mag er dir wohl zustatten kommen; denn er besitzt die Gabe, daß er, der ihn trägt, niemals lebend in die Hände seiner Feinde fallen wird. Trage ihn um meinetwillen. Dir, o Juss, mache ich kein Geschenk, denn reich bist du an allen guten Gaben; nur meinen guten Willen geb' ich dir, ehr mich die Erde verschlingt.«

Sie dankten es ihm von Herzen. Und er sprach: »Lasset mich jetzt allein, denn nun nahet das, was das Verderben dies Tages vollenden muß.«

So gingen sie also zu dem Wachtturm zurück, und die Nacht senkte sich über die Hügel. Ein starker Wind blies aus dem grauen Westen und zerfetzte die Wolken wie ein zerlumptes Gewand und entblößte den einsamen Mond, der zwischen ihnen dahinfloh. Als die Dämonen im Mondlicht zu der Stelle zurückblickten, wo Zeldornius stand und auf die Toten starrte, ließ ein Grollen wie von Donner das feste Land erzittern und übertönte selbst das Heulen des Windes. Und sie sahen, wie die Erde sich für Zeldornius auftat.

Danach zog das Dunkel seinen schwarzen Schleier vor den Mond, und Nacht und Stille senkten sich über das Feld von Salapanta.

Kapitel X

Die Grenzlande der Moruna

Von der Reise dero Dämonen ab Salapanta gen Eschgrar Ogo; worinnen berichtet wird von der Dame zu Ischnain Nemartra und von andren denkwürdigen Dingen.

Mirvasch Faz kam am Morgen beizeiten zu den Fürsten von Dämonenland und fand sie bereit zum Aufbruch. So fragte er sie nach dem Ziel ihrer Reise und erhielt zur Antwort: »Nach Osten.«

»Ostwärts«, sprach Mirvasch, »führen alle Wege in die Moruna. Von dort kommt keiner lebend zurück.«

Sie aber lachten und antworteten ihm: »Unterschätze unsre Macht nicht, lieber Mirvasch, und messe sie nicht an deinen Möglichkeiten. Wisse, daß unsre Reise beschlossene Sache ist und mit Nägeln aus Diamant[1] an die Wand unumgänglicher Notwendigkeit geheftet.«

Sie verabschiedeten sich von ihm und brachen mit ihrem kleinen Heer auf. Vier Tage lang zogen sie durch dichte Wälder, deren Boden bedeckt war mit dem Laub von tausend Herbsten, wo selbst zur Mittagsstunde düsteres Zwielicht herrschte und die Geräusche des Waldes gedämpft an ihr Ohr drangen und des Nachts unheimliche Augenpaare zwischen den Baumstämmen glühten und auf die Dämonen starrten, derweil sie marschierten oder rasteten.

Am fünften Tage und am sechsten und siebenten zogen sie am Südufer eines Kiessees entlang, der ganz aus Sand und Geröll bestand, ohne einen Tropfen Wasser, und dennoch ebbten und wogten Wellen ans Ufer wie bei einem richtigen See. Und immer, bei Tag und bei Nacht, während sie durch die Öde zogen, vernahmen sie einen großen und schrecklichen Lärm wie von Trommelklang und Hörnerschall, obwohl weit und breit kein lebendes Wesen zu sehen war außer ihrer kleinen Schar.

Am achten Tage ließen sie das Ufer jenes wasserlosen Sees hinter sich und kamen über schroffen, felsigen Grund hinab in ein weites Urstromtal[2], ohne Schutz und unfruchtbar, durch welches sich das flache, steinige Bett eines kleinen Flusses wand. Und ostwärts, auf der andren Talseite, erhob sich im Licht einer späten, strahlenden Sonne auf einer Terrasse im Hang ein Schloß aus rotem Stein. Juss sprach: »Wir können dort sein, ehr es dunkel wird, und dort nächtigen.« Als sie sich dem Schlosse näherten, gewahrten sie zwischen Sonnenuntergang und Mondlicht eine Gestalt, die wohl zweihundert Schritt vor dem Schloß am Wegesrand auf einem Steine saß, als würde sie auf die Ankunft der Fremden warten. Aber als sie zu dem Steine kamen, war niemand da. So zogen sie weiter zum Schloß, und als sie sich nach einiger Zeit noch einmal umblickten, siehe da, wieder saß die Gestalt auf dem Steine, mit dem Kopf in den Händen: ein seltsamer Anblick, der alle schaudern machte.

Das Schloßtor stand offen; also gingen sie hinein und gelangten über den Schloßhof in einen großen Saal, wo die Tafel wie zu einem Bankett gedeckt war. Und helle Lampen und hundert Kerzen brannten in der stillen Luft, doch war nirgendwo im ganzen Schloß ein lebendes Wesen zu sehen oder eine Stimme zu hören. Fürst Brandoch Daha sprach: »Es wäre fürwahr ein Wunder, wenn es in diesem Land nicht jede Stunde ein neues Wunder gäbe. So wollen wir uns an den Speisen laben, und dann zu Bette gehn.« Sie nahmen also rundherum Platz und aßen und tranken von dem honigsüßen Wein, bis alle Gedanken an Krieg und Leid und Gefahr und die ungeahnten Schrecken der Wildnis und Corunds große Armee, die auf ihre Vernichtung aus war, vergessen waren und der Geist des Schlafes ihre müden Leiber umwarb.

Dann hing eine leise Musik, die sie mit einer sinnlich wilden Süße betörte, in der Luft, und sie sahen, wie eine Dame auf die Estrade trat. Schön erschien sie über die Schönheit sterblicher Frauen hinaus. In ihrem dunklen Haar trug sie ein Abbild der Mondsichel aus honigfarbenen Cymophanen[3], wovon jeder Stein einen einzelnen gebündelten Lichtstrahl enthielt, daß es um ihr Haupt leuchtete und schillerte wie von Sonnenstrahlen, die tief in die klare sommerliche See eintauchen. Sie trug ein Mieder aus weicher, roter Seide, eng geschnitten, so daß ihr Kleid dadurch noch kleidsamer wirkte und durch ihre eigene Schönheit an Liebreiz gewann. Sie sprach: »Meine Herren Gäste zu Ischnain Nemartra, es sind Betten mit Daunendecken und Leintüchern da für jeden von Euch, der müde ist. Doch wisset, daß ich mir im Ostturm einen Sperber halte, und derjenige, welcher die ganze Nacht ohne Schlaf und Gesellschaft bei meinem Sperber Wache hält, so daß dieser nicht einschläft, zu dem werde ich bei Tagesanbruch kommen und werde ihm das erste gewähren, worum er mich von allen irdischen Dingen bittet.« Und mit diesen Worten entschwand sie wie ein Traum.

Brandoch Daha sprach: »Lassen wir das Los entscheiden, wer dies Abenteuer wagen darf.«

Aber Juss sprach dagegen und sagte: »Ich argwöhne eine List darin. Wir sollten uns in diesem verwunschenen Land durch nichts den Geist ablenken lassen, sondern unserem gesetzten Ziel folgen. Es darf uns nicht so ergehen wie jenem, der auszog, Wolle zu holen, und geschoren wiederkam.«

Brandoch Daha und Spitfyr lachten darüber und warfen das Los unter sich. Und das Los fiel auf Fürst Brandoch Daha. »Das kannst du mir nicht abschlagen«, sprach er zu Fürst Juss, »oder ich werd' dir nie wieder einen Gefallen tun.«

»Ich könnte dir niemals etwas abschlagen«, antwortete Juss. »Sind nicht du und ich Finger und Daumen? Nur darfst du, was immer auch geschehen mag, nicht vergessen, weswegen wir hier sind.«

»Sind nicht du und ich Finger und Daumen?« sprach Brandoch Daha. »Sei ohne Furcht, o Freund meines Herzens. Ich werde es nicht vergessen.«

Und so, während die andren schliefen, hielt Brandoch Daha im Ostgemach den Sperber wach. Zwar war der Hang draußen frostig mit Reif, doch die Luft im Zimmer war warm und schwül, so daß ihm die Lider immer wieder schwer wurden. Dennoch schloß er kein Auge, sondern gab Obacht auf den Sperber, erzählte ihm Geschichten und zwickte ihn hin und wieder in den Schwanz, wenn er schläfrig wurde. Und der Sperber antwortete ihm kurz und übellaunig und starrte ihn feindselig an.

Und beim goldnen Morgengrauen erschien jene Dame im Schatten der Tür. Bei ihrem Eintritt schlug der Sperber mit dem Flügeln, wie im Zorn, und vergrub blitzesschnell den Schnabel unter den Flügel und schlief auf der Stelle ein. Jene weiße Dame aber blickte den Fürsten Brandoch Daha an und sprach: »Erbittet Euch von mir, o Brandoch Daha, was von irdischen Dingen Euer Herz am meisten begehret.«

Doch er, wie von einem Licht geblendet, erhob sich und sprach: »Ist nicht deine Schönheit in der Morgenröte ein Strahlen, das die Nebel der Hölle vertreiben könnte? Mein Herz ist verzückt ob deiner Lieblichkeit und nur deines Anblicks voll. Deshalb will ich deinen Körper nur und kein andres irdisch Ding.«

»Ihr seid ein Tor«, rief sie, »der nicht weiß, was er erbittet. Unter allen irdischen Dingen hättet Ihr auswählen können; doch bin ich irdisch nicht.«

Er entgegnete: »Ich will nichts andres.«

»So nehmt Ihr eine große Gefahr auf Euch«, sprach sie, »und den Verlust allen Glückes, für Euch und Eure Freunde obdrein.«

Doch Brandoch Daha, sah nur ihr Gesicht, welches mit einem Male erblühte wie Rosen im Morgenlicht, und ihre Augen groß und dunkel vor Liebessehnsucht, und er ging zu ihr und schloß sie in die Arme und küßte sie. Derart verweilten sie eine Zeit, daß er keiner andren Sache auf Erden bewußt war als der sinnbetörenden Liebkosung ihrer Haare, deren Duftes, der Küsse ihres Mundes, ihrer Brust, die sich gegen die seine preßte. Sie sprach leise in sein Ohr: »Ich sehe, du bist zu gebieterisch. Ich sehe, du bist einer, der sich nichts verweigern läßt, was sein Herz begehrt. Komm.« Und sie traten durch einen verhangenen Durchgang in ein inneres Gemach, wo die Luft erfüllt war mit dem Duft von Myrrhe und Nardenöl und Ambra[4], einem Duft wie von schlafender Schönheit. Hier, in der Dunkelheit reicher Behänge und gedämpfter Goldfunken, wachte ein warmes Licht von beschirmten Lampen über einen Diwan, groß und breit und mit weichen Kissen. Und hier verweilten sie eine lange Zeit und gaben sich der Liebe hin und all ihren Wonnen.

Wie alle Dinge einmal ein Ende haben, sprach er schließlich: »O meine Geliebte und Königin meines Herzens, für immer möcht' ich hier verweilen und alles andre lassen um deiner Liebe willen. Aber meine Gefährten warten auf mich drunten in deinen Hallen, und große Dinge harren auf mein Zutun. Gib mir noch einmal deinen göttlichen Mund zu kosten, und sage mir Lebwohl.«

Wie schlafend lag sie quer über seiner Brust: weiß, weich und warm war ihre Haut und ihr zarter Hals war nach hinten gegen die duftige Fülle ihrer gelösten Haare gebogen; eine Strähne, schwer und prächtig wie eine Python, wand sich zwischen weißem Arm und Brust. Schnell wie eine Schlange drehte sie sich um, klammerte sich an ihn und preßte wild ihre unersättlichen, leidenschaftlichen Lippen auf die seinen und rief, daß er jetzt und in alle Ewigkeit hier im Rausch vollkommener Liebe und Wonne bleiben müsse.

Doch als er am Ende sich sachte aus ihrer Umarmung löste und aufstand, sich ankleidete und seine Waffen anlegte, hüllte die Dame sich in eine durchscheinende Robe von silbrigem Glanz, wie wenn der Sommermond seine leuchtende Pracht mit einer duftigen Wolke verschleiert, ohne sie zu verbergen, und so stand sie vor ihm und sprach: »Geh denn. Das kommt davon, Perlen vor die Säue zu werfen. Ich kann dich nicht töten, da ich keine Macht über deinen Leib habe. Aber damit du nicht im Übermaß zu lachen hast, weil du das bekamst, was unsre Abmachung überstieg, und es nun geringachtest, daher wisse, stolzer Mann, daß ich dir drei Geschenke meiner eigenen Wahl dazu geben werde. Du sollst Krieg haben und keinen Frieden. Jener, den du am meisten haßt, soll dein stolzes Schloß zu Krothering und das Land ringsum verwüsten und zerstören. Und wenngleich die Rache ihn schließlich ereilen wird, so wird dies durch eine andre Hand als deine geschehen, und deiner Hand soll es versagt sein.«

Damit brach sie in Tränen aus. Und der Fürst Brandoch Daha ging unter Aufbietung all seiner Entschlossenheit aus dem Gemach.[5] Und als er von der Schwelle aus zurückblickte, waren aus dem inneren Gemach die Dame und aus dem äußeren der Sperber verschwunden. Und mit einem Male überkam ihn eine große Müdigkeit. So ging er denn hinunter und fand Fürst Juss und seine Kameraden auf den kalten Steinfliesen schlafend, und der Bankettsaal war leer und kahl und überall mit Moos und Spinnweben bedeckt, und Fledermäuse hingen mit dem Kopf nach unten an den morschen Dachbalken; vom gestrigen Nachtmahl aber war keine Spur zu finden. So weckte Brandoch Daha seine Gefährten und berichtete Juss, wie es ihm ergangen und von dem Wyrd[6], das jene Dame ihm auferlegt hatte.

Und sehr verwundert verließen sie das verwunschene Schloß von Ischnain Nemartra und waren froh, so ungeschoren davongekommen zu sein.

An diesem neunten Tag ihrer Reise von Salapanta kamen sie durch öde, steinige Gegenden mit gewachsenem Fels, wo sich nicht einmal eine Erdlaus regte. Schluchten spalteten die Erde hie und da: steilwändige Labyrinthe der Finsternis, auf deren Grund das Licht der Sonne oder des Mondes niemals gelangte und in deren Tiefen wilde Wasser rauschten und polterten, niemals stille, niemals stumm. Es war ein mühsames Vorwärtskommen, entlang dieser Schluchten immer wieder Engstellen zu suchen, um sie überqueren zu können.

Als sie gegen Mittag vor der bisher tiefsten Schlucht standen, da kam einer zu ihnen gelaufen, fiel vor Juss nieder und lag keuchend mit dem Gesicht am Boden wie atemlos vom langen Lauf. Und als sie ihn aufhoben, war es Mirvasch Faz, in der Rüstung eines schwarzen Reiters des Jalcanaius Fostus und mit Streitaxt und Schwert bewaffnet. Groß war seine Erregung, und er war sprachlos aus Mangel an Atem. Sie ließen ihn ausruhen und gaben ihm aus einem großen Weinschlauch zu trinken, einem Geschenk des Zeldornius; und alsbald sprach er: »Er hat zahllose Hundertschaften unsres Volkes mit den umherliegenden Waffen von Salapanta ausrüsten lassen. Diese sind unter Führung der Teufel, die seine Söhne sind, und des von den Göttern verfluchten Philpritz vorausgeeilt, um alle Wege östlich des Euren zu bewachen. Tag und Nacht bin ich geritten und gelaufen, um Euch zu warnen. Er selbst und der Großteil seiner Teufel ultramontan folgen Euch dicht auf der Spur.«

Sie dankten ihm vielmals und verwunderten sich sehr, daß er um ihretwillen so große Gefahren auf sich genommen hatte. »Ich habe Euer Salz gegessen«, antwortete er. »Und zudem steht Ihr gegen diesen üblen, bösen Kahlkopf, der über die Berge kam, uns zu unterdrücken. Darum will ich Euer Bestes. Doch kann ich wenig tun. Denn ich bin arm, der ich einst reich war an Gütern und Grund; und ich bin allein, während ich vordem fünfhundert Speerträger in meinem Hallen hatte, die meinem Befehl gehorchten.«

»Was wir auch tun, es muß schnell geschehen«, sprach Brandoch Daha. »Wie groß ist dein Vorsprung?«

»In ein, zwei Stunden muß er hier sein«, sprach Mirvasch und fing zu weinen an.

»Sich ihm auf offenem Feld zu stellen«, sprach Juss, »würde zwar großen Ruhm bedeuten, zugleich aber unsren sicheren Tod.«

»Laßt mich einen Augenblick nachdenken«, sprach Brandoch Daha. Und während sie sich bereit machten, ging er sinnend am Rand der Schlucht auf und ab und stieß mit seinem Schwert Kieselsteine in die Tiefe. Dann sprach er: »Dies ist zweifellos jener Fluß Athraschah, von dem Gro in seinem Buch spricht. O Mirvasch, führt nicht dieser Strom Athraschah nach Süden zu den Salzseen von Ogo Morveo, und gab es nicht dort eine Festung namens Eschgrar Ogo?«

Mirvasch erwiderte: »Dem ist so. Doch nie zuvor war einer so von Sinnen, dorthin zu gehen. Hier, wo wir stehen, ist das Land schrecklich genug; aber die Burg von Eschgrar Ogo steht direkt am Rande der Moruna. Seit hundert Jahren hat sich dort kein Mensch aufgehalten.«

»Steht die Burg noch?« sprach Brandoch Daha.

»Ich weiß nichts Gegenteiliges«, gab Mirvash zur Antwort.

»Ist sie stark?« fragte er.

»In alten Zeiten galt sie als uneinnehmbar«, antwortete Mirvasch. »Aber ihr könntet ebensogut hier durch die Hand der Teufel ultramontan sterben, als dort von bösen Geistern zerrissen zu werden.«

Brandoch Daha wandte sich um zu Juss. »Sind wir uns einig?« fragte er. Juss antwortete: »Ja«; und mit großer Eile brachen sie entlang des Flusses nach Süden auf.

»Mich dünkte, Ihr wäret längst über alle Berge«, sprach Mirvasch. »Bis hierher sind es nur neun oder zehn Reisetage, doch ist heute schon der sechzehnte Tag, seit Ihr mich auf den Salapanta-Hügeln zurückließet.«

Brandoch Daha lachte. »Der sechzehnte?« sagte er. »Du würdest reich sein, Mirvasch, wenn du Goldstücke auf die gleiche Weise zähltest wie Tage. Dies ist unser neunter Reisetag.«

Mirvasch aber beharrte fest darauf, denn, so sagte er, am siebenten Tag nach ihrem Aufbruch sei Corund nach Salapanta gekommen.

»Und ich fliehe jetzt schon den neunten Tag vor ihm und jage hinter Euch her und hatte schon fast die Hoffnung aufgegeben.« Und trotz allen Spotts ihrerseits ließ er sich nicht davon abbringen. Uns als sie weiter durch die Wüste südwärts zogen und die Sonne sich in einem klaren Himmel dem Horizont zuneigte und versank, siehe, da war der Mond ein wenig über den Vollmond hinaus; und Juss sah, daß er sieben Tage älter war als in jener Nacht, da sie nach Ischnain Nemartra gekommen waren. Also wies er Brandoch Daha und Spitfyr dies Wunder, und sehr erstaunten sie darob.

»Ihr schuldet mir Dank«, sprach Brandoch Daha, »daß ich euch nicht ein ganzes Jahr auf mich warten ließ. Traun, diese sieben Tage erschienen mir nur wie eine Stunde!«

»Dir gewiß«, sprach Spitfyr ein wenig neidisch. »Wir aber haben eine ganze Woche auf kaltem Stein geschlafen, und mir tut jetzt noch jeder Knochen weh.«

»Nein«, sprach Juss lachend; »ich will nicht, daß du ihm deswegen einen Vorwurf machst.«

Der Mond stand hoch, als sie zu den Salzseen gelangten, die terrassenförmig am Berghang in felsigen Becken lagen. Ihre Wasser waren wie rohes Silber, und das harsche Gesicht der Wildnis war schwarz und bleiern im Mondlicht; es war ein Land toter Gebeine, blind und unfruchtbar unter dem Mond. Zwischen den Seen ragte ein mächtiger Felskamm einsam zu einer Erhebung empor, welche auf allen Seiten von schroffen Felswänden umgeben war, die oberhalb der Klippen in einer dunklen Ringmauer endete. Dorthin eilten sie, und als sie über die Felsen hinaufkletterten, schrie von den Mauern eine Eule und schwang sich gespensterhaft über ihren Häuptern davon. Mirvasch klapperten die Zähne; die Dämonen jedoch waren von Herzen froh, als sie den Anstieg geschafft hatten und die verlassene Burg betraten. Draußen war die Nacht still; doch im Osten brannten Feuer in der Wüste, und wie sie Ausschau hielten, wurden andre Feuer im Westen entzündet, und bald hatte sich ein Kreis flackernder roter Punkte rund um Eschgrar Ogo und die Seen geschlossen.

Juss sprach: »Um eine Stunde sind wir ihnen zuvorgekommen. Seht doch, er kreist uns ein, wie man einen Skorpion mit Flammen umringt.«

Also wurden die Eingänge gesichert und Wachtposten aufgestellt, und sie schliefen bis in den Morgen hinein. Mirvasch aber tat kein Auge zu, aus Angst vor den Unholden aus der Moruna.

Kapitel XI

Die Burg von Eschgrar Ogo

Von der Belagerung der Burg ob der Seen von Ogo Morveo durch den Fürsten Corund, und was sich dortselbst zwischen ihm und den Dæmonen begab; worin auch ein Exempel zu sehen, wie der Kluge bisweilen muß um sein Leben bangen

Als der Fürst Corund zweifelsfrei wußte, daß er die Mannen von Dämonenland in der Burg von Eschgrar Ogo eingeschlossen hatte, ließ er in seinem Zelt ein Mahl richten und tat sich an Wildbret-Pasteten, Birkhähnen und Hummer aus den Seen gütlich. Dazu trank er fast einen ganzen Schlauch thramnischen Weines, so daß er eine Stunde vor Mitternacht von Gro zu seinem Lager geführt werden mußte, wo er bis zum späten Morgen tief und fest schlief.

Gro hielt Wache im Zelt; den rechten Ellbogen hatte er auf den Tisch gestützt, und die Hand lag unter dem Kinn, während die zartgliedrigen Finger seiner Linken mal mit den glänzenden, stark parfümierten Locken seines langen Bartes spielten, mal mit dem Kelch, aus dem er hin und wieder an dem hellen permischen Wein nippte. Seine Gedanken schwirrten umher wie Insekten in einem Sommergarten, drehten sich bald um die große Gestalt des vor ihm schlafenden Generals, bald um andere Szenen, die durch große Abgründe der Zeit oder über lange Meilen gefährlicher Wege entfernt lagen. So daß er nun vor seinem inneren Auge jene edle Frau zu Carcë sah, wie sie ihren Gemahl nach seiner triumphalen Rückkehr in die Arme schloß; und im nächsten Augenblick, von der Zukunft in die Vergangenheit geschleudert, einmal mehr den großen Auszug in Zaje Zaculo schaute, wie Gaslark auf den goldnen Stufen seines Palastes jenen drei Hauptleuten und ihrer unschlagbaren Streitmacht Lebewohl sagte, die zur Atzung von Hunden und Krähen auf dem Felde von Salapanta verdammt waren; und allzeit lauerte wie ein schwarzer Schatten, der seinen Geist verdunkelte, die gähnende Kluft, unkenntlich und unendlich, jenseits des geschlossenen Kreises von Corunds Armeen: die blinde, öde Leere der Moruna

Bei solchen Phantasien senkte sich Melancholie wie ein großer Vogel auf seine Seele nieder. Die Kerzen flackerten in ihren Leuchtern, und vor schierer Müdigkeit schlossen sich Gros Lider über seine großen, ausdrucksvollen Augen; und zu müde, sich von seinem Stuhl zu erheben, um sein Lager aufzusuchen, sank er vornüber auf den Tisch, den Kopf auf die Arme gebettet. Das rote Glühen des Kohlenbeckens schlummerte immer düsterer und düsterer auf der schlanken Gestalt und den schwarzen, glänzenden Locken Gros und auf dem mächtigen Leib Corunds, wo er lag, das eine gestiefelte und gespornte Bein flach auf dem Bett und den andren Fuß seitlich ausgestreckt, daß die eisenbewehrte Ferse die Erde berührte.

Es war schon zwei Stunden vor Mittag, als ein Sonnenstrahl durch einen Spalt in den Zeltwänden drang und auf Corunds Lider fiel, und er erwachte frisch und munter wie ein Jüngling am Morgen der Treibjagd. Er weckte Gro und gab ihm einen Klaps auf die Schulter. »Du tust einem schönen Morgen unrecht«, sprach er. »Der Teufel brenn mich schwarz wie Buttermilch,[1] wenn du dich nicht dessen schämen solltest; denn ich, der ich heuer sechsundvierzig Jahre zähle, bin bereits seit Tagesanbruch zugange!«

Gro gähnte und streckte sich. »O Corund«, sprach er, »leg einen überzeugenderen Glanz in deine Augen, wenn du mich glauben machen willst, du habest den Sonnenaufgang gesehen. Denn das wäre für dich ein Anblick so neu und beispiellos, wie ich ihn dir in ganz Wichtland nicht bieten könnte.«

Corund antwortete: »Gewiß war ich selten so unhöflich, Frau Aurora in ihrem Nachtgewand zu überraschen. Und die drei oder vier Male, wo ich dazu gezwungen war, lehrten mich, daß dies eine Stunde schädlicher Lüfte und Nebel ist, die kalte dunkle Säfte im Körper[2] erzeugen, eine Stunde, wo die Fackel des Lebens am schwächsten brennt. He! Bringt mir meinen Morgentrunk.«

Der Knappe brachte zwei Becher weißen Weins, und während sie tranken, sprach Corund: »Brunnenwasser ist ein dünner, undankbarer Trank, ein Trank für eitle Fante[3] und Levericks[4], nicht für Männer. Und ebenso verhält es sich mit dem Morgengrauen: eine undankbare, saftlose Stunde, eine Stunde für heimtückische Meuchelmörder und kaltblütige Verräter. Ah, gib mir Wein«, rief er, »und Mittagslaster und schamlose Schandtaten unter der Sonne.«

»Dennoch wurde manch einträglich Ding bei Eulenlicht vollbracht«, versetzte Gro.

»Ja«, sprach Corund, »finstere Dinge; und hier, lieber Gro, bin ich noch dein Schüler. Komm, machen wir uns ans Werk.« Und er nahm seinen Helm und seine Waffen, warf sich seinen großen Wolfsfellumhang um die Schultern und trat aus dem Zelt. Gro hüllte sich selbst in seinen Pelzmantel, streifte seine Handschuhe aus Lammfell über und folgte ihm.

»Wenn du meinen Rat hören willst«, sprach Fürst Gro, als sie im hellen Sonnenlicht auf Eschgrar Ogo blickten. »so solltest du Philpritz die Ehre erweisen, auf die er zweifellos sehr erpicht ist, und ihn und sein Volk den ersten Versuch unternehmen lassen, diese Nuß zu knacken. Denn eine harte Nuß ist diese Burg. Schade wär's, kostbares hexenländisches Blut zu vergeuden, wenn wir diese niederen Knechte zur Verfügung haben.«

Corund knurrte etwas in seinen Bart und ging schweigend in Begleitung Gros die Reihen seiner Männer entlang, wobei sein Blick unentwegt auf den Felsen und Mauern der Burg haftete. Nach einer halben Stunde stand er wieder vor seinem Zelt, nachdem er einen vollständigen Rundgang um die Festung gemacht hatte. Dann sprach er: »Wäre ich an ihrer Stelle, und selbst wenn ich nur fünfzig Krieger zur Verteidigung hätte, so könnte ich die Burg gegen ein Heer von zehntausend halten.«

Gro blieb einige Zeit stumm, dann sagte er: »Ist das dein Ernst?«

»Mein voller Ernst«, antwortete Corund und straffte die Schultern, zur Burg gewandt.

»Dann wirst du sie nicht angreifen?«

Corund lachte. »Nicht angreifen, sagst du? Das wäre eine feine Sottise zwischen Vorspeise und Hauptgericht in Carcë: Er zog unverrichteter Dinge ab!«

»Doch bedenke«, sprach Gro und nahm ihn am Arm. »So stellt sich die Lage für mich dar: Sie sind wenige und eingesperrt in diese kleine Burg, in diesem entlegenen Land, von der übrigen Welt verlassen und vergessen. Selbst wenn sie Teufel und nicht Menschen wären, muß die Zahl unserer Streitkräfte und dein eignes erwiesenes Geschick als Heerführer sie schließlich vernichten. Sei die Burg auch noch so uneinnehmbar, so müssen doch gewisse Zweifel ihr Gefühl der Sicherheit untergraben. Deshalb, bevor du riskierst, dir eine Abfuhr zu holen und ihre Zweifel damit zu zerstreuen, nutze deinen Vorteil. Bitte Juss zu einer Unterredung. Schlage ihm Verhandlungen, einen Waffenstillstand vor. Unterbreite ihm Bedingungen; welche, das verschlägt nichts[5]. Locke sie ins freie Feld heraus.«

»Ein hübscher Plan«, sprach Corund. »Du verdienst die Krone der Weisheit, wenn du mir sagen kannst, welche Bedingungen wir anbieten könnten, auf die sie eingehen würden. Und während du darüber nachdenkst, vergiß nicht, daß du und ich zwar hier die Herren sind, doch in Carcë ein andrer regieret.«

Gro lachte leise. »Laß das Scherzen«, sprach er, »o Corund, und glaub nicht, mich einzulullen, daß ich dich für einen Anfänger in politischen Dingen hielte. Wird der König uns verurteilen, wenn wir Dämonenland, ja, und die ganze übrige Welt an Juss abtreten, um ihn aus dem Bau zu locken? Nur dann wohl, wenn wir so nachlässig wären, ihn einmal mehr aus unsren Fängen entwischen zu lassen.«

»Gro«, sprach Corund, »ich schätze dich sehr. Doch kannst du kaum die Dinge so sehen, wie ich sie sehe, der ich mein Leben lang auf freiem Feld Hiebe ausgeteilt und empfangen habe. Ich zierte mich nicht, an deinem Verrat gegen jene elenden Würmer in Orpisch teilzunehmen. Gegenüber solchem Gezücht ist alles recht. Zudem befanden wir uns in einer Notlage, und es ist schwer für einen leeren Sack, aufrecht zu stehen. Aber dies hier ist eine ganz andre Sache. Es ist schon alles gewonnen, und der Apfel braucht nur noch gepflückt zu werden; und mein Ehrgeiz besteht darin, diese Dämonen offen durch den Schrecken meines Schwertes zu beugen, weshalb ich sie nicht mit Listen und Tücken und all deinen teuflischen Tricks bezwingen will, welche mir in den Augen der Nachwelt mehr Verachtung als Ruhm einbringen würden.«

Also sprach er und gab Befehl und schickte einen Herold mit einer Parlamentärsflagge unter die Burgmauer. Und der Herold rief laut und sprach: »Von Corund aus Hexenland an die Fürsten von Dämonenland: Also spricht Fürst Corund: ›Ich halte diese Burg von Eschgrar Ogo wie eine Nuß zwischen den Zangen eines Nußknackers. Kommt herunter und sprecht mit mir in dem Niemandsland vor der Burg, und ich gelobe euch Frieden und Waffenruhe für die Dauer der Verhandlung, und darauf verpfände ich meine Ehre als Krieger.‹«

Nachdem das nötige Zeremoniell vollzogen war, stieg der Fürst Juss von Eschgrar Ogo hinunter, und mit ihm kamen die Fürsten Spitfyr und Brandoch Daha und zwanzig Mann als ihre Leibwache. Corund kam ihnen entgegen, begleitet von seiner Wache und seinen vier Söhnen, welche mit ihm nach Wichtland gezogen waren, nämlich Hacmon, Heming, Viglus und Dormanes: finstere, unwirsche junge Männer, die ihrem Vater ähnlich sahen, aber keinen so scharfen Blick hatten wie er. Gro, schön anzusehen und schlank wie ein Rennpferd, ging an seiner Seite, bis über beide Ohren in einen dicken Hermelinmantel gehüllt; dahinter folgte Philpritz Faz mit einem geflügelten Helm aus Eisen und Gold. Einen vergoldeten Harnisch trug Philpritz und Hosen aus Pantherfell, und er schlich hinter Corund her, wie ein Schakal hinter einem Löwen herschleicht.

Als sie sich gegenüberstanden, hub Juss an und sprach: »Eines möchte ich zuerst wissen, Herr Corund, nämlich wie Ihr hierher kommt und warum und mit welchem Recht Ihr uns den Weg nach Osten, aus Wichtland hinaus, verwehrt.«

Corund, auf seinen Speer gestützt, entgegnete: »Ich brauche Euch das nicht zu beantworten. Trotzdem tue ich es. Wie ich hierherkam?

Ich will es Euch sagen: über die kalten Berge von Akra Skabranth. Und diese Leistung hat seit Menschengedenken nicht ihresgleichen, mit einer so großen Truppe und in so kurzer Zeit.«

»Das mag wohl sein«, sprach Juss. »Ich gestehe, Ihr habt meine Erwartungen übertroffen.«

»Als nächstes wollt Ihr wissen warum«, sprach Corund. »Es soll Euch genügen, daß der König Kunde von Eurer Fahrt nach Wichtland und Euren Absichten dortselbst erhielt. Ich bin hier, diese zu vereiteln.«

»Viele Fässer Wein wurden in Carcë geleert«, sprach Hacmon, »und manch edler Herr lag besinnungslos und speiend auf dem Boden, ehr es Morgen ward, aus reiner Freude darüber, daß der verfluchte Goldry aus dem Weg geschafft war. Wir wollten nicht hinnehmen, daß all die Trinksprüche am Ende umsonst gewesen sein sollten.«

»Weiterhin fragt Ihr, mein Herr Juss«, fuhr Corund fort, »mit welchem Recht ich Euch den Weg nach Osten verwehre. Wisset deshalb, daß ich nicht aus eignen Gnaden zu Euch spreche, sondern als Statthalter im weitläufigen Wichtland für unsren Herrn Gorice XII., König der Könige, glorreichster und mächtigster aller Herrscher. Es gibt für Euch keinen Weg aus dieser Burg, auf dem Ihr mir nicht in die Hände fielet. Laßt uns deshalb, wie es sich für große Männer geziemt, ein ehrenhaftes Abkommen treffen. Und das ist mein Angebot, o Juss: Übergebt diese Burg von Eschgrar Ogo und zugleich damit ein unterzeichnetes und besiegeltes Schriftstück, in dem Ihr unsren Herrn und König als König von Dämonenland bekennt und Euch als seine untergebenen Untertanen und Diener. Dan will ich Euch von meiner Seite und im Namen unsres Herrn und Königs schwören und Euch dazu Geiseln ausliefern, daß Ihr in Frieden abziehen könnt, wohin es Euch beliebt und in Sicherheit für Leib und Leben.«

Fürst Juss blickte ihn finster an. »O Corund«, sprach er. »so wenig wie wir den sinnlosen Wind verstehen, so wenig verstehen wir dein Wort. Oft genug war graues Silber im Feuer zwischen uns und euch Hexenländern. Denn das Haus Gorice war immer wie die üble Kröte, die nicht erdauern mag, den süßen Duft des Rebstocks zu atmen, wenn er blüht. Drum werden wir diese Festung halten und allen Angriffen Widerstand leisten.«

»Mit aller Aufrichtigkeit und offenem Herzen«, antwortete Corund, »habe ich dir dies Angebot gemacht; wenn du es ablehnst – ich bin nicht dein Lakai, es dir ein zweites Mal anzutragen.«

Gro sprach: »Es ist niedergeschrieben und besiegelt und bedarf nur mehr Eures Handzeichens, Fürst Juss«, und mit diesen Worten gab er ein Zeichen an Philpritz Faz, der mit einem Pergament auf Fürst Juss zutrat. Juss wischte das Pergament beiseite mit den Worten: »Genug;

unsre Antwort steht fest«, und er war im Begriff, sich umzuwenden, als Philpritz plötzlich vorsprang und ihm einen harten Rippenstoß[6] verpaßte, mit einem Dolch, den er aus dem Ärmel gezogen hatte. Doch Juss trug ein Panzerhemd unter dem Rock, das die Klinge abwendete. Nichtsdestotrotz warf ihn die Wucht des Stoßes zurück.

Spitfyr griff sofort nach seinem Schwert und die andren Dämonen mit ihm, doch Fürst Juss rief laut, daß sie nicht den Waffenstillstand brechen sollten, bevor feststehe, was Corund nun zu tun gedächte. Und Corund sprach: »Hört Ihr mich, Juss? Ich habe nichts damit zu schaffen.«

Brandoch Daha verzog die Lippen und sprach: »So war's zu erwarten. 's ist ein Wunder, o Juss, daß du solch räudigen Hunden die Hand hinhältst, statt ihnen die Peitsche zu zeigen.«

»Solche Schläge treffen, oder sie versagen eben«, sprach Gro leise in Corunds Ohr, und er hüllte sich tiefer in seinen Mantel und blickte mit verstohlener Belustigung auf die Dämonen. Corund aber sprach mit wutverzerrtem Gesicht: »Ist das alles, was ihr zu sagen habt?« Und als Juss sagte: »Das ist alles, o Corund«, entgegnete Corund mit hochrotem Kopf: »Dann sollt ihr Krieg haben. Und das obdrein, um unsre Ehre zu beweisen.« Und er ließ Philpritz Faz festnehmen, und mit eigner Hand schlug er ihm im Angesicht beider Armeen den Kopf ab. Dann sprach er mit lauter Stimme: »So blutig ich die Ehre Hexenlands an diesem Philpritz Faz rächte, werde ich sie an jedem von euch rächen, ehr ich jemals meine Armeen von diesen Seen von Ogo Morveo abziehen lasse.«

So stiegen die Dämonen zu ihrer Feste hinauf, und Gro und Corund kehrten in ihr Zelt zurück. »Das war geschickt gemacht«, sprach Gro, »nach außen die Fahne der Ehrbarkeit zu hissen und gleichzeitig diesen Kerl aus dem Weg zu räumen, der unsre Herrschaft in Wichtland dornenreich zu machen versprach.«

Corund antwortete ihm nicht ein Wort.

Noch in derselben Stunde sammelte Corund sein Heer und griff Eschgrar Ogo an, wobei die Mannen von Wichtland die Vorhut[7] bildeten. Sie blieben ohne Erfolg. Viele lagen in dieser Nacht tot vor den Mauern der Burg; und die obszönen Bestien aus der Wüste labten sich im Mondschein an ihren Leichen.[8]

Am nächsten Morgen sandte Corund einen Herold und bat die Dämonen abermals um eine Unterredung. Und jetzt sprach er nur zu Brandoch Daha und suchte ihn dafür zu gewinnen, jene beiden Brüder Juss und Spitfyr auszuliefern. »Und wenn Ihr sie mir herausgebt, könnt Ihr mit Euren Leuten ohne weitere Bedingungen in Frieden abziehn.«

»Ein großzügiges Angebot«, sprach Brandoch Daha, »wenn es nicht nur als Spott gemeint ist. Sagt es laut, damit meine Leute es hören.«

Corund tat das, und die Dämonen auf den Mauern der Burg hörten es.

Fürst Brandoch Daha, der etwas abseits von Juss und Spitfyr und der Leibwache stand, sprach. »Gebt mir einen Brief darauf![9] So sehr ich nun Euer Wort zu würdigen weiß, muß ich doch Euer Siegel und Eure Unterschrift haben, um es meinen Leuten zu zeigen, ehr sie sich darin einverstanden geben.«

»Schreib du«, sprach Corund zu Gro. »Meine Bildung reicht nur so weit, daß ich meinen Namen kritzeln kann. » Und Gro nahm sein Tintenfaß und schrieb in großen, schönen Lettern dies Angebot auf ein Pergament. »Die fürchterlichsten Eide, die du kennst«, sprach Corund, und Gro schrieb sie nieder, wobei er flüsterte: »Er verspottet uns nur.« Corund aber sagte: »Wie dem auch sei, 's ist einen Versuch wert«, und langsam und mit Mühe unterzeichnete er das Schriftstück mit seinem Namen und gab es dann Brandoch Daha.

Brandoch Daha las es aufmerksam und schob es unter den Kettenpanzer an seine Brust. »Dies«, so sprach er, »soll für mich ein Unterpfand von Euch sein, Herr Corund. Und mich daran erinnern«, und hier trat ein schrecklicher Blick in seine Augen, »daß ich, solange eine Seele von euch in Hexenland lebet, die Welt gründlich lehren muß, wie es demjenigen ergeht, der mich mit solch einem Angebot zu beleidigen wagt.«

Corund antwortete ihm: »Du eitler Fant. Es ist ein Wunder, daß du mit deinem weibischen Putz überhaupt deinen Fuß auf so staubige Erde setzest. Wie viele dieser glitzernden Steinchen werde ich, glaubst du, an deinem Schild belassen, wenn es zwischen uns zum Schlagabtausch kommt?«

»Ich sage dir«, antwortete Fürst Brandoch Daha, »für jeden Edelstein, der in der Schlacht aus meinem Schild geschlagen wurde, habe ich ein jedes Mal, wenn ich ins Feld zog, das Hundertfache zum Ausgleich aus der Kriegsbeute heimgetragen. Was deine beleidigenden Worte angeht, o Corund, so sag' ich dir dies: Ich fodere dich hier und jetzt zu einem Zweikampf heraus. Wenn du dich weigerst, hast du dich vor aller Augen als Feigling erwiesen.«

Corund lachte, doch seine Miene wurde finster. »Ich bitte dich, für wie alt hältst du mich?« sprach er. »Ich trug ein Schwert, als du noch in Windeln lagst. Sieh meine Streitkräfte an und welchen Vorteil ich über dich habe. Oh, mein Schwert ist verzaubert, werter Herr: es will nicht aus der Scheide.«

Brandoch Daha lächelte geringschätzig und sprach zu Spitfyr: »Sieh dir nur diesen großen Fürsten von Hexenland gut an. Wie viele echte Finger hat ein Hexenländer an seiner linken Hand?«

»Soviel wie an der rechten«, sprach Spitfyr.

»Gut. Und wieviel an beiden?«

»Ein Paar weniger zwei«, sprach Spitfyr, »denn sie sind falsche Fuffziger bis in die Fingerspitzen.«

»Sehr gut geantwortet«, sprach Fürst Brandoch Daha.

»Ihr seid spaßig«, sprach Corund. »Doch eure billigen Späße rühren mich kein bißchen. Es wäre wirklich töricht von mir, auf deine Herausforderung einzugehen, wenn alle Vernunft mir rät, daß ich dich mit meiner Übermacht viel leichter zermalmen kann.«

»Du wirst mich bald noch mit deinem Munde töten«, sprach Brandoch Daha. »Kurzum: Ihr seid ein tapferer Mann, Herr Corund, was das Brüllen und Fluchen angeht, und ein wackerer Trinker, denn man sagt, daß Ihr Euch jeden Tag der Woche bis zum Umfallen besauft; doch fürchte ich. daß Ihr nicht zu kämpfen wagt.«

»Schwillt Euch nicht die Nase, wenn Ihr das hört?« sprach Spitfyr.

Doch Corund zuckte die Achseln. »Einen Furz um euer Gestichel!« antwortete er. »Ich bin euch Dämonenländern wohl kaum zu einer solchen Geste verpflichtet. Meinen Vorteil sein lassen? Allein gegen einen Fechter zum Bühnenkampf[10] anzutreten? O nein! Alte Füchse fängt man selten in der Falle.«

»Dacht ich's mir«, sprach Fürst Brandoch Daha. »Gewiß werden einem Frosch eher Haare wachsen, als daß ein Hexenländer gegen mich anzutreten wagt.«

So endete die zweite Unterredung vor Eschgrar Ogo. Am selben Tag versuchte Corund abermals, die Burg zu stürmen, und bitter war die Schlacht, und mächtig mußten die Dämonen sich mühen, die Wälle zu halten. Doch am Ende wurden Corunds Männer zurückgeworfen, mit großen Verlusten. Und die Nacht brach herein, und sie kehrten in ihre Zelte zurück.

»Dank meiner Findigkeit«, sprach Gro, als sie am nächsten Tag zusammen Rat hielten, »hab' ich noch eine Idee in der Hinterhand, die uns nützen kann, so sie uns denn genehm ist. Doch ich fürchte, sie wird dir nicht behagen.«

»Nun, sprich's aus, und ich werde dir sagen, was ich davon halte«, meinte Corund.

Gro sprach: »Es hat sich gezeigt, daß wir diesen Baum nicht fällen können, wenn wir ihn über der Erde angehen. Wir müssen die Wurzeln untergraben. Gib den Dämonen zunächst sieben Tage Pause, sich ihre Chancen auszurechnen, während sie von früh bis spät ringsum deine Streitkräfte in ihren Stellungen sehen. Dann, wenn dieser Anblick ihre Hoffnungen gedämpft und das untätige Zuwarten sie auf düstere Gedanken gebracht hat, erbitte eine Unterredung und trete direkt unter die Mauern; und diesmal sollst du nur die einfachen Soldaten ansprechen und ihnen alle großmütigen und feilen Angebote machen, welche du dir denken kannst. Es gibt wenig, das wir ihnen nicht erfüllen würden, wenn sie uns nur ihre Anführer auslieferten.«

»Es behagt mir nicht«, antwortete Gro. »Doch vielleicht dient es unsrem Zweck. Aber du sollst hierin mein Sprecher sein. Denn noch nie trat ich mit gezogenem Hut vor gemeines Volk, um einen Gefallen zu erbitten, und das werd' ich auch jetzt nicht tun.«

»Oh, aber du mußt«, sprach Gro. »Von dir werden sie guten Glaubens aufnehmen, was sie bei mir nur für einen Schachzug halten würden.«

»Das stimmt«, sprach Corund. »Aber ich kann mich nicht damit anfreunden. Außerdem ist meine Sprache viel zu derb.«

Gro lächelte. »Wer einen Hund brauchet«, sprach er, »rufet ihn ›Herr Hund!‹ Komm, komm, ich schule dich darin. Ist es nicht ein kleineres Übel, als monatelang in öder Langeweile in dieser eisigen Wüste auszuharren? Bedenke auch, welche Ehre es für dich wäre, in Carcë einzureiten mit Juss und Spitfyr und Brandoch Daha am Zügel.«

Nicht ohne viele Überredung ließ sich Corund dazu gewinnen, stimmte schließlich jedoch zu. Sieben Tage und sieben Nächte lang saßen seine Armeen vor der Burg, ohne sich zu rühren; und am achten Tage bat er die Dämonen um eine Unterredung, und als diese zugestanden wurde, stieg er mit seinen Söhnen und zwanzig Leuten die große Felsrampe zwischen den Seen hinauf, bis er unter der Ostmauer der Burg stand. Die Luft war bitterkalt an diesem Tag. Feiner Pulverschnee wurde in kleinen Flocken über den Boden gefegt, und die Felsen waren rutschig von einer unsichtbaren Eisschicht. Fürst Gro, den ein Fieber plagte, hatte sich entschuldigt und war im Zelt geblieben.

Umringt von seinen Leuten stand Corund unter der Mauer. »Ich habe etwas Wichtiges mitzuteilen«, verkündete er, »und es tut not, daß sowohl die Höchsten als auch die Niedersten unter euch es hören. Ehr ich beginne, ruft alle auf diese Seite der Burg; ein Wachtposten auf den andren Seiten wird genügen, vor plötzlichen Angriffen zu warnen, die aber, das versichere ich, nicht in meinem Sinne sind.« Als sich dann alle auf dem Wall über ihm drängten, begann er zu sprechen: »Soldaten von Dämonenland, mit euch stand ich nie im Streit. Seht, wie ich in diesem Wichtland die Freiheit wie eine Blume erblühen ließ. Philpritz Faz ließ ich den Kopf abschlagen und Illarosch, Lurmesch, Gandassa und Fax Fay Faz, welche hier vormals die Herren und Regenten waren und sich in allen blutigen und himmelschreienden Sünden ergingen: Unterdrückung, Völlerei, Müßiggang, Grausamkeit und Erpressung. Und in meiner Gnade verteilte ich ihre Güter unter ihren

Untertanen, welche vormals mit großer Geduld die unerträgliche Gewaltherrschaft dieser Fazen zu ertragen hatten, bis sie in mir ein Mittel für eine größere Freiheit fanden, nach eignem Willen zu schalten und zu walten. Und in ähnlicher Weise führe ich nicht Krieg gegen euch, o Männer von Dämonenland, sondern gegen die Tyrannen, die euch für ihren persönlichen Vorteil zwangen, in diesem fernen Land Entbehrung und Tod auf euch zu nehmen: nämlich gegen Juss und Spitfyr, welche hierher kamen auf der Suche nach ihrem verfluchten Bruder, den die Macht des großen Königs hinweggefegt hat. Und mit Brandoch Daha bin ich im Krieg, dessen Überheblichkeit keine Grenzen kennt und der in Hülle und Fülle lebt und allen Genüssen frönt, während seine Untertanen in den schönen Landen von Krothering, Failze und Stropardon und auf den Inseln Sorbey, Morvey, Strufey, Dalney und Kenarvey und die von Westmark und den westlichen Teilen Dämonenlands unter seiner Tyrannei stöhnen und darben, um seinen Überfluß zu nähren. Zu eurem Verderben haben diese drei euch hierhin geführt, wie Vieh zur Schlachtbank. Gebt sie mir heraus, auf daß ich sie züchtige, und ich, der ich Vizekönig von Wichtland bin, werde euch befreien und euch ein Fürstentum schenken: ein Fürstentum für jeden von euch in diesem meinem Reich Wichtland.«

Während Corund also redete, ging Fürst Brandoch Daha zwischen seinen Soldaten umher und mahnte sie, friedlich zu sein und nicht gegen Corund zu murren. Jene aber, die sich gar nicht beschwichtigen ließen, schickte er los, um vorzubereiten, was er im Schilde führte. Als Fürst Corund seine Rede beendet hatte, war alles bei der Hand, und die Soldaten des Fürsten Juss, die auf der Mauer standen, riefen wie mit einer Stimme: »Das sind deine Worte, o Corund, und dies ist unsre Antwort«, und damit schleuderten sie eine Flut von Unrat und Kehricht und allerlei Abfällen auf ihn, aus Töpfen und Kübeln und jeder Art von Gefäßen, die sie greifbar hatten. Ein Kübelvoll traf Corund im Mund und bespritzte seinen Bart, daß er spuckend zurückwich. Und er und die Seinen, welche direkt unter der Mauer standen und eine so plötzliche und böse Antwort kaum erwartet hatten, wurden zu ihrer Schmach und Schande über und über mit Dreck und Kot beschmiert und besudelt.

Darob brach auf den Mauern ein lautes Gejohle und Gelächter aus. Doch Corund schrie erbost: »Ihr Abschaum aus Dämonenland, das war mein letztes Wort an euch. Und müßt' ich diese Festung zehn Jahre belagern, ich werde sie euch entreißen. Und gar unversöhnlich werdet ihr mich an Ende finden und sehr hochmögend, stolz, mächtig, grausam und blutrünstig werde ich sein in meinem Sieg.«

»Was, Männer?« sprach Fürst Brandoch Daha, der auf den Zinnen stand. »Haben wir diesem Vieh nicht genügend Schweinekoben gegeben, weil es immer noch vor unsrem Tor runzt und grunzt? Gebt mir noch einen Eimer.«

So kehrten die Hexen in großer Schande zu ihren Zelten zurück. So hitzig war Corund vor Zorn, daß er nach seiner Rückkehr von Eschgrar Ogo weder aß noch trank, sondern alsgleich seine Truppen sammelte und einen Angriff auf die Burg unternahm, den mächtigsten bislang, und seine auserlesenen Männer von Hexenland waren bei diesem Angriff dabei, und er selbst führte ihn an. Dreimal konnten sie in ihrem Zorn die Mauern stürmen, doch ein jeder, der seinen Fuß darauf setzte, fand den Tod, und auch Corunds junger Sohn Dormanes ward dabei erschlagen. Und am Abend zogen sie sich zurück. Es fielen in diesem Kampf einhundertundachtzig Dämonen und von den Wichten fünfhundert und von den Hexen dreihundertundneunundneunzig. Und viele waren verwundet, auf beiden Seiten.

Zorn umwölkte Corunds Stirn wie Donnergrollen, als er sein Nachtmahl einnahm. Er aß sein Fleisch wie ein Wilder, schob sich große Brocken in den Mund, zermalmte die Knochen wie ein Tier und trank nach jedem Bissen große Schlucke Wein, was freilich seine düstere Stimmung nicht vertrieb. Ihm gegenüber saß schweigend Gro, der hin und wieder zitterte, obwohl er seinen dicken Hermelinmantel trug und die Kohlenpfanne direkt neben ihm stand. Er aß nur ein spärliches Mahl, trank in kleinen Schlucken ein wenig Glühwein, in den er kleine Brotstücke tunkte.

So verstrich jenes freudlose Mahl in Schweigen, bis der Fürst Corund plötzlich über den Tisch zu Gro sah, seinem Blick begegnete und sprach: »Das war ein kluger Einfall von dir, und noch klüger war's, daß du dir ein Fieber holtest und dich so nicht unter der Burg mit Dreck bewerfen lassen mußtest.«

»Wer hätte sich träumen lassen«, antwortete Gro, »daß sie zu so niederträchtigen und gemeinen Mitteln greifen würden?«

»Du nicht, das schwöre ich«, sprach Corund, sah ihn finster an und vermeinte ein Leuchten in Gros Augen zu sehen. Gro schauderte wieder, schlürfte an seinem Glühwein und wich den unfreundlichen Blicken unsicher aus.

Corund trank eine Weile schweigend, lief dann plötzlich dunkelrot an und beugte sich, schwer auf den Tisch gestützt, vor. »Weißt du, warum ich ›du nicht‹ sagte?«

»Es wäre nicht nötig gewesen«, sprach Gro, »bei einem Freund wie mir.«

»Ich sagte es«, sprach Corund, »weil ich genau weiß, daß du dich aus einem andren Grund gedrückt hast.«

»Aus einem andren Grund?«

»Sitze nicht da wie eine gezierte Jungfrau und täusche eine Unschuld vor, die du nicht hast«, sprach Corund, »oder ich töte dich. Du hast mit den Dämonen meinen Tod geplant. Und weil du selbst keinen Funken Ehre besitzt, hast du nicht damit gerechnet, daß deren Edelmut sie von einem solchen Verrat zurückhalten würde, wie du ihn dir erhofftest.«

Gro sprach: »Das ist ein Scherz, über den ich nicht lachen kann, oder irres Geschwätz.«

»Falscher Hund«, sprach Corund, »sei gewiß, daß ich den nicht für minder schuldig halte, der die Leiter hält, als den, der die Mauer erklimmt. Es war dein Plan, daß die Dämonen uns plötzlich angreifen sollten, als wir für jene Unterredung, die du mir so dringend ans Herz legtest, zu ihnen gingen.«

Gro machte Anstalten aufzustehen. »Setz dich!« sagte Corund. »Antworte mir: Hast du nicht den armen Narren Philpritz zu jenem Anschlag auf Juss angestiftet?«

»Er sprach zu mir davon«, antwortete Gro.

»Oh, du bist schlau«, sprach Corund. »Auch da sehe ich deinen Verrat. Hätten die Dämonen uns angefallen, hättest du dich auf ihre Gnade verlassen können.«

»Törichtes Gerede«, sprach Gro. »Wir waren viel stärker.«

»Wohl wahr«, antwortete Corund. »Habe ich von dir etwa Weisheit und gesundes Urteilsvermögen erwartet? Doch mit Verrat, das weiß ich, bist du ganz und gar durchtränkt.«

»Und du bist mein Freund!« sprach Gro.

Nach einer Weile sagte Corund: »Seit langem kenne ich dich als einen schlauen und arglistigen Fuchs, und ich kann dir nicht länger vertrauen, aus Furcht, tiefer in deine Ränke hineinzugeraten. Drum bin ich entschlossen, dich zu töten.«

Gro lehnte sich in seinen Stuhl zurück und breitete die Arme aus. »Ich war schon einmal hier«, sagte er. »Ich habe es gesehen bei Mondschein und im grellen Tageslicht, bei schönem Wetter und in Hagel und Schnee; ich habe die wilden Stürme erlebt, die über die Öde fegen. Und ich wußte, es ist ein verwunschenes Land. In Morna Moruna, ehr ich geboren ward oder du, o Corund, oder irgendeiner von uns, wurden Verrat und Grausamkeit, schwärzer als die Nacht, geboren und brachten Tod ihrem Erzeuger und seinem ganzen Volk. Von Morna Moruna bläst dieser Wind über die Öde, der unsre Liebe zerstört und uns Verderben bringt. Ach, töte mich; ich werde mich nicht verteidigen.«

»Es macht wenig Unterschied, Kobold«, sprach Corund, »ob du dich wehrst oder nicht. Du bist nur eine Laus zwischen meinen Fingern, die ich nach Belieben zerdrücken oder fortschnippen kann.«

»Ich war König Gaslarks Mann«, sagte Gro, als spräche er in einem Traum, »und fünfzehn Jahre, zwischen Jugend und Mannbarkeit, diente ich ihm treu und ergeben. Doch es war mein Schicksal, von Anfang an vorherbestimmt, einen Bart um mein Kinn und Reue im Herzen zu tragen. Aus welchem unverstandenen Grunde mußte ich auch Ränke gegen ihn schmieden? Mitleid für Hexenland, für Hexenland, das damals in die Grube des Unglücks zu sinken begann, das war's, was mich bewegte. Und ich diente Hexenland wohl; aber das Schicksal kämpfte stets auf der andren Seite. Ich war es, der König Gorice XI. riet, sich aus der Schlacht bei Kartadza zurückzuziehen. Doch das schwankende Schicksal drückte die Waagschale zugunsten Dämonenlands nieder. Ich flehte ihn an, nicht gegen Goldry auf den Foliot-Inseln zu ringen. Du hast mich dabei unterstützt. Nichts als Tadel und Todesdrohungen waren mein Lohn; doch weil mein Rat nicht beherzigt wurde, kam Hexenland in große Bedrängnis. Ich half unsrem Herrn und König bei der Beschwörung im Eisernen Turm, als er den Dämonen seine Sendung schickte. Dafür wurde ich von ihm geliebt und erhoben; aber nichts als Neid erntete ich darob in Carcë. Dennoch ließ ich den Mut nicht sinken; denn deine Freundschaft und die Freundschaft deiner Gattin waren mir wie helle Feuer, an denen ich mich wärmen konnte gegen alle Fröste ihrer Mißgunst. Und jetzt, aus lauter Liebe zu dir, zog ich mit dir nach Wichtland. Und hier am Rande der Moruna, wo ich einst in Gefahr und voll Kummer wandelte, ist der rechte Ort, die Nichtigkeit all meiner Tage zu beschauen.«

Damit schwieg Gro eine Zeitlang und setzte dann an: »O Corund, ich will dir mein Innerstes entblößen, bevor du mich tötest. Es ist wohl wahr, daß es mir bislang, hier vor Eschgrar Ogo, in meinem Herzen gewärtig war, welch großen Vorteil wir gegen die Dämonen hatten und wie glorreich sie sich verteidigten, so wenige von ihnen gegen so viele von uns, und wie überaus glorreich sie uns zurückschlugen; diese Taten waren für meine Seele wie ein Wunder anzuschaun. Dieser Glanz hat mir in meinem Leben immer geleuchtet, wenn ich große Männer sah, die unter den Schlägen widrigen Geschicks den Kampf nie aufgeben, so daß es, mögen sie noch so sehr meine Feinde sein, nicht in meiner Natur liegt, ihnen keine Bewunderung, ja, geradezu Liebe entgegenzubringen. Doch niemals war ich falsch gegen dich, und noch weniger habe ich je daran gedacht, wessen du mich so herzlos anklagst, dich in den Tod zu stürzen.«

»Wie ein Weib winselst du um dein Leben«, sprach Corund. »Feige Hunde erregen mein Mitleid nicht.« Doch er rührte sich nicht, blickte nur mürrisch auf Gro.

Gro zog sein Schwert aus der Scheide und schob es mit dem Heft voran über den Tisch zu Corund hin. »Solche Worte zwischen uns zweien sind schlimmer als Schwerthiebe«, sprach er. »Du wirst sehen, wie willkommen mir der Tod ist. Der König wird dich loben, wenn du ihm den Grund sagst. Und es wird süße Kunde für Corinius und jene sein, die mich hassen, daß du mich aus deiner Gunst verstoßen und mich endlich aus dem Weg geschafft hast.«

Doch Corund rührte sich nicht. Nach einer Weile goß er Wein nach und trank, blieb aber weiter sitzen. Und Gro saß regungslos vor ihm. Schließlich erhob Corund sich schwerfällig und schob Gros Schwert über den Tisch zurück. »Du solltest besser ins Bett gehen«, sprach er. »Aber die Nacht ist zu kalt für dein Fieber. Schlaf in meinem Zelt heut nacht.«

Kalt und grau dämmerte der Tag heran, und Corund ließ seine Streitkräfte rings um die Burg in Stellung gehen und begann mit einer Belagerung. Zehn Tage saß er vor der Burg, und nichts geschah von Morgen bis Abend, von Abend bis Morgen; nur die Wachtposten gingen auf den Mauern auf und ab, und Corunds Leute harrten in ihren Stellungen aus. Am elften Tag zog eine Nebelbank aus der Moruna herauf, kalt und klamm, und verwischte sämtliche Umrisse. Schnee fiel, und der Nebel hing über dem Land, und als die Nacht kam, war es so finster, daß man nicht einmal im Schein einer Fackel die ausgestreckte Hand vor sich sehen konnte. Fünf Tage hielt der Nebel an. In der fünften Nacht, es war der vierundzwanzigste November, wurde in der Dunkelheit der dritten Stunde nach Mitternacht Alarm geschlagen, und ein Melder aus dem Norden brachte Corund die Kunde, daß ein Ausfall aus Eschgrar Ogo gemacht worden und an dieser Stelle der Ring durchbrochen sei. Corund hatte kaum seine Rüstung angelegt und war in die Nacht aufgebrochen, als ein zweiter Meldeläufer eintraf und atemlos berichtete, daß es im Süden zum Kampf gekommen sei. Wegen der Finsternis war alles durcheinander und ungewiß: sicher war nur, daß die Dämonen aus Eschgrar Ogo ausgebrochen waren. Einige Zeit später, als Corund mit seinen Gefolge in den nördlichen Abschnitt gekommen war und in den Kampf eingegriffen hatte, kam eine Meldung von seinem Sohn Heming, daß Spitfyr mit einem Teil seiner Leute die südliche Kampflinie durchbrochen habe und nach Westen geflohen sei und daß eine große Truppe ihn nach Niederwichtland zurück verfolge; und damit zugleich, daß man an den Ufern der Seen mehr als hundert Dämonen umstellt und eingeschlossen habe und die Burg gestürmt und eingenommen sei. Doch über Juss und Brandoch Daha gab es keine gesicherten Nachrichten, außer daß sie nicht bei Spitfyr waren, sondern bei denen, gegen die Corund persönlich kämpfte; also nach Norden gegangen waren. So wogte die Schlacht die ganze Nacht hindurch. Einmal bekam Corund Juss vor Augen, als am Morgen der Nebel verflog, und er tauschte Speerwürfe mit ihm aus, und einer seiner Söhne stieß im gleichen Abschnitt auf Brandoch Daha und trug im Zweikampf eine tiefe Wunde davon.

Als der Morgen anbrach, und die Hexen von ihrer Verfolgungsjagd zurückgekommen waren, befragte Corund unverzüglich seine Hauptleute und ging persönlich über das Schlachtfeld, sich die Berichte der einzelnen Soldaten anzuhören und die Gefallenen anzusehen. Jene Dämonen, die bei den Seen eingeschlossen worden waren, hatten allesamt ihr Leben verloren. Auch an andren Stellen waren viele gefallen, und nur ganz wenige lebten noch; Corunds Hauptleute wollten sie hinrichten lassen, aber Corund sprach: »Da ich in Wichtland König bin, bis der König es aus meiner Hand empfängt, wird jene Handvoll Erdläuse meine Sicherheit hier kaum gefährden; und so will ich ihnen das Leben schenken, denn tapfer haben sie gegen uns gekämpft.« So gab er ihnen Frieden. Und er sprach zu Gro: »Lieber wäre mir, für jeden toten Dämon in Ogo Morveo stünden zehn neue auf, wenn nur Juss und Brandoch Daha gefallen wären.«

»Ich bin dabei, so du sie für tot erklären willst«, sprach Gro. »Und nichts ist wahrscheinlicher, wenn sie mit nur zwei oder drei Leuten in die Moruna gegangen sind, daß eine solche Geschichte sich bewahrheiten wird, noch ehr sie Carcë erreicht.«

»Ach«, sprach Corund, »zum Teufel mit solch falschen Federn. Daß wir Großes geleistet, zeigt sich auch ohne sie: Wichtland erobert, Juss' Armee aufgerieben, er selbst und Brandoch Daha wie entlaufene Sklaven in die Moruna gejagt. Wo, falls die Teufel sie zerreißen, mein größter Wunsch in Erfüllung geht. Wenn nicht, wirst du's schon merken. Glaubst du denn, die beiden könnten hienieden überleben, ohne einen Lärm zu schlagen, der von hier bis Carcë zu hören sein wird?«

Kapitel XII

Koschtra Pivrarcha

Von der Kunft der Fürsten des Dämonenlandes an Morna Moruna, woselbst sie die Berge Zimiamviens erspähten, wie auch Gro selbige einstmals gesehen; und von den Wundern, die von ihnen erschaut, und den Gefahren gemeistert, und den Taten vollbracht in der Ersteigung des Koschtra Pivrarcha, welchselbiger allein von allen Bergen der Welt hinabblicket auf Koschtra Belorn, deß Gipfel keiner soll ersteigen, so er nicht ehrdem auf ihn herab geschauet.

Nun ist zu berichten von Fürst Juss und Fürst Brandoch Daha, wie sie im Nebel von ihren Gefährten getrennt wurden und sie nicht wiederfinden konnten, so daß sie, als der Schlachtenlärm verklungen war, ihre blutigen Schwerter abwischten und in die Scheide steckten und sich eilends in Richtung Osten davonmachten. Von all ihren Gefährten begleitete sie nur Mirvasch. Seine Lippen waren ein wenig zurückgezogen, so daß seine Zähne hervorbleckten, doch er folgte ihnen stolz wie einer, der, dem Tod geweiht, ohne Zaudern in seinen Untergang geht. Tag um Tag wanderten sie, mal bei schönem Wetter, mal bei Nebel oder Schneeregen, durch die eintönige Wildnis, in der es keine markanten Punkte gab außer bisweilen einem kleinen, trägen Rinnsal, einer Erhebung, einem Tümpel oder einer einsamen Felsgruppe: kleine Dinge, die inmitten der Öde wieder aus dem Blickfeld verschwanden, noch bevor man eine halbe Meile davon entfernt war. So war jeder Tag wie das Gestern und jedes Morgen nicht anders. Stets folgte ihnen die Angst auf den Fersen und stand neben ihnen beim Schlafen: Flügelschläge, lauter als der Wind, unheilschwangere Stille im Sonnenschein und Geräusche aus der Leere der Nacht wie von klappernden Zähnen. So gelangten sie am zwanzigsten Tag nach Morna Moruna und standen am Abend im tristen Zwielicht bei der kleinen runden Festung stumm am Rande der Klippe von Omprenne.

Vor ihren Füßen fiel das Land steil ab. Seltsam war es, an diesem erstarrten Rand der Moruna zu stehen, wie am Ende der Welt, und nach Süden in ein Reich des Sommers zu blicken und zarte Sommerlüfte zu atmen, die von blühenden Bäumen und blumenbedeckten Matten heraufwehten. In den Tiefen bedeckte ein Teppich riesiger Baumwipfel weite Landstriche, durch dessen Mitte, hie und da als ein Band aus Silber zwischen den Wäldern zu erkennen, der Bhavinan das Wasser von tausend einsamen Almen forttrug in ein unbekanntes Meer. Jenseits des Flusses stiegen die dichten Wälder, bläulich im Dunst der Ferne, zu gefiederten Hügelkuppen an, hinter denen sich schärfer umrissene Höhen diesig abzeichneten. Die Dämonen suchten mit ihren Blicken angestrengt den Vorhang des Geheimnisses hinter und über jenen Vorbergen zu durchdringen, doch die großen Gipfel, edlen Damen gleich, verschleierten sich vor ihren neugierigen Augen, und von ihren Schneefeldern war keine Spur zu sehen.

In Morna Moruna zu sein hieß, in der Todeskammer einer einst lieblichen Gegenwart zu stehen. Brandflecken zeichneten die Wände. Die schöne Galerie aus offenen Holzwerk über der Eingangshalle war verkohlt und teilweise eingebrochen; die geschwärzten Enden der Tragbalken stachen blind in die Lücke hervor. Zwischen dem Gerümpel geschnitzter Stühle und Bänke, zerbrochen und wurmstichig, verrotteten Reste gewirkter Tapisserien, nun ein Heim für Käfer und Spinnen. Farbflecken, verblaßte Linien, verschimmelt und gezeichnet vom Verfall zweier Jahrhunderte, verblieben als Erinnerung, gleich dem vertrockneten Skelett einer Königstochter, unzeitig zu Tode gekommen vor vielen Jahren, von liebreizenden, anmutigen Bildern an den Wänden. Fünf Tage und fünf Nächte verweilten die Dämonen und Mirvasch in Morna Moruna, und sie gewöhnten sich an die unheilvollen Zeichen, bis sie diese so wenig beachteten wie Menschen Schwalben am Fenster. In der stillen Nacht waren Flammen zu sehen und fliegende Gestalten, undeutlich, in der monderhellten Luft, und in mond- und sternlosen Nächten hörte man ein Stöhnen und schnatternde Stimmen: Erscheinungen neben ihrem Ruhelager und Hufschläge am Himmel und fleischlose Finger, die unsichtbar an Juss zupften, wenn er hinausging, die Nacht zu erforschen.

Wolken und Dunst verhüllten die ganze Zeit den Südhimmel, und nur die Vorgebirge der großen Bergketten jenseits des Bhavinan zeigten sich dem Blick. Doch am Abend des sechsten Tages vor dem Julfest, dem neunzehnten Dezember, wenn um Mitternacht Beteigeuze am Meridian steht, kam ein Wind aus Nordwesten auf und brachte Graupelschauer im Wechsel mit Sonnenschein. Der Tag ging dem Ende zu, als sie auf den Felsen standen. Die Wälder waren blau mit den Schatten der nahenden Nacht, der Fluß von dunklem Silber, die bewaldeten Höhen in der Ferne gingen in den Türmen und Bänken von tiefblauem Dunst unter, welche sich in endlosem Strom durch die oberen Luftschichten wälzten. Plötzlich öffnete sich ein Fenster in den Wolken zu einem Raum reinen, blaßblauen, windgefegten Himmels hoch über den gefiederten Hügeln. Sicherlich hielt Juss in jenem Augenblick den Atem an, als er jene Unsterblichen sah, wie sie von kristallklarer Luft umrahmt in der Höhe erstrahlten: fern, erhaben und einsam, eher Geschöpfen des unerreichbaren Himmels gleich, aus Feuer und Wind gefügt, zu rein, um an den niederen Elementen Erde und Wasser Anteil zu haben. Es war, als ob das rosige Licht des Sonnenuntergangs zu Kristall erstarrt und diese Gipfel daraus gehauen wären, um so immerwährend, fest und unwandelbar zwischen dem Gewoge irdischer Nebelschwaden zu ihren Füßen und stürmischen Himmels über ihnen zu stehen. Der Spalt in den Wolken weitete sich nach Osten und Westen und enthüllte weitere Gipfel und im Sonnenlicht erglühende Gletscher. Und ein Regenbogen, der sich nach Süden zu neigte, stand wie ein Schwert der Herrlichkeit über der Vision.

Reglos, wie Falken von ihrem Ausguck, blickten Juss und Brandoch Daha auf die Berge ihrer Sehnsucht.

Juss begann, stockend wie einer, der im Traume spricht: »Der süße Duft, dieser frische Wind, selbst der Fels, auf dem dein Fuß steht: das alles ist mir wohl bekannt. Es verging keine Nacht, seit wir aus Sichthaven ausliefen, da ich im Schlaf nicht diese Berge gesehen und ihre Namen gekannt hätte.«

»Wer nannte dir ihre Namen?« fragte Fürst Brandoch Daha.

»Mein Traum«, erwiderte Juss. »Und zuerst träumte ich davon in meinem eignen Bette zu Stormhöh, als ich im vergangenen Juni von einem Besuch bei dir heimkehrte. Und es sind wahre Träume, die dort geträumt werden.« Und er sprach: »Siehst du, wo die Vorberge sich zu einem dunklen Tal teilen, das tief in die Kette hineinstößt, und wo die Berge frei vom Fuß bis zum Gipfel zu sehen sind? Beachte, wo jenseits der vorderen Kämme Hänge von kahlem Fels, spinnwebartig bedeckt mit riesigen Schneefeldern, zu einer steilen Wand hinaufführen, deren Felstürme sich gegen den Himmel erheben. Das ist der mächtige First des Koschtra Pivrarcha und die höchste jener Spitzen sein geheimer Gipfel.«

Während er sprach, folgte sein Auge dem östlichen Teil der Kammlinie, wo Bergspitzen, wie vom Himmel herabsteigende dunkle Götter, steil zu einem Gesims abfielen, welches waagerecht über einem Feld von lawinendurchpflügtem Schnee verlief. Er verstummte, als sein Blick auf den Schwesterberg zu ruhen kam, der ostwärts davon in wilden Schründen himmelwärts flammte zu einem hohen, schneebedeckten Gipfel, weich wie eine Mädchenwange, reiner als Tau, lieblicher als ein Traum.

Während sie noch schauten, verglühten die Feuer des Sonnenuntergangs auf den Bergen und ließen nur blasse Töne des Todes und des Schweigens zurück. »Wenn dein Traum«, sprach Fürst Brandoch Daha, »dich von diesem Kliff über den Bhavinan durch jene Wälder und Hügel führte, hinauf über Meilen von Schnee und vereistem Fels, die zwischen uns und der Hauptkette stehen, und weiter über die rechte Route bis zur obersten Schneekuppe des Koschtra Belorn: das wäre wahrlich ein Traum.«

»All dies ward mir kund getan«, antwortete Juss, »bis zu den Felsen am Fuß der nördlichen Steilwand des Koshtra Pivrarcha, den jeder erklimmen muß, der den Koschtra Belorn bezwingen will. Weiter als bis dorthin ist auch noch kein Traum gelangt. Nun will ich dir, ehe es ganz finster wird, den Pass über den vorderen Gebirgskamm zeigen.« Er wies dorthin, wo ein Gletscher zwischen dunklen Wänden von einem zerrissenen Schneefeld hinabkroch, das sich zu einem Joch aufschwang. Östlich davon erhoben sich zwei weiße Gipfel und im Westen ein steiler und langrückiger Berg wie eine Zitadelle, vierschrötig und dunkel unter der gezackten Kontur des Koshtra Pivrarcha, der in der Luft darüber zu schweben schien.

»Das Ziatal«, sprach Juss, »das in die Senke des Bhavinan mündet. Dort liegt unser Weg: unter jener düsteren Bastion, die von den Göttern Tetrachnampf genannt wird.«

Am Morgen kam Fürst Brandoch Daha zu Mirvasch Faz und sprach: »Heute müssen wir die Klippe von Omprenne hinabsteigen. Auf keinen Fall möcht' ich dich auf der Moruna zurücklassen, doch an dieser Wand hinunterzuklettern ist kein Spaziergang. Bist du ein geübter Bergsteiger?«

»Ich bin geboren«, antwortete dieser, »im Hochtal von Perarschyn, am Oberlauf des Beirun in Wichtland. Dort lernen die Knaben das Klettern eher als das Gehen. Das Klettern schreckt mich nicht, noch jene Berge. Aber das Land ist unerforscht und schrecklich, und viele Scheusale bevölkern es, Geister und Menschenfresser. O Teufel transmarin und Freunde mein, ist es nicht genug? Laßt uns umkehren, und wenn die Götter unser Leben schonen, werden wir für alle Zeiten berühmt sein, da wir an Morna Moruna kamen und lebendig zurückkehrten.«

Juss aber antwortete und sprach: »O Mirvasch Faz, wisse, daß wir diese Reise nicht antraten, um Ruhm zu erlangen. Unsre Größe wirft bereits ihren Schatten über die ganze Welt, wie ein großer Zedernbaum seinen Schatten über einen Garten breitet; und dies Unterfangen, so gewaltig es auch sein mag, wird unsrer Herrlichkeit nur so viel hinzufügen, wie du diesen Wälder des Bhavinan hinzufügen könntest, indem du einen weiteren Baum anpflanzt. Doch es ist so, daß der große König von Hexenland bei Nacht in seinem königlichen Palast zu Carcë sich der Hexerei bediente und eine magische Sendung heraufbeschwor, wie die Welt sie noch zu beklagen gehabt; ein Übel sandte er aus, um meinen Bruder, den Fürsten Goldry Bluszco, hinwegzutragen, der mir so lieb ist wie meine eigne Seele. Und Jene, die im Geheimen wohnen, gaben mir in einem Traum zu wissen, so ich Kunde von meinem Bruder haben wolle, im Koschtra Belorn zu suchen. Darum, o Mirvasch, geh mit uns, wenn du magst; aber wenn du nicht magst, dann lebe wohl. Denn nichts als mein Tod kann mich davon abhalten, dorthin zu gehen.«

Und Mirvasch, der sich sagte, daß es noch ein freundlicheres Geschick wäre, wenn er zusammen mit jenen beiden Fürsten von den Mantichoren verschlungen würde, als allein jene Dinge zu erdulden, die er auf der Moruna erlebt hatte, legte das Seil um, und nachdem er sich dem Schutz seiner Götter anbefohlen hatte, folgte er Fürst Brandoch Daha hinab über bröckelndes Gestein und gefrorene Erde am Einstieg zu einer Hangrinne, die das Kliff hinunter führte.

Obwohl sie frühzeitig aufgebrochen waren, war es doch bereits Mittag geworden, ehe sie den Abstieg geschafft hatten. Denn die Gefahr herabfallender Steine zwang sie, aus dem Bett der Hangrinne zuerst auf die östliche Seite auszuweichen, und als diese zu steil geworden war, auf die Westwand überwechseln. Und nach ein oder zwei Stunden Kletterns wurde die Rinne immer flacher und kam zu einem Ende, von wo aus Brandoch Daha zwischen seine Füße blickte und sah, wie ein paar Speerlängen tiefer sich der glatte Fels außer Sicht bog und der Blick von dem wie abgeschnitten wirkenden Rand geradenwegs hinunter zu den Baumwipfeln fiel, die jenseits der luftigen Leere winzig wie Moose wirkten. So ruhten sie kurz; dann kletterten sie wieder ein kleines Stück in der Hangrinne zurück und stießen nach einer riskanten Traverse quer über die Bergwand in eine neue Rinne vor, die westlich der ersten lag; und so gelangten sie schließlich über eine lange Geröllzunge nach unten und rasteten auf den weichen Matten am Fuße der Klippe.

Um sie herum blühte blauer Enzian; der pfadlose Wald lag wie ein Meer vor ihnen; dahinter erhoben sich die Berge des Zia: die weißen Giebel des Islargyn, der schmale dunkle Finger des Tetrachnampf nan Tschark, der über dem Ziajoch in den Himmel ragte, und westlich davon, weit in das Tal hineinreichend, die massige Bastion des Tetrachnampf nan Tsurm. Die höheren Berge waren zum größten Teil durch diese nähere Gebirgskette verdeckt, doch der Koschtra Belorn thronte immer noch über dem Paß. Wie eine Königin, die von ihrem hohen Fenster herabblickt, schaute die Kuppe über die grünen Wälder, die in der Mittagssonne schlummerten, und auf ihrer Stirn lag Schönheit sternengleich. Hinter ihnen wuchtete der Steilabbruch in kühner Schrägsicht zurück, ein Stoß massiver Pfeiler, von Rinnen durchfurcht, der von jenem Land der Blätter und des Wassers hinaufführte zu den hohen wintrigen Ebenen der Moruna.

In jener Nacht schliefen sie auf dem Hang unter den Sternen, und am nächsten Tag stiegen sie in die Wälder hinab und kamen bei Einbruch der Dunkelheit an eine offene Lichtung am Ufer des breiten Bhavinan. Der Soden war weich wie ein Kissen, wie geschaffen für einen Elfentanz. Das gegenüber liegende Ufer, über eine halbe Meile entfernt, war bis ans Wasser bewaldet mit silbrigen Birken, schlank wie Bergnymphen, deren Arme durch das Zwielicht schimmerten und deren Spiegelbilder in den Tiefen des mächtigen Flusses zitterten. In den hohen Lüften verweilte noch der Tag und tauchte die Berge in eine warme, nachglühende Röte, während im Westen flußaufwärts der junge Mond über die Wipfel lugte. Ein kleines Stück ostwärts erhob sich ein kleiner bewaldeter Hügel, nicht höher als ein Haus, und in seiner Schulter entdeckten sie eine Höhle.

»Wie gefällt dir das?« sprach Juss. »Gewiß werden wir keine bessere Bleibe als diese Höhle finden, bis der Schnee geschmolzen ist und wir weiterkönnen. Denn obwohl in diesem Tal das ganze Jahr Sommer ist, herrscht Winter auf den hohen Bergen, und es wäre Torheit, vor dem Frühling aufzubrechen.«

»Nun denn«, sprach Brandoch Daha, »laßt uns eine Weile zu Hirten werden. Du spielst mir die Flöte, und ich tanze dazu einen Tanz, daß die Dryaden glauben, niemals zur Schule gegangen zu sein. Und Mirvasch soll unser bocksfüßiger Gott sein, der ihnen nachjagt; denn offen gestanden, öden Bauernmädchen mich schon seit längerem an. Oh, 's ist ein süßes Leben. Doch bevor wir uns ihm hingeben, bedenke, o Juss: Die Zeit fliehet, und die Welt drehet sich weiter. Was tut sich in Dämonenland, bis der Sommer kommt und wir wieder daheim sind?«

»Auch mein Herz ist schwer ob meines Bruders Spitfyr«, sprach Juss. »Oh, 's war ein übler Sturm und übel der Verzug, den wir erlitten.«

»Laß das fruchtlose Klagen«, sprach Brandoch Daha. »Um deiner und deines Bruders willen ging ich auf diese Reise, und du weißt, daß ich nie meine Hand nach etwas ausstreckte, ohne es zu ergreifen.«

So richteten sie sich in jener Höhle am Ufer des dahinziehenden Bhavinan ein, und vor dieser Höhle feierten sie das Julfest, das seltsamste, das sie in ihrem ganzen Leben begangen hatten: Nicht wie sonst saßen sie auf ihren Thronen aus Rubin und Opal, sondern auf Moosbänken, wo Gänseblümchen blühten und Thymian rankte; nicht die zaubrischen Garfunkel des Audienzsaales zu Stormhöh leuchteten ihnen, sondern die flackernden Zungen eines Holzfeuers, welches seinen Schein nicht auf jene mit Ungeheuern gekrönten Säulen warf, die das Wunder der Welt waren, sondern auf die mächtigeren Säulen der schlafenden Buchen. Und an Stelle des nachgebildeten Himmels aus Juwelen, selbstleuchtend unter dem goldnen Baldachin zu Stormhöh, spannte sich über ihr Festmahl das Zelt einer verzauberten Sommernacht, wo die großen Sterne des Winters, Orion, Sirius und der Kleine Hund nahe dem Zenit standen und ihre Bahnen am Südhimmel Kanopus und den fremden Sternen des Südens räumten. Wenn die Bäume flüsterten, so geschah dies nicht mit ihrer Winterstimme kahler, ächzender Äste, sondern mit dem Rascheln von Blättern und dem Gesumm von Käfern in der lauen Luft. Die Büsche waren weiß von Blüten, nicht mit Rauhreif, und die hellen Stellen am Waldboden waren kein Schnee, sondern wilde Lilien und Waldanemonen, die in der Nacht schliefen.

Alle Tiere des Waldes kamen zu diesem Fest, denn sie waren ohne Scheu, da sie das Antlitz des Menschen noch nicht gesehen. Kleine Baumaffen und Papageien, Meisen, Kohlmeisen und Zaunkönige, sanfte, rundäugige Lemuren, Kaninchen und Dachse, Siebenschläfer und buntscheckige Eichhörnchen, Biber aus dem Fluß und Störche und Raben, Trappen und Bachstelzen und ein Spinnenäffchen mit seinem Jungen an der Brust: all diese kamen und blickten die Reisenden neugierig an. Und nicht nur sie, sondern auch reißende Tiere des Waldes und der Wildnis: der Bison, der Wolf, der Tiger mit seinen mächtigen Pranken, der Bär, das glutäugige Einhorn, der Elephant, der Löwe und die Löwin in ihrer Majestät kamen zu jener stillen Lichtung, um sie im Feuerschein zu betrachten.

»Es scheint, als würden wir heute im Walde Hof halten«, sprach Brandoch Daha. »Wie schön. Doch haltet euch besser bereit, ein paar brennende Scheite unter unsre Gäste zu werfen, sollte das notwendig werden. Vielleicht sind einige dieser großen Tiere nicht in höfischen Gepflogenheiten geschult.«

Juss antwortete: »Wenn dir dein Leben lieb ist, so laß ab davon. Wisse, daß ein Fluch über den Wäldern des Bhavinan liegt: Wer hier tötet oder Gewalt anwendet, ob Mensch oder Tier, auf den fährt ein Blitz herab, der ihn auf der Stelle vernichtet und für immer vom Erdboden tilgt. Deshalb nahm ich Mirvasch Pfeil und Bogen weg, als wir die Klippe von Omprenne herunterstiegen, damit er nicht in Versuchung käme, ein Tier für uns zu erlegen, und ihm Schlimmeres widerführe.«

Mirvasch hörte nicht zu, sondern saß am ganzen Körper zitternd da und starrte ein großes Krokodil an, das schwerfällig über das Ufer heraufstieg. Und jetzt begann er vor Schrecken zu schreien und rief: »Rettet mich! Ich muß fliehen! Gebt mir meine Waffen! Von einer weisen Frau wurde mir geweissagt, daß mich eine Cockadrill-Schlange am Ende verspeisen werde!« Worauf die Tiere sich unsicher zurückzogen und das Krokodil, die kleinen Augen weit aufgerissen, von Mirvaschs Schreien und wilden Gesten aufgeschreckt, sich mit größtmöglicher Geschwindigkeit wieder ins Wasser plumpsen ließ.

An jenem Ort verweilten Fürst Juss und Fürst Brandoch Daha und Mirvasch Faz für den Zeitraum von vier Monden. Es mangelte ihnen nicht an Speise und Trank; denn die Tiere des Waldes gaben ihnen, da die drei ihnen kein Leids taten, reichlich von ihren Vorräten. Ferner kam gegen Ende des Jahres von Süden eine Merlette zu Juss geflogen, ließ sich auf seiner Schulter nieder und sprach: »Die edle Königin Sophonisba[1], Schützling der Götter, erfuhr von Eurem Kommen, und weil sie Euch beide als Männer edlen Mutes kennet, entbietet sie Euch durch mich ihren Gruß.«

Juss sprach: »O kleine Merlette, wir möchten vor deine Königin treten und ihr danken.«

»So müsset Ihr«, sprach der Vogel, »im Koschtra Belorn ihr danken.«

Brandoch Daha sprach: »Das werden wir tun. Nur dorthin sehnen sich unsre Gedanken.«

»Eure Größe«, sprach die Merlette, »muß für dies Wort einstehen. Und wisset, daß es leichter ist, die ganze Welt mit Waffengewalt zu unterwerfen, als zu Fuß diesen Berg zu ersteigen.«

»Deine Schwingen sind zu schwach, mich zu tragen, sonst würd' ich sie mir borgen«, sprach Brandoch Daha.

Aber die Merlette antwortete: »Nicht der Adler, welcher der Sonne entgegenfliegt, kann sich auf dem Koschtra Belorn niederlassen. Kein Fuß vermag ihn zu betreten außer der jener Geweihten, welche die Götter vor Urzeiten dazu auserwählten und deren Ankunft die Jahre geduldig entgegenharren: Männer, Göttern gleich an Schönheit und Macht, die sich aus eigner Kraft und ohne die Kunst der Magie den Zutritt zu seiner schneebedeckten Höhe erzwingen.«

Brandoch Daha lachte. »Nicht der Adler«, rief er, »aber du, kleiner Piepmatz?«

»Nichts, was Füße hat«, antwortete die Merlette. »Ich habe keine.«

Der Fürst Brandoch Daha nahm sie zärtlich in die Hand und hielt sie hoch in die Luft, den Blick auf das Gebirge im Süden gerichtet. Die Birken, die sich am Ufer des Bhavinan wiegten, waren nicht anmutiger und die fernen Berggipfel dahinter nicht unbezwingbarer anzuschaun denn er. »Fliege zu deiner Königin«, sprach er, »und sage, daß du am

Bhavinan mit Fürst Juss und Fürst Brandoch Daha von Dämonenland sprachest. Sage ihr, daß wir jene sind, die da kommen sollen, und daß wir aus eigner Kraft, ehr noch der Frühling dem Sommer weichet, zu ihr auf den Koschtra Belorn hinaufkommen werden, um ihr für ihren huldvollen Gruß zu danken.«

Nun, da es April geworden und die Sonne im Begriff war, vom Zeichen des Widders in das Zeichen des Stiers einzutreten, und die Schneeschmelze im Gebirge alle Bäche randvoll gefüllt hatte, so daß der große Fluß wie eine mächtige Springflut vorüberbrauste, sprach Fürst Juss: »Jetzt ist die Zeit gekommen, den Bhavinan zu überqueren und ins Gebirge aufzubrechen.«

»Von Herzen gerne«, antwortete Brandoch Daha. »Doch sollen wir hinüber waten, schwimmen oder fliegen? Für mich allein, der ich oft vor dem Morgenmahl die Donnerföhrde durchschwommen habe, um mir Appetit zu machen, ist dieser Fluß eine Kleinigkeit, auch wenn er noch so schnell strömt. Doch mit Harnisch, Waffen und all unserer Ausrüstung ist das eine andre Sache.«

»Nicht umsonst haben wir uns mit jenen angefreundet, die diese Wälder bewohnen«, sprach Juss. »Das Krokodil soll uns über den Bhavinan setzen.«

»'s ist ein böses Tier«, sprach Mirvasch, »und haßt mich von Herzen.«

»Dann mußt du hierbleiben«, sprach Brandoch Daha. »Aber hab' keine Angst, ich werde mit dir gehn. Das Tier kann uns beide gleichzeitig tragen, ohne unterzugehen.«

»Eine alte Frau hat mir geweissagt«, antwortete Mirvasch, »daß eine solche Art von Schlange mein Schicksal sein werde. Doch will ich mich Eurem Willen fügen.«

So pfiffen sie also das Krokodil herbei; und zuerst setzte Fürst Juss über den Bhavinan und ritt auf dem Rücken jener Schlange mit all seiner Ausrüstung und Bewaffnung auf die andre Seite, wo er einige hundert Schritt flußabwärts anlandete, weil die Strömung so stark war. Danach kehrte das Krokodil wieder zum Nordufer zurück und brachte Fürst Brandoch Daha und Mirvasch Faz auf gleiche Weise ans andre Ufer. Mirvasch setzte eine tapfere Miene auf, aber rückte so weit wie möglich nach hinten zum Schwanz. Aus seiner Brusttasche nahm er einige Kräuter, die gut gegen Schlangen waren, und zerrieb sie, während seine Lippen eifrig Bittgebete zu seinen Göttern murmelten. Als sie wieder festen Boden unter den Füßen hatten, dankten sie dem Krokodil, sagten ihm Lebewohl und traten unverzüglich ihren Weg durch die Wälder an. Und Mirvasch, wie ein soeben dem Kerker Entsprungener, eilte leichten Schrittes vor den andren her und sang dabei und schnippte mit den Fingern.

Drei oder vier Tage mußten sie sich durch das unwegsame Vorgebirge quälen, und danach verweilten sie vierzig Tage lang im Ziatal, oberhalb der Wälder. Dort weitet sich das Tal zu einem flachen Amphitheater, und schlanke Kalksteintürme ragen zu allen Seiten himmelwärts. Hoch im Süden, geduckt über großen grauen Moränen, schiebt der Zia-Ferner, faltig und furchig wie ein uralter Drache, Relikt aus dem Chaos der Vorzeit, seinen Kopf in das Tal. Hier aus seinen Eishöhlen rauscht der junge Fluß hervor, in dessen Gischt bei schönem Wetter die Farben des Regenbogens schillern. Scharf bläst der Wind vom Gletscher, und Gebirgsblumen und Sträucher laben sich an der Sonne.

Hier legten sie sich einen großen Vorrat an Nahrungsmitteln an. Und jeden Morgen waren sie noch vor Sonnenaufgang unterwegs, sich im Klettern zu üben und ihr Körper zu stählen, bevor sie sich an jene hohen Gipfel wagten. So erforschten sie alle Ausläufer des Tetrachnampf und Islargyn und erstiegen deren Kuppen; ferner die Gipfel des tieferen Nuanner-Massivs über dem Tal des Bhavinan; die Schneespitzen östlich des Islargyn: Avsek, Kiurmsur, Myrsu, Bryschnargyn und Borch Mehephtharsk, den Scheitelpunkt der Kette, von allen Seiten, wobei sie eine ganze Woche lang auf den Moränen des Mehephtharsk-Ferners über dem Hochtal von Foana biwakierten; sowie im Westen die Dolomitengruppe des Burdjazarschra und die Steilwand des Sillak.

Schließlich waren ihre Muskeln durch diese Übung hart wie Eisenbänder und ihre Körper so abgehärtet wie die von Hochlandbären, und sie waren trittsicher wie Bergziegen. Also überquerten sie am neunten Tag im Mai das Ziajoch und schlugen auf den Felsen unter der Südwand des Tetrachnampf nan Tschark ihr Lager auf. Blutrot ging die Sonne am wolkenlosen Himmel unter. Zu beiden Seiten und vor ihnen erstreckten sich die bläulichen, schweigenden Schneefelder. Die Luft dieser Höhen war bitterkalt. Etwa drei Meilen gen Süden begrenzte ein schwarzer, schroffer Felswall das abgesenkte Firnfeld. Über dieser schwarzen Wand thronten in zwölf Meilen Entfernung Koschtra Belorn und Koschtra Pivrarcha gegen einen opalisierenden Himmel.

Während sie im versiegenden Licht ihr Abendmahl einnahmen, sprach Juss: »Die schroffe Wand, die du dort siehst, nennt man die Emschir-Barrieren. Obgleich über diese Wand der direkte Weg zum Koschtra Pivrarcha verläuft, ist dies nicht unser Weg. Zum einen gilt die Wand bis heute als unbesteigbar, und selbst Halbgötter haben sich vergeblich daran versucht.«

»Ich warte den zweiten Grund gar nicht erst ab«, sprach Brandoch Daha. »Bis jetzt hattest du deinen Willen, doch nun sollst du mir darin willfahren: morgen mit mir zu kommen und aller Welt zu zeigen, wie du und ich aus solch einem Hindernis eine Rauchwolke machen, wenn es zwischen uns und unsren erwählten Zielen steht.«

»Wäre es nur das«, antwortete Juss, »widerspräche ich dir nicht. Aber nicht toten Fels allein gälte es zu bekämpfen, wenn wir diese Route einschlügen. Siehst du, wo die Barriere im Osten gegen jene monströse Pyramide wahllos aufgetürmter Spitzen und überhängender Gletscher stößt, die uns den Blick nach Osten versperrt? Menksur nennen die Menschen dieses Massiv, doch im Himmel hat es einen schrecklicheren Namen: Ela Mantiserra, was soviel bedeutet wie das Bett der Manticho-ren. O Brandoch Daha, ich würde mit dir jeden unerklommenen Berg besteigen, den du mir weisest, und gegen die gräßlichsten Ungeheuer kämpfen, die je bei den tartarischen Strömen[2] weideten. Doch beide Dinge gleichzeitig, das wäre tollkühn und töricht.«

Brandoch Daha aber lachte und antwortete ihm: »Mit nichts andrem kann ich dich vergleichen, o Juss, als mit dem Sperling-Kamel. Zu dem man sprach: ›Fliege empor‹, und es antwortete: ›Ich kann nicht, bin doch ein Kamel‹; und als man es aufforderte: ›Trage diese Last‹, gab es zur Antwort: ›Ich kann nicht, bin doch ein Vogel.‹«

»Du willst mich wohl anstacheln?« sprach Juss.

»Ja«, sprach Brandoch Daha, »wenn du so störrisch bist.«

»Suchst du Streit?« sprach Juss.

»Du kennst mich«, meinte Brandoch Daha.

»Nun«, sprach Juss, »dein Rat war einmal richtig und rettete uns, und neunmal war er falsch, und mein Rat bewahrte dich vor einem schlimmen Ende. Wenn uns Böses widerfährt, dann soll man wissen, daß es von deinem trotzigen Willen herrührte.« Und sie wickelten sich in ihre Mäntel und schliefen.

Am Morgen standen sie beizeiten auf und setzten sich südwärts über den Schnee in Bewegung, der durch die Nachtkälte fest und hart gefroren war. Die Barrieren, nur einen Steinwurf entfernt, standen schwarz und drohend vor ihnen; das Sternenlicht verschluckte Größe und Entfernung, und sie gingen immer weiter und weiter, und immer noch erschien die Wand weder näher noch größer. Mehrmals mußten sie durch eine Spalte hindurch oder einen aufgeworfenen Falz übersteigen, bis sie bei Tagesanbruch am Fuße der glatten, nackten Wand standen; übereist und kahl, ohne auch nur ein einziges Gesims weit und breit, das breit genug gewesen wäre, Schnee zu tragen, versperrte sie ihnen schier unüberwindbar den Weg nach Süden.

Sie machten Rast und aßen und begutachteten die aufragende Wand. Und es sah gar nicht gut aus. Lange suchten sie nach einem Aufstieg und fanden schließlich eine Stelle, wo der Gletscher etwas höher reichte, eine knappe Meile von der Westschulter des Ela Mantissera entfernt. Hier war die Steilwand nur vier- oder fünfhundert Fuß hoch; dennoch erschreckend glatt und abweisend; und doch der einzig mögliche Weg.

Es dauerte einige Zeit, bis sie in die Wand einsteigen konnten, aber schließlich fand Brandoch Daha, auf Juss' Schultern stehend, einen Halt, wo von unten kein Halt zu sehen gewesen war, und mit großer Mühe kämpfte er sich wohl hundert Fuß die Wand empor und gelangte zu einem Vorsprung, der etwa sechs oder sieben Personen sicheren Stand bot. Von dort aus zog er im Sitzen mit dem Seil zuerst Fürst Juss und nach ihm Mirvasch hinauf. Anderthalb Stunden hatte sie dieser kurze Abschnitt gekostet.

»Die Nordostwand des Illschober war ein Kinderspiel dagegen«, meinte Fürst Juss.

»Das Schlimmste steht uns noch bevor«, sprach Brandoch Daha und lehnte sich mit hinter dem Nacken verschränkten Händen an den Fels, während seine Füße über die Kante baumelten. »In dein Ohr, Juss: Nicht für den ganzen Reichtum Wichtlands würde ich bei so einer Partie wieder als erster am Seil gehen.«

»Du willst aufgeben und umkehren?« sprach Juss.

»Wenn du beim Abstieg den Letzten machst«, antwortete er. »Wenn nicht, so riskier' ich lieber, was uns weiter droben erwartet. Wenn's sich als schlimmer erweist, bin ich als Ketzer überführt.«

Fürst Juss beugte sich vor, wobei er sich mit der rechten Hand am Fels festhielt, um die Wand neben und über ihnen zu erforschen. Einen Augenblick hing er so, dann zog er sich wieder zurück. Sein Kiefer trat kantig hervor, und unter seinem dunklen Schnurrbart blitzten wild die Zähne wie ein Gewitterleuchten zwischen dunklem Himmel und Meer in einer stürmischen Nacht. Seine Nüstern weiteten sich wie die eines Schlachtrosses beim Klang der Kriegsposaune, seine Augen waren wie ein lohender Funke, und sein ganzer Körper spannte sich wie eine Bogensehne, als er sein scharfes Schwert ergriff und es sirrend aus der Scheide zog.

Brandoch Daha sprang auf die Füße; auch er zückte sein Schwert, Zeldornius' Erbteil. »Was ist?« rief er aus. »Du siehst grauslich aus. Diesen Blick hattest du, als du das Ruder nahmst und uns auf den Sund von Kartadza zuführtest und das Schicksal Dämonenlands und der ganzen Welt obdrein in deiner Hand lag, zum Heil oder Verderben.«

»Der Schwertraum ist eng«, antwortete Juss. Und wieder blickte er auf die östliche Wand hinaus. Brandoch Daha schaute über seine Schulter nach oben. Mirvasch nahm seinen Bogen und legte einen Pfeil auf die Sehne.

»Es hat uns im Wind gerochen«, sprach Brandoch Daha.

Es war wenig Zeit zum Überlegen. Von Griff zu Griff über die lotrechte Wand huschend, wie ein Affe, der sich von Baum zu Baum schwingt, kam die Bestie näher. Ihre Gestalt war die eines Löwen, aber breiter und höher, von stumpfroter Färbung, und von ihrem Hinterleib standen Stacheln hervor wie bei einem Stachelschwein; ihr Gesicht war eines Menschen Gesicht, falls etwas so Abscheuliches den Namen menschlich verdiente, mit quellenden Augäpfeln, einer niederen, gefurchten Stirn, Elephantenohren, einer räudigen Mähne ähnlich der eines Löwen, großen, knochigen Kiefern und braunen, blutverfärbten Fangzähnen, die zwischen verschorften Lippen bleckten. Direkt auf den Sims kam das Untier zu, und als sie sich gerade gewappnet hatten, ihm zu begegnen, schwang es sich im letzten Augenblick etwa mannshoch über sie hinweg und ließ sich von oben zwischen Juss und Brandoch Daha auf das Gesims fallen, ehe diese die plötzliche Richtungsänderung recht gewahrten. Brandoch Daha holte zu einem mächtigen Schlag aus und hieb den Skorpionschwanz des Ungeheuers ab; aber es schlitzte mit den Klauen Juss' Schulter auf, stieß Mirvasch um und stürzte sich wie ein Löwe auf Brandoch Daha, der auf dem schmalen Sims den Halt verlor und rücklings in die Tiefe stürzte, hundert Fuß hinab zu dem Schneefeld, das unter ihnen lag.

Als das Tier sich vornüber beugte, ihm zu folgen und ein Ende mit ihm zu machen, schlug Juss mit dem Schwert nach seinem Steiß und trennte das Fleisch vom Schenkelknochen, und sein Schwert klirrte gegen die ehernen Klauen seines Fußes. Mit einem entsetzlichen Gebrüll wandte es sich gegen Juss, sich aufbäumend wie ein Pferd; und es war um drei Köpfe größer als ein hochgewachsener Mensch, als es sich auf die Hinterbeine stellte, und die Breite seiner Brust war wie die Brust eines Bären. Der Gestank seines Atems schnürte Juss die Kehle zu, und seine Sinne schwanden, doch er schwang sein Schwert und tat einen weiteren mächtigen Hieb, der dem Ungeheuer den Bauch aufschlitzte, so daß seine Gedärme hervorquollen. Wieder schlug er zu, doch sein Hieb ging fehl, und sein Schwert klirrte gegen den Felsen und zerbarst. Und so, als jenes üble Gezücht sich mit einem Gebrüll wie von tausend Löwen auf ihn stürzte, duckte Juss sich unter ihm hinweg und umklammerte es von unten und stieß seine Arme tief in dessen Eingeweide, um ihm die Innereien herauszureißen, so er es vermochte. Eng umklammerte er die Bestie, so daß sie ihn nicht mit ihren mörderischen Zähnen erreichen konnte, doch ihre Klauen zerschlitzten ihm das Fleisch vom linken Knie abwärts bis zum Knöchel, und das Untier fiel auf ihn und begrub ihn unter sich, daß seine Rippenknochen brachen. Und Juss, trotz aller Pein und Qual und obwohl er fast erstickte durch den üblen Pesthauch des Wesens und den Gestank seines Blutes und Gekröses, die ihm um Brust und Gesicht wallten, rang doch dank seiner gewaltigen Kraft mit jenem üblen und unreinen Menschenfresser. Und immer stieß er seine Rechte, bewaffnet mit dem Heft und Stumpf seines geborstenen Schwertes, noch tiefer in seinen Bauch, bis er das Herz traf und mit ihm also verfuhr, daß er es aufschnitt wie eine Limone und all die großen Adern um das Herz zertrennte und zerfetzte, bis das Blut ihn wie eine Springflut umschwemmte. Und wie eine Raupe wand und streckte sich das Untier in seinen Todeszuckungen und rollte über die Kante des Gesimses, und es tat einen gewaltigen Sturz und blieb neben Brandoch Daha liegen, das garstigste neben dem schönsten aller irdischen Geschöpfe, und färbte mit seinem Blut den reinen Schnee rot. Und die Stacheln am Hinterleib des Ungeheuers zuckten vor und zurück wie der Stachel einer erschlagenen Wespe. Indes war es nicht direkt auf das Schneefeld gefallen, auf welches Brandoch Daha gestürzt war, als ob der Himmel seine Hand über ihn gehalten hätte, sondern nahe am Fuß der Wand mit dem Kopf gegen einen Felsen geschlagen, und dieser hatte den Schädel des Untiers zerschmettert. Nun lag es in seinem Blut und gaffte zum Himmel auf.

Wie tot lag Juss mit dem Gesicht nach unten auf dem schmalen Sims. Mirvasch hatte ihn gerettet, indem er ihn am Fuß gepackt und auf den Vorsprung zurückgezerrt hatte, als das Ungeheuer hinabgestürzt war. Einen schrecklichen Anblick bot er, von Kopf bis Fuß mit dem Blut des Ungeheuers und seinem eignen besudelt. Mirvasch verband seine Wunden und bettete ihn so so vorsichtig, wie er konnte, gegen die Felswand. Dann spähte er lange Zeit über den Sims nach unten, um sicher zu gehen, daß das Ungeheuer tot war.

Als er so lange hinabgestarrt hatte, daß ihm die Augen vor Anstrengung tränten, und die Bestie sich immer noch nicht rührte, da warf er sich auf den Boden und betete laut: »O Schlimphli, Schlamphi und Schebamri, Götter meines Vaters und seiner Väter, habt Erbarmen mit Eurem Kind, wenn, wie ich hoffe und glaube, Eure Macht sich über dieses ferne und verbotene Land nicht minder erstreckt als über Wichtland, wo Euer Kind Euch stets an Euren heiligen Plätzen verehrte und meine Söhne und Töchter lehrte, Eure heiligen Namen zu ehren, und einen Altar in meinem Haus aufstellte, nach den Sternen ausgerichtet, wie das Gesetz es befahl, und meinen siebtgeborenen Sohn opferte und gemäß Eurem heiligen Willen in Demut und Rechtschaffenheit auch meine siebtgeborene Tochter opfern wollte; was ich nur deshalb nicht tun konnte, da Ihr mir keine siebente Tochter beschertet, sondern nur deren sechs. So flehe ich Euch denn an, um Eurer heiligen Namen willen, daß Ihr mir eine starke Hand verleihet, wenn ich diesen meinen Gefährten über diesen Fels abseile, und auch mich sicher hinabzugeleiten; mag er auch ein Teufel und Ungläubiger sein, o rettet doch sein Leben, rettet ihrer beider Leben. Denn ich bin sicher, wenn diese beiden sterben, wird Euer Kind niemals zurückkehren, sondern in diesem fernen Land verhungern und vergehen wie ein Insekt, welches nur einen Tag überdauert.«

So betete Mirvasch. Und vielleicht wurden die hohen Götter zu Mitleid bewegt ob seiner Unschuld, als sie ihn so um Hilfe flehen hörten zu seinen Mumbo-Jumbos, wo keine Hilfe war; und vielleicht wollten sie nicht, daß jene Fürsten von Dämonenland auf solch elende Weise vor ihrer Zeit dort sterben sollten, ungeehrt, unbesungen. Jedenfalls stand Mirvasch auf und befestigte das Seil unter Juss' Achseln und verknotete es geschickt unter den Armen, so daß sich die Schlinge beim Abseilen nicht zuziehen und ihm Brust und Rippen zerquetschen konnte, und seilte ihn mühselig zum Fuß der Steilwand ab. Danach stieg Mirvash selbst jene gefährliche Wand hinunter; und obzwar er oftmals vermeinte, sein letztes Stündchen habe geschlagen, kam er dank seines Könnens und getrieben von kalter Notwendigkeit schließlich doch heil unten an. Dort machte er sich sogleich daran, seine Gefährten zu versorgen, die unter schwerem Stöhnen das Bewußtsein wiedererlangten. Als aber Fürst Juss wieder bei Sinnen war, wandte er an Fürst Brandoch Daha und an sich selbst seine Heilkünste an, so daß sie beide nach einer Weile aufstehen konnten, auch wenn sie noch etwas steif und benommen waren und von großer Übelkeit geplagt wurden. Und es war inzwischen die dritte Stunde nach Mittag.

Während sie sich ausruhten und das in seinem Blut liegende Tier Mantichora betrachteten, hub Juss an und sprach: »Eines muß von dir gesagt werden, o Brandoch Daha, daß du nämlich heute sowohl das Schlimmste als auch das Beste an dir gezeigt hast. Das Schlimmste, als du so halsstarrig darauf bestandest, diese Wand zu ersteigen, welche uns beiden, dir und mir, um ein Haar zum Verhängnis geworden wäre. Das Beste, als du diesem Untier den Schwanz abhacktest. War das Absicht oder Zufall?«

»Nun«, antwortete Brandoch Daha, »ein Schwächling war ich nie, und so habe ich's nicht nötig zu prahlen. Er hing mir direkt vor dem Schwerte, und es mißfiel mir, wie er so wedelte. Hatte es damit etwas auf sich?«

»Der Stachel seines Schwanzes«, antwortete Juss, »wäre unser Verderben gewesen, hätt' er nur unsren kleinen Finger gestreift.«

»Du redest wie ein Buch«, sprach Brandoch Daha. »Sonst würde ich dich wahrlich kaum als meinen edlen Freund erkennen, so ganz mit Blut besuhlt wie ein Büffel mit Schlamm. Sei mir nicht böse, wenn ich mich lieber windwärts von dir halte.«

Juss lachte. »Wenn du dir nicht zu fein bist«, sprach er, »dann gehe zu der Bestie und tränke auch deine Kleider mit dem Blut ihrer Eingeweide. Nein, ich scherze nicht; es muß sein! Diese Ungeheuer sind nicht nur Feinde der Menschheit, sondern auch ihresgleichen feind: Sie sind Einzelgänger und meiden einander, ob lebend oder tot, wie die Pest, so daß in der ganzen Welt für sie nichts abscheulicher ist als das

Blut ihrer eignen Art, dessen leisesten Geruch sie fliehen wie ein toller Hund das Wasser. Und dieser Geruch haftet lange. So werden wir nach dieser Begegnung ziemlich sicher vor ihnen sein.«

In jener Nacht kampierten sie am Fuße eines Ausläufers des Avsek und brachen bei Morgengrauen in Richtung Osten auf, das lange Tal hindurch. Den ganzen Tag hörten sie das Brüllen der Mantichoren von den einsamen Flanken des Ela Mantissera, der nun nicht länger wie eine Pyramide aussah, sondern wie ein langgezogener Wall, welcher das Tal nach Süden abschirmte. Sie kamen nur schlecht voran, da sie immer noch schwach auf den Beinen waren. Der Tag ging schon zur Neige, als sie jenseits der östlichen Hänge des Ela die Stelle erreichten, wo der weiße Sturzbach, dem sie folgten, von einem schwarzen Fluß aus Südwesten gespeist wurde. Weiter unten führte der Fluß in einem weiten Tal ostwärts, bis er sich in der Ferne zu den bewaldeten Niederungen hinabsenkte. In der Gabelung oberhalb der Einmündung umschlossen die Felsen einen hohen grünen Hügel, wie ein Überbleibsel einer freundlicheren Zeit in einer Epoche des Niedergangs.

»Auch hier«, sprach Juss, »wandelte mein Traum mit mir. Und wenn es auch kein leichter Übergang ist, dort wo dieser Fluß oberhalb der Einmündung sich in ein Dutzend Wasserfälle aufteilt, so dünkt es mich doch der einzige.« So überquerten sie jene gefährliche Strecke oberhalb der Katarakte, bevor das Licht gänzlich schwand, und rasteten auf dem grünen Hügel. Jenen Hügel nannte Juss Drosselgard, nach einer Drossel, die sie am nächsten Morgen mit ihrem Gesang weckte, aus einem kleinen, windgekrümmten Dornenstrauch, der zwischen den Felsen wuchs. Seltsam mutete sie dieser heimische Sang auf dem kalten Bergeshang an, im unheilvollen Schatten des Ela und an der Grenze jener verwunschenen Schneefelder, die den Koschtra Belorn beschirmen.

Auf jene hohen Gipfel hatten sie vom Drosselgard aus keine Sicht; ebensowenig von der schnurgeraden, steilen Klamm aus, in der das Bett des schwarzen Flusses lag und der ihr Weg nun aufwärts folgte. Zerklüftete Bergausläufer und Abhänge schlossen sie ein. Hoch auf dem linken Ufer über den Fällen kämpften sie sich voran, gepeitscht vom Wind, der zwischen den Klüften sprang und tobte, und ihre Ohren waren erfüllt vom Donnern des Wassers und ihre Augen blind vor Gischt, die der Wind emportrieb. Und Mirvasch folgte ihnen. Stumm gingen sie, denn der Weg war steil, und bei solch einem Wind und solch einem Tosen der Katarakte mußte ein Mann laut schreien, um gehört zu werden. Sehr einsam war das Tal, von einer dunklen, gespenstischen Erscheinung, wie man sie in der Höllenklamm des Pyriphlegethon oder Acheron[3] zu finden wähnt. Nirgendwo sahen sie

Leben, außer hin und wieder hoch über ihnen einen Adler, der auf dem Wind segelte, und einmal ein Ungetier im Schatten eines Überhangs. Dieses hielt inne, hob sein klobiges Menschengesicht mit den glühenden Augen, blutunterlaufen und groß wie Untertassen, witterte das Blut seiner Art, warf den Kopf zurück und verschwand zwischen den Klüften.

So zogen sie drei Stunden dahin, bis sie plötzlich um eine Bergschulter kamen und an der oberen Schwelle dieser Klamm am Eingang eines breiten Hochtales standen. Hier tat sich ihnen ein Ausblick auf, der alle Wunder der Erde verblassen und ihre Sänger ob seiner Größe verstummen ließ. Umrahmt von schneebedeckten Bergrücken und eingebettet in das Blau des Himmels, stand der Koschtra Pivrarcha vor ihnen. So gewaltig war er, daß nicht einmal hier, in sechs Meilen Entfernung, das Auge ihn mit einem Blick zu erfassen vermochte, sondern hin und her schweifen mußte wie über eine weite Landschaft: von seinen ausladenden Wurzeln, die schwarz und jäh aus dem Gletscher ragten, über die riesige Bergflanke, wo Pfeiler auf Pfeiler und Turm auf Turm geschichtet waren, in einer blendenden Helle von eisbehangenen Vorsprüngen und schneegefüllten Rinnen, hinauf zu den einsamen Höhen, wo, Speeren gleich, die den Göttern drohten, die weißen Zacken der Gipfelzinne den Himmel spalteten. Von rechts nach links nahm er fast ein Viertel des Himmels ein, von der anmutigen Spitze des Ailinon, der über seine Westschulter lugte, bis zum äußersten Osten, wo die verschneiten Hänge des Jalchi das Panorama beschlossen und den Blick auf den Koschtra Belorn verwehrten.

Sie kampierten in jener Nacht auf der linken Moräne des Hohen Temarmferners. Langgezogene Wolkenfetzen, fein wie die Gaze eines Frauenschleiers, trieben ostwärts von den Felszacken des Kamms, Zeichen drohenden Schlechtwetters droben.

Juss sprach: »Glasklar ist die Luft. Das deutet auf kein gutes Wetter.«

»Nun, die Zeit wird auf uns warten, wenn es sein muß«, sprach Brandoch Daha. »So mächtig mein Verlangen auch zu mir rufet von jenen Hörnern aus Eis, nachdem ich sie einmal erschaut, daß ich lieber sterben würde, als sie unbestiegen zu belassen. Eines, o Juss, verwundert mich indes. Dir wurde aufgetragen, im Koschtra Belorn zu suchen, der gewiß leichter zu bezwingen wäre als Koschtra Pivrarcha, wenn man um den Jalchi herum über die Schneefelder geht und so die steile Westwand meidet.«

»Es gibt ein Sprichwort in Wichtland«, antwortete Juss. »›Hüte dich vor großen Leuten.‹ Es lieget ein Fluch auf jedem, der den Koschtra Belorn ersteigen will, so er nicht zuerst auf ihn hat hinabgeschauet; und er wird den Tod finden, ehr er seinen Willen hat. Und es gibt nur einen Punkt auf Erden, von dem aus man auf den Koschtra Betorn hinabschauen kann, und das ist jener unbestiegene Eisgipfel dort, auf dem du die letzten Sonnenstrahlen erglühen siehst. Denn das ist die höchste Spitze des Koschtra Pivrarcha. Und es ist der höchste Punkt der festen Welt.«

Sie schwiegen eine Zeitlang. Dann sprach Juss: »Du warst immer der größte unter uns als Bergsteiger. Welcher Weg erscheint dir der beste, um hinaufzugelangen?«

»O Juss«, sprach Brandoch Daha, »auf Eis und Firn bist du mein Meister. Deshalb gib mir deinen Rat. Zu meinem eignen Vergnügen, so ich wählen könnte, wüßt' ich gleich, was ich täte: in die Schlucht zwischen beiden Bergen einsteigen und von dort westwärts den Ostkamm des Pivrarcha hinauf.«

»Das ist die am gefährlichsten aussehende Route«, sprach Juss, »und zugleich die großartigste, und aus beiden Gründen hätte ich darauf gewettet, daß du sie wählst. Diese Kluft wird das Zimiamvische Tor[4] geheißen. Sie und der Koschtraferner, der zur Schlucht führt, liegen unter dem Fluch, von dem ich eben sprach. Es wäre unser Tod, uns daran zu wagen, ehe wir auf den Koschtra Belorn hinabgeschaut hätten; wenn das getan, ist der Zauber für uns gebrochen, und von da an bedarf es nur unserer eigenen Kraft und Kunst und eines kühnen Herzens, zu erlangen, was immer wir begehren.«

»Dann also die große Nordwand«, rief Brandoch Daha, »So wird er uns beim Klettern nicht sehen, bis wir den Gipfel erreicht haben und ihn von oben erblicken und ihn unsrem Willen beugen.«

So aßen sie ihr Nachtmahl und schliefen. Die ganze Nacht aber heulte der Wind zwischen den Klüften, und am Morgen fiel Schnee und Eisregen und verwischte alle Umrisse. Den ganzen Tag hielt das Unwetter an, so daß sie ihr Lager abbrachen und sich zum Drosselgard zurückzogen, wo sie neun Tage und neun Nächte in Sturm und Regen und peitschendem Hagel ausharrten.

Am zehnten Tag ließ das schlechte Wetter nach, und sie stiegen auf und überquerten den Gletscher und richteten sich in einer Felshöhle am Fuße der Nordflanke des Koschtra Pivrarcha ein. Bei Sonnenaufgang gingen Fürst Juss und Fürst Brandoch Daha hinaus, um den Aufstieg zu erkunden. Sie überquerten den Ausgang des tief eingeschneiten Tals, das zwischen Aschnilan im Westen und Koschtra Pivrarcha im Osten zum Hauptkamm hinaufführte, umrundeten den Fuß des Ailinon und stiegen von Westen zu einem Schneesattel wohl dreitausend Fuß auf dem Rücken dieses Berges hinauf, von wo aus sie einen Blick auf die Gipfelzinne hatten und die genaue Route auswählen konnten.

»Zwei Tagesetappen bis zur Spitze sind es«, sprach Fürst Brandoch Daha. »Wenn wir in der kalten Nacht auf dem Kamm nicht erfrieren, fürcht' ich keine andren Hindernisse. Dieses schwarze Band, das eine halbe Meile über unsrem Lager beginnt, sollte uns direkt auf den Grat der Zinne führen, oberhalb der Felszacke am nördlichen Ende. Wenn der Stein, wie unten am Lager, dort oben ebenfalls so hart wie Diamant und so rauh wie ein Schwamm ist, dann kann uns außer durch eigne Nachlässigkeit nichts geschehen. So wahr ich lebe, hab' ich noch keinen solchen Kletterfelsen gesehen.«

»So weit, so gut«, sprach Juss.

»Von dort aus«, fuhr Brandoch Daha fort, »würde ich mit einem Streitwagen weiterfahren können, bis wir zur ersten großen Spitze gelangen. Die müssen wir umgehen, oder wir kommen nicht weiter, und auf dieser Seite sieht sie schwierig aus, weil die Felsen überhängen. Sind sie vereist, wird's ein hartes Stück Arbeit. Darüber hinaus kann ich nichts voraussagen, o Juss, denn ich kann nichts deutlich erkennen, außer daß die Zinne durch viele Spalten und Zacken zerklüftet ist. Wie wir diese überwinden können, wird sich erst zeigen müssen. Es ist zu hoch und zu weit, das jetzt schon zu wissen. Nur dies: wohin wir gehen wollten, dahin sind wir bislang gegangen. Und über diesen Kamm führt der einzige Weg, falls es überhaupt einen Weg gibt, zu jenem Gipfel, den zu erklimmen wir die ganze Welt durchquert haben.«

Am nächsten Morgen erhoben sich die drei beim ersten Licht des neuen Tages von ihrem Lager und brachen über den knirschenden Schnee in südliche Richtung auf. Am Fuß des Gletschers, der von dem Sattel wohl fünftausend Fuß über ihnen herabführte, wo der Hauptkamm zwischen Aschnilan und Koschtra Pivrarcha absinkt, seilten sie sich an. Ehr die helleren Sterne vom Licht des Morgens verschluckt wurden, zogen sie bereits durch das Labyrinth der Klippen und Spalten des Eisfalles. Bald flutete das neue Tageslicht das Gletscherfeld des Hohen Temarmferners und färbte es grün und safrangelb und blaßrosa. Fern im Norden erglühten die Schneefelder des Islargyn zur Rechten der weißen Kuppel des Emschir. Ela Mantissera versperrte den Blick nach Nordosten. Die Zinne, die ihr Tal auf der Ostseite einfaßte, tauchte es in das schattige Blau einer sommerlichen See. Hoch auf der andren Seite grollten die beiden Zwillingsgipfel Ailinon und Aschnilan, von den warmen Sonnenstrahlen aus dem frostigen Schweigen der Nacht erweckt, hin und wieder mit Lawinen aus Schnee und Geröll.

Juss war ihr Führer, als es durch den Eisfall ging, entlang hoher messerscharfer Kanten, die zu beiden Seiten zu unergründlichen Tiefen abfielen, dann wieder durch die Schlünde dieser Klüfte selbst, am Fuß der Gletscherklippen entlang. Diese, fünfmal so hoch wie ein Mann, die einen vierkantig, die andren spitz, wieder andre durch herabfallende Eisbrocken aufgetürmt oder halb zerborsten, neigten sich über den Pfad, als wollten sie im nächsten Augenblick umstürzen und die Eindringlinge zermalmen und ihre Leiber für immer in jene blaugrünen geheimen Stätten der Kälte und des Schweigens hinabschleudern, wo hohl die Eissplitter klangen, wenn Juss sich seinen Weg bahnte, indem er mit Mirvashs Axt Stufen schlug. Endlich nahm die Steigung ab, und sie traten auf die ungebrochene Oberfläche des Gletschers hinaus, und über eine Schneebrücke überwanden sie den großen Spalt zwischen Gletscher und Berghang und gelangten zwei Stunden vor Mittag an das untere Ende des Felsbandes, welches sie vom Ailinon aus erspäht hatten.

Jetzt übernahm Brandoch Daha die Führung. Sie kletterten mit dem Gesicht zum Felsen, langsam und ohne innezuhalten; denn so fest und hart der Fels auch war, bot er doch wenig Halt, und der Anstieg war steil. Hie und da gab ihnen ein Kamin die Möglichkeit, ein Stück höher zu kommen, hauptsächlich aber mußten sie sich in der freien Wand von Ritze zu Ritze hocharbeiten – eine Kraftprobe, wie sie nur wenige über kurze Zeit bestanden hätten; diese Wand jedoch war dreitausend Fuß hoch. Gegen Mittag erreichten sie den Grat, und dort auf den Felsen ruhten sie sich aus, zu erschöpft zum Sprechen, und blickten über die von Lawinen durchfurchten Hänge des Koschtra Pivrarcha zu dem äußeren Dachfirst, hinter dem sich die westlichen Ausläufer des Koschtra Belorn abzeichneten.

Ein Stück lang war der Grat breit und eben. Dann verengte er sich mit einem Mal auf die Breite eines Pferderückens und ragte jäh zweitausend Fuß oder mehr himmelwärts. Brandoch Daha ging voraus und kletterte ein paar Fuß hinauf. Der Fels hing über und war glatt und bot keinen Halt. Er versuchte es mehrmals, dann kam er herab und sprach. »Nichts, was Füße hat.«

Dann ging er zur Linken. Hier hingen lange Gletscherzungen, die bis weit in die Höhe reichten, und während er hinaufblickte, donnerte von weiter oben eine Lawine aus Eisklumpen hernieder. Darauf ging er nach rechts, und hier fiel der Fels nach außen ab, und die geneigten Simse waren bedeckt mit Geröll und das Gestein brüchig und schlüpfrig von Schnee und Eis. So kehrte er, nachdem er ein Stück vorausgegangen war, zurück, und sprach: »O Juss, willst du geradeaus weiter, so mußt du fliegen, denn es gibt dort keinen Halt; willst du also ostwärts gehen und den Lawinen ausweichen oder westwärts, wo alles brüchig und schlüpfrig ist und jedes Ausgleiten unsren Tod bedeutet?«

So beredeten sie das Für und Wider und entschieden sich schließlich für die östliche Route. Das erste Stück um die vorspringende Kante der Nadel war besonders tückisch, denn es gab kaum eine Möglichkeit, sich festzuhalten, und die Felsen waren weiter unten ausgekehlt, so daß ein Stein oder ein Mann, der hier den Halt verlor, geradenwegs drei- oder viertausend Fuß tief auf den Koschtraferner stürzen und dort zerschellen mußte. Dahinter führten breitere Simse an der Wand der Felsspitze entlang, die nun südwärts, nach innen, herumführten. Hoch über ihren Häuptern, blendend weiß im Sonnenschein, stachen die abgebrochenen Firnkanten und -spitzen in die Bläue, und Eiszapfen größer als ein Mann hingen glitzernd von jedem Vorsprung: ein himmlisch schöner Anblick, woran sie indes wenig Freude hatten, da sie so schnell wie nie in ihrem Leben weitereilten, um aus dem Gefahrenbereich der Eislawinen zu gelangen.

Plötzlich zerriß ein Schlag die Stille wie der Knall einer riesigen Peitsche, und als sie hochblickten, sahen sie gegen den Himmel eine dunkle Masse, die sich wie eine Blüte entfaltete und schnell in hundert Teile zerstob. Die Dämonen und Mirvasch preßten sich dort, wo sie standen, gegen den Fels, doch es gab wenig Deckung. Die Luft war erfüllt vom Heulen der Steinbrocken, die zu Tal schossen wie Teufel beim Höllensturz, und ihrem Geknatter und Geprassel, wenn sie an die Bergwand schellten. Von Gipfel zu Gipfel hallte das Echo wider, und der Leib des Berges schien sich zu winden wie unter einer Geißel. Als es vorbei war und Stille einkehrte, stöhnte Mirvasch vor Schmerz, denn ein Stein hatte ihn am Handgelenk getroffen. Die andren waren unverletzt.

Juss sprach zu Brandoch Daha: »Zurück, auch wenn's dir noch so mißfällt.«

So gingen sie zurück; und eine Eislawine stürzte vom Berg herab, die sie alle in den Tod gerissen hätte, wären sie weitergegangen.

»Du verkennst mich«, sprach Brandoch Daha lachend. »Liegt mein Leben in meiner eignen Hand, so ist mir jede Gefahr Milch und Honig, und nichts läßt mich vor ihr zurückschrecken. Doch hier an dieser verfluchten Wand, auf dessen Simsen ein Krüppel bequem gehen könnte, sind wir dem Zufall ausgeliefert. Und nur ein Narr würde hier länger verweilen als nötig.«

»So bleiben uns zwei Wege«, sprach Juss. »Zurückzugehen, und das wäre eine lebenslange Schande für uns, oder den Weg über die rechte Seite zu wagen.«

»Und den würde niemand außer dir und mir lebend bestehen«, sprach Brandoch Daha. »Und sei's nicht, nun, dann werden wir ruhig schlafen.«

»Mirvasch«, sprach Juss, »ist nicht wie wir an dies Abenteuer gebunden. Er hat uns tapfer zur Seite gestanden und sich als wackerer Freund erwiesen. Doch angesichts einer solchen Passage habe ich große Zweifel, ob es für ihn nicht ungefährlicher wäre, seinen Weg allein zurückzufinden, als mit uns zu kommen.«

Mirvasch aber ließ sich nicht abbringen. Er sprach kein Wort, sondern nickte mit dem Kopf, als wollte er sagen: Vorwärts.

»Zuerst muß ich dein Bader[5] sein«, sprach Juss. Und er verband Mirvaschs Handgelenk. Und weil der Tag sich seinem Ende zuneigte, biwakierten sie unter dem aufstrebenden Grat, in der Hoffnung, am kommenden Tag den Gipfel des Koschtra Pivrarcha zu erreichen, der an die sechstausend Fuß über ihnen lag.

Am nächsten Morgen, sobald es zum Klettern hell genug war, machten sie sich an die schwierige Traverse. In den nächsten zwei Stunden verstrich keine Sekunde, wo sie nicht in unmittelbarer Lebensgefahr gewesen wären. Sie waren nicht angeseilt; denn auf diesen brüchigen Felsen hätte ein Mann bei einem Ausrutscher ein Dutzend andre mit ins Verderben gerissen. Die Vorsprünge fielen nach außen schräg ab; sie waren mit Geröll und Eis überzogen; das weiche rote Gestein bröselte unter den Händen und fiel jenseits der Kanten senkrecht hinab zu dem Gletscher tief unten. Auf und ab und vorwärts und wieder auf und ab und wieder hinauf wand sich ihr Weg um den Fuß jener Felsspitze, bis sie endlich über eine bröckelnde Hangrinne wieder auf den Kamm des Berges gelangten.

Während ihrer Klettertour waren die weißen, weichen Wolken, welche sich am Morgen in den hohen Klüften des Ailinon zusammengebauscht hatten, zu einer dunklen Bank angewachsen, in der sämtliche Berge im Westen verschwunden waren. Breite Bänder strömten von dieser Wolkenbank über das tiefe Tal, vereinten sich und trieben nach oben, sich hebend und senkend wie ein wogender Ozean, und stiegen schließlich bis zu dem hohen Kamm hinauf, wo die Dämonen standen, und hüllten sie in einen Mantel aus Dunst, mit einem kalten Wind in seinen Falten. Sie hielten inne, weil sie die Felsen vor sich nicht mehr sehen konnten. Der Wind wurde ungestümer und jaulte in den Felsspalten. Pulvriger Schnee fegte haarfein über den Kamm. Das Gewölk hob und senkte sich wie ein großer Vogel, der sie mit seinen Schwingen beschattete. Aus seinem Innern flammten Blitze, über wie unter ihnen. Donner folgte auf den Fersen, dessen Echo von Fels zu Fels getragen wurde und zwischen den Wänden wetterte. Ihre Waffen, die sie in den Schnee gerammt hatten, leuchteten blau und knisterten; Juss hatte angeraten, sie aus der Hand zu legen, um nicht das Unheil auf sich zu ziehen. In eine Schneehöhle zwischen den Felsen geduckt, verbrachten Fürst Juss und Fürst Brandoch Daha und Mirvasch Faz jene Nacht des Schreckens auf dem hohen Grat des Koschtra Pivrarcha. Wann die Nacht eintrat, wußten sie nicht; denn lange bevor die Sonne unterging, hatte der Sturm bereits Dunkelheit über sie gebracht. Blendender Schnee und Hagel und Feuer und Donner und wilde Winde, die in den Rinnen heulten, bis der ganze Berg zu wanken schien, hielten sie wach. Sie waren halb erfroren, und fast soweit, daß ihnen der Tod eine Erlösung erschien von diesem höllischen Karussel.

Mit mattem, grauem Schein brach der Tag an, und der Sturm legte sich. Juss erhob sich, so erschöpft, daß er kein Wort hervorbrachte. Mirvasch sprach: »Ihr seid Teufel, aber über mich selbst wundre ich mich. Denn ich habe mein ganzes Leben in Gebirgsgegenden gewohnt und von vielen gehört, die bei Unwetter in den Bergen von der Nacht überrascht wurden. Und keiner konnte der Kälte standhalten. Ich spreche von denen, die man später fand. Viele wurden nicht gefunden, weil die Geister sie verschlangen.«

Woraufhin Brandoch Daha laut lachte und sprach: »O Mirvasch, ich fürchte, daß wir in dir einen undankbaren Wicht vor uns haben. Betrachte Juss, der mich an Härte und Widerstand gegen die Unbilden des Frosts und der Hitze übertrifft, wie ich dich übertreffe. Und doch ist er nun am schwächsten von uns drein, und weißt du warum? Ich sag's dir: Die ganze Nacht kämpfte er gegen die Kälte an und hielt nicht nur sich selbst warm, sondern auch mich und dich, um uns vor Unterkühlung zu schützen. Sei gewiß, daß nichts andres deinen Kadaver rettete.«

Inzwischen hatte sich der Nebel ein wenig gelichtet, so daß sie den Grat etwa hundert Schritt weit sehen konnten. Die einzelnen Bergzacken zeichneten sich wie substanzlose Schatten vor der jeweils nächsten, noch schemenhafteren ab. Und die Spitzen ragten riesig und monströs durch den Dunst, Berggipfeln gleich von Gestalt.

Sie seilten sich an und brachen auf. Manche Türme bestiegen sie, andren wichen sie aus, mal zur einen, mal zur andern Seite; manchmal standen sie auf diesen Felsinseln, als wären sie von der restlichen Welt vollkommen abgeschnitten, einsam über dem Nebelmeer; manchmal stiegen sie in eine tiefe Spalte im Kamm ein, wo vor ihnen auf der andren Seite eine glatte Wand sich erhob und leere Luft zur Rechten und zur Linken gähnte. Das Gestein war fest und gut wie an jener Stelle, wo sie vom Gletscher aus in den Fels eingestiegen waren. Doch sie kamen nur langsam voran; denn das Klettern war schwierig und sehr gefährlich wegen des Neuschnees und des Eises, das die Felsen überzog.

Als der Tag voranschritt, legte sich der Wind, und alles war still, als sie schließlich vor einem harten Eiskamm standen, der scharfkantig wie eine Schwertklinge vor ihnen aufragte. Seine Ostseite, zu ihrer Linken, war fast senkrecht und endete in einem steilen Abhang, der ohne Bruch in die Tiefe fiel. Der westliche Hang, kaum weniger steil, führte in einer weißen, glatten Fläche aus gefrorenem Schnee hinab, bis die Wolken ihn umhüllten.

Brandoch Daha wartete auf der letzten Felsspitze am Fuße des Eiskamms. »Der Rest ist dein«, rief er Fürst Juss zu. »Ich möchte nicht, daß ein andrer als du ihn zuerst betritt, denn es ist dein Berg.«

»Ohne dich wäre ich nie so weit gekommen«, antwortete Juss; »und es geziemt sich nicht, daß mir die Ehre zuteil wird, als erster meinen Fuß auf den Gipfel zu setzen, wenn dir der Löwenanteil gebührt. Geh du zuerst.«

»Ich will nicht«, sprach Fürst Brandoch Daha. »Und es stimmt nicht, was du sagst.«

Also ging Juss voran und schlug mit der Axt große Stufen direkt unterhalb der Kante auf der westlichen Seite, und Fürst Brandoch Daha und Mirvasch Faz folgten in seinen Tritten.

Alsbald erhob sich ein Wind in den ungeschauten Höhen des Himmels und zerfetzte die Nebel wie ein fadenscheiniges Gewand. Speere von Sonnenlicht stachen durch die Risse. Ferne sonnige Länder leuchteten in den unvorstellbaren Tiefen des Südens jenseits eines gewaltigen Walles, nicht weit von ihrem Eiskamm entfernt: eine Mauer schwarzer Felsmassive, durchzogen von tausend schneegefüllten Furchen von glitzerndem Weiß und gekrönt mit einer Folge von Bergspitzen, wild und ungezähmt von Gestalt, deren Glanz das Auge tränen ließ: der Gipfelgrat des Koschtra Pivrarcha. Dieser, zu dem die Dämonen so lange wie zum fernen Himmel aufgeschaut hatten, lag nun unter ihnen. Nur der Gipfel, den sie jetzt hinaufstiegen, reckte sich noch über ihnen empor, klar nun und nahe zu sehen, mit einer nackten, schroffen Felswand im Nordosten, überkrönt von einer Schneewächte. Juss sah die Schneekuppe und machte sich daran, weitere Stufen zu hauen, und eine halbe Stunde, nachdem die Wolkendecke aufgebrochen war, stand er auf der Spitze jenes nie zuvor erreichten Gipfels, und die ganze Welt lag ihm zu Füßen.

Auf der Südseite stiegen sie ein kleines Stück hinab und setzten sich auf die Felsen. Ein lieblicher, mit Inseln übersäter Bergsee lag eingebettet in bewaldete und klippenumgürtete Hügel am Fuße eines tiefeingeschnittenen Tales, das vom Zimiamvischen Tor abging. Ailinon und Aschnilan erhoben sich nahebei im Westen, und die zarte weiße Spitze des Akra Garsch zeigte sich zwischen ihnen. Dahinter Berge über Berge wie ein Meer.

Juss blickte gen Süden, wo sich ein gewelltes Land erstreckte, bis es weich und dunstig mit der Bläue des Himmel verschmolz. »Du und ich«, sprach er, »als erste der Menschenkinder, erschauen nun mit lebenden Augen das sagenhafte Land Zimiamvia. Glaubst du, es ist wahr, was die Philosophen uns über jenes glückliche Land berichten:

daß kein Sterblicher es betreten dürfe, sondern daß die Seelen jener Toten es bevölkern, welche groß auf Erden waren und große Taten vollbrachten, gleichwohl die Erde und die Freuden und Güter derselben nicht verachtet und dennoch ein gerechtes Leben geführt haben, ohne Feiglinge oder gar Unterdrücker zu sein?«

»Wer weiß?« sprach Brandoch Daha, stützte sein Kinn in die Hand und blickte gen Süden wie in einem Traum. »Wer vermag das zu sagen?«

Sie schwiegen eine Weile. Dann hub Juss an und sprach: »Wenn du und ich schließlich dorthin gelangen, o mein Freund, werden wir uns Dämonenlands erinnern?« Und als er keine Antwort erhielt, sprach Juss: »Lieber möcht' ich unter den Sternen einer Sommernacht über den Mondsee rudern, als dieses ganzen Landes Zimiamvia König zu sein. Und lieber möcht' ich einmal den Sonnenaufgang im Felsgebirge schauen, als all meine Tage in Seligkeit auf einer Insel jenes verzauberten Sees von Ravarie unter dem Koschtra Belorn zu wohnen.«

Nun riß der Wolkenschleier auf, der bis jetzt noch über dem östlichen Himmel gehangen hatte, und Koschtra Belorn stand wie eine Jungfrau vor ihnen, zwei oder drei Meilen gen Osten, den schräg einfallenden Strahlen der Sonne zugewandt. Auf all den weitläufigen Hängen zeigte sich kaum ein nackter Fels, so dicht waren sie mit einen glitzernden Schneemantel bedeckt. Lieblicher noch erschien der Berg in diesen luftigen Höhen und anmutiger, als sie ihn ehrdem erschaut. Juss und Brandoch Daha erhoben sich, wie Männer aufstehen, um eine Königin in ihrer Majestät zu grüßen. Schweigend blickten sie lange auf den Berg ihrer Sehnsucht.

Dann sprach Brandoch Daha und sagte: »Siehe deine Braut, o Juss.«

Kapitel XIII

Koschtra Belorn

Wie der Fürst Juss zu guter Letzt seines Traumes Weisung erfüllet, daß er suche im Koschtra Belorn; und auf welche Weise ihm dortselbst Antwort ward.

Jene Nacht verbrachten sie sicher, durch die Gunst der Götter, unter den hohen Zacken des Koschtra Pivrarcha, in einer geschützten Nische, die mit Schnee ummantelt war. Der Morgen kam wie eine Lilie, safrangelb, mit rauchgrauen Streifen durchzogen, die sich vom Norden herablagerten. Die hohen Gipfel standen wie Inseln in einem Wolkenmeer, aus dem die Sonne flammend hervortrat, ein Ball von rotgoldnem Feuer. Eine Stunde vor Tagesanbruch waren die Dämonen und Mirvasch bereits angeseilt und nach Osten zum Koschtra Belorn unterwegs. War der Kamm jenes großen Nordgrates, über den sie den Gipfel erklommen hatten, auch schwierig zu bewältigen gewesen, so war doch der Ostgrat siebenmal schlimmer, der zum Koschtra Belorn führte. Schmalrückiger war er, von tieferen Abgründen flankiert und von breiter klaffenden Spalten durchbrochen, zu tückisch und zu plötzlich in seinem Wechsel zwischen festem und brüchigem Gestein: bewehrt mit kippeligen Felstürmen, behängt mit unberechenbaren Wächten, gegürtet mit Steilwänden, glatter und haltloser als eine Burgmauer. Kein Wunder, daß es sie dreizehn Stunden kostete, über diesen Kamm hinabzusteigen. Die Sonne neigte sich schon dem Westen zu, als sie endlich jenen gefrorenen Rücken erreichten, der zum Zimiamvischen Tor gehörte. Müde waren sie und ohne Seil; denn auf keine andre Weise hätten sie den letzten Felsturm hinter sich bringen können als mit Hilfe des Seils, das sie oben festgemacht hatten. Ein scharfer Nordostwind hatte den ganzen Tag über den Grat geweht, mit Schnee im Gefolge. Ihre Finger waren taub vor Kälte, und die Bärte von Fürst Brandoch Daha und Mirvasch Faz starrten von Eis.

Zu erschöpft zum Rasten, setzten sie ihren Weg fort. Juss führte sie an. Es ging viele hundert Schritte über jenen Eisgrat, und die Sonne war fast schon versunken, als sie schließlich einen Steinwurf entfernt vor der Felswand des Koschtra Belorn standen. Seit dem Vormittag waren unzählige Lawinen über diese Felsen gedonnert. Nun, in der Kühle des Abends, war alles still. Der Wind hatte sich gelegt. Der tiefblaue Himmel war wolkenlos. Das Feuer der Abendröte senkte sich über die großen Abhänge vor ihnen, bis jedes Gesims, jeder Vorsprung und jeder Eiszapfen rosenrot glühte und jeder Schatten ein Smaragd wurde. Der Schatten des Koschtra Pivrarcha lag kalt über den unteren Hängen der zimiamvischen Seite. Der Rand jenes Schattens war wie die Trennlinie zwischen den Lebenden und den Toten.

»Woran denkst du?« sprach Juss zu Brandoch Daha, der, auf sein Schwert gelehnt, in den Anblick jenes Glanzes versunken war.

Brandoch Daha fuhr hoch und blickte ihn an. »Nun«, sprach er, »an dies: Daß dein Traum womöglich nur eine Lockung war, dir von dem König gesandt, uns zu gewaltigen Taten zu verleiten, die uns in den Untergang führen. Auf dieser Seite jedenfalls lieget gewiß kein Weg hinauf zum Koschtra Belorn.«

»Was ist mit der kleinen Merlette«, sprach Juss, »die uns, als wir noch weit entfernt von hier waren, aus dem Süden zuflog, uns einen holden Gruß zu überbringen?«

»Hoffen wir, daß sie kein Zauber des Königs war«, sprach Brandoch Daha.

»Ich werde nicht umkehren«, sprach Juss. »Du brauchst nicht mit mir zu kommen.« Und er wandte sich ab, um erneut auf jene eisbedeckten Klüfte zu blicken.

»Nein?« sprach Brandoch Daha. »Und du nicht mit mir. Du machst mich zornig, wenn du mir derart die Worte im Munde verdrehst. Sei dir deiner Sache nur nicht zu sicher, und halte die Axt bereit, wie ich mein Schwert, für einen edleren Zweck, als Stufen zu hauen. Und wenn du hoffst, den Berg auf dieser Seite besteigen zu können, so hat des Königs Zauber dich wahrlich lebensmüde gemacht.«

Die Sonne war inzwischen untergegangen. Unter den Schwingen der Nacht, die sich von Osten erhoben, nahmen die unergründlichen Höhen der Luft ein tieferes Blau an; und hie und dort, schwach und kaum zu sehen, pulsierte ein winziger Lichtpunkt: die größeren Sterne öffneten ihre Lider zur einbrechenden Nacht. Dunkelheit kroch herauf und füllte die Täler drunten wie die ansteigende Flut des Meeres. Frost und Stille harrten der ewigen Nacht, um ihr Regiment wieder aufzurichten. Die erhabenen Höhen des Koschtra Belorn standen in einem gewaltigen Schweigen totenbleich gegen den Himmel.

Juss trat einen Schritt auf dem Kamm zurück, legte die Hand auf Brandoch Dahas Arm und sprach: »Sei still und siehe dies Wunder.« Ein Stück den Berghang auf der zimiamvischen Seite hinauf war es, als ob ein Rest der Nachglut sich zwischen den Klüften und gefrorenen Schneewächten verfangen hätte. Als die Dunkelheit sich vertiefte, wurde das Glühen heller, breitete sich aus und füllte einen Spalt, der in den Berg hineinzuführen schien.

»Das ist unsretwegen«, sprach Juss leise. »Der Berg brennt vor freudiger Erwartung.«

Kein Laut war zu hören außer ihrem heftigen Atmen und den Schlägen der Axt und dem Klirren der Eisstücke, die hinab ins Schweigen glitten, während Juss Stufen in den Eiskamm schlug. Und immer heller, wie die Nacht hereinbrach, glühte jenes seltsame Abendrot über ihnen. Gefährlich zu klettern waren die letzten fünfzig Fuß vom Kamm ab, da sie kein Seil hatten und der Weg schwer zu sehen war und der Fels steil und vereist und jeder Vorsprung tief mit Schnee bedeckt. Dennoch gelangten sie durch einen hohe, kurze Rinne sicher hinauf zu deren Ende, wo sie sich zu jener Spalte des wundersamen Lichtes verbreiterte. Hier konnten zwei Mann nebeneinander gehen, und Fürst Juss und Fürst Brandoch Daha nahmen ihre Waffen und traten Seite an Seite hinein. Mirvasch wollte etwas rufen, doch ihm versagte die Stimme. So folgte er ihnen dicht auf den Fersen wie ein Hündchen.

Ein Stück des Weges stieg der Boden der Höhle an, dann senkte er sich sachte tiefer in den Berg hinein. Die Luft war kalt, doch warm nach der frostigen Luft draußen. Das rosenrote Licht lag sanft auf Wänden und Boden des Ganges, doch niemand vermochte zu sagen, von wo es ausging. Seltsame Skulpturen glänzten über ihren Häuptern: stierköpfige Menschen, Hirsche mit Menschengesichtern, Mammuts und Leviathane: riesige, schemenhafte Formen, in den gewachsenen Fels gehauen. Stundenlang folgten Fürst Juss und seine Gefährten dem Gang, der in Windungen abwärts führte, und verloren dabei jeden Sinn für Nord und Süd. Das Licht wurde schwächer und schwächer, und nach einer Stunde oder zwei gingen sie in Dunkelheit: doch nicht in völliger Finsternis, sondern dem dämmrigen Dunkel einer sternlosen Sommernacht, wo die ganze Nacht lang das Zwielicht verweilt. Sie gingen langsam, um auf alles gewärtig zu sein.

Nach einer Weile blieb Juss stehen und sog prüfend die Luft ein. »Ich rieche frisch gemähtes Heu«, sprach er, »und Blütenduft. Ist dies meine Phantasie, oder kannst du es auch riechen?«

»Ja, seit seiner halben Stunde schon«, antwortete Brandoch Daha. »Auch weitet der Gang sich vor uns, und die Decke wird höher.«

»Dies«, sprach Juss, »ist ein großes Wunder.«

Sie marschierten weiter, und bald ließ das Gefälle nach, und sie spürten lose Steine und Kies unter ihren Füßen und dann lockere Erde. Sie bückten sich und betasteten die Erde, und es gab Gras darauf – und Nachttau lag auf dem Gras – und Gänseblümchen mit für die Nacht geschlossenen Blüten. Ein Bach plätscherte zur Rechten. So überquerten sie die Wiese im Dunkeln, bis sie vor einem schattenhaften Gebilde standen, das riesig vor ihnen aufragte. In einer blinden Wand, so hoch, daß ihr oberes Ende in der Dunkelheit verschluckt wurde, stand ein Tor offen. Sie überquerten dessen Schwelle und gelangten in einen gepflasterten Hof, der unter ihren Schritten erhallte. Vor ihnen führte eine Steintreppe zu einer Flügeltür unter einem Mauerbogen.

Fürst Brandoch Daha spürte, wie Mirvasch ihn am Ärmel zupfte. Der kleine Mann klapperte vor Angst mit den Zähnen. Brandoch Daha lächelte und legte ihm den Arm un die Schultern. Juss hatte seinen Fuß auf die unterste Stufe gesetzt.

In diesem Augenblick ertönte der Klang von Musik, doch von welchen Instrumenten, hätten sie nicht sagen können. Es begann mit lauten, schmetternden Akkorden, Trompeten gleich, die zum Angriff blasen, erst hoch, dann tief, dann verhallend zum Schweigen; dann wieder jener mächtige Fanfarenstoß. Alsdann nahmen die Töne neue Klangformen an, tastend in der Dunkelheit; anschwellend zu leidenschaftlicher Klage schwebten sie durch den Raum und verklangen im Wind, bis nichts blieb als ein leises Grollen wie von fernem Donner, langgezogen, ruhig, doch ausgesprochen bedrohlich. Und aus der Dunkelheit jener Einleitung barst es hervor in gewaltigem Hall, drei schwere Schläge wie von Brechern, die an einer einsamen Küste gegen die Klippen branden; eine Pause; wieder jene Schläge; wieder eine lange Pause; dann ein Rauschen von Schwingen, wie von Furien, die der Unterwelt entsteigen[1]; ein zweites Flügelschlagen, schrecklich in seiner Entschlossenheit; dann ein wilder Sog aufwärts und wieder Rauschen; Wirrnis der Hölle, durch die Luft fahrende Schlangen. Dann, mit einem Male, eine ferne, süße Melodie in einer andren Tonlage, getragen und klar, wie helle Sonnenstrahlen, welche die Staubwolken über einem Schlachtfeld durchdringen. Dies aber war nur ein Zwischenspiel zum Schrecken des großen Hauptthemas, das im Sturmgebraus wieder aus den Tiefen heraufdrang, sich zu einen wilden, gewaltigen Höhepunkt steigerte und in Schweigen verhallte. Nun folgte eine majestätische Weise, erhaben und ruhig, geboren aus jenem Schrecken und wieder zu ihm zurückführend: ein Kampf dieser Themata in vielen verschiedenen Tonlagen, und zum Schluß jener große dreifache Schlag, in neuer Stärke erdonnernd, der alle Freude und Süße wie mit einer ehernen Keule zerschmetterte und die Grundfesten des Lebens in Schutt und Asche kehrte. Doch in dem Hauptschwall seiner Wut und seines Schreckens schien jene große Macht zu verdorren. Der Donnerhall wurde schwächer, die harten Schläge rasselten schrill, und das gewaltige Gebäude von Eroberung und zerstörender Gewalt sank ächzend in sich zusammen, und erstarb torkelnd und rumorend unrühmlich in Schweigen.

Wie gebannt lauschten die Fürsten von Dämonenland den letzten Echos jenes großen, dumpfen Akkords, mit dem jene Musik ihren Atem aushauchte, als wäre dem Zorn selbst das Herz gebrochen. Doch es war nicht das Ende. Kühl und gelassen wie eine den Göttern geweihte reine Jungfrau mit klaren Augen, die nichts unter dem hohen Himmel sehen, entstieg eine ruhige Melodie jenem Grab des Grauens. Schwach erschien sie zuerst, ein kleines Ding nach jenem Kataklysmus; ein kleines Ding wie des Frühlings erste aufbrechende Knospen nach der gnadenlosen Herrschaft von Kälte und Eis. Doch schritt sie unverzagt voran, gewann immer mehr an Schönheit und Kraft. Und plötzlich schwangen die Flügel der Tür auf, und eine Lichterflut ergoß sich die Stufen hinab.

Fürst Juss und Fürst Brandoch Daha starrten auf das strahlende Portal wie Männer, die nach einem bald aufgehenden Stern Ausschau halten. Und wie ein Stern fürwahr oder wie der stille Mond erschien nach einer Weile Eine, gekrönt wie eine Königin mit einem Diadem aus kleinen Wolken, wie dem Sonnenuntergang im Gebirge entwendet, die weiche Strahlen rosigen Lichts verströmten. Sie stand allein unter jenem mächtigen Tor mit seinen gewaltigen schattenhaften Gestalten geflügelter Löwen aus einem glänzenden Stein, schwarz wie Pech. Jugendlich schien sie, wie eine, die gerade erst der Kindheit Lebewohl gesagt, mit ernsten, süßen Lippen, ernsten schwarzen Augen und nachtdunklem Haar. Kleine schwarze Merletten saßen auf ihren Schultern, und ein Dutzend weiterer schwirrte um ihr Haupt, mit so flinkem Flügelschlag, daß das Auge ihm kaum zu folgen vermochte. Zwischenzeitlich war jene zarte und einfache Melodie zu einem mächtigen Chor angeschwollen, bis sie bald mit allen Feuern des Sommers brannte, brannte wie der Sommer zu äußerster Glut, wild und zwingend in ihrer Fülle von Liebe und Schönheit. So daß, noch bevor die letzten triumphalen Klänge im Schweigen erstarben, jene Musik Juss die ganze Schönheit der Berge zurückgebracht hatte: die Glut der Abendsonne auf dem Koschtra Belorn, die erste große Offenbarung der Gipfel von Morna Moruna aus; und über all diesem, wie der Geist jener Musik dem Auge offenbarte, das Bild jener Königin, so lieblich anzuschaun in ihrer Jugend und ihrer reinen Stirn von süßem Ernst und hoher Verheißung, in jeder Linie und Haltung ihrer edlen Gestalt, jungfräulich zart wie eine Blume und erhellt von innen, wie eine Blume es niemals gewesen, mit jener Göttlichkeit, vor deren Angesicht Rede und Lied verstummen und ein jeder Mann nur den Atem anhält und sie anbetet.

Als sie sprach, war es mit einer Stimme wie aus Kristall: »Dank sei und Preis den unsterblichen Göttern! Denn siehe, die Jahre gehen dahin, und die Zeit bringt hervor, was die Götter bestimmten. Und ihr seid jene, die da kommen sollten.«

Jene großen Fürsten von Dämonenland aber standen vor ihr wie kleine Jungen. Und sie sprach weiter: »Seid ihr nicht Fürst Juss und Fürst Brandoch Daha von Dämonenland, zu mir gekommen auf einem Weg, der allen andren Sterblichen verwehrt ist, hinauf in den Koschtra Belorn?«

Da antwortete Fürst Juss für sie beide und sprach: »Ja, o Königin Sophonisba, wir sind jene, die du meinst.«

Nun geleitete die Königin sie in ihren Palast und in einen großen Saal, wo ihr Thron stand. Die Säulen des Saales waren wie große Türme, und über ihnen erhoben sich, Rang um Rang, Galerien, höher als das Auge oder das sanfte Licht aus den Leuchtern, welches die Tische und den Boden erhellte, ihnen zu folgen vermochte. Säulen und Wände waren aus einem dunklen, ungeglätteten Stein, und auf den Wänden seltsame Bilder: Löwen, Drachen, Behemoths[2] des Meeres, Aare, Elephanten, Schwäne, Einhörner und andre mehr, lebendig dargestellt und reich gestaltet mit seltsamen Malfarben, alle von einer immensen Größe jenseits der Erfahrung des Menschengeschlechts, so daß einer sich in dieser Halle fühlte, als suche er in einem kleinen Fleck von Licht und Leben Schutz, umgeben, überhöht und umfangen von dem allumfassenden Unbekannten.

Die Königin ließ sich auf ihren Thron nieder, der glänzte wie ein vom Wind bewegter Fluß unter einem silbernen Mond. Außer jenen kleinen Merletten war niemand bei ihr, ihr zu dienen. Sie hieß jene Fürsten von Dämonenland, vor ihrem Angesicht Platz zu nehmen, und durch das Wirken unsichtbarer Hände wurden Tische vor ihnen aufgestellt und kostbares Geschirr voll unbekannter Atzung[3]. Und es erklang eine leise Musik, die in der Luft erzeugt wurde durch eine ihnen unsichtbare, unbekannte Kunst.

Die Königin sprach: »Sehet, Ambrosia, welches die Speise der Götter ist, und Nektar, welches ihr Trank; das Brot und der Wein, von welchem auch ich lebe, durch die Gnade der unsterblichen Götter. Und der Geschmack davon wird nimmer schal, und die Glut davon und der Duft davon stirbt nimmermehr.«

So kosteten sie von der Ambrosia, die weiß war von Aussehen, knusprig und süß und nach ihrem Genuß dem Körper mehr Kraft gab als das beste Fleisch, und von dem Nektar, der im Glase schäumte und blutrot war wie das innerste Feuer der untergehenden Sonne. Gewiß war ein wenig vom Frieden der Götter in jenem göttlichen Nektar.

Die Königin sprach: »Saget an, warum seid ihr gekommen?«

Juss antwortete: »Ein Traum ward mir gesandt, o Königin Sophonisba, durch das hörnerne Tor[4], und er trug mir auf, hier nach jenem zu suchen, den ich so sehr herbeisehne und dessen Verlust mir in diesem vergangenen Jahr die Seele bedrückte: nämlich nach meinem lieben Bruder, dem Fürsten Goldry Bluszco.«

Seine Worte blieben ihm in der Kehle stecken. Denn mit dem Ausspruch jenes Namens zitterte das feste Gefüge des Palastes wie das Blattwerk eines Waldes bei einem plötzlichen Windstoß. Die Farbe wich aus der Umgebung, wie das Blut aus dem Gesicht eines Mannes weicht, den Furcht ergreift, und alles wurde fahl wie eine Landschaft, die man an einem strahlenden Sommertag betrachtet, nachdem man mit geschlossenen Augen eine Zeitlang auf dem Rücken unter der blendenden Sonne gelegen hat: alles grau und kalt, die warmen Farben zu Asche verbrannt. Zugleich quollen aus den Fugen der Pflastersteine und der großen Mauerblöcke der Wände und Säulen kleine widrige Geschöpfe hervor: manche wie Heuschrecken mit Menschengesichtern und Flügeln wie Fliegen, manche wie Fische mit einem Stachelschwanz, manche fett wie Kröten, manche wie schlängelnde Aale mit Hundsköpfen und Eselsohren: abscheuliche Kreaturen, Wesen der anderen Seite, schuppig und obszön.

Der Schrecken ging vorüber. Die Farbe kehrte zurück. Die Königin saß wie eine Statue; ihr Mund war halb offen. Nach einer Weile sprach sie mit bebender Stimme, leise und mit niedergeschlagenen Augen: »Edle Herren, ihr verlangt von mir ein gar seltsam Ding, desgleichen bislang niemals an mich herangetragen ward. Ich bitte euch, bei eurer Ehre, diesen Namen nicht mehr auszusprechen. Im Namen der unsterblichen Götter, sprechet ihn nie wieder aus.«

Fürst Juss schwieg, und schwer lasteten die Worte der Königin auf seiner Brust.

Als es an der Zeit war, brachte eine kleine Merlette sie auf der Königin Geheiß in ihre Schlafgemächer. Und dort, in großen Betten, weich und duftig, legten sie sich zur Ruhe.

Juss lag lange wach im Zwielicht, denn das Herz war ihm schwer. Schließlich fiel er in einen unruhigen Schlaf. Das Glimmen der Lampen vermengte sich mit seinen Träumen und seine Träume mit ihm, so daß er kaum wußte, ob er wachte oder schlief, als die Wände seines Schlafgemaches sich auftaten zu einem Ausblick auf endlose Bahnen von Mondlicht und einen einsamen Berggipfel, der nackt aus einem Wolkenmeer herausragte, welches weiß unter dem Mond erglänzte. Es schien ihm, als sei ihm die Gabe des Fliegens gegeben und er flöge zu jenem Berg hinauf und schwebe in der Luft, ihn aus nächster Nähe zu schauen; und er sah einen Kranz wie von Feuer ringsum und obenauf etwas wie eine Zitadelle oder Burg aus Erz, grün vom Alter und von den Frösten und Stürmen der Zeiten gezeichnet. Auf den Zinnen war eine Gesellschaft von vielen Männern und Frauen versammelt, allzeit in Bewegung, die nun mit erhobenen Händen auf und ab schritten, als wollten sie die kristallenen Leuchten des Himmels anflehen, und sich auf die Knie warfen oder gegen die ehernen Zinnen lehnten und ihr

Gesicht in den Händen vergruben oder wie Nachtwandler mit stumpfem Blick in die Leere starrten. Einige schienen Krieger zu sein, andre mächtige Höflinge, nach ihrer prunkvollen Kleidung zu urteilen, Herrscher und Könige und Königstöchter, bärtige Ratgeber, Knaben und Maiden und gekrönte Königinnen. Und wenn sie gingen und wenn sie standen und wenn sie bitterlich zu flehen schienen, mit lauten Stimmen, so war doch alles still wie das Grab, und die Gesichter jener Trauernden waren bleich, wie das Gesicht eines Leichnams bleich ist.

Dann war es Juss, als sähe er einen ehernen Turm mit flachem Dach zur Rechten, ein wenig höher als die Mauern, mit einem ehernen Zinnenkranz. Er wollte laut rufen, aber es war, als ob ein Teufel seine Kehle packte und ihn erstickte, denn kein Laut kam hervor. Denn in der Mitte des Daches, auf einer Bank wie aus Stein, war die Gestalt eines, der da saß, das Kinn auf die breite Hand gestützt, der Ellbogen seines Armes auf der Bank aufruhend, gehüllt in einen prächtigen Mantel aus goldnem Tuch, mit einem mächtigen Zweihänder neben ihm, dessen herzförmiger Rubinknauf dunkel im Mondlicht funkelte. Nicht anders sah er aus, als Juss ihn zuletzt auf ihrem Schiff gesehen, ehr die Finsternis sie verschlang; nur die frischen Farben des Lebens schienen von ihm gewichen, und seine Stirn war umwölkt mit Gram. Sein Blick begegnete dem seines Bruders, doch kein Erkennen lag darin, sondern er starrte wie auf einen fernen Punkt in den Tiefen jenseits des Sternenlichts. Genau so hatte Juss seinen Bruder Goldry zu finden erwartet, wie er ihn nun fand: ungebeugten Hauptes trotz all der Tyrannei jener finsteren Mächte, die ihn gefangenhielten, und wie ein Gott seine einsame Wacht haltend, ungerührt von den Klagen derer, die sein Gefängnis teilten, und der Drohung der unwirtlichen Nacht, die ihn umgab.

Die Vision verging; und Fürst Juss sah sich wieder in seinem Bett. Das kalte Morgenlicht stahl sich durch die Vorhänge der Fenster und ließ den sanften Schein der Lampen verblassen.

Sieben Tage verweilten sie nun in jenem Palast. Keinem lebenden Wesen begegneten sie außer der Königin und ihren kleinen Merletten, doch wurde ihnen von unsichtbaren Händen mit allen Köstlichkeiten aufgewartet und wahrhaft königliche Unterhaltung zuteil. Dennoch war des Fürsten Juss Herz schwer; denn immer wenn er die Königin nach Goldry fragen wollte, wich sie ihm aus und bat ihn inständig, den Namen des Schreckens nicht ein zweites Mal auszustoßen. Schließlich, als er allein mit ihr in der Abendkühle über einen ausgetretenen Pfad durch eine Wiese wanderte, wo Narzissen und andre heilige Blumen am Ufer eines stillen Baches blühten, sprach er: »O Königin Sophonisba, als ich damals hierher kam und mit Euch sprach, da dachte ich wohl, in Euch bei meinem Vorhaben Hilfe zu finden. Und habt Ihr mir nicht seinerzeit Eure Gunst und Euer Wohlwollen fürderhin versprochen?«

»Dies ist wohl wahr«, sprach die Königin.

»Warum dann«, sprach er, »gebt Ihr mir keine Antwort, wenn ich Euch über jenen befrage, welcher mir so sehr am Herzen lieget?«

Sie schwieg und ließ den Kopf sinken. Eine Weile lang betrachtete er von der Seite ihr liebliches Gesicht, die ernsten klaren Linien ihres Mundes und Kinns. »Wen soll ich denn befragen«, sprach er, »wenn nicht Euch, die Ihr Königin in Koschtra Belorn seid und derlei wissen müßt?«

Sie blieb stehen und blickte ihn mit ihren dunklen Augen an, aus denen die Unschuld eines Kindes und die Herrlichkeit der Götter leuchteten. »Mein Freund, bin ich dir ausgewichen, so geschah dies nicht aus böser Absicht gegen dich. Das wäre wahrlich wider die Natur in mir gegenüber euch Fürsten von Dämonenland, die ihr den Zauber erfülltet und mich frei machtet, die Welt der Menschen wieder zu besuchen, nach der ich mich so sehne, trotz allen Leides, das ich einstmals dort erduldete. Oder soll ich vergessen, daß ihr Feinde des verruchten Hauses von Hexenland seid und somit doppelt meine Freundschaft verdient?«

»Das wird sich erst erweisen müssen, o Königin«, sprach Fürst Juss.

»Oh, saht ihr Morna Moruna?« rief sie aus. »Saht ihr es in der Wildnis?«, und als er sie immer noch finster und mißtrauisch ansah, sprach sie: »Ist all das vergessen? Und mich dünkte, es sollte des Erwähnens und Erinnerns wert sein bis ans Ende der Welt. Ich bitte dich, mein Fürst, wes Alters bist du?«

»Ich habe das Licht dieser Welt«, antwortete Fürst Juss, »vor dreißig Jahren erblickt.«

»Und ich«, sprach die Königin, »erst vor siebzehn Sommern. Dennoch hatte ich dies Alter schon, als du geboren wurdest und dein Großvater vor dir und der seinige vor ihm. Denn die Götter gaben mir Jugend auf immerdar, als sie mich hierher brachten, nachdem unser Haus und Reich zerschlagen ward, und diesen Berg zu meiner Wohnstatt machten.«

Sie hielt inne und stand reglos mit verschlungenen Händen, gesenktem Kopf und leicht abgewandtem Gesicht, so daß er nur die weiße Rundung ihres Nackens und den sanften Kontur ihres Kinns sehen konnte. Die Luft war ganz vom Sonnenuntergang erfüllt, obwohl keine Sonne mehr schien, sondern nur jener verstreute Glanz, welcher sich von dem hohen Felsgewölbe ergoß, das sich wie ein Himmel über ihnen wölbte, von innen leuchtend. Sehr leise begann sie wieder zu sprechen, und die kristallklaren Töne ihrer Stimme klangen wie das leise Hallen einer Glocke, das an einem stillen Sommerabend aus weiter Ferne von einem leichten Wind herangetragen wird. »Gewiß ist die Zeit vorübergegangen wie ein Schatten seit jenen Tagen, da ich Königin war in Morna Moruna und dortselbst mit meiner Mutter und den Prinzen, meinen Vettern, in Frieden und Freude lebte. Bis Gorice III. aus dem Norden kam, der große König von Hexenland, und in seinem Stolz und seinem Herzensdünkel jene Gebirge erforschen wollte; was ihn teuer zu stehen kam. Es war an einem Frühsommerabend, als wir ihn und seine Mannen über die blühenden Wiesen der Moruna heranreiten sahen. Königlich bewirteten wir ihn, und als wir von seinem Vorhaben erfuhren, rieten wir ihm, davon abzulassen und daß die Mantichoren ihn fräßen, wenn er dorthin ginge. Aber er verlachte unsren Rat und brach am nächsten Morgen auf, er und die Seinen, über den Rand der Klippe von Omprenne. Und keine lebende Seele hat sie je wieder gesehen.

Das wäre kein schlimmer Verlust gewesen; doch hieraus erwuchs uns großes und schreckliches Unheil. Denn im folgenden Frühling kam Gorice IV. mit einer gewaltigen Streitmacht aus dem wäßrichten Hexenland und bezichtigte uns, daß wir des toten Königs Mörder seien: uns, die wir ein friedliebendes Volk waren und nicht um des ganzen Reichtums von Wichtland willen eine schändliche Tat vollbracht hätten. Bei der Nacht kamen sie, als wir alle außer den Wachen auf den Mauern ruhigen Gewissens in unsren Betten lagen. Sie ergriffen die Prinzen, meine Vettern, und all unsre Mannen und töten sie auf grausame Weise vor unsren Augen. So daß meiner Mutter beim Anblick dieser Dinge plötzlich die Sinne schwanden und sie alsbald ihr Leben aushauchte. Und der König gebot, unsren Palast mit Feuer zu entstecken und die heiligen Altäre der Götter umzustürzen und ihre geweihten Stätten zu schänden. Und mir, die ich jung und schön anzuschaun war, gab er diesen Entscheid: mit ihm zu gehn und seine Sklavin zu sein oder über die Klippe gestürzt zu werden und den Leib zu verlieren. Ohne Frage war der Tod meine Wahl. Doch die Götter, die jeder wahrlich gerechten Sache beistehn, machten meinen Fall sanft und geleiteten mich durch alle Fährnisse der Höhen und Kälte und reißender Bestien sicher hierher und schenkten mir Jugend und Frieden immerdar in diesem Grenzland zwischen den Lebenden und den Toten.

Und die Götter bliesen auf das Land der Moruna im Feuer ihres Zorns, es zu veröden und Mensch und Tier davon zu sondern, zum Zeugnis der grausamen Taten des Königs Gorice, der unser Schloß und unsre Gärten zur Wildnis machte. Das ebene Land wurde angehoben in Höhen, wo der Frost wohnet, so daß die Klippe von Omprenne jetzt zehnmal so hoch ist als in den Tagen, da Gorice' III. dort niederstieg.

Und so gibt heute keine Blumen mehr auf der Moruna und keinen Frühling mehr und keinen Sommer auf ewig.«

Die Königin hörte auf zu sprechen, und Fürst Juss schwieg ebenfalls und verwunderte sich sehr.

»Urteile jetzt«, sprach sie dann, »ob deine Feinde nicht auch meine Feinde sind. Es ist mir bekannt, Fürst Juss, daß ihr mich nur für einen halbherzigen Freund haltet, der euch in eurem Vorhaben seine Hilfe versagt. Dennoch habe ich seit eurer Ankunft nicht aufgehört, zu suchen und zu forschen, und meine kleinen Merletten nach Westen und Osten und Süden und Norden ausgesandt, um Kunde vom dem zu erlangen, dessen Namen du nanntest. Sie sind schnell, beinah wie geflügelte Gedanken, welche die feste Welt umreisen, und sie kehrten zu mir zurück auf matten Schwingen, doch ohne ein Wort von deinem großen Bruder.«

Juss blickte in ihre Augen, die mit Tränen benetzt waren. Wahrheit wohnte in ihnen wie ein Engel. »O Königin«, rief er, »wieso suchen Eure kleinen Boten die Welt ab, wenn mein Bruder doch hier in Koschtra Belorn weilt?«

Sie schüttelte den Kopf und sprach: »Dies will ich dir schwören: daß kein Sterblicher herauf nach Koschtra Belorn kam außer dir und deinen Gefährten, und das seit zweihundert Jahren.«

Doch Juss sprach wiederum: »Mein Bruder ist hier in Koschtra Belorn. Meine Augen sahen ihn in jener ersten Nacht, umringt von einem Feuergürtel. Und er wird gefangengehalten in einem ehernen Turm auf einem Berggipfel.«

»Hier gibt es keine Berge«, sprach sie, »außer jenem, in dessen Leib wir wohnen.«

»Dennoch sah ich meinen Bruder so«, sprach Juss, »unter den weißen Strahlen des Vollmonds.«

»Hier gibt es keinen Mond«, sprach die Königin.

Also schilderte Fürst Juss ihr seine Vision der Nacht und erzählte ihr in allen Einzelheiten, was er gesehen. Sie lauschte mit ernster Miene, und als er geendet, zitterte sie ein wenig und sprach: »Das ist ein Rätsel, mein Fürst, das mein Begreifen übersteigt.«

Eine Weile sprach sie kein Wort. Dann begann sie in einem Flüsterton zu reden, als möchten ihre Worte fürchterliche Folgen zeitigen: »Von einer bösen Sendung des Königs Gorice XII. verschleppt. Allzeit ist es so gewesen, daß, wann immer einer stürbe aus dem Hause Gorice, ein andrer sich erhebet an seiner Statt und mächtiger denn er. Und der Tod schwächet nicht dies Haus von Hexenland, sondern wie der Löwenzahn, der niedergeschnitten und zertreten wird, wuchert es um so üppiger. Kennst du den Grund?«

Er entgegnete: »Nein.«

»Die unsterblichen Götter«, sprach sie mit noch leiseren Worten, »haben mir viele Dinge enthüllt, welche die Söhne der Menschen nicht wissen noch erahnen. Höre dies Geheimnis: Es gibt nur einen Gorice. Und durch die Gunst des Himmels – welche manchmal in einer Art wirkt, die unser schwacher Verstand vergeblich zu ergründen sucht – gehet die lebende Seele und der Geist dieses grausamen und bösen Einen, ob er nun gewaltsam oder in der Fülle seiner Tage zum Sterben kommt, ein jedes Mal in einen neuen, gesunden Körper über und lebet noch ein weiteres Leben, die Welt zu plagen und zu bedrücken, bis jener Körper stirbt und der nächste, wenn die Reihe an ihm ist, und so weiter; und auf diese Weise lebet er fort in Ewigkeit.«

»Eure Rede, o Sophonisba«, sprach Juss, »zeucht von mehr denn sterblicher Weisheit. 's ist ein großes Wunder, das Ihr mir kündet, wovon ich zuvor einen kleinen Teil vermutet, doch im ganzen nicht gewußt. Zu Recht, da ihm solch zeitlos Leben eignet, traget dieser König auf seinem Daumen jenen Wurm Ouroboros, den Scholaren von alters her als ein Sinnbild der Ewigkeit angesehen, dieweil das Ende stets am Anfang ist und der Anfang am Ende auf immerdar.«

»So siehst du also die Schwere dieser Sache«, sprach die Königin. »Doch ich vergesse nicht, mein Fürst, daß dir etwas mehr am Herzen lieget als dies, nämlich ihn – und nenne ihn nicht beim Namen! – zu befreien, dessentwegen du mich aufgesucht hast. Was dies betrifft, wisse zu deinem Troste, daß ich einen Lichtstrahl sehe. Doch frage nicht weiter, bevor ich diesen Hoffnungsschimmer nicht geprüft habe, damit er sich nicht als eine falsche Morgenröte erweise. Wenn es ist, wie ich glaube, dann harret deiner eine Probe, welche den Stärksten möchte erbleichen lassen.«

Kapitel XIV

Der See von Ravarie

Von der Handreichung, welche durch Sophonisba, Schützling der Götter, dem Fürsten Juss und dem Fürsten Brandoch Daha zuteil ward; und wie des Hippogryphen Ei am verzauberten See ward ausgebrütet, und was sich daraus ereilte.

Am nächsten Tag kam Königin Sophonisba zu Fürst Juss und Fürst Brandoch Daha und forderte sie auf, mit ihr zu gehen, und Mirvasch als ihren Diener mitzunehmen, über die Wiesen und einen Gang hinab, ähnlich jenem, wodurch sie gekommen, nur daß dieser abwärts führte. »Ihr möget euch wundern«, sprach sie, »im Herzen dieses großen Berges Tageslicht zu sehen. Doch ist dies nur das verborgene Werk der Natur. Denn die Strahlen der Sonne, die den ganzen Tag auf den Koschtra Belorn und sein Kleid aus Schnee scheinen, dringen durch den Schnee wie durch Wasser und sickern durch verborgene Öffnungen im Fels hier in diese große Höhle, wo wir wohnen, und in diese Gänge, die von den Göttern als unsre Ein- und Ausgänge geschaffen wurden. Und wie die Abendröte mit ihren farbigen Feuern dem hellen Tag folgt und das Mondlicht oder die Dunkelheit dem Sonnenuntergang und die Morgendämmerung der Nacht folgt und wieder den hellen Tag ankündigt, so findet dies Wechselspiel von Dunkelheit und Licht auch im Innern dieses Berges statt.«

Sie gingen weiter, immer abwärts, bis sie nach vielen Stunden Wegs plötzlich in blendendes Sonnenlicht traten. Sie standen vor einem Höhleneingang auf einem weißen, sauberen Sandstrand, an den die Wellen eines saphirblauen Sees leckten: ein großer See, übersät mit felsigen Inselchen und von Bäumen und üppigem Strauchwerk gesäumt. Vielarmig war der See, wand sich überall in verborgene Buchten hinter Landzungen, Ausläufern der Berge, welche den See umschlungen hielten: manche bewaldet oder mit saftigen, blumenbesäten Wiesen bedeckt, die bis zum Wasser hinabreichten; andre mit steil aufragenden kahlen Felsen gekrönt, deren Geröllabhänge sich in den See hineinsenkten. Es war früher Nachmittag, die Luft war rein, ein Tag gefleckter Wolkenschatten und wechselnder Lichter. Weiße Vögel kreisten über dem See, und hin und wieder blitzte ein Eisvogel vorbei wie eine azurblaue Flamme. Das Ufer, an dem sie standen, blickte nach Westen; es lag am Ende einer Landzunge, die, mit Kiefernwäldern bedeckt und mit kleinen Lichtungen, in denen Primeln blühten, von einem Ausläufer des Koschtra Belorn herunterführte. Nordwärts standen am Ende eines schmalen, geraden Tales, das zum Zimiamvischen Tor hinaufführte, die beiden großen Berge. Noch gewaltiger wirkten sie, als die Dämonen sie bisher erschaut hatten; denn sie erhoben sich auf nur sechs oder sieben Meilen Entfernung mehr als sechzehntausend Fuß über den See. Noch waren sie von irgendeinem andren Aussichtspunkt aus lieblicher anzuschaun: Koschtra Pivrarcha wie ein gewappneter Adler mit ausgebreiteten Flügeln und Koschtra Belorn wie eine träumende Göttin, anmutig wie der Morgenstern des Himmels. Wundersam hell glänzten ihre Schneefelder im Sonnenschein, dennoch geisterhaft und fast durchsichtig im Flimmern der heißen Sommerluft. Olivenbäume, grau und verschwommen wie Nebelgebilde, wuchsen in den tieferen Tälern; Wälder aus Eichen und Birken und allen andren Laubbäumen bedeckten die Hänge; und in den wärmeren Falten kämpften sich milchweiße Rhododendron-Gürtel hinauf bis zu den Moränen unterhalb der unteren Gletscher und selbst bis an den Rand des ewigen Eises.

Die Königin beobachtete Fürst Juss, wie sein Blick am Koschtra Pivrarcha vorbei über die stumpfe Kuppe des Gôglio ging und auf jenen großen, einsamen Gipfel fiel, der sich viele Meilen entfernt über ein vielfältiges Labyrinth von Gebirgskämmen erhob, die über dem See aufragten. Seine südliche Schulter schwang sich in einer majestätischen Linie von Klippen hinauf zu einem scharfen, spitzen Scheitel; auf der Nordseite fiel er steiler ab. Wenig Schnee haftete an den glatten Felswänden, nur dort, wo die Hangrinnen sie zerklüfteten. An Anmut und Schönheit mochte selbst Koschtra Belorn jenen Gipfel kaum übertreffen; doch schrecklich zugleich war er anzuschaun und als eine Bastion der alten Nacht, welche selbst die Mittagssonne nicht ganz ihres Dunkels entkleiden konnte.

»Dort steht ein gewaltiger Berg«, sprach Fürst Brandoch Daha, »der in den Wolken versteckt lag, als wir hoch im Gebirge waren. Er sieht aus wie ein riesiges geducktes Ungeheuer.«

Immer noch beobachtete die Königin Fürst Juss, dessen Blick gebannt auf jenen Gipfel geheftet war. Dann wandte er sich ihr zu, die Hände um die Schnallen seines Brustharnischs gekrampft. Sie sprach: »War es so, wie ich dachte?«

Er nahm einen tiefen Atemzug. »Genau so war es am Anfang«, sprach er, »wie von diesem Orte aus. Aber hier sind wir zu weit entfernt, die eherne Zitadelle sehen zu können, oder sicher zu sein, ob sie wirklich dort steht.« Und er sprach zu Brandoch Daha: »Was bleibt uns, als diesen Berg zu besteigen?«

»Das wird euch nicht gelingen«, sprach die Königin.

»Das wird sich zeigen«, sagte Brandoch Daha.

»Höret«, sprach sie. »Namenlos ist jener Berg auf Erden; denn bis zu dieser Stunde hat außer mir und euch noch keines lebenden Menschen Aug ihn erblickt. Bei den Göttern jedoch hat er einen Namen und bei den Geistern der Seligen, die dies Land bewohnen, und bei jenen unglücklichen Seelen, die auf jenem kalten Gipfel gefangengehalten werden: Zora Rach nam Psarrion wird er geheißen, der über dem lautlosen, leblosen Firn sich erhebt, welcher die Psarrion-Gletscher speist; der einsamste und verborgenste aller irdischen Berge und der verfluchteste. O edle Herren«, sprach sie, »glaubet nicht, den Zora erklimmen zu können. Zauber umringen den Zora, so daß ihr nicht einmal den Rand der Schneefelder an seinem Fuß erreichen würdet, ehr euch das Unheil ereilte.« Juss lächelte. »O Königin Sophonisba, Ihr kennt uns schlecht, wenn Ihr glaubt, das könnte uns abhalten.«

»Ich sage das«, erwiderte die Königin, »nicht zu derlei vergeblichem Zwecke, sondern um euch die Notwendigkeit jenes Weges zu zeigen, von dem ich euch nun sagen möchte, da ich sehr wohl weiß, daß nichts euch von eurem Vorhaben abbringen könnte. Keinem andren als einem Dämonen wagte ich das zu sagen, auf daß nicht der Himmel mich für seinen Tod verantwortlich halten möchte. Aber euch dürfte ich mit minderer Gefahr diesen gefährlichen Rat erteilen, so es wahr ist, wie man mich einstens lehrte, daß in alter Zeit der Hippogryph in Dämonenland gesehen ward.«

»Der Hippogryph?« sprach Fürst Brandoch Daha. »Was sonst ist das Emblem unsrer Größe? Vor tausend Jahren brüteten sie auf der Nimmertalhöhe, wovon noch immer die Abdrücke ihrer Hufe und Klauen im Fels zeugen. Jener, der ihn ritt, war ein Vorfahre von mir und dem Fürsten Juss.«

»Jener, der ihn wieder reiten wird«, sprach die Königin, »mag als einziger unter den Sterblichen den Gipfel des Zora Rach erreichen und, wenn er Manns genug ist, ihn, dessen Name nicht genannt sei, aus dem Bann zu befreien.«

»O Königin«, sprach Juss, »ein wenig verstehe ich von Magia und göttlicher Philosophie, doch muß ich mich in solchen Dingen Eurem Wissen beugen, die Ihr von Geschlecht zu Geschlecht hier wohnet und mit den Toten sprecht. Wie können wir dieses Roß finden? Es sind ihrer wenige, und sie fliegen hoch über der Welt, und nur alle dreihundert Jahre wird eines geboren.«

Sie erwiderte: »Ich besitze ein Ei. In allen andren Ländern muß solch ein Ei unfruchtbar bleiben außer in diesem Lande Zimiamvia, der

Wohnung der seligen Toten. Und auf diese Weise wird das Roß das Licht der Welt erblicken: wenn einer von Macht und Herz, der unter den Menschen nicht seinesgleichen hat, in diesem Land mit dem Ei an seiner Brust schlafet und sich von Herzen das Gelingen einer großen Tat wünschet, dann wird das Feuer seiner großen Sehnsucht das Ei ausbrüten, und der Hippogryph wird aus der Schale steigen, und seine Schwingen werden zunächst kraftlos sein wie bei einem frisch geschlüpften Schmetterling, der seiner Puppe entsteigt. Nur in diesem Zustand kann man sich auf ihn schwingen, und wer Manns genug ist, es seinem Willen zu beugen, den wird es an die äußersten Grenzen der Welt tragen, um ihm seines Herzens Begehr zu erfüllen. Doch ist man von minderer Größe, dann nehme man sich in acht vor jenem Rosse und besteige nur irdische Reittiere. Denn haftet einem der geringste Tand[1] an und schwanket das Herz, erkühlet sich das Blut[2] oder hat man das hohe Ziel nicht länger vor Augen, dann wird es einen abwerfen und in den Tod stürzen.«

»Wie kamt Ihr an dies Ei, o Königin?« fragte Juss.

»Mein Fürst«, sprach sie leise, »vor mehr als hundert Jahren fand ich es, als ich über die Klippen wandelte, die diesen verzauberten Sees von Ravarie umgeben. Und hier verbarg ich es, nachdem ich von den Göttern erfahren, welchen Fund ich gemacht hatte, und wußte, was vorherbestimmt war: daß gewisse Irdische dereinst nach Koschtra Belorn kommen sollten. Denn ich dachte mir in meinem Herzen, daß, der da kommen sollte, sehr wohl einen großen unerfüllten Wunsch im Herzen tragen und von solcher Kraft sein möchte, sich den Himmelsstürmer zu unterwerfen.«

Bis zum Abend verweilten, ohne noch viel zu reden, Juss und Brandoch Daha am Ufer des verzauberten Sees. Dann erhoben sie sich und gingen mit der Königin zu einem Pavillon am See, der in einem Hain blühender Bäume errichtet war. Ehe sie sich zur Ruhe legten, brachte sie ihnen das Ei des Hippogryphen, das groß war wie ein Männerleib, dennoch leicht an Gewicht, rauhschalig und von goldner Farbe. Und sie sprach: »Wer von Euch soll es sein, meine Herren?«

Juss antwortete: »Er, wenn Kraft und Mut alleine zählten; doch ich, weil es mein Bruder ist, den wir von diesem Ort des Schreckens befreien müssen.«

So gab die Königin Fürst Juss das Ei; und er nahm es in seine Arme und wünschte ihr eine gute Nacht und sprach: »Ich brauche kein andres Mittel als dies, um einschlafen zu können.«

Und die ambrosische Nacht senkte sich herab. Und sanfter Schlummer, süßer als jeder Schlaf auf Erden, schloß ihre Augen in jenem Pavillon neben dem verzauberten See.

Mirvasch schlief nicht. Wenig Freude hatte er an jenem See von Ravarie; denn dessen Schönheit achtete er nicht, sondern viel mehr auf gewisse gierige Gestalten, die er den ganzen goldnen Nachmittag an seinen Ufern in der Sonne hatte liegen sehen. Er hatte diesbezüglich eine der kleinen Merletten befragt, die ihn nur auslachte und ihm zu wissen gab, es seien Krokodile, Wächter des Sees, zahm und friedlich gegenüber den glückseligen Helden, die dort badeten und sich ertüchtigten. »Aber sollte so einer wie du«, sprach sie, »sich in den See wagen, verschlängen sie ihn mit einem Bissen.« Dieser Gedanke ließ ihn nicht los. Und wahrlich hatte er wenig Herzensfreude gehabt, seit er Wichtland verlassen, und gar sehr sehnte er sich nach Hause, obwohl sein Haus geplündert und verbrannt war, und nach Menschen seiner eignen Art, auch wenn sie ihm feindlich gesonnen sein mochten. Und dachte bei sich, wenn Juss und Brandoch Daha mit jenem Flügelroß davonflögen, zu jenem kalten Bergesgipfel, wo die Seelen der Großen gefangengehalten wurden, daß er wohl nie alleine den Weg zurück nach Hause finden würde, über die eisigen Berge und vorbei an den Mantichoren und dem Krokodil am Ufer des Bhavinan.

Eine Stunde oder zwei lag er wach und weinte still vor sich hin, bis aus dem großen Herz der Mitternacht mit brennender Klarheit die Worte der Königin zu ihm kamen, daß im Feuer der großen Sehnsucht im Herzen desjenigen, der es umfange, das Ei ausgebrütet werden müsse und daß jener auf dem Rücken des Rosses mit dem Wind zum Ort seines Begehrs reiten könne. Damit setzte Mirvasch sich auf. Seine Hände waren klamm, halb vor Furcht, halb vor Heimweh. Es schien ihm, wach und allein unter den Schläfern in der Nacht, daß keine Sehnsucht größer sein könne als die Sehnsucht nach Hause. Er sprach in seinem Herzen: »Ich werde aufstehen und dem Teufel transmarin heimlich das Ei wegnehmen, um es selber auszubrüten. Ich füge ihm damit kein Unrecht zu, denn sagte sie nicht, es sei gefährlich? Im übrigen häufelt jeder die Glut um seinen eigenen Wecken.«

So erhob er sich und trat verstohlen zu Juss, wo dieser auf seinem Lager ruhte und mit starken Armen das Ei umklammerte. Ein Mondstrahl drang durch ein Fenster herein und schien auf Juss' Antlitz, das wie das Antlitz eines Gottes war. Mirvasch beugte sich über ihn und entzog das Ei vorsichtig seiner Umarmung, derweil er inständig betete. Und da Juss in tiefem Schlummer lag und seine Seele im Traum weit über die Erde hinausgestiegen war, zu einsamen Regionen, wo Goldry immer noch in erstarrter, kummervoller Geduld auf den Höhen des Zora seine Wacht hielt, gelang es Mirvasch, das Ei an sich zu nehmen und es in sein Bett zu tragen. Sehr warm fühlte es sich an, und es knisterte, als er es in seine Arme schloß, als würde sich in seinem Innern etwas bewegen.

Auf diese Weise fiel Mirvasch in tiefen Schlaf und drückte das Ei an seine Brust, wie einer sein Liebstes an sich drücken mochte. Und kurz vor dem Morgengrauen, da rührte es sich in seinen Armen und sprang entzwei, und er fuhr hoch und hielt den Hals eines gar seltsamen Rosses umschlungen. Es stakte in das vor Sonnenaufgang noch fahle Licht des jungen Morgens hinaus, und er ging mit ihm und ließ es nicht los. Der Glanz seines Fells war wie der Hals eines Schwanen, der Blick seiner Augen wie das wechselhafte Leuchten eines Sterns in einer windigen Nacht. Seine Nüstern weiteten sich in der Morgenbrise. Seine Schwingen entfalteten sich und wurden fest; ihre Federn waren wie die Schwanzfedern eines Spiegelpfauen, weiß mit purpurnen Augen und hart wie metallene Klingen. Mirvasch hatte sich auf seinen Rücken geschwungen und klammerte sich mit beiden Händen zitternd an seiner glänzenden Mähne fest. Fast schon wollte er wieder absteigen, als das Flügelroß schnaubte und sich aufbäumte, so daß Mirvasch sich festhielt, weil er zu stürzen fürchtete. Der Hippogryph stampfte mit seinen silbernen Hufen, schlug mit den Schwingen, setzte wie ein Löwe zum Sprung an und riß mit seinen Klauen das Gras aus der Erde. Dann warf er sich nach vorne und machte einen Satz in die Luft und flog.

Die Dämonen, durch die peitschenden Flügelschläge aufgeschreckt, kamen aus dem Pavillon gelaufen und erblickten mit Erstaunen jenes nach Westen stürmende Wunder.

Wild war sein Flug; wie eine Schnepfe schoß es auf und nieder. Und noch während sie so schauten, sahen sie den Reiter durch die Luft wirbeln und hörten Augenblicke später ein klatschendes Geräusch vom See her.

Schon war das wilde Roß entschwunden. Ringe verbreiterten sich vom Ort des Sturzes im Wasser und kräuselten die glatte Oberfläche und verwischten das dunkle Ebenbild des Zora Rach, der sich im See widerspiegelte.

»Armer Mirvasch!« rief Fürst Brandoch Daha. »Nach all den quälenden Märschen, zu denen ich ihn getrieben habe.« Und er warf seinen Mantel ab, nahm einen Dolch zwischen die Zähne und schwamm mit großen Kraulschlägen hinaus zu der Stelle, wo Mirvasch in den See gefallen war.

Aber er fand keine Spur von ihm. Wohl sah er nahebei auf einer Insel ein Krokodil, dick und aufgebläht, das ihn schuldbewußt beäugte und nicht auf sein Kommen wartete, sondern schnell zum Wasser watschelte und untertauchte. So schwamm Brandoch Daha wieder zum Ufer zurück.

Fürst Juss stand wie versteinert. Verzweifelt wandte er sich an die Königin, die in einem Mantel aus Schwanendaunen gehüllt erschien;

doch hoch hielt er das Haupt. »O Königin Sophonisba, hier ist jener geheime Tiefpunkt oder Grund unsrer Tage[3], gekommen, als wir des Morgens Süße witterten.«

»Mein Fürst«, sprach sie, »die Ephemeriden[4] beginnen ihr Leben mit der Sonne und sterben mit dem Tau. Doch du, so du wahrhaft groß bist, gebe dich nicht der Verzweiflung hin. Laß das traurige Ende deines armen Dieners dir eine Warnung vor solcher Torheit sein. Die Erde gehet nicht unter wegen eines einzgen Regenschauers. Komm zurück mit mir in den Koschtra Belorn.«

Er blickte auf den gewaltigen Gipfel des Zora, dunkel gegen den erwachenden Osten. »Madame«, sprach er, »Ihr seid kaum mehr als halb so alt wie ich, und doch seid Ihr nach einer andren Rechnung sieben Mal so alt. Ich bin weder willensschwach, noch sollt Ihr mich als Toren kennen. Kehren wir also nach Koschtra Belorn zurück.«

Sie aßen schnell ihr Morgenmahl und gingen auf dem Weg zurück, den sie gekommen waren. Und die Königin sprach: »Meine Herren Juss und Brandoch Daha, es gibt nur wenige dieser Rosse, euch auf den Zora Rach nam Psarrion zu tragen; und nicht einmal ihr, die ihr an Kraft und Tugend die Halbgötter übertrefft, habet die Macht, diese Rosse zu besteigen, wenn nicht zu der Stunde, da sie aus dem Ei schlüpfen. So hoch fliegen sie, und so scheu sind sie, daß ihr sie nicht fangen könntet, auch wenn ihr zehn Lebensspannen daran setztet. Ich werde meine Merletten aussenden, um zu sehen, ob es vielleicht nicht noch ein zweites Ei auf der Welt gibt

So entsandte die Königin die Merletten nach Norden und Westen und Süden und Osten. Und bald kehrten sie auf matten Schwingen zurück, alle bis auf eine, ohne eine Kunde.

»Alle sind zu mir zurückgekommen«, sprach die Königin, »nur Arabella nicht. Der Gefahren viele lauern in der Welt auf sie: Raubvögel, Menschen, die zum Zeitvertreib auf kleine Vögel schießen. Doch hoffet mit mir, daß sie dennoch wiederkehrt.«

Doch der Fürst Juss sprach und sagte: »O Königin Sophonisba, zu hoffen und zu warten lieget nicht in meiner Natur, sondern schnell, entschlossen und bestimmt zu sein, wenn ich meinen Weg vor mir sehe. Es hat mir immer schon gefallen, daß selbst unter den Nesseln die Erdbeere gedeiht. Ich werde versuchen, den Zora zu ersteigen.«

All ihr Flehen vermochte ihn nicht von diesem tollkühnen Vorhaben abzubringen, worin der Fürst Brandoch Daha ihn zudem eifrigst unterstützte.

Zwei Tage und zwei Nächte waren sie fort, und die Königin verweilte schweren Herzens in ihrem Pavillon am Ufer des Sees. Am dritten Abend kehrte Brandoch Daha zum Pavillon zurück und brachte mit sich Juss, der wie ein Mann am Rand des Todes war, und er selbst todkrank zudem.

»Erzählt mir nichts«, sprach die Königin. »Das Vergessen ist das einzige Allheilmittel, und mit all meiner Kunst will ich mich bemühen, es in deinen und in seinen Geist einzupflanzen. Denn gewiß hatte ich alle Hoffnung fahren lassen, euch je wieder lebend zu sehen, die ihr so übereilt in jene verbotenen Regionen eingedrungen wart.«

Brandoch Daha lächelte, doch sein Gesicht war aschfahl. »Seid uns nicht allzu gram, liebe Königin. Wer seinen Pfeil auf die hohe Mittagssonne richtet, obgleich er sicher ist, daß er das Ziel nimmer treffen wird, ist doch ebenso sicher, daß er höher schießen wird als jener, der nur auf einen Busch zielt.« Seine Stimme brach in seiner Kehle; das Weiße seiner Augen zeigte sich; er nahm der Königin Hand wie ein verängstigtes Kind. »Ich bitte dich, hab ein wenig Nachsicht mit mir«, sprach er. »Nach ein wenig gutem Essen und Trinken wird's mir wieder besser gehn. Doch sieh bitte nach Juss: Glaubst du, er wird sterben?«

Tage vergingen und Monate, und der Fürst Juss lag nach wie vor auf den Tod in seinem Bette im Pavillon am See, umsorgt von der Königin und seinem Freunde. Schließlich, als der Winter in Mittelerde[5] vorüber und der Frühling schon ins Land gezogen war, kehrte jene letzte kleine Merlette, welche sie seit langem aufgegeben hatten, mit mattem Flügelschlag zurück. Sie sank an ihrer Herrin Busen nieder, dem Tode nahe vor Erschöpfung. Die Königin aber hegte sie und flößte ihr Nektar ein, so daß sie schnell neue Kraft gewann und sprach: »O Königin Sophonisba, Schützling der Götter, ich flog für dich nach Osten und Süden und Westen und Norden, über Meer und über Land, in Hitze und Kälte, zu den eisigen Polen und immer weiter und weiter. Und schließlich kam ich nach Dämonenland, zu den Felsen von Nimmertal. Dort gibt es einen Bergsee, den die Sterblichen Thulesee nennen. Sehr tief ist jener See, und die Menschen, die vom täglichen Brot leben, halten ihn für bodenlos tief. Doch hat der See sehr wohl einen Grund, und auf seinem Grund lieget das Ei eines Hippogryphen, welches ich nur sehen konnte, weil ich in so großer Höhe darüberflog.«

»In Dämonenland!« rief die Königin. Und sie sprach zu Fürst Brandoch Daha: »Es ist das einzige. Ihr müßt heimkehren und es holen.«

Brandoch Daha sprach: »Heim nach Dämonenland? Nachdem wir unsre Kräfte verschwendet und die ganze Welt durchquert haben, um den Weg zu finden?«

Doch als Fürst Juss davon hörte, begann seine Krankheit ob der neuen Hoffnung alsgleich von ihm zu weichen, so daß er nach wenigen Wochen fast völlig genesen war.

Und es war nun ein volles Jahr vergangen, seitdem die Dämonen in den Koschtra Belorn hinaufgekommen waren.

Kapitel XV

Königin Prezmyra

Wie die Fürstin Prezmyra dem Fürsten Gro enthüllet, was dem Dämonenlande nach ihrem Sinne zugedacht, worinnen zugleich ihres Herrn höhere Ehre und Beförderung aufscheinen solle; und wie ihr allzu lautes Reden von jenem Ziele zum Anlaß wardt, daß der Fürst Corinius die Süße aufgeschobenen Glückes entdeckte.

In jener nämlichen sechsundzwanzigsten Nacht des Mai, als Fürst Juss und Fürst Brandoch Daha vom höchsten Gipfel der Erde das Land Zimiamvia und den Koschtra Belorn erschauten, erging sich Gro mit der Fürstin Prezmyra auf der westlichen Terrasse von Carcë. Es war zwei Stunden vor Mitternacht. Die Luft war warm, der Himmel eine Laube aus Mondschein und Sternenlicht. Hin und wieder rührte sich ein sanftes Lüftchen, als ob die Nacht sich im Schlafe drehte. Die Mauern des Palas und der Eiserne Turm schnitten die Terrasse vom unmittelbaren Mondlicht ab, und Fackelständer, die ein flackerndes Licht verbreiteten, schufen einen Wechsel von hellen und dunklen Zonen. Laute Musik und der Lärm von Festlichkeiten drangen aus den Innern der Burg.

Gro sprach: »Wenn Eure Frage, o Königin, eine Aufforderung bedeuten soll, Euch alleinzulassen, so werde ich mich alsgleich zurückziehen, wie sehr ich es auch bedauern würde.«

»Es war nur eine müßige Frage«, sprach sie. »Bleibt, wenn es Euch beliebt.«

»Es ist nur natürlich«, sprach er, »dem Licht zu folgen. Als Ihr den Bankettsaal verließet, war mir, als leuchteten alle Lampen dunkler.« Er blickte sie von der Seite an, als in den Lichtkreis einer Fackel traten, beobachtete ihr Antlitz, das von kummervollen Gedanken umwölkt schien. Die Schönste der Schönen erschien sie heut, würdevoll und prächtig anzuschaun, gekrönt mit einer goldnen Krone, in die dunkle

Amethyste eingesetzt waren. Die Spitze an der Stirnseite bildete die Gestalt eines Krebses, eine herrliche Filigranarbeit aus Silber, und in seinen Scheren hielt jener Krebs je eine Kugel aus Chrysolith[1] von der Größe eines Drosseleis.

Fürst Gro sprach: »Auch war es Teil meiner Absicht, jene Sterne am Himmel zu betrachten, die man das Haar der Berenike nennt, und zu schauen, ob deren Glanz den Glanz Eures Haars, o Königin, übertreffen kann.«

Sie gingen schweigend weiter. Dann: »Diese gekünstelten Galanterien«, sprach sie, »sind unsrer Freundschaft nicht zuträglich, Euer Liebden. Wenn ich Euch das nicht verüble, so deswegen, weil Ihr bei gar vielen Trinksprüchen mit unsrem Herrn und König tief ins Glas schauen mußtet, in dieser Nacht der Nächte, da das Jahr die Wiederkehr des Tages seiner großen Sendung und unsrer Rache an Dämonenland bringt.«

»Madame«, sprach Gro, »ich möchte nur, daß Ihr dieser Melancholie entsagt. Bedeutet es Euch so wenig, daß der König Euren Gatten Corund so großartig zu ehren beliebte und ihm den Titel und die Würde eines Königs und Statthalters über ganz Wichtland gab? Keinem entging's, mit welch geringer Freude Ihr diese Königskrone entgegennahmt, als der König sie Euch heute abend überreichte, zu Ehren Eures großen Gemahls, auf daß Ihr sie in seinem Namen traget, bis er zurückkehrt und Anspruch darauf erhebt; dies und die lobenden Worte, die der König über Corund sprach, sollten, dünkt mich, die Glut des Stolzes in Eure Wangen treiben. Doch all dies vermag das Eis Eurer ungebührlichen Schwermut nicht zu brechen, wie die schwache Wintersonne nichts gegen vereiste Teiche in einem bitterkalten Frost auszurichten vermag.«

»Kronen sind billiger Tand heutzutage«, sprach Prezmyra; »derweil der König, mit zwanzig Königen als Lakaien, nun seine Lakaien zu Königen der Erde erhebt. Könnt Ihr Euch nicht vorstellen, daß meine Freude an dieser Krone ein wenig getrübt wurde, als ich auf jene andere blickte, die der König Laxus aufs Haupt drückte?«

»Madame«, sprach Gro, »übet Nachsicht mit Laxus. Ihr wißt, daß er nicht einmal einen Fuß auf Gnomenland setzte; und wenn er jetzt zu dessen König ausgerufen wird, so sollte Euch das eher freudig stimmen, da es Corinius schmälert, der dort Krieg führte und, durch welches Geschick oder Glück auch immer, Euren Bruder stürzte und in die Verbannung trieb.«

»Corinius«, antwortete sie, »verkostet in jener Zurücksetzung das Unheil oder Mißgeschick, das ich allen von Herzen auf den Leib wünsche, welche sich am Niedergang meines Bruders laben.«

»Dann sollte Corinius' Unbill Euch freudig stimmen«, sprach Gro.

»Doch fest steht, das Schicksal ist ein blinder Welpe; bauet nicht darauf, daß es Euch beim nächsten Male anspringt.«

»Bin ich nicht Königin?« sprach Prezmyra. »Ist nicht dies Hexenland? Haben wir nicht die Macht, Flüche stark zu machen, sollte das Schicksal wahrhaftig blind sein?«

Sie blieben am Fuße einer Treppe stehen, die hinab in den Innenhof führte. Die Fürstin Prezmyra lehnte sich einen Augenblick gegen die schwarze Marmorbrüstung und blickte über die ebenen, mondbeschienenen Marschen zum Meer hin. »Was schert mich Laxus?« sprach sie schließlich. »Was schert mich Corinius? Ein Paar Falken, vom König auf eine Beute gehetzt, welche an Herzensgröße und Edelmut hundert ihresgleichen übertrifft. Noch will ich meine Entrüstung derart Überhand gewinnen lassen über meinen gerechten Sinn, daß ich Hexenland die Schuld an allem geben wollte. Es ist wohl wahr, daß der Prinz, mein Bruder, mit unsren Feinden den Umsturz unseres Glückes zu bewirken suchte und dabei, ohne es zu wissen, das Tor der Zerstörung für sich und uns aufstieß, in jener Nacht, als er unser Festmahl zum Schlachtfest machte und Weinseligkeit zu blutigem Wüten.« Sie schwieg eine Weile, dann sagte sie: »Eidbrecher: der widerwärtigste aller Namen; gegen alle menschliche Gesinnung. Zwei Gesichter unter einer Kapuze. O daß die Erde aufbräche und die Frevler verschlänge, die auf ihr wandeln!«

»Ich sehe, Ihr blicket westwärts aufs Meer«, sprach Gro.

»So ist da etwas, das Ihr sehen könnt, Euer Liebden, trotz Eulenlichts«, sprach Prezmyra.

»Ihr erzähltet mir seinerzeit«, sprach Gro, »mit welch heiligen Schwüren und wohlgesetzten Versprechen der Freundschaft der Fürst Juss sich bei der Flucht aus Carcë von Euch verabschiedet hatte. Doch ist es Eure Schuld, o Königin, wenn Ihr den Bruch solcher Versprechen, die unter Zwang gegeben, allzu übel nehmt, welche sich häufig wie Fisch erweisen, frisch, fade und stinkend vom ersten Tag auf den dritten.«

»Gewiß ist's nicht der Rede wert«, sprach sie, »daß mein Bruder alle Bande der Politik und Bündnistreue gering achtete, um jene Großen vor einem schlimmen Tod zu retten; und sie nach ihrer Freisetzung ihm ein leichtes Vergelt's-Gott hinwerfen und ihrer Wege gehen sollten, ohne sich dessen zu stören oder auch nur zu kümmern, ob er aus seinem eigenen Lande vertrieben werden oder gar sein Leben verlieren sollte. Möge der große Teufel der Hölle ihre Seelen peinigen!«

»Madame«, sprach Fürst Gro. »Mir wäre lieber, Ihr würdet diese Sache nüchtern betrachten und jegliche Verbitterung beiseite lassen. Die Dämonen retteten Euren Bruder einst zu Lida Manguna das Leben, und daß er sie aus der Hand unseres Herrn und Königs befreite, war nur gerechtes Entgelt dafür. Die Waage ist ausgeglichen.«

Sie antwortete: »Stopfe mir nicht die Ohren mit solchen Ausflüchten voll. Sie haben uns schändlich im Stich gelassen; und die Schuld ihrer schwarzen Tat pflanzet sie Tag um Tag nur fester in meinen tiefer sich setzenden Haß. Du bist so belesen in der Natur und ihrer großen Philosophie; muß ich dich dennoch lehren, daß nur die Schwarze Nieswurz oder das Erbrochene einer Kröte an Giftigkeit der Rachsucht einer Frau gleichkommen?«

Die Dunkelheit einer großen Wolkenbank, die vom Süden heraufzog, verschluckte das Mondlicht. Prezmyra drehte sich um und nahm ihren Wandelgang über die Terrasse wieder auf. Die gelben feurigen Funken in ihren Augen blitzten im Schein der Fackeln. Sie sah gefährlich aus wie eine Löwin und grazil und anmutig wie eine Antilope. Gro hielt mit ihr Schritt und sprach: »Jagte nicht Corund sie im Winter in die Moruna, und können sie dort, umringt von so vielen Gefahren, auf Dauer überleben?«

»Euer Liebden«, rief sie, »erzählt diese frohe Kunde den Küchenmägden, nicht mir. Dranget Ihr nicht selbst vor Jahren in das Innerste der Moruna vor und kehrtet lebendig zurück, oder seid Ihr nur ein großer Lügenbold? Dies eine nagt an meiner Seele: daß Tage vergehen und Monate, und Hexenland unterwirft ein Volk nach dem andren, und dennoch bleiben die stolzesten von allen, jene Rebellen von Dämonenland, unbezwungen und ungebeugt. Dünkt ihn dieser Weg besser: einen Feind zu schonen und einen Freund zu verderben? Das wäre ein unglücklicher und unnatürlicher Schluß. Oder ist er lebensmüde, so wie Gorice XI. es war? Der Himmel bewahre uns davor; doch wird's ein eben[2] schlimmes Ende mit ihm nehmen und unser aller Untergang bedeuten, wenn er seine Geißel so lange von Dämonenland fernhält, bis Juss und Brandoch Daha zurückkehren, seinem Angriff zu begegnen.«

»Madame«, sprach Fürst Gro, »mit diesen wenigen Worten habt Ihr auch meiner eignen Befürchtung Ausdruck gegeben. Und verzeiht mir, daß ich vorhin argwöhnisch war; denn diese Dinge sind von solch immenser Wichtigkeit, daß ich mich zuerst von Eurer Einstellung überzeugen wollte, ehr ich Euch meine Gedanken eröffnete. Jetzt muß der König zuschlagen, solange ihre mächtigen Recken in der Ferne weilen. So werden wir stark und vorbereitet sein, wenn sie zurückkehren, vielleicht gar mit Goldry zusammen.«

Sie lächelte, und es schien, als ob die ganze schwüle Nacht sich am Lächeln jener Königin erfrische und belebe. »Ihr seid mir ein guter Freund«, sprach sie. »Eure Melancholie ist mir wie ein schattiger Wald im Sommer, wo ich tanzen kann, wenn es mir beliebt, und das ist oft der Fall; oder traurig sein, wenn ich will, und das ist in diesen Tagen häufiger, als mir lieb ist; und niemals verletzet Ihr meine Gefühle. Bis auf vorhin, als Ihr mir so übertrieben geschmeichelt, daß ich Euch schon in der Rolle des Laxus oder des jungen Corinius sah, welche solche Mittel benutzen, um Frauenherzen schwach zu machen.«

»Wollt' ich Euch doch nur in bessere Stimmung bringen«, sprach Gro. »Zudem solltet Ihr mich eher belobigen, dieweil ich nichts als die Wahrheit sprach.«

»Oh, laßt es gut sein«, rief sie, »oder ich werde Euch auf der Stelle fortschicken.« Und im Gehen sang Prezmyra leise:[3]

Was zwingt mich auff der Welt
Mich also hin zu geben?
Ists wohl der Rede wert /
Gefangen müssen leben?
Ein Vogel wünschet sich
In freier Lufft zu sein /
Vndt sperret man ihn gleich
In Gold vnd Silber ein.

Sie brach plötzlich ab und sprach: »Kommt, ich habe den Ärger über Laxus und seine Talmi-Krone überwunden. Wir wollen uns einen Plan zurechtlegen. Zuerst möchte ich Euch etwas sagen. Das, wovon wir soeben sprachen, steht mir schon seit zwei oder drei Monden im Sinn, seit Corinius gen Gnomenland zog. Und als mir zugetragen wurde, daß mein Gemahl das Heer der Dämonen vernichtet und Juss und Brandoch Daha wie entlaufene Sklaven in Moruna getrieben habe, sandte ich ihm drum durch die Hand von Viglus einen Brief, der Kunde von seiner Bestallung zum König Wichtlands durch unsren Herrn und König enthielt. Hierin brachte ich zum Ausdruck, daß uns die Krone Dämonenlands eine würdigere Krone als die von Wichtland wäre, wie sehr diese auch glänze, und bat meinen Gemahl, auf den König einzuwirken und ihn zu einem Feldzug gegen Dämonenland zu bewegen, unter seiner Führung; wäre es ihm aber derzeit noch unmöglich, heimzukehren, so solle er mich zu seinem Botschafter bestellen, dem König seine Empfehlung zu unterbreiten und dies Unternehmen für Corund zu erbitten.«

»Ist seine Antwort nicht in jenen Briefen, die ich Euch mitbrachte?« sprach Gro.

»Doch«, sprach sie, »und eine sehr unwürdige, kleinliche, speichelleckerische Antwort für einen großen Fürsten zu solch einer Sache, wie ich sie vorbrachte. Ach, es läßt mich all meine fraulichen Pflichten vergessen, nur davon zu sprechen, und läßt mich keifen wie eine Marketenderin[4].«

»Ich kann zur Seite gehen, Madame«, sprach Gro, »wenn Ihr allein sein wollt, um Eurem Herzen Luft zu machen.«

Prezmyra lachte. »Es ist nicht gar so schlimm«, sprach sie, »und doch ärgert es mich. Das Unterfangen befürwortet er, voll und ganz, und ich habe seine Erlaubnis, es dem König zu unterbreiten, als sein Sprachrohr, und es ihm mit allem Nachdruck ans Herz zu legen. Doch den Feldzug anzuführen, das lehnt er strikt ab. Corsus soll das Heer führen oder Corinius. Hier, ich lese es Euch vor«, und sie trat neben eine der Leuchten und zog ein Pergament aus ihrem Gewand. »Nein, 's ist zu persönlich; ich will meinen Gatten nicht beschämen, indem ich es vorlese, nicht einmal Euch.«

»Nun«, sprach Gro, »wäre ich der König, so wüßt' ich, was ich täte: Corund müßte mein General sein, um Dämonenland zu unterwerfen. Auch Corsus könnte er senden, der große Taten vollbracht hat, doch in meinen Augen ist er einer solchen Aufgabe nicht gewachsen. Corinius hat er das Mißgeschick noch nicht verziehen, das ihm vor einem Jahr im Bankettsaal unterlief.«

»Corinius!« sprach Prezmyra. »So hat das Blutbad, das er in meinem lieben Heimatland anrichtete, ihm nicht nur keine Belohnung eingebracht, sondern ihn auch nicht wieder in die Gunst des Königs versetzt, meint Ihr?«

»Ich glaube nicht«, sprach Fürst Gro. »Zudem ist er sehr erzürnt, weil er die stachlige Frucht gepflückt hat, auf daß ein andrer sie verspeise. Er verhielt sich heute im Bankettsaal so ausfällig, stach und trumpfte[5] wider Laxus mit Schwertgerassel und andren unverschämten Gesten und aufreizendem Gebaren und, was am schlimmsten ist, bändelte ganz ungeniert mit Sriva an, im ersten Monat ihrer Verlobung mit Laxus, daß es mich nicht wundern würde, wenn es zwischen beiden zu einem Blutvergießen käme, ehr die Nacht vorbei ist. Mich dünkt, er ist nicht in Stimmung, wieder ins Feld ziehen, ohne daß ihm ein sicherer Lohn winkt; und mich dünkt, der König wird ihm schon deshalb keine neue Aufgabe übertragen, damit er keine Gelegenheit erhält, sie hochmütig abzulehnen.«

Sie standen nahe dem Bogengang, der vom Innenhof auf die Terrasse führte. Musik erklang immer noch aus dem großen Bankettsaal Gorice XI. Unter dem Gewölbe und in den Schatten der mächtigen Burgmauern war es, als ob die Elemente der Finsternis, aus den hellen Kreisen der Lichter verbannt, sich mit ihresgleichen zusammenduckten, um eine noch tiefere Schwärze zu schaffen.

»Nun, Euer Liebden«, sprach Prezmyra, »kann mein Entschluß vor Eurer Weisheit bestehen?«

»Wie immer er auch sein mag: Ja, weil's der Eure ist, o Königin.«

»Wie immer er auch sein mag!« rief sie. »Habt Ihr noch Zweifel?

Was andres käme in Frage, als daß ich gleich als erstes morgen früh beim König vorspreche. Und habe ich soweit nicht den Segen meines Gemahls?«

»Und wenn Euer Eifer sein Geheiß in einem Punkt übersteigt?« sprach Gro.

»Nun, gerade deswegen!« sprach sie. »Und wenn ich Euch vor morgen mittag nicht Kunde bringe, daß der Feldzug nach Dämonenland beschlossen und Corund, mein Gemahl, zu seinem Anführer ernannt ist, ja, und Briefe nach Orpisch unterwegs sind, ihn unverzüglich zurückzuordern . . .«

»Pst!« flüsterte Gro. »Schritte im Hof.«

Sie wandten sich zum Bogengang, und Prezmyra sang halblaut:

Weg / weg du Dienstbarkeit /
Bei dir ist nichts zu finden
Als Gut / das Mangel ist /
Als Waß / das bald kan schwinden /
Als Haß / mit Gunst vermengt /
Als Lust / die Unlust bringt /
Als Arbeit / bey der Ruh /
Als Freiheit / die mich zwingt.

Corinius, auf dem Weg aus dem Bankettsaal, begegnete ihnen am Bogentor. Er stellte sich mitten in den Weg und spähte durch die Dunkelheit auf Prezmyra, so daß sie die Hitze seines weingeschwängerten Atems spürte. Es war zu dunkel, um Gesichter sehen zu können, doch Corinius erkannte sie an ihrem Wuchs und ihrer Haltung.

»Vergebet mir, Madame«, sprach er. »Einen Augenblick dacht' ich, es sei – aber das macht nichts. Eine gute Nacht wünsch' ich.«

Mit diesen Worten machte er ihr mit einer tiefen Verbeugung den Weg frei, wobei er mit der gleichen Bewegung heftig gegen Gro stieß. Gro, dem der Sinn nicht nach einem Streit stand, schritt wortlos an ihm vorbei und folgte Prezmyra in den Innenhof.

Der Fürst Corinius ließ sich auf die nächststehende Bank nieder, lehnte seinen breiten Rücken behaglich in die Kissen, und dort saß er, trommelte mit den Fingern und trällerte vor sich hin:[6]

Ja: Jch lieb an allen Orten /
Endre mich bald vnd geschwind:
Jeder Schwur bey meinen Worten

Jst mir als ein leichter Wind.
Kehr vnd wendig ist mein Sinn
Von der zu der andern hin

Jch bin ausser allen Schrancken:
Eben / vngleich als[7] die Fluth.
Pflege wie das Meer zu wancken:
Einmal from / dann nimmer gut.
Kehr vnd wendig ist mein Sinn /
Von der zu der andern hin.

Die von mir sich Hoffnung machet
Weiß nicht meine Liebes Krafft:
So die jene[8] nur verlachet /
Die an mir mit Glauben hafft[9].
Kehr vnd wendig ist mein Sinn
Von der zu der andern hin

Ein Rascheln links hinter ihm ließ ihn herumfahren. Eine Gestalt schlich sich aus dem tiefen Schatten der hohen Mauer gleich beim Bogentor. Er sprang auf und war zuerst am Tor, das er mit ausgebreiteten Armen versperrte. »Ach«, rief er, »welche Springmaus nestelt da im Schatten, ha? Welch Lösegeld soll ich für dich verlangen, die du mich gestern nacht mit leeren Händen ausgehen ließest? Ach ja, und schlichest von hinnen, um mich wohl abermals die ganze Nacht zum Narr'n zu halten, hätt' ich dich nicht gefangen.«

Die Dame lachte. »Gestern nacht mußte ich bei meinem Vater bleiben. Und heut nacht hättet Ihr es nicht anders verdient für dieses schamlose Lied. Ist das eine süße Serenade für die Ohren einer Dame? Nehmt Euch die Freiheit und singt es abermals, und ich werd' Euch Wetterfahne nennen.«

»Du bist sehr kühn, mich zu reizen, Fräulein, wo nicht einmal ein Stern davon zeugen könnt', wenn ich dich kirre mache. Diese Lampen sind alte Trunkenbolde und haben schon manches Fest enden sehn. Sie werden mich nicht verplappern.«

»Nein, wenn der Wein aus Euch spricht, gehe ich auf der Stelle«, und als er einen Schritt auf sie zutrat: »Und komme nicht wieder, weder hierher noch anderswohin, sondern lasse Euch für immer fahren. Ich lass' mich nicht behandeln wie eine Dienstmagd. Zu lange hab' ich schon Eure rauhen Soldatenmanieren ertragen.«

Corinius legte die Arme um sie und hob sie gegen seine breite Brust, so daß ihre Zehen kaum noch den Boden berührten. »O Sriva«, sprach er schwerfällig und senkte sein Gesicht auf ihres, »glaubst du, du könntest ein so großes Feuer entfachen und dann hindurchgehn, ohne versengt zu werden?«

Ihre Arme wurden in jener starken Umarmung fest gegen ihre Seiten gedrückt. Sie schien ohnmächtig zu werden, wie eine Lilie in der prallen Mittagssonne erschlafft. Corund sprach: »Bei allen süßen Dingen, welche die Dunkelheit je schmeckte, du gehörst mir heut nacht.«

»Morgen«, sprach sie, wie halb erstickt.

Aber Corinius sagte: »Glück meines Herzens, heut nacht.«

»Mein Fürst«, sprach das Fräulein Sriva leise, »da Ihr meine Liebe so im Sturm erobert habt, seid kein harscher und übermütiger Sieger. Ich schwöre Euch bei allen schrecklichen Mächten, welche die Erde regieren, 's ist wichtig, daß ich zu meinem Vater gelange, und zwar in dieser Nacht; nein, mehr noch, in diesem Augenblick. Dies war's, weshalb ich versuchte, mich vor Euch zu verbergen; dies und keine eitle Anwandlung, Euch zu ärgern.«

»Er kann warten«, sprach Corinius. »Er ist ein alter Mann und sitzt oft spät bei Tische.«

»Wie? Und Ihr ließet ihn feiern?« sprach sie. »Da gibt es etwas, das ich ihm klar machen muß, ehr der Wein seine Sinne betäubt. Selbst diese Verzögerung, so süß sie uns auch sei, ist gefährlich.«

Aber Corinius sprach: »Ich lass' dich nicht fort.«

»Nun«, sprach sie, »dann seid eben ein Barbar. Aber wisset, ich werde um Hilfe rufen, daß ganz Carcë herbeieilt und uns findet, und meine Brüder, jawohl, und Laxus, so er ein Mann ist, werden Euch Eure Aufdringlichkeit mir gegenüber bitter entgelten. Aber wenn Ihr Euren Edelmut beweiset und meine Liebe mit Freundschaft achtet, so, bitte, laßt mich gehn. Und wenn Ihr eine Stunde nach Mitternacht heimlich an meine Kammertür kommt, so, denke ich, werdet Ihr keinen Riegel darauf finden.«

»Ha, schwörst du das?« sprach er.

Sie antwortete: »Möge sonst die Erde sich auftun und mich verschlingen.«

»Eine Stunde nach Mitternacht. Bis dahin ist es in meinem Verlangen ein ganzes Jahr«, meinte er.

»Da sprach mein edler Liebhaber«, sagte Sriva und bot ihm einmal mehr ihren Mund. Dann eilte sie durch den dunklen Bogengang und über den Hof zum Nordflügel, wo ihr Vater Corsus sein Gemach hatte.

Der Fürst Corinius ging wieder zu seiner Bank, und dort ließ sich nieder, streckte die Beine aus und summte zu einer alten Weise:[10]

Mein Lieb ist wie ein Federball /
Bestehnd aus Kork und Feder;
Der Schläger dreht sie Mal vms Mal /

Vnd stösst sie auff das Leder.
Schlägst du sie / wohin auch iemer /
Verfehlen wird sie keinen niemer –
Fa, la, la, la, la, la.

Er streckte die Arme und gähnte. »Nun, Laxus, du aufgeblasener Karpfen, diese Medizin hat meinen Groll vorzüglich gelindert. 's ist nur gerecht, wenn mir schon die Krone versagt wird, daß ich mich an deinem Liebchen schadlos halte. Und um die Wahrheit zu sagen, wenn man sieht, was dieses Gnomenland für ein gemeines, mickriges, kleines Königreich ist und was für ein entzückender kleiner Wippsterz diese Sriva, die ich schon seit zwei Jahren nicht ansehen konnte, ohne daß mir das Wasser im Munde zusammenlief, so halt' ich mich derweil für wohl entlöhnet, bis ich ihrer müde werde.[11]

Der und jener mag vor mir
Das gelobte Land ererben;
Laß mich / Phillis / nur bey dir
Auf den hohen Hügeln sterben.

Eine Stunde nach Mitternacht, ha? Welcher Wein ist am besten für Liebende? Ich werd' einen Stiefel leeren[12] und mit den Burschen würfeln, um die Zeit zu vertreiben, bis es soweit ist.«

Kapitel XVI

Fräulein Srivas Mission

Wie der Fürst Corsus es für geziemend erachtete, seine Tochter mit einer offiziellen Mission zu betrauen; und wie es nämlicher dabei erging.

Sriva ging eilends in ihres Vaters Gelaß, und als sie ihre Frau Mutter dort fand, die, im Schein zweier Kerzen links und rechts, in ihrem Lehnstuhl saß und gerade im Begriff war, über ihrer Näharbeit einzunicken, sprach sie: »Mutter, eine Königskrone ist zum Pflücken reif. Sie wird der fremden Frau in den Schoß fallen, wenn du und mein Vater euch nicht rührt. Wo ist er? Immer noch im Bankettsaal? Eine von uns beiden muß ihn sofort holen.«

»Traun!« rief Zemambria. »Wie hast du mich erschreckt! Sprich gefälligst langsamer, mein Kind. Bei solch wildem, plötzlichen Gerede weiß ich weder, was du meinst, noch, was du willst.«

Sriva aber antwortete: »Staatsgeschäfte. Du gehst nicht? Gut, dann hole ich ihn. Du wirst bald alles erfahren, Mutter.« Und mit diesen Worten wandte sie sich zur Tür. Und alles Geschrei ihrer Mutter, welch ein Skandal es wäre, wenn sie so lange nach der Stunde, wo die Frauen sich zurückzogen, zum Bankett zurückkehre, vermochte sie nicht davon abzubringen. So daß die Fürstin Zemambria, da sie ihre Tochter so verstockt sah, es als minder ungehörig empfand, selbst zu gehen; und so machte sie sich auf und kehrte alsbald mit Corsus zurück.

Corsus nahm in seinem großen Sessel gegenüber seiner Gattin Platz, während seine Tochter ihre Geschichte erzählte.

»Zwei- und dreimal«, sprach sie, »gingen sie so nahe an mir vorüber, wie ich neben dir stehe, o mein Vater, und sie hatte dabei ganz vertraut die Hand auf dem Arm ihres lockigen Philosophen. Es war offenkundig, daß sie gar nicht auf den Gedanken kamen, daß irgend jemand sie belauschen könnte. Sie sprach folgendermaßen«, und damit erzählte Sriva alles, was die Fürstin Prezmyra geredet hatte: hinsichtlich einer Heerfahrt gen Dämonenland und von ihrem Vorhaben, den König aufzusuchen, und von ihrer Absicht, daß Corund sein General für diesen Feldzug sein sollte, und daß Boten mit Brief und Siegel am nächsten Morgen losgeschickt werden sollten, ihn von Orpisch zurückzurufen.

Der Herzog lauschte mit unbewegter Miene, schwer atmend, schwer nach vorne gelehnt, die Ellbogen auf die Knie gestützt, wobei eine große, fleischige Hand seinen spärlichen grauen Schnauzbart kratzte und zwirbelte. Mit trübem Blick schweiften seine Augen in der Kammer hin und her, und seine vom Wein geröteten Wangen nahmen eine noch dunklere Farbe an.

Zemambria sprach: »Traun, und habe ich dir nicht immer gesagt, daß Corund übel daran tat, eine so junge Frau zu ehelichen? Und von dort kommet nun jene Schand, die zu erwarten war. 's ist fürwahr schade um einen so guten Mann, der die Lebensmitte bereits überschritten, daß sie mit seiner Ehr' solches Schindluder treibt, und er am andren Ende der Welt! Ich kann nur hoffen und wiederum hoffen, daß er ihr den Kopf zurechtsetzen wird, wann er heimkehrt. Denn ich bin mir sicher, daß Corund zu edelmütig ist, eine Gunst zu einem so schamlosen Preis zu erkaufen.«

»Dein Gerede, Weib«, sprach Corsus, »verrät lange Haare und einen kurzen Verstand. Kurzum, du bist eine Närrin.«

Er schwieg eine Weile und hob dann seinen Blick zu Sriva, die halb sitzend, halb stehend mit dem Rücken am massiven Eichentisch lehnte; eine zarte, juwelenbesetzte Hand stützte sie links und rechts an der Tischkante ab, ihre Arme waren schlanke weiße Säulen, die ihre schöne Gestalt trugen. Während er sie betrachtete, trat ein wenig Licht in seine stumpfen Augen. »Komm her«, sprach er, »auf mein Knie: so.«

Als sie auf seinem Schoß saß: »Ein schönes Gewand«, sprach er, »trägst du heut, mein hübsches Kind. Rot als die Farbe der Heiterkeit.« Sein großer Arm stützte ihr den Rücken wie eine Lehne, und seine Hand, groß wie ein Teller, lag wie ein Rundschild unter ihrer Brust. »Und wie köstlich du duftest.«

»Es ist Malabathrum[1]«, antwortete sie.

»Es freut mich, daß du es magst«, sprach Zenambria. »Meine Zofe behauptet immer, daß Zimmetblätter, in Wein aufgekocht, ein Duftwasser ergeben, welches alle andren an Wohlgeruch übertrifft.«

Corsus' Blick ruhte immer noch auf Sriva. Nach einer Weile fragte er: »Was suchtest du in der Dunkelheit auf der Terrasse, ha?«

Sie schlug die Augen nieder und antwortete: »Es war wegen Laxus, der mich bat, ihn dort zu treffen.«

»Hm!« sagte Corsus. »'s ist seltsam, daß er dich zu so später Stunde im Wandelgang auf dem Burghof erwarten sollte.«

»Er hat mich versetzt«, sprach Sriva. »Und recht geschieht's ihm, wenn er so saumselig ist.«

»So. Und du mischst dich heuer in die hohe Politik ein, mein Kätzchen?« sprach Corsus. »Und witterst einen Feldzug gegen Dämonenland? Da mag etwas dran sein. Aber mich dünkt, der König wird Corinius senden.«

»Corinius?« sprach Sriva. »Das ist unwahrscheinlich. Dieser Corund wird den Feldzug führen, wenn du nicht noch heute nacht beim König eine Entscheidung herbeiführst, o mein Vater, ehr morgen früh diese arglistige Füchsin sich an den König anschleicht.«

»Ach!« sprach Corsus. »Du bist nur ein junges Mädchen und weißt nichts von der Welt. Sie hat weder das volle Blut noch die Entschlossenheit, dies durchzusetzen. Nein, 's ist nicht Corund, der im Lichte steht, es ist Corinius. Deshalb verweigerte der König ihm Gnomenland, das ihm gebührte, und warf den Plunder Laxus vor die Füße.«

»Traun, das wär' ein unerhört Ding«, sprach Zemambria, »wenn Corinius Dämonenland bekäme, welches gewiß diese Krone Gnomenlands weit übertrifft. Soll dieser Jüngling die fetten Brocken erhalten und du, nur weil du alt bist, nichts als die Knochen und Abfälle?«

»Halt den Mund, Weib«, sprach Corsus und schaute sie an, wie man einen sauren Trank ansieht. »Warum kamst du nicht auf den Gedanken, Corinius für deine Tochter zu angeln?«

»Das tut mir wirklich leid, Mann«, sprach Zemambria.

Die Fürstin Sriva lachte, legte den Arm um ihres Vaters Stiernacken und spielte mit seinem Backenbart. »Sei unbesorgt, Mutter«, sprach sie. »Ich habe die Wahl, und das ist wohl gewiß, unter diesen und unter allen anderen Männern in Carcë. Und wenn ich nun den Fürsten Corinius bedenke, das ist ein Mann, wie er mir gefällt: Er rasiert sich sogar den Oberlippenbart, was, wie deine erfahrene Tochter dir sagen kann, weit angenehmer ist als so ein kratzender Bart wie der meines Vaters.«

»Nun«, sprach Corsus und küßte sie, »wie dem auch sei, ich gehe jedenfalls noch in dieser Stunde zum König und bespreche mein Anliegen mit ihm. Inzwischen, Frau«, sprach er zu Zemambria, »gehst du zu Bett. Verriegle gut die Kammertür, und zur Sicherheit werd' ich sie selbst auch von außen zusperren. Denn heute nach dem Fest geht es hoch her, und es sollen dich keine Trunkenbolde belästigen, wie's wohl geschehen könnte, während ich mit meinem Gesuch beim König bin.«

Zemambria wünschte ihm eine gute Nacht und hätte ihre Tochter mitgenommen, doch Corsus sagte nein dazu und sprach: »Ich werde mich selbst um sie kümmern.«

Als die Fürstin Zemambria sicher in ihrem Gemach und sie beide allein waren, nahm Corsus aus einem eichenen Schrank einen silbernen Deckelkrug und zwei getriebene Becher. Diese füllte er mit funkelndem gelbem Wein aus dem Krug und ließ Sriva nicht nur einmal, sondern zweimal mit ihm trinken und jedesmal den Becher leeren. Dann zog er seinen Sessel herbei, ließ sich schwer darin nieder, breitete die Arme auf den Tisch und bettete seinen Kopf darauf.

Sriva ging auf und ab, ungeduldig ob der seltsamen Haltung und des Schweigens ihres Vaters. Gewiß entfachte der Wein ein heißes Feuer in ihren Adern; gewiß kamen in der Stille der Kammer Corinius' heiß auf ihrem Mund brennende Küsse zu ihr zurück, die Kraft seiner Arme, die sie wie Bronzebänder umfangen hatten. Es schlug Mitternacht. Ihre Knochen schienen in ihrem Körper zu schmelzen, als sie an das Versprechen dachte, das es in einer Stunde einzulösen galt.

»Vater«, sprach sie schließlich, »es hat Mitternacht geschlagen. Willst du nicht gehen, ehr es zu spät ist?«

Der Herzog hob sein Gesicht und blickte sie an. »Nein«, antwortete er, und: »Nein«, sprach er wieder, »was nützt es? Ich werde alt, meine Tochter, und muß weichen. Die Welt gehört den Jungen: Corinius; Laxus; dir. Vor allem aber Corund, der zwar auch nicht der Jüngste ist, doch eine Handvoll Söhne hat und insbesondere eine Frau, welche die Leiter ist, Throne zu besteigen.«

»Aber du sagtest soeben . . .«, sprach Sriva.

»Ja, als deine Mutter dabei war. Sie kommt in ihre zweite Kindheit, wenn auch zu früh, so daß ich wie zu einem Kind zu ihr spreche. Corund hat einen Fehler gemacht, eine so junge Frau zu heiraten, ha? Ist nicht dies eigentlich Bollwerk und Wall seiner steilen Laufbahn? Hat man je erlebt, wie ein Mann derart von heut auf morgen aufblühte? Mein Sekretär war er in meinen alten Kriegen gegen die Ghulen und hat mich jetzt ausgestochen, der ich nur neun Jahre älter bin. Darf sich König nennen und dürfte wohl bald – unter dem König – als *Dominus fac totum*[2] im ganzen Lande angesehen werden, wenn er die Frau so einsetzt, wie er sollte. Wird nicht der König, für solch eine Bezahlung, wie sie ihm bieten mag, Dämonenland auf Wichtland draufsatteln und die ganze Welt obdrein? Hölle und Teufel, ich tät's, bei einem solchen Angebot.«

Er stand auf und griff zitternd nach dem Weinkrug. Aus den Augenwinkeln beobachtete er seine Tochter, wich aber ihrem Blick aus, wenn dieser dem seinen begegnete.

»Corund«, sprach er und goß sich Wein nach, »würde sich vor Lachen die Seiten halten, könnt' er das prüde Gebrabbel deiner Mutter hören; denn zweifelsohne hat er diese Mission seiner Frau aufgetragen, und wenn er sie nach seiner Heimkehr aufsucht, wird's mit um so heißerer Liebe und Dankbarkeit sein für das, was sie ihm an Mitgift bringt, uns zum Trotze. Und wohlgemerkt, nicht jede Dame von Rang kann eines Königs Gunst erlangen.«

Das Fenster stand offen, und während sie stumm dastanden, drang sanftes Lautenspiel vom Hof herauf an ihr Ohr; und eine Männerstimme, weich und tief, sang dies Lied:[3]

Jtzund[4] da fast alle Welt
eine sichre Ruhe hält /
muß ich in der Irre gehn
zwischen Furcht und Hoffnung stehn.

Doch daß ich hihr stehe still
macht weil ich vernehmen wil:
Ob du mich nicht wilt einmahl
machen frey von meiner Quahl.

Denn dein wunder-schönes Hahr /
Deine Brüst' und Augen klar
Wie auch deiner Hände Schne
machen daß ich schier vergeh.

Mache bald das Fenster auf /
daß ich hemme meinen Lauf /
schau / ô Schöne! schau herab!
weil ich sonsten füll' ein Grab.

Auch eröffne flugs die Tühr
und kom eilig her zu mihr!
wo[5] ich sol dein Liebster sein?
ach! so laß mich zu dihr ein.

Fürstin Sriva wußte, daß es Laxus war, der unter ihrem Kammerfenster sang. Ihre Blut hämmerte wild, und der Geist des Abenteuers beflügelte ihre Phantasie, aber weder in Laxus' noch in Corinius' Richtung, sondern auf seltsam und gefährlich einladende Pfade, von denen sie bisher nie geträumt hatte. Der Herzog, ihr Vater, kam auf sie zu, schob die Sessel aus dem Weg und sprach: »Corund und sein Rudel von Söhnen! Corund und seine junge Königin! Wenn er mit der weißen Rose zaubert, warum nicht du und ich mit der roten? Sie ist ebenso schön anzuschaun und duftet so betörend wie bestes Parfum.«

Sie sah ihn mit großen Augen an, und ihre Wangen röteten sich. Er nahm ihre Hände in die seinen.

»Sollen diese fremde Frau«, sprach er, »und ihr bläßlicher Galan sich länger auf unsre Kosten großtun? Lange Bärte, ob sie weiß sind oder schwarz, sind ein zu großer Makel in unsrem Auge, dünkt mich. Es kann uns nicht gefallen, wenn eben diese Frau mit ihrer ausländischen Art... Fürchtest du dich, gegen sie anzutreten?«

Sriva legte die Stirn auf seine Schulter und sprach so leise, daß es kaum zu hören war: »Wenn es dazu kommt, dann wirst du schon sehen.«

»Es muß jetzt sein«, sprach Corsus. »Prezmyra, sagtest du mir, sucht morgen früh beizeiten den König auf. Überdies sind Frauen des Nachts am besten.«

»Wenn Laxus dich hören sollte!« sprach sie.

Er antwortete: »Still, er wird es dir nicht verübeln, selbst wenn er's wüßte; und das liegt in unsrer Hand. Deine dumme Mutter schwatzte gerade von Ehre. Ehre ist nur ein Wort; und wenn's anders wäre, sag mir, von wem Ehre ausgeht, wenn nicht vom König der Könige. Wenn er dich empfängt, dann bist du geehrt und alle, die mit dir verbunden sind. Es muß mir erst bewiesen werden, daß es unehrenvoll für Mann oder Frau sei, vom König geehrt zu werden.«

Sie lachte und wandte sich dem Fenster zu, ihre Hände immer noch in den seinen. »Puh, du hast mir einen starken Trank gegeben! Und ich denke, der stimmt mich mehr um als deine vielen Argumente, o mein Vater, die ich, ehrlich gesagt, gar nicht mehr weiß, weil ich ihnen ohnedies nicht sonderlich glaubte.«

Herzog Corsus faßte sie bei den Schultern. Er überragte sie ein Stück, da sie nicht groß von Wuchs war. »Bei den Göttern«, sprach er, »der Duft der roten Rose ist fürwahr betörender für einen Mann als der Duft der weißen, auch wenn diese größere Blüten hat.« Und er sprach: »Warum nicht, als Spiel, als toller Spaß? Ein Mantel mit Kapuze, eine Maske, wenn du es wünschst, und mein Ring, um dich als meine Abgesandte auszuweisen. Ich begleite dich über den Hof bis zum Fuß der Treppe.«

Sie sagte nichts und lächelte nur, als er ihr den großen Samtmantel über die Schultern legte.

»Ha«, sprach er, »da zeiget sich, daß eine Tochter zehn Söhne wert ist.«

Zu selbiger Stunde saß der König in seinem Privatgemach und schrieb auf ein Pergament, das er vor sich auf dem Tisch aus poliertem Marmelstein[6] ausgebreitet hatte. Eine silberne Lampe brannte zu seiner Linken. Das Fenster stand offen für die Nacht. Der König hatte seine Krone beiseite gelegt, die dunkel im Schatten unter der Lampe funkelte. Er legte die Feder zur Seite und las, was er geschrieben hatte; als da wäre:[7]

JCH Goreiß der Zwelfte, Groszkönig von Heksenlandt & von Wychtlandt & von Dæmonenlandt & von allen Königreychen unter der Sonnen, an Corsus Meynen Diener: Diß soll dir besagen, daß du mit aller nöthigen Eile dich mit einer hinreychenden Stärcke von Mannen vnd Schyppen gen Dæmonenlandt begebest, derweil jenes unbothmässige vnd verrätherische Volck, daß dorthen wohnet, die Schärffe Meyner Zychtigung erfahren sol. Es ist Meyn Wille, daß du als Meyn General itzo in das besagte Land mit Gewalt eyndringest, es mit aller nöthigen Sorgfalt zuverheeren, zuplündern & zuentvölckern; vndt all jene, die in deine Macht fallen, zuversclaven, zuverjochen & zu Tode zubringen, wie es dir am dienlichsten erscheynet; vndt ins besondere all ihre starcken Vesten vnd Castellen zuentstecken & zuschleifen, als da wären Strombö, Drepabyl, Crothryng, Uhleswyke &c. Diß geplante Unterpfangen ist eynes der gröszten, das je ersonnen, da es Dämonenlandt niedertramplen vnd ein für alle Mahle ihnen die Kehllappen aufschlitzen sol, deren Kämme vns gefährlich werden möchten, vndt du solst wissen, daß ohn extraordentliche Kennis deiner frühern Verdienste Jch dir nicht so eine grosze Verantwortung auftragen würde, ins besondere zu solch einer Zeit. Vndt sintemalen alle groszen Unternehmungen plötzlich vnd mit Resolution solten außgeführet werden, solte diß daher vollbracht seyn bis spätestens zum nächsten Herbste. Daher ist es Meyn Gebot, daß du Corsus Befehl geben sollest für eine anfängliche Aufstellung von Schyppen, Seeleuthen, Soldaten, Reutern, Officiren vnd sonderen Personen, Waffen, Municionen & jedweder andren Nothdurft, welche für die Armee vnd Heerschar für förderlich erachtet wirdt, welchselbige für besagtes Unterfangen ausgehoben werden müste, wovor dieser Brief dir hinreychende Vollmacht unter Meyner Hand sei. Gegeben unter Meynem Zeichen des Ouroboros in Meynem Pallais zu Carcie diesen xxix. Tag des Mäy, dem vij. Tage Meynes Jahres II.

Der König nahm Wachs und einen Lichtstock[8] aus dem großen goldnen Schreibzeug und siegelte den Erlaß mit dem Rubinkopf des Wurms Ouroboros und sprach: »Der Rubin, dem Herzen, Hirn, der Kraft und dem Gedächtnis des Menschen am förderlichsten. So ist's bekräftigt.«

In diesem Augenblick, da das Wachs des königlichen Siegels auf der Ernennungsurkunde für Corsus noch weich war, klopfte es vorsichtig an der Tür.

Der König gebot einzutreten, und herein trat der Hauptmann seiner Wache, der dem König mitteilte, es stehe jemand draußen, der um sofortige Audienz ersuche. »Und zeigte mir zur Kennung, o Herr und König, einen Stierkopf mit feurigen Nüstern eingeschnitten in schwarzen Opal als Stein eines Ringes, den ich als Siegelring des Herrn Corsus erkannte, welchen seine Hoheit am linken Daumen zu tragen pflegen. Und nur aus diesem Grunde, o König, lasse ich bei Eurer Majestät zu solcher Unzeit anfragen. Was, sollte die Störung unerwünscht sein, ich Euer Majestät untertänigst bitte mir zu verzeihen.«

»Kennst du den Mann?« sprach der König.

Er antwortete: »Nein, großmächtiger Herr, ob der Maske und des großen Kapuzenmantels, den er trägt. Es ist ein kleiner Mann, und er spricht mit heiserer Stimme.«

»Herein mit ihm«, befahl König Gorice; und als Sriva, in Maske und Kapuze vermummt und den Siegelring vorstreckend, eingetreten war, sprach er: »Du siehst zweifelhaft aus, obzwar dieser Ring dir Einlaß gewährte. Lege deine Verkleidung ab und gib dich zu erkennen.«

Doch sie bat ihn, immer noch mit heiserem Flüstern, warten zu dürfen, bis sie allein seien, ehr sie sich ihm entdecke. So hieß der König den Hauptmann, sie allein zu lassen.

»Großmächtiger Herr«, sprach der Soldat, »ist es Euer Wille, daß ich vor der Tür warte?«

»Nein«, sprach der König. »Räume das Vorzimmer, stelle Wachen davor auf und sieh, daß wir nicht gestört werden.« Und zu Sriva sagte er: »Wenn deine Botschaft nicht aufrichtiger ist als dein Aussehen, dann wird dieser nächtliche Besuch für dich böse enden. Mit dem Wink meines Fingers vermag ich dich in eine Alraune zu verwandeln. Sofern du nicht bereits dergleichen bist.«

Als sie allein waren, nahm Sriva ihre Maske ab und schob die Kapuze zurück, daß ihr dunkelbraunes Haar zum Vorschein kam, welches über Stirn und Ohren zu einer kunstvollen Frisur geflochten und hochgebunden war, aufgesteckt mit silbernen Nadeln, deren Granatköpfe wie glühende Kohlen leuchteten. Der König betrachtete sie aus dem tiefen Schatten seiner Brauen heraus, und nicht einmal ein Augenzwinkern oder das Zucken einer Falte in seinem hageren Gesicht verriet etwas über die Gedanken, die bei dieser Enthüllung in ihm vorgingen.

Sie sprach zitternd: »O mein Herr und König, ich hoffe, Ihr möget mir diesen Verstoß nachsehen und verzeihen. Wahrlich, ich bin selbst erstaunt über meine eigne Kühnheit, daß ich Euch aufzusuchen wagte.«

Mit einer Handbewegung hieß der König sie, zu seiner Rechten am Tisch Platz zu nehmen. »Fürchte dich nicht, mein Fräulein«, sprach er. »Daß ich dich eingelassen habe, zeigt, daß du nicht unwillkommen bist. Lasse mich dein Ansinnen wissen.«

Das Feuer von ihres Vaters Wein erlosch wie ein Flämmchen bei einem Windstoß, als sie allein mit König Gorice XII. im Kreis des Lampenlichts saß. Sie nahm einen tiefen Atemzug, um ihr Herzklopfen zu dämpfen, und sprach: »O König, ich fürchtete mich sehr, vor Euch hinzutreten und diese Gunst zu erbitten: eine Kleinigkeit für Euch, o König, und doch für mich, die ich die geringste Eurer Dienerinnen bin, von großer Bedeutung. Doch jetzt, wo ich vor Euch stehe, wage ich nicht, es auszusprechen.«

Das Glitzern seiner Augen, die aus ihren umschatteten Höhlen auf sie blickten, beunruhigte sie sehr; und wenig Trost war ihr die Krone Hexenlands, die juwelenfunkelnd und mit scharfen, aufgerichteten Scheren neben ihm auf dem Tisch lag; noch die verflochtenen Kupferschlangen, welche die Armlehnen seines Stuhles bildeten; noch das helle Bild der Lampe, das sich auf der Tischfläche spiegelte, wo rote Adern wie Blutspuren und schwarze Streifen wie Schwertklingen die grüne, glänzende Oberfläche des Steins durchzogen.

Dennoch nahm sie sich ein Herz und sprach: »Wär' ich ein großer Herr und hätt' ich Eurer Majestät gedient wie mein Vater oder jene andren, welche Ihr heute abend ausgezeichnet habt, o König, so wäre es anders gewesen.« Er sagte nichts, und immer noch Mut sammelnd, sprach sie: »Auch ich möchte Euch dienen, o König. Und ich kam, um zu fragen, wie.«

Der König lächelte. »Ich bin dir sehr verbunden, kleines Fräulein«, sprach er. »Tue, was du bisher getan, und ich bin's zufrieden. Vergnüge dich und sei guter Dinge und belaste dein Herz nicht mit diesen mitternächtlichen Problemen, damit zuviel Sorge dich nicht vom Fleische fallen lasse.«

»Ist das so, o König? Urteilt selbst.« Mit diesen Worten erhob sich die Fürstin Sriva und stand vor ihm im Lampenlicht. Langsam öffnete sie die Arme aufwärts nach links und rechts und schob den Samtmantel von ihren Schultern zurück, bis der dunkle Umhang in Falten von beiden erhobenen Händen hing, gleich den Schwingen eines Vogels, zum Flug bereit. Blendend schön waren ihre nackten Schultern und bloßen Arme, Hals und Brust. Ein großer Hyazinth, den sie an einer Goldkette um den Hals trug, ruhte über der Wölbung ihrer Brüste. Bei jedem Heben und Senken ihrer Brust blitzte er auf und erstarb.

»Ihr drohtet mir soeben, o Herr«, sprach sie, »mich in eine Alraunwurzel zu verwandeln. Würdet Ihr mich doch zu einem Mann machen!«

Sie konnte nichts lesen in seiner steinernen Miene, den eisernen Lippen und den Augen, die wie pulsierender Feuerschein aus dunklen Höhlen glühten.

»Dann könnte ich Euch besser dienen, Herr, als mit meiner bescheidenen Schönheit. Wär' ich ein Mann, wär' ich heut nacht vor Euch hingetreten und hätte gesagt: ›O König, laßt uns nicht länger dulden, daß jener Hund Juss lebt. Gebt mir ein Schwert, und ich werde Dämonenland für Euch erobern und ihm den Fuß in den Nacken setzen.‹«

Sie sank auf ihren Stuhl zurück, so daß der Samtmantel über die Lehne fiel. Der König strich mit dem Finger versonnen über die aufgerichteten Scheren der Krone neben ihm auf dem Tisch.

»Ist das die Gunst, die du von mir erbittest?« sprach er schließlich. »Eine Heerfahrt gen Dämonenland?«

Sie antwortete, dem sei so.

»Sollen sie noch heute in See stechen?« sprach der König, sie immer noch nicht aus den Augen lassend.

Sie lächelte verlegen.

»Nur«, sprach er, »möchte ich wissen, welche Hornisse der Dringlichkeit dich gestochen hat, daß du so klammheimlich und unvermittelt und nach Mitternacht in dieser Sache bei mir vorsprichst.«

Sie schwieg eine Weile, dann faßte sie Mut: »Damit mir nicht jemand anders zuvorkäme, o König«, antwortete sie. »Glaubt mir, ich weiß von Vorbereitungen und daß Euch morgen früh noch jemand in eines andren Auftrag darum angehen wird; ich weiß es aus sicherer Quelle, was immer man Gegenteiliges erzählen mag.«

»Noch jemand?« fragte der König.

»Herr, ich nenne keine Namen«, antwortete Sriva, »doch gibt es andre, gefährlich süße Bittsteller, die ihre Hoffnungen an andere Saiten knüpfen, als wir sie anschlagen können.«

Sie hatte den Kopf über den polierten Tisch gebeugt und blickte neugierig hinab in dessen Tiefen. Ihr Mieder und Gewand aus purpurrotem Diasper waren wie der Kelch einer großen Blume; die weißen Arme und Schultern wie die Blütenblätter darüber. Nach einer Weile blickte sie auf.

»Du lächelst, Fräulein Sriva?« sprach der König.

»Ja, über meine eignen Gedanken«, antwortete sie. »Ihr werdet lachen, o mein Herr und König, sie zu hören, da sie mit dem, worüber wir sprechen, gar nichts zu tun haben. Doch gewiß liegt in Frauengedanken nicht mehr Verläßlichkeit oder Ruhe als in einer Fahne, die sich im Winde dreht.«

»Laß hören«, sprach der König und beugte sich vor, die schmale, haarige Hand müßig über die Tischkante gelegt.

»Nun, es war so, Herr«, sprach sie, »es kam mir plötzlich ein Wort der Fürstin Prezmyra in den Sinn, als sie Corund ehelichte und nach Carcë kam. Sie sagte, ihre rechte Körperhälfte gehöre Hexenland, ihre linke Gnomenland. Woraufhin unsre Leute, die um sie standen, sie lobten, weil sie ihre rechte Seite Hexenland gegeben hätte. Woraufhin sie antwortete, daß in ihrer linken Seite ihr Herz sei.«

»Und wo trägst du deines?« sprach der König. Sie wagte nicht, ihn anzusehen, und so sah sie auch nicht das Licht der Erheiterung wie einen Sommerblitz über sein dunkles Antlitz gehen, als sie Prezmyras Namen nannte.

Seine Hand war von der Tischkante auf Srivas Knie geglitten. Sie zitterte wie ein volles Segel, aus dem plötzlich der Wind weicht. Ganz steif saß sie neben ihm und sprach leise: »Es gibt ein Wort, o König, das Euch meine Antwort erleuchten sollte, wolltet Ihr es nur aussprechen.«

Er aber beugte sich weiter zu ihr und sprach: »Glaubst du, ich will mit dir feilschen? Ich kenne die Antwort bereits im Dunkeln.«

»Herr«, flüsterte sie, »ich wäre nicht zu dieser tiefen und toten Nachtzeit zu Euch gekommen, achtete ich Euch nicht für einen edlen und ritterlichen König, der nicht in der Art eines leichtfertigen Galans falsches Spiel mit mir treibt.«

Ihr Körper atmete Gewürze: sanfte, warme Düfte, welche die Sinne verwirrten: Parfum von Malabathrum, in Wein gelöst, Essenzen schwefelfarbener Lilien, gepflanzt in Aphrodites Garten. Der König zog sie an sich. Sie legte ihre Arme um seinen Nacken und sprach an seinem Ohr: »Herr, ich werde nicht eher schlafen können, bis Ihr mir sagt, daß der Feldzug unternommen wird und Corsus den Befehl erhält.«

Wie ein Kind hielt der König sie mit seinen Armen umfangen. Dann küßte er sie auf den Mund, lange und tief. Sodann sprang er auf und setzte sie wie eine Puppe vor sich auf den Tisch neben die Lampe, ließ sich wieder in seinen Sessel nieder, lehnte sich zurück und musterte sie mit einem seltsamen und beunruhigenden Lächeln.

Plötzlich verfinsterte sich seine Stirn, und er stieß den Kopf vor, daß sein dichter, schwarzer spatenförmiger Bart unter der Linie seiner rasierten Oberlippe zuckte. »Mädchen«, sprach er, »wer hat dich auf diese Mission geschickt?«

Er rollte das Auge mit einem solchen Gorgonenblick, daß ihr das Blut mit einem großen Sprung ins Herz zurückschoß, und sie antwortete, daß es kaum zu hören war: »Es ist wahr, o König, mein Vater schickt mich.«

»War er trunken, als er dich schickte?« fragte der König.

»Wahrhaftig, o König, ich glaube schon.«

»Diesen Becher, der ihn trunken machte«, sprach der König, »soll er sein Leben lang loben und preisen. Denn hätt' er mich mit nüchternem Kopfe so nieder eingeschätzt zu glauben, daß er mich mit einer Bonaroba[9] bestechen könnte, bei meiner Seel', so wär' ihn das übel angekommen, denn es hätte ihn nichts weniger als jenen Kopf gekostet.«

Sriva begann zu weinen und sprach: »O König, habt Gnade.«

Der König aber schritt wie ein Löwe auf Beutejagd auf und ab. »Fürchtete er, ich würde Corund an seine Stelle setzen?« sprach er. »Das wäre der sicherste Weg, es dahin zu bringen, wäre seine Taktik imstande, mich auch nur im mindesten zu bewegen. Er soll lernen, mit eignem Mund vor mich hinzutreten, will er meine Gunst erwerben. Oder er soll sich aus Carcë davonscheren und aus meinen Augen, und alle großen Meister der Hölle mögen ihn von hinnen jagen.«

Schließlich blieb der König neben Sriva stehen, die immer noch auf dem Tisch hockte, und eine Art Süße in Tränen zeigte, herzzerreißend schluchzend, das Gesicht in den Händen vergraben. So sah er sie einige Zeit an, dann hob er sie herab, und während er sich in einem großen Lehnstuhl niederließ, hielt er sie mit der einen Hand auf seinem Knie und zog mit der andren ihre Hände von ihrem Gesicht weg. »Komm«, sprach er. »Ich gebe nicht dir die Schuld. Hör auf zu weinen. Reiche mir dies Schriftstück vom Tisch.«

Sie drehte sich in seinen Armen und streckte eine Hand nach dem Pergament aus.

»Du kennst mein Siegel?« sprach der König.

Sie nickte.

»Lies«, sprach der König und ließ sie los. Sie trat neben die Lampe und las.

Der König stand hinter ihr. Er schlang seine Arme unter ihren hindurch und beugte sich vor und sprach heißatmig in ihr Ohr: »Du siehst, ich hatte meinen General bereits erwählt. Und du darfst es erfahren, weil ich dich nicht vor morgen früh werde gehen lassen; und weil du nicht glauben sollst, deine Schöne, wie gefällig sie mir auch ist, wirke einen so mächtgen Zauber, mich in meinen Plänen zu beeinflussen.«

Sie lehnte sich zurück an seine Brust, schwach und kraftlos, während er ihren Nacken und ihre Augen und ihren Hals küßte; dann fanden ihre Lippen die seinen in einem langen, wollüstigen Kuß. Und des Königs Hände auf ihrem Körper waren wie glühende Kohlen.

Beim Gedanken an Corinius, der, kochend vor Wut, vor einer unverschlossenen Tür und einem leeren Bette stand, war's das Fräulein Sriva wohl zufrieden.

Kapitel XVII

Der König läßt seinen Adler steigen

Wie die Fürstin Prezmyra zum Könige mit einer Botschaft kam und wie es ihr dabei erging; worin auch zu sehen ist, warum der König den Herzog Corsum gen Dämonenland entsandt; und wie am fünfzehnten Tage des Juli jene Fürsten, als da wären Corsus, Laxus, Gro und Gallandus, von Tenemos in See stachen.

Am Morgen kam die Fürstin Prezmyra und ersuchte um Audienz beim König, und nachdem sie in sein Privatgemach vorgelassen worden war, stand sie in großer Schönheit und Pracht vor ihm und sprach: »Herr, ich komme, Euch zu danken, wofür sich gestern abend im Bankettsaal nicht die rechte Gelegenheit fand. Gewiß ist dies kein leichtes Unterfangen, denn würde ich Euch danken, wie ich es gerne täte, könnte man meinen, ich wollte das Verdienst Corunds herabsetzen, der dies Königreich eroberte; spräche ich aber zu groß von dieser Tat, würde es den Eindruck erwecken, als wollte ich Eure Hochherzigkeit mindern[1], o König. Und Undank ist ein verabscheuenswertes Laster.«

»Madame«, sprach der König. »du brauchst mir nicht zu danken. Und für meine Ohren haben große Taten ihre eignen Posaunen.«

Nun berichtete sie ihm also von den Briefen, welche sie von Corund aus Wichtland erhalten. »Uns allen ist klar, Herr«, sprach sie, »wie Ihr in diesen Tagen alle Völker Eurer Krone unterwerft und neue Könige unter Euch einsetzt, zu Eurem großen Ruhm in Carcë beizutragen. O König, wie lange noch muß uns dies Unkraut von Dämonenland ins Auge stechen, ehr Ihr es unter Eurem Stiefel zertreten wollt?«

Der König gab ihr keine Antwort. Nur seine Zähne blitzten zwischen seinen Lippen auf wie die eines Tigers, den man bei seinem Mahl stört.

Prezmyra aber sprach mit großer Entschlossenheit: »Herr, nehmt es mir nicht übel. Mich dünkt, es ist die Pflicht eines ergebenen Dieners, den sein Herr erhoben hat, nach neuen Aufgaben zu suchen. Und welcher Dienst lieget näher, den Corund Euch tun könnte, als im Westen, jenseits des Meeres, unverzüglich einen Feldzug gegen Dämonenland zu führen und es zu unterwerfen, ehr seine Macht sich von dem Schlag erholet, den Eure Majestät ihr vor Jahresfrist versetzte?«

»Madame«, sprach der König, »dies ist mein Problem. Ich werde dich wissen lassen, wenn ich deinen Rat wünsche, was jetzt nicht der Fall ist.« Und indem er aufstand, als wolle er das Thema damit abschließen, sprach er: »Ich gedenke heute eine Jagd zu veranstalten. Man sagt mir, du habest einen Falken, der höher steigt als selbst die besten aus Corinius' Stall. Das Wetter ist trocken und klar. Willst du uns begleiten und uns die Beiz auf einen Reiher vorführen?«

Sie antwortete: »Mit Freuden, o König. Doch bitt' ich Euch noch um diese Gunst zu Euren früheren Gnadenerweisen: Erlaubet mir noch ein Wort. Etwas sagt mir, daß Ihr in dieser Angelegenheit bereits entschieden habt, und die spärliche Beachtung, die Ihr mir schenkt, läßt mich befürchten, daß Eure Majestät nicht Corund, sondern einen andren erwählt haben.«

Düster und unbeweglich wie seine eigne dunkle Festung im hellen Morgen stand Gorice der König da und blickte sie an. Sonnenlicht, das durch das Ostfenster drang, fiel auf die rot-golden glimmende Pracht der schweren Locken jener Dame und fing sich in den blitzenden Diamanten, mit denen das Haar aufgesteckt war. Nach einer Weile sprach er: »Stell dir vor, ich sei ein Gärtner. Ich gehe nicht zum Schmetterling um Rat. Soll dieser sich darob erfreuen, daß es Rosenbüsche gibt und roten Mauerpfeffer, sich daran zu laben; und sollte ihm das nicht ausreichen, gebe ich ihm liebend gern mehr, so wie ich dir alle Maskenbälle und Festlichkeiten und andere Freuden zu Carcë zuteil werden lasse. Doch Krieg und Politik ist nichts für Frauen.«

»Ihr habt vergessen, o König«, sprach Prezmyra, »daß ich meines Gemahls Gesandter bin.« Doch als sie das Antlitz des Königs sich verfinstern sah, fügte sie rasch hinzu: »Aber nicht in allem, o König. Ich will ganz offen zu Euch sein. Den Feldzug empfahl er mit Nachdruck, nicht aber, daß er selbst ihn anführen müsse.«

Der König starrte sie finster an. »Das freut mich zu hören«, sprach er. Dann klärte sich seine Miene. »Du sollst wissen zu deinem eignen Nutz und Frommen, daß bereits alles in die Wege geleitet ist. Ehr die Winternächte wiederkehren, wird Dämonenland mein Fußschemel sein. So schreibe deinem Gemahl also, daß ich seinen Wunsch im vorhinein erfüllte.«

Prezmyras Augen leuchteten. »O welch froher Tag!« rief sie. »Auch für mich?«

»Wenn dein Wunsch dem seinen entspricht«, meinte der König.

»Ah«, sprach sie. »Ihr wißt, meiner geht über den seinen hinaus.«

»Dann, Madame«, sprach der König, »zügle besser deine Wünsche. Warum, glaubst du, habe ich Corund nach Wichtland entsandt, wenn nicht um seiner Tapferkeit und Umsicht willen, ein so weitläufiges Königreich zu erobern und beherrschen zu können? Wünschest du, daß ihm ein eigensinniges Kind Wichtland aus den Händen reißt wie ein halb besticktes Stichtuch[3]?«

Dann entließ er sie mit einer gnädigeren Miene. »Wir freuen uns, dich dann später zu sehen, Madame, drei Stunden vor Mittag.« Und er schlug einen Gong, der den Hauptmann seiner Wache herbeirief. »Soldat«, sprach er, »geleite die Königin von Wichtland hinaus. Und sag dem Herzog Corsus, er möge mir sofort seine Aufwartung machen.«

Zur dritten Stunde vor Mittag traf Fürst Gro sich mit Prezmyra am Tor des Innenhofes. Sie trug ein Reitkostüm aus dunkelgrünem Atlas mit einer schmalen, perlenverbrämten Halskrause. Sie sprach: »Begleitet Ihr uns, Euer Liebden? Ich wäre Euch sehr verbunden. Zwar liebt Ihr die Jagd nicht, doch ich muß Euch um mich haben, um von Corinius verschont zu bleiben. Er stellt mir heute morgen mit seltenen Höflichkeiten nach; warum dies so plötzlich, weiß ich selber nicht.«

»Hierbei«, sprach Fürst Gro, »wie auch in größeren Dingen bin ich stets Euer Diener, o Königin. Indes ist noch Zeit genug. Vor einer halben Stunde wird der König nicht fertig sein. Er bespricht sich mit Corsus, der sich alsbald an die Vorbereitung für seinen Feldzug gegen die Dämonen machen wird. Ihr habt es schon gehört?«

»Bin ich taub«, sprach Prezmyra, »für den Klang einer Glocke, die durch ganz Carcë ertönt?«

»Nun ja«, sprach Gro, »wir gingen zu spät zu Bett und blieben zu lange in den Federn.«

Prezmyra sprach: »Ich nicht. Obwohl es mich jetzt ärgert, daß ich's nicht tat.«

»Was? Ihr wart vor der Besprechung beim König?«

Sie nickte.

»Und er lehnte ab?«

»Mit unendlicher Geduld«, sprach sie, »aber unumstößlich. Mein Gemahl muß in Wichtland bleiben, bis es zugeritten ist. Und wenn ich es recht bedenke, gibt es gute Gründe dafür.«

Gro sprach: »Ihr nehmt das so mit so verständiger und edler Stirn auf, Madame, wie ich es von Euch erwartete.«

Sie lachte. »Der Hauptteil meines Wunsches geht in Erfüllung, nämlich die Unterwerfung Dämonenlands. Doch verwundert's mich, warum der König ausgerechnet jenen alten Haudegen dafür auswählt, wo er doch so viele gute Klingen zur Verfügung hat. Seht nur, wie sie blitzen.«

Denn vom Tor am oberen Ende des steilen Abstiegs zum Fluß aus sahen sie, wo die Fürsten von Hexenland sich jenseits des Brückentors versammelt hatten, um zur Beizjagd auszureiten. Und Prezmyra sprach: »Ist es nicht schön, Fürst Gro, in Carcë zu weilen? Ist es nicht überaus schön, in Carcë zu sein[3], welches die ganze Welt beherrscht?«

Darauf trabten sie hinab und über die Brücke zur Straße der Könige, um sich auf dem offenen Anger am linken Ufer des Druima den andren anzuschließen. Prezmyra sprach zu Laxus, der einen schwarzen, mit silbernen Haaren gesprenkelten Wallach ritt: »Wie ich sehe, habt Ihr Eure Hühnerhabichte[4] mitgebracht, Euer Liebden.«

»Richtig, Madame«, antwortete er. »Stärkere Habichte als diese gibt es nicht. Sie sind so wild, daß ich sie getrennt halten muß, damit sie sich nicht auf die andren stürzen.«

Sriva, die neben ihm war, streckte die Hand aus und streichelte die Raubvögel. »Wirklich«, sprach sie, »ich liebe deine Habichte sehr. Sie sind so kräftig und königlich.« Dann lachte sie und fügte hinzu: »Traun, ich habe heut für nichts Geringeres als einen König Augen.«

»So magst du auf mich schauen«, sprach Laxus, »obwohl ich zur Jagd meine Krone abgelegt habe.«

»Deswegen werd' ich dich wohl kaum bemerken«, meinte sie.

Laxus sprach zu Prezmyra: »Wollt Ihr nicht meine Habichte loben, o Königin?«

»Ich lobe sie«, antwortete sie, »mit Vorbehalten. Denn mich dünkt, sie passen besser zu Eurer Natur als zu meiner. Es sind gute Habichte, um in niederen Büschen zu jagen. Ich bin für den, der in luftige Höhen steigt.«

Ihr Stiefsohn Heming, stets mürrisch und verdrossen, lachte in sich hinein, wußte er doch, daß sie gescherzt und Dämonenland gemeint hatte.

Inzwischen hatte sich Corinius, der auf einem großen, silberglänzenden Grauschimmel mit schwarzen Ohrspitzen, Mähne und Schweif und vier kohlschwarzen Fesseln ritt, der jungen Sriva genähert und sprach zu ihr so leise, daß nur sie es hören konnte: »Beim nächsten Mal sollst du mir nicht entwischen, sondern ich werd' dich nehmen, wann und wo es mir beliebt. Du magst mit deiner Tücke den Teufel prellen, aber mich nicht ein zweites Mal, du lügnerische, trügerische Fähe.«

Sie antwortete gelassen: »Du armer Tor, ich erfüllte meinen Schwur wortwörtlich und ließ dir letzte Nacht meine Kammer offen. Wenn du mich darin nicht fandest, nun, davon war nie die Rede zwischen uns. Und wisse, ich suche einen Größeren als dich, der meinem Geschmack mehr entspricht; einen, der nicht jeder Küchenhure hinterherläuft. Ich kenne deine Umtriebe und deine Gewohnheiten.«

Sein Gesicht wurde rot. »Wäre dem wirklich so, würde ich sofort damit brechen. Denn du bist eine aus dem gleichen Wurf, und sie würden mir so zuwider sein, wie du es bist.«

»Puh!« sprach sie. »Geistreich gesprochen, meiner Treu; und recht in der Art eines gemeinen Pferdeknechts. Was du auch bist.«

Corinius gab seinem Pferd die Sporen, daß es einen Satz tat; denn rief er aus und sprach zu Prezmyra: »Unvergleichliche Frau, ich werde Euch mein neues Pferd zeigen, welche Drehungen, welche Sprünge, welchen Halt es macht aus dem vollen Schwung des gestreckten Galopps.« Und damit ritt er zu ihr heran, ließ sein Pferd eine enge Wende beschreiben, auf dem Huf, und fort ging es, zu einem forschen Schritt, einem Trab und weiter, nach ein paar Doppeldrehungen, zurück im Galopp, bis er das Tier vor Prezmyra zu einem scharfen Halt brachte.

»Sehr hübsch, Euer Liebden«, sprach sie. »Doch möcht' ich nicht Euer Pferd sein.«

»So, Madame?« rief er. »Und der Grund?«

»Nun«, sprach sie, »wär' ich das feurigste, stärkste und zugleich sanftmütigste Tier der Welt, allzeit bereit zu den höchsten Kurbetten und Kapriolen[5], fürcht' ich, daß ich am Ende doch den Dienst verweigern würde, deiner Sporen wegen.«

Worauf das Fräulein Sriva hell auflachte.

Nun kam der König Gorice herbeigeritten mit seinen Austringern[6] und Falknern und seinen Jägern mit Hatz- und Spürhunden und einer angeseilten Meute großer, wilder Saupacker. Er saß auf einer schwarzen Stute mit feuerroten Augen, so groß, daß der Kopf eines Mannes kaum bis zu ihrem Widerrist reichte. An der rechten Hand trug er einen Lederhandschuh, auf dem ein Adler saß, verkappt[7] und regungslos, der sich daran festkrallte. Der König sprach: »Es ist entschieden. Corsus kommt nicht mit uns; ich gab ihm ein größeres Wild zu jagen. Seine Söhne gehen ihm zur Hand, damit nicht eine Stunde für die Vorbereitungen seiner Jagd verloren gehe. Den übrigen Waidmanns Heil.«

Also huldigten sie dem König und ritten mit ihm aus nach Osten. Fräulein Sriva flüsterte Corinius ins Ohr: »Zauberei, mein Fürst, herrschet in Carcë, und dies muß der Grund dafür sein, daß keiner mich sehen noch berühren darf zwischen Mitternacht und Hahnenschrei, so er nicht König im Dämonenland ist.«

Corinius aber tat so, als hörte er sie nicht, und wandte sich Fürstin Prezmyra zu, die sich daraufhin zu Gro wandte. Sriva lachte. Guter Dinge schien sie an diesem Tag zu sein, lebhaft wie der Merlin[8] auf ihrer Faust und begierig darauf, bei jeder Gelegenheit ein Wort mit dem König zu wechseln. Aber der König schenkte ihr nicht die geringste Beachtung und würdigte sie weder eines Blickes noch eines Wortes.

So ritten sie eine Zeitlang unter Scherzen und Geplänkel auf die gnomenländische Grenze zu und scheuchten unterwegs Reiher auf, wobei keiner besseren Fang machte als Prezmyras Falken, die von ihrer Faust auf viele Hundert Schritt losgeschickt wurden, wenn die Beute aufstieg, und sich mit ihr bis zu den Wolken emporschraubten, Kreis um Kreis, bis der Reiher nur mehr ein Punkt am Himmel und ihre Falken zwei kleinere Punkte neben ihm waren.

Doch als das Land dann anstieg und Gestrüpp und Unterholz sich mehrten, pfiff der König seinen Adler von der Faust. Er flog davon, als wollte er nie wiederkehren, machte aber auf des Königs Ruf hin augenblicklich kehrt und hing dann wartend über seinem Haupt, bis die Schweißhunde einen Wolf aus dem Gestrüpp trieben. Schnell wie ein Blitz stieß der Adler auf ihn herab und schlug ihn; und der König sprang vom Pferd und vollendete das Werk mit seinem Jagdmesser; und so ging es weiter, bis vier Wölfe erlegt waren. Und dies war die größte Beute.

Der König machte viel Aufhebens um seinen Adler und gab ihm zur Belohnung das Gekröse und die Leber des vierten Wolfes zur Atzung. Dann übergab er ihn seinem Falkner und sprach: »Reiten wir jetzt in die Ebenen von Armarie, denn ich will meinen wilden Adler[9] steigen lassen: meinen wilden Adler, der im letzten März in den Bergen von Largos gefangen wurde. Viele Nächte Schlaf hat es mich gekostet, ihn wachzuhalten und seinen Willen zu brechen und ihn Gehorsam zu lehren. Ich will ihn auf den großen schwarzen Keiler von Largos ansetzen, der bei den Bauern dieser Gegend seit zwei Jahren schon großen Schaden anrichtet. Es wird eine gute Jagd werden, falls der Adler nicht zu unbändig und wild ist.«

So brachte des Königs Falkner den wilden Adler und reichte ihn dem König. Es war ein prächtiges, schwarzes Weibchen mit rotem Schnabel und wild funkelnden Augen. Ihr Geschüh war aus rotem Leder mit einer kleinen silbernen Bell, worauf winzig klein der hexenländische Krebs eingraviert war. Ihre Haube[10] war aus rotem Leder mit silbernen Quasten. Zuerst sprang sie[11] auf der Faust des Königs, kreischend und flügelschlagend, aber nach einer Weile saß sie still. Der König gab seinem Pferd die Sporen, und mit eifrigem Gekläff hetzte die an der Leine geführte Meute der Saupacker vor ihm her; und die andren Jagdteilnehmer folgten nach.

Schon nach kurzer Zeit war der Keiler aufgespürt, der sich mit blutunterlaufenen Sehern und schäumendem Gebeiß[12] gegen die Hunde wandte; dem ersten riß er den Bauch auf, so daß die Gedärme hervorbrachen. Der König haubte seinen Adler ab und ließ ihn von der Faust steigen. Doch der Vogel, wild und ungezähmt, stürzte sich nicht auf den Keiler, sondern auf einen Hund, der den Keiler beim Ohr gefaßt hatte. Er schlug seine mörderischen Klauen in den Rücken des Hundes und hackte ihm die Augen aus, ehr ein Mann zwei Flüche über ihn ausstoßen konnte.

Gro, der neben dem König war, murmelte: »Oh, das gefällt mir nicht. Das ist ein schlechtes Vorzeichen.«

Doch war der König schon losgeritten und durchbohrte den Keiler mit seinem Spieß; über und ein wenig hinter der Schulter traf er ihn, so daß die Spitze geradenwegs durch das Herz drang und der Keiler niedersank und in seinem Blut verendete. Dann hieb der König in seinem Zorn mit dem Ende seines Speerschafts auf den Adler ein; aber der Schlag war nicht mit aller Kraft geführt und streifte den Vogel nur, der aufflog und alsbald außer Sicht entschwand. Und der König war zornig, obgleich der Keiler erlegt war, da ihn dies zwei Hunde und seinen wilden Adler gekostet hatte und ob dessen schlechten Verhaltens. Er hieß seine Waidmänner, den Keiler abzuhäuten und die Decke[13] als Trophäe mitzunehmen, und so ritten sie heim.

Nach einer Weile rief der König den Fürsten Gro zu sich und ritt mit ihm ein Stück vor, außer Hörweite der übrigen. Der König sprach zu ihm: »Du machst ein unzufriedenes Gesicht. Ist es, weil ich nicht Corund nach Dämonenland entsandte, um das Werk zu vollenden, das er zu Eschgrar Ogo begann? Zudem schwätzest du von schlechten Vorzeichen.«

Gro erwiderte: »Mein Herr und König, verzeiht meine Ängste. Denn mit Vorzeichen verhält es sich oft so, wie das alte Sprichwort sagt: ›Wie's den Tor dünkt, so die Glocke klingt.‹ Mein Wort war übereilt. Wer vermag das Schicksal von seinem vorherbestimmten Kurs abzubringen? Aber da Ihr den Namen Corund nanntet –«

»Ich nannte ihn«, sprach der König, »weil in meinen Ohren immer noch Frauengeschwätz klingt. Wovon du weißt, wie ich vermute.«

»Nur insofern«, antwortete Gro, »als dies meine Meinung ist: Er wäre unser Bester, o König.«

»Vielleicht«, sprach der König. »Doch willst du, daß ich deshalb mein gezücktes Schwert zurückhalte, während die Gelegenheit an unser Tor klopft? Ich sage dir, ich beherrsche zwar die Kunst der Magie, doch schwerlich kann ich der Zeit Einhalt gebieten, bis ich Corund aus Wichtland geholt und nach Westen in Marsch gesetzt habe.«

Gro schwieg. »Nun«, sprach der König, »ich möchte mehr von dir hören.«

»Herr«, antwortete Gro, »mir behagt Corsus nicht.«

Der König zog die Augenbraue hoch. Gro schwieg eine Weile, da er aber sah, daß der König mehr hören wollte, fuhr er fort: »Da es Eurer Majestät belieben, mich um meinen Rat zu fragen, so will ich reden. Ihr wißt, Herr, von all Euren Leuten in Carcë ist Corinius am wenigsten mein Freund, und wenn ich für ihn spreche, werdet Ihr das schwerlich persönlichen Beweggründen zuschreiben können. Wenn Corund für diese Aufgabe nicht in Frage kommt – was einleuchtet, weil er in Wichtland bleiben muß, um die Früchte seines Sieges zu ernten und Juss und Brandoch Daha den Rückweg zu versperren, sollten sie tatsächlich wiederkommen, und weil zudem, wie Ihr völlig richtig sagtet, o König, die Zeit drängt –, wenn er also nicht in Frage kommt, so habt Ihr nach meinem Dafürhalten keinen Besseren als Corinius. Ein ganzer Soldat ist er, ein bewährter Hauptmann, jung, feurig und entschlossen und einer, der sich nicht wieder hinsetzt, wenn er einmal aufgestanden ist, ein Ziel zu erreichen. Schickt ihn nach Dämonenland.«

»Nein«, sprach der König. »Corinius werde ich nicht schicken. Hast du nicht Falken gesehen, die voller Stolz und Schönheit und Kraft sind, jedoch erst gezähmt werden müssen, ehr man sie zur Beizjagd einsetzen kann? So einer ist Corinius, und ich werde ihn mit Strenge und Härte zähmen, bis ich seiner gewiß sein kann. Außerdem habe ich letztes Jahr geschworen und ihm gesagt, als er in seiner Trunkenheit gegen mein Gebot verstoßen und all unsre Pläne zunichte gemacht und so unser Bündnis mit Gnomenland zerstört und unsren Gefangenen die Flucht ermöglicht hat, daß ich von nun an Corund und Corsus und Laxus den Vorzug geben würde, bis er sich durch ergebenen Dienst wieder meinen guten Willen erworben hätte.«

»Dann gebt Corsus die Ehre und den Ruhm, Corinius aber die eigentliche Arbeit, auf daß er sich bewähre. Schickt ihn als Corsus' Sekretär, und Euer Werk wird zu einem besseren Ende gelangen, o König.«

Der König aber sprach: »Nein. Du bist ein Narr zu glauben, er nähme das an, da in Ungnade gefallen zu sein ihn keine Minderung dünkte, sondern größer zu erscheinen als zuvor. Gewißlich werde ich ihn nicht darum bitten und ihm so die Möglichkeit geben, sich zu verweigern.«

»Mein Herr und König«, antwortete Gro, »als ich sagte, Corsus behage mir nicht, erntete ich Euren Spott. Dennoch sagte ich es nicht nur aus Höflichkeit, sondern weil ich wahrhaftig befürchte, Corsus könnte sich als falsches Tuch erweisen, das im Regen schrumpfen und keine Belastung aushalten wird.«

»Beim Gifthauch des Sathanas[14]«, sprach der König, »was redest du da? Hast du die Ghulen vor zwölf Jahren vergessen? Gewiß, du warst nicht hier. Und doch, was macht das? Durch die ganze Welt gegangen ist die Kunde von dem großen Ansturm der Ghulen, als Hexenland in der schlimmsten Lage war, in der es sich je befunden, und mehr als irgendeinem war Corsus unsere Errettung zu danken. Und fünf Jahre später, als er Harquem gegen Goldry Bluszco hielt und ihn schließlich zwang, die Belagerung aufzugeben und in Schande abzuziehen, wäre ohne ihn die ganze Sibrionische Küste Dämonenlands Apanage[15] geworden statt unsrer.«

Gro senkte den Kopf, da er nichts zu sagen hatte. Der König schwieg eine Weile und bleckte dann die Zähne. »Wenn ich das Haus eines Feindes niederbrennen wollte«, sprach er, »wählte ich ein altes Holz voll Harz und Pech, das im Feuer funkt und zischt und sie bei lebendgem Leibe röstet. So einer ist Corsus, seit er vor zehn Jahren in Koboldland einfiel – eine Heerfahrt, zu der ich, wär' ich damals König gewesen, nie meine Einwilligung gegeben hätte –, als Brandoch Daha ihn in der Schlacht bei Lormeron gefangennahm und schändliches Spiel mit ihm trieb: Er ließ ihn splitternackt ausziehen, ihm die Hälfte seines Gesichts kahlrasieren und ihn gelb anmalen und schickte ihn mit Schimpf und Schande heim nach Hexenland. Die Hölle soll mich verschlingen, wenn er nicht mit ganzem Herzen bei dieser Unternehmung ist. Ich denke, du wirst große Taten in Dämonenland sehen, sobald Corsus dort Einmarsch gehalten hat.«

Gro schwieg immer noch, und nach einer Weile sprach der König: »Jetzt habe ich dir wohl genügend Gründe gegeben, warum Corsus mein General in Dämonenland ist. Doch gibt es noch einen weiteren, der allein für sich kein Gran[16] wiegt, zusammen mit den andren jedoch schwer ins Gewicht fällt. Meinen andren Dienern habe ich große Aufgaben erteilt und große Belohnungen gegeben: Corund die Eroberung Wichtlands und dessen Königskrone; Laxus desgleichen in Gnomenland; und dir in naher Zukunft Koboldland, denn das ist mein erklärter Wille. Doch dieser mein alter Jagdhund sitzt immer noch im Zwinger ohne einen Knochen, daran zu nagen. Und das ist nicht gut und soll nicht länger so sein, da es keinen Grund dafür gibt.«

»Herr«, sprach Gro, »mit Euren vielen guten Gründen und Eurer weisen Voraussicht habt Ihr mich ziemlich überzeugt. Dennoch schwant mir nichts Gutes. Ihr wollt nach Stormhöh reiten. Ihr habt dafür ein Roß erwählt, das nie einen Stern auf seiner Stirn getragen. Statt dessen sehe ich einen Schatten in seinem Gesicht; und solche Pferde erweisen sich für gewöhnlich als wild, störrisch, unberechenbar und mit Unglück behaftet.«

Sie kamen nun hinab auf die Straße der Könige. Im Westen lag vor ihnen das ausgedehnte Marschland, das in acht Meilen Entfernung von der gewaltigen Feste Carcë beherrscht wurde; dahinter unterbrachen die Türme von Tenemos die eintönige Linie des Horizonts. Nach langem Schweigen sah der König Gro von oben herab an. Sein hageres, kantiges Profil hob sich düster vom klaren Himmel ab, furchteinflößend und stolz. »Auch du«, sprach der König, »wirst an dieser Heerfahrt nach Dämonenland teilnehmen. Laxus soll bei der Flotte bleiben, denn sein Element ist das Wasser. Gallandus soll Corsus' Sekretär sein, und du sollst ihnen mit deinem Rat zur Seite stehen. Doch wie bereits verfügt, soll das Oberkommando bei Corsus liegen. Ich werde seine Befehlsgewalt nicht beschneiden, nein, nicht um eines Haares Breite. Da Juss das Weite gesucht hat, werde ich mit Corsus mein Glück riskieren[17]. Verliert er mir das Spiel, dann erbarme sich die Hölle seiner. Doch selbst wenn dieser Bube nicht sticht, habe ich noch einen Trumpf im Ärmel: und der wird, wie sehr die Dämonen auch mit gezinkten Karten spielen mögen, die Partie letztendlich für mich entscheiden.«

So nahm die Beizjagd jenes Tages ihr Ende. Und an jenem Tag und am nächsten und fast den ganzen folgenden Monat war Herzog Corsus landauf, landab damit beschäftigt, eine Streitmacht auszuheben. Und am fünfzehnten Tag des Juli lag die Flotte auf der Reede von Tenemos zum Auslaufen bereit, und eine große Armee von fünftausend Kriegern mit Pferden und sämtlichem Kriegsgerät marschierte von ihrem Lager vor Carcë hinunter zum Meer.

Die Vorhut bildete Laxus mit seinen Seeleuten; er trug die Krone von Gnomenland, und seine Mannen huldigten ihm als König und Gorice von Hexenland als seinem Oberherrn. Ein ritterlicher Mann schien er, entschlossen und kühn, wohl gewappnet, mit offener Miene und hellen Seemannsaugen und braunem, krausgelocktem Bart und Haar. Dann folgte das Fußvolk, schwer bewaffnet mit Axt, Speer und dem kurzen hexenländischen Gehenk[18], Freisassen[19] und Bauern aus den Niederungen um Carcë oder von den südlichen Weingärten oder dem Hügelland an der gnomenländischen Grenze: stolze, stämmige Burschen, rauh wie Bären, robust wie wilde Stiere, behende wie Affen: viertausend Krieger, im ganzen Land von Corsus als die Besten für diesen großen Feldzug ausgewählt. Ihnen voraus ritten Seite an Seite Corsus' Söhne Dekalajus und Gorius mit zwanzig Pfeifern, die ein Schlachtlied bliesen. Gewiß war der Marschtritt dieses großen Heeres auf der gepflasterten Straße wie das Nahen des unaufhaltsamen Schicksals aus dem Osten. Gorice der König, der mit zeremoniellem Prunk auf den Zinnen über dem Wassertor saß, witterte die Luft wie ein Löwe, der Blut gerochen hat. Es war früher Morgen, und der Wind ging nach Süden, und die blauen und grünen und purpurnen und goldnen Banner, jedes mit einem eisernen Krebs an der Spitze, prangten in der Sonne.

Nun kamen vier oder fünf Kompanien von Reitern, vierhundert und mehr insgesamt, mit bronzenem Harnisch und Rundschilden und glänzenden Lanzen, und ganz zum Schluß Corsus selbst mit einer seiner ausgewählten Legion von fünfhundert Veteranen als Nachhut, wilde Krieger der Küstengebiete, die ihm vormals in den Osten und nach Koboldland gefolgt waren und ihm in seinen großen Tagen zur Seite gestanden hatten, als er die Ghulen in Hexenland besiegte. Zu Corsus' Linken und Rechten, ein wenig hinter ihm, ritten Gro und Gallandus. Rotwangig war Gallandus, von frohem Mut und angenehmem Äußeren, langgliedrig, mit langem braunen Schnurrbart und großen treuen Augen gleich denen eines Hundes.

Prezmyra stand neben dem König, und an ihrer Seite Fürstin Zenambria und Fräulein Sriva; aufmerksam verfolgten sie den langen Zug nach Tenemos. Heming, Corunds Sohn, lehnte an der Mauer. Daneben stand Corinius, mit verschränkten Armen und verächtlicher Miene, im Festgewand, mit einem Kranz von Belladonna[20] auf dem Haupt, und auf seiner breiten Brust prangte das goldne Abzeichen, das ihn als des Königs Hauptmann zu Carcë zu erkennen gab.

Als Corsus unter ihnen vorbeiritt, pflanzte er seinen großen Helm aus Bronze, besetzt mit grüngefärbten Straußenfedern, auf die Spitze seines Schwertes und hob ihn zum Zeichen der Huldigung hoch über seinen Kopf. Die spärlichen grauen Locken seines Hauptes hoben sich im Wind, und Stolz flammte in seinem plumpen Gesicht wie die Abendröte im November. Er ritt einen dunklen Braunen, der plump wie ein Bär wirkte und schwerfällig einherschritt, als würde er das Gewicht seines Reiters und dessen Waffen und Rüstung kaum zu tragen vermögen. Seine Veteranen, die ihm auf dem Fuße folgten, hoben ihre Helme auf ihre Speere, Schwerter und Hellebarden und sangen im Takt ihrer schwer auf der Straße der Könige dröhnenden Schritte ihr altes Marschlied:[21]

Da Corsus wohnt' in Tenemos /
Wol bei der Zee in Tenemos /
Tira lira lei /

Da kamen de Ghulen nar Tenemos
Verbrannden sin Hus in Tenemos /
Tanda randa rei /

Doch Corsus set 't Beil er in /

En hatt' darin
En frolick Sinn /
En slacht de Gulen allen hin /
Da Corsus kam nar Tenemos /
Wiederkam nar Tenemos /
Hei dideldum di dei.

Der König hob sein Szepter, um Corsus' Salut zu erwidern, und ganz Carcë jubelte von den Mauern.

Auf solche Weise ritt Fürst Corsus hinunter zu seinen Schiffen mit seiner großen Armee, welche Leid und Elend über Dämonenland bringen sollte.

Kapitel XVIII

Die Ermordung des Gallandus durch Corsus

Von denen Geschicken, welche des Königs von Hexenlands Heerfahrt im Dämonenland zuteil warden; worin zu sehen ist, wie in einem alten Kämpen Starrsinn und Tyranney über gute Kriegskunst obsiegen mag, und wie eines großen Königs Mißfallen nur so lange währet, wie es seinen Absichten zupaß kommt.

Nichts weiteres tat sich, nachdem die Flotte von Tenemos in See gestochen, bis der August fast vorüber war. Dann kam ein hexenländisches Schiff von Westen und fuhr den Fluß hinauf nach Carcë und legte am Wassertor an. Sein Kapitän eilte geradenwegs an Land und hinauf in den königlichen Palas zu Carcë und den neuen Bankettsaal, wo König Gorice XII. mit seinem Hof zu Tische saß. Und der Kapitän überbrachte Briefe zu des Königs Händen.

Inzwischen war die Nacht hereingebrochen, und all die hellen Lampen waren im Bankettsaal angezündet. Das Festmahl neigte sich seinem Ende zu, und Diener gossen dem König und denen, die mit ihm zu Tische saßen, zur Krönung des Banketts dunklen Wein ein. Und sie trugen den Gästen kunstvoll gestaltete Süßigkeiten auf: Stiere und Schweine und Greifen und andres Getier, ganz aus Zuckerguß, einige davon gefüllt mit Wein und mit Zapfhähnen versehen. Freude und Frohsinn herrschten an jenem Abend im großen Saale zu Carcë; doch waren jetzt alle verstummt und blickten auf des Königs Antlitz, während er seine Briefe las. Aber niemand konnte des Königs Miene lesen, die so unerforschlich war wie die hohen, blinden Mauern von Carcë, die über dem Fenn brüteten. In dieser gespannten Stille, auf seinem hohen Thron sitzend, las er seine Briefe, welche von Corsus gesandt waren und in folgender Weise geschrieben:

»Erhabner König vnd Allerhöchster Prinz vnd Herre Goreiyse der

Zwelfte von Heksenlandt vnd von Dämonlandt vnd von allen Königreychen unter der Sonnen, Corsus Ewer unterthänigster Diener verneyget sich vor Ew. Größe, eben als vor dem Antlitz der Erden. Die Götter gewehren Euch hochedler Herre Gelücke vnd Gesvndtheyt vnd Sicherheyt auff viele Jahre. Nachdem ich von Ew. Maiestät Königlichen Gnaden Befehl vnd Gebot erhalten, wodurch Ihr mir den Oberbefehl über all die Streytkreffte gewähret vnd gabet, welchselbichte Ihr gen Dämonenland endsandt, möge es ›Ew. Maiestät genehm seyn, daß ich eilendst meyn Heer vnd alle Waffen / Municionen / Vicktualien & andre Provisionen endsprechent zu jenen Theilen des Dämonenlandes verschifft, die an den östlichen Meeresküsten liegen. Hier segelte ich mit xxvij Schyppen vnd dem größern Theil meyner Streitmacht hinauf in den Fohrd Michelförde, vndt wardt dort angegrifen von x oder xi Dämonen-Schyppen, wovon Voll den Befehl hatte ausserhalb der Rede von Blixhafen, vndt versenckte eynes nach dem andren alle Schyppen des besagten Vollen sonder Fehl, vnd erschlug den größten Theil von ihnen, die bei ihm & an Bord seynes Schiffes gewest.

Nun sey Euch kvndt gethan, o meyn Herre König, daß ehr wir anlandeten, ich meyne Armee in ij Truppen getheilet vnd eynen davon unter Gallandus mit xiij Schyppen nordwärts gesandt hatte, der mit xv hvndred Mannen bei Eccanois lande, mit dem Befehl, daß er von dorten hinauff in die Hüglen durch Celyalandt ziehen vnd den Paß, Steyg genennet, besetzen solle, auff das niemand von Westen hinüber kommen möchte. Denn diß ist ein guter Kampff-Ort, den eyn Man guth vnd gerne gegen eine Überzal halten kan, so er kein Eßel ist.

Also hatte ich mich nun Vollens entlediget, vnd durch meine Hoffnung vnd geheyme Intelligentz waren diese Schyppen ihre ganze Flotte, die nun gantz versencket vnd zerstöret wardt durch mich, vndt gewißlich war dies ein leychtes Werck, da sie so wenige waren gegen meine Macht, vnd ging alsdann an Land bey dem Orte der Grvnda heyßt an dem nördlichen Theile der Förde, wo das Wasser des Bröchenthales in die See fallet. Hier schlug ich meyn Lager auf, deszen Wälle auf zwei Seiten biß zum Gestade des Meeres reychten, vnd ließ umb Vorräthe, Brennholtz & Sclaven fouragieren, vnd schickte Reuter aus, mir Kvnde zu bringen. Vndt an diesem iv. Tage wardt mir zugetragen von einer groszen Heerschar, welchselbige von Süden auß Eulschweick wider mich komme, um mich in Grvnda anzugreifen. Vndt kämpfte wider sie vndt warf sie zurück, als da wären iv oder v tausend Kriecher. Welchselbige am nächsten Tage nach Eulschweig zurück kehrten, worauff ich ihnen nachfolgte vndt sie stellte an einem Orte mit Nahmen Krotzbyll Aupach, wo sie sich wandten, um die Forten vnd Übergänge des Ettar-Flußes zu halten. Hier begab sich eyn schröcklich gros mörderisch Gefechte, wo Ew. Diener mit groszem

Geschicke jene Dämonen bezwanck vnd überwältichte vndt ihnen ein so blutigs vnd grausams Schlachten bereitet, wie es zuvor nicht eyn noch zwei Malen in der Hystorie gesehen worden, vndt mit Freuden darff ich Euch berichten, daß Vizze dero Haubtmann dorten getötet wardt & starb von Streychen, welche er auf dem Feldte von Crotsbyl empfangen.

So habe ich nun in meyner Handt durch diesen Sieg die Erobrung vnd den Besitz all dies Landes von Dämonenland, vnd gedencke nun mit dero Castelln, Dörfern, Reichthümern, Viech, Häusern & Leuthen auf meine Art an all diesem östlichen Gestad innert L Meyllen zu verfahren mit Plündrung / Schändung / Entsteckung vnd allen harschen Zychtigungen nach Ew. Maiestät Willen. Vndt stehe mit meyner Armee vor Ülenschweig, deß blutgen Spitfyers berühmte grosze Burch vnd Veste, der alleyne noch lebet in diesem Lande Ew. gefahrlicher, erbitterter vnd bößartiger Ertz-Feynde, vndt weil nähmlicher Spitführ bei meyner Ankunft ins Gebirchte gefleucht ist, unterwerffen sich nun alle Ew. Maiestät Vasallen zu werden. Toch wil ich keinen Frieden schließen weder mit dero Mann, Fraue oder Kindt, sondern sie alle tödten, da ich immer vor Augen habe Ew. allhöchstes Begehr.

Damit ich nicht zu außführlich werde, will ich hier nicht redten von vielen seltenen & merckwürdigen Ereignissen vnd Beobachtungen, die ich nichtsdestotrotz im Sinne halte, um Euch bei meyner spätern Rückkehr damit vertraut zu machen. Laxus, der eines Königs Nahmen traget, bläßt sich auff vndt behaubtet, er habe die Seeschlacht gewunnen, aber ich werde Ew. Maiestät vom Gegenthum überzeugen. Gro folget den Umbillen des Krieges so guth, als seyn hagerer schmächtiger Leip es ertraget. Von Gallandus muß ich nothdürftig sagen, daß es sich zu viel in meyne Belange eynmischet, umbdas ich so vnd so handlen sölle, aber ich wils nit. Bis dato hat er mich in dergleychen unehrbietigen Weyse hie vnd da beleidiget, waß ich bißlang geschlicket hab, aber wils nit tragen mehr. Wer, wenn er herum geht, mich in irgendeyner Weyse anzuschwärtzen, bitt ich Euch Herre es mich wißen zu lassen, obzwar ich ihn wie alle dergleychen verachte. Vndt im Gedenken an Ew. hohe Gunst, die Ihr mir erwiesen küsse ich Ew. Maiestäte Hand.

Unterthänigst vnd Ehrbietigst an meinen Herrn den König vnter meynem Sigel.

CORSUS.«

Der König schob das Schreiben in sein Gewand. »Bringt mir Corsus' Becher«, sprach er.

Man brachte ihn, und der König sprach: »Füllt ihn mit thramnischem Wein. Werft einen Smaragd in den Becher, auf daß es Glück bringe, und trinket ihm zu und wünschet ihm eine gute Hand und Weisheit für den Sieg.«

Prezmyra, die den König bis jetzt beobachtet hatte, wie eine Mutter ihr Kind im Fieberwahn in Sorge betrachtet, erhob sich strahlend und rief: »Sieg!« Und alle brachen in lautes Rufen aus und schlugen auf die Tische, bis die Dachsparren ob des Lärms erzitterten. Zuerst trank der König von dem Becher, dann wurde er durch die Reihen der Anwesenden gereicht, auf daß alle auf Corsus' Wohl tränken.

Gorice aber saß mit düstrer Miene unter ihnen, wie eine Klippe aus Serpentin[1] finster auf die tänzelnden Wellen der frühsommerlichen See hinunterstarrt.

Als die Frauen den Bankettsaal verließen, trat die Fürstin Prezmyra zum König und sprach: »Eure Stirn ist zu dunkel, o König, wenn diese Kunde wahrlich so gut ist, daß sie Herz und Sinn von innen heraus erstrahlen lassen müßte.«

Der König antwortete und sprach: »Madame, es ist sehr gute Kunde. Doch bedenke, daß es schwer ist, einen vollen Becher zu heben, ohne etwas zu verschütten.«

Nun war der Sommer verstrichen und die Ernte eingebracht, als am siebenundzwanzigsten Tag nach Überbringung jenes oben erwähnten Briefes abermals ein hexenländisches Schiff aus dem Westen über die weindunkle Tiefe kam und bei Flut den Druima hinaufruderte, den Ergasper See passierte und so zur Abendstunde unterhalb von Carcë ankerte. Es war ein stiller, klarer, sonniger Abend, und König Gorice kehrte gerade von seiner Jagd zurück, als das Schiff am Wassertor festmachte. An Bord des Schiffes war der Fürst Gro, und sein Gesicht, als er an Land kam und den König begrüßte, war von der Farbe ungelöschten Kalks[2].

Der König blickte ihn scharf an, dann begrüßte ihn mit einer großen Zurschaustellung von Sorglosigkeit und Freude und bat ihn in seine eignen Gemächer. Dort ließ der König Gro einen großen Becher roten Weins trinken und sprach zu ihm: »Ich bin ganz verschwitzt von der Jagd. Komm mit mir in mein Bad und erzähle mir alles, während ich mich vor dem abendlichen Mahl reinige. Die größte Gefahr für einen Fürsten liegt darin, seine eigene Fährnis nicht wahrhaben zu wollen. Deine Miene ist nicht geheuer. Wisse, auch wenn du mir die Niederlage meiner ganzen Flotte und Armee in Dämonenland zu berichten hättest, so sollte mir das nicht den Appetit auf den bevorstehenden Schmaus verderben. Hexenland ist nicht so arm, daß ich nicht solch einen Verlust drei- und viermal zurückzahlen könnte und immer noch Geld in meiner Börse hätte.«

Bei diesen Worten war der König mit Gro in seinem großen Bad angelangt. Die Böden und Wände waren mit grünem Serpentin gefliest, Delphine aus dem gleichen Stein spien Wasser in die Badebecken, die mit weißem Marmor ausgekleidet und in den Boden eingelassen waren, groß und tief, das heiße Bad zur Linken und das kalte, größere zur Rechten des Eingangs. Der König entließ all seine Diener und ließ Gro auf einer mit Kissen gepolsterten Bank über dem Heißwasserbad Platz nehmen und mehr Wein trinken. Und der König streifte sein Wams aus schwarzem Rindsleder und seine Beinkleider und sein Hemd aus weißer beschtrischer Wolle ab und stieg in das dampfende Bad. Gro betrachtete verwundert die mächtigen Gliedmaßen des Königs, so schlank und dennoch so stark anzuschaun, als wäre er ganz aus Eisen gebaut; und ein großes Wunder war's, daß der König, als er seine Gewänder und königlichen Insignien abgelegt hatte und splitternackt ins Bad stieg, doch nichts von jener Königlichkeit und Erhabenheit und Bedrohlichkeit verloren hatte, die ihm eigen war.

Als der König sich eine Weile in den Wasserstrudeln gelabt, sich von Kopf bis Fuß eingeseift hatte und nochmals untergetaucht war, legte er sich wohlig im Wasser zurück und sprach: »Berichte mir von Corsus und seinen Söhnen und von Laxus und Gallandus, von all meinen Mannen jenseits des Meeres im Westen, so wie du von Leuten berichten würdest, deren Leben oder Sterben uns so unwichtig ist wie das eines Mistkäfers. Sprich und fürchte dich nicht; halte nichts zurück und beschönige nichts. Nur dann solltest du mich fürchten, wenn du mich zu täuschen versuchtest.«

Gro hub an und sprach: »Mein Herr und König, Ihr habt, dünkt mich, Briefe von Corsus erhalten, durch welche Ihr erfuhret, wie wir nach Dämonenland kamen und wie wir in einer Seeschlacht über Volle siegten, wie wir bei Grunda an Land gingen und zwei Schlachten gegen Vizz führten, in denen wir schließlich obsiegten und Vizz das Leben verlor.«

»Sahest du jene Briefe?« fragte der König.

Gro antwortete: »Ja.«

»Ist es wahr, was sie mir berichteten?«

»Im großen und ganzen schon«, antwortete Gro, »auch wenn er hin und wieder die Tatsachen allzu sehr nach seinem Vorteil auslegte und seine Errungenschaften überbewertete. So macht er die Armee der Dämonen bei Grunda zu groß; sie war uns in Wirklichkeit zahlenmäßig unterlegen. Auch vermute ich den Grund für Vizz' plötzlichen Rückzug Richtung Uhlswick darin, daß er uns in eine Gegend locken wollte, die ihm vorteilhafter für seine Kriegsführung erschien. Doch was die Schlacht bei Kreuzbühl Außerbach betrifft, so übertreibt Corsus nicht. Diese Schlacht plante und führte er sehr klug, und er tötete Vizz mit eignen Händen im Kampfgewühl und trug einen großen Sieg davon und zerschlug die Hauptmacht der Dämonen, nachdem er sie überraschend und mit dem Vorteil auf unsrer Seite angegriffen hatte.«

Gro streckte seine zartgliedrigen Finger nach dem Weinkelch neben ihm und trank. »Und nun, o König«, sprach er, lehnte sich vor und stützte sich auf seine Knie, wobei er mit den Fingern durch die schwarzen, parfümierten Locken über seinen Ohren fuhr, »will ich Euch von jenen Streitigkeiten berichten, welche unser Glück zunichte und uns alle irre machten. Gallandus kam mit einigen Leuten vom Brechental herunter, wobei er, wie zuvor abgesprochen, seine Hauptmacht von vierzehnhundert Kriegern auf dem Steig beließ. Nun hatte Gallandus erfahren, daß Spitfyr, der tief im Westen auf Bärenjagd gewesen war, als wir ins Land einfielen, zu Stormhöh ein Heer aufstellte. Und auf Gallandus' dringliche Bitte hin wurde drei Tage nach Kreuzbühl ein Kriegsrat einberufen, wo Gallandus den Vorschlag einbrachte, alsgleich nach Norden zu ziehen und das feindliche Heer zu zerschlagen.

Alle befanden diesen Rat für gut, nur Corsus nicht. Der nahm ihn sehr übel, da er sich darauf versteift hatte, seinem vorher bestimmten Ziel zu folgen, nämlich seinen Sieg nach Kreuzbühl damit zu feiern, entlang der Küste in den Gegenden des Oberen und Unteren Tivarandartals und der Vorbergenhöhe und des südlichen Küstenlandes zu rauben und zu morden und zu brandschatzen und diesem Gezücht zu zeigen, daß er ihr Herr sei und die Geißel in Eurer Hand, o König, die sie bis auf die blanken Knochen geißeln müsse.

Worauf Gallandus einwandte, daß die Vorbereitungen zu Stormhöh ein Eingreifen nötig machten und dies möglichst bald, und: ›Es wär' ein Zeichen von Dummheit, wenn Uhlswick und Drepabühl uns zwingen sollten, unsre Blicke über unsre Schulter zu werfen, während jene vor uns‹, womit er die in Stormhöh meinte, ›uns ins Auge träfen.‹ Corsus antwortete höchst ungnädig: ›Ich werde mich mit dieser Kunde nicht zufrieden geben, so sie nicht von anderer Seite bestätigt wird.‹ Und er ließ sich auf nichts ein, sondern sagte, dies wäre sein Plan, und wir sollten uns daran halten oder es würde uns übel ankommen: daß diese südöstliche Ecke von Dämonenland mit Schrecken und Grausamkeit unterworfen werden müsse, um dem Krieg in Dämonenland das Genick zu brechen; daß alle andren, ob zu Stormhöh oder anderswo, nur wie Hunde krepieren könnten; daß es schiere Tollheit wäre, wegen der Härte und Unwegsamkeit des Landes, gegen Stormhöh zu ziehen; und daß er Gallandus schon zeigen werde, wer hier der Herr sei. So ging der Kriegsrat in großem Unfrieden auseinander. Und Gallandus blieb notgedrungen vor Uhlswick, das, wie Ihr wißt, o König, eine mächtige Festung ist, erbaut auf einer Halbinsel, die neben einem Hafen ins Meer führt, und ein gepflasteter Weg führt dorthin, der nur beim tiefsten Stand der Ebbe nicht unter Wasser steht. Große Vorräte wurden dorthin geschafft, für den Fall einer Belagerung ebendort. Doch Corsus zog mit dem Großteil seiner Armee nach Süden, mordend und brandschatzend, auf dem Weg zum neuen Haus von Goldry Bluszco zu Drepabühl, und gab die Devise aus, daß man in Zukunft nicht mehr vom Drepabühl der Sümpfe und vom Drepabühl der Flammen sprechen sollte, welches die Ghulen niederbrannten, sondern beide würden in Kürze gleichermaßen Opfer der Flammen sein.«

»Und«, sprach der König, während er aus dem Bade stieg, »hat er es niedergebrannt?«

Gro antwortete: »Das hat er, o König.«

Der König hob beide Arme über den Kopf und stürzte sich kopfüber in das große Kaltwasserschwimmbad. Alsgleich schwang er sich wieder heraus und nahm ein Handtuch, um sich abzutrocknen, und mit den beiden Enden in der rechten und linken Hand kam er zu Gro, während das Tuch hinter seinen Schultern hin- und herrieb, und sagte. »Sprich weiter, erzähl mir mehr.«

»Herr«, sprach Gro, »es war so, daß die Leute von Uhlswick die Stadt schließlich dem Gallandus übergaben und Corsus von der Zerstörung Drepabühls zurückkehrte. Alle Bewohner jenes Teils von Dämonenland hatte er in schlimmstes Elend gestürzt. Doch sollte er jetzt die bittere Erfahrung machen, was ihm seine Nachlässigkeit eingebrockt hatte, als er nicht nach Norden gen Stromhöh zog, wie Gallandus es ihm geraten hatte.

Denn es kam die Nachricht, daß Spitfyr mit zweiundzwanzig Hundertschaften an Kriegern und zweihundertundfünfzig Reitern aus Stormhöh anmarschiere. Woraufhin wir uns in Schlachtordnung aufstellten und ihnen am letzten Morgen des August an einer Stelle, welche man die Aue von Brima nannte, in den offenen Teilen des Unteren Tivarandartals begegneten. Alle waren wir guter Dinge, denn wir waren nicht nur zahlenmäßig im Vorteil – wir zählten nämlich mehr als dreitausendvierhundert Mann, darunter vierhundert Reiter –, sondern auch strategisch, da wir am Rande eines kleinen Tals Aufstellung genommen hatten und so von oben auf Spitfyr und sein Gefolge hinabblicken konnten. Dort warteten wir eine Zeitlang, und beobachteten, was sie tun würden, bis Corsus dessen müde wurde und sprach: ›Wir sind mehr als sie. Wir werden nach Norden und dann östlich quer über den Talschluß marschieren und sie so abschneiden, daß sie nicht wieder nordwärts nach Stormhöh entkommen, nachdem wir sie besiegt haben.‹

Gallandus aber war strikt dagegen und sprach sich dafür aus, den Angriff der Dämonen abzuwarten, die als Bergvolk mit Sicherheit, wenn wir uns still verhielten, über kurz oder lang und hügelaufwärts angreifen würden, was uns sehr zum Vorteil gereichen würde. Corsus jedoch, der von Tag zu Tag weniger umgänglich wurde, weigerte sich, ihn anzuhören, und scheute sich schließlich nicht, ihn vor aller Augen zu beschuldigen (was gewißlich falsch war), daß er selbst nach dem Oberbefehl über das Heer strebe und deswegen Corsus einen Hinterhalt habe legen wollen, um ihn und seine Söhne zu ermorden, als sie die Nacht zuvor aus seinem Zelt gekommen seien.

Und Corsus erteilte Befehl zum Marsch vorbei an ihrer Front, wie ich Euch darlegte, o König, was in der Tat der Rat eines Wahnwitzigen war. Denn als Spitfyr sah, daß unsre Reihen den Talschluß zu seiner Rechten durchquerten, gab er sogleich Befehl zum Angriff, fiel uns in die Flanke und trennte unser Heer in zwei Teile, und in zwei Stunden hatte er uns zerschmettert wie ein Ei, das man von einem Wachtturm auf Granitpflaster fallen läßt. Noch nie habe ich eine so völlige Zerstörung eines so großen Heeres gesehen. Mit Mühe und in gar übler Verfassung gelang es uns, mit nur mehr siebzehnhundert Kriegern nach Uhlswick durchzukommen, von denen ein paar hundert schwer verwundet waren. Und wenn zweihundert auf der andren Seite fielen, so ist's ein Wunder und jenseits der Erwartung, so groß war Spitfyrs Sieg über uns in der Aue von Brima. Und unser Ungemach wurde noch vergrößert durch Flüchtlinge aus dem Norden, die uns erzählten, wie Zigg einen Überraschungsangriff gegen die kleine Truppe geführt hatte, welche die Stellung auf dem Steig halten sollte, und sie überwältigt hatte. So waren wir nun in Uhlswick eingeschlossen, belagert von Spitfyr und seiner Armee, der ohne die Torheit dies Corsus niemals gegen uns hätte bestehen können.

Es folgte eine böse Nacht in Uhlswick, o mein Herr und König. Corsus war betrunken und seine beiden Söhne desgleichen, da sie Becher um Becher von Spitfyrs Wein im Keller geleert hatten. Schließlich sank er sich erbrechend auf den Boden zwischen den Tischen nieder, und Gallandus, der unter uns stand und der vor Wut über diese schändliche Niederlage kochte, rief aus und sprach: ›Soldaten von Hexenland, ich bin dieses Corsus müde: ein Randalierer, ein Wüstling, ein Fettwanst, ein Trunkenbold, ein Vernichter von Armeen – nicht der feindlichen, sondern unsrer eignen. Er wird uns noch alle in die Hölle führen, wenn wir nichts dagegen tun. Ich werde nach Hexenland zurückkehren, um nicht mehr an dieser Schande teilzuhaben.‹ Da riefen alle: ›Zum Teufel mit Corsus! Sei du unser General!‹«

Gro schwieg eine Weile. »O König«, sprach er schließlich, »falls die Arglist der Götter und mein eignes Mißgeschick mich dazu brachten, daß ich an dem Folgenden nicht ganz unschuldig bin, so übet Nachsicht mit mir. Denn ich hatte wenig Hoffnung, daß eines meiner Worte Corsus helfen und der ganzen mißratnen Unternehmung förderlich sein könnte. Als also alle Gallandus hochleben ließen und riefen: ›Ha, ha, Gallandus! Reiß das Unkraut aus, daß das Korn auf dem Halm nicht verfault! Sei du unser General!‹, nahm er mich auf die Seite, um mit mir zu reden; denn er sagte, er wolle meine Meinung einholen, bevor er zu einer so großen Sache seine Zustimmung geben würde. Und ich, der ich eine tödliche Gefahr in diesem Durcheinander sah und mir sagte, daß unsere einzige Sicherheit darin liege, daß einer, der sowohl ein Soldat war und dessen Sinn zudem auf hohe Ziele und edle Unternehmungen gerichtet war, drängte ihn dazu, den Ruf anzunehmen. So daß er, wenngleich schweren Herzens, schließlich ja zu ihnen sagte. Worauf alle begeistert Beifall klatschten; und Corsus sprach kein Wort dagegen, da er nach unsrem Ermessen zu schlaftrunken in seinem Rausch war, sich auch nur zu rühren.

Wir zogen uns daraufhin in unsre Betten zurück, doch am frühen Morgen gab es einen großen Tumult im Haupthof von Uhlswick. Und ich rannte, nur mit einem Hemd bekleidet, hinaus in den neblig grauen Morgen und sah Corsus auf der Galerie vor Gallandus' Gemach, das im Obergeschoß lag. Bis zur Hüfte war er nackt, seine haarige Brust und seine Hände und Arme waren bis zu den Achselhöhlen über und über mit Blut beschmiert, und in den Händen hielt er zwei blutige Dolche. Er rief mit mächtiger Stimme: ›Verrat im Lager; doch ich hab' die Schlange zerhackt[3]. Wer Gallandus zum General haben will, soll herauskommen, und ich werde sein Blut mit dem seinen mischen und sie zu Blutsbrüdern machen.‹«

Inzwischen hatte der König seine seidenen Hosen und ein sauberer Seidenhemd angezogen, und war dabei, sein schwarzes, mit Diamanten verbrämtes Wams zuzuschnüren. »Du erzähltest mir«, sprach er, »von zwei Fehlern, die Corsus beging. Der erste war, daß er mir eine Schlacht und nahezu die Hälfte seiner Männer verlor; und der zweite, Gallandus aus einem Wahn heraus zu töten, als dieser wieder Ordnung schaffen wollte.«

»Gallandus im Schlaf zu ermorden«, sprach Gro, »und ihn aus dem Dunkel der Nacht in das Haus der Schatten zu senden.«

»Nun«, sprach der König, »jeder Monat hat zwei Tage, an denen alles, was man beginnt, nie zur Vollendung kommen wird. Und ich denke, es war solch ein Tag, als er sich an Gallandus rächte.«

»Das ganze Lager«, sprach Gro, »murrt gegen ihn, da man die Bluttat gegen einen solch wackeren Kämpen nicht hinnehmen will. Doch wagen sie sich nicht gegen Corsus zu erheben; denn seine Veteranen halten zu ihm, und da er einem Dutzend oder mehr, welche lauthals gegen ihn aufbegehrten, die Kehle hat aufschlitzen lassen, hat der Rest Angst vor offener Meuterei. Ich sage Euch, o König, Eure Armee in Dämonenland ist in großer Gefahr. Spitfyr sitzet mit großer Streitmacht vor Uhlswick, und es besteht keine Hoffnung, daß wir ohne Nachschub lange aushalten können. Zudem ist zu befürchten, daß Corsus einen Akt der Verzweiflung unternimmt. Ich weiß zwar nicht, wie er mit einer so rebellischen Armee überhaupt irgend etwas unternehmen will. Indes klingen ihm die Ohren mit dem fortwährenden Getön von gutem Ruf und der Verachtung, die sich zu seiner Schande verbreiten wird, wenn er nicht bald den Fehler wiedergutmacht, den er in der Aue von Brima begangen. Es heißt, daß die Dämonen keine weiteren Schiffe haben und Laxus die See beherrscht. Doch es ist schwer, eine Verbindung zwischen Uhlswick und der Flotte aufrechtzuerhalten, und es gibt viele geeignete Buchten und Häfen in Dämonenland, Schiffe auf Kiel zu legen. Wenn sie unsren Nachschub für Corsus abschneiden und Laxus im Frühjahr mit einer Flotte Einhalt gebieten können, wären wir in größten Nöten.«

»Wie ist es dir gelungen, dich davonzumachen?« fragte der König.

»O König«, antwortete Fürst Gro, »nach dem Mord in Uhlswick fürchtete ich täglich Gift oder ein Messer, so daß ich zu meinem eigenen und zum Wohle Hexenlands Mittel und Wege ersann, mich abzusetzen. Schließlich konnte ich mich heimlich zur Flotte durchschlagen und hielt Rat mit Laxus, der sehr erzürnt ist über Corsus ob seiner üblen Tat, wodurch all unsere Hoffnungen in Rauch aufgehen könnten, und mich inständig bat, zu Euch zu eilen, um seiner wie um meiner selbst willen und um aller treuen Herzen Hexenlands, die Eure Größe erstreben, o König, und nicht Euren Niedergang, daß Ihr ihnen Entsatz senden möget, ehr alles verloren ist. Denn gewiß hat bei Corsus irgendeine wilde Verwirrung seine alten Fähigkeiten und Stärken, wie Ihr sie in ihm kanntet, ins Gegenteil gewandelt. Sein Glück hat ihn verlassen, und er ist nun einer, der auf den Rücken fallen und sich dabei die Nase brechen würde. Ich flehe Euch an, schlagt zu, ehr das Schicksal zuschlägt und uns ins Fenster trifft[4].«

»Ei«, sprach der König, »man soll mich nicht aufheben, ehr ich gefallen bin. Es ist Zeit zum Abendessen. Begleite mich zum Bankett.«

Inzwischen war König Gorice mit seinem Festgewand angetan, seinem Wams aus schwarzer Atlasseide, mit schwarzem Samt geschlitzt und mit Diamanten bestickt, einer schwarzen Samthose mit doppelten Strumpfbändern aus silberdurchwirkter Seide und einem großen schwarzen Bärenfellmantel mit einem Kragen aus schwerem Gold. Als sie an sein Gemach kamen, nahm er von der Wand ein Schwert mit stahlblauem Heft und einem Knauf aus Blutstein[5] in der Form eines Totenschädels. Dies trug er blank in der Hand, als sie den Bankettsaal betraten.

Die Anwesenden erhoben sich schweigend und blickten den König erwartungsvoll an, als er zwischen den Säulen der Tür stand, das scharfe Schwert hoch erhoben in der Rechten und den juwelenbesetzten Krebs Hexenlands funkelnd auf seinem Haupt. Doch am meisten starrten sie auf seine Augen. Gewiß war das Leuchten in den Augen des Königs unter den buschigen Brauen wie ein Licht aus den Unterhimmeln, welches von den Feuern der Hölle heraufstrahlte.

Er sprach kein Wort, sondern befahl Corinius mit einem Wink zu sich. Corinius erhob sich und ging zu ihm hin, langsam wie ein Nachtwandler, gehorsam jenem schrecklichen Blick. Sein Mantel aus himmelblauer Seide war über seine Schultern zurückgeworfen. Seine Brust, breit wie die eines Stieres, schwoll unter den Schuppen seiner Brünne, die ärmellos war und seine starken Arme entblößte, an deren Handgelenken goldne Reifen prangten. Stolz stand er vor dem König: sein Kopf erhob sich fest auf seinem kräftigen Hals und Nacken; sein stolzer, sinnlicher Mund, geschaffen für Weinkelche und Frauenlippen, spannte sich entschlossen über seinem kantigen rasierten Kinn; ein Gebinde aus schwarzer Bryonie war in die hellen Locken seines Haares geflochten; doch die Anmaßung, die in seinen dunkelblauen Augen wohnte, war vorübergehend gezähmt angesichts jenes grünen, unheilvollen Leuchtens, das in dem unbeirrten Blick des Königs pulsierte.

Als sie stumm so gestanden hatten, während man zwanzig Atemzüge hätte zählen können, hub der König an und sprach: »Corinius, empfange den Titel des Königreiches Dämonenland, den dein Herr und König dir gibt, und erfülle deine Lehenspflicht.«

Im Saal erhob sich ein Raunen. Corinius sank auf die Knie. Der König überreichte ihm jenes zum Töten gezückte Schwert in seiner Hand mit den Worten: »Mit diesem Schwert, o Corinius, sollst du den Makel auslöschen, der dir bislang in meinen Augen angehaftet. Corsus ward als verwildert befunden.[6] Er hat in Dämonenland versagt. Seine Torheit hat ihn in Uhlswick eingeschlossen und mich die Hälfte meiner Streitmacht gekostet. Seine Eifersucht, heimtückisch und blutrünstig gegen meine Freunde anstatt gegen meine Feinde gerichtet, hat mich einen guten Hauptmann gekostet. Die Bedrängnis, in die er unsren Feldzug gebracht, wird uns alle ins Unglück stürzen, so du die Sache nicht wieder zu richten vermagst, wozu ein einziger Schlag genügen möchte. So gehe denn hin und stelle deine Tugenden unter Beweis.«

Der Fürst Corinius erhob sich; er hielt das Schwert mit der Spitze nach unten in der Hand. Seine Wangen glühten wie eine Abendröte im Herbst. »Mein Herr und König«, sprach er, »gebt mir einen Ort, wo ich sitzen kann; ich werde daraus eine Lagerstatt machen. Ehr ein weiterer Mond sich rundet, werde ich von Tenemos in See stechen. Wenn ich nicht bald das Unglück, das dieser elende Narr uns eingebrockt, zu Eurem Guten wende, so speit mir ins Gesicht, o König, versagt mir das Licht Eures Angesichts und legt einen Zauber auf mich, der mich vernichtet und vom Antlitz der Erde hinwegfegt.«

Kapitel XIX

Thremnirs Kliff

Von des Fürsten Spitfyers Belagerung der Hexen in seinem eignen Hause Yhlschweick; und wie er unter Thremnirs Kliff gegen Corinium in die Schlacht zog, und wie die von Hexenland den Sieg davontrugen.

Fürst Spitfyr saß in männigem Verdruß in seinem Zelte vor Uhlswick. Eine Kohlenpfanne spendete wohlige Wärme im Innern, und Lampen erfüllten das prächtige Zelt mit Glanz. Von draußen drang aus der dunklen Herbstnacht das Geräusch des unaufhörlich rauschenden Regens herein, der in die Pfützen plätscherte und auf das seidene Zeltdach trommelte.

Zigg saß neben Spitfyr auf dem Bett; ein ungewohnter Ausdruck der Besorgnis verdüsterte sein falkengleiches Antlitz. Sein Schwert stand mit der Spitze nach unten zwischen seinen Beinen auf der Erde. Er ließ es sanft zwischen den Händen mal nach rechts, mal nach links pendeln und betrachtete mit nachdenklichem Blick, wie das warme Licht sich in der Kugel aus Balas[1] widerspiegelte und wandelte, die den Knauf des Schwertes bildete.

»Alle, sagst du?« sprach Spitfyr. »Alle zehn auf dem Strand von Rammerick?«

Zigg nickte.

»Wo war er, daß er sie nicht gerettet hat?« sprach Spitfyr. »Welch klägliches Versagen.«

Zigg antwortete: »Es war eine schnelle und heimliche Landung in der Dunkelheit, eine Meile östlich vom Hafen. Du darfst ihn nicht verurteilen, ohne ihn anzuhören.«

»Wie viele verbleiben uns noch?« sprach Spitfyr. »Und sei unbesorgt: Ich werd' ihn anhören. Viel wichtiger im Augenblick ist, wie viele Schiffe uns verbleiben. Drei bei Norderdeich unter Ulmstätten; fünf bei Längswasser; zwei bei Lichkap; zwei weitere bei Auerwatt;

sechs durch meine Verfügung in der Stropardonföhrde; sieben am hiesigen Strand.«

»Dazu vier am Ende der Föhrde in Westmark«, sprach Zigg. »Und der Bau weiterer ist auf den Inseln angeordnet.«

»Neunundzwanzig«, sprach Spitfyr, »ohne die auf den Inseln. Doch keins davon ist fertig oder kann vor Frühjahr fertiggestellt werden. Wenn Laxus sie aufstöbert und sie so leicht zerstört wie die, die er am Rammerickstrand unter Volles Nase verbrannte, schöpfen wir nur Sand durch ein Sieb, wenn wir sie bauen.«

Er erhob sich und ging im Zelt auf und ab. »Du mußt mir neue Streitkräfte für die Eroberung Uhlswicks aufstellen. Verflucht!« sprach er. »Es steht mir bis zum Hals, ganze zwei Monate wie ein Bettler vor meinem eignen Tor zu sitzen, während Corsus und seine Söhne sich an meinen Weinen besaufen und um meine Schätze würfeln.«

»Auf der falschen Seite der Mauer«, sprach Zigg, »kann ein meisterlicher Bauherr die Güte seiner eignen Kunst beurteilen.«

Spitfyr stand neben der Kohlenpfanne und breitete die Hände über der Glut aus. Nach einer Weile sprach er nüchterner: »Es sind nicht diese paar Schiffe, die im Norden verbrannt wurden, was mich plagt; und Laxus hat nachweislich kaum fünfhundert Mann, seine Flotte damit zu besetzen. Aber er hält die See, und seitdem er mit dreißig Segeln aus Sichthaven auslief, befürchte ich neuen Nachschub aus Hexenland. Das ist's, was mir keine Ruhe läßt, bis wir diese Burg zurückerobert haben; denn dann wären wir wenigstens in der Lage, ihrer Landung entgegenzusehen. Doch wäre es höchst unklug, zu dieser Jahreszeit in diesen feuchten Niederungen eine Belagerung durchzuführen, im Angesicht eines Feindes, dessen Truppen hauptsächlich aus Fußvolk bestehen und ungebunden sind. Deshalb bitte ich dich, mein Freund, nach Westen über den Steig zu gehen und mir neue Männer zu besorgen. Laß an all unsren Schiffsbauplätzen, wo immer sie sein mögen, ausreichend Bewachung zurück und laß eine Abteilung in der Nähe Krotherings zurück, damit mir nicht nachgesagt werde, ich sei ein schlechter Hüter seiner Schwester. Auch dein Haus lasse sichern. Und sobald dies alles geschehen ist, sende den Kriegspfeil aus[2] und schaff mir aus dem Westen fünfzehn- oder achtzehnhundert Krieger herbei. Denn ich glaube, daß du und ich gemeinsam mit soviel Mannen von Dämonenland, wie wir dann befehligen werden, die Tore von Uhlswick aufbrechen und Corsus aus seinem Versteck pflücken können wie eine Auster aus ihrer Schale.«

Zigg antwortete ihm: »Gleich morgen werde ich aufbrechen.«

Alsdann erhoben sie sich und nahmen ihre Waffen und hüllten sich in ihre großen Feldmäntel, und gingen in Begleitung von Fackelträgern durch die Reihen der Krieger, wie es Spitfyrs allabendliche Gewohnheit war, ehr er sich schlafen legte, suchten die Hauptleute auf und prüften die Wachen. Der Regen hatte ein wenig nachgelassen. Die Nacht war ohne einen Stern. Der nasse Sand glänzte im Licht von Burg Uhlswick, und aus der Burg drang dann und wann Lärm und Festgesang herüber, der das gleichförmige Rauschen der Brandung übertönte.

Als sie ihren Rundgang abgeschlossen hatten und wieder vor Spitfyrs Zelt angekommen waren, erhob sich aus dem Schatten des Zeltes ein Greis und trat im Schein der Fackeln zwischen sie. Runzlig und eingefallen und gebeugt erschien er wie von hohem Alter. Sein Haupt- und Barthaar hing in wirren Locken herab, die vor Nässe trieften. Sein Mund war zahnlos, seine Augen waren wie die Augen eines toten Fisches. Er faßte Spitfyrs Mantel mit seiner knöchrigen Hand und sprach mit einer Stimme gleich der des nächtlichen Raben: »Spitfyr, nimm vor Thremnirs Kliff dich in acht!«[3]

Spitfyr sprach: »Wen haben wir hier? Und wie, zum Teufel, kam der in mein Lager?«

Der Greis aber ließ seinen Mantel nicht los und sprach: »Spitfyr, ist nicht dies dein Haus Uhlswick? Und ist es nicht die schönste und stärkste Feste, die man jemals in diesem Lande sah?«

»Kerl, laß mich los«, sprach Spitfyr, »oder ich werde dich mit meinem Schwert durchbohren und zur Hölle schicken, wo die Teufel zweifellos schon zu lange auf dich warten.«

Doch der Greis hielt ihm immer noch beim Mantel und sprach: »Hitzköpfe geraten allzu leicht in die Falle. Halte an dem fest, Spitfyr, was dein ist, und nimm vor Thremnirs Kliff dich in acht!«

Nun wurde Fürst Spitfyr fuchsteufelswild, und weil der alte Kerl ihn immer noch am Mantel festhielt und ihn nicht loslassen wollte, zog er sein Schwert und wollte ihm mit der flachen Klinge eins über den Schädel geben. Doch als er zum Schlag ausholte, fuhr ein Windstoß durchs Lager, so daß die Fackeln beinahe ausgelöscht wurden. Und das war seltsam, in einer windstillen Nacht. Und mit diesem Windstoß war der alte Mann verschwunden wie eine Wolke, die in der Finsternis vorüberzieht.

Zigg sprach: »Der dünne Habit eines Geistes liegt jenseits aller Waffengewalt.«

»Ha!« sprach Spitfyr. »War das ein Geist? Ehr will ich meinen, ein Trugbild war's, ein Hirngespinst, von Hexenlands Kunst gefertigt, unsren Ratschluß zu verdunkeln und unsre Entschlossenheit zu erschüttern.«

Am Morgen, als der Himmel noch rot war, ging Fürst Zigg hinunter zum Strand, um in den großen Felsbecken der kleinen Bucht von Uhlswick ein Bad zu nehmen. Die salzige Luft war frisch nach dem Regen. Der Wind, der nach Osten geschwenkt hatte, blies in kalten Stößen über die Wellen. In einem Riß zwischen den schieferblauen Wolken brannte blutrot die tiefstehende Sonne. Weit im Südosten, wo die Wasser der Michelföhrde sich mit der offenen See vermischten, zeichneten sich die niedrigen Klippen der Spitze von Sichthaven wie eine düstere Wolkenbank ab.

Zigg legte Schwert und Speer nieder und blickte südostwärts über die Föhrde; und siehe, ein Schiff unter vollen Segeln kam um das Kap gebogen, mit Kurs nach Norden, Backbord voraus. Als Zigg sein Wams abgelegt hatte, schaute er abermals, und siehe da, zwei weitere Schiffe umrundeten das Kap und folgten dicht im Kielwasser des ersten. So zog er schnell sein Wams wieder an und hob seine Waffen auf, und inzwischen waren es fünfzehn Schiffe, die in einer Linie durch die Föhrde segelten, Kriegsdrachen allesamt.

Eilends begab er sich zu Spitfyrs Zelt und fand ihn im Bett, denn noch hielt süßer Schlaf den ungestümen Spitfyr in seinem Busen umfangen; sein Kopf war auf dem bestickten Kissen zurückgeworfen, daß sein starker Hals und das bartlose Kinn emporstanden; sein verwegener Mund unter dem Schnurrbart war im Schlummer gelöst und seine blitzenden Augen unter den gelben, buschigen Brauen waren im Schlaf geschlossen.

Zigg rüttelte ihn am Fuß und weckte ihn und berichtete ihm von seiner Entdeckung. »Fünfzehn Schiffe, und auf jedem davon drängen sich Krieger wie die Eier im Fischrogen, wie ich deutlich sehen konnte, als sie näher kamen. So kommt unsre Erwartung zu Tage.«

»Und so«, sprach Spitfyr und sprang vom Lager auf, »kommt Laxus wieder nach Dämonenland, mit frischem Fleisch, den Hunger unsrer Schwerter zu stillen.«

Er nahm seine Waffen und eilte zu einer kleinen Kuppe, Mingarn Hövel geheißen, die sich gegenüber von Burg Uhlswick am Strand erhob. Und das ganze Heer lief herbei, um jene Kriegsschiffe im Morgengrauen zu sehen.

»Sie holen die Segel ein«, sprach Spitfyr, »und nehmen Kurs auf Skaramsey. Nicht umsonst habe ich den Hexenländern in der Aue von Brima eine Lektion erteilt. Laxus begnügt sich nun mit Inseln, die gesünder für ihn sind als das Festland; denn sehr wohl weiß er, daß wir weder Segel noch Flügel haben, die Föhrde zu überqueren und ihn anzugreifen. Doch wenn er sich hinter den Inseln verkriecht, kann er unsre Belagerung von Uhlswick nicht vereiteln.«

Zigg sprach: »Ich möchte wissen, wo seine fünfzehn andren Schiffe sind.«

»In fünfzehn Schiffen«, sprach Spitfyr, »lassen sich höchstens sechzehn- oder siebzehnhundert Krieger unterbringen. Gegen so viele bin ich heute stark genug, sollten sie eine Landung wagen, um sie ins Meer zu treiben und Corsus dennoch im Zaum zu halten, falls er einen Ausbruch versucht. Wenn es mehr werden, bin ich mir nicht so sicher. Drum ist es um so dringlicher, daß du dich zu deinem Zwecke nach Westen aufmachst.«

So suchte sich Fürst Zigg ein Dutzend Reiter aus und stieg auf sein Pferd. Derweil waren alle Schiffe hinter der südlichen Landzunge von Skaramsey vor Anker gegangen. Dort lagen sie hinter den Felsen versteckt, und nur die Schiffsmasten ragten über die Landzunge hinaus, so daß die Dämonen nichts von der Ausschiffung beobachten konnten.

Spitfyr begleitete Zigg drei oder vier Meilen, so weit, bis das Land sich zu den Föhrden von Ettarwasser zu senken begann, und dort bat er ihm Lebewohl. »Schnell wie der Blitz«, sprach Zigg, »werd' ich wieder hier sein. Derweil, so hoffe ich, wirst du die Worte jenes alten Mannes nicht gar in den Wind schlagen.«

»Spatzengezwitscher!« sprach Spitfyr. »Ich habe sein Geschwätz längst vergessen.« Dennoch streifte sein Blick südwärts, vorbei an Uhlschwick, zu jener hohen, von Bäumen überhangenen Steilklippe, die wie ein Wächter über den Wiesengründen des unteren Tivarandartals stand und nur einen schmalen Streifen begehbaren Landes zwischen seinem Fuß und der See beließ. Er lachte. »O mein Freund, in deinen Augen bin ich, scheint's, immer noch ein kleiner Junge, obwohl ich fast neunundzwanzig Jahre zähle.«

»Lache über mich, wenn du willst«, sprach Zigg, »aber ohne dieses Wort der Warnung konnte ich dich nicht verlassen.«

»Nun«, sprach Spitfyr, »um dich zu beruhigen: Ich werde keine Nester auf dem Thremnir-Kliff ausnehmen, bis du wiederkommst.«

Nun ist für eine Woche oder mehr nichts zu berichten, außer daß Spitfyrs Armee weiter vor Uhlswick saß und die auf der Insel des öfteren drei oder vier Schiffe zum Festland ausschickten, um unversehens in der Gegend von Sichthaven oder am Ende der Föhrde oder südlich jenseits von Drepabühl bis zu den fernen Küstenstrichen von Rimon Armon anzulanden, um dort zu rauben und zu brandschatzen. Und jedesmal wenn sie auf größeren Widerstand stießen, verzogen sie sich wieder an Bord ihrer Schiffe und segelten nach Skaramsey zurück. In jenen Tagen kam Volle aus dem Westen und schloß sich mit hundert Kriegern Spitfyr an.

Am achten Tag des Novembers verschlechterte sich das Wetter; große Wolken brauten sich im Westen und Süden zusammen, bis der ganze Himmel ein wogendes Meer wassertriefender bleierner Wolken war, die sich durch ölige weiße Streifen voneinander absetzten. Der Wind wurde böig, als der Tag voranschritt. Die See war dunkel wie stumpfes Eisen. Regen begann in dicken Tropfen zu fallen. Die Berge wirkten wie riesenhafte Schattengebilde: einige tintenblau, andre im Westen wie Wälle und Türme zusammengeballten Nebels im grauen Dunst des Himmels über ihnen. Der Abend ging mit Donner und Regen und blitzdurchfurchten Wolkenbänken zu Ende. Die ganze Nacht über dröhnte der Donner, beständig wiederkehrend, und die ganze Nacht über türmten sich neue Gewitterwolken auf, fielen in sich zusammen und bauten sich wieder auf. Und es war kein Mond zu sehen und kein Licht außer dem Irrlicht und den Lagerfeuern vor Uhlswick und dem Schein der Festbeleuchtung aus dem Inneren der Burg. So daß die Dämonen, die vor der Festung lagerten, jene fünfzehn Schiffe nicht bemerkten, die von Skaramsey ablegten und durch die stürmische See ruderten und zwei oder drei Meilen südwärts am Steilfelsen des Thremnir-Kliffs anlandeten. Noch bemerkten die Dämonen irgend etwas von jenen, die hastig aus den Schiffsbäuchen kletterten: fünfzehn- oder sechzehnhundert Krieger unter der Führung von Heming aus Hexenland und dessen jungem Bruder Cargo. Und die Schiffe ruderten durch das Sturmgetöse und die wütenden Wetter zur Insel Skaramsey zurück, bis auf eines, das im Beidarsund versank.

Doch am Morgen, als das Ungewitter sich gelegt hatte, sahen alle, wie vierzehn Kriegsschiffe von Skaramsey in See stachen, ein jedes von ihnen bis zum Bersten mit Kriegern gefüllt. Schnell überquerten sie die Föhrde und kamen zwei Meilen südlich von Uhlswick an Land. Und die Schiffe legten wieder ab und ruderten davon; die Armee aber marschierte in den Weiden jenseits von Mingarn Hövel zur Schlacht auf.

Fürst Spitfyr ließ seine Mannen Aufstellung nehmen und setzte sich von den Stellungen vor Uhlswick aus südwärts in Bewegung. Als sie sich der hexenländischen Armee bis auf etwa eine halbe Meile genähert hatten, so daß sie deutlich deren rotbraune Röcke und ihre Schilde und bronzenen Rüstungen, das matte Blinken ihrer Schwertklingen und die Spitzen ihrer Speere sehen konnten, hub Volle, der neben Spitfyr ritt, an und sprach: »Siehst du jenen, o Spitfyr, der vor ihren Reihen auf- und abreitet und sie ordnet? Genauso reitet Corinius; schon von weitem erkennt man ihn an seinem auffälligen Getue und prahlerischen Gehabe. Doch jetzt sieh ein großes Wunder; denn wer hat schon einmal gehört, daß dieser junge Heißsporn dem Kampf ausweicht? Und das, bevor wir noch in Speerweite sind –«

»Beim hellen Auge des Tages«, rief Spitfyr, »dem ist so! Will er mir die Schlacht verweigern? Ich werde eine Handvoll Reiter auf sie hetzen, um sie ein wenig hinzuhalten, ehr sie über alle Berge sind.«

Damit gab er seinen Reitern den Befehl, dem Feind nachzusetzen. Und sie ritten los mit Astar von Rettray, einem Schwager des Fürsten Zigg, als Anführer. Doch die hexenländische Reiterei stellte sich ihnen bei den Untiefen von Aron Paw entgegen und hielt sie an der Furt auf, während Corinius mit seiner Hauptarmee der Rückzug über den Fluß gelang. Und als die Hauptmacht der Dämonen nachgerückt war und die Furt in ihre Gewalt bekamen, waren die Hexenländer derweil über die feuchten Niederungen zu jener schmalen Passage zwischen dem Thremnir-Kliff und der See gelangt.

Da sprach Spitfyr: »Nicht einmal in der Enge zwischen Meer und Kliff formieren sie sich. Und dort könnten wir ihnen wenig anhaben, wenn sie das Herz hätten, uns Widerstand zu leisten.« Und mit mächtiger Stimme rief er seinen Kriegern zu, den Feind zu verfolgen und nicht einen von ihnen am Leben zu lassen.

So klammerte sich das Fußvolk an die Steigbügelriemen der Reiter, und sie drängten sich laufend und reitend in den schmalen Durchgang; und stets war Spitfyr der Erste unter seinen Mannen, stieß nach links und rechts hauend vor ins Getümmel und ließ sich von einer unaufhaltsamen Woge tragen, die ihn zum Triumphe weiterzutreiben schien.

Doch nun, da er mit nur zwölfhundert Kriegern fünfzehnhundert Feinden in den Engpaß unter dem Thremnir-Kliff gefolgt war, erkannte er plötzlich und zu spät, daß er es mit dreitausend Hexenländern zu tun hatte: Corinius sammelte seine Krieger und warf sich herum wie ein Wolf in der Enge, während Corunds Söhne, die, wie berichtet, bei Nacht im Schatten des Sturmes gelandet waren, von den bewaldeten Hängen hinter dem Kliff herabstürmten, in solcher Weise, daß Spitfyr die Katastrophe gar nicht kommen sah, sondern alsgleich mittendrin steckte: dem Krachen des Schlages in der Flanke und von vorn und hinten.

Eine blutige Schlacht entbrannte zwischen den Klippen und der See. Die Dämonen, völlig überrascht, waren wie ein Mann, der im vollen Lauf über ein gespanntes Seil stolpert. Durch die Wucht des Ansturms der Hexenländer wurden sie in das seichte Wasser getrieben, und der Schaum des Meeres färbte sich rot mit ihrem Blut. Und der Fürst Corinius, jetzt da er keine Flucht mehr vortäuschte, preschte durch die Reihen der Kämpfenden, wie ein Brand sich durch ausgedörrte Wälder frißt, und niemand um ihn herum vermochte seinen Hieben zu widerstehen.

Nun wurde Spitfyrs Pferd unter ihm durch einen Speerstoß getötet, als er, fesseltief im weichen Sand reitend, seine Krieger zusammenrief, um Heming zurückzudrängen. Doch Bremery von Walden brachte ihm ein neues Pferd, und so mächtig stürmte er gegen die Hexen an, daß Corunds Söhne vor seinem Angriff weichen mußten und jener Flügel der hexenländischen Armee gegen den felsigen Grund unterhalb des Kliffs zurückgedrängt wurde. Doch half das wenig, denn Corinius brach von der Nordseite durch und trieb die Dämonen mit viel Blutvergießen vom Meer aus in die Enge, so daß sie jetzt zwischen ihm und Heming eingeschlossen waren. Daraufhin wandte sich Spitfyr mit einigen ausgesuchten Truppen gegen ihn; und eine Zeitlang sah es so aus, als ob ein großer Teil der Hexen entweder vernichtet oder im Meer ertränkt werden sollte. Corinius selbst befand sich jetzt in Gefahr um sein Leben, denn sein Pferd war in den weichen Sand eingesunken und vermochte sich nicht wieder freizukämpfen, wie sehr es sich auch abmühte.

In jenem Augenblick kam Spitfyr durch das Gewühl, mit einer Handvoll Dämonen um ihn, und wo er ging, war der Tod. Mit schrecklicher Stimme rief er: »O Corinius, mir und den meinen verhaßt wie die Tore der Hölle, nun ist dein Ende nahe, und dein Kadaver soll die Obstgärten von Uhlswick düngen.«

Corinius antwortete ihm: »Verdammter Spitfyr, letzter von drei Kötern, denn deine Brüder sind inzwischen tot und verfault, du wirst von mir den Würgapfel kriegen[4].«

Daraufhin schleuderte Spitfyr einen Wurfspeer auf ihn. Der Speer verfehlte sein Ziel, traf aber das große Pferd in die Schulter, so daß es einen Satz machte und tödlich verwundet zusammenbrach. Doch der Fürst Corinius, der gewandt auf den Füßen landete, ergriff Spitfyrs Pferd am Zügel und schlug es aufs Maul, als dieser gegen ihn anritt, so daß das Tier sich wiehernd aufbäumte und seitwärts scheute. Spitfyr holte zu einem Schlag mit seiner Axt aus, doch die Schneide prallte auf dem Helmkamm ab und wurde ins Leere gelenkt. Corinius aber stieß unter Spitfyrs Schild hindurch mit dem Schwert nach oben, und die Spitze bohrte sich in den großen Muskel des Oberarms nahe der Achselhöhle, glitt am Knochen ab und drang so durch das Fleisch seiner Schulter. Und das war eine schlimme Wunde.

Dennoch ließ Spitfyr nicht ab vom Kampf, sondern holte abermals zu einem Schlag aus, um Corinius den Arm abzuhacken, dessen Hand immer noch die Zügel umklammerte, Corinius fing die Axt mit seinem Schild ab, ließ aber die Zügel fahren, und durch die Wucht des Schlages wäre er beinahe zu Boden geschleudert worden, und sein guter Bronzeschild ward eingedellt und völlig zerbeult.

Als nun die Zügel freikamen, machte Spitfyrs Pferd einen Satz nach vorne und trug ihn an Corinius vorbei dem Meer zu. Er aber riß es herum und rief ihn an und schrie: »Beschaff dir ein Pferd. Denn es ist wider meine Ehre, gegen dich zu kämpfen, während du so im Nachteil bist, ich zu Pferde und du zu Fuß.«

Corinius rief zur Antwort: »Dann steig von deinem Pferd und trete mir zu Fuß entgegen. Und wisse, mein hübscher Drosselhahn[5], daß ich König im Dämonenland bin, wozu mich der König aller Könige, Gorice von Hexenland, mein einziger Oberherr, gekrönt hat. Und es ist nur recht und billig, daß ich dir, dem größten der noch lebenden Rebellen in diesem meinem Reiche, als der du dich dünkst, im Einzelkampf zeige, wieviel größer meine Macht ist als die deine.«

»Das sind große und hochtrabende Worte«, sprach Spitfyr, »die ich dir allesamt wieder in deinen Hals stopfen werde.«

Damit schickte er sich an, vom Pferd zu steigen; doch als er abzusteigen versuchte, trat ihm ein Nebel vor die Augen, und er schwankte im Sattel. Seine Männer drängten sich zwischen ihn und Corinius, und der Hauptmann seiner Leibwache fing ihn auf und sprach: »Ihr seid verletzt, mein Fürst. Ihr dürft nicht länger mit Corinius streiten, denn Ihr seid außerstande, allein auf den Füßen zu stehen, geschweige denn zu kämpfen.«

So trugen die, die ihn umgaben, den großen Spitfyr hinweg. Und das Handgemenge, das an dieser Stelle geruht hatte, solange der Zweikampf zwischen den beiden Heerführern andauerte, brach mit neuer Verbissenheit wieder aus. Und es war ein Wunder, mit welch großer Tapferkeit die Dämonen sich unter dem Thremnir-Kliff zur Wehr setzten; denn Hunderte von ihnen waren erschlagen oder tödlich verwundet, und es waren ihrer nur mehr wenige, welche die Schlacht gegen die Hexen austrugen.

Jene, die bei Spitfyr waren, verließen mit ihm so heimlich wie möglich die Kampfesstätte, nachdem sie ihn mit einem lichtblauen Umhang vermummt hatten, um seine glänzende Rüstung zu verbergen. Sie stillten den Blutstrom aus seiner großen Schulterwunde und verbanden sie sorgsam. Dann brachten sie ihn auf Volles Geheiß ins Tremmertal und ritten über versteckte Saumpfade hinauf zu einem einsamen Kar[6] östlich der Sterrykluft unter den großen Steinschlag an der Flanke des südlichen Dina-Gipfels. Lange Zeit lag er dort ohne Besinnung, gleich einem Toten. Denn viele Wunden hatte er in dem ungleichen Kampf davongetragen, und arg war er geprellt und geschunden; am schlimmsten aber war jene Verletzung, die Corinius ihm zugefügt, ehr sie sich an der Grenze von Land und See getrennt hatten.

Und als die Nacht sich herniedersenkte und alle Wege dunkel wurden, kam Volle mit einer Handvoll Gefährten erschöpft zu jenem einsamen Kar. Die Nacht war still und wolkenlos, und der jungfräuliche

Mond stand hoch am Himmel und schwärzte die Schatten der großen Gipfel, die wie Haizähne in die Nacht ragten. Spitfyr ruhte auf einem Lager aus Heidekraut und Mänteln im Windschatten eines großen Felsbrockens. Gespenstisch blaß war sein Gesicht im silbernen Mondlicht.

Volle stützte sich auf seinen Speer und blickte ernst auf Spitfyr herab. Die Umstehenden fragten nach dem Ausgang der Schlacht, und Volle antwortete: »Alles verloren«, ohne seinen Blick von Spitfyr zu wenden.

Sie sagten: »Herr, wir haben das Blut gestillt und die Wunde verbunden, aber Seine Gnaden liegen immer noch in Bewußtlosigkeit. Wir bangen alle um sein Leben und hoffen, daß diese Verletzung nicht seine Todeswunde wird.«

Volle kniete sich neben ihn auf die kalten, spitzen Steine und umsorgte ihn wie eine Mutter ihr krankes Kind, legte Schwarzen Andorn und Schafgarbe[7] auf die Wunde und flößte ihm aus einem Fläschchen kostbaren Wein aus Arsalmar ein, der ein Jahrhundert in den Kellern unter Krothering gereift war. So daß nach einer Weile Spitfyr die Augen aufschlug und sprach: »Zieht die Bettvorhänge zurück, denn es ist manchen Tag her, seit ich in Uhlswick erwachte. Oder ist es tatsächlich Nacht? Wie ist denn die Schlacht gelaufen?«

Er starrte auf die kahlen Felsen und den nackten Himmel darüber. Dann stützte er sich mit einem schweren Seufzer auf den rechten Ellbogen. Volle legte einen starken Arm um ihn und sprach: »Trink den guten Wein und habe Geduld. Große Taten harren unser.«

Spitfyr starrte eine Weile um sich und sprach dann ungehalten: »Sollen wir uns wie Füchse und Flüchtlinge in Höhlen am Berghang verkriechen? Der helle Tag ist vorbei, ha? Dann fort mit diesen Fesseln!« Und er zerrte am Verband seiner Wunden.

Doch Volle hinderte ihn mit starker Hand daran und sprach: »Bedenke, wie in dir allein, o glorreicher Spitfyr, deinem weisen Herzen und deiner tapferen Seele, die sich am wilden Streit erfreuet, all unsre Hoffnung ruht, von unsren Frauen und Kindern und unsrem geliebten Land und Lehen den Zorn der Männer Hexenlands abzuwenden und den großen Namen Dämonenlands lebendig zu erhalten. Laß nicht zu, daß dein stolzes Herz sich mit Verzweiflung füllt.«

Spitfyr aber ächzte und sprach: »Gewiß war's, daß Leid und Ungeschick Dämonenland beschieden sein sollten, bis meine Brüder heimgekehrt seien. Und dieser Tag wird nimmermehr kommen.« Und er rief: »Prahlte er nicht, er sei König im Dämonenland? Und doch hatt' ich mein Schwert nicht in seinem Gekröse[8]. Und du glaubtest, ich wollt' in Schande leben?«

Woraufhin er sich wieder mühte, seine Verbände abzureißen, und wieder hielt Volle ihn davon ab. Und er tobte und schrie: »Wer zwang mich, vom Schlachtfeld zu gehen? Gnade ihm der Himmel, mir so etwas anzutun! Lieber tot, als vor Corinius weggelaufen sein wie ein geprügelter Hund. Laßt mich los, ihr Verräter! Ich werde es wiedergutmachen. Kämpfend werde ich sterben. Laßt mich gehen.«

Volle sprach: »Erhebe deine Augen, großer Spitfyr, und betrachte die göttliche Mondin, wie jungfräulich frei sie über die weiten Auen des Himmels wandelt, und die Pracht der ungezählten Sterne, die sich vor ihr neigen. Wie wenig doch irdische Nebel und Stürme ihren Glanz zu schmälern vermögen, auch wenn sie sich hin und wieder verbirgt; doch sobald der Sturm vorbei ist und der Himmel leergefegt von Wolken, erscheint sie wieder auf ihrer unabänderlichen Bahn, Herrin der Fluten und Jahreszeiten und Lenkerin der Schicksale sterblicher Menschen: Eben so ist der Ruhm des meerumgürteten Dämonenlands und der Ruhm deines Hauses, o Spitfyr. Und so wenig Veränderungen am Himmel diese ewigen Gebirge hinwegzufegen vermögen, so wenig vermag eine Niederlage, selbst wenn wir heute eine wichtige Schlacht verloren, unsre Größe zu erschüttern, die wir seit alters die Mächtigsten mit dem Speere sind, vor denen die ganze Welt sich beuget.«

So sprach Volle. Und Fürst Spitfyr blickte hinaus über das nebelverhangene, schlafende Tal zu den dunkel aufragenden Felswänden und den schlanken Gipfeln groß und schweigend unter dem Mond. Er sprach kein Wort, sei es aus Schwäche oder weil ihm vom Zauber der Nacht und der Bergeinsamkeit die Sprache genommen ward und von Volles Stimme, die tief und ruhig an sein Ohr klang wie die Stimme der Nacht selbst, welche die erdgeborenen Sorgen und Nöte stillt.

Nach einer Weile hub Volle abermals an und sprach: »Deine Brüder werden wiederkommen; zweifle nicht daran. Bis dahin aber bist du unsre Stärke. Deshalb übe Geduld; laß deine Wunden heilen; stelle neue Heere auf. Doch solltest du im Wahn der Verzweiflung dein Leben zerstören, so wären wir in der Tat verloren.«

Kapitel XX

König Corinius

Von dem Einzuge des Fürsten Corinii in Uhlschweig; und wie er alldort gekrönet ward auf Spitfyers saphirnem Throne zum Vizekönig des Königs Gorice und König vom Dämonenlande; und wie alle, die in Burg Ühlschweick waren, ihm dortselbigst huldigten.

Nachdem Corinius diesen großen Sieg erfochten, zog er mit seiner Armee wieder gen Norden und kam, als das Tageslicht eben zu schwinden begann, nach Uhlswick. Die Zugbrücke ward ihm heruntergelassen und das große, mit Silber beschlagene und mit Adamant[1] genagelte Tor weit aufgetan; und mit großem Pomp zogen er und seine Mannen über den schmalen Damm aus gewachsenem Stein und großen Blöcken von behauenem Granit aus dem Tremmertal in Uhlswick ein. Der größere Teil seiner Krieger besetzte Spitfyrs Lager vor der Burg, doch eine Tausendschaft begleitete ihn bei seinem Einmarsch in Uhlswick zusammen mit Corunds Söhnen und den Fürsten Gro und Laxus; denn die Flotte war übergesetzt und hatte vor der Burg Anker geworfen, als man sah, daß die Schlacht gewonnen war.

Corsus empfing sie gebührend und wollte sie in ihre Gemächer neben seinem eigenen bitten, auf daß sie vor dem Abendmahl ihre Rüstungen ablegen, sich waschen und sich in frisches Linnen und Festgewänder kleiden könnten. Doch Corinius entschuldigte sich mit dem Hinweis, er habe seit Sonnenaufgang nichts mehr gegessen. »Laßt uns daher nicht länger säumen, wie es die Sitte gebietet, sondern führet uns alsgleich in den Bankettsaal.«

Corinius ging zusammen mit Corsus hinein, allen andren vorweg, und legte ihm freundschaftlich den Arm, der noch ganz mit Schmutz und verkrustetem Blut verdreckt war, um die Schulter. Denn nicht einmal zum Händewaschen hatte er sich Zeit genommen. Und das tat dem reichbestickten Mantel aus purpurnem Taffet[2], den Herzog Corsus um die Schultern trug, gewiß nicht gut. Indes verhielt sich Corsus so, als würde er nichts merken.

Als sie im Bankettsaal angelangt waren, blickte Corsus sich um und sprach: »Leider, Fürst Corinius, ist dieser Saal ein wenig klein für den großen Andrang, der hier herrscht. Meine Leute von Rang sollen bei uns sitzen, wie ich's gewohnt bin. Doch gibt es hier keine Plätze mehr für sie. Drum bitt' ich Euch, einen Teil Eurer gemeinen Soldaten, die mit Euch kamen, zurückzuschicken, auf daß alles seine Ordnung habe. Meine Offiziere sollen sich nicht in der Küche verköstigen müssen.«

»Es tut mir leid, Euer Liebden«, antwortete Corinius, »doch bedenket, daß diese meine Soldaten den größten Verdienst an unsrem Sieg haben; und wohl weiß ich, daß Ihr ihnen diese Ehre nicht abschlagen werdet, mit uns an der Tafel zu sitzen, habt Ihr ihnen doch am meisten zu danken, daß sie Uhlswicks Tore geöffnet und die Belagerung beendet haben, welche unsre Feinde so lange gegen Euch halten konnten.«

So nahmen sie ihre Plätze ein, und das Abendessen wurde aufgetischt: Rehkitze gefüllt mit Walnüssen, Mandeln und Pistachios; Reiher in Leindottersalse[3]; Rinderbraten; Gänse und Trappen; und große Humpen und Krüge rubinroten Weins. Corinius und seine Leute sprachen den Speisen kräftig zu, so daß es eine Zeitlang sehr still im Saal war bis auf das Klappern von Bestecken und Geschirr und das geräuschvolle Kauen und Schmatzen der Festgäste.

Schließlich sprach Corinius, nachdem er einen großen Kelch Weins in einem Schluck geleert hatte: »Heute war am Thremnir-Kliff eine Schlacht, Euer herzogliche Gnaden. Wart Ihr dabei?«

Corsus' hängende Wangen röteten sich ein wenig. Er antwortete: »Ihr wißt, daß ich nicht dabei war. Und es wäre mehr als leichtsinnig gewesen, einen Ausbruch zu wagen, dieweil Spitfyr den Sieg davonzutragen schien.«

»Euer Liebden«, sprach Corinius, »das soll kein Vorwurf sein. Vielmehr will ich Euch zeigen, wie hoch ich Euch in Ehren halte.«

Darauf rief er seinen Pagen, der hinter seinem Stuhl stand, und der Page kam alsbald mit einem Diadem aus glänzendem Gold zurück, besetzt mit Topasen, die durch das Feuer gegangen waren; und an der Stirnseite des Diadems befand sich das kleine Abbild eines Krebses aus stumpfen Eisen mit zwei Augen aus grünen Beryllen auf Stielen aus Silber. Der Page stellte die Krone vor Corinius auf den Tisch, als wäre sie ein zum Verzehr bestimmter Schmaus. Corinius nahm ein Schriftstück aus seiner Tasche und legte es auf den Tisch, daß Corsus es sehen konnte. Und darauf prangte in scharlachrotem Wachs das Siegel des Wurms Ouroboros und das Handzeichen des Königs Gorice.

»Herr Corsus«, sprach er, »und Ihr seine Söhne, und Ihr übrigen

Hexen, ich tue Euch kund und zu wissen, daß unser Herr und König mich durch diese Zeichen zu seinem Statthalter in Dämonenland ernennt und daß es sein Wille ist, daß ich in diesem Land den Titel eines Königs tragen soll und alle unter ihm mir hierselbst zum Gehorsam verpflichtet sind.«

Corsus, die Krone und den königlichen Erlaß im Blick, wurde in einem Augenblick totenbleich und im nächsten rot wie Blut.

Corinius sprach: »Vor dir, o Corsus, werde ich unter all den großen Edlen, die hier in Uhlswick versammelt sind, das Haupt beugen, daß du mich mit dieser Krone zum König in Dämonenland krönest. Dies damit du siehest und wissest, wie sehr ich dich in Ehren halte.«

Nun waren alle still und warteten auf Corsus' Erwiderung. Aber er sprach kein Wort. Dekalajus flüsterte ihm leise ins Ohr: »O mein Vater, wenn der Affe regiert, tanze vor ihm. Die Zeit wird uns Gelegenheit bringen, dies zu richten.«

Und Corsus mißachtete diesen löblichen Rat nicht, auch wenn er seine Züge nicht vollends beherrschen konnte; doch er schluckte die bösen Worte hinunter, die er auszustoßen im Begriff war. Und mit guter Miene waltete er des Amtes und setzte auf Corinius' Haupt die neue Krone von Dämonenland.

Corinius nahm nun auf dem Thron Platz, den Corsus für ihn geräumt hatte, auf Spitfyrs hohem Thron aus rauchfarbener Jade, welcher wundersam geschnitzt und mit samtig schimmernden Saphiren besetzt war, und zur Rechten und Linken standen zwei hohe Kerzenleuchter aus reinem Gold. Corinius' breite Schultern nahmen den ganzen Raum zwischen den Pfosten dieses ehrwürdigen Thrones ein. Ein harter Mann im Umgang, den Eindruck machte er, wie er in seiner Jugend und Kraft dort saß, bis an die Zähne bewaffnet und noch dampfend von der Schlacht[4].

Corsus, der zwischen seinen Söhnen saß, sprach im Flüsterton: »Rhabarber! Bringt mir Rhabarber, um meine Galle[5] abzutreiben!«

Dekalajus aber flüsterte ihm zu: »Leise, ganz ruhig. Vermeiden wir jeden Anschein, im verborgenen Pläne zu spinnen. Wiege ihn in Sicherheit, was auch uns Schutz sein wird und die Möglichkeit verschafft, diese Schande zu tilgen. War nicht auch Gallandus ein starker Mann?«

Corsus stumpfer Blick hellte sich auf. Er hob seinen randvoll gefüllten Becher und trank Corinius zu. Und Corinius sprach zu ihm und sagte: »Mein Herzog, rufe deine Offiziere herein und huldige mir, auf daß sie ihrerseits mich der ganzen Armee, die in Uhlswick liegt, als König ausrufen.«

Was Corsus tat, auch wenn es ihm nicht behagte; indes fand er keinen triftigen Einwand.

Als draußen in den Höfen die Hochrufe auf den König zu hören waren, sprach Corinius abermals und sagte: »Ich und die Meinen sind müde, mein Herzog, und wollen beizeiten zur Ruhe gehn. Gib Befehl, so bitt' ich, mein Gemach herzurichten. Und dasselbe Gemach soll es sein, welches Gallandus bewohnte, da er in Uhlswick weilte.«

Woraufhin Corsus mühsam an sich halten konnte, nicht aufzufahren. Doch Corinius' Auge ruhte auf ihm, und so gab er den Befehl.

Während er darauf wartete, daß sein Gemach bereitet wurde, war der Fürst Corinius bester Dinge und rief nach mehr Wein und neuen Köstlichkeiten, welche den Fürsten von Hexenland sogleich aufgetischt wurden: Oliven und Kaviar und eingemachte Gänseleberpastete, reich gewürzt, aus Spitfyrs wohlgefüllten Vorratskellern .

Corsus flüsterte seinen Söhnen ins Ohr: »Es gefällt mir nicht, daß er Gallandus erwähnte. Dennoch scheint er recht arglos zu sein, wie einer, der keine Tücke fürchtet.«

Und Dekalajus antwortete in sein Ohr: »Womöglich haben die Götter gar seinen Untergang beschlossen, daß sie ihn diese Kammer wählen ließen.«

So lachten sie. Und das Bankett neigte sich mit Frohsinn und Gelächter seinem Ende zu.

Nun kamen Diener mit Fackeln, um die Herren in ihre Gemächer zu geleiten. Als alle sich erhoben, um gute Nacht zu wünschen, sprach Corinius: »Es tut mir leid, mein Herzog, wenn ich dir nach diesem großzügigen Gastmahl nun Unannehmlichkeiten bereiten muß. Doch ich zweifle nicht, daß dir und deinen Söhnen Burg Uhlswick, wo ihr so lange eingesperrt wart, verleidet ist und daß ihr obdrein nach dieser Belagerung und dem langen Kampf erschöpft seid. Daher ist es mein Wille, daß ihr ohne Verzögerung heim nach Hexenland aufbrechet. Laxus hat schon ein Schiff bemannt und steht bereit, euch dorthin zu bringen. Und um unsere Festlichkeiten zu einen angemessenen und freundlichen Abschluß zu bringen, werden wir euch hinunter zum Hafen begleiten.«

Corsus sperrte den Mund auf. Dennoch zügelte er seine Zunge und sprach: »Wie Ihr wünscht, Euer Hoheit. Doch laßt mich Eure Gründe hören. Denn gewiß vermag mein Schwert und auch das meiner Söhne in diesem Lande unsrer Erzfeinde recht viel für Hexenland auszurichten, so daß wir sie nicht einstecken und nach Hause gehen sollten. Indes, diese Sache hat keine zwingende Eile. Wir sollten morgen früh darüber Rat halten.«

Corinius aber antwortete: »Wie sehr du auch flehst, noch heute nacht wirst du an Bord des Schiffes gehen.« Und er bedachte ihn mit einem finsteren Blick und sprach: »Da ich heute nacht in Gallandus' Gemach schlafe, erachte ich es für angebracht, daß meine Leibwache in deiner Kammer nächtigt, mein Herzog, welche sich neben der des Gallandus befindet, wie ich jüngst erfahren habe.«

Corsus sprach kein Wort. Doch Gorius, sein jüngerer Sohn, vom Weine beflügelt, sprang auf und rief: »Corinius, in einer bösen Stunde bist du in dies Land gekommen, um Dienstbarkeit von uns zu fordern. Und du bist falsch beschieden worden, solltest du uns wegen Gallandus fürchten. Diese doppelzüngige Schlange, die neben dir sitzet, dieser Schwätzer von Kobold, hat dir nichts als Lügen erzählt. Und 's ist schade, daß er immer noch dein Vertrauen hat, da er stets nur Böses gegen Hexenland im Schilde führt.«

Dekalajus schob ihn zur Seite und sprach zu Corinius: »Verzeiht die Worte meines Bruders, die er übereilt und hitzig gesprochen; denn er spricht im Wein, und Wein macht einen andren Mann. Doch ist es gewißlich wahr, o Corinius, und mein Vater der Herzog und wir alle sind bereit, dies mit den stärksten Eiden zu beschwören, daß Gallandus die Obrigkeit zu untergraben suchte, mit diesem Ziel allein: unsre ganze Armee den Feinden zu verraten. Und nur aus diesem Grund hat Corsus ihn getötet.«

»Das ist eine glatte Lüge«, sprach Laxus.

Fürst Gro lachte leise.

Doch Corinius' Schwert sprang halb gezückt aus seiner Scheide, und er machte einen Schritt auf Corsus und seine Söhne zu. »Wenn ihr zu mir sprecht, vergeßt den Titel nicht, der mir gebührt«, sprach er und sah sie finster an. »Ihr Söhne Corsus' seid nicht aus einem Holz geschnitzt, wie ich es für den Schaft meines Speeres gebrauchen könnte. Und du«, sprach er und blickte wild auf Corsus, »tätest besser daran, in Demut zu gehen, als viele Worte mit mir zu wechseln. Du Narr! Hältst mich wohl für einen neuen Gallandus? Du, der ihn gemordet, sollst mich nimmer morden. Oder glaubst du, ich würde dich aus der Schlinge befreien, die dir deine eigne Torheit und dein verderbter Geist selbst geknüpft haben, damit du hier weiter den Herrn spielen und alles wieder zugrunde richten kannst durch deine unstillbare Bosheit? Hier ist die Wache, die euch zum Schiff geleiten wird. Und sei froh, daß ich dir nicht den Kopf abschlage.«

Einen Augenblick standen Corsus und seine Söhne da und fragten sich, ob es angebrachter wäre, sich mit den Waffen auf Corinius zu stürzen und ihr Schicksal dem Ausgang einer Schlacht in der Halle von Uhlswick anzuvertrauen, oder sich der Notwendigkeit zu beugen und hinab zum Schiff zu gehen. Indes erschien es ihnen die bessere Wahl, still aufs Schiff zu gehen; denn vor ihnen standen Corinius und Laxus und deren Mannen, und nur wenige von Corsus' eignen Leuten waren da, die zweifelsfrei zu ihnen stehen würden; und obdrein waren sie wenig erpicht darauf, sich offen gegen Corinius zu erklären, selbst wenn die Kräfte ausgeglichener gewesen wären. So blieb ihnen schließlich nichts andres übrig, als sich in Zorn und verbitterten Herzens seinem Willen zu beugen; und noch in derselben Stunde brachte Laxus sie aufs Schiff und ließ sie über die Föhrde nach Skaramsey übersetzen.

Dort saßen sie fest wie die Maus in der Falle. Denn Kapitän dieses Schiffes war Cadarus, ein eingeschworener Verbündeter von Admiral Laxus, und seine Besatzung war Laxus und Corinius treu und ergeben. So ging das Schiff die Nacht über im Windschatten der Insel vor Anker, und als der Morgen graute, stach es in See und führte Corsus und seine Söhne von Dämonenland heim.

Kapitel XXI

Die Verhandlung vor Krothering

Worinnen gezeiget wirdt, wie des Feldes Strategie und eines Bildes Schöne den Krieg westhin zogen; und wie der Herre Gro auf eine Botschaft zu Krotherings Toren ging und welche Antwort ihm dorten zuteil ward.

Nun ist von Zigg zu berichten, daß er derweil nicht untätig war, Spitfyrs Geheiß zu erfüllen, sondern alsbald eine Armee von fünfzehnhundert Mann zu Fuß und zu Pferde aus den nördlichen Tälern und den Gehöften um die Ginsterheide und den Weiden von Kelialand und am Scheiderseepfad und aus dem Gebiet von Rammerick sammelte und sie nun über den Steig führte. Doch als Corinius von diesem Heerzug aus dem Westen erfuhr, marschierte er ihm mit dreitausend Mann entgegen, um den Feind am Mondkesselkopf abzufangen und ihm den Weg nach Stormhöh zu verlegen. Zigg, der noch in den oberen Hängen des Brechentals war, erhielt nun zum ersten Mal Kunde von dem großen Gemetzel am Thremnir-Kliff und wie die Truppen von Spitfyr und Volle zerschlagen und zerstreut worden waren und sie selbst in die Berge hatten flüchten müssen; und da es ihn wenig aussichtsreich dünkte, mit einer solch kleinen Streitmacht gegen Corinius anzutreten, wandte er sich unverzüglich um und kehrte mit seinen Leuten eilends über den Steig zurück, woher er gekommen. Corinius schickte ihnen leichte Reiterei hinterher, ihnen den Rückzug zu erschweren; da er aber zu dem Zeitpunkt noch nicht gewillt war, ihnen in die westlichen Landesteile zu folgen, ließ er in der Paßschlucht an einem strategisch günstigen Ort eine Zwingburg errichten und diese mit einer ausreichend großen Truppe bemannen, den Paß zu sichern, woraufhin er selbst nach Uhlswick zurückmarschierte.

Insgesamt verfügte Corinius in Dämonenland nun über ein Heer von mehr als fünftausend Kriegern, eine große und respekteinflößende Streitmacht. Und da das Wetter gut und trocken war, unterwarf er mit diesem Heer in kurzer Zeit das gesamte östliche Dämonenland, außer Stormhöh allein. Bremery von Walden hielt es mit nur siebzig Mann für Fürst Juss gegen alle Angriffe. So daß Corinius, in dem Glauben, diese Frucht würde später reifen und ihm in die Hände fallen, nachdem die andren im Land geerntet seien, gegen Ende des Winters den Entschluß faßte, mit seiner Hauptarmee in den Westteil zu ziehen und den Osten und Bremery in Stormhöh mit einer nur kleinen Truppe niederzuhalten. Zu diesem Entschluß bewegten ihn alle Grundsätze der Kriegskunst, die in einer glücklichen Fügung seinen eignen Neigungen zupaß kamen. Denn neben politischen Gründen zogen ihn zwei kaum geringere Magnete nach Westen: zum einen der alte, tief verwurzelte Haß, den er gegen den Fürsten Brandoch Daha hegte und welcher Krothering zu seiner liebsten Beute machte; und zum andren sein eignes lüsternes Verlangen nach der Fürstin Mevrian, das gar wild in ihm brannte. Und dies nur, weil er ihr Bild gesehen, welches er in Spitfyrs Sekretär zwischen Federn und Tintenfaß und andrem Gerät gefunden hatte und bei dessen Anblick er sich schwor, mit des Himmels Hilfe – ja, selbst ohne sie, so es sein müsse – diese Fürstin zu seiner Buhle zu machen.

So marschierte er am vierzehnten Tag des März, an einem hellen, frostigen Morgen, mit seiner Hauptstreitmacht hinauf zum Brechental und über den Steig hinunter gen Krothering, denselben Weg also, den Fürst Juss genommen hatte und Brandoch Daha, als sie vor ihrer Wichtlandfahrt zur Beratung nach Krothering geritten waren. So kamen die Hexen das Amadartal hinab und wandten sich in Richtung Vielbüschen. Dort aber fanden sie weder Zigg noch seine Frau, noch irgend jemanden von seinem Gesinde vor, sondern nur ein verlassenes Haus. Also plünderten sie es und steckten es in Brand, ehr sie weiterzogen. Auch ein berühmtes Schloß des Fürsten Juss brandschatzen sie an der Grenze Kelialands und ein weiteres am Scheiderseepfad und einen Sommerpalast Spitfyrs auf einem Hügel oberhalb des Rammericksees. Solcherart marschierten sie siegreich den Scheiderseepfad entlang, und niemand stellte sich ihnen entgegen, sondern alle flohen vor dem Anmarsch jener großen Armee und verbargen sich in den geheimen Stätten der Berge, um Tod und Verderben zu entrinnen.

Als das Heer durch die Enge des Klaftertals bis kurz vor Krothering gekommen war, ließ Corinius unter dem Aartor das Lager aufschlagen, am Fuße der geröllübersäten Hänge, die steil zur hohen Westseite des Berges emporstiegen, wo die kahlen, windumtosten Schründe hoch droben wie eine Mauer gegen den Himmel stehn.

Corinius ging zu Fürst Gro und sprach zu ihm: »Dich beauftrage ich mit meiner Botschaft an diese Mevrian. Du sollst mit einer Parlamentärsflagge zu ihr gehen und um Einlaß in die Burg bitten; und will man dich nicht einlassen, so mach den Vorschlag, vor den Mauern mit ihr zu verhandeln. Dann sollst du gebrauchen, was die blumenreiche Natur höfischer Redeweise und deine Erfindungsgabe dir am ehesten anraten, und sagen: ›Corinius, durch die Gnade des Großkönigs und die Macht seiner eignen Hand König von Dämonenland, sitzt, wie Ihr wohl sehen mögt, mit seinem unbesiegbaren Heere vor diesem Schloß. Doch läßt er Euch durch mich kundtun, daß er nicht gekommen sei, Krieg gegen Frauen und Maiden zu führen, und ihr sollet des gewiß sein, daß er weder Euch noch einem Eures Haushalts ein Leids zufügen will. Nur diese Ehre will er Euch erweisen, sich Euch anzuvermählen und Euch zu seiner Königin im Dämonenland zu machen.‹ Sagt sie dazu ja, dann soll's recht sein, und wir werden friedlich in Krothering Einzug halten und Burg und Frau in Besitz nehmen. Doch verweigert sie mir dies, so mach ihr klar, daß ich mich dann wie ein Löwe auf das Schloß stürzen und nicht eher ruhen noch rasten werde, bis ich es auf den letzten Stein geschleift und ihre Leute die Schärfe meiner Klinge habe spüren lassen. Und daß ich mir dann mit Gewalt nehmen werde, was sie mir in Liebe und Güte verweigert, auf daß sie und ihre halsstarrigen Dämonen wissen, daß ich ihr König bin und Herr über alles, was ihrer ist, und daß sie nur meine Leibeignen sind, über die ich nach Lust und Laune verfügen kann.«

Gro sprach: »Mein Fürst Corinius, wählet, ich bitt' Euch, einen andren für diese Verhandlung, der besser dafür geeignet ist als ich«, und mit vielen Worten ersuchte Gro den König, ihn davon zu entbinden. Doch je deutlicher Corinius erkannte, wie verhaßt Gro diese Aufgabe war, desto fester ward sein Entschluß, daß keiner außer Gro sie erfüllen solle. So daß Gro schließlich gezwungenermaßen einwilligte und noch zur selben Stunde mit elf Reisigen vor die Tore Krotherings trat, und eine weiße Parlamentärsflagge flatterte ihnen voran.

Er schickte seinen Herold zum Tor, eine Unterredung mit der Fürstin Mevrian zu erbitten. Und nach kurzer Zeit wurden die Tore aufgetan, und sie kam in Begleitung herunter, Fürst Gro in dem offenen Garten vor dem Brückentor entgegenzutreten. Es war inzwischen später Nachmittag, und die brennende Sonnenscheibe schwamm, umringt von fleischfarbenen Schichtwolken, tief im Westen und entflammte die Wasser der Donnerföhrde mit dem Widerschein ihrer Strahlen. Vom Horizont aus, weit jenseits der föhrenbedeckten Hügel der Westmark, erhob sich ein Wolkenmassiv, kompakt und von eisengrauer Farbe, so konturenscharf gegen den dunstigen Abendhimmel, daß es wie richtiger Fels, nicht wie ein Wolkengebilde erschien: überirdische Berge, so mochte man denken, durch der Götter Hand für Dämonenland aufgetürmt, dessen uralte Höhen nicht länger Zuflucht vor seinen Feinden boten. Hier, im Garten von Krothering, blühten goldner Märzenbecher[1] und der kleine purpurrote Daphnebusch[2], der blüht, bevor die Blätter Duft verströmen. Doch war es nicht diese Süße in der Luft, was Gro beunruhigte, noch der flammende Sonnenball im Westen, der seine Augen blendete, sondern die Fürstin Mevrian zu schauen, die vor ihm im Tor stand: weißarmig und dunkelhaarig wie die göttliche Jägerin[3], groß und stolz und schön.

Mevrian, Gros Sprachlosigkeit gewahr, sagte schließlich: »Euer Liebden, ich hörte, Ihr habet mir eine Botschaft zu überbringen. Da ein großes Kriegslager sich unter dem Aartorfelsen eingenistet hat und da seit vielen Monden Räuber und Missetäter durch unser Land ziehen, erwarte ich keine sanften Worte zu hören. Faßt Euch ein Herz und saget offen, was Ihr an Üblem zu übermitteln habt.«

Gro antwortete und sprach: »Zuerst saget mir, ob ich in Euch wahrhaftig die Fürstin Mevrian vor mir habe, auf daß ich weiß, ob ich zu einer Sterblichen spreche oder zu einer Göttin, die von den goldnen Fluren des Himmels auf die Erde herabgestiegen ist.«

Sie antwortete: »Mit Euren Komplimenten habe ich nichts im Sinn. Ich bin die, die Ihr nanntet.«

»Madame«, sprach Fürst Gro, »ich wollte, ich brauchte Eurer Hoheit diese Botschaft nicht zu überbringen; doch würde ich's nicht tun, tät' es ein andrer von Herzen gern und mit weniger Hochachtung und Mitgefühl als ich.«

Sie nickte langsam, als wollte sie ihm sagen: Sprich weiter. So sagte er, so ungerührt er's vermochte, seine auswendig gelernte Botschaft auf und schloß mit den Worten: »Also, Madame, spricht Corinius der König; und also befahl er mir es Eurer Hoheit zu übermitteln.«

Mevrian hörte ihn aufmerksam mit hoch erhobenem Haupte an. Als er geendet hatte, schwieg sie eine Weile, ihn immer noch betrachtend. Dann sprach sie: »Mich dünkt, ich kenne Euch jetzt. Seid Ihr, der diese Botschaft überbringt, nicht Fürst Gro von Koboldland?«

Gro antwortete: »Madame, jener, den Ihr nennt, schied schon vor Jahren aus der Welt. Ich bin Fürst Gro von Hexenland.«

»So scheint es, Euren Worten nach«, sprach sie und schwieg wieder.

Der feste Blick der Frau war wie ein Messer, das über seine Haut schabte, bis es schier unerträglich wurde.

Nach einer Weile sprach sie: »Ich entsinne mich Eurer, mein Fürst. Laßt mich Eurem Gedächtnis nachhelfen. Vor elf Jahren kämpfte mein Bruder in Koboldland gegen die Hexen und schlug sie auf dem Felde von Lormeron. Dort besiegte er im Zweikampf den großen König von Hexenland, Gorice XI., der bis zu jenem Tage als bester Kämpfer der ganzen Welt gegolten. Damals war mein Bruder erst achtzehn Winter alt, und dies war das erste Auflodern seines großen Ruhms, der nun über den Erdkreis leuchtet. So veranstaltete König Gaslark ein großes Freudenfest in Zaje Zaculo, da endlich die Unterdrücker aus seinem Lande verbannt waren. Ich war bei jenem Fest zugegen. Dort sah ich auch Euch, mein Fürst; und da ich nur ein kleines Mädchen von elf Sommern war, saß ich in Gaslarks Hallen auf Eurem Knie. Ihr zeigtet mir Bücher mit Bildern in seltsamen Farben, gold und grün und rot, von Vögeln und Tieren und fernen Ländern und Wundern der Welt. Und ich, die ich ein kleines unschuldiges Mädchen war, hielt Euch für gut und edelmütig und liebte Euch.«

Sie hielt inne, und Gro stand vor ihr, benommen wie ein Mann, dem eine berauschende Arznei verabreicht worden war, und starrte sie an.

»Erzählt mir«, sprach sie, »von diesem Corinius. Ist er ein so großer Kämpfer, wie sein Ruf besagt?«

»Er ist«, sprach Gro, »einer der berühmtesten Feldherrn aller Zeiten. Das können ihm nicht einmal seine schlimmsten Feinde absprechen.«

Mevrian sprach: »Ein vielversprechender Gemahl also, dünkt Euch, für eine Fürstin Dämonenlands? Vergeßt nicht, daß ich gekrönten Häuptern mein Jawort verweigerte. Ich möchte Eure Meinung hören; denn gewiß ist er Euer guter und vertrauter Freund, da er Euch zu seinem Brautwerber ausersah.«

Gro merkte, daß sie seiner spottete, und das bekümmerte ihn sehr. »Madame«, sprach er, und seine Stimme bebte ein wenig, »legt mir meinen Teil an dieser üblen Sache nicht allzu sehr zur Last. Wahrlich ist das, was ich Euch auszurichten hatte, die allerschändlichste Botschaft, und gegen meinen erklärten Willen habe ich sie Euch überbracht. Doch unter solchen Zwängen, welch andre Wahl blieb mir da, als mit dem Kopf gegen den harten Marmor zu rennen und wortgetreu diese Botschaft zu übermitteln?«

»Deine Zunge«, sprach Fürstin Mevrian, »hat mir das Gesicht mit glühenden Eisen versengt. Geh zurück zu deinem Herrn. Wenn er eine Antwort will, sag ihm, er kann sie in goldnen Lettern über dem Tor lesen.«

»Euer hochedler Bruder, Madame«, sprach Gro, »ist nicht hier, um Eurer Antwort Nachdruck zu verleihen.« Und er trat nahe an sie heran und sprach ganz leise, daß nur sie beide es hören konnten: »Laß Euch nicht täuschen. Dieser Corinius ist ein verdorbener, niederträchtiger, lüsterner Jüngling, der Euch erniedrigen und schänden wird, sobald er sich erst einmal mit Gewalt Zutritt zur Burg verschafft hat. Es wäre klüger, in aller Öffentlichkeit eine Feier zu seinem Empfang zu inszenieren; dann könntet Ihr ihm durch freundliche Worte und geschickte Ausflüchte vielleicht noch entgehen.«

Aber Mevrian sprach: »Ihr habt meine Antwort. Seine Bitte trifft auf taube Ohren. Sagt auch, daß mein Vetter, der Fürst Spitfyr, von seinen Wunden genesen ist und eine Armee aufgestellt hat, die diese Hexen von meinen Toren vertreiben wird, ehr noch viele Tage ins Land ziehen.«

Und mit diesen Worten kehrte sie hoheitsvoll ins Schloß zurück.

Der Fürst Gro aber ging wieder zurück zum Lager und zu Corinius, der ihn fragte, was er erreicht habe.

Er gab zur Antwort, daß sie sein Ansinnen verwerfe.

»So«, sprach Corinius, »die Mieze zeigt ihre Krallen? Dann muß ich mein heißes Begehr ein wenig aufschieben, um dann um so hitziger zuzupacken. Denn ich will und werde sie haben. Und diese Sprödigkeit und schnippische Abfuhr haben mich nur in meiner Absicht bestärkt.«

Kapitel XXII

Auerwatt und Scheidersee

Wie die Fürstin Mevrian von Krotherings Mauern die Armeen Hexenlandes und dero Heerführer erschauet; und von der Kunde, welche ihr dorten ward vom Kriege im Westen des Landes, vom Felde zu Auerwath und dem großen Gemetzel auf dem Scheiderseepfade.

Am vierten Tag nach jenen zuvor beschriebenen Geschehnissen erging sich die Fürstin Mevrian auf dem Zinnenkranz, der den Bergfried von Krothering umgab. Ein böiger Wind blies von Nordwesten. Der Himmel war wolkenlos: über ihr blau, ansonsten perlengrau, und die Luft ein wenig dunstig. Ihr alter Hausmeier[1], ein bewährter Mann, kriegerisch angetan mit Beinschienen und Helm und einem Wams aus gehärtetem Rindsleder, war bei ihr.

»Die Stunde sollte nun bald schlagen«, sprach sie. »Den heutigen oder morgigen Tag nannte Fürst Zigg mir, als ich sie bewirtete. Wenn Koboldland die Verabredung einhält, dann wär's von Übel nicht, sie gerade so zu erwischen.«

»Wie Euer Hoheit eine Mücke zwischen Euren Handflächen zerschlagen können«, sprach der alte Mann; und wieder blickte er nach Süden übers Meer.

Mevrian ließ ihren Blick ebenfalls in diese Richtung schweifen. »Nichts als Dunst und Sprühnebel«, sagte sie nach einigen Minuten des Suchens. »Ich bin froh, daß ich Fürst Spitfyr jene zweihundert Reiter geschickt habe. Er braucht jeden Mann, den er kriegen kann, für solch einen Tag. Was denkst du, Ravnor: falls König Gaslark nicht kommt, hat Fürst Spitfyr allein genügend Leute, um sie zu besiegen?«

Ravnor lachte leise in seinen Bart. »Ich glaube ja, und wär' Euer Bruder Herr Spitfyr hier, so würd' er Euer Hoheit das gleiche sagen. Seit ich auf dem grünen Rasen meine erste Kugel durchs Tor schlug[2], lehrte man mich, daß ein Dämon nicht durch fünf Hexen aufzuwiegen sei.«

Sie sah ihn ein wenig wehmütig an. »Ach«, sprach sie, »wär' er doch daheim. Und wäre Juss daheim.« Dann plötzlich wandte sie sich um nach Norden und zeigte auf das Lager. »Wären sie daheim«, rief sie, »so würdest du keine Fremden mit Kriegsgelüsten vor Krothering sehen, die mir ungehörige Anträge machen und mich wie einen Vogel im Käfig in diesem Schloß gefangenhalten. Hat es so etwas je in Dämonenland gegeben, bis heute?«

Nun kam ein Page von der andren Seite des Turmes gelaufen und rief, daß sich Schiffe am Horizont zeigten, die aus Südosten herbeigesegelt kämen. »Sie nehmen Kurs auf die Föhrde!«

»Aus welchem Land?« fragte Mevrian, während sie zurückeilten, um zu schauen.

»Woher anders als Koboldland?« meinte Ravnor.

»Oh, sag das nicht so vorschnell!« rief sie. Sie folgten der Mauerrundung, und das Meer und die Stropardon-Föhrde taten sich weit und leer vor ihnen auf. »Ich kann nichts sehen«, sagte sie, »oder sind jene fliegenden Seemöwen die Flotte, die du sahst?«

»Er meint die Donnerföhrde«, sprach Ravnor, der ein Stück weiter gegangen war, und deutete nach Westen. »Sie nehmen Kurs auf Auerwatt. Ganz gewiß ist das König Gaslark. Seht nur das Blau und Gold seiner Segel.«

Mevrian hielt Ausschau; ihre behandschuhte Hand trommelte nervös auf die marmorne Brüstung. Sehr hoheitsvoll wirkte sie in ihrem wallenden Umhang aus weißer, fließender Seide mit Kragen und Besatz aus Hermelin. »Achtzehn Schiffe!« rief sie. »Ich hätte mir nicht träumen lassen, daß Koboldland eine so große Streitmacht aufstellen könnte.«

»Euer Hoheit werden sich vergewissern wollen«, sprach Ravnor und ging entlang der Mauer zurück, »ob die Hexenländer geschlafen haben, während diese Schiffe eingelaufen sind.«

Sie folgte ihm und schaute hinab. Große Bewegung war in die Armee Hexenlands gekommen, die nun vor dem Lager aufmarschierte; es herrschte emsiges Kommen und Gehen, und die Pferde wurden bestiegen, und der Klang ihrer Trompeten, vom Wind hergetragen, drang schwach an Mevrians Ohren, als sie von ihrem hohen Wachturm aus zusah. Das Heer bewegte sich in Schlachtordnung über die Wiesen, blinkend von Bronze und Stahl. Südwärts kamen sie und passierten schließlich den Grund von Krothering, so nahe, daß jeder einzelne deutlich von den Zinnen zu sehen war, als sie vorbeiritten.

Mevrian beugte sich in einer Leibung vor, jeweils eine Hand auf die

Zinnen zu ihrer Linken und Rechten gestützt. »Ich möchte ihre Namen wissen[3]«, sprach sie. »Du bist ein alter Kriegsmann und kannst sie mir vielleicht nennen. Gro kenne ich, mit seinem langen Bart; und es macht das Herz schwer, einen Fürsten von Koboldland in solcher Gesellschaft zu sehen. Wer ist jener neben ihm, dieser bärtiger Galan mit einem geflügelten Helm und einem Diadem darüber gleich dem eines Königs, der eine rotgeschäftete Lanze trägt? Er scheint recht stolz zu sein.«

Der Alte antwortete: »Laxus von Hexenland; der Mann, der Admiral ihrer Flotte gegen die Ghulen war.«

»Er macht einen tapferen Eindruck, einer besseren Sache wert. Was ist mit dem, der jetzt unter uns reitet: rotbackig und braun und rank, mit einer Stirn wie Donnergewölk und vom Hals bis zu den Zehen gerüstet?«

Ravnor antwortete: »Hoheit, ich bin mir nicht sicher, da die Söhne Corunds einander sehr ähneln, doch könnte es der junge Prinz Heming sein.«

Meyrian lachte. »Prinz, sagst du?«

»So ist der Lauf der Welt, Euer Hoheit. Da Gorice Corund zum König Wichtlands einsetzte –«

Sprach Mevrian: »So nenn ihn lieber Heming Faz; ich möcht' wetten, sie schmücken sich nun mit barbarischen Titeln. Heming Faz, ei der Daus! Spielt jetzt den Herrn in Dämonenland.

Der größte Popanz von allen«, sagte sie dann nach einer Weile, »hält sich hinten, wie's scheint. Oh, hier kommt er. Lieber Himmel, was für ein wilder Reiter! Traun, im Sattel sitzen kann er, Ravnor, und die Figur eines Athleten hat er auch. Mich deucht, er wird mehr als seine goldnen Locken brauchen, um seinen Kopf heil zu behalten, bevor er mit Gaslark fertig ist, ja, und unsren eignen Leuten, die aus dem Norden kommen. Ich sehe, er trägt seinen Helm am Sattelknauf. Uns so nachzuäffen!« rief sie, als er näher kam. »Ganz in Silber und Seide. Ich hätte schwören wollen, daß nur Dämonen in solch prächtigem Aufzug in die Schlacht ziehen. O hätt' ich eine Schere, ihm den Kamm zu stutzen.«

Während sie so redete, beugte sie sich so weit wie möglich vor, um ihn zu beobachten. Und er, als er unten vorbeigaloppierte, sah zu ihr herauf, und als er sie so hinunterspähen sah, zügelte er scharf seinen dunklen Fuchs. Und während das Pferd schnaubte und sich aufbäumte, rief Corinius sie mit lauter Stimme an: »Guten Morgen, Madame!«, und: »Wünscht mir den Sieg, auf daß ich bald in Eure Arme komme!«

So nahe ritt er unter ihr, daß sie die Linien seines Gesichts sehen und darin lesen konnte, als er hochblickte und ihr jenen Gruß zuschrie. Er salutierte mit dem Schwert, gab seinem Pferd die Sporen und sprengte vorbei an Laxus und Gro zur Spitze des Zuges.

Wie bei einem plötzlichen Anflug von Krankheit oder wie wenn sie um ein Haar auf eine tödliche Natter getreten hätte, lehnte Fürstin Mevrian sich gegen den Marmor der Brüstung. Mit einem Satz war Ravnor bei ihr. »Sind Euer Hoheit krank? Was habt Ihr denn?«

»Nur ein kleiner Schwächeanfall«, sprach sie matt. »Willst du mir Besserung verschaffen, so zeige mir Spitfyrs glänzende Speerspitzen im Norden. Das leere Land macht mich schwindlig.«

Der Nachmittag verstrich. Zwei- und dreimal stieg Mevrian auf den Turm, konnte aber außer dem Meer und den Föhrden und der bergumschlossenen Ebene, die sanft und friedlich in der Frühlingssonne lag, nichts sehen: weder Zeichen von Männern noch von Kampfgewirr, nur die Masten von Gaslarks Schiffen, die drei Meilen oder mehr gen Südwesten über den Landvorsprung ragten. Dennoch wußte sie ganz sicher, daß bei jenen Schiffen an der Reede von Auerwatt eine blutige Schlacht im Gange war: König Gaslark, weit unterlegen, im Kampf gegen Laxus und Corinius und das Heer von Hexenland. Schon stand die Sonne tief über den dunklen Föhren der Westmark, und immer noch kein Zeichen aus dem Norden.

»Du hattest doch einen Kundschafter ausgesandt?« sprach sie zu Ravnor, als sie zum drittenmal auf die Zinnen stieg.

Er antwortete: »In aller Früh, Euer Hoheit. Aber er kommt nur langsam voran, bis er eine oder zwei Meilen vom Schloß entfernt ist; er muß ihren Patrouillen ausweichen, die überall herumstreifen.«

»Bring ihn sofort zu mir, wenn er kommt«, sagte sie.

Mit dem Fuß auf der Treppe wandte sie sich um. »Ravnor«, sagte sie.

Er kam zu ihr.

»Du«, sprach sie, »bist schon lange genug meines Bruders Hausmeier in Krothering und unsres Vaters vor ihm, um zu wissen, welcher Geist in denen unsres Hauses wohnet. Sage mir offen und ehrlich, was du von dieser Sache hältst. Fürst Spitfyr kommt zu spät; Koboldland hingegen zu früh – wie es seit alters sein Fehler ist. Wie denkst du darüber? Sprich frei, wie du zu meinem Bruder Fürst Brandoch Daha sprechen würdest, wenn er dich gefragt hätte.«

»Hoheit«, sprach Ravnor, »ich will Euch sagen, was ich denke, und das ist: wehe um Koboldland! Da der Herr Spitfyr noch nicht aus dem Norden kommt, vermögen nur die unsterblichen Götter, so sie vom Himmel herabsteigen, den König noch zu retten. Die Hexen zählen nach vorsichtiger Schätzung zweimal so viel wie seine Armee, und

Mann gegen Mann könnte man ebenso gut einen Hund gegen einen Bären hetzen wie gegen Hexen Kobolde. Denn sind sie auch beherzt und voll raschen Mutes, hat doch der Bär am Ende die Oberhand.«

Mevrian lauschte, ohne ihren traurigen Blick von ihm zu nehmen. »Und so großmütig eilte er Dämonenland in dessen schwärzester Stunde zur Hilfe«, sprach sie schließlich. »Kann das Schicksal so grausam sein? O Ravnor, diese Schande! Erst La Feurioz, nun Gaslark! Wie soll man uns noch länger achten und lieben? O diese Schmach, Ravnor!«

»Mögen Euer Hoheit«, sprach Ravnor, »uns nicht gar so voreilig die Schuld geben. Wenn ihr Plan und Abkommen fehlgeschlagen sind, so ist das vermutlich eher Gaslarks Fehler denn Spitfyrs. Wir wissen nicht genau, welcher Tag für die Landung festgelegt wurde.«

Während er so sprach, blickte er an ihr vorbei zum Meer, ein wenig südlich der rötesten Stelle des Sonnenuntergangs. Seine Augen wurden groß. Er berührte ihren Arm und wies mit der Hand. An den Masten bei Auerwatt wurden Segel gehißt. Rauch, wie von Brand, stieg zum Himmel empor. Und wie sie zusahen, bewegten sich die meisten der Schiffe aufs Meer hinaus. Von den zurückbleibenden, es waren ihrer fünf oder sechs, stiegen Flammen und schwarze Wolken auf. Die übrigen, als sie aus dem Windschatten der Landzunge kamen, eilten unter Segeln und Rudern auf das offene Meer hinaus gen Süden.

Keiner der beiden sprach ein Wort; und die Fürstin Mevrian stützte sich mit den Ellbogen auf die Brüstung und verbarg ihr Gesicht in den Händen.

Endlich kam Ravnors Kundschafter von seiner Mission zurück, und der alte Mann brachte ihn sofort zu Fürstin Mevrian in die Frauengemächer im Südflügel des Schlosses. Der Kundschafter sprach: »Hoheit, ich bringe nichts Schriftliches; dies wär' zu gefährlich gewesen, wäre ich unterwegs den Hexen in die Hände gefallen. Doch hatte ich eine Unterredung mit dem Herrn Spitfyr und dem Herrn Zigg an der Schwelle zum Klaftertal. Und dies trugen mir Ihre Hoheiten auf Euch zu übermitteln: daß Ihr unbesorgt sein möget, denn sie haben alle Wege nach Krothering besetzt, so daß die hexenländische Armee nicht aus diesem Gebiet zwischen Donnerföhrde und Stropardon-Föhrde entweichen kann, sondern nur dann, wenn sie mit Ihren Hoheiten den Kampf aufnimmt. Sollten die Feinde jedoch weiterhin ihre Belagerung fortsetzen, so würden unsre Armeen sie in die Zange nehmen und vernichten, da unsre Streitkräfte die ihren um fast tausend Mann übertreffen. Und dies wird morgen vonstatten gehen; denn das ist der Tag, an dem König Gaslark bei Auerwatt landen wird.«

Mevrian sprach: »Dann wissen sie noch gar nichts von diesem großen Unglück: daß nämlich Gaslark schon vor seiner Zeit hier war und ins Meer zurückgetrieben wurde?« Und sie fügte hinzu: »Wir müssen sie warnen, und zwar schnell, noch heute nacht.«

Als der Kundschafter dies hörte, sprach er: »Gebt mir zehn Minuten für einen Bissen und einen stärkenden Trank, und ich stehe Euer Hoheit zu Diensten.«

Und bald brach dieser Kundschafter im Dunkel der Nacht wieder von Krothering auf, um dem Fürsten Spitfyr Kunde zu bringen von dem, was sich zugetragen hatte. Und die Wächter auf den Mauern Krotherings sahen im Norden unter dem Aartor die Lagerfeuer der Hexen wie Sterne leuchten.

Die Nacht verstrich, und der Morgen graute, und das Lager der Hexen zeigte sich leer wie eine leere Muschel.

Mevrian sprach: »Sie sind in der Nacht abgezogen.«

»Dann werden Euer Hoheit bald freudige Kunde hören«, sprach Ravnor.

»Es sieht so aus, als bekämen wir heute abend Gäste in Krothering«, sprach Mevrian. Und sie gab Anweisung, alles für die Ankunft herzurichten und die schönsten Gemächer für Spitfyr und Zigg, sie willkommen zu heißen. So verging der Tag mit emsigen Vorbereitungen. Aber als der Abend kam und noch kein Hufschlag im Norden zu hören war, krochen ein paar Schatten der Ungeduld und Furcht über die erwartungsvollen Gesichter zu Krothering, wie die Schatten der Nacht über den Himmel krochen. Denn Mevrians Bote kehrte nicht zurück. Spät zur Ruh ging die Fürstin Mevrian, und mit den ersten fahlen Licht war sie wieder auf, in ihren großen Samtmantel mit Daunenfutter gehüllt gegen die kühle Morgenbrise. Hinauf auf den Turm stieg sie, und gemeinsam mit dem alten Ravnor hielt sie Ausschau. Doch der blasse Morgen erhob sich über ein leeres Land, und so blieb es den ganzen Tag bis zum Abend: Sie spähten und warteten, und in ihren Herzen machte sich Zweifel breit.

Spät an diesem dritten Abend nach der Schlacht bei Auerwatt nahmen sie ihr Abendmahl ein. Und ehr sie halb damit fertig waren, wurde es draußen im Vorhof laut: rasselnd ging die Zugbrücke herunter, und laut klapperten Pferdehufe auf der Brücke und dem Pflaster aus Jaspis[4]. Aufrecht und erwartungsvoll saß Mevrian da. Sie nickte ihrem Hausmeier zu, der ohne ein weiteres Wort hinauseilte und schon bald darauf wiederkam. Er flüsterte ihr ins Ohr: »Hoheit, Neuigkeiten. Besser, Ihr empfangt ihn allein. Trinkt zuvor diesen Becher.« Und er schenkte ihr Wein ein.

Sie erhob sich und sprach zu Ravnor: »Komm du und bringe ihn mit.«

Während sie gingen, flüsterte er ihr zu: »Astar von Rettray, von Fürst Zigg mit wichtiger Kunde für Euer Hoheit Ohren gesandt.«

Fürstin Mevrian nahm Platz auf ihrem Elfenbeinsitz mit weichen Polstern aus beschtrischer Seide, in die mit prangenden Farben kleine goldne Vögel und Erdbeerblätter mitsamt Blüten und reichen, roten Früchten gestickt waren. Sie hielt Astar die Hand hin, der in voller Kriegsrüstung vor ihr stand und ganz mit Schmutz und Blut besudelt war. Er verneigte sich und küßte ihre Hand, blieb aber stumm. Er hob den Kopf und sah ihr direkt in die Augen, aber seine Augen waren blutunterlaufen und sein Blick war schrecklich wie der eines Unglücksboten.

»Mein Freund«, sprach Mevrian, »zerstreue meine Zweifel und sprich frei. Du weißt, daß es nicht in unsrem Blut ist, in Gefahr und Unglück zu verzagen.«

Astar sprach: »Zigg, mein Schwager, trug mir auf, Euch alles zu berichten.«

»Beginne«, sprach sie. »Du kennst unsre letzte Nachricht. Stunde um Stunde warteten wir seither auf den Sieg. Ich ließ ein großes Willkommensfest vorbereiten.«

Astar seufzte. »Fürstin Mevrian«, sprach er, »Ihr müßt ein Schwert, nicht ein Bankett vorbereiten. Ihr sandtet doch einen Läufer zu Spitfyr.«

»Ja«, sprach sie.

»Er brachte uns in jener Nacht die Kunde, daß Gaslark geschlagen sei. Ein großes Unglück, daß Gaslark zu früh kam und die Hauptlast zu tragen hatte. Dennoch war die Rache bei der Hand, meinten wir. Denn jeder Paß, jede Straße war von uns bewacht, und wir hatten die größere Streitmacht. Also warteten wir in jener Nacht, derweil wir Corinius' Feuer in seinem Lager vor Krothering brennen sahen, und gedachten ihn beim Morgengrauen anzugreifen. In der Nacht kam dann Nebel auf, und der Mond war früh gesunken. Und so schlimm es klingt, so wahr ist es, daß die ganze hexenländische Armee in jener Nacht an uns vorbeimarschierte.«

»Was?« rief Mevrian. »Habt ihr denn alle geschlafen, daß keiner etwas merkte?«

»Um Mitternacht«, antwortete er, »wußten wir aus sicherer Quelle, daß sie aufgebrochen waren und die Feuer in seinem Lager nur eine Finte, um uns irrezuführen. Wir waren uns ziemlich sicher, daß Corinius nach Nordwesten durchgebrochen war, wo er den oberen Weg nach Mealand nehmen mußte, über die Dachssteighöhe. Zigg galoppierte mit siebenhundert Reitern nach Heidbühl, um ihn abzufangen, während unsre Hauptstreitmacht in höchster Eile das Kleine Rabental hinaufzog. Ihr seht, Madame, Corinius bewegte sich entlang des Bogens und wir entlang der Bogensehne.«

»Ja«, sagte Mevrian. »Ihr mußtet ihm nur bei Heidbühl mit den Reitern den Weg verlegen, und er hätte nur die Wahl zu kämpfen oder aufs Justtal zurückzuweichen, wo er Gefahr lief, die Hälfte seiner Leute im Memmery-Moos zu verlieren. Fremde dürften kaum einen festen Weg dort finden in einer dunklen Nacht.«

»Unstreitig ist, wir hätten ihn da haben müssen, wo wir ihn wollten«, sprach Astar. »Doch wahr ist, daß er einen Haken schlug wie ein Hase und uns alle nach Strich und Faden zum Narren hielt. Irgendwo bei Grossand machte er, wie wir später folgerten, kehrt und entschlüpfte hinter unsrem Rücken zurück nach Osten. Und das war eines der bemerkenswertesten Kunststücke, von denen die Kriegsgeschichte weiß.«

»Halt, edler Astar«, sprach Mevrian. »Ergeht Euch nicht in Lobreden auf Hexenland, und glaubet nicht, ich schätzte Spitfyrs und Ziggs Kriegskunst geringer ein, selbst wenn Corinius, ob durch Geschick oder Glück, unsrem Heer in der Dunkelheit entkam.«

»Madame«, sprach er, »nehmt das Schlimmste an und macht Euch darauf gefaßt.«

Ihre grauen Augen ruhten unbeirrbar auf ihm. »Aus gewissen Quellen«, sprach er weiter, »erfuhren wir, daß sie in aller Eile in Richtung Osten unterwegs seien, zum Scheidersee; und noch ehr die Sonne über den Gemsenkamm blickte, waren wir ihnen dicht auf der Spur, da wir wußten, daß unsre Zahl größer war und unsre ganze Hoffnung darin bestand, sie zur Schlacht zu stellen, ehr sie den Steig erreichten, wo sie eine Festung von großer Stärke errichtet haben, aus der wir sie kaum herauszuwerfen hoffen konnten, wenn sie es bis dorthin schaffen sollten.«

Er hielt inne. »Nun?« sprach sie.

»Madame«, sprach er, »daß wir von Dämonenland groß und unbesiegbar im Krieg sind, ist unbestreitbar. Doch kämpfen wir in diesen Tagen wie ein Mann, der an den Füßen gefesselt ist oder nur mit halber Ausrüstung oder wie einer, der noch halb im Schlaf ist. Denn wir sind unsrer Größten beraubt. Dieser beraubt, kann uns solches Leid befallen und ein solches Verhängnis, wie es im letzten Herbst am Thremnir-Kliff geschah und wie es sich heute noch viel schrecklicher am Scheiderseepfad ereignete.«

Mevrians Wangen wurden bleich, aber sie sprach kein Wort, sondern wartete.

»Wir waren eifrig dabei, sie zu verfolgen«, sprach Astar. »Die Gründe habe ich Euch genannt, Madame. Nun wißt Ihr, wie der Weg entlang des Scheidersees unmittelbar an den Abhängen der Berge vorbeiführt, und das Ufer des Sees engt den Weg auf Meilen gegen die Bergausläufer ein, und Wälder bedecken die unteren Hänge, und Täler und Waldschluchten führen zwischen den Ausläufern zum Gebirge hinauf. Der Tag war neblig, und die Nebel hingen über den Ufern des Scheidersees. Als wir so weit marschiert waren, daß unsre Vorhut ungefähr auf der Höhe von Hochbank war, das auf dem anderen Ufer liegt, begann die Schlacht, sehr zu ihrem Vorteil, denn Corinius hatte starke Verbände in den Waldhängen auf unsrer rechten Flanke versteckt, die uns aus dem Hinterhalt und ohne Vorwarnung anfielen. Um Euch nicht mit einer traurigen Geschichte zu bedrücken, Madame: Wir wurden blutigst geschlagen, unsere Armee fast bis auf den letzten Mann ausgelöscht. Mitten im Getümmel stahl Zigg sich einen Augenblick Zeit und trug mir auf, um unsrer Treue willen nach Krothering zu reiten, als ob mein Leben und unser aller Heil davon abhinge, und Euch zu bitten, von hier in die Westmark zu fliehen oder auf die Inseln oder woandershin, ehr die Hexen wiederkehren und Euch einschließen. Denn außer diesen Mauern und den wenigen tapferen Soldaten, die ihr habt, Euch zu beschützen, steht nichts mehr zwischen Euch und diesen teuflischen Hexen.«

Immer noch schwieg sie. Er sprach: »O grollt mir nicht, liebe Fürstin Mevrian, daß ich Euch diese Schreckensbotschaft überbrachte. Die Dringlichkeit der Lage verwehrte es mir, meine Worte in ein schöneres Gewand zu kleiden. Und zudem dünkte mich, ich würde Euch mit Freimut mehr dienen, als aus schierer Höflichkeit falschen Trost anzubieten, wo es keinen Trost gibt.«

Die Fürstin Mevrian stand auf und nahm seine beiden Hände in die ihren. Und das Licht in ihren Augen war wie das neue Licht des Morgens, das durch die Dunstschleier auf der grauen, stillen Oberfläche eines Bergsees dringt, und der Klang ihrer Stimme süß wie die Stimmen des Morgens, als sie sprach: »O Astar, halte mich nicht für ein so ungerechtes und törichtes Geschöpf. Ich danke dir, liebenswürdiger Astar. Aber du hast noch nicht gespeist, und gewiß machen Schlacht und harter Ritt einen tapferen Soldaten hungrig wie einen Wolf, auch wenn er schlimme Kunde bringt. Du bist deshalb nicht minder willkommen, weil wir andre als dich erwarteten und ganz andre Kunde. Ein Gemach steht für dich bereit. Iß und trink, und wenn die Nacht vorbei ist, werden wir genug Zeit haben, über all diese Dinge zu sprechen.«

»Madame«, sprach er, »ihr müßt jetzt fliehen, oder es ist zu spät.«

Aber sie antwortete ihm: »Nein, edler Astar. Dies ist meines Bruders Haus. Solange ich es für ihn gegen seine Wiederkunft halten kann, werde ich mich nicht wie eine Ratte aus Krothering schleichen, sondern meine Pflicht erfüllen. Und dies eine ist gewiß: Solange ich und meine Leute leben, werden sich die Tore Krotherings den Hexen nicht auftun.«

So schickte sie ihn zum Abendessen; sie selbst jedoch saß noch spät in jener Nacht allein im Mondgemach, das sich im Bergfried oberhalb des Innenhofs von Krothering befand. Dies Gemach war Fürst Brandoch Dahas Speisezimmer, vor Jahren von ihm entworfen und eingerichtet; und hier nahmen er und sie häufig ihre Mahlzeiten ein, denn der Bankettsaal auf der anderen Seite des Hofes wurde nur bei großen Gastmählern benutzt. Entsprechend den runden Mauern des Turms war es ein rundes Gemach. All die Säulen und die Wände und das gewölbte Dach bestanden aus einem eigenartigen Stein, weiß und glatt, in dem dennoch ein solch großartiger Goldglanz wohnte, wie ihn die goldne Scheibe des Vollmonds in einer lauen Mittsommernacht hervorbringt. Lampen aus eigenständig leuchtenden, milchigtrüben Opalen erfüllten die Kammer mit ihrem sanften Schein, in dem die Flachreliefs auf dem durchgehenden Wandfries, welche die unsterblichen Blumen Amaranth, Nepenthe und elysische Narzisse[5] darstellten, in all ihrer zarten Schönheit zu sehen waren, desgleichen die kunstvoll gemalten Portraits des Fürsten von Krothering und seiner Schwester und über dem offenen Kamin ein Bild von Fürst Juss, mit Goldry und Spitfyr zu seiner Linken und Rechten. Und noch einige andre Bilder hingen an den Wänden: Armelline, Prinzessin von Koboldland, Zigg und seine Gemahlin und andre; wundersam schön.

Hier saß die Fürstin Mevrian lange Zeit. Sie hielt eine kleine Laute aus edlem Sandelholz und Elfenbein, eingelegt mit Edelsteinen. Während sie vor sich hin sann, strichen ihre Finger spielerisch über die Saiten, und mit leiser, süßer Stimme sang sie dies Lied:[6]

Es saßen drey Raben auf einem Baum /
Sie waren so schwartz / man glaubet es kaum.

Der eyne davon sprach zu seinem Gesell /
Wo finden wir heut unser Festmahl schnell?

Drunten in jenem grunen Gefild' /
Liegt ein Ritter erschlagen vnterm Schild.

Seyne Hunde liegen ihm zu den Füßen /
Das ihren Herrn sie wol können schützen.

Seyne Falken fliegen so eifrig auf Jagd /
Das kein Vogel zu ihm her zu kommen wagt.

Hinab zu ihm kommet ein schewes Reh /
Sie traget so schwer[7] */ das kaum sie geh.*

Sie hob auff sein Häupt / so bleich im Todt /
Und kiest seine Wunden / die waren so rot.

Sie hob ihn auff ihren Rucken schwer /
Und trug ihn zur tiefsten Grube her.

Sie begrub ihn vor dem Mittagsgeläut /
War selber todt / ehr der Abendt dräut.

Gott sende jedem edeln Mann /
Solch Hund / solch Falk / solch eine Leman[8].

Als die letzte, seufzende Süße der Saiten zitternd verklungen war, legte sie die Laute beiseite und sprach: »Der Mißklang meiner Gedanken, o Laute, verträgt sich nicht mit den Harmonien deiner Saiten. Lassen wir es.«

Dann fiel ihr Blick auf das Bild ihres Bruders, des Fürsten Brandoch Daha in seiner mit Edelsteinen besetzten und mit Gold gerändelten Rüstung, die Hand auf dem Schwert. Und jener gelassene, amüsierte und dennoch gebieterische Blick, den er auch im Leben hatte, war da, wundersam lebendig eingefangen durch die Kunst des Malers; und die wohlgeformten Züge und Linien seiner Brauen, Lippen und seines Kinns, wo Kraft und Macht und Entschlossenheit schlummerten, wie der eherne Ares in den Armen der Königin der Liebe[9] schlummern mag.

Eine lange Zeit betrachtete Fürstin Mevrian gedankenverloren jenes Bild. Dann vergrub sie ihr Gesicht in den Kissen der langen Bank, auf der sie saß, und brach in ein heftiges Weinen aus.

Kapitel XXIII

Das Wyrd von Ischnain Nemrarta

Von dem Rathe, welchen die Hexen gehalten um den Fortgang des Krieges, worauf beim fünften Angriffe die Burg des Herrn Brandoch Daha dem Corinio zur Beute ward.

Nun blieb wenig Zeit für Überlegungen, denn mit dem Morgengrauen des nächsten Tages zog die hexenländische Armee abermals vor die Tore Krotherings, und ein Herold kam, von Corinius gesandt, um Mevrian aufzufordern, das Schloß und sich selbst in ihre Hand zu geben, auf daß ihnen nichts Schlimmeres widerfahre. Was sie entschieden ablehnte, worauf Corinius das Schloß alsgleich angreifen ließ, es aber nicht einnehmen konnte. Und in den nächsten drei Tagen ließ er dreimal zum Sturm auf die Burg blasen, und nachdem er ein jedes Mal nach einigen Verlusten unverrichteter Dinge aufgeben mußte, ließ er einen geschlossenen Belagerungsring errichten.

Und nun rief er die übrigen Fürsten von Hexenland zu einem Kriegsrat zusammen. »Was meint ihr? Welcher Strategie sollen wir folgen? Es sind nur wenige im Innern, um die Mauern zu besetzen; und es ist eine große Schande für uns und für ganz Hexenland, wenn wir diese Burg nicht einnehmen können, da wir mit so vielen dagegen angegangen sind, und so große Hauptleute obdrein.«

Laxus sprach: »Ihr seid König in Dämonenland. An Euch liegt es, was getan werden soll. Doch wenn Ihr meinen Rat haben wollt, will ich ihn Euch gerne geben.«

»Ich wünsche, daß jeder von euch«, sprach Corinius, »mir frank und frei seine Meinung kundtut. Und wohl wißt ihr, daß mir nichts andres am Herzen liegt als die Ehre und der Ruhm Hexenlands und unsre Eroberung hier zu sichern.«

»Nun«, sprach Laxus, »schon einmal gab ich Euch meinen Rat und erntete nur Euren Zorn. Wohl habt Ihr einen großen Sieg am Scheidersee erkämpft; doch hätten wir ganze Arbeit geleistet und das Schwert unsres Vorteils bis zum Heft in die Brust unsres Gegners gestoßen, so hätten wir dieses ganze Gezücht, Spitfyr, Zigg und Volle, in diesem Lande ausgetilgt. Doch so sind sie uns entkommen, der Teufel weiß wohin, uns mit neue Dornenstichen plagen zu können.«

Corinius sprach: »Es ist leicht, in nachhinein den Weisen zu spielen. Aber so war dein Rat nicht. Du hast von mir verlangt, Krothering aufzugeben. Und dergleichen werde ich niemals tun, wenn ich einmal meine Hände nach etwas ausgestreckt habe.«

Laxus entgegnete ihm: »Nicht nur riet ich Euch dazu, ich bot sogar an, und Heming war dabei und kann's bezeugen, diese Konfektdose mit einer kleinen Truppe für Euch zu bewachen, bis Ihr mit Eurer Hauptaufgabe fertig wärest.«

»Das stimmt«, sagte Heming.

Corinius aber sprach: »Das stimmt nicht, Heming. Und wäre dem tatsächlich so, verwundert es mich nicht, daß ihr als erste von diesem Zuckerwerk naschen wolltet. Ich sehe nicht ein, warum ich's euch erlauben sollte.«

»Das«, sprach Laxus, »ist eine üble Rede. Ich sehe, Euer Gedächtnis bedarf der Nachhilfe, und Ihr verfallt in Undankbarkeit. Wie viele solcher Früchte habt Ihr schon vernascht, seit wir in diesem Land sind? Früchte, die zu pflücken wir die Mühe und die Plage hatten?«

»Gib du nur Ruhe«, sprach Corinius. »Ich vergaß, daß die Träume von Srivas feuchten Lippen dich vom Streunen abhalten. Und nun genug geschwätzt: zur Sache!«

Fürst Laxus errötete. »So wahr ich hier stehe«, sprach er, »das gehört sehr wohl zur Sache. Es wäre gut für uns alle, Corinius, wenn Ihr Eure losen Gedanken nicht ständig streunen ließet. Wollt Ihr Männer dieser Burg wegen opfern? Da laßt uns besser gegen Stormhöh ziehn: das wäre ein Preis, der mehr zu unsrer Sicherheit und Herrschaft in diesem Land beitrüge.«

»Ja«, sprach Heming. »Stellen wir den Feind. Deswegen sind wir hier; nicht um Weiber für Euch zu finden.«

Daraufhin versetzte ihm der Fürst Corinius über den Tisch hinweg einen mächtigen Schlag ins Gesicht. Heming, fuchsteufelswild, riß einen Dolch heraus; aber Gro und Laxus packten ihn bei den Armen und hielten ihn zurück. Gro sprach: »Meine Herren, meine Herren, hütet Eure Zungen. Wir haben hier nur einen Zweck und ein Ziel, nämlich die Macht und den Ruhm unsres Herrn und Königs zu mehren. Du, Heming, vergiß nicht, daß der König die Obrigkeit in Corinius' Hand legte und daß dein gegen ihn gezogner Dolch sich gegen Seine Majestät höchstselbst richtet. Und Ihr, mein Fürst, mißbrauchet Eure Macht nicht, bitt' ich Euch. Denn gewiß ist es nur unser aller

Wunsch nach Schlachtgetümmel, der unsre Hände in derlei privaten Dingen so rasch zur Waffe greifen läßt.«

Als durch solch besänftigende Worte sich der Sturm im Suppentopf wieder ein wenig gelegt hatten, bat Corinius Fürst Gro zu sagen, was er für das Nächstliegende halte. Gro antwortete: »Euer Liebden, ich bin der gleichen Meinung wie Laxus. Wenn wir hier vor Krothering liegen, geht's uns wie faulen Köchen, die sich mit Näschereien abgeben und darüber den Braten anbrennen lassen. Wir sollten uns auf die Suche nach der Hauptmacht der Feinde begeben und sie rasch vernichten, auf daß sie nicht wieder zu gefährlicher Größe anwachse; denn wohin diese Herren auch geflohen sind, glaubet nicht, daß sie ablassen werden, Übles wider uns im Schilde zu führen.«

»Wie ich sehe«, sprach Corinius, »seid ihr alle drei einer Meinung gegen mich. Aber nicht einen Lichtstrahl an Gedanken hat eure Rede in mir gepflanzt, der nicht eine größere Wolke aufscheinen läßt als jene, in der ihr einhergeht.«

»Es ist wohl war«, sprach Laxus, »daß wir's als nicht gerade ehrenhaft ansehen, Krieg gegen Frauen zu führen.«

»Aha, da hebt sich der Deckel der Schüssel!« sprach Corinius. »Und drinnen sieht es wüst aus. Ihr seid weibstoll, ein jeder von euch, und das trübt euren Blick dermaßen, daß ihr glaubt, ich sei der gleichen Krankheit verfallen. Du und dein kleines braunäugiges Luder, das dich vermutlich seit Monaten eines andren wegen vergessen hat. Heming hier, von dem ich nicht weiß, nach welche süßer Maid sein junges Herz schmachtet. Gro, haha!«, und er brach in Gelächter aus. »Warum der König mir diesen Kobold aufgehalst hat, wissen nur er und sein Sekretär, der Teufel; ich nicht. Beim Satan, du hast so einen ausgehungerten Blick in den Augen, daß ich glaube, die Botschaft, auf die ich dich zu Krotherings Toren schickte, hat dir nicht wohl getan. Das lüsterne Schielen meines Katers verrät mir, daß mein Kater rollig[1] wird. Findest rabenschwarz nun wohl eine bessere Farbe im Haar einer Frau, dein kaltes Blut in Wallung zu versetzen, als kastanienrot? Oder meinst, diese Brüste seien weicher als die einer Königin, um deine parfümierten Locken drauf zu betten?«

Bei diesen Worten waren alle drei von ihren Sitzen aufgesprungen. Gro, mit einem aschfahlen Gesicht, sprach: »Mich magst du mit Schmutz bewerfen, wie es dir beliebt. Ich werde es schon ertragen, um Hexenlands willen und bis du an deinem eignen Gift erstickst. Doch solange ich am Leben bin, werde ich eines nicht dulden, weder bei dir noch bei andren: daß du mit deiner zotigen Zunge den Namen Königin Prezmyras verunglimpfst.«

Corinius saß ganz ruhig auf seinem Stuhl, in einer Haltung betonter Lässigkeit, doch sein Schwert war griffbereit. Sein kantiges Kinn war vorgeschoben, seine anmaßenden blauen Augen blickten verächtlich von einem der Fürsten zum andren, wie sie drohend vor ihm standen. »Pah!« sprach er schließlich. »Wer brachte ihren Namen ins Spiel, wenn nicht Ihr selbst, Herr Gro? Ich nicht.«

»Ihr tätet gut daran, es auch in Zukunft bleiben zu lassen, Corinius«, sprach Heming. »Sind wir Euch nicht gefolgt und haben Euch nach Kräften unterstützt? Und so werden wir's auch weiterhin halten. Doch bedenket, ich bin König Corunds Sohn. Und solltet Ihr diese niederträchtige Lüge noch einmal aussprechen, wird es Euch das Leben kosten, so ich's vermag.«

Corinius breitete die Arme aus und lachte. »Kommt«, sprach er und stand auf, als sei alles in bester Ordnung, »es war nur ein Scherz; und, das gebe ich zu, ein schlechter obdrein. Es tut mir leid, meine Herren.

Und nun«, fuhr er fort, »kommen wir wieder zur Sache. Von Burg Krothering will ich nicht lassen, denn es ist nicht meine Art, um irgendeines Mannes auf Erden, nicht einmal um der allmächtigen Götter willen, von meinem einmal gesetzten Kurs abzuweichen. Doch will ich einen Handel mit euch schließen, und zwar, daß wir morgen die Feste ein letztes Mal angreifen: mit all unsren Männern und all unsrer Macht. Und wenn, was ich bezweifle und als äußerst beschämend empfände, wir keinen Erfolg haben, dann werden wir abziehen und tun, was du rätst, o Laxus.«

»Vier Tage sind bereits verloren«, sprach Laxus, »und unwiederbringlich. Doch sei es, wie du willst.«

Damit ward der Kriegsrat beendet. Aber im Herzen und den Gedanken des Fürsten Gro fand sich kein Frieden, sondern ein Tumult mannigfaltiger Bildern von Hoffnungen und Ängsten und alten Sehnsüchten, die sich wie ringelnde und kämpfende Schlangen ineinander verwanden. So daß ihm nichts klar war als das unklare Gären seiner Unzufriedenheit; und es war ihm, als hätte das Bewußtsein eines geheimen Unterpfands, tief in seinem Innern beschlossen, zwischen ihn und seine Gedanken einen Schleier geworfen, den er nicht zu lüften wagte.

Früh am Morgen ließ Corinius seine gesamten Heerscharen zum Sturm gegen Krothering anrücken: Laxus von Süden, Heming und Cargo von Osten gegen das Haupttor und er selbst von Westen, wo die Mauern und Türme am stärksten waren, der natürliche Vorteil der Lage jedoch schwächer als anderswo schien. Die Verteidiger waren ihrer nur wenige, dieweil Mevrian zweihundert Reiter zu Fürst Zigg geschickt hatte und diese nach der Schlacht am Scheidersee nicht zurückgekommen waren; und als der Tag verstrich und der Kampf weiter wütete und immer noch Schläge ausgeteilt und eingesteckt wurden, ward die Lage der Dämonen immer verzweifelter, und mehr und mehr mußte die Burg sich nur aus eigner Stärke heraus halten, denn es gab bald nicht mehr genug Mannen, die Mauern zu besetzen. Und Corinius war nun drauf und dran, die Festung einzunehmen; denn er hatte die Mauer westlich des Bergfrieds bezwungen, wo er und seine Mannen einem Rudel von Wölfen gleich die Wehrgänge säuberten. Aber Astar von Rettray verpaßte ihm dort einen so gewaltigen Schwerthieb auf den Helm, daß er betäubt über die Zinne der Burgmauer hinunter in den Wassergraben stürzte; doch ward er von seinen Leuten herausgezogen und in Sicherheit gebracht. So mußte Fürst Corinius dem Kampf entsagen; was ihn nicht davon abhielt, seine Krieger weiter anzutreiben. Und etwa zur fünften Stunde nach Mittag nahmen Corunds Söhne das Haupttor.

Zu jener Stunde brachte Fürstin Mevrian eigenhändig in einer Kampfespause einen Becher Wein zu Astar. Während er trank, sprach sie: »Astar, die Stunde gebietet, daß ich Euch zum Gehorsam verpflichte, wie ich meine eignen Leute und Ravnor verpflichtete, der hier meine Truppe in Krothering befehligt.«

»Meine Herrin«, antwortete er, »so Eure Sicherheit dies gebietet, werde ich gehorchen.«

Sie sprach: »Ohne Bedingungen. Höre und wisse: Zuerst möchte ich dir und diesen tapferen Männern danken, die ihr uns und das goldne Krothering so heldenmütig gegen den Feind verteidigt habt. Es war mein fester Entschluß, die Burg bis zuletzt zu verteidigen, weil sie meines geliebten Bruders Haus ist; denn es dünkt mich unwürdig, daß Corinius seine Pferde in unsren Gemächern einstellen und mit seinen Trunkenbolden unsere schönen Bankettsäle schänden sollte. Doch jetzt, durch die harte Notdurft des Krieges, hat es sich so ergeben, daß alles bis auf diesen Turm dem Feind in die Hände gefallen ist.«

»Ach, Madame«, sprach er, »zu unsrer Schande kann ich dem nicht widersprechen.«

»Oh, sprich nicht von Schande«, entgegnete sie. »Auf einen von uns kommen zwanzig von ihnen: der Ruhm unsrer Verteidigung wird alle Zeiten überdauern. Doch nun ist's hauptsächlich um meinetwillen, daß er immer noch auf Krothering so harte und wuchtige Schläge herabregnen läßt. Und nun müßt ihr mir gehorchen und meinem Gebot willfahren; denn sonst werden wir zugrunde gehen, da wir zu wenige sind, um selbst diesen Turm allein viele Tage gegen ihn zu halten.«

»Göttliche Herrin«, sprach Astar, »nur einmal muß man den grausigen Paß des Todes überqueren. Ich und die Eurigen werden Euch bis zum letzten Atemzug verteidigen.«

»Euer Liebden«, sprach sie und stand vor ihm wie eine Königin, »ich werde jetzt mich selbst und diese kostbaren Schätze in Krothering wirksamer verteidigen, als ihr Krieger es vermögt.« Und sie erklärte ihm kurz ihr Vorhaben, nämlich den Turm zu übergeben gegen freien Abzug für Astar und Ravnor und alle ihre Männer.

»Und Euch diesem Corinius ausliefern?« sprach Astar. Sie aber antwortete: »Dein Schwert hat ihm vermutlich für einige Zeit die Krallen gestutzt. Ich fürchte ihn nicht.«

Von all dem wollte Astar zuerst nichts hören, und der alte Hausmeier wäre beinahe zum Rebellen geworden. Doch war sie so festen Mutes und konnte ihnen obdrein klar machen, daß dies die einzige Hoffnung sei, sie selbst und Krothering zu retten, und daß die Hexen sonst Schloß Krothering verheeren und in wenigen Tagen den Turm stürmen würden, »und dann die Schlangengrube der Verzweiflung; nicht weil uns kein Glück beschieden war, sondern weil wir uns unser Glück nicht fügen konnten«; und dies vor Augen, kamen sie schließlich schweren Herzens ihrer Bitte nach.

Ohne weiteren Verzug wurde um Verhandlung gebeten. Mevrian sprach für sich selbst von einem hohen Turmfenster aus, das zum Hof wies, und Gro für Corinius. Es wurde vereinbart, daß der Turm von ihr zu übergeben sei; daß die Krieger im Innern freies Geleit haben sollten, dorthin abzuziehen, wohin sie wollten; daß es keine Plünderung und Brandschatzung geben solle, weder in Krothering selbst noch in dessen Umland; und daß dies alles niedergeschrieben und verbürgt werden solle unter dem Siegel von Corinius, Laxus und Gro; und binnen einer halben Stunde nach Übereignung der niedergeschriebenen und besiegelten Bedingungen in Mevrians Hand sollten den Hexen die Tore geöffnet und alle Schlüssel überreicht werden.

Und also wurde verfahren und der Turm von Krothering den Hexen übergeben. Astar und Ravnor und ihre Mannen wären um Mevrians willen als Gefangene geblieben, aber Corinius lehnte dies strikt ab und gelobte unter blutigen Flüchen, daß er jeden Mann auf der Stelle würde hinrichten lassen, der nach Ablauf einer Stunde innerhalb eines Gebietes von drei Meilen um Krothering seinen Patrouillen in die Hände liefe. So zogen sie auf Mevrians ausdrückliches Geheiß von dannen.

Kapitel XXIV

Ein König in Krothering

Wie der Fürst Corinius sich im Dæmonenlande eine Königin zu erkiesen gedacht und sich ein Hochzeitsfest bereitet; worin ein trefflich Beispiel zu sehen, wie jenen, welche die Götter lieben, Fürspreche und Helfer erstehen selbst inmitten ihrer Feinde.

Noch am gleichen Abend ließ Corinius im Mondgemach ein Bankett für etwa drei Dutzend seiner wichtigsten Männer richten, ein gar aufwendiges und königliches Fest; und da er dachte, nun würde seinem Verlangen, Fürstin Mevrian betreffend, nichts mehr im Wege stehen, ließ er ihr durch einen seiner Leute ausrichten, sie möchte ihm dort ihre Aufwartung machen. Als sie ihm höflichst erwidern ließ, daß das ganze Schloß zu seiner Verfügung stehe, sie selbst aber sehr ermattet und der Ruhe bedürftig sei, brach er in maßloses Gelächter aus und sprach: »Ein recht unzeitgemäßer Wunsch und einer, der zudem nach Verachtung schmeckt; denn sehr wohl weiß sie, was ich in dieser Nacht beabsichtige. Sagt ihr, sie solle sich herbegeben, und zwar schnell, oder ich lasse sie holen.«

Nachdem sie diese Botschaft erhalten, erschien sie nach kurzer Zeit selbst, um Antwort zu stehen, ganz in das Schwarz der Trauer gekleidet, in einem Gewand und eng anliegendem Mieder aus schwarzem Zindeltaft, mit schwarzem Sarsenett[1] geschlitzt, und um ihren Hals trug sie ein Geschmeide von dunkel glänzenden Saphiren. Sehr stolz hielt sie ihren Kopf. Umrahmt von den aufgesteckten und geflochtenen Massen ihres nachtschwarzen Haares wirkte ihr Antlitz sehr bleich, dennoch unerschrocken und gefaßt. Alle erhoben sich, als sie das Mondgemach betrat; und Corinius sprach: »Frau, du hast deine Meinung schnell geändert, seit du zuerst gelobtest, mir Krothering niemals übergeben.«

»Sobald ich es vermochte, Euer Liebden«, sprach sie, »dieweil ich meinen Fehler einsah.«

Er schwieg einen Augenblick, während seine Augen wie liebeshungrig schwelgend über ihre schöne Gestalt streiften. Dann sprach er: »Du wolltest Sicherheit für deine Freunde erkaufen?«

Sie antwortete: »Ja.«

»Für deine Person«, sprach er, »hätte das nicht den leisesten Unterschied gemacht. Die Allwissenheit der Götter, vor denen kein Ding verborgen ist, sei mein Zeuge, daß ich dir nur Gutes will.«

»Euer Liebden«, sprach sie, »ich mache mir den Trost dieser Worte zu eigen. Und wisset, daß Gutes für mich die eigne Freiheit bedeutet und nicht an die Willkür eines Mannes geknüpfte Bedingungen.«

Woraufhin er, der dem Wein schon gehörig zugesprochen, das liebste Gesicht machte, zu dem er imstande war, und antwortete: »Ich zweifle nicht, Madame, daß Ihr am heutigen Abend wohl beraten seid, jene höchste aller Bedingungen, bishero unbekannt, zu erwählen, die ich Euch anbiete: Königin von Dämonenland zu werden.«

Sie dankte ihm geziemend, eröffnete ihm aber, daß sie auf das vorgebliche Vergnügen eines solchen Titels zu verzichten gedenke.

»Wie das?« sprach er. »Ist er dir zu gering? Oder ist es, wie ich glaube, daß du dich über mich lustig machst?«

Sie sprach: »Euer Liebden, für mich, die ich aus einem Geschlecht vieler Generationen großer Krieger hervorgegangen bin, ziemt es sich kaum, sich von dem Trugbild einer falschen Größe blenden zu lassen, die nicht mehr ist. Doch vergeßt, ich bitt' Euch, eines nicht: Die Herrschaft der Dämonen stand stets höher als gewöhnliches Königtum und blickte wie das Auge des Tages von oben auf Könige herab. Und was diesen Titel einer Königin betrifft, den Ihr mir anbietet, so sage ich Euch, es ist es eine Zierde, nach der mich nicht verlangt, dieweil ich dessen Schwester bin, der jene Schrift über dem Tor[2] anbringen ließ, deren Wahrheit Ihr alle gekostet hättet, wäre er nur hier, um Euch entgegenzutreten.«

Corinius sprach: »Gewiß hat sich schon mancher durch Prahlerei zum Herrn der Welt erhoben, doch verfuhr ich mit solchen, wie man mit allen Halunken verfährt. Mein Stiefelabsatz, Madame, hat in Carcë Dinge gesehn, die ich Euch besser verschweige, um Eure Laune nicht zu verderben.« Als er jedoch eine grelle Flamme verächtlichen Zornes in Mevrians Auge auflodern sah, fügte er rasch hinzu: »Verzeiht mir, unvergleichliche Fürstin; die Bemerkung war unangebracht. Wir wollen unsre neugewonnene Freundschaft doch nicht besudeln mit Erinnerungen an – Heda! Einen Stuhl neben mich für die Königin.«

Doch Mevrian ließ sich den Stuhl am gegenüberliegenden Tischende aufstellen und nahm darauf Platz. »Ich bitte Euch, erspart mir diese Anrede. Ihr wißt, daß es mir mißfällt.«

Er starrte sie eine Weile schweigend an, beugte sich dann über den Tisch vor; seine Lippen teilten sich ein wenig, und sein Atem ging schnell und schwer. »Wohlan«, sprach er, »bleib dort sitzen, wenn's dir gefällt, und komme mir schrittweis' entgegen. Vor einem Jahr die weite Welt zwischen uns; vor einer Woche noch die hohen Berge; gestern abend die Mauern Krotherings; heute abend dieser Tisch; und vor morgen früh nicht soviel wie ein –«

Gro sah den Blick eines wilden Rehs in Mevrians Augen. Sie sprach: »Dies Gerede habe ich nicht zu verstehen gelernt, Euer Liebden.«

»Ich werd' es dich lehren«, sprach Corinius mit glühendem Gesicht. »Liebende leben von der Liebe wie Lerchen vom Lauch. Beim Satan, ich liebe dich, als wärst du das Herz aus meinem Leibe.«

»Fürst Corinius«, sprach sie, »wir Frauen aus dem Norden haben wenig Sinn für solches Gebaren, mag man es im wäßrichten Hexenland noch so sehr schätzen. Wenn Ihr meine Freundschaft gewinnen wollt, seid mir zu Diensten und dies zur rechten Zeit. Dies ist kein geeignetes Tischgespräch.«

»Ah«, sprach er, »da sind wir uns schnell einig geworden. Mit Vergnügen werd' ich dir zu Diensten sein, in deiner eignen Kammer heut nacht. Und offen gestanden, übertrifft dein rasches Entgegenkommen all meine Hoffnungen. Sind wir denn so glücklich?«

Voller Scham und Zorn erhob Fürstin Mevrian sich von der Tafel. Corinius, etwas unsicher auf den Beinen, stand ebenfalls auf. Trotz seiner Körpergröße brauchte sie nicht zu ihm aufzublicken, von so hoher Gestalt war sie. Und er stand geblendet unter ihrem Blick, wie wenn bei Nacht plötzlich jemand ein helles Licht in das Gesicht eines umherschleichenden Tiers schwingt, und all seine Tatkraft war mit einem Male seltsam erkaltet, und mürrisch sprach er schließlich: »Madame, ich bin Soldat. Mein Sinn steht wahrlich nicht nach Komplimenten. Daß ich ungeduldig bin, dafür sucht den Grund in Eurer Schönheit, nicht bei mir. Ich bitte Euch, bleibt sitzen.«

Doch Mevrian entgegnete: »Eure Sprache, Herr Corinius, ist zu dreist und ehrenrührig. Kommt morgen zu mir, wenn Ihr wollt; doch sollt Ihr wissen, daß meine Gunst nur durch Geduld und Höflichkeit zu erwerben ist.«

Sie wandte sich zur Tür. Er, als ob mit dem Abwenden ihres Blicks der Bann gebrochen war, gebot seinen Leuten lauthals, sie zurückzuhalten. Aber keiner rührte sich. Woraufhin er wie einer, der seine eigne Unersättlichkeit nicht beherrschen kann, in seiner Eile, Hand an sie zu legen, Tisch und Bank umstürzte und der Länge nach zu Boden fiel. Und ehr er wieder auf den Füßen war, hatte die Fürstin Mevrian das Mondgemach bereits verlassen.

Mit schmerzverzerrtem Gesicht stand er auf, während sich aus seinem Munde ein Sturzbach übler und schmutzigster Flüche ergoß; so daß Laxus, der ihm aufhalf, ihn mit den Worten tadelte und sprach: »Mein Fürst, entmannt Euch nicht durch solch eine tierische Anwandlung.[3] Sind wir nicht hier, den Harnisch auf dem Rücken[4], in einem neu eroberten Reich, dessen alte Herren niedergerungen, aber noch nicht in unsrer Gewalt oder erschlagen sind und gewiß neue Kräfte gegen uns aufzurichten suchen. Und da wollt ihr trotz so vieler andrer Gelegenheiten den Reizen der Liebe solchen Raum beimessen?«

»Ja!« antwortete er. »Und kein saftloser Gimpel wie du soll mir dabei in die Quere kommen. Frag doch deine kleine verspielte Sriva, wenn du heimkommst, sie zu heiraten, ob ich's nicht besser versteh' als du, eine Frau zu beglücken. Sie wird's dir erzählen! Drum misch dich lieber nicht in Dinge ein, die zu hoch sind für deinesgleichen.«

Sowohl Gro als auch die Söhne Corunds waren unter den Versammelten und hörten diese Worte. Der Fürst Laxus zwang sich zu einem Lachen. Er wandte sich an Gro und sprach: »Der General hat zu viel Wein getrunken.«

Gro, der sah, daß Laxus' Gesicht bis zu den Ohren rot geworden war, auch wenn dieser den Gleichgültigen mimte, antwortete ihm leise: »Wohl wahr, Euer Liebden. Und im Wein lieget Wahrheit.«

Corinius, der sich bedachte, daß es noch früh war und das Fest kaum recht begonnen hatte, ließ auf allen Gängen, die zu Mevrians Gemächern führten, Wachen aufstellen, um ihr jeglichen Ausweg zu versperren, auf daß sie dort seinem Wunsch und Willen entgegenharre. Darauf befahl er, das Festmahl möge seinen Fortgang nehmen.

Köstliche Gerichte wurden aufgetragen, und die Fürsten von Hexenland nahmen wieder ihre Plätze ein, um sich gütlich zu tun. Laxus flüsterte heimlich in Gros Ohr: »Ich weiß wohl, daß Euch diese ganze Sache zuwider ist. Laßt Euch gesagt sein, falls Ihr Euch mit dem Gedanken tragt, ihm einen Streich zu spielen und ihm die Dame unter der Hand zu entwenden, so würde ich mich dem nicht in den Weg stellen.«

»In einem Kartenspiel«, meinte Gro, »stehen die Buben unter den Königen. Es wäre nicht von Übel, wenn wir's hier ebenfalls so hielten. Ich hörte ein Vöglein singen, daß Ihr Streit mit ihm hattet.«

»Darauf dürft Ihr nichts geben«, antwortete Laxus. »Ich geb' Euch stets einen guten Roland zu Eurem Oliver[5] her, und Euch sei gesagt, 's ist nur zu deutlich, daß Ihr selbst diese Dame liebt.«

Gro sprach: »Ihr beschuldigt mich einer süßen Torheit, die meiner Natur fremd ist, da ich ein ernster Mann der Wissenschaft bin und darum solchen Spielen, wenn ich ihnen je anhing, längst abgeschworen habe. Es dünkt mich nur, daß es nicht recht wäre, wenn sie ihm gegen ihren Willen zum Spielzeug gegeben würde. Auch Ihr kennt ihn als einen Rohling und ungehobelten Soldaten, der sich zudem ständig mit andren Frauen einläßt.«

»Also«, sprach Laxus, »von mir aus kann er seines Weges gehn und wie ein Schmetterling um jene Dame flattern. Allein vom politischen Standpunkt aus wäre es besser, sie würde verschwinden. Ich darf dabei nicht ins Gerede kommen. Davon abgesehen, will ich Euch in jeder Weise helfen. Denn wenn er den ganzen Sommer lang um seiner Gelüste willen in Krothering festsäße, würde uns der König uns zu Recht vorwerfen, seinem besten Falken mitten bei der Jagd eine fette Atzung gegeben und ihm somit die große Beute verdorben zu haben.«

»Hm«, sprach Gro und lächelte insgeheim. »Wie ich sehe, seid Ihr ein geschickter und umsichtiger Staatsmann und denkt zuerst an das Wohl Hexenlands. Und das ist nur gut und richtig so.«

Unterdessen ging das Fest mit großem Freß- und Saufgelage weiter. Mevrians Frauen, die gegen ihren Willen dabei aufwarten mußten, tischten den Zechern immer neue Schüsseln und Schalen duftender Köstlichkeiten auf und gossen frischen Wein, golden und bernsteindunkel und rubinrot, in die Kelche aus Jade und Kristall und getriebenem Gold. Die Luft im schönen Mondgemach war dick von Bratendämpfen und dem Weindunst im Atem der Anwesenden, so daß die Lampen aus Opal kupferfarben leuchteten und sich um jede ein kupfriger Lichthof bildete wie bei einer Fackel im Nebel. Laut klangen die Becher, und laut klirrten die Gläser, wenn die Hexen in ihrer Trunkenheit die unbezahlbaren Kunstwerke auf den Boden schmetterten, wo sie zu Scherben zerbarsten. Und laut war der Lärm von Gelächter und Gegröle, in welches sich der helle Klang singender Frauenstimmen mischte, der jedoch in dem allgemeinen Tumult fast unterging. Denn die Zecher hatten Mevrians Zofen gezwungen, für sie zu singen und zu tanzen, was diese schweren Herzens taten. Und auch zu andrer Unterhaltung als diesem Singen und Tanzen war manch ein schwarzbärtige Trunkenbold die Maiden zu zwingen bereit und suchte dazu auch Gelegenheit, jedoch nur insgeheim und nicht im Blickfeld seines Generals. Denn schwer genug war Corinius' Zorn auf einige gefallen, die sich allzu offen derlei Vergnügungen hingaben und sich erkühnten, in solchen Gefilden zu jagen, während ihr Herr noch fasten mußte.

Nach einer Weile sprach Heming, der neben Gro saß, im Flüsterton zu ihm: »Das ist ein schlimmes Bankett.«

»Es dünkt mich eher ein sehr gutes Bankett«, sprach Gro.

»Ich wünschte, ich sähe einen andren Ausgang voraus«, sprach Heming, »als den, worauf es hinsteuert. Oder was denkst du?«

»Ich kann es ihm kaum verübeln«, antwortete Gro. »Sie ist eine wunderschöne Frau.«

»Ist dieser Mann nicht ein widerliches Schwein? Und soll man es hinnehmen, daß er seine lüsternen Hände an eine solch edle Frau legt?«

»Was geht es mich an?« sprach Gro.

»Nicht weniger als mich«, sprach Heming.

»Es mißfällt dir?« sprach Gro.

»Bist du ein Mann?« sprach Heming. »Und obendrein haßt sie ihn wie Atropos[6] die Unerbittliche.«

Gro warf ihm einen raschen, forschenden Blick zu. Dann flüsterte er, den Kopf über ein paar Rosinen gebeugt, die er herauspickte: »Wenn du so denkst, ist's gut.« Und mit leisen Worten, hin und wieder unterbrochen von einer lauten Bemerkung oder einem Scherz, damit er nicht zu ernsthaft in geheime Gespräche verwickelt erschiene, sagte er Heming gezielt und klar, was er zu tun habe, und deckte ihm auf, daß auch Laxus, von der Eifersucht angefressen, auf ihrer Seite stehe. »Dein Bruder Cargo kommt am ehesten hierfür in Frage. Er hat in etwa ihre Größe, und aufgrund seiner Jugend ist er noch bartlos. Berichte ihm Wort für Wort all das, was zwischen mir und dir gesagt wurde. Corinius mißtraut mir zu sehr, um mich heut nacht aus dem Auge zu lassen. Deshalb liegt alles bei euch Söhnen Corunds; ich werde in seiner Nähe bleiben und versuchen, ihn hier in der Halle aufzuhalten, solange ich kann. Geh, und möge euch mit Umsicht und Eile euer Werk gelingen.«

Die Fürstin Mevrian, die sich in ihr eignes Gemach im Südturm geflüchtet hatte, saß am Ostfenster, das über den Park und den Teich, vorbei an der Föhrde von Stropardon und den dunklen Hügeln der Ostmark auf die fernen, erhabenen Höhen blickte, die zwischen Himmel und Erde über dem Moostal, dem Dämmertal, dem Schwarzflußtal und dem Binnensee von Längswasser prangten. Die letzten Lichter des Tages verweilten noch auf ihren höheren Gipfeln: dem Eisenhorn, der schroffen Wand des Skarta und den blassen Doppeltürmen des Dina, die jenseits des Moostals in der Mulde der Nimmertalhöhe aufschienen. Dahinter rollten in den Höhen des Himmels die Räder der stillen Nacht heran: der heiligen Nacht, Mutter der Götter, Mutter des Schlafes, sanfte Hüterin aller kleinen Vögel und Tiere der weiten Flur und aller müden und geplagten Herzen; Mutter seltsamer Kinder obdrein: der Angst und Notzucht und des mitternächtlichen Mordes.

Mevrian saß dort, bis sich das Antlitz der Erde in der Finsternis auflöste und am Himmel die Sterne aufblinkten; denn noch war es eine Stunde bis zum Aufgang des Mondes. Und sie betete zu Artemis, rief sie bei ihren geheimen Namen und sprach: »Herrin und Jungfrau rein und heilig, dreieinige Göttin, die Du im Himmel bist und auf Erden als göttliche Jägerin wandelst und auch in den dunklen, verborgenen Stätten unter der Erde Deine Wohnstatt hast und den langen Zug der Toten schaust: Errette und bewahre mich, die ich Deine geweihte Jungfrau bin.«

Sie drehte den Ring an ihrem Finger und betrachtete im Halbdunkel dessen Stein, welcher aus jenem Amber[7] bestand, der im Licht verborgen und in der Dunkelheit zu sehen ist, eine Flamme bei Nacht, doch am Tage gelb und blaß. Und siehe, er erglänzte mit Pracht von innen her, und es war, als ob in seinem Innern tausend güldene Funken tanzten und sich drehten.

Während sie überlegte, was wohl dies plötzliche Aufleuchten ungewohnten Glanzes in dem Stein zu bedeuten hätte, siehe, da trat eine ihrer Kammerzofen, die Lampen in ihr Schlafgemach brachte, zu ihr und sprach: »Zwei jener Fürsten von Hexenland wollen Euer Hoheit vertraulich sprechen.«

»Zwei?« sprach Mevrian. »In der Vielzahl liegt Sicherheit. Wer sind sie?«

»Hoheit, sie sind schlank und hochgewachsen. Sie tragen schwarze Masken. Sie gebärden sich geheim wie Haselmäuse und lobenswert nüchtern.«

Mevrian fragte: »Ist der Fürst Gro dabei? Mit einem langen schwarzen Bart, lockig und parfümiert?«

»Nein, Hoheit, einen Bart trug keiner, soweit ich sehen konnte«, sprach die Frau, »und ihre Namen weiß ich auch nicht.«

»Nun«, sprach Mevrian, »lasse sie vor. Und du und die andren Zofen bleibet bei mir, während ich sie empfange.«

So geschah es, und herein traten jene beiden Söhne Corunds.

Sie entboten ihr einen respektvollen Gruß, und Heming sprach: »Unsre Botschaft, hochverehrliche Frau, ist nur für Eure Ohren bestimmt, wenn es recht ist.«

Mevrian sprach zu ihren Zofen: »Schließt die Türen und wartet draußen im Eingangszimmer. Nun denn, meine Herren«, fuhr sie fort und wartete darauf, daß sie ihr Anliegen vortrugen.

Sie saß seitlich am Fenster, zwischen dem Licht und dem Dunkel. Die Kristallampen, die im Zimmer brannten, ließen ihr Haar schwärzer erscheinen als die Schwärze der Nacht draußen. Die Rundung ihrer weißen Arme, die in ihrem Schoß ruhten, war wie der junge Mond, der sich über dem Sonnenuntergang wiegt. Ein abflauender Wind, der aus dem Süden wehte, trug ein Rauschen von Meereswellen herbei, von weit jenseits der Felder und Weingärten, rastlos wogend selbst in jenem ruhigen Wetter zwischen den Grotten von Stropardon. Es war, als würden das Meer und die Nacht, die Dämonenland umschlossen, empört über Corinius aufstöhnen, der sich bereits am Ziel seiner Wünsche wähnte, welche er heute nacht in Krothering zu befriedigen gedachte.

Befangen im Angesichte solch seltner Schönheit standen die beiden Brüder vor ihr. Mit einem tieferen Atemzug hub Heming an und sprach: »Madame, wie dürftig Eure Meinung von uns Hexenländern auch sein mag, so seid dennoch versichert, daß mein Bruder und ich mit lauterem Herzen vor Euch treten, Euch zu Diensten zu sein.«

»Prinzen«, sprach sie, »Ihr könnt es mir kaum verübeln, wollte ich Euch mißtrauen. Doch da ich meines Lebens Tage nicht unter doppelzüngigen und meineidigen Schurken, sondern unter ehrlichen und offenen Männern verbracht habe, will nicht einmal nach dem, was mir heute widerfahren ist, mein Herz glauben, daß aller Anstand gänzlich aus Hexenland gewichen ist. Habe ich nicht Corinius selbst meine Tore geöffnet, im Vertrauen darauf, daß er ein Mann sei und kein reißender Wolf.«

Da sprach Heming: »Könnt Ihr Rüstung tragen, Madame? Ihr kommt an Körpergröße meinem Bruder nahe. Um an den Wachen vorbeizugelangen, wenn Ihr gerüstet geht, derweil ich Euch geleite, wird uns der Wein, den sie getrunken haben, von Nutzen sein. Ein Pferd steht bereit. In der Maske meines jungen Bruders möget Ihr heute nacht aus Krothering fortreiten und die Freiheit gewinnen. Aber in Eurer eignen Gestalt würdet Ihr nie aus diesen Gemächern entkommen, denn Corinius hält sie streng bewacht, da er entschlossen ist, Euch heute nacht hier, in Eurem eignen Gemach, aufzusuchen, mit welchem Ergebnis auch immer.«

Von unten aus dem Bankettsaal dröhnte der Lärm des wüsten Trinkgelages herauf. Mevrian hörte in Abständen die grölende Stimme Corinius', der zotige Lieder sang. Wie im Angesicht einer dunklen Macht, die ein Übel mit sich brachte, das sie nicht begriff, dessenthalben ihr aber das Blut stockte und das Herz sich verkrampfte, blickte sie auf jene Brüder.

Schließlich sprach sie: »War das Euer Plan?«

Heming antwortete: »Es war der Fürst Gro, der auf den Gedanken kam. Doch Corinius, der ihm seit jeher mißtraut, besonders wenn er zuviel getrunken hat, läßt ihn nicht aus den Augen. Deshalb führen wir seinen Plan aus.«

Cargo legte nun seine Rüstung ab, und Mevrian rief ihre Zofen herein, ihr zu helfen, und zog sich alsgleich in ein inneres Gemach zurück, um ihr Aussehen zu verändern.

Heming sprach zu seinem Bruder: »Du wirst große Vorsicht walten lassen müssen, wenn du dich nachher davonschleichst, damit man dich nicht entdeckt. Wäre ich an deiner Stelle, so wäre ich ob der Vortrefflichkeit des Scherzes versucht, auf Corinius zu warten, um zu sehen, ob du nicht ebenso gut eine falsche Mevrian abgibst wie sie einen falschen Cargo.«

»Du«, sprach Cargo, »hast Grund zu lachen und zu scherzen, da du sie geleiten darfst. Und entschlossen bist, oder ich verwette meinen Kopf gegen eine Runkelrübe, dein Äußerstes zu tun, um Corinius jener Seligkeit zu berauben, die er sich für heute nacht zugedacht hat, und dich selbst damit zu beglücken.«

»Du bist«, antwortete Heming, »auf einen ganz und gar ungesitteten Gedanken verfallen. Soll meine Zunge ein so übler Verräter an meinem Herzen sein, daß sie sage, ich liebte diese Dame nicht? Hältst du nur ihre Schönheit und meine Jugend gegeneinander, wie sollt' es anders sein? Aber mit einer so hehren Inbrunst liebe ich sie, daß ich eher einem Stern des Himmels Gewalt anzutun vermöchte, als von ihr etwas Unehrenhaftes zu fodern[8].«

Drauf sprach Cargo: »Was sagte der kluge kleine Junge zu seinem älteren Bruder? ›Da du den Kuchen bekommen hast, Bruder, muß ich mich mit den Krümeln behelfen.‹ Wenn du gegangen bist und alles still und friedlich ist und ich hier unter den Kammerfrauen verblieben bin, dann werd' ich sie noch etwas lehren, bevor es gute Nacht heißt, und wenn's sich auch noch so hart anläßt.«

Nun öffnete sich die Tür des inneren Gemaches, und vor ihnen stand die Fürstin Mevrian, mit Rüstung und Helm angetan. Sie sprach: »'s ist keine Kleinigkeit zu hinken, wenn man vor einem Krüppel steht. Meint Ihr, dies wird in der Dunkelheit die Wachen täuschen, meine Herren?«

Sie antworteten, es sei über die Maßen gut.

»Ich will Euch nun danken, Prinz Cargo«, sprach sie und streckte die Hand aus. Er verneigte sich und küßte sie schweigend. »Dieser Harnisch«, sprach sie, »soll mir ein Unterpfand für die edle Gesinnung eines Feindes sein. Ich wünschte, ich könnte Euch eines Tages Freund nennen, denn als solcher habt Ihr Euch heute abend mir gegenüber verhalten.«

Damit nahm sie Abschied vom jungen Cargo und ging mit seinem Bruder aus dem Gemach und durch das Vorzimmer auf jenen dunklen Gang, wo Corinius' Soldaten Wache standen. Diese – wie derer viel mehr im Becher als im Ozean ertrinken – waren nach reichlichem Weingenuß nicht allzu wachsam, als sie zwei Männergestalten in klirrenden Rüstungen vorübergehen sahen und Hemings Stimme erkannten, als er ihnen die Losung nannte, und hegten keinen Zweifel daran, daß hier Corunds Söhne zum Bankett zurückkehrten.

So gelangten Heming und Mevrian leicht an den Wachen vorbei. Als sie jedoch durch den hohen Gang am Mondgemach vorüberkamen, taten sich plötzlich die beiden Flügel der Tür nach rechts und links auf, und heraus traten Fackelträger und Musikanten, in Zweierreihen wie bei einer Prozession, mit schrillenden Cimbeln und Flöten und Tamburinen, so daß der Gang erfüllt war mit dem Gleißen von Fackeln und tosendem Lärm. Mitten unter ihnen schritt der Fürst Corinius. Das wallende Blut in ihm brannte feuerrot in seinem glänzenden Gesicht und ließ an dem starken Hals und an Armen und Händen die Adern wie Stricke hervortreten. Die dicken Haarlocken auf seiner Stirn, wo sie sich unter seinem Kranz aus Belladonna hervorringelten, waren naß vor Schweiß. Es war deutlich zu sehen, daß er nach jenem mächtigen Schlag auf den Kopf, den Astar ihm am Tag zuvor verpaßt hatte, nicht in der rechten Verfassung war, große Mengen Weins zu verkraften. Er ging zwischen Gro und Laxus, schwer schwankend, mal auf des einen, mal auf des andren Arm gestützt, wobei seine rechte Hand zu der Musik des Hochzeitsmarsches den Takt schlug.

Mevrian flüsterte Heming zu: »Machen wir gute Miene zum bösen Spiel, solange wir können.«

Sie traten zur Seite, in der Hoffnung, unbemerkt zu bleiben; denn es bot sich weder ein Fluchtweg noch ein Versteck. Doch schon war Corinius' Blick auf sie gefallen, und er blieb stehen und hielt sie auf, wobei er beide am Arm ergriff und rief: »Heming, du bist betrunken! Cargo, du bist betrunken, mein Jüngling! Es ist eine Schande, daß ihr alle betrunken seid, und was wird nun aus den Mädchen, die ich euch besorgte? Wie soll ich sie morgen trösten, wenn sie zu mir kommen mit ihren Klagen, daß sie die ganze Nacht mit dem Kopf eines schnarchenden Säufers in ihrem Schoß der Dinge harren mußten, die nicht kamen?«

Mevrian hatte sich schwer auf Heming gestützt, als hätte sie ihre Rolle geübt, und ließ den Kopf hängen.

Heming fiel keine andre Antwort ein, als zu sagen: »Wirklich, o Corinius, wir sind stocknüchtern.«

»Du lügst«, sprach Corinius. »'s war schon immer ein Beweis für Trunkenheit, sie abzustreiten. Seht, meine Herren, ich bestreite nicht, daß ich betrunken bin. Womit bewiesen ist, daß ich betrunken bin; will sagen, bewiesen, daß ich nüchtern bin. Aber die Stunde ruft zu andren Taten, als dieser hohen Frage nachzugehen. Ans Werk!«

Bei diesen Worten schwankte er schwer gegen Gro und – wie durch eine höhere Eingebung bewegt, die ihm von Plänen flüsterte, die wider ihn im Gange waren, doch im Verein mit dem Weine, den er getrunken, ihn überall anders nach Verrat Ausschau halten ließ als dort, wo er unter seiner Hand in Reichweite lag – packte diesen beim Arm und sprach: »Bleib bei mir, Kobold, du bester von allen. Ich lieb' dich, aber mit Vorsicht, und will dich bei den Ohren halten, damit du mich nicht beißt und nicht auf dumme Gedanken kommst.«

Durch solch glückliche Fügung aus dieser Gefahr errettet, eilten Heming und Mevrian weiter, so schnell es die Umstände erlaubten, und ohne Hindernis erreichten sie die Pferde und ritten durch das Haupttor zwischen den marmornen Hippogryphen, deren mächtige Gestalten über ihnen in den schrägen Strahlen des aufsteigenden Mondes erglänzten, hinaus in die Nacht. So ritten sie schweigend durch die Gärten und die Wiesen und weiter in die wilden Wälder jenseits davon, wo sie ihren Trab auf dem nachgiebigen Waldboden zu einem wilden Galopp beschleunigten. So hart ritten sie, daß die Luft der windstillen Aprilnacht wie ein Sturmwind um ihr Gesicht toste. Das Trappeln und Donnern der Hufschläge und die vorüberfliegenden Schatten der Bäume waren für den jungen Heming nur ein Echo des Donners in seinem Blut, welches die Nacht und Geschwindigkeit und die Frau, die Knie an Knie neben ihm ritt, zum Rasen brachten. Doch in Mevrians Seele, als sie jene Waldwege entlang stürmte, über die mondbeschienenen Lichtungen, stimmten die Empfindungen und die Nacht und die unwandelbaren Sterne in eine himmlischere Weise ein, so daß für den Augenblick ein wundersamer Friede ihr Herz erfüllte, wie von der festesten Gewißheit, daß die großen Veränderungen der Welt sich nicht ohne den bleibenden Ruhm Dämonenlands vollziehen würden und daß nur für eine kleine Weile ihre Widersacher das Heim ihres lieben Bruders in Krothering in der Gewalt haben sollten.

Sie zügelten ihre Pferde auf einer Lichtung neben einem breiten Wasserlauf. Kiefernwälder zogen sich auf der andren Seite hinauf, dunkel im Mondlicht. Mevrian lenkte ihr Tier auf eine kleine Anhöhe, die sich über den Wasserspiegel erhob, und wandte den Blick gen Krothering. Außer mit ihren wissenden und liebenden Augen war das Schloß kaum zu erkennen; denn viele Meilen entfernt lag es nun, halb verschluckt von dem trüben, sanften Licht unter dem Mond. So saß sie eine Weile, auf das goldne Krothering zu schauen, während ihr Pferd ruhig graste; und Heming an ihrer Seite schwieg und hatte nur Augen für sie.

Als sie sich schließlich ihm zuwandte und seinem Blick begegnete, sprach sie: »Prinz Heming, von hier führt ein versteckter Pfad in nördlicher Richtung entlang der Föhrde und eine trockene Straße über die Marsch und eine Furt und Saumpfad hinauf in die Berge der Westmark. Hier wie überall in Dämonenland könnte ich verbundnen Auges meinen Weg finden. Und hier laßt uns Abschied nehmen. Meine Zunge ist ein armseliger Redner. Doch ich gedenke der Worte des Dichters, der da saget:[9]

Mein Geist ist gleych dem Steine Asbeston /
Der / wen er einmal glüht in Feuers Brünsten /
Sich niemer füget wieder kalt zu werden.

Mag dieser Krieg mit dem Sieg meiner großen Sippenbrüder enden, wie es mein fester Glaube ist, oder mit dem Triumph von Hexenland, so werde ich diesen Beweis Eures Edelmuts, der mit heute nacht zuteil ward, doch nie vergessen.«

Aber Heming, der sie immer noch anblickte, sagte kein Wort.

Sie sprach: »Wie geht es Eurer Stiefmutter, der Königin? In diesem Jahr werden es der Sommer sieben, seit ich in Norvasp bei Fürst Corunds Hochzeit zugegen war und sie ihm als Brautjungfer zuführte. Ist sie noch so schön?«

Er antwortete: »Madame, so wie der Juni die goldne Rose zur Vollendung bringt, so wächst ihre Schönheit mit den Jahren.«

»Sie und ich«, sprach Mevrian, »waren Spielgefährtinnen, sie die ältere um zwei Sommer. Ist sie immer noch so gebieterisch?«

»Madame, sie ist eine Königin«, sprach Heming, ohne den Blick von ihr zu nehmen. Ihr Gesicht, ihm halb zugewandt, ihr süßer, halb geöffneter Mund, die klaren, nach Osten erhobenen Augen schimmerten matt im Glanz des Mondes, und die leichte Neigung ihres Körpers war wie eine um Mitternacht am Ufer eines verzauberten Sees schlummernde Lilie. Mit trockener Kehle sprach er: »Bis heute hätte ich nicht gedacht, daß auf der Welt eine schönere Frau lebte denn sie.«

Woraufhin die Liebe, die in ihm war, wie ein Windstoß und wie eine sich aufbäumende Woge der Dunkelheit durch sein Hirn fuhr. Wie einer, der zu lange, unkühn, unentschlossen gezaudert hat, den Riegel jener Tür zu öffnen, der den Zugang zu seines Herzens wahrem Heim erlaubt, legte er die Arme um sie. Ihre Wange war weich unter seinem Kuß, doch tödlich kalt; ihre Augen wie die eines wilden Vogels, der im Wurfnetz gefangen ist. Seines Bruders Rüstung, die ihren Körper panzerte, war nicht so tot noch so hart unter seinen Händen wie die duldende Wange, der Blick in ihren Augen für seine Liebe. Wie jemand, der in einer sich unerwartet darbietenden, ungeahnten Gelegenheit nach Worten sucht, sprach er: »Du liebst mich nicht?«

Mevrian schüttelte den Kopf und schob ihn sanft von sich.

Wie das Lauffeuer auf einer dürren Heideböschung im Sommer verflog die Flamme seiner Leidenschaft und wich einer schwelenden Öde erbärmlicher dumpfer Wut: Wut auf sich selbst und das Schicksal.

Er sprach mit leiser, beschämter Stimme: »Ich bitte Euch, vergebt mir, Madame.«

Mevrian sprach: »Prinz, mögen die Götter Euch eine gute Nacht schenken. Haltet mir Krothering in Ehren. Ich habe dort einen üblen Verweser zurückgelassen.«

Mit diesen Worten zog sie am Zügel und wandte das Pferd westwärts, zur Föhrde hinab. Heming sah ihr kurz nach; in seinem Kopf drehte sich alles. Dann gab er seinem Pferd die Sporen, daß es sich aufbäumte, und sprengte in wildem Galopp nach Osten durch die Wälder zurück gen Krothering.

Kapitel XXV

Fürst Gro und die Fürstin Mevrian

Wie der Fürst Gro, geleitet allein von einer seltenen Liebe zu verlornen Dingen, in die Gründe des Nimmerthals zog und dortselbst Wunder erschaute und einmal mehr für eine kleine Weile jener Dinge teilhaftig ward, die er aufs innigste begehrte.

Einundneunzig Tage nach diesen Geschehnissen, in der letzten Stunde vor Sonnenaufgang, ritt der Fürst Gro von den Bergen der Ostmark hinab zu den Furten des Mardartals, dem sich aufhellenden Osten entgegen. Langsam schritt sein Pferd zum Ufer hinab und blieb bis zu den Fesseln im Wasser stehen; seine Flanken waren schweißnaß, und sein Atem ging schwer, denn seit Mitternacht waren sie ohne Rast durch offenes Hügelland geritten. Es streckte den Hals, witterte das klare Flußwasser und trank. Gro wandte sich im Sattel und lauschte, die linke Hand nach vorn gestreckt, um die Zügel locker zu lassen, die rechte auf die Kruppe gestützt. Aber nichts war zu hören außer dem Plätschern des Wassers zwischen den Steinen, dem Schnauben des trinkenden Pferdes und dem Platschen und Knirschen unter seinen Hufen, wenn es auf dem Kiesgrund die Stellung wechselte. Vor und hinter ihnen und zur Rechten und Linken zeigten sich nur die Wälder, das breite Trogtal und die Berge undeutlich im Grau zwischen Nacht und Tag. Ein leichter Nebel verbarg die Sterne. Nichts regte sich außer einer Eule, die plötzlich wie ein Gespenst aus einem Stechpalmenbusch an einer zerklüfteten Steinwand, einen Pfeilschuß oder mehr den Strom hinab, loshuschte und ihren Pfad querte und sich auf dem Ast eines toten Baumes links von Gro niederließ, wo sie sitzen blieb, als wollte sie die Vorgänge um diesen Mann und sein Pferd beobachten, welche in dieses Tal der schweigenden Nacht eindrangen.

Gro beugte sich vor, um seinem Pferd den Hals zu klopfen. »Komm, Gesell, wir müssen weiter«, sagte er; »und wundre dich nicht, daß du keine Ruhe findest, solange du mit mir gehst, dem nie eine feste Bleibe unter dem Mond gewährt wurde.« So durchquerten sie den Fluß und ritten über buckliges Grasland und vorbei am Saum eines Waldes zu einer flachen Heide hinauf und ein, zwei Meilen weiter, immer noch in östliche Richtung, bis sie rechts in ein tiefer gelegenes Tal abbogen, über einer Gabelung den Fluß durchritten und von dort weiter nach Osten durch das felsige Bett eines Baches zu einem steinigen Bergpfad, der ein Stück durch sumpfiges Gelände führte und dann höher und höher über den Grund des enger werdenden Tals zu einem Paß zwischen zwei Bergen. Schließlich hatten sie die Steigung überwunden und kamen wie durch ein Tor zwischen den beidseitig steil aufragenden Bergen hindurch und gelangten in ein Hochmoor, bedeckt mit Riedgras und Sumpfmyrten[1], von Bächen durchzogen und durchsetzt mit Tümpeln, moosigen Inseln und zutage liegendem gewachsenem Fels; und die fernen Berggipfel umstanden jene Mooröde wie Kriegerkönige. Nun erwachte die Farbe in den östlichen Himmeln, und der helle Morgen begann mit seinem Licht die Erde zu verklären. Kaninchen huschten vor den Pferdefüßen in Deckung; kleine Vögel flogen aus dem Gesträuch auf; ein Rotwild blickte aus dem Farn herüber und sprang dann in südliche Richtung davon; ein Schneehuhn rief.

Gro sprach zu sich selbst: »Wie sollen die Leute mich nicht für verrückt halten, mein Leben so plötzlich und vorsätzlich in Gefahr zu bringen? Ja, wider alle Vernunft; und diese Torheit begehe ich ausgerechnet zu der Zeit, da ich durch Geduld und Mut und meinen politischen Scharfsinn dem Schicksal zum Trotz erreicht habe, was es mir bislang hartnäckig verweigerte: daß ich nach den Unbillen verschiedener tragischer Pechsträhnen auf wundersame Weise die Gunst und Gnade des Königs errang, der mir eine sehr ehrenhafte Stellung an seinem Hofe gab und mich, des bin ich überzeugt, hegt wie seine beiden Augäpfel.«

Er nahm seinen Helm ab und entblößte seine weiße Stirn und die weichen schwarzen Locken seines Hauptes in der frischen Morgenbrise und warf den Kopf zurück, um die würzige Luft mit ihrem torfigen Geruch mit tiefen Atemzügen durch die Nase in sich aufzunehmen. »Dennoch sind's die Leute, die verrückt sind, nicht ich«, sprach er. »Wer erhofft, nach seinen Mühen ewige Freude zu finden, kann ebensogut Wasser im Mörser zerstoßen. Gibt es nicht in der immerwährenden Mühsal der Natur Beispiele genug, sie Lügen zu strafen? Eine Fabel von großen Männern, die sich erheben und die Nationen besiegen: Der Tag geht an wider die tyrannische Nacht. Welch ein zartes Wesen ist er, gleich einem Kitz erklimmt er staksend die Berge: blasses, erbärmliches Licht im Widerstreit gegen die uranfängliche Nacht. Doch alle Schöne harrt darauf, ins Feld geführt zu werden, und jedwede himmlische Macht: die Kühle der launischen Morgenbrise, erwachende Blumen, zwitschernde Vögel, glitzernder Tau auf den hauchzarten Weben, welche die kleinen Spinner von Farnblatt zu Dorn spannen, von Dorn zu tauzartem Blatt der Silberbirke; der junge Tag, lachend in seiner Kraft, wild ob seiner eignen Schönheit; Feuer und Leben und jeglicher Duft und Farbenglanz wiedergeboren, um über das Chaos zu triumphieren und die dumpfe Finsternis und die einsame Nacht.

Doch weil mich der Tag in den Stunden seines Erwachens so bezaubert hat, muß ich ihn so auch lieben, wenn er sich triumphüberladen zum grellen Mittag bläht? Warum sich nicht lieber, wie jetzt ich, dem Dämonenland in der traurigen Abendröte seines Stolzes zuwenden? Wer könnte es wagen, mich deshalb einen Überläufer zu schimpfen, der ich nur, wie ich es all meine Tage getan, dieser seltenen Weisheit folge: den Sonnenaufgang und den Sonnenuntergang zu lieben, den Morgen- und den Abendstern? Denn nur dort wohnet die Seele der Größe, der wahren Liebe und des Wunders, der Glanz der Hoffnung und der Furcht.«

In derlei Überlegungen versunken ritt er in leichtem Schritt gen Osten und ein Stück nordwärts über das Moor und geriet ob der Harmonie zwischen den äußeren Dingen und den inneren Gedanken seines Herzen in große Verzückung. So gelangte er an den Rand des Hochmoors und zwischen die Ausläufer der Berge, über niedrige Pässe und gewundene Pfade zwischen Gehölzen und vorbei an Wasserläufen, auf und ab und kreuz und quer. Das Pferd trug ihn, wohin es wollte, da er seine Umgebung weder bemerkte noch beachtete ob der tiefen Versenkung, in der er befangen war.

Derweil war es Mittag geworden. Das Pferd und sein Reiter waren zu einem kleinen, grünen Tal gelangt, mit einer gewundenen Ache[2] in der Mitten, deren kühles Wasser über kiesigen Grund rann. Ringsum standen viele Bäume, hoch und gerade gewachsen. Über den Bäumen zeigten sich die hohen Berggipfel flimmernd in der brütenden Mittagshitze. Das Murmeln des Baches, das Summen winziger, von Blüte zu Blüte schwirrender Flügel, das Rupfen des Pferdes im satten Gras: nichts andres war zu hören. Kein Blatt regte sich, kein Vogel. Die Stille eines Sommermittags, atemlos, von der Sonne durchglüht, gewaltiger als die tiefsten Schatten der Nacht, lastete über jenem einsamen Tal.

Gro, wie durch diese Stille aufgeweckt, blickte sich hastig um. Auch das Pferd spürte das Unbehagen seines Reiters in den Knochen; es stellte das Grasen ein und stand mit wilden Augen und zitternden Flanken bereit. Gro klopfte ihm den Hals und lobte und streichelte es; dann, geleitet von einem inneren Antrieb, dessen Ursache er nicht kannte, wandte er sich an einem kleinen Zulauf nach Westen und ritt langsam auf den Wald zu. Hier wurde er von Bäumen aufgehalten, die so dicht standen, daß er befürchtete, beim Durchreiten aus dem Sattel gestreift zu werden. So stieg er ab, band sein Pferd an eine Eiche und erklomm zu Fuß den Hang bis zu einem Punkt, von wo aus er nordwärts über die Baumwipfel zu einer grünen Terrasse schauen konnte, die sich ungefähr auf seiner Höhe etwa fünfzig Schritt entfernt befand, von drei oder vier großen Ebereschen beschirmt, und auf der Lichtung war ein kleiner Bergsee oder eine Felszisterne mit klarem Wasser, sehr kühl und tief.

Er hielt inne und stützte sich auf einen vorspringenden, mit rosa Lichtnelken überwucherten Felsen. Gewiß waren dies keine Menschenkinder, die auf jenem verborgnen Grund am Rande des Quells weilten, und auch keine Geschöpfe sterblicher Art. Dergleichen waren vielleicht die Böckchen und Zicklein und sanftäugigen Rehe, die vergnügt auf ihren Hinterläufen zwischen ihnen tanzten; niemals aber jene Anderen von menschenähnlicher Gestalt mit spitzen, behaarten Ohren, zottigen Beinen und gespaltnen Hufen, noch jene weißgliedrigen Mädchen, unter deren Schritten der blaue Enzian und das kleine goldne Fingerkraut[3] ihre Blüten nicht beugten, so luftig-leicht war ihr Reigen. Die Musik dazu spielten bocksfüßige Kinder mit langen, spitzen Ohren, die auf einem Hügel aus moosigem Gestein saßen und auf Panflöten bliesen; ihre Leiber waren durch den Wind und die Sonne rot wie Tonerde gebrannt. Indes konnte Gro nichts von jenem Flötenspiel hören, sei es, weil ihre Musik zu fein für sterbliche Ohren war, oder aus einem andren Grunde. Die drückende Stille des grellweißen Mittags beherrschte die Szene, während die Bergnymphen und Schutzgeister des Rieds und des Baches, der Felsen und der Mooreinsamkeit ihren verschlungenen Reigen tanzten.

Fürst Gro stand still vor Staunen und sprach in seinem Herzen: »Was bezweckt mein benommener Kopf, solche Trugbilder zu ersinnen? Wohl habe ich zuvor Geister des Bösen in ihren Manifestationen gesehen; ich habe jene Grotesken[4] erschaut, welche die Kunst der Magie hervorbringt; des Nachts ward ich von den seltsamsten Träumen heimgesucht. Doch bis zu dieser Stunde hielt ich es für ein bloßes Wunschbild dichterischer Muße, daß in Wäldern und Hainen, auf fruchtbaren Feldern, an Meeresküsten und Ufern von Flüssen und am Quellenrand und auch auf den Gipfeln des Gebirges dem geneigten Auge die verschiedensten Nymphen und Halbgötter der Fluren erscheinen. Was, so ich dies wahrhaftig schaue, ein großes Wunder ist und gar wohl mit jenen seltsamen Anwandlungen einhergeht, womit dies unterdrückte Land in jüngster Zeit meine Zuneigung zu gewinnen vermochte.« Und er überlegte eine Weile und dachte bei sich: »Wenn dies nur ein Spuk ist, so hat er nicht die Macht, mir etwas anzutun. Sind dies jedoch wirkliche Wesen, so müßten sie mich freudig willkommen heißen und mir gewogen sein, sind sie doch die wahren Lebensgeister des gebirgichten Dämonenlands, dessen Wohl und der Wiederaufrichtung seines alten Ruhmes und Preises ich mit solch seltsamer Entschlossenheit all mein schmerzlich Denken und Trachten verschrieben habe.«

Und so gab er sich ihnen aus dem Augenblick heraus zu erkennen und rief ihnen seinen Gruß zu. Die Tiere huschten alsgleich davon und verschwanden in den Falten des Berges. Die Bocksfüßigen stellten ihr Flötenspiel und ihr Tanzen ein und beäugten ihn geduckt mit großen, mißtrauischen Augen. Nur die Oreaden[5] führten ihren sinnverwirrenden Reigen weiter: stille Mädchenmünder, schöne Brüste, schlanke, weiche Glieder, zarte Hand in zarter Hand, sich teilend und schließend und wieder teilend, einwärts und auswärts drehend in immer wieder neuen Rhythmen.

Gro ging durch das hohe Gras auf sie zu. Als er sich bis auf ein Dutzend Schritte genähert hatte, wich die Kraft aus seinen Gliedern. Er kniete nieder und rief ihnen zu: »Gottheiten der Erde! Weist mich nicht ab und verstoßt mich nicht, obgleich ich bislang Euer Land grausam unterdrückte, will ich's doch nimmer tun. Die Fußstapfen meiner zertretenen Ideale sind mir immer noch bittere Anklage. Bringt mich in Eurer Gnade dorthin, wo ich jene finden und ihnen Wiedergutmachung leisten kann, die dies Land einst besaßen und durch mich und meinesgleichen vertrieben und zu Geächteten der Wälder und Berge wurden.«

So sprach er und beugte sein Haupt in Reue. Und er vernahm eine Stimme in der Luft, wie das Zittern einer silbernen Lautensaite, welche sprach:

Warum in die Ferne schweifen?
Norden ist Heim. Norden ist Heim.

Er hob den Blick. Die Erscheinung war verschwunden. Nur die Mittagssonne und der Wald, still, einsam, blendend hell, waren über ihm und um ihn herum.

Fürst Gro kehrte zu seinem Pferd zurück, stieg in den Sattel und ritt den ganzen Nachmittag gen Norden über das Bergland, voller nebelhafter Gedanken. Als es Abend wurde, führte sein Weg hoch oben am Hang eines Berges entlang zwischen Geröll und Gras über einen schmalen Pfad, den die wilden Bergziegen ausgetreten hatten. Weit unten im Tal bahnte sich ein Bach seinen Weg über felsigen Grund zwischen Hügeln von alten Moränen, die wie Wogen eines Meeres aus grasbedeckter Erde waren. Die Julisonne stand schon tief und warf die langen Schatten der Hügel weit hinauf auf den westwärts geneigten Hang, den Gro entlangritt; doch wo er ritt und über ihm glühte der

Hang noch warm in der Abendsonne; und der ferne Gipfel am Ende des Tales, der seine mächtige Südwand wie einen Dachgiebel emporstreckte, mit breiten Flanken aus nacktem Fels und Geröll und einem Klippenhaupt gleich einem großen Brecher, der mitten in der Bewegung erstarrt war, badete noch in einer Flut von wechselndem Licht.

Er umrundete die Bergschulter an einer Stelle, wo eine flache Hangrinne die Felsseite durchschnitt, und sah vor sich eine Mulde oder Nische. Dort, durch die gewaltige Masse des Berghangs vor den Winden aus dem Osten und Norden geschützt, wuchsen zwei Ebereschen und ein paar Stechpalmenbüsche in den Felsspalten oberhalb des Wasserlaufs. Unter ihrem Schatten war eine Höhle, nicht groß, aber ausreichend für einen Mann, dort bei schlechtem Wetter Zuflucht zu finden, und jenseits davon zur Rechten ergoß sich ein kleiner Wasserfall, so schön, daß er ein Wunder anzuschaun war: eine Steinplatte von doppelter Mannshöhe ragte, ein wenig vornübergeneigt, aus dem Felshang heraus, so daß der Bach in einem feinen Strom von ihrer Kante geradlinig in ein Felsbecken stürzte. Das Wasser im Becken war klar und tief, durch den Sturzbach von oben jedoch in ständiger, wirbelnder Bewegung; und überall auf den Steinen ringsum wuchsen Moose und Flechten und kleine Wasserblumen, an der Wurzel vom frischen Wasser genährt und von der Gischt bestäubt.

Fürst Gro sprach in seinem Herzen: »Hier möcht' ich für immer bleiben, hätte ich nur die Kunst, mich so klein zu machen wie ein Molch. Und ein Haus würde ich mir bauen, eine Spanne hoch, neben jenem smaragdgrünen Moospolster, und jene rosaroten Fingerhüte, deren Glocken über dem schäumenden Wasser nicken, würden meiner Tür den Schatten spenden. Dies bescheidene Parnassusgras[6] mit makellos weißem Kelch auf haarfeinem Halm sollte mein Trinkbecher sein und der Vorhang meines Bettes jenes kleine, durstige Sandkraut[7], das wie ein grüner Himmel, mit milchweißen Sternen übersät, die schattigen Flanken dieser Felsen umhüllt.«

Versunken in dieses Bild blickte er lange Zeit auf jenem verwunschenen Ort, der so verborgen in eine Falte des kahlen Felsens gebettet lag. Dann, unwillens, von einem so schönen Fleck zu scheiden und zudem eingedenk der Tatsache, daß nach so vielen Stunden sein Pferd müde war, stieg er aus dem Sattel und legte sich am Bachufer auf die Erde. Und nach kurzer Zeit, erfüllt von den süßen Bildern jener Wunder, die er geschaut, ließ er seine langen, dunklen Lider über seine großen, feuchten Augen sinken. Und tiefer Schlaf kam über ihn.

Als er erwachte, glühte der ganze Himmel im Rot des Sonnenuntergangs. Ein Schatten war zwischen ihn und das westliche Licht getreten:

eine Gestalt, die sich über ihn beugte und mit herrischer Stimme, doch in einem Tonfall, worin das Echo und das Angedenken aller süßen Klänge verschmolzen und für alle Zeit zur Ruhe gebettet schienen, sprach: »Bewegt Euch nicht, mein Herr, und ruft nicht um Hilfe. Seht Euer eignes Schwert; ich nahm es Euch im Schlafe ab.« Und er spürte eine scharfe Spitze, die an seinen Hals drückte, wo unter der Zunge die großen Adern verlaufen.

Er bewegte sich nicht und sprach kein Wort, blickte nur zu ihr auf wie zu einer Vision des Entzückens, die sich von der flüchtigen Herde der Träume verlaufen hatte.

Die Dame sprach: »Wo sind Eure Gefährten? Und wie viele sind es? Antwortet schnell.«

Er erwiderte wie ein Träumer: »Wie soll ich Euch antworten? Wie soll ich sie aufzählen, die zahllos sind? Oder Euer Hoheit ihren Ort nenne, da sie mir selbst itzund näher sind als Hand oder Fuß, doch im nächsten Augenblick eine größere Strecke zurücklegen können, als selbst ein Sternenstrahl sie je durchmaß?«

Sie sprach: »Gebt mir keine Rätsel auf. Ich rate Euch, antwortet.«

»Madame«, sprach Gro, »jene, von denen ich sprach, sind meine eignen stummen Gedanken. Und außer meinem Pferd sind dies meine einzigen Gefährten.«

»Allein?« sprach sie. »Und schläfst so seelenruhig in deiner Feinde Land? Das zeugt von eigenartigem Selbstvertrauen.«

»Nicht Feinde, so es denn sein kann«, sprach er.

Sie aber rief: »Seid nicht Ihr Fürst Gro von Hexenland?«

»Dieser erkrankte vor langem«, sprach er, »an einem tödlichen Siechtum; und 's ist nun einen Tag und eine Nacht, seit er daran verstarb.«

»Wer seid Ihr dann?« sprach sie.

Er antwortete: »Wenn Euer Gnaden mich so annähmen, Fürst Gro von Dämonenland.«

»Ein Überläufer, dem es nicht an Übung fehlt«, sprach sie. »Vermutlich sind sie Eurer und Eurer Wege müde. Ach«, fügte sie mit veränderter Stimme hinzu, »ich bitte um Vergebung! Denn gewiß war Eure großmütige Tat der Grund, daß sie Eurer überdrüssig wurden, als Ihr mir eine so edle Geste der Freundschaft erwieset.«

»Ich will«, antwortete er, »Euer Hoheit die reine Wahrheit sagen. Niemals standen die Dinge besser zwischen mir und ihnen allen, als ich mich gestern abend entschloß, sie zu verlassen.«

Fürstin Mevrian schwieg; ein Schatten lag auf ihrem Gesicht. »Ich bin allein«, sagte sie dann. »Deshalb rechnet es mir nicht als Kleinmut an noch als Undank für frühere Wohltaten, wenn ich einen Beweis Eurer lauteren Absichten fordere, ehr ich Euch aufstehn lasse. Schwört mir, daß Ihr mich nicht betrügen oder verraten werdet.«

Gro aber sprach: »Wie sollte ein Eid von mir Euch nützen, Madame? Einen bösen Menschen binden keine Schwüre. Hätt' ich es darauf abgesehen, Euch Böses zu wollen, könnte ich leicht alle Schwüre leisten, die Ihr von mir hören wolltet, und sie ebenso leicht im nächsten Augenblick brechen.«

»Das war nicht gut gesprochen«, sagte Mevrian. »Noch trägt's zu Eurer Sicherheit bei. Ihr Männer sagt, daß Frauenherzen schwach und zagend seien, doch werde ich Euch das Gegenteil lehren. Sucht mich zu überzeugen. Oder ich werde Euch gewißlich mit Eurem eignen Schwert töten.«

Fürst Gro legte sich zurück und verschränkte seine feingliedrigen Hände hinter dem Kopf. »Ich bitte Euch«, sprach er, »stellt Euch auf die andre Seite, damit ich Euer Gesicht sehen kann.«

Sie kam seiner Bitte nach, ohne jedoch das Schwert von ihm zu nehmen. Und er sprach lächelnd: »Göttliche Frau, mein Lebtag lang war die Gefahr mein Bettgefährt' und die Todesdrohung mein vertrauter Freund; ob ich an Königshöfen ein ungewisses Leben führte, wo der Tod im Weinbecher und in jeder Nische lauert; ob ich alleine gefahrvollere Länder als dieses durchreiste, wie die Moruna, wo das Land wimmelt von eklen Ungeheuern und giftigen Schlangen und wo die Geister so zahlreich sind wie Grashüpfer auf einer Sommerwiese. Wer sich fürchtet, ist ein Sklave, ist er noch so reich, noch so mächtig. Doch wer ohne Furcht ist, ist König der ganzen Welt. Ihr habt mein Schwert. Stoßt zu. Der Tod wird mir süße Erlösung ein. Versklavung, nicht der Tod, würde mich schrecken.«

Sie schwieg eine Weile und sprach dann zu ihm: »Herr Gro, Ihr habt mir einmal einen großen Dienst erwiesen. Gewiß mag ich meine Sicherheit darauf bauen, daß nie ein Schwarzer Milan einen guten Jagdfalken zur Strecke brachte.[8]« Und sie wechselte ihren Griff am Schwert und reichte es ihm mit dem Knauf voran. »Ich gebe es Euch zurück«, sprach sie, »und zweifle nicht daran, daß Ihr in Ehren gebrauchen werdet, was Ihr in Ehren empfangen.«

Gro aber sprach, indem er sich erhob: »Madame, dies und Euere edlen Worte haben dem Pakt zwischen uns solche Festigkeit gegeben, daß sich nun die Blüten jener Schwüre entfalten können, die Ihr von mir fodert; denn Versprechen sind die Blüten einer Freundschaft, nicht deren Wurzeln. Und Ihr werdet sehen, daß meine Freundschaft, die ich Euch geschworen, niemals welken wird.«

Viele Tage und Nächte verbrachten Gro und Mevrian an jenem Orte, ernährten sich von dem, was sie hin und wieder erjagten, und tranken von dem klaren Quellwasser und schliefen dort bei Nacht, sie in ihrer

Höhle unter den Stechpalmen und den Ebereschen, er in einer Felsspalte ein wenig weiter unten in der Rinne, wo das üppige Moos sein Lager so weich und federnd machte wie die feinen Betten in Carcë. In diesen Tagen berichtete sie ihm auch, wie es ihr seit jener Aprilnacht ergangen, als sie aus dem Schloß zu Krothering geflohen war: wie sie zuerst in Bühl in der Westmark Unterschlupf gefunden hatte, aber nach einem Tag oder zwei erfahren mußte, daß man Häscher nach ihr ausgeschickt hatte, und wieder nach Osten floh, sich kurze Zeit am Längswassersee aufhielt und schließlich vor etwa einem Monat zu dieser Höhle an dem kleinen Wasserfall gekommen war. Es war ihre Absicht gewesen, sich über das Gebirge nach Stormhöh durchzuschlagen, doch hatte sie nach dem ersten Versuch diesen Plan wieder verworfen, nachdem sie um ein Haar einem feindlichen Trupp Soldaten in die Hände gefallen wäre, als sie in die tieferen Täler der östlichen Küstengegend vorgestoßen war. So war sie wieder in dieses Bergversteck zurückgekehrt, so geheim und entlegen wie kein zweites in Dämonenland. Denn dies Tal, so ließ sie ihn wissen, war das Nimmertal, in das keine Wege führten außer den Pfaden der Rehe und Bergziegen und auf das sich kein Hof öffnete und dessen Winde, die hierher wehten, keines Menschen Herdrauch schwängerte. Und jener giebelförmige Berg, der das Tal abschloß, war die südlichste der Gabeln von Nantreganon, Hort der Geier und Adler. Und ein verborgener Pfad führte um die Schulter jenes Gipfels über den zackigen Grat über die Nimmertalhöhe zu den oberen Wassern des Tivarandartals.

An einem Nachmittag schwüler Sommerhitze begab es sich, daß sie unterhalb der Höhe auf einer Bastion aus Stein rasteten, die aus der südwestlichen Wand herausragte. Unter ihren Füßen fiel der Fels schwindelerregend tief ab, bogenförmig geschwungen in einem natürlichen Amphitheater, über dem der Berg wie eine Festung des Tartaros thronte, massig, grausam wie das Meer und traurig, vernarbt und klaffend mit den langen Furchen der Schieferung, als hätte eines Riesen Axt die Stirnseite des Berges mit einem Schlage abgespalten. In der Tiefe schlummerten still und unergründlich die Wasser des Thulesees.

Gro hatte sich mit dem Gesicht nach unten auf den Rand des Kliffs gelegt, und betrachtete, auf beide Ellbogen gestützt, jene dunklen Wasser. »Gewiß«, sprach er, »sind die großen Gebirge der Welt ein probates Mittel gegen unsre moderne Unzufriedenheit und unsren Ehrgeiz, wüßten die Menschen das nur. In den Bergen liegt der Weisheit Born. Sie sind tief an Zeit. Sie kennen die Wege der Sonne und des Windes, des Blitzes feurige Bahn, den berstenden Frost, den verschleiernden Regen, den Schnee, der ihre Nacktheit mit einer feineren Decke als weiches Linnen bedeckt; und wenn ihre große Philosophie nicht danach fragt, ob diese Weiße Brautschleier ist oder Leichentuch, findet nicht ihre ungedeutete Stille eine Berechtigung in jedem wiederkehrenden Jahr, und ist dies nicht ein Grund, unsre kleinen Sorgen zu verlachen? Wir kleinen Kinder des Staubes, Kinder eines Tages, die wir uns mit so vielen Dingen beladen, mit Denken und Fürchten und Wünschen und emsigem Planen, daß wir vor unsrer Zeit alt werden und ermüden, ehr der kurze Tag verstrichen ist und uns trotz all unsrer Mühen ein einzger Streich der Sense hinwegrafft.«

Er sah auf, und sie begegnete dem Blick seiner großen Augen; tiefen Teichen der Nacht schienen sie gleich, in denen sich seltsame Dinge unerkannt regten, befremdlich anzuschaun, doch zugleich erfüllt mit einem sanften, schläfrigen Zauber, der einlullte und besänftigte.

»Ihr seid in einen Traum gefallen, mein Fürst«, sprach Mevrian. »Und für mich ist es schwer, in Euren Träumen mit Euch zu wandeln, da ich hellwach im Tageslicht und voller Tatendrang bin.«

»Traun, 's ist ein übel Ding«, sprach Fürst Gro, »daß Ihr, die Ihr nicht in Bedürftigkeit und Armut aufgewachsen seid, sondern im Übermaße von Reichtum und Ehren, zum Flüchtling in Euren eignen Landen geworden sein solltet, mit Füchsen und dem wilden Getier der Natur zu hausen.«

Sie sprach: »Es ist mir ein lieberes Lager als derweil in Krothering. Und gerade deshalb brenne ich darauf, etwas zu tun. Nach Stormhöh durchzukommen, das, zum Beispiel, wäre etwas.«

»Welcher Nutz liegt in Stormhöh«, sprach Gro, »ohne Fürst Juss?«

Sie antwortete: »Gleich viel wie in Krothering ohne meinen Bruder, wollt Ihr mir sagen.«

Als er von der Seite zu ihr aufblickte, wo sie gewappnet neben ihm saß, sah er eine Träne auf ihrem Augenlid zittern. Er sprach sanft: »Wer vermag die Wege des Schicksals vorauszusehen? Womöglich ist Euer Hoheit hier besser aufgehoben.«

Fürstin Mevrian stand auf. Sie wies auf eine Stelle im gewachsenen Fels zu ihren Füßen. »Der Hufabdruck eines Hippogryphen!« rief sie. »Vor Urzeiten in den Fels geschlagen von jenem hohen Vogel, der seit alters den vorherbestimmten Ruhm unsres Hauses beherrschet, uns zu einem Ruhm zu weisen, welcher über die Höhe der strahlenden Gestirne emporführt. Wahr ist das Wort, daß ein Land, das nur von einer Frau regiert wird, nicht in fester Hand ist. Ich will hier nicht länger müßig weilen.«

Gro, der sie sah, wie sie in voller Rüstung auf dieser hohen Klippe stand und mit solch vollkommener weiblicher Schönheit allen männlichen Heldenmut darstellte, dachte bei sich, daß hier jene wahre Verkörperung des Morgens und des Abends vor ihm stand, jener Zauber, der ihn von Krothering gerufen und zu dem die prophetischen Geister von Berg, Wald und Feld ihm den Pfad mit einem himmlischen Segen gewiesen hatten: nach Norden zu gehen, um dort das wahre Heim seines Herzens zu finden. Er kniete nieder, ergriff ihre Hand und küßte und liebkoste sie als die Hand jener, in der all seine Hoffnungen lagen, und sprach voll Inbrunst: »Mevrian, Mevrian, wappne mich nur mit deiner Gunst, und ich werde allem trotzen, was wider mich ist oder sein kann. Wie die Sonne den weiten Himmel am Mittag erleuchtet und damit dieser trostlosen Welt Licht spendet, so bist du das wahre Licht von Dämonenland, das wegen dir allein die ganze Welt erstrahlen macht. Willkommen seien mir alle Leiden, solange ich nur dir willkommen bin.«

Sie sprang zurück und entriß ihm ihre Hand. Ihr Schwert fuhr singend aus der Scheide. Doch Gro, der so verzückt war, daß er nichts Weltliches gewahrte, sondern nur Augen hatte für das Antlitz seiner Herrin, blieb regungslos. Sie rief: »Rücken an Rücken! Schnell, ehr es zu spät ist!«

Er sprang auf, gerade noch zur rechten Zeit. Sechs kräftige Kerle, Soldaten von Hexenland, die sich heimlich angeschlichen hatten, drangen nun auf sie ein. Keine Worte wurden mehr gewechselt, nur das Klirren der Waffen: er und Mevrian Rücken an Rücken auf dem Felsplateau gegen jene sechs Krieger, die von beiden Seiten angriffen. »Tötet den Kobold«, sagten sie, »Fangt die Frau unversehrt; es kostet uns den Kopf, falls ihr etwas geschieht.«

Eine Zeitlang verteidigten sich jene beiden mit all ihrer Kraft. Doch angesichts solcher Übermacht konnte der Ausgang nicht lang in Zweifel stehen, noch konnte Gros Eifer wettmachen, was ihm an körperlicher Kraft und Kampfkunst fehlte. Eine geschickte Fechterin indes war die Fürstin Mevrian, wie die Gegner es nicht erwartet hatten; denn der vorderste von ihnen, ein großer, breitschultriger Tölpel, meinte wohl, sie im ersten Ansturm überrollen zu können, doch mit einem geschickten Stoß unterlief sie seine Deckung und durchbohrte ihm den Hals; woraufhin seine fünf Gefährten mehr Vorsicht walten ließen. Doch als Gro, aus vielen Wunden blutend, schließlich zu Boden sank, waren sie ihr im nächsten Augenblick bereits in den Rücken gefallen, während andre sie von vorn bedrängten – als plötzlich, wie durch eine Fügung des Himmels das Blatt sich wendete und im Handumdrehn alle fünf blutüberströmt neben ihrem Anführer auf dem Boden lagen.

Mevrian blickte auf, und als sie sah, was sie sah, fiel sie matt und kraftlos in ihres Bruders Arme, überwältigt von soviel strahlender Freude nach der Bedrängnis und Gefahr; sah sie doch mit eignen Augen jene Wiederkunft, von der die Geister jenes Landes eine Vorahnung gehabt und sich Gro in überschwenglicher Freude darob gezeigt hatten: Brandoch Daha und Juss heimgekehrt nach Dämonenland wie von den Toten Auferstandene.

»Ich bin unversehrt«, antwortete sie ihnen. »Doch seht nach meinem lieben Herrn Gro; ich fürchte, er ist verwundet. Kümmert euch wohl um ihn, denn er hat sich wahrhaft als unser Freund erwiesen.«

Kapitel XXVI

Die Schlacht bei Krothering

Wie dem Fürsten Corinio die Kunde zuteil ward, daß die Fürsten Juss und Brandoch Daha wiedergekehrt, und wie er den Plan gefaßt, sich zur Schlacht zu stellen unter dem Aartore; und von dem großen Flankenmarsch des Fürsten Brandoch Daha über die Berge von Transthal; und von der großen Schlacht und dem Ausgange derselben.

Laxus und jene beiden Söhne Corunds spazierten an einem Nachmittag durch den Park Krotherings. Der Himmel über ihnen war heiß und bleigrau, ein Zeichen nahenden Gewitters. Kein Lüftchen regte sich in den Bäumen, die fahlgrün gegen jenes verhangene Grau abstachen. Der Lärm von Hacken und Brecheisen drang ohn Unterlaß aus dem Schloß. Wo einst Gärten gestanden hatten und liebliche, schattige Lauben, fand man jetzt nur mehr Zerstörung: zerbrochene Säulen und zerschmetterte Porphyrvasen, Haufen von Erde und rottender Vegetation. Und jene großen Zedern, Sinnbild der stolzen Herrschaft des stolzen Schlosses, lagen nun umgestürzt mit bloßgelegtem Wurzelwerk, gebrochenen Ästen und dürren Nadeln auf der Erde, leblos und verdorrt. Über diesem Totenbett zerstörter Schönheit ragten die Onyxtürme gespenstisch in den Himmel.

»Liegt nicht Glück in der Zahl sieben?« sprach Cargo. »Letzte Woche war's das sechste Mal, daß wir dachten, den Aal endlich beim Schwanz gepackt zu haben, in jenen windigen Hügeln von Mealand, und doch mit leeren Händen zurückkehrten. Wann, glaubt Ihr, Laxus, werden wir sie endlich in die Enge getrieben haben?«

»Wenn Eierkuchen auf Apfelbäumen wachsen«, antwortete Laxus. »Nein, der General hat mehr Augenmerk auf seine Erlasse jene junge Frau betreffend – die sie wahrscheinlich nie zu Ohren bekommt und die sie erst recht nicht zur Heimkehr bewegen können – und auf seine Rachespielchen denn auf unsre Waffenkunst. Horcht! Da geht sein Tagwerk.«

Sie wandten sich zum Haupttor hin und beobachteten, wie der nördliche jener beiden goldnen Hippogryphen wankte und den Abhang hinunter in den Burggraben stürzte und wie von den nachfallenden Mauersteinen eine dichte Staubwolke aufstieg.

Fürst Laxus' Miene war finster. Er legte die Hand auf Hemings Arm und sprach: »Die Zeit braucht allen weisen Rat, dessen sie habhaft werden kann, o Söhne Corunds, wenn unser Herr und König von unsrem Feldzug nach Dämonenland den Sieg über all seine Widersacher davontragen soll. Es war ein schwerer Verlust für uns, als dieser Kobold von uns ging.«

»Diese arglistige Schlange!« sprach Cargo. »Corinius hatte recht getan, solch schlüpfrigem Gezücht nicht die Ehre zu geben. Nicht länger als ein, zwei Monate hat er gedient, und schon ist er zum Feind übergelaufen.«

»Corinius«, sprach Laxus, »ist noch neu in seinem königlichen Rang. Meint er denn, die Tage seiner Herrschaft bestünden nur mehr aus Spiel und Vergnügungen? Widrige Schicksalsschläge könnten ihm sehr wohl noch den Garaus machen, während er seine Jugend in Wein und Unzucht ertränkt und seine persönliche Wut gegen diese Dame auslebt. Schwankende Jugend muß sich mit dem Rat des Alters vereinen, auf daß nicht alles ins Unglück stürzt.«

»Ein sehr erlauchter alter Ratgeber seid Ihr«, sprach Cargo, »mit Euren sechsunddreißig Jahren!«

Sprach Heming: »Wir sind unser drei. Übernehmt selbst das Kommando. Ich und mein Bruder werden Euch unterstützen.«

»Ich wünsche, daß Ihr diese Worte zurücknehmt«, sprach Laxus, »als wären sie nie über Eure Lippen gekommen. Denkt an Corsus und Gallandus. Zudem, auch wenn Corinius derzeit eher den Eindruck eines Verblendeten als eines vernünftig denkenden Menschen macht, so ist er, wenn er seine Sinne beisammen hat, doch ein tapferer und großer Krieger und ein Heerführer und Taktiker, wie es in Dämonenland, ja, selbst in Hexenland kaum einen zweiten gibt, es sei denn Euren edlen Vater; und dabei ist er noch jung.«

»Das ist wahr«, sprach Heming. »Euer Tadel ist wohl berechtigt.«

Während sie miteinander redeten, kam einer vom Schloß zu ihnen, beugte vor Laxus das Knie und sprach: »Man verlangt nach Euch, o König; drum findet Euch, wenn ich bitten darf, im Nordgemach ein.«

Sprach Laxus: »Ist es der Bote, welcher gerade aus dem Ostland kam?«

»Mit Verlaub, so ist es«, antwortete der Mann mit gebeugtem Knie.

»Hat er mit König Corinius gesprochen?«

»Er hat darum ersucht«, sprach der Mann, »wurde aber abgewiesen. Die Sache sei sehr dringend, und deshalb bat er mich, nach Euer Königlichen Hoheit zu suchen.«

Als sie zum Schloß eilten, sprach Heming in Laxus' Ohr: »Kennt Ihr nicht diese neueste Regelung des höfischen Zeremoniells? An Tagen, wenn er eine Geisel vernichtet hat, wie er heute diesen pferdeköpfigen Adler zerstören ließ, um Fürstin Mevrian eins auszuwischen, gewährt er bis zum Sonnenuntergang keine Audienzen. Denn sobald der Racheakt vollbracht ist, zieht er sich mit einer Dirne in seine Privatgemächer zurück und stürzt sich zwei oder drei Stunden lang in das Meer seiner eignen Lustbarkeiten, um für kurze Zeit die Qual seiner unglücklichen Liebe ein wenig zu lindern.«

Als Laxus den Boten aus dem Osten angehört hatte, eilte er unverzüglich zu den Gemächern des Königs. Dort stieß er die Wachen vor der Tür beiseite und riß die glänzenden Flügeltüren auf. Corinius war bester Stimmung. Er ruhte auf einem Sofa mit weichem, dunkelgrünem, dreifach gekämmtem Samtpolster. Ein mit Ebenholz und Silber eingelegter Elfenbeintisch stand neben ihm, der eine kristallene Weinkaraffe trug, deren schäumender Inhalt bereits zu zwei Dritteln geleert war, und daneben ein kostbarer goldner Kelch. Er trug ein langes, weites, ärmelloses Gewand aus weißer Seide mit Goldborten, das sich am Hals geöffnet hatte und seine breite Brust entblößte und einen starken Arm, der sich in dem Augenblick, als Laxus eintrat, soeben nach dem Weinkelch ausstreckte. Auf seinem Knie hielt er eine Maid von etwa siebzehn Jahren, schön und frisch wie eine Rose, mit der er offenkundig soeben vom Austausch bloßer Freundlichkeiten zu handgreiflicheren Gesten überzugehen gedachte. Mit wütendem Blick starrte er auf Laxus, der ohne Einleitung anhub und sprach: »Der ganze Osten ist in Aufruhr. Die Burg ist gefallen, die wir auf dem Steig errichtet haben. Spitfyr ist ins Brechental eingedrungen und hat Stormhöh entsetzt und unsre Belagerungstruppen geschlagen.«

Corinius trank einen Schluck und spie aus. »Pah!« sprach er. »Wie gewonnen, so zerronnen. Ich möchte wissen, mit welchem Recht du mich mit diesem Kinderkram belästigst, während ich mich der notwendigen Kurzweil und Erholung hingebe. Konnte es nicht bis nach dem Abendessen warten?«

Ehr Laxus noch etwas sagen konnte, ertönten laute Stiefelschritte auf der Treppe und herein drangen die beiden Söhne Corunds.

»Bin ich König?« sprach Corinius und raffte sein Gewand zusammen. »Muß ich mir das bieten lassen? Verlaßt mein Gemach.« Dann, als sie mit wirren Blicken wie angeheftet stehen blieben: »Was ist?« sprach er. »Seid ihr vom Schwindel oder von der Drehkrankheit befallen? Oder seid ihr des Wahnsinns?«

Heming antwortete und sprach: »Bei Sinnen, Euer Liebden. Didarus, der die Burg am Steig befehligte, ist vom Osten hergeeilt, so schnell sein Pferd ihn tragen konnte. Er kam kurz nach dem ersten

Boten her, mit neuer und gesicherter Kunde, um vier Tage jünger als die andre. Ich bitt' Euch, hört ihn an.«

»Ich werde ihn«, sprach Corinius, »beim Abendessen anhören. Nicht ehr, und sollte das Dach über meinem Kopf brennen.«

»Das Land unter deinen Füßen brennt!« rief Heming. »Juss und Brandoch Daha sind zurück, und das halbe Land ist verloren, ehr du's weißt. Diese Teufel sind wieder da! Wie können wir bei einer solchen Botschaft ruhig bleiben?«

Corinius lauschte mit verschränkten Armen. Sein kantiges Kinn war vorgeschoben. Seine Nüstern weiteten sich. Einen Augenblick schwieg er; seine kalten blauen Augen blickten starr, wie auf etwas Fernes gerichtet. »Wieder da?« sagte er schließlich. »Und der Osten im Aufruhr? Das mag wohl sein. Didarus sei Dank für seine Kunde. Beim Abendessen soll er meine Ohren mit Einzelheiten versüßen. Bis dahin wünsche ich nicht gestört zu werden, es sei denn, ihr wollt die Streckbank kennenlernen.«

Doch Laxus, mit kummervoller und ernster Miene, trat neben ihn und sprach: »Euer Liebden, vergeßt nicht, daß Ihr des Königs Statthalter in diesem Lande seid. Laßt die Krone auf Eurem Haupt Euch der damit verbundenen Gefahren eingedenk machen, so daß Ihr denen friedlich zuhöret, die willens sind, Euch mit weisem und vernünftigem Rat zu belehren. Würden wir noch heute zum Scheidersee marschieren, könnten wir sehr wohl diese Gefahr bannen und ersticken, ehr sie zu übermäßiger Größe anschwillt. Lassen wir's hingegen zu, daß die Dämonen in diese westlichen Gebiete eindringen, mag es sehr wohl sein, daß sie ohne Einhalt das ganze Land zurückgewinnen.«

Corinius sah ihn von der Seite an. »Kann denn nichts«, sprach er, »dich zum Gehorsam bringen? Wie steht es mit der dir übertragenen Verantwortung? Ist die Flotte bereit? Denn sie ist die Kraft, die Schnelligkeit und der Anker unsrer Macht, sei es, um Nachschub heranzubringen oder um unsren Druck gegen die Feinde nach Belieben zu verstärken oder um uns sichere Zuflucht zu bieten, falls es so weit kommen sollte. Was treibt dich um? Haben wir uns in diesen vier Monaten nichts sehnlicher gewünscht, als daß die Dämonen endlich das Herz fänden, uns eine offene Feldschlacht zu liefern? Wenn es wahr ist, daß Juss selbst und Brandoch Daha die Burgen und Stützpunkte, die ich im Osten hatte, erobert haben und auf dem Marsch nach Westen sind, dann habe ich sie schon in der Esse, nur unterm Hammer[1] noch nicht. Und laßt euch versichern, daß ich den Ort des Schlages selbst bestimmen werde.«

»Dennoch drängt die Zeit«, sprach Laxus. »Ein Tagesmarsch, ohne daß wir sie aufhalten, wird sie bis vor Krothering bringen.«

»Das«, antwortete Corinius, »kommt meinen eignen Plänen zupaß.

Ich werde ihnen keinen Schritt entgegengehen, um ihnen den Weg zu versperren, sondern sie hier empfangen, wo das Gelände am günstigsten für uns ist. Diesen Vorteil werde ich weitestgehend nutzen, indem ich das Heer auf dem Hang von Krothering aufstelle und die Flanke durch das Gebirge abdecke. Die Flotte bezieht Stellung im Hafen von Auerwatt.«

Laxus strich über seinen Bart und überlegte einen Moment. Dann blickte er auf und sprach: »Das ist eine kluge Strategie, der ich nicht widersprechen kann.«

»Es ist ein Plan, meine Herren«, sprach Corinius, »den ich schon lange in mir trage, für eben diesen Fall. Nun laßt mich allein, zu tun, worauf ich ein Recht habe. Noch einen weiteren Vorteil hat die Sache: so wird dieser schmucke Enterich noch einmal sein Heim zu sehen bekommen, bevor ich ihn rupfe. Und 's wird ein trauriger Anblick für ihn sein, so wie ich sein Gut verwaltet habe.«

Am dritten Tag nach diesen Ereignissen stand der Bauer zu Holt[2] auf seiner Terrasse, die sich nach Westen auf das Tivarandartal öffnete. Ein alter Mann war er, gebeugt wie eine Bergkiefer. Aber sein Auge war glänzend schwarz, und das Haar lockte sich noch kraus über seiner Stirn. Es war später Nachmittag, und der Himmel war bewölkt. Wuschelige Hütehunde schliefen vor der Tür. Neben ihm saß ein Mädchen, zart wie ein Wiesenpieper[3], schlank wie eine Gazelle; und sie mahlte Korn in einer Handmühle und sang dabei:

Mahle, Mühle, mahle,
Corinius mahlt uns alle;
Als König im verwaisten Krothering

Der alte Mann putzte einen Schild und eine Sturmhaube[4] blank, und andres Kriegsgerät lag zu seinen Füßen.

»Es wundert mich, Vater, daß du immer noch mit deinem Zeug hantierst«, sprach sie und sah von ihrem Mahlen und Singen auf. »Wenn Übel sich zum Übel häuft, was bleibt dann einem alten Mann andres zu tun, als zu trauern und still zu sitzen?«

»Dafür ist später Zeit«, sprach der alte Mann. »Nur eine kurze Weile erlahmt die Hand des Schlages.[5]«

»Sie werden uns, wenn sie wiederkommen, den roten Hahn aufs Dach setzen«, sprach sie, immer noch mahlend.

»Du wolltest mir ja nicht gehorchen. Wärst du, wie ich dich bat, hinauf in unsre Almhütte geflohen, so würd' ich keinen Finger rühren, sie zu hindern.«

»Soll es brennen«, sprach sie, »wenn er fällt. Was nützte es dir und mir dann noch, hier zu verweilen? Du bist ein alter Mann, der seine guten Tage gehabt hat, und ich will so nicht zurückgelassen werden.«

Ein großer Hund neben ihr erwachte und schüttelte sich; dann trottete er zu ihr, legte den Kopf in ihren Schoß und sah sie mit treuherzigen Augen an.

Der alte Mann sprach: »Ein ungehöriges Gör bist du, doch glaub mir, komm Schwert, komm Feuer, was schert's mich; weiß ich doch, daß dieser Sturm vorüberzieht, jetzt da unser Herr heimgekehrt ist.«

»Sie haben Fürst Spitfyr das Land weggenommen«, sprach sie.

»Ja, und du wirst sehen«, sprach der alte Mann, »wie unser Herr es sich zurückholt.«

»Wirklich?« Und immer noch mahlte sie und sang.

Mahle, Mühle, mahle,
Corinius mahlt uns alle.

Nach einer Weile machte der alte Mann: »Pst!«, und sagte: »War das nicht Hufschlag auf dem Weg? Rasch, geh ins Haus, bis ich weiß, ob's Freunde oder Feinde sind.« Und er bückte sich schwerfällig nach seiner Waffe. Erbärmlich zitterte sie in seiner Greisenhand.

Doch die junge Frau, als kennte sie den Hufschlag, achtete seiner nicht, sondern sprang auf mit einem Gesicht erst rot, dann weiß, dann wieder rot und rannte zum Tor des Gartens. Dort am Tor kam ihr ein junger Mann entgegen, der ein müdes Pferd ritt. Er war gekleidet wie ein Soldat, und Pferd und Reiter waren derart mit Staub und aller Arten Schmutz bedeckt, daß sie einen traurigen Anblick boten, und beide so erschöpft, daß sie wohl keine weitere Meile geschafft hätten. Sie blieben unter dem Tore stehen, und sämtliche Hunde kamen herbeigeschwärmt und sprangen an ihnen hoch, freudig bellend und winselnd.

Ehr der Soldat ganz aus dem Sattel gestiegen war, hielt er einen süßen Armvoll umfangen. »Sachte, mein Herz«, sprach er, »meine Schulter ist etwas lädiert. Nein, nicht der Rede wert. Ich habe dir alle meine Glieder heimgebracht.«

»Gab es eine Schlacht?« fragte der alte Mann.

»Ob es eine Schlacht gab, Vater?« rief er. »Ich sage dir, vor Krothering liegen mehr Erschlagene auf der Erde, als bei der Schur Schafe in unsrem Garten sind.«

»O weh! O weh! Das ist eine schlimme Wunde, Liebster«, sprach das Mädchen. »Geh hinein, und ich werde sie auswaschen und Schafgarbe darauflegen, in Honig getränkt; 's ist das beste Mittel gegen Schmerz und Blutverlust, und es trocknet die Wundränder und heilt sie ab, du wirst nicht glauben, wie rasch. Du hast zuviel geblutet, du Leichtsinniger. Oh, wie bist du nur zurechtgekommen ohne eine Frau, die dich umsorgt?«

Der Bauer legte einen Arm um ihn und sprach: »War der Sieg unser, Junge?«

»Ich werde dir alles der Reihe nach berichten, Alter«, sprach er, »aber zuvor muß ich ihn versorgen«, und das Pferd nestelte an seiner Brust. »Und ihr müßt wir was zu essen geben. Gott bewahre, das ist keine Geschichte für einen leeren Magen.«

»O Vater«, sprach das Mädchen, »ist es nicht ein süßer Krumen[6] im Mund, daß wir ihn wiederhaben? Und süß oder sauer, geben wir ihm Zeit, uns den nächsten einzutunken.«

So wuschen sie seine Wunde und legten heilende Kräuter darauf und verbanden sie mit sauberem Leinen und gaben ihm frische Kleidung und ließen ihn auf der Bank vor dem Haus Platz nehmen und gaben ihm zu essen und zu trinken: Kuchen aus Gerstenmehl und dunklem Heidehonig und einen kräftigen weißen Wein aus dem Tivarandartal. Die Hunde drängten sich um ihn, als wäre Wärme dort und Geborgenheit, wo immer er sei. Seine junge Frau hielt seine Hand in der ihren, als ob dies allein genug wäre, wenn es für ewig so wäre. Und der alte Mann, der seine Ungeduld hinunterschluckte, wie ein Schuljunge auf das Läuten der Glocke wartet, strich mit zitternder Hand über seine Partisane[7].

»Du hast die Nachricht erhalten, Vater, die ich dir nach der Schlacht um Stormhöh sandte?«

»Ja, 's war gut.«

»An jenem Abend wurde Kriegsrat gehalten«, sprach der Soldat. »Alle großen Männer versammelten sich in der hohen Halle zu Stormhöh. Ich war einer ihrer Mundschenke, weil ich den Bannerträger der Hexen getötet hatte, in eben jener Schlacht um Stormhöh. Es dünkte mich nicht als ein so großes Verdienst, bis nach der Schlacht unser Herr persönlich zu mir trat und mich ansprach: ›Arnod‹ – ja, bei meinem Namen, Vater –, ›Arnod‹, sprach er, ›du machtest die Fahne Hexenlands nieder, die so frech gegen unsre Freiheit wehte. 's ist deinesgleichen, die Dämonenland in diesen Hundstagen am tapfersten zur Seite stehen‹, sprach er. ›Zu deiner Ehre sollst du heut abend mein Mundschenk sein.‹ Ich wünschte, Liebste, du hättest dabei seine Augen sehen können. Das ist ein Herr, der Mark in unsren Schwertarm bringt, unser Fürst Juss.

Sie hatten die große Weltkarte, die von Dämonenland, aufgestellt, um die Lage zu studieren. Ich stand daneben und goß Wein ein, und ich hörte, was sie sprachen. 's ist eine wundersame Karte, in Kristall und Bronze gefertigt, mit glitzernden Meeren und erhabenen Bergen.

Unser Herr zeigt mit 'm Schwert. ›Hier‹, sagt er, ›steht Corinius, soweit wir wissen, und weichet nicht von Krothering. Und, bei den Göttern‹, sagt er, ›'s ist eine äußerst günstige Stellung. Denn seht, wenn wir vom Klaftertal kommen, was der einzge Weg ist, um ihn anzugreifen, so schlägt er auf uns hernieder wie ein Hammer auf den Amboß. Und wenn wir die Donnerföhrde passieren‹, und wieder zeigt er's mit dem Schwert, ›so fällt er uns in die Flanke; und wie er auch kommt, ist das Gelände auf seiner Seite und gegen uns.‹

Ich erinnere mich genau an seine Worte, weil der Herr Brandoch Daha lachte und sprach: ›Sind wir durch unsre Reisen so fremd geworden, daß unser eignes Land für die Gegenseite kämpft? Laßt mich mal einen Blick drauf werfen.‹

Ich füllte seinen Becher. Liebe Götter, ich würde ihm auch mein Herzblut eingießen, verlangte er das von mir, Vater, nach unsren gemeinsamen Zeiten. Aber mehr darüber später. Der edelste aller Männer und Führer ohnegleichen.

Herr Spitfyr aber, der inzwischen auf und ab gegangen war, rief aus: ›Es wäre töricht, die Straße zu nehmen, die er für uns vorgesehen hat. Gehen wir ihn von der Seite an, von der er uns am wenigsten erwartet: südlich über die Berge und vom Mardartal in seinen Rücken.‹

›Ah‹, sprach unser Herr, ›um in die Sümpfe des Dämmertals zurückgedrängt zu werden, falls unser erster Ansturm mißlingt. Zu gefährlich. Das wär' schlimmer als das Klaftertal.‹

So ging es: ein Nein für jedes Ja und keine befriedigende Lösung. Bis der Herr Brandoch Daha, der sich die ganze Zeit mit der Karte beschäftigt hatte, sprach: ›Nun, da ihr den ganzen Strohhaufen gedroschen habt, ohne die Nadel zu finden, werde ich euch meinen Plan eröffnen, denn ihr sollt nicht sagen können, daß ich meinen Rat überstürzte.‹

Sie baten ihn also um seinen Rat. Und er sprach zu unsrem Herrn: ›Du ziehst mit unsrer Hauptarmee über den Scheiderseepfad. Und es soll das ganze Land von eurem Kommen künden. Morgen abend lagert ihr dann an einem guten Kampfplatz, wo's nicht zu seinem Vorteil wäre, euch anzugreifen: etwa bei den alten Almen oberhalb des Zaunköniggrunds oder an einem andren geeigneten Ort, bevor die Straße nach Süden ins Klaftertal abfällt. Bei Tagesanbruch brecht ihr euer Lager ab und zieht durch das Klaftertal und den Hang von Krothering hinauf in die Schlacht. Alles soll so sein, wie seine eignen Hoffnungen und Erwartungen es sich ausmalen. Doch ich‹, sprach Herr Brandoch Daha, ›werde bis zu diesem Zeitpunkt mit siebenhundert ausgewählten Reitern über das Transtal zum Aartor geritten sein; wenn er also seine gesamten Truppen nach Norden wirft, um euch entgegenzutreten, werden wir tun, womit er am wenigsten rechnet: ihm in die Flanke und den Rücken fallen. Dann muß er meinen unerwarteten Flankenangriff zurückschlagen, während die vorderen Linien seines Heeres gegen unsre Hauptstreitmacht kämpfen, die der seinigen nur um weniges zahlenmäßig unterlegen ist. Falls er dies heil übersteht, nun, dann gute Nacht! Dann sind die Hexen wirklich bessere Krieger, und wir können unsre Hüte vor ihnen ziehen und die Waffen strecken!‹

So sprach der Herr Brandoch Daha. Doch alle nannten ihn verrückt, so etwas zu erwägen. Eine berittene Truppe in so kurzer Zeit über so unwegsames Gelände führen? Das konnte nicht gehen. ›Nun‹, erwiderte er, ›wenn ihr's schon nicht für möglich haltet, um so weniger Corinius. Wer nicht wagt, der nicht gewinnt. Gebt mir freie Wahl unter den Männern und siebenhundert Pferde, und ich werde euch einen Maskenball veranstalten, daß ihr euch keinen besseren Tanzmeister wünschen könnt.‹

So bekam er am Ende seinen Willen. Und bis nach Mitternacht war'n sie mit ihren Planungen und Vorbereitungen zugange.

Bei Tagesanbruch versammelte sich das ganze Heer am Mondsee, und unser Herr hielt eine Rede und sagte uns, daß er die Absicht habe, nach Westen zu marschieren und die Hexen aus Dämonenland zu vertreiben; und er bat jeden Mann, der nun genug vom blutigen Krieg zu haben glaube und lieber heimwärts ziehen wolle, dies frank und frei zu sagen; und er würd' ihn ziehen lassen, ja, und ihm zudem reiche Geschenke geben, denn alle hätten sie ihm mannhaft gedient; doch wolle er in dieser Unternehmung keinen Mann dabei haben, der nicht aus ganzem Herzen dazu gewillt sei.[8]«

Die junge Frau sprach: »Ich wette, nicht einer nahm dies Angebot an.«

»Es erhob sich«, sagte der Soldat. »ein solcher Aufschrei und ein Fußgetrampel und Waffengeklirr, daß die Erde erbebte und das Echo wie Donner von den hohen Kars des Riffgebirges widerhallte, als sie riefen: ›Krothering!‹ ›Juss!‹ ›Brandoch Daha!‹ ›Führt uns nach Krothering!‹ Ohne weiteren Verzug wurden die Sachen gepackt, und noch vor Mittag war die ganze Armee über den Steig. Bei Schwarzwald im Amardartal legten wir eine Rast ein, und der Herr Brandoch Daha ritt durch unsre Reihen, um siebenhundert der besten Reiter auszuwählen. Er überließ dies nicht seinem Offizier, sondern rief selbst einen jeden beim Namen, wenn er ihm geeignet dünkte, und fragte ihn, ob er mit ihm reiten wolle. Keiner lehnte die Wahl ab. Mein Herz wurde kalt, weil ich schon fürchtete, er würde mich übersehen, als ich ihn vorbeireiten sah, stolz wie ein König. Dann aber zügelt er sein Pferd und sagt: ›Arnod, das ist ein prächtiges Pferd, das du da reitest. Ob's dich morgen zu einer Schweinehatz vom Aartorfels hinab tragen könnte?‹ Ich grüßte ihn und sagte: ›Nicht nur so weit, Herr, sondern bis ins

Feuer der Hölle, so Ihr uns nur führt.‹ Er lachte. ›Komm mit, ich hab' was Besseres zu bieten: nach Krotherings Hallen, ehr der Abend naht.‹

So teilte sich nun unsere Streitmacht, und die Hauptarmee brach nach Westen zum Scheiderseepfad auf. Herr Zigg führte die Reiter an, und Herr Volle und unser Herr höchstselbst und sein Bruder Herr Spitfyr ritten mitten unter den Kriegern. Bei ihnen war auch jener Verräter aus fremdem Land, Fürst Gro; doch halte ich ihn eher für eine Zuckerstange als einen Kriegsmann. Und viele andre edle Herren zogen mit ihnen: Gismor Glast vom Justtal, Astar von Rettray, Bremery von Walden und viele andre große Männer mehr. Doch bei dem Herrn Brandoch Daha verblieben Arnund von Bühl, Tharmrod von Kenarvey, Kamerar von Stropardon, Emeron Galt, Hesper Golthring von Ulmstätten, Styrkmir von Schwarzwald, Melchar von Strufey, die drei Söhne des Quazz von Dalney und Stypmar von Failze: heißblütige junge Edelleute, ganz nach seinem Herzen, dünkt mich; große Reiter, nicht sonderlich stark auf die fernere Zukunft bedacht, sondern dem Augenblick lebend; zu draufgängerisch, eine Armee zu führen, aber die besten von allen, ihm bei einer solch ruhmreichen Unternehmung zu folgen.

Ehr wir uns trennten, kam unser Herr zum Herrn Brandoch Daha, mit ihm zu reden. Und unser Herr blickte besorgt in die Höhe, die ganz von dunklen Wolken und Wind erfüllt war, und sprach: ›Laß mich nicht im Stich, Vetter. Sagtest du nicht, daß du und ich wie Finger und Daumen seien; und niemals eher denn morgen wird man dies ersehen.‹

›O Freund meines Herzens, sei unbesorgt‹, antwortete der Herr Brandoch Daha. ›Hast du je gehört, daß ich meine Gäste vernachlässigte? Und hab' ich dich nicht für morgen früh in den Wiesen von Krothering zum Frühstück eingeladen?‹

Wir siebenhundert wandten uns nun nach Westen das Transtal hinauf in die Berge. Und bald kam ein Unwetter über uns, wie ich's schlimmer noch nie erlebt hab'. Du weißt, Vater, wie schmal die Wege im Transtal sind und wie weich die Böden. Doch nun wurde jeder Trampelpfad zu einem Bach, und der Weg verwandelte sich in Schlamm und Matsch, und ringsum nichts zu sehen außer weißem Dunst und Regen und nassem Heidekraut und Wasser unter den Pferdehufen. So erkannten wir's kaum, als wir endlich die Paßhöhe erreicht hatten, außer daß der Nebel noch dichter wurde und der Wind noch schärfer. Alle waren wir naß bis auf die Hosen und hatten ein Maß Wasser in den Stiefeln. Oben auf dem Joch legten wir eine erste Rast ein; allein der Herr Brandoch Daha rastete nicht, sondern gab sein Pferd seinem Burschen zu halten und ging selbst von einem zum andren. Und für jeden Mann hatt' er einen Scherz oder fröhlichen Blick bereit, so daß es für uns wie Speis und Trank war, ihn nur zu hören oder anzusehn. Doch nur eine kurze Pause räumte er uns ein; dann ging's weiter nach rechts, den Bergkamm entlang, wo der Weg noch schlimmer war als drunten im Tal, voller Felsen und im Heidekraut verborgner Spalten und glitschiger Granitblöcke. Meiner Treu, kein Pferd, das nicht dazu geboren und gezüchtet, hätt' solch ein Gelände durchqueren können, bei Regen oder Sonnenschein; es wäre ausgeglitten oder hätt' sich die Beine gebrochen und seinem Reiter das Genick, ehr es nur zwei Stunden lang über jenen Kamm gestiegen wär'; doch wir, die wir mit dem Herrn Brandoch Daha nach Krothering ritten, zogen zehn Stunden so dahin, mit nur kurzen Pausen, um die Pferde zu tränken, und längeren, sie zu füttern, und das letzte Stück Wegs legten wir in finstrer Nacht zurück, und die ganze Zeit peitschte uns der Wind den Regen und bisweilen Hagel ins Gesicht. Und als der Regen später nachließ, drehte der Wind auf Nordwest und blies die Kämme trocken und schleuderte uns aufgewirbelte Granitsteinchen wie Hagelkörner entgegen. Es gab keine Deckung, nicht auf der Windseite der Felsen, sondern überall stieß und zerrte uns der Sturmwind und schlug seine Schwingen zwischen den Klüften wie Donnerschläge. Lieber Himmel, wie war'n wir müde und kurz davor, aus dem Sattel zu fallen, kalt bis ins Mark, halb blind, Mann und Pferd, und doch zogen wir mit einer schrecklichen Verbissenheit weiter, Schritt für Schritt. Und der Herr Brandoch Daha war mal vorne im Zug, mal bei der Nachhut und munterte die Männer auf, denen nicht entging, mit welch fröhlichem Gesicht er dieselben Unbillen erduldete wie der einfachste Soldat: Er sah aus wie einer, der zu einem großen Hochzeitsfest reitet; und er rief: ›Vorwärts, Jungs, nur weiter! Diese Sumpfkröten des Druima müssen noch lernen, daß unsere Hochlandpferde wie Gemsen über die Berge steigen.‹

Als es Morgen ward, kamen wir zu unsrem letzten Halt und da war'n unsre siebenhundert Pferde verborgen in dem Kar unter den hohen Felsen des Aartors. Mein Wort drauf, daß wir vorsichtig zu Werke gingen, damit keiner der hexenländischen Schurken uns oder unsre Pferde beim Aufblicken gegen den Himmel erspähen konnte. Seine Hoheit ließ Wachen aufstellen und zum Appell antreten und sorgte dafür, daß jeder Mann sein Morgenmahl und jedes Pferd sein Futter kriegte. Dann bezog er hinter einer hohen Felszacke Stellung, von wo aus er das Land drunten überschauen konnte. Mich hatte er als seinen Botenläufer bei sich. Im ersten Licht blickten wir nach Westen hinab über die Felskante und sahen Krothering und die Meeresarme; es war nicht so dunkel, daß wir nicht die Flotte der Hexen vor Anker auf der Reede zu Auerwatt hätten sehn können und ihr Lager wie ein Haufen von Bienenstöcken direkt unter uns, so daß man einen Stein mitten hinein hätt' werfen können. Dies war das erste Mal, daß ich mit dem Herrn Brandoch Daha in den Krieg gezogen war. Meiner Treu, ich sehe noch vor mir, wie er auf den Felsen lag, das Kinn in die verschränkten Arme gebettet, den Helm zur Seite gelegt, so daß uns das aufblitzende Metall nicht verraten konnte; still wie eine Katze: halb schlafend, mocht' man meinen; doch waren seine Augen wach und blickten herab auf Krothering. Selbst aus dieser Ferne war deutlich zu sehen, wie sie seine stolze Burg verheert hatten.

Dann stieg die große rote Sonne über die östlichen Wolkenbänke. Unten begann's sich im Lager zu regen: Standarten wurden aufgezogen, Männer sammelten sich darum, Reihen formierten sich, Hörner bliesen; dann galoppierten zwei Dutzend Pferde von der Straße aus dem Klaftertal ins Lager. Seine Hoheit gab mir, ohne das Gesicht abzuwenden, zu verstehen, ich solle seine Hauptleute holen. Ich lief und rief sie herbei. Schnell erteilte er ihnen seine Befehle, wies sie auf die sich formierende Schlachtordnung der verruchten Hexenländer hin, dieser Diebe und Räuber, die seine Untertanen in seinen eignen Gefilden ausplünderten. Mit Standarten und Bannern und blitzenden Speeren setzte das Heer sich nach Norden in Bewegung. Dann ertönte in die Stille ein Klang, der eines Mannes Herz höher schlagen ließ: leis aus den fernen Klüften rief die Trompete unsres Herrn zur Schlacht.

Der Herr Brandoch Daha verharrte noch kurz, den Blick nach unten gerichtet. Dann wandte er sich um, und sein Gesicht strahlte wie der junge Morgen. ›Meine Herren‹, sprach er, ›aufs Pferd; denn Fürst Juss kämpft gegen seine Feinde.‹ Ich glaube, er war sehr zufrieden. Ich glaube, er war ganz sicher, an diesem Tag von jedem Genugtuung zu erfahren, der sich wider ihn vergangen hatte.

Es war ein langer Ritt hinab vom Aartorfels. Das Blut, das in uns pochte, trieb uns zur Eile an, doch mußten wir sehr vorsichtig absteigen und uns ganz auf unsre Pferde verlassen, um zwischen nassem, moosigem Gestein und rutschigen Geröllfeldern einen sichren Weg zu finden. Und tapfer trugen sie uns den Abhang hinunter. Wir waren noch nicht halb drunten, da hörten wir schon den Schlachtenlärm, denn der Kampf war entbrannt. So geballt gingen die Hexenländer gegen unsres Herrn Hauptarmee an, daß sie uns erst bemerkten, als wir schon im Flachhang waren und uns zum Angriff formierten. Unsre Trompeten schmetterten sein Schlachtlied: *Wer ficht wider Brandoch Daha?*, und wir preschten auf die Höhe von Krothering hinab wie eine Steinlawine.

Wie die Schlacht im einzelnen verlief, Vater, weiß ich kaum. Denn es war wie der Zusammenprall zweier Flutwellen in der Frühlingsschmelze. Ich glaube, die Reihen öffneten sich vor uns nach rechts und links, um die Wucht des Ansturms zu mildern. Die vor uns waren, wurden zu Boden gemäht wie Korn unter der Sense. Wir schwenkten nach beiden Seiten aus, einige gegen ihre Rechte, die ins Lager zurückgedrängt wurde, der größere Teil mit dem Herrn Brandoch Daha zu unsrer eignen Rechten. Seine Hoheit ritt ein feuriges Roß, wild und unerschrocken; Knie an Knie mit ihm ritten Styrkmir von Schwarzwald auf der einen Seite und Tharmrod auf der andren. Weder Mann noch Pferd konnten vor ihnen bestehen, und sie jagten wie in einem Irrgarten hin und her, mitten unter das um sich schlagende Fußvolk, hackten Köpfe und Arme ab, spalteten Männer vom Scheitel bis zum Bauch[9], ja, bis zum Sattel; reiterlose Pferde scheuten, Blut spritzte vom Boden auf wie Schlamm aus dem Sumpf.

So ging's einige Zeit, bis der Schwung unsres ersten Ansturms erlahmte und wir zum ersten Mal Angriffswucht und Stärke des Feindes zu spüren bekamen. Denn Corinius, wie es schien, war nun selbst von der Vorhut herbeigeeilt, wo er eine Zeitlang unsre Hauptarmee zurückgedrängt hatte, und rückte nun mit Reitern und Lanzenträgern gegen den Herrn Brandoch Daha vor; und seinen Schleuderern befahl er, ihre Geschosse gegen uns zu wenden und uns in Richtung des Lagers zu treiben.

Und so wurden wir im Gewoge der Schlacht in das Lager zurückgedrängt, und dort feierte der Teufel ein Fest: Pferde und Männer, die über Zeltleinen stolperten; zertrampelte Aufbauten; zerbrochnes Geschirr; und nun kam auch König Laxus von der Flotte hinzu und schnitt mit seinen Seeleuten die Kniesehnen unsrer Pferde durch, während Corinius uns von Norden und Osten angriff. Jener Corinius kämpft in der Schlacht eher wie ein Teufel aus der Hölle denn wie ein Sterblicher. Mit den ersten beiden Schwerthieben schlug er zwei unsrer besten Hauptleute nieder: Romenard von Dalney und Emeron Galt. Styrkmir, der sich ihm in den Weg stellte, stieß er mit der Lanze nieder, Mann und Pferd zugleich. Man sagt, er sei an jenem Tag zweimal auf den Herrn Brandoch Daha getroffen, doch seien sie jedesmal im Getümmel getrennt worden, ehr es zum richtigen Zweikampf kommen konnte.

Ich hab', wie du weißt, Vater, ein paar große Schlachten miterlebt: erst, als ich unsrem Herrn und dem Herrn Goldry Bluszco in fremde Lande folgte, und letztes Jahr in dem großen Gemetzel bei Kreuzbühl Außerbach und wiederum mit dem Herrn Spitfyr, als er die Hexen in der Aue von Brima schlug und in dem mörderischen Gefecht unter dem Thremnir-Kliff. Doch nie war ich in einem Kampf, der dem gestrigen glich.

Niemals sah ich solche Waffentaten. Als da wäre Kamerar von Stropardon, der mit einem großen zweihändgen Schwert einem Feind das Bein an der Hüfte abtrennte, mit einem so wuchtigen Schlag, daß die Klinge durch Fleisch und Knochen und Sattel und Pferd fuhr. Und

Styrkmir von Schwarzwald, der sich wie ein Teufel aus einem Haufen Erschlagner erhob und, obgleich sein Helm verloren und er schwer verwundet war, sich ein Dutzend Hexen mit Stößen und Schwerthieben vom Leibe hielt und ihnen so zusetzte, daß sie schließlich von ihm ließen: zwölf gegen einen, der kurz zuvor noch als tot gegolten. Doch alle großen Taten erschienen wie billiger Tand neben Mut und Kraft und Waffenkunst des Herrn Brandoch Daha. In kürzester Zeit ward ihm dreimal hintereinander das Pferd unter dem Sattel erschlagen, er selbst aber trug nicht einen Kratzer davon, was ein Wunder war. Denn furchtlos ritt er mitten durchs Gemetzel und erschlug die besten Kämpfer des Feindes. Ich seh's noch vor mir, wie einmal sein Pferd unter ihm aufgeschlitzt und getötet wurde und einer der hexenländischen Fürsten vom Pferd herab mit der Lanze auf ihn einstürmte, während er wieder auf die Füße sprang: wie er die Lanze mit beiden Händen packte und seinen Feind mit schierer Kraft aus dem Sattel riß. Prinz Cargo war's, der jüngste von Corunds Söhnen. Lange mögen die hexenländischen Damen nach ihm Ausschau halten, sie werden jenen hübschen Knaben niemals wieder heimwärts segeln sehn.[10] Seine Hoheit traf ihn im Fall mit einem mächtigen Streich ins Genick, daß sein Kopf wie ein Tennisball durch die Luft flog. Und im Handumdrehn saß der Herr Brandoch Daha wieder auf einem Pferd, einem feindlichen, und ritt zur Attacke. Man sollte meinen, daß seinen Arm bald die Kraft verlassen müßte, ist er doch so schlank und feingliedrig anzuschaun. Doch ich hatte den Eindruck, daß sein letzter Schlag in jenem Kampf so mächtig war wie sein erster. Und Steine und Speere und Schwerthiebe schienen ihm nicht mehr zu gelten als Schläge mit einem Strohhalm auf einen Diamanten.

Ich weiß nicht, wie lang jener Kampf zwischen den Zelten währte. Nur daß es der wütendste Kampf war, den ich je erlebte, und der blutigste. Und allem Anschein nach wurde auf der andren Seite, wo unser Herr und seine Leute sich die Anhöhe hochkämpften, ebenso wacker gefochten. Aber davon wußten wir nichts. Doch gewiß ist, wir alle wären verloren gewesen, wenn unser Herr nicht standgehalten hätte, und nicht minder gewiß, daß er ohne unsren Angriff in die Flanke der Feinde, just als sie gegen ihn anrückten, nichts ausgerichtet hätte. In jener letzten Stunde aber, da wir bei den Zelten kämpften, dachte jeder von uns nur an eines: wie er einen weiteren Hexenländer töten könnte und noch einen und noch einen, bevor er selber fiele. Denn Corinius versuchte in jener Stunde mit aller Macht, uns zu zermalmen; und für jeden gefällten Feind schienen zwei weitere aus dem Boden zu wachsen. Und unsere eignen Leute fielen einer nach dem andren, und die Zelte, einstmals schneeweiß, waren rot vor Blut.

Als ich ein kleiner Junge war, Vater, hatten wir beim Baden im Tivarandarsee ein Spiel, daß wir einander packten[11] und untertauchten, bis man nicht mehr konnte, weil einem die Luft ausging. Mich dünkt, es gibt kein größeres Verlangen in der Welt als das Verlangen nach Luft, wenn man von einem Stärkeren beharrlich unter Wasser gehalten wird, und keine größere Freude in der Welt, als die süße Luft in die Lungen strömen zu spüren, wenn er dich hinauf ans helle Tageslicht schießen läßt. Und ebenso erging's uns, die wir nun alle Hoffnung aufgegeben hatten und alles verloren sahn außer dem nackten Leben, und das schien nicht mehr lange zu währen; da hörten wir plötzlich Trompetenschall, der zum Angriff blies. Und ehr unser verwirrter Geist so recht erkannte, was dies bedeutete, ward die wogende Schlacht aufgewühlt und durcheinandergewirbelt wie ein See in einer Sturmbö; und jene massierte Macht des Feindes, die uns im Stahlgewitter so schwer zugesetzt hatte, wankte erst vorwärts, dann zurück und dann wieder vorwärts gegen uns, von Verwirrung und Panik gepackt. Und neuer Mut floß in unsre Herzen, und unsre Schwerter bekamen neuen Biß. Denn im Norden sahen wir das Banner von Stormhöh wie einen Kometen emporsteigen und einen Augenblick lang unsern Herrn selbst, hoch über den Köpfen der Rotte, und Zigg und Astar und Hunderte unsrer Reiter, die sich den Weg zu uns freischlugen, während wir uns den Weg zu ihnen bahnten. Und nun war die Zeit der Ernte für uns gekommen, die Zeit der Abrechnung für all jene müden, blutigen Stunden, die wir zwischen den Zelten auf dem Hang von Krothering mit Klauen und Zähnen am Leben festgehalten hatten, während auf der andren Seite unser Herr und die Seinen sich gegen den Anstieg des Geländes Fuß um Fuß mühsam den Weg zum Sieg hatten erkämpfen müssen. Und nun, ehr wir uns versahen, war die Schlacht entschieden und der Sieg unser und der Feind vernichtet und so gänzlich in die Flucht geschlagen, wie es keiner auf Erden jemals zuvor gesehn.

Jener falsche König Corinius aber, nachdem er noch das Ende der Schlacht miterlebt hatte, floh mit nur wenigen Mannen aus dem Gemetzel, und wie sich später zeigte, konnte er sich in den Hafen von Auerwatt retten und entkam mit drei oder vier Schiffen aufs offene Meer. Der Großteil ihrer Flotte aber wurde dort im Hafen in Brand gesteckt, auf daß die Schiffe nicht in unsre Hände fielen.

Unser Herr gab den Befehl, die Verletzten zusammenzutragen, Freund wie Feind, und ihre Wunden zu versorgen. Unter diesen war auch König Laxus, den ein Keulenschlag oder dergleichen getroffen hatte. Man brachte ihn vor unsre Anführer, wo sie ein Stück weiter auf der Höhe unterhalb der Gärten von Krothering rasteten.

Der König Laxus sah ihnen allen furchtlos ins Auge, wie's einem echten Soldaten geziemte. Dann sprach er zu unsrem Herrn: ›Es mag schmerzlich sein, aber keine Schande für uns, nach einer so ebenbürtigen und großen Schlacht verloren zu haben. Nur dessen hadere ich mit meinem Schicksal, daß es mir verwehrte, im Kampf zu fallen. Ihr mögt mir nun, o Juss, den Kopf abschlagen für den Verrat, den ich vor drei Jahren an Euch begangen habe. Und da ich weiß, daß Ihr von edler und großmütiger Gesinnung seid, zögere ich nicht, von Euch diese Gunst zu erbitten: daß Ihr nicht zaudert, sondern ein Ende macht.‹

Unser Herr stand vor ihm wie ein Schlachtroß nach einer Atempause. Dann reichte er ihm die Hand. ›O Laxus‹, sprach er, ›ich schenke Euch nicht nur Euren Kopf, sondern auch Euer Schwert‹, und reichte es ihm hier mit dem Heft voran. ›Was Euer Verhalten in der Schlacht von Kartadza betrifft, so soll die Zeit, die alle Dinge zu Staub macht, die Erinnerung daran tilgen. Seitdem habt Ihr Euch indes als edler Feind erwiesen, und so werden wir Euch in Ehren halten.‹

Alsdann gab unser Herr Befehl, König Laxus zur Küste zu bringen und ihm ein Boot zur Verfügung zu stellen, denn Corinius hatte in sicherer Entfernung vom Land beigedreht, zweifellos, um zu sehen, ob er einige seiner Leute noch retten könne.

Doch als König Laxus im Begriff war fortzugehen, sprach der Herr Brandoch Daha ihn an, mit solcher Gelassenheit, als wär' ihm nur eine unbedeutende Kleinigkeit in den Sinn gekommen. ›Euer Liebden‹, sagt er, ›'s ist nicht meine Art, um Gefälligkeiten zu bitten. Doch im Austausch für eine erwiesene Gunst, dachte ich, könntet Ihr vielleicht so freundlich sein, Corinius einen Gruß von mir auszurichten, da ich keinen andren Boten habe?‹

Laxus antwortete, dazu sei er gern bereit. Sagt Seine Hoheit: ›Richtet ihm aus, ich werfe ihm nicht vor, vom Schlachtfeld geflohen zu sein; denn das wäre Torheit gewesen, jedem soldatischen Grundsatz zuwider, und hätte bedeutet, sein Leben wegzuwerfen. Er hat sich in meinen Hallen mehr in der Art eines Schweines oder wilden Affen denn eines Mannes aufgeführt. Bittet ihn, an Land zu kommen, ehr Ihr heimwärts segelt, auf daß ich und er, mit niemandem zwischen uns, unsre Rechnung begleichen. Wir schwören ihm Frieden und Sicherheit und freies Geleit zu seinem Schiff, sollte er mich besiegen oder als Unterlegener um Gnade bitten. Schlägt er dies Angebot aus, ist er ein Feigling, und alle Welt soll ihn einen solchen nennen.‹

›Euer Liebden‹, sprach Laxus, ›ich werde ihm Eure Botschaft getreulich ausrichten.‹

Ob er dies tat oder nicht, weiß ich nicht, Vater. Doch falls er's tat, war dies, scheint's, nicht nach Corinius' Geschmack. Denn kaum daß sein Schiff Laxus an Bord genommen hatte, wurden die Segel gehißt, und sie stachen in See und warden nicht mehr gesehn.«

Der junge Mann hörte zu sprechen auf, und alle drei schwiegen sie still. Eine leichte Brise strich durch das Blattwerk der Eichenwälder des

Tivarandartals. Die Sonne war hinter der hohen Kette des Dornrückens untergegangen, und das ganze Firmament flammte in der Pracht der Abendröte. Feine Schäfchenwolken, zwischen denen sich hie und da ein Fetzen Bläue zeigte, bedeckten den Himmel, außer im Westen, wo sich ein großer Bogen klarer Luft zwischen Wolken und Erde öffnete: Luft von einem Azurblau, das zu brennen schien, so rein war es, so tief, so voller Wärme: nicht das harte Blau des Mittags oder das reiche, tiefe Blau des Ostens, wenn die Nacht hereinbricht, sondern ein strahlendes Himmelblau an der Grenze zum Grün, tief, zart und matt wie der Geist des Abends. Quer über diesem Fenster zum Westen hing ein Wolkenband, scharfkantig und mit Zacken, teils wie von glühenden, teils von erloschenen Kohlen, feuerrot und eisengrau im Wechsel, wie ein zerhauenes Schwert. Die Wolken über dem Bogen waren blaßrosa, der Zenit wie ein schwarzer Opal: dunkelblau bis gewittrig grau und erfüllt mit Feuer.

Kapitel XXVII

Die zweite Ausfahrt gen Wichtland

Wie der Fürst Juss, welcher sich nicht wollt lassen abbringen von seinem Entschlusse, Bestärkung fand, wo er sie im mindesten erwartet; und von der Ausfahrt der Flotte gen Muelva durch die Straße von Melikaphkaz.

Also flammte die letzte Glut des roten Sommers, nachdem die Dämonen vor Krothering reiche Ernte gehalten. Der Herbst kam und die Wintermonate, und die Tage wurden wieder länger, als das neue Jahr anbrach. Und mit dem ersten Hauch des Frühlings waren die Häfen mit Kriegsschiffen gefüllt, wie man sie so zahlreich in diesem Lande noch nie gesehen hatte; allenthalben, von den westlichen Inseln bis Bühlland, von der Ginsterheide und Kelialand bis zu den Vorgebirgen unter Rimon Armon sammelten sich die Soldaten mit Pferden und Kriegsgerät.

Fürst Brandoch Daha kam von Westen geritten, an einem Tag, als auf den Klippen unter dem Aartor die ersten Passionsblumen ihre Blüten öffneten und Primeln die Birkenwälder des Klaftertals mit ihrem Duft erfüllten. Beizeiten war er aufgebrochen, und er ritt im scharfen Galopp und traf gegen Mittag unter dem Löwentor in Stormhöh ein. Fürst Juss empfing ihn in seinem Privatgemach und begrüßte ihn mit großer Freude und Herzlichkeit. Brandoch Daha fragte: »Wie steht's?« Und Juss antwortete: »Fünfunddreißig Schiffe ankern in Sichthaven, von denen alle außer vieren Kriegsdrachen sind. Zigg erwarte ich morgen mit dem Aufgebot aus Kelialand; Spitfyr liegt mit fünfzehnhundert Mann aus den südlichen Landen in Uhlswick; Volle traf erst vor zwei Stunden mit vierhundert weiteren ein. Alles in allem habe ich viertausend Mann zur Verfügung, die Schiffsbesatzungen und unsre Leibwachen eingerechnet.«

»Acht Kriegsschiffe habe ich«, sprach Fürst Brandoch Daha, »in der

Stropardon-Föhrde, geteert und kalfatert. Fünf weitere in Auerwatt, fünf zu Lornagay in Morvey, drei an der Küste Mealands bei Schoberay Oist und vier weitere auf den Inseln. Und ich habe sechzehnhundert Speerträger zu bieten und sechshundert Berittene. All diese können sich auf mein Fingerschnippen binnen sieben Tagen deiner Streitmacht in Sichthaven anschließen.«

Juss ergriff ihn an der Hand. »Bloß wäre mein Rücken ohne dich«, sprach er.

»In Krothering hab' ich nicht einen Stein angerührt und nicht eine Kammer ausfegen lassen«, sprach Brandoch Daha. »Es ist ein Schweinestall. Jeden Mann, den ich aufbringen konnte, hab' ich nur auf diese Sache angesetzt. Und jetzt ist alles bereit.« Er wandte sich scharf zu Juss um und sah ihn einen Moment schweigend an. Dann sprach er mit einem Ernst, der nicht oft auf seinen Lippen lag: »Laß es mich dir noch einmal dringlich als Herz legen: Schlag zu und zaudere nicht! Erweise ihm nicht wieder den Gefallen wie vordem, unsre Stärke an den verfluchten Küsten Wichtlands zu vertändeln und an den Ufern des verzauberten Sees von Ravarie, so daß er seelenruhig Corsus oder Corinius in unser Land entsenden kann, um hier neuerliche Verwüstungen anzurichten und uns so die größte Schande aufzuladen, die Sterblichen je zuteil ward; und wir sind nicht dazu geschaffen, in Schande zu leben.«

»Du sprachst von sieben Tagen«, erwiderte Juss. »Schnipp mit den Fingern und ruf deine Truppen herbei. Ich werde dich nicht eine Stunde aufhalten.«

»Ja, aber dann nach Carcë«, sprach er.

»Nach Carcë, wohin sonst?« gab Juss zurück. »Aber ich nehme meinen Bruder Goldry mit uns.«

»Aber ich meine, erst nach Carcë«, sprach Brandoch Daha. »Laß dich nur einmal von mir überzeugen. Jeder Schuljunge weiß, daß man zuerst die Flanke und den Rücken decken muß, ehr man losmarschiert.«

Juss lächelte. »Ich liebe diese neue Bedachtsamkeit an dir, Vetter«, sprach er. »Sie steht dir ausnehmend gut. Doch frage ich mich, ob nicht dein wahrer Grund woanders liegt: daß nämlich Corinius deine Herausforderung im letzten Sommer nicht annahm und dein Hunger somit noch nicht gestillt ist.«

Brandoch Daha sah ihn von der Seite an und lachte. »O Juss«, sprach er, »der Pfeil war scharf gezielt. Doch das ist es nicht. Erinnerst du dich an jenes Wyrd, das die weiße Frau im Sperberschloß des fernen Wichtlands mir auferlegte: daß jener, den ich am meisten hasse, meinen stolzen Besitz zerstören und meiner Hand die Rache versagt bleiben solle? Das muß selbst ich hinnehmen. Nein, nein. Glaub mir,

Verzögerungen sind gefährlich. Komm, laß dir raten. Sei nicht verbockt.«

Aber das Gesicht des Fürsten Juss war ernst. »Dränge nicht weiter in mich, lieber Freund«, sprach er. »Du schläfst sanft. Doch wenn ich in den ersten Schlaf sinke, erscheint vor mir oftmals das Bild meines Bruders Goldry Bluszco, wie ihn der böse Zauber auf dem Gipfel des Zora Rach gefangenhält, jenseits der Grenzen der Welt, wo es keine Sonne gibt, keinen Laut und keine Wärme des Lebens. Vor langer Zeit gelobte ich, nicht nach rechts oder links vom Wege abzuweichen, bis ich ihn befreit hätte.«

»Er ist dein Bruder«, sprach Brandoch Daha. »Er ist auch mein guter Freund, den ich kaum weniger liebe denn dich. Aber wenn du von Gelübden sprichst, so entsinne dich auch des Prinzen La Feurioz. Was soll er von uns denken nach unsren Versprechungen vor drei Jahren, in jener Nacht zu Carcë? Und dieser eine Schlag sollte auch ihm Gerechtigkeit widerfahren lassen.«

»Er wird verstehen«, sprach Juss.

»Er wird mit Gaslark kommen, und du sagtest mir, du erwartest sie in diesem Augenblick«, sprach Brandoch Daha. »Ich gehe. Ich nehme nicht die Schande auf mich, ihm zu sagen: ›Geduld, Freund, gerade heute konveniert es nicht. Du wirst mit der Zeit schon deine Bezahlung erhalten.‹ Lieber Himmel, nicht einmal meinen Schneider würd' ich so behandeln. Und dies ist unser Freund, der alles verloren hat und im Exil darbt, weil er uns das Leben gerettet hast.«

Mit diesen Worten stand er auf und machte Anstalten, das Gemach voll Unwillen und Zorn zu verlassen. Doch Juss hielt ihn am Handgelenk zurück. »Deine Vorwürfe gegen mich sind nicht gerecht, und in deinem Herzen weißt du dies sehr wohl, und das ist es auch, was dich so zornig macht. Horch, das Horn am Tor ertönt, und es gilt Gaslark. Du bleibst, ich lasse dich nicht gehn.«

»Wohlan«, sprach Brandoch Daha, »du sollst deinen Willen haben. Doch erwarte von mir nicht, sie von deinem unsinnigen Vorhaben zu überzeugen. Wenn ich rede, so um dich zu beschämen. Sei gewarnt.«

Sie gingen nun in den hohen Audienzsaal, wo der schönen Damen nicht wenige waren und der Recken und Edelleute aus dem ganzen Land, und nahmen auf der Estrade Platz. Gaslark der König kam in die Halle geschritten, und hinter ihm gingen seine Hauptleuten und Ratgeber zu zwei und zwei. Der Prinz La Feurioz schritt an seiner Seite, stolz wie ein Löwe.

Herzlich begrüßten sie jene Fürsten von Dämonenland, die sich unter dem Sternenbaldachin erhoben, um sie willkommen zu heißen, und die Fürstin Mevrian, die zwischen ihrem Bruder und Fürst Juss stand, so daß niemand zu sagen vermochte, wer von den dreien am schönsten anzuschaun war, so unterschiedlich war der Glanz ihres Äußeren. Gro, der in der Nähe stand, meinte bei sich: »Ich kenne noch eine vierte, die in diese Reihe paßt. Und wäre sie nur mit diesen vereint, dann wäre der ganzen Welt Krone der Lieblichkeit in diesem einen Saal zugegen, und am rechten Ort. Und die Götter im Himmel – wenn es solche wirklich gibt – würden vor Neid erblassen, in ihren gestirnten Reihen keine Ebenbürtigen zu haben; weder Phöbus Apollon noch die jungfräuliche Jägerin, noch die schaumgeborene Königin[1] selbst.«

Aber Gaslark, als sein Auge auf den schwarzen, langen Bart, die schlanke, leicht gebückte Gestalt, die blasse Stirn, die mit wohlduftenden Ölen geglätteten Locken, die sichelförmige Nase, die großen feuchten Augen und die Lilienhände fiel, als er dies alles sah und wiedererkannte, da verdunkelte sich sein sonnengebräuntes Gesicht von einem Augenblick auf den andren mit Zornesröte, und er riß sein Schwert heraus, wie um ihn auf der Stelle niederzumachen. Gro trat schnell einen Schritt zurück. Doch der Fürst Juss drängte sich zwischen sie.

»Laß mich, Juss«, rief Gaslark. »Kennst du diesen Burschen nicht, weißt nicht, welch falsche Schlange wir hier haben? Dieser parfümierter Schurke, der mir so viele Jahre ein Netz von Irrungen und Wirrungen spann, während seine glatte Zunge es immer noch verstand, Geld aus mir herauszulocken. Auf die Gelegenheit hab' ich gewartet! Jetzt werde ich ihm die Seele aus dem Leib reißen.«

Fürst Juss aber legte seine Hand auf Gaslarks Schwertarm. »Gaslark«, sprach er, »laß ab von deinem Zorn und stecke dein Schwert ein. Vor einem Jahr hättest du mir damit einen Dienst erwiesen. Aber heute hättest du einen meiner Männer und einen Fürsten von Dämonenland getötet.«

Nachdem die Begrüßung zu Ende war, wuschen sie sich die Hände und nahmen an der Tafel Platz, und erlesene Speisen wurden ihnen aufgetischt. Und der Fürst Juss stiftete Frieden zwischen Gro und Gaslark, auch wenn's keine leichte Aufgabe war, Gaslark dazu zu bringen, Gro zu vergeben. Darauf zogen sie sich mit Gaslark und La Feurioz zur Beratung zurück.

Gaslark der König hub an und sprach: »Keiner kann es leugnen, o Juss, daß euer Sieg von Krothering eine der größten Waffentaten seit Jahren war und eine mit größter Auswirkung. Doch ich habe ein Vöglein singen hören, daß noch größere Taten anstehen dürften, ehr viele Monde sich runden. Deshalb kamen wir hierher zu dir, ich und La Feurioz, die wir seit alters deine Freunde sind, um dich zu bitten, daß du uns mit dir auf die Suche nach deinem Bruder Goldry gehen läßt, dessen Verschwinden die ganze Welt betrauert; und danach laß uns mit dir gegen Carcë ziehn.«

»O Juss«, sprach der Prinz, »wir wollen nicht, daß man dereinst sagt: In jenen Tagen zogen die Dämonen in ferne, verwunschene Lande aus, und durch ihre Kraft und ihren Wagemut befreiten sie den Fürsten Goldry Bluszco – oder auch, endeten ihres Lebens Tage auf jener glorreichen Ausfahrt –; aber Gaslark und La Feurioz waren nicht dabei, sie sagten ihren Freunden Lebewohl und verbrachten ihre Tage still und in Frieden in Zaje Zaculo. Drum soll ihr Andenken vergessen sein.«

Fürst Juss schwieg eine Weile, tief bewegt, wie er war. »O Gaslark«, sprach er schließlich, »dein Angebot nehme ich mit Freuden an, ohne ein weiteres Wort zu verlieren. Aber dir, mein lieber Prinz, muß ich mein Herz offenbaren. Denn du bist hergekommen ohne zwingende Notdurft[2], in unsrem Streit dein Blut zu vergießen, und stellst uns so noch tiefer in deine Schuld. Indes wär es mehr als verständlich, wenn du mich schmähen wolltest, wie viele wider mich reden werden, daß ich dir ein falscher und ein eidbrüchiger Freund gewesen sei.«

Aber der Prinz La Feurioz fiel ihm ins Wort und sprach: »Ich bitte dich, halt ein, oder du wirst mich gar beschämen. Was ich für dich in Carcë getan, war nur der verdiente Lohn dafür, daß du in Lida Nanguna mein Leben gerettet hattest. Somit sind wir quitt. Denk nicht mehr darüber nach, aber verwehre mir nicht, mit dir nach Wichtland zu ziehen. Gegen Carcë indes werde ich dich nicht begleiten; denn obzwar ich mit Hexenland gebrochen habe, gegen Corund und seine Sippe werde ich das Schwert nicht erheben, noch gegen meine Schwester. Verflucht sei der Tag, an dem ich ihre weiße Hand in Corunds legte! Sie hält zu viel von unsrem Stamm, dünkt mich; ihre Wappenkunst ist Herz, nicht Hand. Und mit ihrer Hand gab sie ihr Herz.[3] 's ist eine sonderbare Welt.«

»La Feurioz«, sprach Juss, »wir nehmen unsre Verpflichtung dir gegenüber nicht leicht. Dennoch muß ich meinen Kurs halten; denn ich habe einen heiligen Eid geschworen, nimmer abzuweichen von meinem Wege, bis ich meinen lieben Bruder Goldry aus der Knechtschaft befreit hätte. So schwur ich, noch ehr ich jene unheilvolle Reise nach Carcë antrat und in Ketten gelegt und von dir befreit wurde. Und weder das Urteil von Freunden noch eignes Fehlverhalten, noch irgendeine Macht auf Erden wird mich von diesem Entschluß abbringen. Doch sobald das getan ist, werden wir nicht ruhen und rasten, bis wir dir dein rechtmäßiges Erbe Gnomenland zurückerlangt haben, nebst vielen andren guten Dingen, die als Unterpfand unsrer Liebe dienen sollen.«

Der Prinz sprach: »Du tust das Richtige. Tätest du's nicht, würde ich es dir zum Vorwurf machen.«

»Und ich auch«, sprach Gaslark. »Oder glaubst du nicht, daß es mir das Herz bricht, Tag für Tag mit ansehen zu müssen, wie die Prinzessin

Armelline, meine liebe, süße Base, jeden Tag blasser und abgezehrter wird? Und all dies aus Kummer und Schmacht[4] um ihren Herzallerliebsten, den Fürsten Goldry Bluszco. Und so schonend aufgezogen ist sie von ihrer Mutter, daß nichts zu teuer oder zu mühselig war, ihr jeden Wunsch zu erfüllen, in dem Glauben, daß ein so edles und vollkommenes Geschöpf nicht empfindsam genug herangebildet werden könne. Drum dünkt mich heute besser denn morgen und morgen besser denn übermorgen, ins weitläufige Wichtland aufzubrechen.«

Die ganze Zeit über sprach Fürst Brandoch Daha kein einziges Wort. Er saß zurückgelehnt in seinem Stuhl aus Elfenbein und Chrysopras[5], spielte mit seinen goldnen Fingerringen oder drehte und zwirbelte seinen blonden Schnurrbart. Alsdann gähnte er, erhob sich und begann ungeduldig auf und ab zu gehen. Er hatte sein Schwert hinter dem Rücken unter die Ellenbogen geklemmt, so daß der Schuh der Scheide auf der einen Seite und das juwelenbesetzte Heft auf der andren hervorstand. Wie er an den hohen Fenstern vom Licht zum Schatten und vom Schatten zum Licht schritt, schien die Frühlingssonne die vollkommene Form seines Gesichts und Körpers zu liebkosen. Es war, als ob die Göttin des Frühlings vor Freude lachte, in ihm einen zu sehen, der ihr ureigenstes Kind war, nach außen mit solcher Schönheit und Anmut gekleidet, doch obdrein bis in die Augen und Fingerspitzen voll Feuer und Lebenssaft wie ihre eignen Knospen, die in den Hainen des Zaumtals aufbrachen.

Nach einer Weile hörte er mit dem Herumwandern auf und trat zu dem Fürsten Gro, der ein wenig abseits von den andren saß. »Wie denkst du über unsre Pläne, Gro? Bist du für den geraden Weg oder für den Umweg? Für Carcë oder für Zora Rach?«

»Hat ein weiser Mann«, antwortete Gro, »die Wahl zwischen zwei Wegen, wird er stets den indirekten wählen. Denn bedenke nur, der du ein großer Bergsteiger bist: stell dir vor, unser Lebensweg sei eine hohe Felswand. Wenn ich sie erklimmen will, manchmal aufwärts, manchmal abwärts, wohin, frag' ich, wird mich der gerade Weg bei einer solchen Felswand führen? Nun, nirgendwohin. Denn wenn ich geraden Wegs hinauf will, so ist's nicht möglich; ich stehe mit offenem Munde da, während du auf gewundenen Wegen die Spitze erreichst. Und muß ich hinunter, da geht's denn freilich leicht und rasch; aber dann hab' ich endgültig ausgeklettert. Und du, der du den gewundenen Weg abwärts kletterst, wirst mich unten als zerschmetterten Leichnam finden.«

»Tausend Dank für deine Ichs und Dus«, sprach Fürst Brandoch Daha. »Nun, das ist ein sehr bedeutendes Prinzip, untermauert durch eine sehr lebendige und angemessene Darlegung. Wie interpretierst du deine Maxime hinsichtlich unsrer anstehenden Frage?«

Fürst Gro sah zu ihm auf. »Euer Liebden«, sprach er, »Ihr und Eure Freunde seid gut zu mir gewesen, und um Eure Liebe zu verdienen und Euer Glück zu fördern, habe ich viel darüber nachgegrübelt, wie Dämonenland am besten an seinen Feinden Rache nehmen könnte. Und ich, der ich täglich darüber nachgedacht und in meinem Kopf verschiedne Möglichkeiten erwogen habe, kann keinen Weg erkennen außer einem, der mir am besten erscheint; und zwar folgender.«

»Laß mich hören«, sprach Fürst Brandoch Daha.

Und Gro sprach: »Es war immer schon ein Fehler von euch Dämonen, daß ihr nicht wahrhaben wollt, wie klug es oftmals ist, eine Schlange von eines andren Mannes Hand aus ihrem Loch herausziehen zu lassen. Bedenkt nun eure Lage. Ihr habt eine große Streitmacht, sowohl zu Land als auch zur See. Vertraut nicht zu sehr darauf. Oft schon hat der mit der geringeren Streitmacht die mächtigsten Feinde besiegt, indem er sie mit List und Schläue in einer Falle fing. Und nun bedenket, daß ihr etwas besitzt, das weit mächtiger als all eure Pferde und Speerträger und Drachenschiffe ist, mächtiger als selbst Euer Schwert, mein Fürst, der Ihr den besten Schwertkämpfer der Welt erschlagen habt.«

»Und was ist das?« fragte er.

Gro antwortete: »Euer guter Ruf, Fürst Brandoch Daha. Euer Ruf, daß ihr Dämonen offen und ehrlich handelt, selbst euren ärgsten Feinden gegenüber.«

»Pah!« sprach er. »So ist eben unsre Lebensart. Überdies ist das, so denke ich, bei großen Menschen eine natürliche Sache, gleich in welchem Land sie geboren sind. Verrat und doppeltes Spiel haben ihren Ursprung gemeinhin in Furcht, und was Furcht ist, begreift in diesem Land keiner so recht, glaube ich. Und was mich selbst angeht, so denke ich, daß die hohen Götter, so sie eine Person meiner Art schufen, zwischen seine Augen etwas einschrieben, worauf das gewöhnliche Volk nicht ohne Zittern zu schauen wagt.«

»Gebt mir nur freie Hand«, sprach Fürst Gro, »und ich pflücke Euch einen größern Triumph in einer kleinen Stunde, als Eure Schwerter Euch ihn in zwei Jahren gewinnen könnten. Sprecht wohlfeile Worte zu Hexenland, bietet ihm ein Abkommen an, ladet ihn mit all seinen bedeutenden Männern zu einer Verhandlung. Ich werde es so einrichten, daß sie allesamt mit einem Mal von der Bühne abtreten, indem wir sie bei Nacht in ihren Betten überfallen, zum Beispiel, oder wie es sich am günstigsten ergibt. Alle außer Corund und seinen Söhnen; diese sollten wir weislich verschonen und Frieden mit ihnen schließen. Und Eure Reise nach Wichtland würde es nicht um zehn Tage verzögern, und Ihr könntet euch dann leichten Herzens und ruhigen Gemütes dorthin aufmachen.«

»Sehr hübsch ausgedacht, bei meiner Seel'«, sprach Brandoch Daha. »Doch wenn ich dir raten darf, so sprichst du zu Juss besser nicht solche Worte. Nicht jetzt, meine ich, wo all sein Trachten auf so gewichtige Angelegenheiten von großer Tragweite gerichtet ist. Noch sollte ich's meiner Schwester Mevrian erzählen. Frauen nehmen häufig solch eine Grille[6] bitter ernst, obwohl's doch nur Spielerei und Unterhaltung ist. Mit mir ist es etwas andres. Bin ich doch selber eine Art Philosoph, und dein Scherz verträgt sich gut mit meinem Humor.«

»Es gefällt Euch, meiner zu spotten«, sprach Fürst Gro. »Schon viele haben, wie sich im nachhinein erwies, meine förderlichen Ratschläge zu ihrem eignen großen Schaden verschmäht.«

Aber Brandoch Daha sprach leichthin: »Habt keine Angst, mein Fürst Gro, wir werden keinen ehrbaren Rat eines so weisen Ratgebers zurückweisen. Aber«, und dabei erschien ein Funkeln in seinen Augen, das Gro in Schrecken versetzte, »wenn jemand mich ernsthaft hieße, die heimtückische Tat einer Memme zu begehen, dann würde sein liebster Körperteil Bekanntschaft mit meiner Klinge schließen.«

Fürst Brandoch Daha wandte sich nun den andren Anwesenden zu. »Juss«, sprach er, »Freund meines Herzens, mich dünkt, ihr seid alle eines Sinnes und keiner meines Sinnes. So sag' ich euch Lebewohl. Leb wohl, Gaslark; leb wohl, La Feurioz.«

»Aber wohin?« sprach Juss und erhob sich von seinem Stuhl. »Du darfst uns nicht verlassen.«

»Wohin wohl?« sprach er, und schon war er aus dem Zimmer verschwunden.

Gaslark sprach: »Er ist sehr erzürnt. Was hast du getan, ihn so in Rage zu bringen?«

Mevrian sprach zu Juss: »Ich werde ihm nachgehen und ihn beruhigen.« Sie ging, kam aber bald wieder. »Es hat keinen Zweck, meine Herren«, sprach sie. »Er ist schon aus dem Tor geritten, so schnell sein Pferd ihn tragen kann.«

Nun herrschte große Aufregung, und die verschiedensten Mutmaßungen wurden angestellt. Nur der Fürst Juss und die Fürstin Mevrian sagten nichts und bewahrten Ruhe. Nach langer Zeit sprach Juss zu Gaslark: »Es plagt ihn, daß Tag um Tag vergeht, ohne daß er Hand an Corinius legen kann. Traun, ich mach' ihm daraus keinen Vorwurf, weiß ich doch um die üblen Kränkungen, die der Kerl ihm angetan, und die Zudringlichkeiten Euch gegenüber, Madame. Seid unbesorgt. Sein eignes Ich wird ihn beizeiten zu mir zurückbringen, wie's keine Macht wider sein Einvernehmen vermöchte; ihn, dessen großes Herz selbst der Himmel nicht mit Zwang bewegen könnte.«

So kam es, daß am nächsten Abend, als alles schon im Bette lag und schlief, Juss, der in seinem Gemach noch spät über einem Buch saß, einen Zügel erklingen hörte. Juss rief seinen Burschen, ihn mit Fackeln zum Tor zu begleiten. Und im tanzenden Fackellicht ritt Fürst Brandoch Daha in das Schloß zu Stormhöh ein, und an seinem Sattelknauf hing etwas von der Form eines großen Kürbisses, in ein Tuch aus Seide geknotet. Juss ging ihm alleine entgegen. »Laß mich absteigen«, sprach Brandoch Daha, »und empfange von mir deinen Bettgenossen, mit dem du dein Lager am See von Ravarie teilen sollst.«

»Du hast es?« fragte Juss. »Das Ei des Hippogryphen aus dem Thulesee, und ganz allein geborgen?«, und er nahm das Bündel zärtlich in seine Arme.

»Ja«, antwortete er. »Es lag dort, wo du und ich es letzten Sommer sichteten, gemäß dem Wort ihrer kleinen Merlette, die es seinerzeit für uns gefunden. Der See war gefroren, und es war ein heikles Geschäft, hinabzutauchen, und teuflisch kalt zudem. Es verwundert kaum, o Juss, daß du in allem, was du tust, solchen Erfolg hast, besitzest du doch die Gabe, stets die Unterstützung deiner Freunde zu gewinnen.«

»Ich dachte mir, daß du mich nicht im Stich lassen würdest«, sprach Juss.

»Dachtest?« rief Brandoch Daha. »Hast du je geträumt, ich könnte dich in deiner Torheit allein lassen? Nein, zuerst komme ich mit dir an den verzauberten See und lasse Carcë derweil sein. Obzwar ich's ganz gegen den Strom meiner Überzeugung tue.«

Nun kamen nur mehr sechs Tage an Vorbereitungen hinzu, und am zweiten Tag im April war in Sichthaven alles für die Ausfahrt jenes mächtigen Heerzugs bereit: neunundfünfzig Kriegsschiffe und fünf Lastkähne und dreimal zweitausend Soldaten.

Fürstin Mevrian saß auf ihrer milchweißen Stute und sah hinaus auf den Hafen, wo die Schiffe in Reih und Glied vor Anker lagen, schattig grau gegen das sonnenhelle Flimmern der See, lediglich hier und da ein Farbflecken, rot oder blau oder grasgrün, der zu den bemalten Schiffsrümpfen gehörte, oder ein Lichtschimmer, welcher von den goldnen Masten oder Galionsfiguren zurückgeworfen wurde. Gro stand bei ihrem Zügel. Die Straße von Stormhöh, die sich von der Haberwaldzunge herabschlängelte, führte dicht unter ihnen vorbei und weiter am Strand entlang zu den Kais von Sichthaven. Auf dieser Straße hallte die feste Erde von dem Marschtritt bewaffneter Männer und dem Hufschlag von Pferden wider, und der leichte Westwind trug zu Gro und Mevrian auf ihrer grasbedeckten Anhöhe bruchstückhaft die Klänge tiefstimmiger Schlachtgesänge oder die eilenden Läufe der Pfeifen und den Schall der Trompeten und den Trommelschlag, der das Herz des Kämpfers schneller schlagen läßt.

An der Spitze ritt der Fürst Zigg, und vier Trompeter in Gold und Purpur schritten vor ihm her. Seine Rüstung schimmerte vom Kinn bis zu den Zehen von Silber, und Juwelen blitzten auf seiner Halsberge, seinem Wehrgehänge[7] und dem Heft seines langen geraden Schwertes. Er ritt einen schwarzen, wildäugigen Hengst, der die Ohren zurücklegte und dessen Schweif über den Boden fegte. Eine große Abteilung Reiterei folgte ihm, und noch einmal halb so viele hochgewachsene Speerträger in rostbraunen Brigantinen[8], die mit Silber und Bronze verstärkt waren. »Dies«, sprach Mevrian, »sind Männer aus Kelialand und von den Höfen entlang der Pfeilföhrde und seine eignen Vasallen aus Rammerick und dem Amadartal. Der ein wenig rechts hinter ihm reitet, das ist Hesper Golthring; er liebt zwei Dinge auf dieser Welt: ein gutes Pferd und ein schnelles Schiff. Der auf der linken Seite, mit dem rabengeflügelten Helm aus mattem Silber, der so lange Beine hat, daß man sagen möchte, wenn er ein kleines Pferd ritte, könne er beim Reiten mitlaufen, das ist Styrkmir von Schwarzwald. Er ist von unsrer Sippe; obschon er noch nicht zwanzig Jahre alt ist, gilt er seit Krothering als einer unsrer fähigsten Männer.«

So zeigte sie ihm alle, wie sie vorbeiritten:[9] Peridor von Sule, Hauptmann der Mealänder, und sein Neffe Stypmar. Fendor von der Ginsterheide mit Emeron Galt, seinem jüngeren Bruder, der gerade erst von seiner schweren Wunde genesen war, die Corinius ihm bei Krothering zugefügt hatte; sie führten die Schäfer und Hirten aus den großen Heidegebieten nördlich des Scheidersees an, die sich am Steigbügel festzuhalten pflegen und so mit ihren leichten Rundschilden und kleinen braunen Schwertern mit der Reiterei in die Schlacht ziehen, wenn sie in vollem Galopp gegen den Feind prescht. Bremery mit seinem widdergehörnten Helm aus Gold und seinem bestickten Wappenrock aus scharlachrotem Samt, der die Leute aus Vorbergen und dem Tivarandartal anführte. Trentmar vom Skorratal mit den im Nordosten ausgehobenen Truppen von Bühlland, den Stränden und dem Brechental. Astar von Rettray, schlank und geschmeidig, mit kantigem Gesicht und mutigen Augen, weißhäutig, mit hellem, rotem Haar und Bart, der auf seinem rassigen Rotschimmel vor zwei Kompanien von Speerträgern mit großen, eisenbeschlagenen Schilden einherritt: Männern aus Drepabühl und den südöstlichen Tälern, Freisassen und Mitglieder des Haushalts von Fürst Goldry Bluszco. Dann die Inselbewohner aus dem Westen, vornweg der alte Quazz von Dalney auf dem Ehrenplatz, edel anzusehn mit seinem schneeweißen Bart und seiner schimmernden Rüstung; doch waren jüngere Männer ihre eigentlichen Anführer im Krieg: Melchar von Strufey, breitbrüstig, wildäugig, mit dickem, braunem, lockigem Haar, mit einem stampfenden Braunen beritten, die Brünne hell von Gold, einen kostbaren Mantel aus weißem Seidenbrokat um seine stattlichen Schultern, und Tharmrod auf seiner kleinen, schwarzen Stute, mit silbernem Küraß[10] und fledermausgeflügeltem Helm, der von Fürst Brandoch Daha mit Kenarvey belehnt worden war, voller Tatendrang und bereit zum Kampf wie ein bis zu den Widerhaken gespannter Pfeil. Und nach ihnen die Männer der Westmark, mit Arnund von Bühl als ihrem Hauptmann. Und auf diese folgten vierhundert Reiter, weder in ihrer Schönheit noch hinsichtlich der Ordnung ihrer Reihen von andren der großen Armee übertroffen, und der junge Kamerar ritt an ihrer Spitze, stämmig wie ein Riese, gerade wie eine Lanze; angetan wie ein König, führte er an seinem mächtigen Speer das Banner des Fürsten von Krothering.

»Betrachtet diese wohl«, sprach Mevrian, als sie vorbeizogen. »Dies sind unsre eignen Leute von der Donnerföhrde und aus Stropardon. Ihr mögt die ganze Welt bereisen und werdet ihresgleichen nicht finden, was Schnelligkeit und Mut und alle kriegerische Tugend und die Bereitschaft angeht, jeden Befehl zu befolgen. Ihr schaut betrübt drein, Euer Liebden.«

»Madame«, sprach Gro, »für das Ohr eines Mannes, der die Eitelkeit alles großen irdischen Gepränges zu bedenken pflegt, wie ich es tue, hat die Musik solcher Mächte und Gewalten einen tiefen Unterton von Traurigkeit. Könige und Herrscher, die frohlocken ob ihrer Stärke und Schönheit und Kraft und ihrer reichen Pracht, worin sie sich für eine Weile auf der Bühne der Welt zeigen, dem offenen Reich des hohen Himmels, was sind sie andres als vergoldete Sommerfliegen, die mit dem sterbenden Tag vergehn?«

»Mein Bruder und die übrigen sollten nicht unsertwegen warten müssen«, sprach die Fürstin. »Sie gedachten an Bord zu gehen, sobald das Heer den Hafen erreicht, da ihre Schiffe als erste ablegen sollen. Ist es wirklich beschlossen, daß Ihr mit ihnen auf diese Reise geht?«

»Ich habe es so beschlossen, Madame«, antwortete er. Sie wollte gerade ihr Pferd zur Straße und zum Hafen hin in Bewegung setzen, als Gro eine Hand an ihren Zügel legte und sie aufhielt. »Madame«, sprach er, »die letzten drei Nächte nacheinander habe ich einen Traum gehabt: einen seltsamen Traum, und alle seine Einzelheiten weisen auf schwere Sorgen, wachsende Gefahr und schlimmes Unheil, einen schrecklichen Ausgang verheißend. Mich dünkt, wenn ich auf diese Reise gehe, werdet Ihr mein Gesicht nie wieder sehen.«

»O pfui, Euer Liebden«, rief sie und reichte ihm die Hand, »verschwendet keinen Gedanken auf solch eitle Einbildungen. 's war der Mond nur, der Euch in die Augen schien. Wenn aber nicht, so bleibet hier bei uns und schlagt dem Schicksal ein Schnippchen.«

Gro küßte ihre Hand und hielt sie in seiner. »Edle Fürstin Mevrian«, sprach er, »das Schicksal läßt sich nicht betrügen, und wenn wir es noch so geschickt zu täuschen versuchen. Ich glaube, daß es nicht viele gibt, die auf eine noble Weise das Antlitz des Todes weniger fürchten als ich. Ich werde auf diese Reise gehen. Es gibt nur eines, was mich zurückhalten könnte.«

»Und das ist?« sprach sie, da er plötzlich schwieg.

Er zögerte und blickte auf ihre behandschuhte Hand nieder, die in der seinen ruhte. »Ein Mann wird heiser und stumm«, sprach er, »wenn ein Wolf den Vorteil hat, ihn zuerst zu erblicken. Habt Ihr einen Wolf zu eigen, der mich stumm machte, wenn ich zu Euch sprechen wollte? Aber ich sprach einmal; genug um Euch wissen zu lassen. O Mevrian, erinnerst du dich Nimmertals?«

Er sah zu ihr auf. Aber Mevrian saß mit erhobenem Haupt, wie ihre göttliche Schutzherrin, die süßen, kalten Lippen fest und entschlossen, den Blick unveränderlich auf den Hafen und die Schiffe gerichtet. Sanft entzog sie Gro die Hand, und er machte keine Anstalten, sie festzuhalten. Sie gab ihrer Stute die Zügel frei. Gro stieg auf sein Pferd und folgte ihr. Ruhig ritten sie die Straße hinab und Seite an Seite südwärts zum Hafen. Ehr sie in Hörweite des Kais kamen, hub Mevrian an und sprach: »Haltet mich nicht für vergeßlich oder undankbar, mein Fürst. Alles was mein ist, o bittet mich darum, und ich werde es Euch mit beiden Händen geben. Aber bittet mich nicht um etwas, das ich nicht zu vergeben habe oder, so ich es gäbe, nur als falsches Gold. Und das wäre nicht gut, weder für Euch noch für mich, und ich würde es keinem Feind antun – und noch viel weniger dir, mein Freund.«

Nun war das ganze Heer an Bord gegangen und Abschied genommen worden von Volle und jenen, die mit ihm zu Hause bleiben sollten. Die Schiffe ruderten wohlgeordnet in die Föhrde hinaus, ihre seidenen Segel entfalteten sich, und die große Flotte segelte südwärts unter einem klaren Himmel hinaus aufs offene Meer. Den ganzen Weg über war der Wind ihnen günstig, und sie machten schnelle Fahrt, so daß sie am dreißigsten Morgen nach ihrer Abfahrt aus Sichthaven undeutlich und verschwommen im Dunst des Meeres die lange, graue Klifflinie von Oberwichtland sichteten; und in einer langen Reihe segelten sie durch die Straße von Melikaphkaz, denn kaum vermochten zwei Schiffe nebeneinander diese Enge zu passieren. Schwarze Klippen schlossen die Straße zu beiden Seiten ein, und Seevögel zu Tausenden färbten jeden schmalen Sims dieser Klippen weiß wie Schnee. Große Schwärme von ihnen stiegen auf und kreisten über den Schiffen, als diese vorüberfuhren, und die Luft war voll von ihren klagenden Schreien. Und rechts und links schossen fortwährend, wie von blasenden Jungwalen, Fontänen weißer Gischt von der Meeresoberfläche auf. Dies waren die Tölpel mit ihren imposanten Schwingen, die hier die Meeresenge befischten. Zu dreien und vieren flogen sie in einer wohlgeordneten Reihe, viele Masthöhen hoch; und hin und wieder hielt einer in seinem Flug plötzlich inne, als ob ein Blitz ihn getroffen hätte, und stieß kopfüber mit halb ausgebreiteten Schwingen herab wie ein mit breiten Widerhaken versehener Pfeil von blendender Weiße, bis er ein paar Fuß über dem Wasser seine Flügel anlegte und die Oberfläche mit einem Geräusch zerteilte, als wäre ein großer Stein in die See geworfen worden. Nach einem Augenblick schon tauchte er wieder auf, weiß und schmuck, mit seiner Beute im Schlund, ritt eine kurze Weile auf den Wellen, um sich auszuruhen, und stieg dann mit großen, schwungvollen Flügelschlägen zum nächsten Beutefang auf.

Nach ein, zwei Meilen verbreiterte sich die Meeresstraße, und die Klippen wurden niedriger. Die Flotte segelte an den roten Riffen von Uaimnaz vorbei, vorbei am Möwenkliff von Paschnemarthra und weiter in die tiefblaue Einsamkeit des Didornischen Meeres. Den ganzen Tag fuhren sie auf Kurs Südost, während der Wind allmählich abflaute. Hinter ihnen fiel die Küste von Melikaphkhaz zurück, verblaßte im Blau der Entfernung und verschwand schließlich ganz, so daß nur mehr die klobigen Umrisse der Paschnemarthra-Inseln den eintönigen Horizont durchbrachen. Dann versanken auch diese in der Ferne, und die Schiffe ruderten in völliger Windstille südostwärts. Die Sonne berührte die westlichen Wellen und tauchte in ihr Bad von blutrotem Feuer. Sie versank, und Dunkelheit legte sich über die Welt. Die ganze Nacht lang ruderten sie unter den fremden südlichen Sternen weiter, und das bei jedem Ruderschlag aufgewühlte Wasser war wie brennendes Feuer. Dann stieg im Osten der Morgenstern aus dem Meer, Vorbote der Dämmerung, heller als jedes andre Gestirn, und zeichnete einen schmalen Streif aus Gold über die Wellen. Dann kam der Morgen, füllte den unteren Rand des östlichen Himmels mit einer Flotte winziger Muschelschalen von hellgoldnem Feuer; dann die große, flammende Sonnenscheibe. Und mit dem Aufgang der Sonne hob sich eine leichte Brise und bauschte die Segel, so daß, schon ehr der Tag sich neigte, die weißen Muelva-Klippen Backbord voraus über dem Meeresdunst aufragten. Schließlich ließen sie die Schiffe an einem weißen Muschelstrand vor Anker gehen, hinter einem Landvorsprung, der von Osten und Norden Schutz bot. Hier wichen die Steilklippen ein wenig von der Küste zurück, so daß Raum blieb für einen schmalen grünen Uferstreifen mit Gras und Bäumen, die sich am Fuß der Felsen drängten, und einer kleinen Wasserquelle in der Mitten.

Die Nacht verbrachten sie an Bord, und am nächsten Tag schlugen sie ihr Lager auf und luden die Lastkähne aus, die mit den Pferden und Material beladen waren. Aber der Fürst Juss wollte keine Stunde länger in Muelva verlieren, als erforderlich war, um Gaslark und La Feurioz die nötigen Anweisungen zu erteilen, was sie tun und wann sie ihn wieder erwarten sollten, und um Proviant für sich und diejenigen zu verstauen, die ihn über jene schattigen Klippen in die gespenstische Öde der Moruna begleiten sollten. Vor Mittag war dies alles erledigt und Lebewohl gesagt, und die Fürsten Juss, Spitfyr und Brandoch Daha machten sich entlang des Ufers nach Süden auf, zu einem Punkt, wo die Felswände dem Augenschein nach am leichtesten zu bewältigen waren. Mit ihnen ging der Fürst Gro, auf eignen Wunsch und auch, weil er die Moruna und insbesondere jenen Teil, den sie durchqueren würden, schon früher bereist hatte; und mit ihnen gingen auch die beiden Schwäger Zigg und Astar, welche die kostbare Last des Eis trugen, denn mit dieser Ehre und Verantwortung hatte Juss sie auf ihr inständiges Bitten hin bedacht. Nach etwa einer Stunde hatten sie unter einigen Mühen das Hindernis erklommen und legten auf der Kliffkante eine kurze Rast ein.

Die Haut an Gros Händen war von den scharfkantigen Felsen aufgeschürft. Vorsichtig zog er sich seine Lammwollhandschuhe an und zitterte ein wenig; denn der scharfe Wind, der aus der Öde blies, ging durch Mark und Bein, und gen Süden schien ein Schatten in der Luft zu liegen, auch wenn es drunten, woher sie gekommen, hell und freundlich gewesen war. Doch obzwar sein Körper bebte, ward sein Geist in Gedanken erhoben von edlen und hehren Bildern, als er auf dem Rand jener Felsklippe stand. Das wolkenlose Himmelsgewölbe; das ungezählte Lachen des Meeres; jene stille Bucht tief drunten und jene Kriegsschiffe und die Soldaten, die bei den Schiffen lagerten; die Leere des offenen Landes gen Süden, wo jeder Stein wie ein Totenschädel aussah und hinter jedem Grasbüschel ein Gespenst zu lauern schien; die Haltung jener Fürsten von Dämonenland, die neben ihm standen, als wäre es die natürlichste Sache der Welt, dem Land der Lebenden den Rücken zu kehren und in das Reich der Toten einzudringen; diese Dinge ließen ihm mit einer Gewalt wie von einer machtvollen Musik den Atem in der Kehle stocken und die Träne ins Auge springen.

Und dieserart begann nach mehr als zwei Jahren Fürst Juss seine zweite Durchquerung der Moruna auf der Suche nach seinem geliebten Bruder, dem Fürsten Goldry Bluszco.

Kapitel XXVIII

Zora Rach nam Psarrion

Von des Fürsten Juss Ritt auf dem Hippogryphen gen Zora Rach; und von dem Üblen, das ihm an jenem verfluchten Orte widerfahren; und auf welche Weise er sein großes Unterfangen der Errettung seines Bruders aus der Knechtschaft zum Ende geführet.

Eingelullt von sanften Winden, zu sachte, um seine gläserne Oberfläche aufzurauhen, lauen, aromatischen Lüften, erfüllt mit dem süßen Duft unsterblicher Blumen, träumte der verzauberte See von Ravarie unter dem Mond. Es war die letzte Stunde vor Sonnenaufgang. Geisterboote, die aus dem Licht von Glühwürmchen geschaffen schienen, trieben auf dem gestirnten Spiegel des Sees. Über den ansteigenden Wäldern erhoben sich die Berge, unermeßlich, gewaltig und geheimnisvoll im Mondlicht. Darüber schimmerten in den fernen hohen Räumen der Nacht die Zacken des Koschtra Pivrarcha und die unberührten Schneekuppeln des Romschir und des Koschtra Belorn. Kein Vogel oder Tier regte sich in der Stille: nur eine Nachtigall im Olivenhain bei dem Pavillon der Königin am Ostufer sang zu den Sternen. Und dies war keine Weise eines Vogels von Mittelerde, sondern ein Lied, die Geister aus den Lüften herabzuzaubern oder die Sinne der unvergänglichen Götter zu betören, wenn sie sich mit der heiligen Nacht vereinen und sie zur Vollendung bringen wollen und all ihre Lichter und Stimmen zur Vollkommenheit in ihren Augen.

Die seidenen Vorhänge am Eingang des Pavillons teilten sich, wie Tore im Traum sich öffnen, und gaben den Weg frei für die Königin, Schützling der allerhöchsten Götter. Ein oder zwei Schritte jenseits der Schwelle hielt sie inne und blickte hinunter zu dem Ort, wo die Fürsten von Dämonenland, Spitfyr und Brandoch Daha, zusammen mit Gro, Zigg und Astar, in ihre Mäntel gehüllt auf der blumenübersäten, taufeuchten Böschung schlummerten, die sich zum Seeufer hinabsenkte.

»Sie schlafen«, flüsterte sie. »Genau wie er drinnen dem Morgenlicht entgegenschläft. Wahrlich, nur den Großen dieser Welt wohnt ein so sanfter Schlaf im Herzen inne, wenn große Ereignisse bevorstehen.«

Wie eine Lilie oder wie ein Mondstrahl, der durch das Blätterdach in einen stillen Wald dringt, so stand sie da, das Antlitz erhoben zu der gestirnten Nacht, wo die ganze Luft mit dem silbrigen Schein des Mondes durchdrungen war. Mit leiser Stimme betete sie zu den Göttern, den immerwährenden, und rief sie an mit ihren heiligen Namen: die grauäugige Pallas; Apollon; Artemis, die flinke Jägerin; Aphrodite, die Schaumgeborene; Hera, Königin des Himmels; Ares, Hermes und den schwarzgelockten Erderschütterer[1]. Auch fürchtete sie sich nicht, ihre heiligen Gebete an ihn[2] zu richten, der von seinem verhüllten Thron bei den Wassern des Acheron und des Lethesees die Teufel der unteren Düsternis an seinen Willen bindet; noch an den großen Vater aller[3], in dessen Auge die Zeit vom Anfang bis zum heutigen Tage nur wie das Eintauchen eines Stabes in das grenzenlose Meer der Ewigkeit ist. Also betete sie zu den unsterblichen Göttern und flehte sie inbrünstig an, mit Wohlgefallen auf jenen Ritt zu schauen, desgleichen die Welt noch nie gesehen habe: der Ritt auf dem Hippogryphen, nicht übereilt und durch einen Toren, wie bereits geschehen und geahndet, sondern von dem Mann der Männer, der mit reiner Absicht und unbeugsamer Entschlossenheit das Flügelroß zu zwingen gedachte, ihn zu seines Herzens Sehnsucht zu tragen.

Nun öffneten sich im Osten hinter den gefiederten Hängen und der Schneewand des Romschir die Tore zum Tag. Die Schläfer erwachten und standen auf. Aus dem Pavillon erhob sich ein großer Lärm. Sie drehten sich um und sahen voll Staunen, wie durch die Vorhänge des Eingangs jenes frisch geschlüpfte Junge stakste, blaß und unsicher wie das neue Licht, das am Himmel zitterte. Juss ging neben ihm, die Hand in seiner saphirnen Mähne. Fest und entschlossen war sein Blick, als er der Königin und seinem Bruder und seinen Freunden einen guten Morgen entbot. Kein Wort sprachen sie, sondern drückten ihm nur stumm die Hand. Die Stunde war gekommen. Denn so wie der über die östlichen Schneefelder schreitende Tag die Nacht aus dem hohen Himmel verjagte, so und mit solch raschem Anwachsen an Glanz wurden Kraft und Leben und der Drang nach den hohen Lüften in jenem wilden Roß geboren. Sein Leib strahlte, als würde ein Licht ihn von innen heraus erleuchten, und es sog durch die Nüstern die süße Morgenluft ein und wieherte, und mit seinen goldnen Klauen zerfurchte es das Gras des Ufers und riß es auf. Juss klopfte dem Geschöpf den geschwungenen Hals, sah nach dem Zaum, den er in sein Maul gepaßt hatte, prüfte den Halt seiner Rüstung und lockerte das mächtige Schwert in der Scheide. Und dann trat die Sonne hervor.

Die Königin sprach: »Denk daran: Wenn du den Fürsten, deinen Bruder, in eigner Gestalt siehst, so ist das kein Trugbild. Mißtraue allem andren. Und mögen die allmächtigen Götter mit dir sein und dich bewahren.«

Woraufhin der Hippogryph, als ertrüge er die Sonnenstrahlen nicht, sich aufbäumte wie ein wildes Pferd, weit seine Regenbogenschwingen ausbreitete und sich in die Lüfte warf. Doch der Fürst Juss war bereits aufgesprungen, und der Griff seiner Knie um die Flanken war wie eine eiserne Klammer. Das feste Land schien unter ihm zurückzufallen; der See und das Ufer und die Inseln waren im nächsten Augenblick klein und weit weg und die Gestalten der Königin und seiner Gefährten wie Spielzeug, dann wie Punkte, dann nicht mehr; und die vollkommene Stille der hohen Lüfte tat sich auf und empfing ihn in ihre Einsamkeit. In diesem gewaltigen Schweigen drehten sich Himmel und Erde wie Wein in einem Kelch, als das wilde Roß sich in einer großen Spirale höher und höher schraubte. Eine wogend-weiße Wolke versperrte den Himmel vor ihnen; heller und heller wurde sie in ihrer blendenden Weiße, als sie ihr entgegenflogen, bis Roß und Reiter sie berührten und die ganze Pracht sich in grauen Nebel verwandelte, der immer dunkler und kälter wurde, bis sie plötzlich auf der andren Seite hervorschossen und ein strahlendes Blau und Gold sie umfing. So flogen sie eine Weile ohne Ziel, doch immer weiter empor, bis unter Juss' Führung der Hippogryph schließlich von seinem wilden Höhenflug abließ und sich gehorsam gen Westen wandte; und so eilten sie in raschem, geradem Flug, immer noch steigend, über Ravarie hinaus der scheidenden Nacht zu. Und nun schien es fürwahr, als ob sie wahrhaftig die Nacht in ihren westlichen Höhlen einholten. Denn es die Luft um sie wurde dunkler und immer dunkler, bis die großen Berge, die den See umgürteten, unter ihnen in der Schwärze verschwanden und das grüne Land von Zimiamvia mit seinen Tälern und Höhen, seinen gewundenen Flüssen und verzauberten Wäldern sich in einem unheimlichen Zwielicht verlor. Und der ganze Himmel wimmelte von unheilvollen Zeichen: ganze Armeen von Männern, die in den Lüften kämpften, Drachen, wilde Tiere, blutige Fahnen, flammende Kometen, Feuerzungen und unzählige andre Erscheinungen. Doch alles war still und eiseskalt, so daß Juss' Hände und Füße vor Kälte taub wurden und sein Schnurrbart starrte vor Reif.

Vor ihnen, bis dahin noch unsichtbar, erhob sich nun drohend der schroffe Gipfel des Zora Rach: schwarz, wintrig und gigantisch; denn obwohl sie höher und höher stiegen, ragte er immer noch hoch über ihnen auf, gewaltig und einsam über den gefrorenen Weiten der Psarrion-Gletscher. Juss starrte auf jenen Gipfel, bis der Flugwind ihm Tränen in die Augen trieb, aber noch war er zu weit entfernt, um einen

Blick zu erlangen von dem, was ihn zu schauern hungerte. Keine eherne Burg, kein Feuerkranz, kein einsamer Wächter auf der Höhe. Zora, wie eine dunkle Königin der Hölle, die es verabscheut, in ihrer Schönheit vom dreisten Auge eines Sterblichen geschaut zu werden, zog einen Schleier von Gewitterwolken um ihre Stirn. Sie flogen weiter, und jene stahlblaue Wand aus Sturmgewölk türmte sich immer höher auf, bis der ganze Himmel über ihnen davon bedeckt war. Juss vergrub beide Hände in den gefiederten Achseln der Schwingen, wo sie aus dem Leib des Hippogryphen hervortraten, um sie zu wärmen. So bitter kalt war es, daß ihm die Augäpfel gefroren und erstarrten; doch war dieser Schmerz eine Kleinigkeit gegenüber dem, was er nun in seinem Innern spürte und was er nie zuvor erlebt hatte: ein todesähnliches Grauen wie von der heimatlosen Leere des unendlichen Raumes, das ihm ans Herz griff.

Sie landeten schließlich auf einem Felsvorsprung aus schwarzem Obsidian kurz unterhalb der Wolkendecke, welche die höheren Felsen verhüllte. Der Hippogryph, der sich auf den kalten Stein kauerte, wandte den Kopf und sah Juss an. Er spürte, wie das Tier unter ihm am ganzen Körper zitterte. Seine Ohren hatte es zurückgelegt; die Augen waren groß vor Schrecken. »Armes Ding«, sprach Juss. »Ich habe dich auf diese schlimme Reise geführt, und bist doch nicht einmal eine Stunde alt.«

Er stieg ab; und im nächsten Augenblick war er allein. Denn mit einem tierischen Schrei des Entsetzens war der Hippogryph in die Luft gesprungen und in die Dunkelheit entschwunden, im Sturzflug hinab nach Osten, zurück in die Welt des Lebens und der Sonne.

Und der Fürst Juss stand einsam in jener Region der Furcht und des Frostes und der seelenlähmenden Düsternis, unter den schwarzen Gipfelfelsen des Zora Rach.

Er richtete, wie die Königin ihm zu tun geraten, sein ganzes Sinnen und Trachten auf das große Ziel all seines Strebens und wandte sich dem eisigen Fels zu. Als er ein Stückweit geklettert war, hüllte ihn jene kalte Wolke ein, doch nicht so dicht, daß er nicht zehn Schritt vor und um sich hätte sehen können, als er weiterkletterte. Unheilvolle Gebilde, schrecklich genug, um die Entschlossenheit eines starken Mannes zu brechen, traten ihm entgegen: Gestalten von verdammten Geistern und Gorgonen der Tiefe stellten sich ihm in den Weg und drohten ihm mit Tod und Verderben. Doch Juss biß die Zähne zusammen und kletterte weiter und durch sie hindurch, denn sie bestanden nicht aus Fleisch und Blut. Dann zerriß ein geisterhafter Schrei die Stille: »Welcher Mann aus Mittelerde ist's, der unsre Ruhe zu stören wagt? Macht ihm ein Ende! Ruft herbei die Basilisken. Ruft herbei den Goldnen Basilisken; und was immer er anblickt, darauf blaset er und setzet es in Brand. Ruft herbei den Gestirnten Basilisken; denn was immer er anblickt, zerschrumpfet alsgleich und vergehet. Ruft herbei den Blutigen Basilisken; was immer an Lebendigem er berührt oder ansieht, das löset sich auf, so daß nichts mehr bleibet denn die Knochen!«

Das war eine Stimme, die das Mark zu Eis erstarren ließ, doch Juss drängte weiter und sprach bei sich: »Alles Trug; nur das nicht, wovon sie mir sagte.« Und nichts tat sich; nur das Schweigen umgab ihn und die Kälte, und die Felsen wurden immer steiler und die Eisschicht auf ihnen tückischer und das Klettern so schwierig und so gefahrvoll wie auf jenen Klippen von Emschir, die er vor mehr als zwei Jahren Brandoch Daha hinauf gefolgt war und auf denen er das Tier Mantichora bekämpft und getötet hatte. Die bleiernen Stunden zogen sich dahin, und die Nacht brach herein, bitter und schwarz und stumm. Eine große körperliche Müdigkeit war über Juss gekommen, und seine Seele war müde obdrein und zu Tode erschöpft, als er in eine schneebedeckte Rinne einstieg, die tief in die Stirnseite des Berges schnitt, dort den Tag zu erwarten. Er wagte nicht zu schlafen in jener eisigen Nacht; kaum wagte er zu rasten, daß nicht die Kälte ihn übermanne, sondern hielt sich ständig in Bewegung und stampfte und rieb sich Hände und Füße. Und doch, als die Nacht mit quälender Langsamkeit vorüberkroch, schien ihm der Tod fast etwas Erstrebenswertes zu sein, dieweil er solch schreckliche Müdigkeit beenden mochte.

Der Morgen brachte nur eine kalten Aufhellung des Nebels von Schwarz nach Grau, welche die schneeumgrenzten Felsen stumm, kahl und tot hervortreten ließ. Juss, der sich mit halb erfrorenen Gliedern zum Aufbruch zwang, gewahrte ein Bild des Grauens, zu schrecklich für ein menschliches Auge: einen Jüngling, behelmt und in dunkles Eisen gekleidet, einen Mohren mit Kulleraugen und weiß grinsenden Zähnen, der eine junge Maid am Halse gepackt hielt, welche auf den Knien lag und flehend die seinen umklammerte; doch er schwenkte drohend seinen Speer von vier Ellen Länge, als wollte er sie damit ums Leben bringen. Als jene Maid den Fürsten Juss erblickte, rief sie gar kläglich um Hilfe und nannte ihn beim Namen und sprach: »Fürst Juss von Dämonenland, habet Erbarmen, und in Eurem Triumphe über die Mächte der Nacht haltet einen Augenblick nur inne und befreit mich arme Unglückliche von diesem grausamen Tyrannen! Kann Euer hochfliegender Geist, der sich auf Königreiche hinabstürzte, nicht auch ihn schlagen? Oh, das sollte Euch als wahrlich edel erweisen und zum ewigen Ruhm gereichen!«

Gewiß schrie sein Herz im Leibe auf, und seine Hand fuhr zum Schwert, um dies grausame Unrecht zu vereiteln. Doch im selben Augenblick besann er sich der Schliche des Bösen, das an jenem Orte wohnte, und seines Bruders, und mit einem tiefen Seufzer stieg er weiter empor. Da sah er aus den Augenwinkeln, wie der grausame Schurke die zarte Maid mit seinem Speer verwundete und die beiden Hauptadern ihres Halses durchtrennte, so daß sie sterbend in ihrem Blute zu Boden sank. Juss erklomm, so schnell er konnte, das letzte Stück der Hangrinne, und als er sich dann umdrehte, sah er, wie Mohr und Maid sich in zwei sich windende Schlangen verwandelt hatten. Und er kämpfte er sich weiter, erschüttert im Herzen, jedoch froh, den Mächten entronnen zu sein, die ihn auf diese Weise in die Falle hatten locken wollen.

Dunkler wurde der Nebel und schwerer das lastende Grauen, das der Luft dieses Berges innezuwohnen schien. Am Rande der Erschöpfung, ruhte Juss sich einen kurzen Moment auf einem kleinen festen Schneefeld aus, als er die Erscheinung eines Mannes gewahrte, der sich kraftlos umherwälzte und mit den Nägeln im harten Fels und Firn festkrallte, und der Schnee unter ihm war von seinem Blut gerötet; und der Mann rief ihn mit matter Stimme an, nicht weiterzugehen, sondern ihm aufzuhelfen und ihn den Berg hinabzutragen. Und als Juss nach kurzem Schwanken zwischen Mitleid und seinem Vorsatz weitergehen wollte, rief der Mann und sprach: »Halt ein, denn ich bin dein Bruder, den du suchest, obzwar der König mich durch seine Kunst in eine andre Gestalt verwandelte, dich zu täuschen. Um deiner Liebe willen, lasse dich nicht blenden!« Und die Stimme klang wie die Stimme seines Bruders Goldry, wenn auch schwach. Aber der Fürst Juss bedachte sich wieder der Worte der Königin Sophonisba, daß er seinen Bruder in dessen eigner Gestalt sehen werde und er allem andren mißtrauen müsse; und er dachte bei sich: »Auch dies ist nur ein Trugbild.« So sprach er: »Wenn du wahrhaftig mein geliebter Bruder bist, nimm seine Gestalt an.« Der Mann aber rief wie mit der Stimme des Fürsten Bluszco: »Das kann ich nicht, ehr du mich nicht von diesem Berge hinuntergetragen hast. Bringe mich hinunter, oder ein Fluch wird ewig auf dir lasten.«

Der Fürst Juss war hin und her gerissen zwischen Mitleid und Zweifel und Erstaunen, die Stimme seines geliebten Bruders ihn so anflehen zu hören. Doch er antwortete und sprach: »Bruder, wenn du's wirklich bist, so harre aus, bis ich den Gipfel dieses Berges erklommen und die eherne Zitadelle, die ich in meinem Traum schaute, betreten habe, auf daß ich Gewißheit habe, daß du nicht dort bist, sondern hier. Dann werde ich wiederkehren und dich aufheben. Doch ehr ich dich nicht in deiner eignen Gestalt sehe, werde ich allem mißtrauen. Denn von den Enden der Welt kam ich hierher, dich zu erretten, und werde nicht leichtfertig meinen Vorsatz gefährden, nachdem ich so viele Mühen und Gefahren um deinetwillen auf mich nahm.«

So legte er schweren Herzens wieder Hand an jene schwarzen Felsen, die übereist waren und kaum Halt boten. Woraufhin eine geisterhafte Stimme ertönte: »Freuet euch, denn dieser Erdgeborene ist von Sinnen! Freuet euch, denn er ist seinem Bruder ein schlechter Freund, ihn in der Stunde der Not im Stich zu lassen!« Aber Juss kletterte weiter und gewahrte, als er nach einer Weile über die Schulter zurückblickte, wie sich an Stelle des hilflosen Mannes eine greuliche Schlange im Schnee wand. Und er war froh, soweit man auf diesem Berg der Qualen und der Verzweiflung überhaupt froh sein konnte.

Seine Kraft war nahezu versiegt, als der Tag sich wieder zur Nacht neigte und er die letzten Felsen unter dem Gipfel des Zora überwand. Und er, der sein ganzes Leben lang tief aus der Quelle der Freude und des Ruhmes und der Herrlichkeit des Lebens getrunken hatte, fühlte tödlicher und finsterer denn je jenes Grauen der Einsamkeit in seiner Seele, welches er zum ersten Male am Tag zuvor gekostet hatte, als er sich durch die unheilschwangeren Lüfte dem Zora Rach genähert; und das Herz wollte ihm darob im Leibe ersticken.

Und nun war er zu dem Ring aus Feuer gekommen, der den Gipfel des Berges umgab. Doch jenseits aller Furcht, jenseits aller Hoffnung, wie er nun war, schritt er durch das Feuer wie über die Schwelle seines eignen Hauses. Die blauen Flammenzungen erloschen unter seinem Schritt, gaben ihm den Weg frei. Die ehernen Tore standen weit. Er trat ein; er stieg die eherne Treppe hinauf; er stand auf jenem hohen Turm, den er im Traume geschaut hatte; er blickte wie in einem Traum auf ihn, den zu finden er die Grenzen des Totenreiches überschritten hatte: Fürst Goldry Bluszco bei seiner einsamen Wacht auf den unheiligen Höhen des Zora. Nicht anders war der Fürst Goldry, nicht um ein Haar, als Juss ihn in jener ersten Nacht vor so langer Zeit in Koschtra Belorn gesehen hatte. Er saß, auf einen Ellbogen gestützt, auf jener steinernen Bank, mit erhobenem Haupt, seine Augen starr wie auf ferne Gefilde gerichtet, die Tiefe jenseits der Sterne durchforschend, wie einer, der wartet, bis die Zeit selbst ein Ende fände.

Er rührte sich nicht beim Gruß seines Bruders. Juss ging auf ihn zu und trat neben ihn. Der Fürst Goldry Bluszco regte kein Augenlid. Wieder sprach Juss zu ihm, berührte seine Hand. Sie war steif und wie klamme Erde. Ihre Kälte ging Juss durch und durch und traf ihn ins Herz. Er sprach bei sich: »Er ist tot.«

Woraufhin sich das Grauen wie Wahnsinn um seine Seele schnürte. Angsterfüllt sah er sich um. Die Wolkendecke hatte sich vom Gipfel des Berges gehoben und hing wie ein Leichentuch über seiner Blöße. Kalte Luft, die wie ein Hauch aus dem Grab der Erde selbst war; eine endlose stumpfe Wolkendecke; undeutliche, ferne Formen aus Schnee und Eis, stumm, einsam, bleich, wie Berge der Toten; es war, als hätte der Grund der Welt sich aufgetan und sein wahres Gesicht gezeigt: das letztendliche Nichts.

Um das Grauen von seiner Seele abzuwehren, rief Juss sich das Schöne auf Erden ins Gedächtnis: jene Dinge, die sein Herz am meisten erfreut hatten, Männer und Frauen, die er zu Lebzeiten am innigsten geliebt hatte; die Schlachten und Triumphe seiner Jugend, die großen Feste zu Stormhöh, goldne Sommernachmittage unter den Bäumen der Westmark, Morgenjagden auf den Hochmooren Mealands; den Tag, als er das erste Mal auf einem Pferd saß; einen Frühlingsmorgen zwischen den Primeln einer Lichtung am Mondsee, als seine braunen Beinchen kaum länger waren als sein Unterarm jetzt und sein lieber Vater ihm zeigte, wo das Eichhörnchen im Stamm der alten Eiche sein Nest hatte.

Er beugte den Kopf, wie um einem Schlag auszuweichen, so deutlich glaubte er in sich eine Stimme zu hören, die schrill und laut rief: »Du bist nichts. All deine Sehnsüchte und Erinnerungen und Lieben und Träume, nichts. Die winzige tote Erdlaus wäre mehr als du, wäre sie nicht nichts, wie du nichts bist. Denn alles ist nichts: Erde und Himmel und Meer und die darinnen wohnen. Und auch die Illusion soll dich nicht trösten, so sie's vermöchte, daß nach deinem Hinscheiden alle Dinge weitergehen: Sterne und Monde wiederkehren, und die Menschen alt werden und sterben, und neue Männer und Frauen leben und lieben und sterben und vergessen werden. Denn was nützt das dir, der du wie eine ausgelöschte Flamme sein wirst? Und alle Dinge im Himmel wie auf Erden, alles Vergangene und Zukünftige und Leben und Tod und selbst die Elemente von Raum und Zeit, von Sein und Nichtsein, all dies wird dir ein Nichts sein, weil du Nichts sein wirst, auf immer und ewig.«

Und der Fürst Juss rief laut in seiner Qual: »Stürzt mich in den Tartaros, übergebt mich den schwarzen Furien der Unterwelt, daß sie mich blenden und sieden im brennenden See. Denn so gibt es noch Hoffnung. Doch in diesem Schrecken des Nichts ist weder Hoffnung noch Leben oder Tod, weder Schlaf noch Wachen, auf immer und ewig. Auf ewig.«

In dieser schwarzen Stimmung des Entsetzens verblieb er eine Weile, bis ein Weinen und Wehklagen ihn den Kopf heben ließ, und er gewahrte einen Zug von Trauernden, die über den ehernen Fußboden schritten, allesamt in schwarze Trauerkleidung gehüllt, und den Tod Goldry Bluszcos beweinten. Und sie zählten seine Ruhmestaten auf und priesen seine Schönheit, seinen Heldenmut, seine Kraft und edle Gesinnung: sanfte, klagende Frauenstimmen, so daß die Seele des Fürsten Juss, dieweil er ihnen lauschte, jener Leere der Nichtigkeit wieder zu entsteigen schien, und sein Herz gerührt wurde, gar bis zu Tränen.

Er spürte eine Hand auf seinem Arm, blickte auf und sah in ein Augenpaar, sanft wie die Augen einer Taube, mit Tränen benetzt, die ihn aus der Dunkelheit unter jener schwarzen Kapuze anschauten; und eine Frauenstimme sprach: »Heute ist der denkwürdige Todestag des Fürsten Goldry Bluszco, der sich zum ersten Male jährt; wie du siehst, betrauern wir, seine Mitgefangenen, seinen bitteren Tod und werden ihn Jahr um Jahr betrauern, solange Leben in uns ist. Und dich, mächtiger Herr, müssen wir noch mehr bedauern, denn dies ist der traurige Preis all deiner großen Mühen und das Ende all deines Trachtens. Doch komm, laß dich eine Weile trösten, denn aller Gewalt hat das Schicksal ein Ende bestimmt, und es gibt keinen König auf der Straße des Todes.«

Also ließ sich der Fürst Juss, dessen Herz vor Kummer und Verzweiflung wie tot war, an der Hand nehmen und eine Wendeltreppe hinabgeleiten, die von jener ehernen Plattform in ein inneres Gemach führte, wohlduftend und köstlich, erleuchtet von flackernden Lichtern. Und vor der schweren Süße dieses prunkvollen Gemaches schienen das Leben und seine Unbillen zu einem fernen und unwesentlichen Murmeln verblaßt und der Schrecken der Leere nur ein eitles Trugbild zu sein. Die Sinne drohten ihm zu schwinden; er wandte sich seiner vermummten Führerin zu. Sie warf mit einer schnellen Bewegung ihren Trauerumhang ab und stand vor ihm, ihr schöner Leib gänzlich seinen Blicken entblößt, mit ausgebreiteten Armen, ein Anblick, die Seele mit Liebe und allen Wonnen zu überwältigen.

Fast hätte er diese Vision betörender Lieblichkeit an seine Brust gedrückt. Doch das Schicksal oder die hohen Götter oder seiner eignen Seele Macht erweckte in seinem betäubten Hirn noch einmal die Erinnerung an seinen Vorsatz, so daß er sich entschlossen von diesem Köder abkehrte, der zu seiner Vernichtung bestimmt war, und aus dem Gemach zum Dach hinaufstieg, wo sein Bruder wie im Tode saß. Juss nahm ihn bei der Hand. »Sprich zu mir, Bruder. Ich bin es, Juss. Ich, dein Bruder Juss.«

Goldry aber rührte sich nicht und antwortete mit keinem Wort.

Juss betrachtete die Hand, die in der seinen ruhte, seiner eignen so gleich bis zur Form der Nägel und dem Haarwuchs auf dem Handrücken und den Fingern. Er ließ sie los, und der Arm fiel leblos zurück. »Es sieht so aus«, sprach er, »als ob du irgendwie eingefroren seist und dein Geist und Verstand in dir erstarrt wären.«

Mit diesen Worten bückte sich, um aus nächster Nähe in Goldrys Augen zu blicken, berührte Arm und Schulter. Nichts regte sich, kein Augenlid zuckte. Er faßte ihn bei der Hand und am Ärmel, wie um ihn von der Bank hochzuzerren, rief ihn laut beim Namen, schüttelte und rüttelte ihn, und schrie: »Sprich zu mir, deinem Bruder, der vom Ende der Welt gekommen ist, um dich zu finden«; aber er blieb ein totes Gewicht in Juss' Armen.

»Wenn du tot bist«, sprach Juss, »dann will ich mit dir tot sein. Doch bis dahin hoffe ich, daß noch Leben in dir ist.« Und er setzte sich neben seinen Bruder auf die Bank, nahm dessen Hand in die seine und sah sich um. Nichts als völlige Stille. Die Nacht war hereingebrochen, und des Mondes stiller Schein mischte sich mit den blassen Feuern, die jenen Gipfel umringten, zu einem ungewissen Licht. Die Heerscharen der Hölle bevölkerten nicht mehr die Lüfte, und seit dem Augenblick, als Juss in jenem inneren Gemach der letzten Versuchung widerstanden, hatte er keine Gestalt und kein Ebenbild von Mensch oder Teufel mehr erblickt, allein seinen Bruder Goldry; und auch jenes Grauen vermochte über sein hohes Herz nicht mehr Herr zu werden, und es blieb nur die Erinnerung daran, bitterkalt wie die Flut der winterlichen See, die dem Schwimmer im ersten Augenblick den Atem raubt, wenn er in das eisige Wasser taucht.

So verbrachte ruhig und standhaft der Fürst Juss seine zweite Nacht ohne Schlaf auf dem Berg der Toten; denn zu schlafen wagte er nicht an jenem verfluchten Ort. Doch wegen der Freude über seinen wiedergefundenen Bruder, obgleich es schien, daß in dessen Körper weder Sprache noch Sehen, noch Gehör sei, spürte er seine Erschöpfung kaum. Und er nährte sich von jener Ambrosia, welche die Königin ihm mit auf den Weg gegeben; denn wohl war ihm bewußt, daß die Aufgabe, die nun seiner harrte, seine Kräfte bis zum äußersten fodern würde.

Als es Tag wurde, stand er auf und lud sich seinen Bruder Goldry auf den Rücken und machte sich an den Abstieg. Durch die ehernen Tore trug Juss ihn und durch den Ring aus Feuer und unter großer Mühsal Schritt für Schritt hinab über den langen nördlichen Kamm, der sich über den Psarrion-Gletschern erhebt. Den ganzen Tag und die ganze folgende Nacht und den ganzen folgenden Tag waren sie im Berg, und fast tot vor Erschöpfung war Juss, als sie am zweiten Tag eine oder zwei Stunden vor Sonnenuntergang die Endmoräne erreichten. Dennoch war Triumph in seinem Herzen und Freude darüber, eine so große Tat vollbracht zu haben. Die Nacht verbrachten sie in einem Gehölz aus Erdbeerbäumen am Fuß eines steilen Berges, etwa zehn Meilen jenseits des westlichen Ufers von Ravarie, und stießen am Abend des folgenden Tages auf Spitfyr und Brandoch Daha, die zwei Nächte lang in ihrem Boot an der vereinbarten Stelle am Ufer des Sees gewartet hatten.

Sobald Juss seinen Bruder vom Berg heruntergebracht hatte, taute der gefrorener Zustand des Fürsten Goldry insoferne, als er auf den Füßen stehen und gehen konnte; doch zu keinem Wort war er imstande, und keinen Blick schenkte er ihnen, sondern sein Auge war starr und unbewegt, und wenn es auf seinen Gefährten ruhte, schien es, als würde er durch sie hindurch zu irgendeinem fernen Punkt im Nebel schauen. Das betrübte einen jeden von ihnen insgeheim sehr, befürchteten sie doch, daß dieser Zustand des Fürsten Goldry Bluszco sich als unheilbar erweisen könnte und daß sie nur die bloße Hülle dessen zurückerhielten, dem ihre ganze Sehnsucht gegolten hatte.

Sie ruderten an Land und brachten ihn zur Königin Sophonisba, die ihnen auf der grünen Wiese vor ihrem Pavillon entgegenkam. Die Königin, als wüßte sie bereits im voraus, welcher Kummer sie befallen hatte und was das Heilmittel dafür sei, nahm den Fürsten Juss bei der Hand und sprach: »O mein Fürst, noch eines verbleibt dir zu tun, ihn gänzlich zu befreien, nachdem du Schrecken überwunden hast, die alle Vorstellungen der Menschheit überschreiten, um ihn zurückzubringen: ein kleiner Stein fürwahr, dies dein Gebäude zu krönen, und doch wäre ohne ihn alles vergebens, wie selbiger vergebens wäre ohne alles andre, das dein gewesen. Und mein ist dies Letzte, und reinen Herzens schenke ich es dir.«

Bei diesen Worten ließ sie den Fürsten Juss sich niederbeugen, bis sie seinen Mund küssen konnte. Es war ein süßer, kurzer Kuß. Und sie sprach: »Dies gib deinem Herrn Bruder.« Und Juss tat, wie ihm geheißen, und küßte seinen Bruder in der gleichen Weise auf den Mund; und sie sprach: »Nehmt ihn, meine lieben Freunde. Ich habe jedwede Erinnerung an jene Dinge aus seinem Herzen gelöscht. Nehmet ihn und danket den Göttern, daß Ihr ihn wiederhabt.«

Bei diesen Worten blickte der Fürst Goldry Bluszco sie an, sie und die Königin, die Berge, die Wälder und den lieblichen See, wie einer, der aus einem tiefen Schlafe erwacht.

Gewiß waren ihrer aller Herzen froh an diesem Tage.

Kapitel XXIX

Die Flotte zu Muelva

Wie die Fürsten von Dämonenland wiederum zu dero Schiffen vor Muelva anlangten, und welche Kunde ihnen dortselbst zuteil ward.

Neun Tage weilten die Fürsten von Dæmonenland mit Königin Sophonisba in Koschtra Belorn und am See von Ravarie und kamen in den Genuß solch hehrer und reiner Wonnen, wie kein andrer sie je erlebt hat, es sei denn die Seelen der Seligen im Elysium. Als sie schließlich von ihr Abschied nahmen, sprach die Königin: »Meine kleinen Merletten werden mir Kunde von euch bringen. Wenn ihr die verruchte Herrschaft Hexenlands niedergeworfen habt und in euer geliebtes Heimatland zurückgekehrt seid, dann wird für mich die Stunde kommen, von der ich oft zu dir, o Juss, geredet habe und deren Gedanke oft meine Träume beglückte: nämlich die Erde und die Wohnstätten der Menschen wieder zu besuchen und euer Gast im gebirgichten Dämonenland zu sein.«

Juss küßte ihre Hand und sprach: »Verabsäumt dies nicht, liebe Königin, was immer auch geschieht.«

Und die Königin ließ sie auf einem geheimen Weg zu den hohen Schneefeldern bringen, die zwischen Koschtra Belorn und Romschir liegen, von wo aus sie in das Tal des schwarzen Flusses kamen, das vom Temarmferner abfällt, und so kehrten sie schließlich unter mancherlei Mühen und Gefahren nach vielen Tagen über die Moruna nach Muelva und zu den Schiffen zurück.

Dort gab es ein freudiges Wiedersehen, doch nachdem der Jubel verklungen war, sprachen Gaslark und La Feurioz zum Fürsten Juss: »Wir waren zu lange hier. Wir gelangten ins Faß, aber das Spundloch ist verstopft.« Alsdann brachten sie Hesper Golthring herbei, der vor drei Tagen zur Meerenge gesegelt war, frisches Futter für die Pferde zu beschaffen, und erst gestern zurückgekehrt war und schlimme Nachrichten mitbrachte: Er war auf einige Kriegsschiffe Hexenlands gestoßen, hatte sie zum Gefecht gestellt und eines versenken können, ehr sie den Kampf abbrachen, und dabei einige Gefangene gemacht. »Bei deren Verhör«, sprach er, »wie auch aufgrund meiner eignen Beobachtungen kam zutage, daß Laxus mit einhundertsechzig Kriegsschiffen die Seestraße blockiert, dem größen Verband, der je ein Meer befuhr, hierher gesegelt mit dem Ziel, uns zu vernichten.«

»Einhundertsechzig Schiffe?« sprach Fürst Brandoch Daha. »Hexenland besitzt nicht die Hälfte, nicht einmal ein Drittel einer solchen Flotte, seit wir letzten Herbst im Hafen von Auerwatt viele ihrer Schiffe versenkten. Das ist unerhört[1].«

Hesper antwortete ihm: »Euer Hoheit werden feststellen, daß es stimmt, so bedauerlich und so erstaunlich es ist.«

»'s ist gewiß der von seinen Vasallenstaaten zusammengekratzte Abfall«, sprach Spitfyr. »Es wird uns nach allem andren nicht schwerfallen, damit fertig zu werden.«

Juss sprach zum Fürsten Gro: »Was haltet Ihr von der Sache, Euer Liebden?«

»Es verwundert mich nicht«, antwortete dieser. »Hexenland hat ein gutes Gedächtnis und nicht vergessen, was Ihr in der Seeschlacht von Kartadza gezeigt habt. Nein, Herr Spitfyr, täuscht Euch nicht, daß es sich hier um Vergnügungsboote handeln könnte, entliehen von den weichlichen Beschtriern oder den einfältigen Foliots. Neue Schiffe sind's, meine Herren, zu unsrem Verderben gebaut; nicht durch Mutmaßungen weiß ich davon, sondern aus eigner Kenntnis, obgleich die Anzahl weit größer anmutet, als ich je geträumt hätte. Denn ehr ich mit Corinius nach Dämonenland segelte, wurde zu Tenemos mit dem Bau einer mächtigen Kriegsflotte begonnen.«

»Ich kann mir gut denken«, sprach König Gaslark, »daß keiner dies besser weiß als du, weil du selbst dazu geraten hast.«

»O Gaslark«, sprach Fürst Brandoch Daha, »juckt es dich immer noch, Kirschkerne zu spucken, obwohl die Kirschenzeit längst vorbei ist? Laß ihn zufrieden. Er ist jetzt unser Freund.«

»Einhundertsechzig Schiffe in der Meerenge«, sprach Juss, »Und wir haben nicht einmal die Hälfte. Doch dürfen wir eine Begegnung nicht scheuen, wenn wir nach Hause wollen, ganz zu schweigen von Carcë. Denn aus diesem Meer führt keine andrer Seeweg als die Straße von Melikaphkhaz.«

»Wir werden mit Laxus verfahren«, sprach Fürst Brandoch Daha, »wie er mit uns verfahren zu können glaubt.«

Juss aber schwieg, das Kinn in die Hand gestützt.

Goldry Bluszco sprach: »Ich würde ihm den Vorteil lassen und ihn schlagen.«

»Es wäre eine Schande, o Juss«, sprach Brandoch Daha, »wenn dies dich zurückschrecken ließe. Auch wenn sie uns an Zahl überlegen sind, was soll's? An Hoffnung, Kampfeswille und Kraft sind sie uns weit unterlegen.«

Aber Juss, immer noch in Gedanken, streckte die Hand aus und faßte ihn am Ärmel, hielt ihn ein, zwei Augenblicke fest, sah dann auf und sprach: »Dein Kampfeswille macht dich zum Streithahn, mein Freund, und wenn ich ein zorniger Mann wäre, könnt' ich dich nimmer ertragen. Kann ich denn nicht drei Minuten nachdenken, wie wir am besten vorgehen, ohne daß du mich einen Angsthasen schimpfst?«

Sie lachten, und der Fürst Juss erhob sich und sprach: »Halten wir Kriegsrat. Und Hesper Golthring und seine Seeleute, die mit ihm auf dieser Reise waren, sollen daran teilnehmen. Und laßt die Schiffe beladen, denn wir werden morgen früh in See stechen. Wenn uns der Kohl nicht schmeckt, müssen wir als Hasen halt vorsichtig zubeißen. Doch ansonsten haben wir keine andre Wahl. Wenn Laxus uns den Weg durch die Straße von Melikaphkhaz versperrt, dann wird's dort einen Lärm geben, bei dem der König, wenn er ihm zu Ohren kommt, sehr wohl erkennen wird, daß dies unser erstes Pochen an die Tore von Carcë war.«

Kapitel XXX

Kunde von Melikaphkhaz

Von den Nachrichten, welche Goreiß dem Könige zu Carzë aus dem Süden gebracht wurden, wo der Fürst Laxus in der Meeresenge mit seiner Armada die Flotte der Dæmonen im Binnenmeere gefangen hielt.

In einer Spätsommernacht, schon gegen Herbst, acht Wochen nach der Ausfahrt der Dämonen von Muelva, wie zuvor berichtet, saß die Fürstin Prezmyra vor ihrem Spiegel in Corunds hohem Schlafgemach zu Carcë. Die Nacht draußen war mild und voller Sterne. Drinnen strömten gelbe Kerzenflammen, die ruhig zu beiden Seiten des Spiegels brannten, Strahlen funkelnder Helle und leuchtende Sphären der Wärme aus. In jenem sanften Schein schwammen und kreisten Funken wie von goldnem Feuer, verloren sich an den Grenzen der Dunkelheit, wo das schwere Mobiliar und die Gobelins[1] und die gewirkten Behänge des Bettes nur finstere Zusammenballungen der Dunkelheit ringsum waren. Prezmyras Haar fing die Strahlen ein und bewahrte das zarte Licht in einer bernsteindunklen Lockenpracht, die um ihr Haupt und über ihre Schultern bis hinunter bis zu den smaragdenen Schnallen ihres Gürtels fiel. Ihre Augen ruhten müßig auf ihrem eignen schönen Bild in dem silbernen Spiegel, und sie unterhielt sich mit ihrer Kammerzofe, die hinter dem Stuhl aus Gold und Perlmutt stand und ihr das Haar bürstete, über süße Nichtigkeiten.

»Reich mir das Buch dort, Zofe; denn ich möcht' noch einmal die Worte jener Serenade lesen, die der Fürst Gro für mich an jenem Abend sang, als wir zum ersten Mal Kunde von meinem Gemahl aus Wichtland erhalten hatten, daß er dies Land erobert, und der König ihn zum König dort machte.«

Die alte Frau reichte ihr das Buch, das in Ziegenleder gebunden und mit vergoldeten Ornamenten punziert[2], mit goldenen Spangen versehen und in den Panelen des Umschlags mit kleinen Edelsteinen, Emeralden[3] und Süßwasserperlen, eingelegt war. Prezmyra schlug es auf, blätterte durch die Seiten und las:[4]

Princessin deren Leib und Sehl /
Himelisch und ohne allen Fehl /
Ein süsses Wunder hie auf Erden:
  Angesehen Ewre Gestalt /
Vnd Ewrer Lieblichkeit Gewalt /
Könt Jhr wol Venus[5] genant werden.

Wirt aber Ewer glatte Stirn /
Vnd der / auß dessen weisem Hirn
Jhr götlich entsprungen / betrachtet:
  So werdet Jhr mit grösserm Preiß
Von denen die gelehrt und weiß
Minerua[6] selbst zusein geachtet.

Ferrners / Schöne Heldin / wann Jhr
Räh / Hirsch / vnd andres wilde Thier
Zu-fällen / wolt die Wäld durchziehen:
  So sicht man daß die Nymfen Euch
Wie Phaebe[7] *folgen / vnd zugleich*
Die üppige Wald-göter[8] fliehen.

Wan dan Ewer löblicher Pracht /
Herrlichkeit / Mayestet / vnd Macht
Der Sterblichen Gesicht durchdringen:
  Will sie alsbald jhre Vernunft /
Das Juno[9] *durch jhre Ankunft*
Sie erquick / zu bekennen zwingen.

So / Königin[10] */ könt jhr allein*
Mit keuschem unbeflöcktem Schein
Mehr dan Phaebe; mit Kunst und Lehren
Mehr dan Pallas[11]; mit Lieblichkeit
Mehr dan Cypris[12]; *mit Köstlichkeit*
Mehr dan Juno die Welt gewehren.

Eine Weile sagte sie nichts. Dann sprach sie, mit leiser Stimme, in der aller Wohlklang seine Heimstatt zu haben schien: »Zum nächsten Julfest werden es drei Jahre, daß ich dies Lied zum ersten Mal hörte. Und noch habe ich mich immer nicht recht an den Titel einer Königin gewöhnt.«

»Schade um den Fürsten Gro«, sprach die Zofe.

»Meinst du?«

»Frohsinn saß häufiger auf Eurem Gesicht, o Königin, als er hier war, und Ihr pflegtet immer seine melancholische Stimmung zu heben und über seine Hirngespinste und schrulligen Vorahnungen zu lachen.«

»Oft ohne seine Vorhersagen zu bezweifeln«, sagte Prezmyra, »auch wenn ich sie mit einem Fingerschnippen abtat. Doch noch nie sah ich, daß der drohende Donner jene Willkür eines Tyrannen annimmt, den zu zerschmettern, der ihm in die Augen sieht, und den zu verschonen, der vor ihm zittert.«

»Er war ein großer Verehrer Eurer Schönheit«, sprach die alte Frau. »Obgleich«, meinte sie und blickte ihre Herrin von der Seite an, um zu sehen, wie sie es aufnahm, »sich für diesen Verlust rasch Ersatz schaffen ließe.«

Sie beschäftigte sich eine Weile schweigend mit der Haarbürste. Dann meinte sie: »O Königin, Herrin aller Männerherzen, es gibt wohl keinen Mann in Hexenland, noch auf der ganzen Welt, den Ihr nicht mit einer einzigen Eurer Locken an Euch binden könntet. Die Schönsten und die Besten wären Euer, auf einen Blick Eurer Augen hin.«

Fürstin Prezmyra blickte verträumt in ihre eignen meergrünen Augen in den Tiefen des Spiegels. Dann lächelte sie spöttisch und sprach: »Wen hältst du denn für den schönsten und besten Mann der festgefügten Welt?«

Die alte Frau lächelte. »O Königin«, antwortete sie, »genau über diese Frage haben wir unter uns schon beim heutigen Abendessen gestritten.«

»Eine schöne Disputation!« sprach Prezmyra. »Bring ein wenig Frohsinn in mein Gesicht. Wen hat das hohe Gericht der Zensoren denn als den schönsten und galantesten Mann erkannt?«

»Wir wurden uns nicht einig, o Königin. Einige wollten den Fürsten Gro benennen.«

»Ach, er ist zu weibisch«, sprach Prezmyra.

»Andre unsren Herrn und König.«

»Es gibt keinen größeren«, sprach Prezmyra, »noch verehrungswürdigeren Mann. Aber als Gemahl? Du könntest dich ebenso mit einem Gewittersturm oder der hungrigen See vermählen. Nenne mir andre.«

»Manche schlugen den Herrn Admiral vor.«

»Das«, sprach Prezmyra, »kommt dem Ziel schon näher. Kein Stehaufmännchen und kein weichlicher, überzuckerter Höfling, sondern ein wackerer, hochgewachsener, mutiger Edelmann. Ja, nur war ein zu wäßriger Planet sein Geburtsstern. Er gleicht mir zu sehr der Statue eines Mannes. Nein, Zofe, da mußt du einen besseren Vorschlag machen.«

Die Zofe sprach: »Es stimmt, o Königin, daß die meisten meiner Meinung waren, als ich ihnen meine Wahl nannte: den König von Dämonenland.«

»Schäme dich!« rief Prezmyra. »Wie kannst du ihn benennen, der zu schwach war, jenes Land gegen unsre Feinde zu halten!«

»Die Leute sagen, es geschah durch Arglist und schwarze Magie, daß er in Krothering unterlegen war. Auf Teufeln, nicht auf Pferden, ritten die Dämonen vom Berg herunter gegen uns, sagen sie.«

»Sagen die Leute!« rief Prezmyra. »Ich sage dir, er hielt es für angemessener, in Hexenland mit seiner Krone zu prunken, als das Volk in Stormhöh die Knie beugen zu lassen. Denn vor einem wahren König beugen sich Knie und Herz wahrhaftig. Doch wenn sich bei diesem die Knie beugten, so in seinen Arsch, um ihn aus dem Land zu stoßen.«

»Pfui, Madame!« sprach die Zofe.

»Hüte deine Zunge, Zofe«, sprach Prezmyra. »Man sollte euch alle am besten auspeitschen wie ein Haufen verrückter Stuten, die ein Pferd nicht von einem Esel unterscheiden.«

Die alte Frau, die sie im Spiegel beobachtete, hielt es für besser, sich in Schweigen zu hüllen. Prezmyra sprach im Flüsterton, als spräche sie zu sich selbst: »Ich weiß einen, der hätt' es besser zuwege gebracht.« Die alte Zofe, die den Fürsten Corund nicht mochte, weil er überheblich und ungebildet und maßlos im Trinken war, und gegen den sie mißgünstig war, weil ein so ungehobelter Klotz sich mit einem so kostbaren Juwel wie ihrer Herrin schmückte, war nicht ihrer Meinung.

Nach einer Weile fragte sie vorsichtig und leise: »Ihr seid voller Gedanken heut abend, Madame?«

Ihre Blicke begegneten sich im Spiegel. »Warum nicht«, sprach Prezmyra, »wenn es mir gefällt?«

Dieser steinerne Blick in ihrer Herrin Augen schlug wie ein Gong eine zwanzig Jahre alte Erinnerung in ihrem Herzen an: das kleine, eigensinnige Mädchen, reizend doch reizbar, das sie über die Jahre hinweg aus dem Gesicht der Königin anschaute. Die Zofe kniete sich plötzlich nieder und schlang die Arme um ihrer Herrin Hüfte. »Warum mußtet Ihr heiraten, mein Herz«, rief sie, »wenn Ihr immer so handeln wolltet, wie es Euch gefällt? Männer mögen keine traurigen Mienen bei ihren Frauen. Einen Liebhaber könnt Ihr an der Kandare halten, Madame, doch sobald Ihr ihn heiratet, ist alles anders: so wie er es will, und sagt nicht: ›Hätt' ich es doch gewußt.‹«

Ihre Herrin blickte spöttisch auf sie hinab. »Heut abend sind es sieben Jahre, daß ich verheiratet bin. Ich sollte in diesen Dingen Bescheid wissen.«

»Heut abend!« sprach die Zofe. »Und nur mehr eine Stunde bis Mitternacht, und immer noch sitzt er beim Wein.«

Die Fürstin Prezmyra lehnte sich zurück und betrachtete wieder ihr liebliches Spiegelbild. Ihr stolzer Mund verzog sich zu einem Lächeln. »Willst du mich gewöhnlicher Frauen Weisheit lehren?« sprach sie, und noch mehr sinnliche Süße schwang in ihrer Stimme. »Ich werde dir eine Geschichte erzählen, wie du sie mir früher in Norvasp erzähltest, um mich in den Schlaf zu wiegen. Hast du noch nicht gehört, wie zu dem alten Herzog Hilmanes von Maltraënien unter solch andren dienstbaren Geistern, wie sie manchen mancherorts bei Nacht begegnen, einer in Gestalt einer alten, kleinen und dürren Frau kam, die seine Töpfe und Pfannen scheuerte und sein Haus versorgte, wie es ein Dienstmädchen tut, aus freien Stücken und ohne böse Absichten? Und durch seine Kunst wußte er, daß dieses Wesen ihm stets dienen und ihm alles bringen würde, was er wollte, solange er sich nur über die Dinge freute, die es ihm brachte? Aber dieser Herzog, der ein dummer Mann war und ein gieriger, ließ sich von seinem Hausgeist die ganze Ernte des Jahres auf einmal bringen und alle guten und schönen Dinge und Wonnen der Erde zugleich. Und so war er denn nach einem halben Jahr, da er aller guten Dinge überdrüssig wurde und da ihm nichts Gutes mehr verblieb, das er sich wünschen oder bestellen konnte, des Lebens so müde, daß er sich erhängte. Ich hätte mir niemals einen Gemahl genommen, Zofe, wäre ich mir nicht ganz sicher gewesen, daß ich ihm jedesmal einen neuen Himmel und eine neue Erde geben könnte, und niemals dasselbe zweimal.«

Sie nahm die Hände der alten Frau in die ihren und drückte sie an ihre Brust, als wollte sie selbige lehren, eine Weile an diesem unendlich süßen Ort ruhend, welch törichte Befürchtungen dies seien. Plötzlich preßte Prezmyra ihre Hände fester zusammen und zitterte ein wenig. Sie beugte sich hinab und flüsterte der Zofe ins Ohr: »Ich möchte niemals sterben. Die Welt ohne mich wäre wie ein Sommer ohne Rosen. Carcë ohne mich wär' wie eine Nacht ohne Sternenschein.«

Ihre Stimme erstarb wie eine abendliche Brise in einem Sommergarten. In der Stille hörte sie Ruderschläge draußen auf dem Fluß, den Anruf der Wache, die Erwiderung der Losung vom Schiff.

Schnell stand Prezmyra auf und trat ans Fenster. Sie konnte die dunkle Masse des Schiffes am Wassertor und ein Kommen und Gehen von Leuten sehen, aber nichts Genaues erkennen. »Kunde von der Flotte«, sprach sie. »Steck mein Haar auf.«

Noch ehr ihr Haar gerichtet war, pochte ein kleiner Page an die Tür ihres Gemachs, und als ihm geöffnet wurde, sprach er, keuchend vom schnellen Lauf: »Der König, Euer Gemahl, schickt mich, Madame, Euch zu sagen, Ihr möget Euch zu ihm in den Bankettsaal bemühen. Es gibt schlechte Kunde, fürchte ich.«

»Du fürchtest, Bübchen?« sprach die Königin. »Ich lass' dich übers

Knie legen, wenn du mir mit deinen Befürchtungen aufwartest. Weißt du irgendwas? Was ist geschehn?«

»Das Schiff ist arg mitgenommen, o Königin. Er ist bei unserm Herrn und König, der Kapitän. Sonst wagt keiner, etwas zu sagen. Es wird befürchtet, daß der Großadmiral –«

»Befürchtet!« rief sie und drehte sich ihrer Zoe zu, die den Mantel aus Zindeltaft und Silberseide über ihre weißen Schultern legte, an dessen Kragen purpurfarbene Amethyste glänzten und der von Zedernöl, Galbanum[13] und Myrrhe duftete. Sie trat hinaus auf den dunklen Gang, stieg die Wendeltreppe aus Marmor hinab und ging raschen Schritts über den Mittelhof in Richtung des großen Bankettsaals. Der Hof war voller Leute; alle redeten sie, doch es gab nichts Genaues, nichts als Spannung und Verwunderung; Gerüchte über eine große Seeschlacht im Süden, einen mächtigen Sieg, den Laxus über die Dämonen davongetragen: Juss und die Fürsten von Dämonenland tot und ertrunken, die Gefangenen würden mit der Morgenflut folgen. Und hie und dort wie ein Unterton zu dieser triumphalen Kunde, gegenteilige Gerüchte, leise, geflüstert, wie das Zischen einer Viper aus ihrer dunklen Lauer: alles nicht gut, der Admiral verwundet, die Hälfte seiner Schiffe verloren, der Ausgang ungewiß, die Dämonen entkommen. So trat die Fürstin in die große Halle, und dort waren alle Fürsten und Hauptleute der Hexen in ungeduldiger Stille der Erwartung versammelt. Herzog Corsus hing vornüber in seinem Sitz an einem Ende des Quertisches, mit röchelndem Atem und der Starre der Trunkenheit in seinen Augen. Am anderen Ende saß Corund, groß und regungslos, den Ellbogen auf den Tisch gestützt, das Kinn in der Hand, und starrte ernst und schweigsam gegen die Wand. Der Fürst Corinius ging hinter der Querbank auf und ab; die Hände hinter dem Rücken verschränkt, deren Finger hin und wieder ungeduldig schnippten, hielt er das Kinn emporgereckt, die Augen trotzig zur Decke erhoben. Prezmyra trat zu Heming, wo er zwischen drei oder vier andren stand, und berührte ihn am Arm. »Wir wissen nichts, Madame«, sprach er. »Er ist beim König.«

So ging sie zu ihrem Gemahl. »Du ließest mich rufen.«

Corund sah zu ihr auf. »Ja, ließ ich. Nachricht von der Flotte. Vielleicht was Gutes, vielleicht auch nicht. 's ist besser, du erfährst davon.«

»Ob gute oder schlechte Kunde: Es wird die Mauern Carcës nicht erschüttern«, sprach sie

Plötzlich verstummte das Gemurmel. Der König stand unter der hohen Tür, und alle Versammelten erhoben sich zu seiner Begrüßung, alle außer Corsus, der betrunken in seinem Stuhl lehnte. Die Krone von Hexenland glitzerte unheilvoll über der Finsternis auf dem finster bewehrten Antlitz Gorice des Königs, dem Glimmen seiner schrecklichen Augäpfel, der tödlichen Linie seines Mundes und dem eckigen schwarzen Kinnbart, der darunter hervorstach. Wie ein Turm stand er da, und neben ihm der Bote der Flotte mit einem Gesicht von der Farbe nassen Mörtels.

Der König hub an und sprach: »Meine Herren, ich habe Kunde erhalten, von deren Richtigkeit ich mich selbst überzeugen konnte. Und sie besagt die völlige Vernichtung meiner Flotte. Es gab eine Seeschlacht in den wichtländischen Gewässern bei Melikaphkhaz. Juss versenkte unsre Schiffe; alle bis auf eines, das uns die Kunde überbrachte, versenkt mit Laxus und all seinen Männern.« Er machte eine kurze Pause, dann: »Eine schlechte Nachricht«, sprach er. »Und ihr sollt sie in der alten hexenländischen Weise aufnehmen: je schwerer der Schlag, desto schwerer schlagen wir zurück.«

In der fassungslosen Stille hörte man einen erstickten Aufschrei, und das Fräulein Sriva fiel in Ohnmacht.

Der König sprach: »Es wollen sich die Könige von Wichtland und Dämonenland zu mir begeben. Alle übrigen, und das ist ein Befehl, gehen auf der Stelle zu Bett.«

Der Fürst Corund faßte im Vorbeigehen seine Gemahlin bei der Schulter und flüsterte ihr zu: »Was soll's, Mädel? Ist die Suppe verschüttet, so bleibt doch das Fleisch. Zu Bett mit dir, und keine Sorge, das zahlen wir ihnen heim.«

Und mit Corinius folgte er dem König.

Es war weit nach Mitternacht, als die Beratung zu Ende war und Corund sein Gemach auf der östlichen Galerie über dem Innenhof aufsuchte. Er fand seine Gemahlin immer noch am Fenster sitzen, wie sie das falsche Morgengrauen über Gnomenland betrachtete. Er entließ seine Fackelträger, die ihm heimgeleuchtet hatten, und verriegelte die schwere, eisenbeschlagene Tür. Die Breite seiner Schultern, als er sich umdrehte, füllte den ganzen Raum der schattigen Türnische, und der Kopf reichte fast bis zum Türsturz. Es war schwierig, in der ungewissen Düsternis seine Miene zu lesen; denn er stand jenseits der hellen Zone, die der Kerzenschein schuf. Doch Prezmyras Augen entging nicht die Besorgnis, die dort geschrieben stand, und in der Haltung seiner mächtigen Gestalt war etwas überaus Königliches und die Kraft einer ehernen Entschlossenheit.

Sie erhob sich und sah zu ihm auf als einem Gatten, dem sie treu sein konnte, ohne sich selbst untreu zu werden. »Nun?« sprach sie.

»Der Tisch ist gedeckt«, sprach er, ohne sich von der Stelle zu rühren. »Der König ernannte mich zu seinem Hauptmann in Carcë.«

»Ist es so weit gekommen?« sprach Prezmyra.

»Sie haben uns ein Glied abgeschlagen«, antwortete er. »Sie sind klug genug, um zu wissen, daß der nächste Stoß ins Herz gehen sollte.«

»So ist es also wahr?« sprach sie. »Achttausend Mann? Zweimal die Stärke deiner Armee, die Wichtland für uns eroberte? Alle ertrunken?«

»Es war die teuflische Seemannskunst dieser verfluchten Dämonen«, sprach Corund. »Wie es scheint, hielt Laxus die Meeresstraße, die sie passieren mußten, falls sie jemals wieder nach Hause kommen wollten, und gedachte, sie in der Meerenge anzugreifen und mit der Masse seiner Flotte wie Fliegen zu zerquetschen, war er doch an Stärke weit überlegen, sowohl an Schiffen als auch an Kriegern. Die Dämonen ihrerseits hielten sich an die offene See vor der Enge und versuchten immer wieder, ihn dorthin zu locken, um auf dem weiten Meer ihre Segelkunststücke anwenden zu können. Eine Woche und länger widerstand er dieser Versuchung, bis am neunten Tag – der Teufel hole ihn für seine Torheit, warum konnte er sich nicht gedulden –, am neunten Morgen also, der Untätigkeit überdrüssig und mit Wind und Flut zu seinen Gunsten –«; der Fürst Corund seufzte und schnippte verächtlich mit den Fingern. »Oh, ich werd' dir morgen die ganze Geschichte erzählen. Für heute hab' ich genug davon. Kurzum, Laxus ertrank mit allen, die bei ihm waren, und Juss ist mit seinem ganzen mächtigen Heer auf Nordkurs nach Hexenland.«

»Und das weite Meer ist sein. Und wir erwarten ihn jeden Tag?«

»Der Wind steht von Westen. Ja, jeden Tag«, sagte Corund.

Prezmyra sprach: »Das war gut, dir den Befehl zu übertragen. Doch was ist mit unsrem fähigen jungen Edelmann, der dies Amt vordem innehatte. Wird er unter diesen Bedingungen mitspielen?«

Corund antwortete: »Hungrige Hunde fressen auch schmutzige Brocken. Ich denke, er wird mitspielen, auch wenn er die erste Zeit die Zähne zeigte.«

»Er soll sich die Zähne für die Dämonen aufsparen«, sprach sie.

»Selbst dieses eine Schiff wurde gekapert«, sprach Corund, »und als Zeichen ihrer Unerschrockenheit heimgeschickt, um uns ins Bild zu setzen: ein dummer, überheblicher Akt, der sie teuer zu stehen kommen wird, denn er hat uns vorgewarnt. Der Kapitän hatte diesen Brief für dich; steckte ihn mir mit viel Geheimnistuerei zu.«

Prezmyra erbrach das Wachssiegel und öffnete den Brief und wußte sofort, wer ihn geschrieben hatte. Sie hielt ihn Corund hin: »Lies ihn mir vor, ich kann beim flackernden Kerzenlicht nicht gut sehen.«

Aber er sprach: »Ich bin kein Mann von Bildung. Lies du ihn.«

Und im Schein der tanzenden Kerzen, geplagt von einem Westwind, der sich vor dem Morgen erhob, las sie diesen Brief, der auf folgende Weise abgefaßt war:

»An die Durchleuchtigste Hochgeborne Princeß vndt Königin von Wychtland. Einer, welchselbichter einstmals Ewer Diener war, itzund aber ein Verräther genant wirt vnd ein vilfältig meineidger Verräther obdrein, wen der Himmel droben verabscheuet, die Erden drunten verfluchet, deß sich Sonne, Mondt vnd Sternen schemen, der von allen Creatüren verdammet vnd des Odems vnd Lebens unwertich empfvnden wirt, bittet Euch inständiglich, Nachsicht mit Ewrem bußfertigen Diener zu üben. Mit grosser Sorge sende ich Euch diese Zeylen, die ich Ew. Mayestet vnterthänigst ersuche sorgsam zu studiren, da ich sunst Ew. May. Vntergang vndt Verderbniß voraus sehe. Vndt obzwar Jhr in Carzee in Sicherheit wohnet, ist es gewis, das Jhr dorten so sicher seid wie einer, der sich im Herbst an daß Blad eines Baumes anhanget, derweil die Bladen zu fallen angan. Den in diesem newlichten Gefechte bey Mellicafhaz Stryndem ist die ganze Macht Heksenlandts auf dem Meere zerschlagen vnd zum Grvnde gerichtet worden, vnd der Hohe Admirall vnsrer Flotten verlorn vnd todt, vnnd die Nahmen der groszen Männer von Stand, die in der Schlacht erschlagen seind, vermag ich nit zu nennen, noch selbichte niedern Stands, dieweil sie meißtentheils in der See vertrancken. Doch von Daemounlande warden nit ij Schyppes Besatzung verlorn, sondern mit grosser Puissaunce[14] machen sie sich bereit, gen Carsee zu seglen. Bey ihnen ist dieser Gowldri Bleusco, auf seltne Weis aus seinem Kercker jenseits des Grabes befreyt, vnd eine grosse Armee der wol kräfftigsten vnd schröcklichsten Mannen, die ich jemahls gesehn. Also fält der Würffel deß Kriegs. Hochwollöbliche Prynceß, ich wil nit in Räthseln oder duncklen Figüren zu Euch sprechen, sondren freygemuth, das Jhr die Occasion[15] nit verstreychen laßet. Den ich habe einen bösen Traum gethräumt, welcher mihr den Vntergang Heksenlandts offenbaret, da mihr am Vorabendt eben jener Schlacht in meinem Schlaffe zu meinem männiglichen Schricken die gewappnete Gestalt des Laxus erscheynet vnd in einer höchlichten Stymme lauth rufet: *Ein End, ein End ein End von Allem*. Darum ersuche ich gar inbrynstig Ew. Mayestet vnd Ew. edeln Gemahl, der einst mein Frevndt gewest, ehr ich durch diesen scheusäligen Verrath Euch vnd ihn vnd alles verlorn, trefft Vorkehr vor Ew. Sicherheyt, vnd dis Ding fodert Hast von Ew. Mayesteten. Vnd dis müßt Jhr thun: begebet Euch geraden Wegs in Ew. Maÿ. eignes Land Genomenlandt vnd hebet Truppen auß. Kommet Jhr diesen frechlichen und aufrührerischen Dämonen zufür in dero Versuche, diß Heksenlandt zu bezwingen, vnd erkauffet also dero Freundtschafft, wo gewißlich in unbesiegbarer Stercke vor Carsee stehen werden, ehr

Heksenlandt die Zeit hat, Euch niderzuwerffen. Diesen Rath gebe ich Euch im wol weislichen Wissen, das die Macht vnd Herrschafft der Dämonen nun am Zenith staht vnd unüberwindtlich ist. Also bleibet nit auff einem sinckenden Schyppe, sondren thut, wie ich Euch sage, ehr alles zu späth.

Von einer Sache noch wil ich Euch Kunde thun, die Euch villeicht meinen Rath bekrefftigen wirt, die schlimste aler Nachrichtten.«

»'s ist eine schlimme Nachricht, daß ein solcher Falschspieler wie er so viele aufrechte Männer überdauert hat«, sprach Corund.

Fürstin Prezmyra hielt ihrem Gemahl den Brief entgegen. »Lies du weiter, meine Augen schmerzen«, sprach sie. Corund legte seinen großen Arm um sie, als er sich an den Tisch vor dem Spiegel setzte, und brütete über dem Schreiben, es mit dem Zeigefinger ausbuchstabierend. Er war wenig bewandert in der Schriftkunst, und es dauerte einige Zeit, bis er den Inhalt verstanden hatte. Er las den Rest des Briefes nicht laut vor; im Gesicht seiner Gemahlin stand geschrieben, daß sie alles gelesen hatte, ehr er überhaupt angefangen.

Dies war die letzte Neuigkeit, die Gro ihr in seinem Brief berichtete: Der Prinz, ihr Bruder, in der Seeschlacht gefallen, wo er auf der Seite der Dämonen kämpfte; tot und ertrunken im Meer vor Melikaphkhaz.

Prezmyra ging ans Fenster. Bleich und grau begann die Dämmerung. Nach einer Weile wandte sie den Kopf. Wie eine Löwin blickte sie, stolz und mit gefährlichen Augen. Sie war sehr blaß. Ihre Stimme, ebenmäßig und ruhig, rief zum Blut wie das Wirbeln einer fernen Trommel, als sie sprach: »Entsatz von Dämonenland: spät oder nie.«

Corund sah sie besorgt an.

»Ihre Schwüre an mich und ihn«, sprach sie, »in jener Nacht zu Carcë geleistet. Falsche Freunde! Oh, ich könnt' ihre Herzen mit Knoblauch essen.«

Er legte seine großen Hände auf ihre Schultern. Sie schob sie weg. »In einem Punkt«, rief sie, »riet Gro uns gut: nicht länger auf dem sinkenden Schiff zu bleiben. Wir müssen eine Streitmacht ausheben. Aber nicht, wie er sich wünscht, um den Dämonen Beistand zu leisten, diesen Eidbrüchigen. Noch heute nacht müssen wir fort.«

Ihr Gemahl hatte den großen Wolfspelz abgelegt. »Komm«, sprach er, »unsre nächste Reise führt ins Bett.«

Prezmyra antwortete: »Ich will nicht zu Bett. Jetzt soll sich erweisen, o Corund, daß du wahrlich ein König bist.«

Er setzte sich auf die Bettkante und machte sich an den Schnallen seiner Stiefel zu schaffen. »Nun«, sprach er, »jeder wie er mag, wie der Hausvater sprach, als er seine Kuh küßte. Schon graut der Morgen; ich muß beizeiten aufstehen, und eine durchwachte Nacht ist dem klaren Denken kaum förderlich.«

Sie stand über ihm und sprach: »Es soll sich zeigen, ob du ein wahrer König bist. Und täusche dich nicht: wenn du mich jetzt im Stich läßt, will ich dich nicht mehr haben. Heute nacht noch müssen wir aufbrechen. Du sollst Gnomenland ausheben, das jetzt von Rechts wegen mein ist; ein Heer in deinem eignen großen Königreiche Wichtland ausheben. Soll Hexenland sehen, wo es bleibt. Was kümmert's mich, ob es sinkt oder schwimmt? Nur darum geht es: diese schurkischen Dämonen zu bestrafen, unsre Feinde und Feinde der ganzen Welt.«

»Dafür brauchen wir auf keine weite Reise zu gehn«, sprach Corund, der immer noch mit dem Ausziehen der Stiefel beschäftigt war. »Bald wirst du vor den Toren Carcës Juss und seine Brüder mit sechstausend Soldaten im Rücken sehen. Dann kommt das Eisen zwischen Hammer und Amboß. Komm, komm, du darfst nicht weinen.«

»Ich weine nicht«, sprach sie. »Und ich werde auch nicht weinen. Aber ich werde mich nicht in Carcë fangen lassen wie die Maus in der Falle.«

»Ich bin froh, daß du nicht weinst. Es ist ein Jammer, eine Frau weinen zu sehen wie eine Gans, daß sie barfuß gehn muß. Komm, sei nicht töricht. Wir dürfen uns jetzt nicht zersplittern. Vereint müssen wir diesen Sturm zu Carcë überstehn.«

Doch sie rief: »Es liegt ein Fluch über Carcë. Gro ist uns verloren und sein guter Rat. Mein lieber Herr und Gemahl, ich sehe etwas Übles, das wie ein großer schwarzer Schatten den ganzen Himmel über uns verdunkelt. Welcher Ort auf Erden ist nicht untertänig der Macht und Herrschaft unsres Königs Gorice? Doch ist er zu stolz; wir alle haben einen zu hohen Dünkel von unsren eignen Werken. Carcë ist zu groß geworden, und die Götter nehmen Anstoß an uns. Die üble Überheblichkeit des Corinius; der alte Tattergreis Corsus, der nur noch am Weinkrug hängt; dies und unsre eignen persönlichen Zwistigkeiten werden uns zum Verderben gereichen. Drum widersetze dich nicht dem Willen der Götter, sondern nimm das Heft in die eigne Hand, ehr alles zu spät ist.«

»Pah!« sprach er. »Dies sind nur Nachtgespinste. Bei Tageslicht wirst du darüber lachen.«

Doch Prezmyra, nicht mehr wie eine Königin erhaben, warf ihre Arme um seinen Nacken. »Der einzige, der unsre mißliche Lage meistern kann, bist du. Willst du zusehen, wie wir auf den Strudel zutreiben, ohne dagegen anzuschwimmen, ehr es zu spät ist?« Und sie sprach mit erstickter Stimme: »Mein Herz ist fast gebrochen. Brich es nicht ganz. Nur mehr dich habe ich jetzt.«

Die Morgenkälte, das stille Zimmer, die flackernden Kerzen und seine hochherzige Frau, die für einen Augenblick ihre edle und mutige Haltung verloren hatte und sich wie ein verirrter Vogel in seine Arme schmiegte: dies alles war wie ein eisiger Hauch, der ihn anwehte und ihn einen Augenblick schaudern ließ. Er nahm sie bei den Händen und schob sie von sich. Sie trug den Kopf wieder hoch, obgleich ihre Wange noch bleich war; er spürte wieder den tapferen, freundschaftlichen Druck ihrer Hände.

»Mädel«, sprach er, »ich hab' nicht gesagt, daß ich der Brut von Dämonenland große Liebe entgegenbrächte. Hier ist meine Hand, und die Hand meiner Söhne, und solange wir atmen, wird sie nicht ruhen gegen die Dämonen: für dich und den König. Aber da unser Herr und König mich zum König gekrönt hat, deshalb müssen wir, komm Wind, komm Wetter, hier in Carcë ausharren. Wahr ist diese alte Weisheit: ›Ruhm ist der Zweck der Krone, nicht langes Leben.‹«

Prezmyra dachte in ihrem Herzen, daß dies recht lebensmüde Worte seien. Aber da sie nun ihre Hoffnungen und Ängste zurückgestellt hatte, war sie entschlossen, nicht länger gegen den Regen zu spucken, sondern fest zu stehen und abzuwarten, was das Schicksal tun würde.

Kapitel XXXI

Die Dämonen vor Carcë

Wie Goreiß der König, obzwar ein gar mächtger Zauberer, beschloß, daß durch das Schwert und fürnehmlich durch den Fürsten Corund, Seinen Heerführer, diesmal der Ausgang jener Entscheidung sollte bestimmet werden; und wie sich jene Zwei, der König und der Fürst Juss, von Angesicht zu Angesichte gegenüber traten; und von der blutgen Schlacht vor Carzë, und welche Frucht dorten gepflücket ward und welche bereitet für die Ernte.

Gorice der König saß in seinem Gemach, am dreizehnten Morgen nach dem Eintreffen jener Kunde in Carcë. Auf dem Tisch vor ihm lagen Papiere mit Aufstellungen und Plänen von seiner Armee und ihrer Ausrüstung. Corund saß zur Rechten des Königs und ihm gegenüber Corinius.

Corunds große, haarige Hände lagen gefaltet auf dem Tisch. Er sprach, ohne abzulesen, den Blick auf die vorüberziehenden Wolken in den viereckigen Himmelsausschnitt geheftet, den das hohe, ihm gegenüber liegende Fenster freigab. »Von Hexenland und den Heimatprovinzen, o König, nichts als Gutes. Alle eingezogenen Kompanien, die zum zehnten dieses Monats herbestellt waren, sind angekommen; ausgenommen einige Abteilungen Lanzenträger aus dem Süden und einige aus Estreganzia. Die letzteren erwarte ich heute. Vislus schreibt, daß sie zusammen mit den schweren Truppen aus der Baltarei eintreffen werden, die ich ihn ausheben schickte. Folgende Landesteile sind also vollständig vertreten: Thramne, Sorn, Permio, das Land Ar, Thrake, Butenien und Estremerine. Von unsren Verbündeten, da gibt es weniger Gutes. Die Könige von Mynia und Gilta; Olis von Tecapan; Fürst Escobrine von Tzeuscha; der König von Ellien, sie alle sind mit ihren Truppenkontingenten hier. Doch größere Namen vermissen wir noch. Herzog Maxtlin von Azumel hat sich gegen Euch erhoben und

Eurem Gesandten die Ohren abgeschnitten, o König; man sagt, weil Corsus' Söhne seiner Schwester zu nahe getreten wären. Das kostet uns sechshundert ausgebildete Kämpfer. Der Fürst von Eustlan antwortet nicht, und wie wir nun von Mynia und Gilta erfahren, hat er offnen Verrat begangen und ihnen den Durchzug durch sein Land verwehrt, als sie hierher eilen wollten, um Euer Majestät Gebot nachzukommen. Dann sind da die Hilfstruppen aus Ojedien, schätzungsweise an die tausend Speerträger, seit zehn Tagen überfällig. Heming, der in Prezmyras Namen Gnomenland aushebt, wird sie herführen, wenn er kann. Auch hat er den Befehl, da es auf seinem Weg liegt, das Aufgebot von Maltraënien einzufodern, von wo wir noch keine Antwort haben; und ich befürchte, daß auch sie von uns abgefallen sind. Maltraënien und Ojedien lassen beide zu lange auf sich warten. König Barscht von Toribien übersandte eine glatte Weigerung.«

»Ferner ist Euch bekannt, o König«, sprach Corinius, »daß der König von Nevrien gestern abend eintraf, viele Tage zu spät und nur mit der Hälfte seines Kontingents.«

Der König zog die Lippen zurück. »Vorerst will ich seinen Kampfgeist nicht durch eine Zurechtweisung mindern. Später will ich dafür seinen Kopf.«

»Das sind alle«, sprach Corund. »Ach nein, ich hatte ja den Roten Foliot ganz vergessen, der heute morgen anrückte, mit etwa dreihundert von seinem Volk.«

Corinius streckte die Zunge heraus und lachte. »Ein Hummer wie er wird kaum für einen Gang dieses Banketts ausreichen.«

»Er hält uns die Treue«, sprach Corund, »wo größere Männer zu Feiglingen werden. Es zeigt sich nun, daß diese erzwungenen Kontingente so viel wert sind wie das Papier, auf dem sie aufgelistet stehn. Zweifellos werden Eure Majestät ihm Gehör schenken.«

Der König schwieg eine Weile und studierte seine Unterlagen. »Wie ist derzeit unsre Stärke in Carcë?« fragte er.

Corund antwortete ihm: »Ungefähr viertausend Fußsoldaten und tausend Berittene. Und alles große, breite, kräftige Burschen aus Hexenland, was in meinen Augen am meisten wiegt.«

Der König sprach: »Es war nicht gut, o Corund, deinen Sohn auf Ojedien und Maltraënien warten zu lassen. Er könnte sonst längst wieder in Carcë sein, mit tausend Gnomenländern, um unsere Streitmacht zu verstärken.«

»Ich tat das«, antwortete Corund, »nur zu Eurem Besten, o König. Ein paar Tage Verzögerung mag uns immerhin tausend Speere bringen.«

»Die Verzögerung«, sprach der König, »hat unsren Feind begünstigt. Dies hätten wir tun sollen: ihm schon bei seiner ersten Landung keinen

Moment Zeit zu geben, mit all unsren Kräften auf ihn einzuschlagen und ihn wieder hinaus auf die See zu treiben.«

»Wenn wir Glück haben, kann es noch dazu kommen«, sprach Corund.

Des Königs Nasenlöcher weiteten sich. Er beugte sich vor und blickte Corund und Corinius an; sein Kinn war vorgeschoben, so daß sein schwarzer, steifer Bart über die Papiere auf dem Tisch streifte. »Die Dämonen«, sprach er, »sind in der Nacht bei Ralpa gelandet. Sie kommen in Eilmärschen nach Norden. Sie werden hier sein, ehr drei Tage verstrichen sind.«

Beide wurden sie blutrot. Corund sprach: »Wer hat Euch das gesagt, o König?«

»Das braucht dich nicht zu kümmern«, sprach der König. »Es soll dir genügen, daß ich es weiß. Hat euch das im Schlaf überrascht?«

»Nein«, antwortete Corund. »Seit zehn Tagen sind wir bereit, mit der größtmöglichen Streitmacht, sie in Empfang zu nehmen, aus welcher Himmelsrichtung sie auch kommen. Freilich, solange die Verstärkung von Gnomenland noch nicht eingetroffen ist, ist Juss uns leicht überlegen. Sofern wir richtig informiert sind, bringt er etwas mehr als sechstausend Mann mit, verstärkt durch einige, die uns gehören.[1]«

»Du würdest«, sprach der König, »auf die Truppen aus Gnomenland warten und was sonst Heming noch zusammenziehen kann, ehr wir gegen sie ins Feld ziehen?«

Sprach Corund: »Das würde ich. Wir müssen um die nächste Straßenbiegung sehen, o mein Herr und König.«

»Ich würde kämpfen«, sprach Corinius.

»Trefflich gesprochen, Corinius«, sprach der König. »Doch vergiß nicht, daß du bei Krothering die größere Armee hattest und doch geschlagen wurdest.«

»'s ist das, was mir vor Augen steht, Herr«, sprach Corund. »Denn ich weiß wohl, hätte ich an seiner Stelle gestanden, so wär's mir nicht besser ergangen.«

Die Miene des Fürsten Corinius, der bei der Erwähnung seiner Niederlage die Stirn gerunzelt hatte, hellte sich auf, und er sprach: »Ich bitte Euch nur zu bedenken, Majestät, daß es hier bei uns keinen Raum gibt für solche Kriegslisten wie jenen, womit sie mich in ihrem eignen Land überraschten. Wenn Juss und Brandoch Daha und ihre stinkende Kundenkompanie[2] auf hexenländischem Boden zum Angriff blasen, ist's an der Zeit, ihnen einen Würgapfel zu geben. Was, mit Eurer gnädigen Erlaubnis, ich hiermit zu tun verspreche, oder es soll mich mein Leben kosten.«

»Reich mir die Hand«, sprach Corund. »Vor allen andren Männern würde ich dich für einen Tag wie diesen erwählen – hieß es heute, der ganzen Macht Dämonenlands in Waffen gegenüberzutreten –, für diesen blutgen Dienst mit dir im ersten Glied[3] zu stehn. Doch laßt uns die Befehle des Königs hören; was immer er entscheidet, wir werden es freudigen Herzens tun.«

Der König Gorice saß schweigend am Tisch. Eine schmale Hand ruhte auf dem eisernen Schlangenkopf der Armlehne, die andre, die Finger gegen den vortretenden Wangenknochen gespreizt, stützte sein Kinn. Nur in den tiefen Schatten seiner Augenhöhlen regte sich ein flackerndes Licht. Nach einiger Zeit fuhr er auf, als wäre der Geist, zu irgendwelchen unergründlichen Tiefen der Zeit oder des Raumes entfleucht, in diesem Augenblick in seine sterbliche Hülle zurückgekehrt. Er schob die Papiere zu einem Haufen zusammen und warf sie Corund hin.

»Zuviel hängt davon ab«, sprach er. »Wer viele Erbsen hat, kann mehr in den Topf geben. Doch nun naht der Tag, da ich und Juss unsre Rechnung begleichen müssen, und einer oder alle werden dem Tod und dem Verderben anheimfallen.« Er erhob sich von seinem Stuhl und blickte auf jene beiden herab, seine erwählten Hauptleute, große Krieger, die er zu Königen über zwei Viertel der Welt erhoben. Sie starrten ihn an wie kleine Vögel unter dem Blick einer Schlange. »Die Gegend hier«, sprach der König, »ist nicht für Pferde geeignet, und die Dämonen sind Meister der Reitkunst. Carcë ist stark, und niemals kann es im Sturm bezwungen werden. Auch werden meine Männer sich unter meinen Augen zu den größten Taten aufschwingen. So werden wir denn hier in Carcë bleiben und warten, bis der junge Heming mit seinen Hilfstruppen aus Gnomenland kommt. Dann sollt ihr sie mit Macht angreifen und nicht mehr von ihnen lassen, bis das ganze Land von ihnen gesäubert ist und alle Fürsten von Dämonenland erschlagen sind.«

Corinius sprach: »Hören ist gehorchen, o König. Doch, um Euch nichts vorzugaukeln, ich würde mich lieber gleich auf sie stürzen, anstatt ihnen die Möglichkeit zu geben, sich vom Marsch zu erholen und neue Kräfte zu schöpfen! Gelegenheit, o König, ist eine feile Hure, die schnell einem andren Manne winkt, wenn man ihr abweisend begegnet. Zudem, Herr, könntet Ihr nicht mit Hilfe Eurer Kunst, da die Zeit drängt, einen gewissen Ausgleich –?«

Doch der König fiel ihm ins Wort und sprach: »Du weißt nicht, was du redest. Da ist dein Schwert; da sind deine Männer; hier deine Befehle. Sieh zu, daß du sie erfüllst, wenn die Zeit gekommen ist.«

»Herr«, sprach Corinius, »Ihr werdet mich nicht säumig finden.« Woraufhin er dem König huldigte und das Gemach verließ.

Der König sprach zu Corund: »Du hast ihn gut gezähmt, diesen Wildfang[4]. Die Gefahr bestand, daß er sich dir in militärischen Dingen nicht unterwerfen würde; und jeder innere Zwist wäre unsrer Sache abträglich.«

»Macht Euch darüber keine Gedanken, o König«, antwortete Corund. »Seine Widerspenstigkeit ist wie ein alter Almanach, im neuen Jahr vorbei und vergessen. Er frißt mir jetzt aus der Hand.«

»Weil du«, sprach der König, »sie ihm auf so ehrbare und offene Weise dargeboten hast. Folge dem Weg, den du eingeschlagen hast, und denke stets daran, daß in deine Hand das Schwert Hexenlands gelegt ist und daß darin meine Zuversicht ruht in dieser großen Stunde.«

Mit grauen, funkelnden Augen gleich denen eines Adlers blickte Corund auf den König. Er schlug mit der flachen Hand auf sein großes Schwert: »Dies ist ein zäher Fuchs, o mein Herr und König; er wird seinen Herrn nicht im Stich lassen.«

Woraufhin er, froh über des Königs gütige Worte, diesem huldigte und sich aus dem Gemach zurückzog.

In derselben Nacht erschien am Himmel über Carcë ein flammender Stern mit zwei Schweifen. Corund bemerkte ihn in einer Lücke zwischen den Wolken, als er zu seinem Gemach ging. Er sagte seiner Gemahlin nichts davon, um sie nicht zu beunruhigen; aber auch sie hatte von ihrem Fenster aus jenen Stern gesehen, und auch sie sprach nicht davon zu ihrem Gemahl, aus ähnlichem Grund.

Und König Gorice, der in seinem Gemach über seinen unheilvollen Büchern saß, gewahrte jenen Stern und seine feurigen Schweife, welche der König eher mit einem Stirnrunzeln als mit Freude zur Kenntnis nahm. Denn obzwar er nicht mit Sicherheit wußte, was dies Zeichen zu bedeuten hätte, so war es doch doch klar für einen wie ihn, der so bewandert war in der Nigromantie und den Geheimnissen der Astronomie, daß dies nur ein verhängnisvolles Omen sein konnte, zugehörig jenen Emblemen und düsteren Wahrzeichen, die das tragische Ende großer Menschen und den Fall von Reichen vorhersagen.

Am dritten Tag darauf gewahrten die Wachtposten von den Mauern Carcës im blassen Morgen die Heere Dämonenlands, die das gesamte Tiefland nach Süden bedeckten. Doch von der Verstärkung aus Gnomenland fehlte noch jedes Zeichen. König Gorice hielt seine Truppen, wie er es beschlossen hatte, in der Feste zurück. Doch um Zeit zu gewinnen und weil ihm der Gedanke gefiel, von Angesicht zu Angesicht mit dem Fürsten Juss zu sprechen, ehr dieser letzte Waffengang zwischen ihnen begänne, sandte der König Cadarus als seinen Herold mit Parlamentärsfahne und Olivenzweigen zu den Dämonen. Man verständigte sich darauf, daß die Dämonen sich drei Pfeilschüsse von der Feste zurückziehen und die Mannen von Hexenland sämtlich innerhalb der Burgmauern verbleiben sollten; nur der König mit vierzehn seiner Leute, unbewaffnet, und Juss mit einer gleichen Anzahl Unbewaffneter sollten sich in der Mitte zwischen den Heeren begegnen und dort miteinander reden. Und die Begegnung sollte zur dritten Stunde nach Mittag erfolgen.

So kam jede der Parteien zur festgelegten Zeit zu dieser Verhandlung. Juss ging barhäuptig, aber bis auf den Helm angetan mit seiner schimmernden Brünne, Halsberge und Achseln reich mit Gold tauschiert und bossiert[5], goldnem Beinzeug und Ringen von rotem Gold um seine Handgelenke. Sein Wappenrock war aus weindunklem Seidentuch, und er trug jenen nachtdunklen Umhang, den die Sylphiden für ihn gefertigt hatten, dessen Kragen steif von Paramenten war, voll seltsamer Tiere, mit silbernen Fäden darauf gestickt. Der Vereinbarung gemäß trug er keine Waffe; nur daß er in seiner Hand einen kurzen, mit Edelsteinen eingelegten Elfenbeinstab hielt, dessen Kopf eine Kugel aus jenem Stein war, den man das Auge des Belus nennt, welcher weiß ist und in seinem Innern einen schwarzen Apfel enthält, in dessen Mitte man es wie Gold glänzen sehn kann. Sehr herrisch und stolz stand er vor dem König und trug sein Haupt hoch wie ein Hirsch, der den Morgen wittert. Seine Brüder und Brandoch Daha hielten sich ein oder zwei Schritte hinter ihm, zusammen mit König Gaslark und den Fürsten Zigg und Gro, gefolgt von Melchar, Tharmrod und Styrkmir, Quazz mit seinen zwei Söhnen sowie Astar und Bremery von Walden: rechte Männer und edel anzuschaun, alle unbewaffnet; und prächtig war das Funkeln der Juwelen an ihren Rüstungen und Waffenröcken.

Ihnen gegenüber, als Begleitung des Königs, standen jene: Corund, König von Wichtland, und Corinius, genannt König von Dämonenland, Corunds Söhne Hacmon und Viglus, Herzog Corsus und seine Söhne Dekalajus und Gorius, Eulien, König von Mynia, Olis, Herr von Tecapan, Herzog Avel von Estreganzia, der Rote Foliot, Erp, der König von Ellien, und die Fürsten von Thramne und Tzeuscha; unbewaffnet, doch gepanzert bis zum Hals, große und starke Männer die meisten von ihnen und von edler Haltung, doch gereichte keiner an Corinius und Corund heran.

Der König, in seinem Umhang aus Kobrahäuten, das Szepter in der Hand, überragte um einen halben Kopf all jene hochgewachsenen Männer um ihn herum, Freund und Feind gleichermaßen. Hager und schwarz ragte er zwischen ihnen auf wie eine vom Blitz versengte Kiefer gegen den Sonnenuntergang.

Im Schein der goldnen Herbstsonne, inmitten jenes traurigen Riedlandes, wo zwischen schlammigen Ufern der im Schilf erstickende Druima sich zum Meer windet, traten sich nun jene beiden Männer gegenüber, für deren Ehrgeiz und Stolz die Welt ein zu kleiner Ort war, als daß er sie beide gleichzeitig tragen und Frieden zwischen ihnen herrschen könnte. Und wie ein schlafender Drache aus uralten Zeiten, gewaltig, finster und monströs, erhob sich über allem die Feste Carcë.

Der König hub schließlich an und sprach: »Ich ließ nach dir rufen, weil ich es für gut erachte, daß ich und du miteinander reden sollten, solange noch Zeit zum Reden ist.«

Juss antwortete: »Ich habe dagegen nichts einzuwenden, o König.«

»Du«, sprach der König und neigte sich ihm zu, »bist ein kluger und furchtloser Mann. Ich rate dir und allen, die mit dir sind, laßt ab von Carcë. Wohl sehe ich, daß das Blut, welches du in Melikaphkhaz trankest, deinen Durst nicht gestillt hat und Krieg dir das Höchste und Liebste ist. Dennoch, wenn dem so ist, laß ab von Carcë. Du stehst jetzt auf dem Gipfel deines Strebens; willst du noch höher hinaus, wirst du in den Abgrund stürzen. Sollen die vier Enden der Welt mit unsren Kriegen erschüttert werden, so doch nicht ihre Mitte. Denn hier wird kein Mensch reiche Frucht ernten, sondern wenn er erntet, dann nur den Tod; oder, wenn eine Frucht, dann nur jenes Zoacum, die Frucht der Bitterkeit, nach deren Genuß dem, der sie gekostet, alle hellen Lichter des Himmels wie schwarze Nacht und alle Freuden der Erde wie Asche im Mund sein werden, all seines Lebens Tage, bis er stirbt.«

Er hielt inne. Der Fürst Juss stand ganz still und wich keinen Deut unter jenem schrecklichen Blick des Königs. Seine Gefährten hinter ihm regten sich und tuschelten. Fürst Brandoch Daha, mit Spott im Auge, flüsterte etwas in Goldry Bluszcos Ohr.

Wiederum sprach der König zu dem Fürsten Juss: »Laß dich nicht täuschen. Ich sage dir diese Dinge nicht, um dich durch Ängste und Nebelschweife von deinem festen Vorsatz abzuschrecken; zu gut kenne ich deine Natur. Doch ich habe Zeichen im Himmel gelesen, nichts Eindeutiges, doch bedrohlich für dich wie für mich. Zu deinem Besten sage ich dir dies, o Juss, und noch einmal – da das letzte Wort den stärksten Eindruck hinterläßt – rate ich dir: laß ab von Carcë, ehr es zu spät ist.«

Fürst Juss lauschte aufmerksam den Worten des Königs, und als dieser geendet hatte, antwortete er und sprach: »O König, du hast uns schrecklich guten Rat gegeben. Aber du sprichst in Rätseln. Und bei deinen Worten ruhte mein Auge immerzu auf jener Krone, die du auf dem Haupte trägst, welche in der Gestalt eines Krebses geformt ist, der in eine Richtung blickt, aber in eine andre geht[6]; was mich ein rechtes Muster dafür dünkte, wie du um unser Wohl besorgt bist und dabei zugleich deinen eignen Vorteil suchst.«

Der König sah ihn finster an und sprach: »Ich bin dein Herr und Meister. Für Untertanen geziemt es sich nicht, in dieser vertrauten Weise zum König zu reden.«

Juss antwortete: »Das Du tauget dir, so auch mir.[7] Und Torheit fürwahr wär's für einen von uns zwein, vor dem andren das Knie zu beugen, wenn die Herrschaft über die ganze Welt auf den Sieger unsres Kampfes wartet. Du warst offen zu mir, Hexenland, und ließest mich wissen, daß du nicht erpicht darauf bist, uns auf dem Schlachtfeld zu begegnen. Auch ich will offen zu dir sein und dir ein Angebot machen, und zwar dies: daß wir aus deinem Land abziehen werden und Frieden mit dir halten – bis du uns erneut herausfoderst –; und du siehst ab von deinen Ansprüchen über Dämonenland und über Gnomenland und Wichtland obdrein und lieferst mir außerdem Corsus und Corinius, deine Diener, aus, auf daß ich sie abstrafe für die Greueltaten, die sie in unsrem Land begangen, als wir nicht zur Stelle waren, um es zu beschützen.«

Damit hielt er inne, und eine Weile sahen sich die beiden in Schweigen an. Dann hob der König sein Kinn und verzog die schmalen Lippen zu einem schrecklichen Lächeln.

Corinius flüsterte spöttisch in sein Ohr: »Herr, Corsus könnt Ihr ihnen gerne geben. Mich dünkt, das wäre ein gutes Geschäft, obdrein mit falscher Münze.«

»Geh zurück an deinen Platz«, sprach der König, »und halt den Mund.« Und zu Fürst Juss sprach er: »An allem Leid, das nun kommt, trägst du die Schuld; denn ich bin nunmehr entschlossen, nicht eher das Schwert in die Scheide zu stecken, bis ich deinen blutigen Kopf zu meinem Fußball machen kann. Und nun soll der Erdkreis beben und Cynthia ihr Haupt verdunkeln: keine Worte mehr und still. Laßt Donner und Blut und Finsternis nun unsre Rollen übernehmen, um dieses großen Stückes Katastrophe zu vollenden.«

In jener Nacht ging der König allein in seiner Kammer im Eisernen Turm einher. In diesen letzten drei Jahren hatte er sich selten dorthin zurückgezogen, und dann meist nur, um das eine oder andre seiner Bücher in sein eignes Gemach zu tragen und dort zu studieren. Seine Gläser und Flaschen und Gefäße aus blauem und grünem und purpurnem Glas, worin er seine verfluchten Drogen und Latwergen[8] von geheimer Zusammensetzung aufbewahrte, seine Aludels und Athanore, seine Tiegel, seine pferdebäuchigen Retorten und Destillierhelme und Bainsmaries standen aufgereiht auf Regalen, bedeckt mit Staub und überzogen von den Weben der geistlosen Spinne; die Esse war kalt, das Glas der Fenster von Schmutz getrübt; die Wände waren mit

Schimmel behaftet und fleckig; die Luft in der Kammer roch stickig und verbraucht. Der König war tief in Gedanken. Auf dem sechsseitigen Lesepult lag ein großes, schwarzes Buch aufgeschlagen: das verwerflichste aller seiner Bücher, eben jenes, welches ihn zuvor gelehrt hatte, was er tun mußte, als er durch die verruchte Kraft der Magie um ein Haar Dämonenland und dessen Fürsten in Tod und Verderben gestürzt hätte.

Die aufgeschlagene Seite unter seiner Hand war aus vergilbtem Pergament, und die Schrift auf der Seite war in den altertümlichen Lettern einer zittrigen Handschrift geschrieben, fett und schwarz, und die großen Initialen und illuminierten Ränder waren vergoldet und ausgemalt in dunklen und feurigen Tönen mit Darstellungen von schrecklichen Fratzen und Formen von Schlangen und krötengesichtigen Menschen und Affen und Mantichoren, Succubi und Incubi[9] und obszönen Darstellungen und Symbolen ungesetzlicher Bedeutung. Dies waren die Worte der Schrift auf der Seite, die der König wieder und wieder studierte, wobei er zwischenzeitlich in tiefe Versenkung fiel und dann abermals diese Worte las, Worte einer uralten Weissagung über das vorherbestimmte Schicksal des königlichen Hauses Gorice zu Carcë:

So Euer Haus nun sey und steh
Biß die Ewigkeit vergeh.
Denoch wandle vorsichtig /
Den wisse wol vnd sicherlig:
Wen in Überheblikeit
Das zweyte Mahl in eyner Zeit
Sich bedient der Zauberey
Eyner / vnd gefallen sey
In deß bösen Feyndes Händ'
Vnnd seyn Leben findt eyn End /
Zerbrochen ist dan diese Reih'.
Verdammt bist du / in alle Zeit
Die Erd solst niemer schawen heut /
Kaum die Götter retten dich
Aus der Höllen ewiglich /
Biß die Zeit daselbst vergeh:
So stehts in der Sternen Höh.

Der König Gorice stand auf und trat ans Südfenster. Die Angeln der Fensterflügel waren eingerostet; er riß daran, und mit einem schrillen Kreischen und einer feinen Wolke von Staub und Grus gingen sie auf. Er öffnete das Fenster und blickte hinaus. Die schwere Nacht wuchs ihrer größten Stille entgegen. Lichter brannten weit draußen in den

Marschen, die Lichter der Lagerfeuer von Fürst Juss und seinem vor Carcë liegenden Heer. Kaum ohne Frösteln hätte ein Beobachter jenen am Fenster stehenden König anzuschauen vermocht; denn seiner hohen, hageren Gestalt wohnte etwas Eisernes inne wie von keinem natürlichen Fleisch und Blut, sondern einem härteren, kälteren Stoffe; und sein Antlitz, wie das Bild einer dunklen Gottheit, in altvorderer Zeit von längst vergessenen Menschen in Stein gemeißelt, trug das Gepräge jener alten Eigenschaften von unbeugsamer Macht, Hohn, Gewalt und Unterdrückung, uralt wie die Nacht selbst und doch von der Zeit unberührt, jung wie jede Nacht, wenn sie sich herniedersenkt, und alt und elementar wie die uranfängliche Finsternis.

Lange Zeit stand er dort, dann trat er wieder zu seinem Buch. »Gorice VII.«, sprach er bei sich. »Das war einmal in seiner Zeit. Ich habe Besseres zustandegebracht, wenn es auch noch nicht gut genug war. Es ist zu gefährlich, das zweite Mal, allein. Corund ist ein unerschrockener Krieger, doch der Mann ist zu abergläubisch und zittert vor dem, was nicht aus Fleisch und Blut ist. Geister und Spukgestalten können ihn gar entmannen. Dann Corinius, der fürchtet weder Gott noch Mensch. Doch ist er zu vorschnell und unbedacht; es wäre Wahnsinn, ihm darin zu trauen. Wäre nur der Kobold hier, dann könnte es gelingen. Verdammter zwiefacher Verräter, hat sich von mir losgesagt.« Wieder überflog er die Seite, als wollte er mit seinem durchdringenden Blick jenseits der Grenzen von Zeit und Tod vorstoßen und eine neue Bedeutung in den Worten entdecken, der mehr im Sinne dessen wäre, was sein Wille ersehnte, während sein Verstand es verbot. »Er sagt: ›Verdammt in alle Zeit‹; er sagt, daß dies die Reihe breche, und ›Die Erd solst niemer schawen heut‹. Weg damit.«

Und der König schlug das große Buch zu und verschloß es mit drei Vorhängeschlössern und barg die Schlüssel wieder an seiner Brust. »Noch tut's nicht not«, sprach er. »Das Schwert soll seinen Tag haben; und Corund. Doch wenn das scheitert, wird selbst dies mich nicht davon abhalten, zu tun, was ich tun muß.«

Noch in derselben Stunde, als der König gerade in seine eignen Gemächer zurückgekehrt war, kam ein Botenläufer Hemings durch und kündete an, daß dieser, fünfzehnhundert Mann stark, über die Straße der Könige von Gnomenland anmarschierte. Außerdem brachte man die Kunde, daß die dämonenländische Flotte im Flusse liege und somit höchstwahrscheinlich morgen früh mit einem Angriff zu Lande und zu Wasser zu rechnen sei.

Die ganze Nacht saß der König in seinem Gemach und hielt Rat mit seinen Generälen und traf alle notwendigen Vorkehrungen für den

Morgen. Die ganze Nacht tat er kein Auge zu, ließ aber die andren abwechselnd schlafen, damit sie frisch und gestärkt für die Schlacht wären. Denn dies war ihr Plan: mit den gesamten Truppen durch das Brückentor auf das linke Ufer des Druima auszurücken und dort den Dämonen die Schlacht anzutragen. Denn blieben sie hinter den Toren und ließen es zu, daß die Dämonen den jungen Heming vom Brückentor abschnitten, dann wäre er verloren, und wenn das Brückenhaus fallen sollte und die Brücke, könnten die Dämonen nach Belieben ihre Truppen aufs rechte Ufer hinübersetzen und die Feste einschließen. Vor einem Angriff vom rechten Ufer aus hatten sie keine Angst, da die Mauern dort uneinnehmbar waren. Doch wenn es nun zu einer Schlacht vor dem Brückenhaus kommen sollte, gemäß ihrem Vorhaben, und Heming von Osten aus in die Schlacht eingriff, so bestand große Hoffnung, die Dämonen in die Zange zu nehmen, indem man sie von Westen auf ihr Zentrum zudrängte, während Heming auf der andren Seite gegen sie vorging. Womit Verwirrung und großes Durcheinander in die feindlichen Linien käme und sie nicht mehr auf ihre Schiffe fliehen könnten, sondern dort in den Marschen vor Carcë zur Beute der Hexen würden.

In der kalten letzten Stunde vor Morgengrauen empfingen die Generäle vom König ihre letzten Befehle, ehr sie mit ihren Truppen aufbrachen. Corinius kam als erster aus dem königlichen Gemach, ein wenig früher als die andren. Im zugigen Gang schwangen und qualmten die Lampen und gaben ein unsicheres, windiges Licht von sich. Corinius sah am oberen Absatz der Treppe das Fräulein Sriva stehen, ob nun um ihrem Vater Lebwohl zu sagen oder aus müßiger Neugierde. Was es auch sein mochte, er gab darum nicht die Fico[10], sondern eilte zu ihr, zog sie beiseite in eine Fensternische, wo das Licht kaum ausreichte, den blassen Schimmer ihres seidenen Gewandes, ihr dunkles Haar, das lose zu schweren Windungen aufgesteckt war, und ihre dunkel glänzenden Augen zu erkennen. »Mein schlaues Füchschen, hab' ich dich endlich? Nein, wehr dich nicht. Dein Atem duftet wie Zimt. Küß mich, Sriva.«

»Nein!« sagte sie und versuchte sich zu befreien. »Schlimmer Mann, wie behandelst du mich?« Und da sie merkte, daß sie gegen ihn nicht ankam, fuhr sie mit leiser Stimme fort: »Nun, wenn du heute abend Dämonenland zurückbringst, dann können wir drüber reden.«

»Hört euch diese kleine Verräterin an«, sprach er, »warst erst letzte Nacht sehr unhöflich zu mir, und heute geht sie mir um den Bart; und warum, zum Teufel? Wenn nicht darum, weil ihr dünket, daß ich womöglich nicht mehr aus der heutigen Schlacht zurückkehre. Aber ich komme zurück, mein flatterhaftes Täubchen; ja, bei den Göttern, und ich hol' mir meinen Lohn.«

Sein Mund weidete sich an ihrem Mund, seine starken und gierigen Hände bezwangen sie gegen ihren Willen, bis sie mit einem kleinen Seufzer ihre Arme um ihn schlang und ihren zarten Leib gegen seine geharnischte Brust preßte. Zwischen den Küssen flüsterte sie: »Ja, ja, heut abend.« Gewiß verfluchte er in diesem Augenblick das höhnische Schicksal, das ihm diese Begegnung nicht eine halbe Stunde früher geschickt hatte.

Nachdem er gegangen war, blieb Sriva im Schatten der Nische, um ihre Haare und ihr Gewand zu richten, das bei jenem heißen Werben in Unordnung geraten war. Aus dieser Dunkelheit heraus hatte sie Gelegenheit, den Abschied Prezmyras von ihrem Gemahl zu beobachten, die gerade den zugigen Gang herunterkamen und am Absatz der Treppe stehenblieben.

Prezmyra hatte ihren Arm in seinen geschlungen. »Ich weiß, wo der Teufel seinen Schwanz versteckt«, sprach Corund. »Und ich erkenne einen Verräter, wenn ich ihn sehe.«

»Wann hat es dir je einen Nachteil gebracht, meinen Rat zu befolgen?« sprach Prezmyra. »Oder habe ich dir jemals verweigert, was du von mir wolltest? Sieben Jahre sind's, seitdem ich für dich den Gürtel der Keuschheit ablegte; und zwanzig Könige hielten um meine Hand an, doch dich zog ich allen andren vor, denn der Falke soll sich nicht mit Papageien und das Adlerweibchen sich nicht mit Schwänen und Trappen paaren.«

Sie drehte sich um und sah ihn an. Die Pupillen ihrer großen Augen waren riesig im ungewissen Lampenlicht, das ihr grünes Feuer in tiefe Teiche von Geheimnis und Dunkelheit tauchte. Die reichen und prunkvollen Ornamente ihrer Krone und ihres Gürtels schienen nur ein dürftiger Rahmen für jene beispiellose Schönheit, die ihr eigen war: ihr Gesicht, in dem alle edlen und süßen Tugenden und alles Erstrebenswerte im Himmel und auf Erden sich ihren Zügen vermählten; die Pracht ihres Haares, gleich der roten Sonne Glanz; ihres ganzen Körpers Haltung und Gebaren wie die eines großen Vogels, der sich gerade vom Fluge herabgeschwungen hat.

»Obschon es mich ankommt wie Rhabarber«, sprach Corund, »soll ich dir diesmal deinen Wunsch abschlagen? Nein, meine Königin.«

»Danke, mein Gemahl. Entwaffne ihn und bring ihn her, wenn du kannst. Der König wird uns die Vergebung seiner Torheit nicht verweigern, wenn du für ihn diesen Sieg über unsre Feinde errungen hast.«

Das Fräulein Sriva konnte nicht weiter hören, so sehr sie auch die Ohren spitzte. Doch als die beiden nun am Fuße der Treppe angekommen waren, blieb Corund einen Augenblick stehen und prüfte die Riemen seines Harnischs. Seine Stirn war umwölkt. Dann sprach er: »Dies wird eine große und fürchterliche Schlacht werden, für beide

Seiten, mit ungewissem Ausgang. Bei solch mächtigen Widersachern, wie wir sie vor uns haben, ist's möglich: das Ende; und jetzt küß mich, Liebste. Und wenn – sschh, es wird nicht sein; und doch, ich möchte es nicht ungesagt lassen – wenn es zum Schlimmsten kommt, will ich nicht, daß du all deine Tage mit Trauer und Gram vergeudest. Du weißt, ich bin nicht einer dieser neidischen Sauertöpfe, die so wenig von sich überzeugt sind, daß sie fürchten, sollte ihre Frau wieder heiraten, der nächste Gemahl würde sich als der bessere Mann erweisen.«

Aber Prezmyra trat nahe an ihn heran, mit einem Gesicht ganz fröhlich und unbesorgt: »Laß mich deinen Mund verschließen, mein Gemahl. Dies sind törichte Gedanken für einen großen König, der in die Schlacht zieht. Komm im Triumph heim, und in der Zwischenzeit denke an mich, die ich deiner warte, wie ein Stern wartet, Liebster. Und nimmer zweifle am Ausgang.«

»Den Ausgang«, antwortete er, »sage ich dir, wenn's vorüber ist. Ich bin kein Astronom. Ich werd' mit dem Schwert dreinhaun, Liebste, und damit einige ihrer Vorhersagen zunichte machen, wenn ich kann.«

»Das Glück und meine Liebe stehen dir bei«, sprach sie.

Sriva eilte von ihrem Versteck in das Gemach ihrer Mutter und fand diese ganz in Tränen aufgelöst, hatte sie doch soeben von ihren beiden Söhnen Abschied genommen. Im selben Augenblick kam der Herzog, ihr Gemahl, herein, um sein Schwert zu wechseln, und Fürstin Zemambria fiel ihm um den Hals und wollte ihn küssen. Aber er stieß sie von sich und rief, er habe sie und ihren sabbernden Mund satt; drohte ihr zudem unter schmutzigen Flüchen, sie mit sich zu schleifen und sie den Dämonen vorzuwerfen, die sie, weil sie einen großen Ekel vor solch häßlichen Titten und verbrauchten alten Fotzen hätten, gewiß aufhängen oder ausweiden würden, dann wäre er diese Plage endlich los. Damit ging er eiligst von dannen.

Seine Gemahlin und seine Tochter, beide weinend, begaben sich in den Burghof hinab, in der Absicht, von dort aus zum Turm über dem Wassertor hinaufzugehen, um die jenseits des Flusses versammelten Truppen zu sehen. Und unterwegs berichtete Sriva ihr alles, was sie von dem Gespräch zwischen Corund und Prezmyra gehört hatte.

Im Burghof trafen sie auf Fürstin Prezmyra selbst. Guter Dinge, wie es schien, und leichten Fußes über den Hof schreitend, wobei sie eine kleine Melodie summte, entbot sie ihnen einen guten Morgen.

»Ihr ertragt diese Dinge tapferer als wir, Madame«, sprach Zemambria. »Wir sind zu sanftmütig und mitleidig, dünkt es mich.«

Prezmyra entgegnete ihr: »'s ist wahr, Madame, ich habe nicht das weiche Gemüt wie einige von euch sanftäugigen vornehmen Damen. Und, mit Verlaub, ich spar' mir die Tränen – die zudem die Wangen verderben –, bis ich sie brauche.«

Als sie an ihr vorübergegangen waren, sprach Sriva: »Ist sie nicht ein kaltes und schamloses Flittchen, o Mutter? Und ist es nicht unerhört, wie sie lacht und scherzt, hat sie beim Abschied von ihrem Mann doch, wie ich dir eben erzählte, nur daran gedacht, wie sie ihn am besten beschwatzen kann, das Leben dieses courschneidenden, verräterischen Hundes zu retten?«

»Mit dem«, sprach Zemambria, »sie jene Dinge zu treiben pflegte, die auszusprechen ich mich schäme. Wirklich, diese fremde Frau mit ihrer lockeren und zügellosen Art bringt uns das ganze Land in Verruf.«

Aber Prezmyra ging ihres Weges und war froh, daß sie nicht auch nur mit einem Lidschlag ihren Gemahl hatte ahnen lassen, welches Grauen in ihrem Herzen war, da sie die ganze bittere Nacht lang seltsame und schreckliche Visionen geschaut hatte, welche den Untergang all dessen prophezeiten, was ihr lieb und teuer war.

Nun, als der Morgen graute, war das ganze Heer des Königs in Schlachtordnung vor dem Brückenhaus angetreten. Corinius befehligte den linken Flügel. Dort folgten ihm fünfzehnhundert ausgewählte Kämpfer aus Hexenland mit den Herzögen von Thrake und Estreganzia, außerdem folgende Könige und Fürsten mit ihren ausländischen Aufgeboten: der König von Mynia, Graf Escobrine von Tzeuscha und der Rote Foliot. Corsus führte das Zentrum, und bei ihm waren König Erp von Ellien und seine grüngewandeten Schleuderer; der König von Nevrien; Axtacus, Fürst von Permio; der König von Gilta; Olis von Tescapan und andre Hauptleute: siebzehnhundert Mann insgesamt. Den rechten Flügel hatte sich der Fürst Corund selbst erwählt. Zweitausend Krieger aus Hexenland, die fähigsten und besten, in Wichtland und Dämonenland und an den südöstlichen Grenzen im Kampf gestählt, folgten seiner Standarte, dazu die schweren Speerträger aus der Baltarei und die Schwertkämpfer aus Butenien und Ar. Bei ihm waren sein Sohn Viglus und der Graf von Thramne, Cadarus, Didarus von Largos und der Fürst von Estremerine.

Als aber die Dämonen den Aufmarsch dieser großen Armee vor dem Brückentor gewahrten, stellten auch sie sich in Schlachtordnung auf. Und ihre Schiffe machten sich bereit, sich flußaufwärts bis unter Carcë zu bewegen, um auf irgendeine Weise zu versuchen, die Brücke vom Wasser aus anzugreifen und so den Hexen ihren Rückzugsweg abzuschneiden.

Die noch tief stehende Sonne schien schon hell, und die Pracht der juwelengeschmückten Rüstungen der Dämonen und ihre vielfarbigen Röcke und die Federn auf ihren Helmen waren ein Wunder anzuschaun. Dies war ihre Schlachtordnung: Auf ihrem linken Flügel, dem Fluß am nächsten, stand ein großer Trupp Reiterei und der Fürst Brandoch Daha führte ihn an, auf einem großen, goldbraunen Pferd mit feurigen Augen. Seine Männer von den Inseln, Melchar und Tharmrod, mit Kamerar von Stropardon und Styrkmir und Stypmar waren die bedeutendsten Hauptleute, die mit ihm in diese Schlacht ritten. Als nächste kamen die schweren Truppen aus dem Osten und der Fürst Juss selbst als ihr Anführer, auf einem hochrückigen, starken, wilden Kastanienbraunen. Um ihn war seine ausgesuchte berittene Garde mit Bremery von Walden als Hauptmann; und in seiner Schlachtreihe waren außerdem noch diese Anführer: Astar von Rettray und Gismor Glast vom Justtal und Peridor von Sule. Fürst Spitfyr befehligte das Zentrum, und mit ihm waren Fendor von der Ginsterheide und Emeron und die Männer von Dalney, große Speerkämpfer; ebenso der Herzog von Azumel, der vormals mit Hexenland verbündet gewesen war. Ferner war bei ihm der Fürst Gro, der jene uralten Mauern immer noch mit schwerem Herzen betrachtete; und er gedachte des mächtigen Königs dahinter, der mit so viel Verstand und Willenskraft seine finsteren, hitzköpfigen, blutrünstigen Untertanen regierte, daß keiner sich aufzulehnen wagte; und auch der Königin Prezmyra gedachte er. Seinem traurigen Gemüt erschien die Schwärze Carcës, die kein noch so helles Morgenlicht zu mildern vermochte, nicht wie einst als Bild und Emblem des Königshauses von Hexenland und seiner Herrlichkeit und Macht auf Erden, sondern vielmehr als der Schatten, den Schicksal und Tod vorausgeworfen hatten, die bereit standen, diese Macht für immer zu brechen. Ob dies nun so kommen würde oder nicht, kümmerte ihn wenig, war er doch müde des Lebens und dessen Fiebers, dessen wilder Sehnsüchte und maßloser Begierden, worüber er nun, so glaubte er, genug gelernt hatte: daß nämlich ihm, der sich stets zur Seite seiner Feinde hingezogen fühlte und seinen Freunden abhold, das Schicksal letztendlich keinen Frieden bringen konnte. Auf der rechten Flanke der Dämonen ließ Fürst Goldry Bluszco sein Banner wehen; er führte die Männer von den südlichen Föhrden und die schweren Speerträger aus dem Mardartal und vom Längswasser an. Bei ihm waren König Gaslark mit seiner Armee aus Koboldland und die Hilfstruppen aus Ojedien und Eustlan, die sich kürzlich von König Gorice losgesagt hatten. Der Fürst Zigg mit seiner leichten Reiterei aus Rammerick, Kelialand und den Nordtälern deckte ihre Flanke nach Osten.[11]

Gorice der König verfolgte die Aufstellung von seinem Turm über dem Wassertor aus. Darüber hinaus gewahrte er von seiner hohen Warte aus etwas, das die Dämonen wegen einer kleinen Bodenerhebung, die ihnen den Blick versperrte, von unten nicht sehen konnten: Weit im Osten marschierten über die Straße der Könige Truppen heran: der junge Heming mit den Vasallen aus Gnomenland und Maltraënien. Er sandte einen vertrauenswürdigen Mann, um Corund davon in Kenntnis zu setzen.

Nun ließ Fürst Juss zum Angriff blasen, und mit lautem Trompetengeschmetter zogen die Heerscharen der Dämonen gegen den Feind. Und der Zusammenprall jener Armeen vor Carcë war wie das Bersten einer Gewitterwolke. Aber wie eine große Meeresklippe, die seit ewiger Zeit das Wüten der Stürme erdauert, von dem heulenden Wind und den anrollenden Brechern einer Nacht und auch abertausender Nächte nicht hinweggefegt werden kann, so hielt die Streitmacht von Hexenland ihrem Ansturm stand, trat ihnen entgegen, warf sie zurück und behauptete die Stellung. Corunds eiserne Batallione trugen bei dieser ersten Angriffswelle die größte Last; denn die Schiffe, die der junge Hesper Golthring, der sie befehligte, heftig vorantrieb, kamen den Fluß hinauf, um die Brücke zu stürmen, und Corund mußte somit, während er an seiner Front dem Angriff der Blüte Dämonenlands begegnete, zugleich Beschuß von hinten hinnehmen. Hacmon und Viglus, jene jungen Prinzen, seine Söhne, waren mit der Verteidigung der Brücke und der Mauern betraut, um die Schiffe in Brand zu stecken und zu versenken. Zwei, drei Mal konnten sie die Dämonen im Handgemenge zurückwerfen, als diese bereits den Fuß auf die Brücke gesetzt hatten; bis dann nach einem langen, grausamen Kampf Hesper und seine Schiffe das Verhängnis ereilte: Alle Boote brannten lichterloh, der Großteil der Besatzungen war ertrunken oder verbrannt oder den feindlichen Waffen zum Opfer gefallen, und er selbst, der von vielen Wunden bedeckt beim letzten Angriff allein auf der Brücke zurückgeblieben war und sich kriechend in Sicherheit zu bringen versucht hatte, wurde mit einem Dolch erstochen.

Darauf zogen sich die Schiffe flußabwärts zurück, soweit ihnen das gelang; und jene Söhne Corunds, nachdem sie ihre Aufgabe wacker erfüllt hatten, stürzten sich mit ihren Mannen in das Getümmel der Hauptschlacht. Und der Rauch der brennenden Schiffe war ein Wohlgeruch in des Königs Nase, der diese Dinge von seinem Turm über dem Wassertor aus verfolgte.

Nur kurz war die Pause zwischen dem ersten Ansturm und dem nächsten, denn nun rückte Heming von Osten gegen die Angreifer und schlug Ziggs Reiter zurück, die der weiche Boden arg behinderte, und brachte die Rechte der Dämonen in Bedrängnis. Entlang der ganzen Linie, von Corunds Stellung am Fluß bis zur östlichen Flanke, wo Heming sich Corinius angeschlossen hatte, drängten die Hexen nun energisch vor; und jetzt war die zahlenmäßige Überlegenheit auf ihrer Seite, im Gegensatz zu vorher, und unter diesem schweren Schlag gegen seine Flanke konnte nicht einmal Fürst Goldry Bluszcos Kriegskunst und auch nicht der Schrecken, den er selbst im Kampf verbreitete, die Front der Dämonen halten. Schritt für Schritt fielen sie vor den Hexen zurück, behielten aber, was ein Wunder war, eine geschlossene Linie bei, obwohl einige Verbündete ausgebrochen und geflohen waren. Auf der linken Seite der Dämonen hielten Juss und Brandoch Daha den Hexen hartnäckig stand, auch wenn sie es mit den besten und ausgesuchtesten Truppen Hexenlands zu tun hatten. In diesem Gefecht entbrannte der wohl blutigste Kampf, den man an diesem Tage bislang gesehen hatte, und so tödlich war er, daß es kaum zu glauben war, daß jemand dies Gemetzel überhaupt lebendig überstehen könnte; denn auf keiner Seite wollte einer auch nur einen Fingerbreit nachgeben, sondern lieber an Ort und Stelle sterben, so er den Feind vor ihm nicht zu töten vermochte. So kämpften die Armeen eine Stunde lang wie Ringkämpfer ineinandergeschlungen, doch konnte der Fürst Corund sich am Ende behaupten und den Boden vor dem Brückenhaus halten.

Romenard von Dalney, der zu Fürst Juss galoppiert kam, wo dieser sich schwer atmend von der Gewalt der Schlacht ein wenig ausruhte, überbrachte ihm in Spitfyrs Auftrag Kunde von der Rechten; sagte ihm, daß selbst Goldry nicht mehr lange gegen diese Überzahl aushalten könnte; daß die Mitte noch halte, aber beim nächsten Angriff wohl nachgeben müsse, da ansonsten der rechte Flügel in ihren Rücken gedrängt und aufgerollt würde. »Wenn Euer Hoheit Corund nicht zurückdrängen können, ist alles verloren.«

In diesen wenigen Minuten Ruhe – falls man überhaupt von Ruhe sprechen kann, da die ganze Zeit die Wogen der Schlacht tobten und Hufe trampelten und Waffen klirrten – fällte Juss eine Entscheidung. Dämonenland und das Schicksal der ganzen Welt hing an dieser Entscheidung. Er hatte keinen Ratgeber. Er hatte keine Zeit für langes Überlegen. In solch einem Augenblick sind Phantasie, Willensstärke, Entschlußkraft und alle hohen Gaben der Natur nichts: Sie sind schnelle Pferde, die von einer Grube verschlungen werden, den der Feind, das Schicksal, in ihrem Weg geschaufelt hat; nur schmerzvolle Erfahrung und Wissen, geduldig in Jahren der Praxis erworben, können ihren fliegenden Hufen zuvor eine Straße bereiten, die sie glatt und sicher in der großen Schicksalsstunde trägt. So war es von Anbeginn mit allen großen Feldherrn; so erging es auch Juss in dieser Stunde, als den eignen Reihen der Untergang drohte. Eine kurze Weile stand er schweigend; dann schickte er Bremery von Walden im wilden Galopp, als sollte er sich das Genick brechen, westwärts zu Brandoch Daha und Romenard ostwärts zurück zu Spitfyr. Und Juss selbst, der seinen Soldaten voranritt, rief ihnen mit einer Stimme wie Trompetenschall zu, sie sollten sich nun bereit machen, der härtesten Feuerprobe entgegenzusehen.

»Ist mein Vetter verrückt?« sprach Brandoch Daha, als er sah und verstand, wie der Plan und was die Absicht war. »Oder hält er Corund für so zahm, daß er glaubt, ohne mich und mit nur der Hälfte seiner Truppen auszukommen und ihm dennoch zu widerstehn?«

»Er lockert diesen Halt«, sprach Bremery, »nur um Sicherheit zu gewinnen. Es ist eine Verzeiflungstat, aber alle andren Wege führen nur ins Verderben. Unsre Rechte ist völlig eingedrückt, die Linke hält gerade eben noch stand. Er läßt Eurer Hoheit ausrichten, ihr Zentrum aufzubrechen, wenn Ihr könnt. Sie haben ihre Linke ein wenig leichtfertig weit vorrücken lassen, und darin liegt ihr augenblicklicher schwacher Punkt, wenn wir schnell genug sind. Bedenkt aber, daß ihre größte Stärke auf dieser Seite hier steht, und sollten unsre Reihen hier fallen, ehr es Euch gelingt –«

»Kein Aber mehr«, sprach Fürst Brandoch Daha. »Die Zeit galoppiert: tun wir es auch.«

In jener nämlichen Stunde, als Goldry und Zigg, Schritt für Schritt zurückweichend vor der Übermacht, mit dem Rücken zum Fluß gedrängt wurden und Corund auf der linken Seite der Dämonen nach einem bitteren Kampf ihnen Einhalt geboten und sie zu einem Halt gebracht hatte und nun in einem einzigen weiteren großen Schlag sie endgültig zu überwältigen drohte, entschied sich Juss zu einer verzweifelten Maßnahme, um einer Gefahr zu begegnen, die ihn sonst zerstören mußte, und schwächte seine hart bedrängte Linke, um Brandoch Daha und fast achthundert Reiter zu Spitfyrs Unterstützung zu entsenden und einen Keil zwischen Corsus und Corinius zu treiben.

Der Mittag war längst überschritten. Die Schlacht, die aus purer Erschöpfung etwas an Heftigkeit verloren hatte, entbrannte von neuem von einem Flügel zum andren, als Brandoch Daha und seine Reiter auf Corsus und dessen Bundesgenossen einstürmten, während entlang der ganzen Schlachtlinie die Dämonen sich noch einmal sammelten, um den Feind zurückzuwerfen. Eine atemlose Zeit lang schien der Ausgang ungewiß: dann brachen die Männer von Gilta und Nevrien aus und flohen, woraufhin Brandoch Daha und seine Reiterei in die so entstandene Öffnung preschten und Corsus und Corinius in die Flanke und den Rücken fielen.

Es fielen bei diesem Angriff Axtacus, Fürst von Permio, die Könige von Ellien und Gilta, Gorius, Corsus' Sohn, der Graf von Tzeuscha und viele andre Edelleute und Krieger. Von den Dämonen wurden viele verwundet und getötet, aber keiner von hohem Rang, ausgenommen Kamerar von Stropardon, dessen Haupt Corinius mit einem einzigen Hieb seiner Streitaxt vom Rumpf trennte, und Trentmar, den Corsus mit einen Wurfspieß voll in den Bauch traf, so daß er vom Pferd fiel und sofort tot war. Nun war die ganze Linke und Mitte der

Hexenländer in großer Verwirrung, und ihre Verbündeten waren von allen am meisten durcheinander und kurz davor, sich zu ergeben und um Gnade zu flehen.

Der König, als er das Ausmaß der Katastrophe abschätzen konnte, sandte unverzüglich einen Reiter zu Corund, welcher wiederum sofort Corsus und Corinius den Befehl übermitteln ließ, sich mit ihren Leuten so rasch wie möglich nach Carcë zurückzuziehen, solange die Zeit noch reiche! Er selbst aber zeigte nun, wie die Sonne, sein größtes Gesicht, als der Stand am tiefsten, und stellte sich mit seiner ermatteten Armee Juss in den Weg, um dessen Vormarsch aufzuhalten, und deckte so den Rückzug der übrigen königlichen Streitkräfte über die Brücke in die Feste Carcë. Als Corinius dies erkannte, eilte er Corund mit einem Trupp Reiter zur Hilfe, und Heming, Dekalajus und andre Hauptleute der Hexen folgten diesem Beispiel. Corsus jedoch, der den Tag verloren sah und sich darauf bedachte, daß er ein alter Mann war und nun lange genug gekämpft hatte, zog sich derweil, so schnell er konnte, nach Carcë zurück. Und wahrhaftig blutete er aus vielen Wunden.

Durch die tapfere Abwehr Corunds und seiner Leute wurde genügend Zeit gewonnen, daß ein Großteil des verbleibenden Heeres von Hexenland in die Feste Carcë entkam. Und obgleich die Hexen immer weiter zurückgedrängt wurden und immer mehr an Boden verloren, so gelang es Corund ob seiner großen Tapferkeit und seines edlen Herzens doch immer wieder, seinen Leuten Mut zu machen, so daß sie sehr langsam nur Raum gaben und jeden Fußbreit des Grundes bis zum Brückentor blutig bestritten, auf daß sie auch selber hineingelangen konnten, soweit wie möglich. Und Juss sprach: »Das ist die größte Waffentat, die ich je zu meinen Lebzeiten gesehen, und ich habe so große Bewunderung und Staunen in meinem Herzen für Corund, daß ich fast willens wäre, ihm Frieden zu geben. Doch ich habe geschworen, keinen Frieden mit Hexenland zu haben!«

Fürst Gro kämpfte an der Seite der Dämonen in der Schlacht. Er stieß Didarus sein Schwert durch den Hals, so daß dieser niederfiel und tot war.

Als Corund dies sah, riß er seine Axt hoch, doch mitten in der Bewegung änderte er die Absicht und rief: »O Ausbund an Schändlichkeit, sollst du neben mir Männer meines eignen Hausstandes töten dürfen? Doch meine Freundschaft sitzt nicht auf einer Wetterfahne. So lebe und sei ein Verräter.«

Aber Gro, den diese Worte gewaltig bewegt hatten, starrte Corund mit großen Augen an, wie aus einem Traum aufgeschreckt, und antwortete: »Hab' ich Falsches getan? Das läßt sich leicht richten.« Woraufhin er sich umdrehte und einen Mann Dämonenlands tötete. Was

Spitfyr sah, ihn einen schmutzigen Verräter hieß, zornentbrannt auf ihn zustürmte und ihm seinen Stahl durch den Rundschild ins Hirn rammte.

Auf solche Weise und durch einen solch unverhofften Akt der Rache beendete der Fürst Gro elendig sein Leben. Welchselbiger, da er doch ein Philosoph war und ein Mann des Friedens, gleichgültig gegenüber den niederen Dingen der Welt, zeit seines Lebens standhaft einem einzigen himmlischen Stern gefolgt war; jetzt in der blutigen Schlacht von Carcë aber starb als ein mannigfach eidbrüchiger Verräter in den Augen der Welt, der endlich den Lohn für seine Arglist bekommen hatte.

Nun kam der Fürst Juss mit einer großen Kriegerschar gewappnet auf seinem großen Pferd, und sein Schwert tropfte von Blut, und die Schlacht ward noch lärmender und noch hitziger, und es gab ein großes Gemetzel, und viele wackere Männer von Hexenland fielen in jenem Kampf, und die Dämonen hatten fast schon das Brückentor erreicht. Aber der Fürst Corund sammelte seine Leute und wendete ein weiteres Mal den Lauf der Schlacht, obzwar die Übermacht hoffnungslos war. Und er suchte niemand andren als Juss selbst in jenem tödlichen Mêlée; welcher, da er ihn kommen sah, die Herausfoderung nicht verweigerte, und mit mächtigen, schweren Schlägen hieben sie aufeinander ein, bis Corund den Schild des Juss entzweischlug und ihn vom Pferd warf. Juss, der wieder auf die Beine sprang, stieß mit dem Schwert zu Corund hinauf, und durch die Gewalt des Stoßes sprengte er die Ringe von Corunds Kettenhemd in der Mitte und trieb ihm das Schwert in die Brust. Und Corund fällte Juss mit einem mächtigen Hieb von oben auf den Helm, so daß Juss bewußtlos zu Boden ging.

Immer noch wütete die Schlacht vor dem Brückentor, und auf beiden Seiten wurden große Wunden geschlagen. Die Söhne Corunds aber sahen, daß ihr Vater viel Blut verloren hatte und schwächer wurde, und seine übrig gebliebenen Soldaten sahen dies ebenfalls; auch sahen sie, wie wenige sie waren gegen so viele, und allmählich sank ihr Mut. Corunds Söhne ritten, gedeckt von Leibwachen, zu ihrem Vater hin, nahmen ihn in die Mitte und brachten ihn dazu, mit ihnen durch das Tor nach Carcë einzukehren, was er tat wie einer, der erstaunt ist und nicht weiß, was er tut. Und es war in der Tat ein Wunder, wie dieser große Mann, auf den Tod verwundet, auf dem Pferd zu sitzen vermochte.

Im Burghof hob man ihn aus dem Sattel. Die Fürstin Prezmyra, als sie erkannte, daß sein Harnisch ganz rot von Blut war, und seine Wunde sah, sank nicht ohnmächtig zusammen, wie eine andre es wohl getan hätte, sondern legte seinen Arm um ihre Schulter und stützte so gemeinsam mit ihren Stiefsöhnen jene mächtige Gestalt, die sich nicht mehr selbst tragen konnte, obgleich sie sich bis zur Stunde gegen alle Streitmächte der Welt behauptet hatte. Ärzte eilten herbei, nach denen sie gerufen hatte, und man brachte eine Bahre und trug ihn darauf in den Bankettsaal. Aber nach nicht allzu langer Zeit gestanden jene gelehrten Männer, daß seine Verwundung tödlich und all ihre Kunst vergebens sei. Woraufhin, aus Abneigung, im Bett zu sterben und nicht auf dem Schlachtfeld, der Fürst Corund wünschte, mit Waffen und Rüstung angetan und, noch mit dem Schmutz der Schlacht besudelt, auf seinen Stuhl gesetzt zu werden, um dort den Tod zu erwarten.

Als dies getan, eilte Heming mit der Kunde zum König, welcher vom Turm über dem Wassertor aus das Ende der Schlacht verfolgte. Die Dämonen hatten das Brückenhaus genommen. Der Kampf war zu Ende. Der König saß auf seinem Stuhl und blickte auf das Schlachtfeld hinunter. Sein dunkler Mantel hing über seinen Schultern. Die Männer seiner Leibwache, neun oder zehn, standen zusammengedrängt einige Schritte entfernt, als fürchteten sie sich, dem König nahe zu treten. Als Heming herbeikam, drehte der König langsam den Kopf. Die tiefe Sonne, die blutrot über Tenemos versank, schien voll auf des Königs Gesicht. Und als Heming das Antlitz des Königs sah, überkam ihn große Furcht, so daß er kein Wort zum König zu sprechen wagte, sondern ihm huldigte und sich schnell entfernte. Er zitterte wie einer, der hinter den Schleier des Todes geblickt hatte.

Kapitel XXXII

Das Ende all derer von Hexenland

Von dem Ratschlusse zu Carzë; und wie der Fürst Corsus, vom Könige zurechtgewiesen, seine Gedanken andrem zuwandte; und von der letzten Beschwörung im Eisernen Turme und dem letzten Umtrunke; und wie ein andermal die Fürstin Prezmyra mit den Fürsten von Dæmonenland zu Carzë Zwiesprach hielt.

Am Morgen nach der Schlacht vor Carcë hielt der König Gorice in seinem Privatgemach einen Kriegsrat ab. Der Morgenhimmel war mit trüben Wolken verhangen, und obwohl alle Fenster weit geöffnet waren, hing die bleierne Luft schwer im Raum, als ob auch sie durchdrungen wäre von den kalten dunklen Säften, welche die Adern jener Fürsten von Hexenland wie eine betäubende Droge lähmten, oder als ob die Sterne selbst sich verströmten zu einem größern Unheil. Blaß und angespannt waren die Gesichter jener Fürsten, und wie sehr sie sich auch mühten, eine tapfere Miene vor dem König zu zeigen, waren die Kraft und die kriegerische Ausstrahlung, die sie noch gestern umgeben, ganz von ihnen gewichen. Nur Corinius hatte sich eine Spur seines alten Schneids bewahrt, wie er mit in die Seite gestemmten Armen dem König gegenüber saß, den kräftigen Unterkiefer nach vorne geschoben und die Nasenlöcher aufgebläht. Er hatte schlecht geschlafen oder war zu lange aufgeblieben; denn seine Augen waren blutunterlaufen, und sein Atem aus den Nüstern war schwer von Wein.

»Wir warten auf Corsus«, sprach der König. »Hat er mein Geheiß nicht vernommen?«

Dekalajus sprach: »Herr ich werde ihn noch einmal rufen lassen. Dies Unglück, fürcht' ich, hat ihn arg gebeutelt, und, mit Verlaub, Euer Majestät, er ist seit gestern kaum mehr Herr seiner selbst.«

»Hol ihn her«, sprach der König. »Gib mir deine Aufstellungen,

Corinius. Du bist mein General, seit Corund nicht mehr unter uns weilt. Ich will sehen, was der gestrige Tag uns gekostet hat, und welche Stärke uns noch verbleibt, um dieses Gewürm zu zertreten.«

»Dies sind die Zahlen, o König«, sprach Corinius. »Nur dreieinhalbtausend Krieger, und gut die Hälfte davon so schwer verwundet, daß sie allenfalls hinter den Mauern Dienst tun können. Es würde nur den Dämonen einen leichten Sieg verschaffen, würden wir es wagen, noch einmal gegen sie zu ziehn, stehen doch mehr als viertausend kampfbereite Männer vor Carcë.«

Der König schnaubte verächtlich durch die Nase. »Woher willst du das so genau wissen?«

»Es wäre gefährlich, ihre Zahl um einen Mann niedriger anzusetzen«, antwortete Corinius. Und Hacmon sprach: »Mein Herr und König, ich würde meinen Kopf wetten, sie haben mehr. Und Eure Majestät werden nicht vergessen, daß der Feind nach seinem gestrigen Sieg ganz von Stolz und Eifer erfüllt ist, während unser Heer –«

»Seid ihr Söhne Corunds«, fuhr ihm der König leise in die Rede, gefährlich auf ihn herabsehend, »bloß Zweige vom Baum eures Vaters, daß ihr, da er nun gefällt, kein bißchen Mannhaftigkeit und Lebenssaft mehr habt, sondern gleich zu Schwachsinn verdorrt? Ich will keinen solch weibischen Rat in Carcë hören, nein, nicht einmal gedacht wissen in Carcë.«

Corinius sprach: »Von unsren Kundschaftern wußten wir, o König, daß Juss mit sechstausend Kriegern anrückte; und letzte Nacht sprach ich selbst mit gut einem Dutzend unsrer Hauptleute und ließ mir auch von einigen gefangenen Dämonen glaubhaft Bericht erstatten, bevor man sie mit dem Schwert erschlug. Wenn ich sage, daß Juss mit viertausend Mann vor Carcë steht, so übertreibe ich nicht. Seine gestrigen Verluste waren nur ein Flohbiß gegen die unsren.«

Der König bekundete mit einem knappen Nicken sein Einvernehmen.

Corinius fuhr fort: »Gelänge es uns, von außerhalb Carcës Entsatz zu bekommen, und wären es nur fünfhundert Kämpfer, um des Feindes Aufmerksamkeit von der Wacht über uns abzulenken, so könnte nichts als Euer Majestät strikter Befehl mich davon abhalten, ihn anzugreifen. Es wäre selbst dann riskant genug, doch Ihr wißt, daß es nicht meine Art ist, eine Frucht ungepflückt zu lassen, weil ich die Dornen scheue. Doch bis dahin vermag wiederum nur Euer ausdrücklicher Befehl mich dazu zu bewegen, einen Ausfall zu versuchen. Denn wohl weiß ich, es wäre mein Tod – und Euer, o König, und ganz Hexenlands Untergang.«

Der König lauschte mit unbewegter Miene, die rasierte Oberlippe ein wenig geringschätzig geschürzt, die Augen halb geschlossen wie die Augen einer Katze, die sphinxgleich in der Sonne ruht. Doch keine Sonne schien in jene Ratskammer. Die bleierne Wolkendecke draußen wurde immer dunkler, obschon es bereits auf Mittag zuging. »Mein Herr und König«, sprach Heming, »schickt mich. Des Nachts an ihren Wachen vorbeizuschlüpfen ist kein unmöglich Ding. Danach werd' ich Euch ein paar Männer zusammentrommeln, genügend für diesen Zweck, und wenn ich die sieben Königreiche nach ihnen durchkämmen muß.«

Während Heming sprach, tat sich die Tür auf und der Herzog Corsus trat herein. Ein klägliches Bild bot er; seine Wangen hingen schlaffer herab denn je, und seine Augen blickten stumpf. Sein Gesicht war blutleer, sein großer Wanst schien geschrumpft, und seine Schultern wirkten noch runder seit gestern. Seine Schritte waren unsicher, und seine Hand zitterte, als er den Stuhl zurückschob und vor dem König Platz nahm. Der König sah ihn eine Weile schweigend an, und unter diesem Blick traten Corsus dicke Schweißperlen auf die Stirn, und seine Unterlippe zuckte.

»Wir brauchen deinen Rat, o Corsus«, sprach der König. »Also steht es: Seit die Mißgunst der Sterne den aufständischen Dämonen im gestrigen Kampf den Sieg schenkte, stehen Juss und seine Brüder uns mit viertausend Mann gegenüber, während ich nicht einmal zweitausend kampffähige Krieger in Carcë habe. Corinius hält uns für zu schwach, einen Ausfall zu wagen, es sei denn, es gelingt uns irgendeine Ablenkung von außerhalb. Und daran ist nach dem gestrigen Tage nicht zu denken. Hierher und nach Melikaphkhaz zogen wir all unsre Kräfte, und die Hilfsvölker scharten sich nicht aus Liebe zu uns, sondern aus Furcht und in der Hoffnung auf Beute um unsre Fahnen. Diese Maden fallen jetzt ab. Doch wenn wir nicht kämpfen, dann ist unsre Waffenkunst am Ende, und unsre Feinde brauchen nur vor Carcë zu sitzen, bis wir vom Hunger besiegt werden. 's ist eine schwierige Lage, und eine Lösung ist nicht einfach.«

»Schwierig in der Tat, o mein Herr und König«, sprach Corsus. Seine Blicke schweiften um den Tisch herum und mieden jene Augen, die unter des Königs buschigen Brauen glommen und unbeirrbar auf ihm ruhten, und blieben schließlich an der funkelnden Krone Hexenlands auf dem Haupt des Königs haften. »O König«, sprach er. »Ihr verlangt meinen Rat, und ich werde Euch nichts sagen oder raten außer dem, was gute und nützliche Folgen haben wird, sofern dies in unsrer gegenwärtigen Lage noch möglich ist. Denn nun ist unsre Größe vergangen zu Leid, Kummer und Trübsal. Und 's ist leicht, im nachhinein kluge Reden zu schwingen.«

Er brach ab, und sein Unterkiefer bebte und zuckte. »Sprich weiter«, sprach der König. »Du stotterst und spuckst Nichtssagendes wie eine kranke Gans. Laß deinen Rat hören.«

Corsus sprach: »Ihr werdet ihn nicht gutheißen, das weiß ich, o König. Denn das Schiff Hexenlands ist immer schon mehr von den Klippen als vom Ruder gesteuert worden. Ich sollte lieber schweigen. Schweigen ward nie in Zeilen festgehalten.«

»Du willst und willst doch nicht!« sprach der König. »Wie kommst du an diesen Blick wie eine Käsemolke[1] mit reingespucktem Blut? Sprich, oder du wirst meinen Zorn verspüren.«

»Dann macht mir keinen Vorwurf daraus, o König«, sprach Corsus. »Also dünkt es mich, daß die Stunde geschlagen hat, da wir von Hexenland dem Unglück ins Auge sehn und erkennen müssen, daß wir unsre letzte Karte ausgespielt und alles verloren haben. Die Dämonen, wie wir zu unsrem Verderben gesehen haben, sind unbesiegbar im Kriege. Dennoch sind sie im Innern verblendet von vielen dummen Phantasien der Ehre und Ritterlichkeit, die uns den Bodensatz bewahren können, der aus dem Becher unsres Glücks noch nicht verschüttet wurde, sofern wir nur unsren unangemessenen Stolz fahren lassen und auf unsren Vorteil schauen.«

»Dummes Geschwätz!« sprach der König. »Ich will verflucht sein, wenn ich darin etwas Vernünftiges finden kann. Was soll ich denn deinem Dünken nach tun?«

Corsus sah dem König endlich ins Gesicht. Er duckte sich, wie in Erwartung eines Schlages. »Werft nicht Euren Mantel ins Feuer, weil Euer Haus in Flammen steht, o König. Ergebt Euch Juss, bedingungslos. Und glaubt mir, die törichte Großmut dieser Dämonen wird uns die Freiheit schenken und die nötigen Mittel, bis zum Ende unsrer Tage ein angenehmes Leben zu führen.«

Der König hatte sich ein wenig vorgebeugt, als Corsus mit trockener Kehle, doch mit wachsendem Mut, während er sprach, seinen Rat zur Kapitulation heraussprudelte. Keiner der Anwesenden blickte auf Corsus, sondern alle sahen den König an, und für ein paar Augenblicke war nichts zu hören in dem Gemach außer dem Atem der Männer. Dann ließ ein Windstoß ein Fenster zuschlagen, und der König, ohne den Kopf zu bewegen, ließ seinen schrecklichen Blick hin und her über die Mitglieder seines Rates schweifen und musterte einen nach dem andren. Und der König sprach: »Wer von euch ist mit diesem Vorschlag einverstanden? Er soll reden und es uns sagen.«

Alle saßen stumm wie Tiere. Wieder hub der König an und sprach: »Das ist gut so. Gäbe es in meinem Rat noch ein solches Ungeziefer mit dem Hirn eines Schwamms und dem Heldenmut einer Laus, wie dieser sich erwiesen hat, so würde ich meinen, Hexenland sei eine überreife Birne, von innen heraus verfault. Und wäre dem so, hätte ich sofort Befehl zum Ausfall gegeben, und zu seiner Maßregelung und zu eurer Schande hätte dieser Corsus euch angeführt. Und das wäre das

Ende gewesen, ehr der Gestank eurer Fauligkeit Himmel und Erde verpestet hätte.«

»Es verwundert mich nicht, Herr, daß Ihr mir zürnt«, sprach Corsus. »Doch bitt' ich Euch zu bedenken, wie viele Könige in Carcë diejenigen mit Schmach und Schande überhäuften, welche den Mut besaßen, ihnen recht zu raten vor ihrem Fall! Und wäret Ihr ein Halbgott, Majestät, oder eine Furie aus der Unterwelt, so könntet Ihr uns doch nicht durch weitere Gegenwehr aus diesem Netz befreien, in dem die Dämonen uns gefangen und gebunden haben. Der Wolf kann nicht länger Gänse hüten, o König. Wollt Ihr mich zerreißen, weil ich Euch rate, Euch mit Küken zufrieden zu geben?«

Corinius schlug mit der Faust auf den Tisch. »O du elendiges Ungeziefer!« schrie er. »Weil du dich verbrüht hast, müssen wir alle drum das kalte Wasser fürchten?«

Der König aber erhob sich in seiner Majestät, und Corsus schrak vor der Flamme seines Zornes zurück. Und der König sprach: »Die Ratssitzung ist beendet, meine Herren. Und dich, Corsus, verstoße ich aus meinem Rat. Danke meiner Milde, daß ich dich dafür nicht hinrichten lasse. Zu deinem eignen Wohle, das du höher schätzt als meine Ehre, will ich dir nur raten, nicht meinen Weg zu kreuzen, bis diese Zeit der Gefahr überstanden ist.« Und zu Corinius sprach er: »Auf deinem Haupte lieget es nun, daß die Dämonen nicht die Feste erstürmen, wozu ihr heißer Stolz sie wohl antreiben wird. Rechnet nicht auf mich beim Abendmahl. Ich schlafe heut nacht im Eisernen Turm, und jeder, der mich dorten störet, soll dies mit dem Kopf bezahlen. Ihr von meinem Rat sollt mich morgen vier Stunden vor Mittag hier in diesem Raume erwarten. Sieh du nur zu, Corinius, daß du nicht auf irgendeine Weise unsre Streitkräfte gegen die Dämonen ins Feld führst, bis du meinen weiteren Befehl erhältst, außer um Carcë gegen alle Angriffe zu verteidigen. Dafür bürgst du mir mit deinem Leben. Was die Dämonen angeht, so täten sie gut daran, den Tag nicht vor dem Abend zu loben. Wenn mein Feind einen Felsblock über meinem Hause aus der Verankerung löst, so sind meine Hände mächtig genug, daß ich selbst in dem Augenblick noch, wo der Fels schon schwankt und zu fallen und mein Haus zu zerschmettern droht, diesen über den Feind kommen lassen und ihn zerschmettern kann.«

Mit diesen Worten ging der König entschlossen und festen Schrittes zur Tür. Dort hielt er inne, die Hand auf der silbernen Klinke, und blickte wie ein Tiger auf Corsus. »Hüte dich davor«, sprach er, »mir wieder unter die Augen zu treten. Und, weil's mir gerade einfällt, schick mir auch nicht wieder deine Tochter in die Kammer, wie du es letztes Jahr getan. Sie versteht sich auf ihre Kunst, und wohl hat sie mir seinerzeit gedient. Doch der König von Hexenland ißt nicht zweimal aus derselben Schüssel, noch fehlt es ihm an frischem Fleisch, wenn ihn danach verlangt.«

Woraufhin alle lachten. Aber Corsus' Gesicht wurde rot wie Blut.

Derart ging die Ratsversammlung auseinander. Corinius begab sich mit den Söhnen Corunds und des Corsus auf die Wehranlagen, dem Wort des Königs Gorice gehorsam. Der alte Herzog Corsus aber verzog sich in sein Gemach in der Nordgalerie. Dort fand er indes keinen Augenblick Ruhe, sondern nahm erst auf seinem geschnitzten Stuhl, dann auf dem Fenstersims Platz, dann auf dem breiten, verhangenen Bette, und dann ging er auf und ab und rang die Hände und biß sich auf die Lippen. Und daß er so verstört war, verwunderte nicht, saß er doch wie zwischen Habicht und Bussard: Des Königs Zorn bedrohte ihn in Carcë und die Heerscharen der Dämonen vor den Toren.

So vergingen die Stunden bis zum Abend. Und beim Abendessen saß Corsus, sehr zum Erstaunen der andren, auf seinem Platz, und Fürstin Zenambria und Fräulein Sriva waren an seiner Seite. Er trank viel, und als das Geschirr abgetragen worden war, füllte er seinen Kelch und sprach: »Mein Herr König von Dämonenland und Ihr andren Hexen, es ist gut, daß wir, die wir mit einem Fuß in der Falle stehen, einander Stütze und Halt geben. Und so sollte keiner seine Gedanken vor dem andren verbergen, sondern offen, wie ich es heute vor dem König, Seiner Majestät Gorice XII., getan, seine Meinung und seinen Rat kundtun. Weshalb ich ohne Scham gestehe, daß ich heute unüberlegt gehandelt habe, als ich den König drängte, Frieden mit Dämonenland zu schließen. Ich werde alt, und alte Männer neigen oft zu zäglichen Meinungen, die sie jedoch, wenn noch ein Rest an Weisheit und Heldenmut in ihnen verbleibt, schnell wieder ändern, ist die Belastung in der Stunde der Not abgeklungen und gewährt man ihnen Zeit, ihre Gedanken zu ordnen. Und es ist klar wie der lichte Tag, daß der König recht hatte, sowohl als er mich ob meines mangelnden Mutes zurechtwies, als auch, wie er dich geheißen, o König Corinius, Wache zu halten und nichts zu unternehmen, bis die Nacht vorbei sei. Denn ging er nicht zum Eisernen Turm? Und aus welchem andren Grunde verbringet er die Nacht in dieser Kammer des Schreckens, als um dort seine Zauberkunst zu entfalten, wie er es schon einmal getan, und auf diese Weise die Dämonen selbst in diesem Frühling ihrer Macht ins Verderben zu stürzen? Zu keiner Zeit bedurfte Hexenland unsrer guten Wünsche mehr als zu dieser bevorstehenden Mitternacht, und so bitt' ich Euch, meine Herren, versammeln wir uns kurz vor diesem Zeitpunkt in diesem Saale, auf daß wir eines Herzens und Sinnes unser Gemäß erheben und trinken auf das gute Gelingen von des Königs Zauberei.«

Mit solch freundlichen Worten und Reuebezeigungen vermochte der Fürst Corsus, insbesondere da der Wein die Herzen der andren ein wenig erhoben, die ob der harten Schläge und Unbillen des unglückseligen Krieges niedergedrückt waren, die alte Freundschaft mit den Fürsten von Hexenland zu erneuern. Und als die Wache aufgestellt und alles für die Nacht gesichert war, fand man sich im großen Bankettsaal ein, worinnen mehr als drei Jahre zuvor der Prinz La Feurioz gefeiert und hernach gegen die von Hexenland gefochten hatte. Doch jetzt war er tot, lag ertrunken in den wechselnden Gezeiten der Straße von Melikaphkhaz. Und der Fürst Corund, der sich in jener Nacht so tapfer gewehrt, lag nun in eben diesem Saale aufgebahrt, von Hals bis Fuß gerüstet, wie es sich für einen Krieger geziemte, und gekrönt mit der amethystenen Krone von Wichtland. Die geräumigen Seitenbänke waren unbesetzt und bar ihrer hohen Thronstühle, und die Querbank war entfernt worden, um Platz für Corunds Bahre zu machen. Die Fürsten von Hexenland saßen an einem kleinen Tisch unter der Estrade: Corinius auf dem Ehrenplatz der Tür am nächsten und ihm gegenüber Corsus und zu Corinius' Linken Zenambria und zu seiner Rechten Dekalajus, Corsus' Sohn, gefolgt von Heming; und zu Corsus' Linken seine Tochter Sriva und die beiden noch lebenden Söhne Corunds zu seiner Rechten. Alle waren sie gekommen außer Prezmyra, die sich seit dem Tod ihres Gemahls nicht mehr gezeigt hatte, sondern in ihren Gemächern verblieb. Fackeln brannten in den hohen Kandelabern wie ehdem und erleuchteten die leeren Winkel des Saales, und vier Kerzen flackerten um die Bahre, auf der Corund schlief. Schöne Kelche standen auf der Tafel, gefüllt mit dunklem, süßem thramnischen Wein, einer für jeden Gast, und kalte Fleischpasteten und Flußkrebse in Winzersalse boten ein leichtes Nachtmahl.

Kaum nun hatten sie Platz genommen, da verblaßten die Fackeln in einem seltsamen Licht von draußen: ein übles, bleiches, quälendes Leuchten, wie auch Gro es damals geschaut, als König Gorice XII. zum ersten Mal in Carcë seine Zauberkunst entfaltet hatte. Corinius hielt inne, ehr er sich auf seinen Stuhl niederließ. Stattlich anzuschaun war er in seinem blauen Seidenmantel und dem versilberten Panzerhemd. Die Krone Dämonenlands, mit der Corsus ihn damals in Uhlswick zum König hatte krönen müssen, schillerte auf seinem hellbraunen, lockigen Haar. Die Frische der Jugend sprach aus seinem kräftigen Körper, aus seinen bloßen Armen, glatt und muskulös, mit ihren goldnen Reifen; doch unheimlich war die leichenhafte Blässe jenes Leuchtens auf seinem Gesicht, und seine vollen, höhnischen Lippen wirkten ganz schwarz, wie bei einer Vergiftung, in diesem Licht der Qual.

»Sahet ihr dies Licht nicht schon einmal?« rief er. »Und es war der Schatten vor der Sonne unsrer Allmacht. Der Hammer des Zornes ist zum Schlag erhoben. Trinkt mit mir auf unsren Herrn und König, der mit dem Schicksal ringt.«

Alle nahmen einen tiefen Zug, und Corinius sprach: »Reichen wir die Becher weiter, auf daß jeder den seines Nachbarn leere. Dies ist ein alter, glückbringender Brauch, den Corund aus Wichtland mitbrachte. Rasch, denn das Geschick Hexenlands hängt in der Schwebe.« Woraufhin er seinen Kelch an Zenambria weiterreichte, die ihn in einem Zug leerte. Und alle reichten sie ihre Kelche weiter und tranken sie aus; alle bis auf Corsus. Seine Augen waren groß vor Entsetzen, als er auf den Kelch blickte, den Corunds Sohn ihm ihn die Hand gedrückt hatte.

»Trink, Corsus«, sprach Corinius, und da er immer noch zauderte: »Was fehlt dem alten Tattergreis?« sprach er. »Er schaut den guten Wein an mit einem Blick, wie ein tollwütiger Hund das Wasser anstarrt.«

In diesem Augenblick verlöschte das Leuchten, das nicht aus dieser Welt kam, wie eine Lampe in einem Windstoß, und nur mehr die Fackeln in ihren Haltern und die flackernden Totenkerzen spendeten ungewisse Helligkeit. Wieder sprach Corinius: »Trink.«

Corsus aber setzte den Kelch ab und rührte sich nicht. Corinius hub zu sprechen an, doch sein Mund blieb offen wie bei einem, dem ein tödlicher Verdacht durch den Kopf schießt. Aber bevor er ein Wort sagen konnte, zuckte ein blendender Blitz zum Himmel hinauf, und der feste Boden des Bankettsaals bebte und schwankte wie bei einem Erdstoß. Alle, bis auf Corinius, wurden in ihre Sitze zurückgeschleudert und klammerten sich fassungslos und benommen am Tisch fest. Stoß um Stoß folgte, bis den Zuhörenden die Ohren dröhnten, so donnerte und wütete der Schrecken aus den Abgründen der Nacht in Carcë. Gelächter wie von verdammten Seelen, die in der Hölle tanzten, ritt durch die gequälten Lüfte. Wildfeuer riß die Dunkelheit entzwei und machte jene halb blind, die um die Tafel versammelt waren, und auch Corinius packte den Tisch mit beiden Händen, als ein letzter, betäubender Schlag die Wände erschütterte und eine Feuersäule in die Nacht hinaufschoß und den ganzen Himmel mit einer grellen Lohe aufflammen ließ. Und in diesem Donnerblitz gewahrte Corinius durch das Südwestfenster, wie der Eiserne Turm schwankte und zerbarst und im nächsten Augenblick in einer rotglühenden Steinlawine niederprasselte.

»Der Turm ist gefallen!« rief er. Und mit einem Male todmüde, sank er schwer auf seinen Stuhl nieder. Der verheerende Tumult nahm ein jähes Ende, unverhofft wie ein Windstoß; doch nun hörte man Waffenlärm, als eilte der Feind zum Sturm auf die Burg. Corinius wollte aufstehn, aber seine Beine waren zu schwach. Sein Blick fiel auf Corsus' unangetasteten Weinkelch, den, welchen Viglus, Corunds Sohn, ihm gereicht hatte, und er rief: »Welch Teufelswerk ist dies? Ich spüre eine seltsame Taubheit in den Knochen. Beim Himmel, du wirst diesen Kelch leeren oder sterben.«

Viglus, mit hervorquellenden Augen, die Hand an die Brust gepreßt, versuchte mit aller Gewalt aufzustehn, vermochte es aber nicht.

Heming stemmte sich halb in die Höhe, tastete nach seinem Schwert und kippte nach vorn auf den Tisch, mit einem schrecklichen Röcheln in der Kehle.

Corsus aber sprang zitternd auf, und seine trüben Augen leuchteten siegesgewiß und voller Haß. »Der König hat verloren«, schrie er, »wie ich's gewußt. Und jetzt haben die Kinder der Nacht ihn zu sich geholt. Und du, verfluchter Corinius, und ihr Söhne des Corund seid nun totes Fleisch. Ihr habt alle Gift getrunken, und ihr seid tot. Nun werde ich Carcë den Dämonen ausliefern. Und dies und eure Leichname, in deren Gedärmen meine Latwerge verrottet, werden mir den Frieden von Dämonenland erkaufen.«

»O fürchterlich! Dann bin auch ich vergiftet«, rief Fürstin Zenambria und fiel in Ohnmacht.

»Schade«, sprach Corsus. »Die Schuld daran trägt jenes Weiterreichen der Kelche. Ich konnte nicht eher sprechen, ehr nicht das Gift die Glieder jener verfluchten Teufel gelähmt und sie unschädlich gemacht hatte.«

Corinius' Kiefer schob sich vor wie der einer Bulldogge. Er biß vor Schmerzen die Zähne zusammen, als er sich hochstemmte. Sein blankes Schwert lag fest in seiner Faust. Corsus, der gerade an ihm vorbei zur Tür wollte, erkannte zu spät, daß seine Rechnung nicht aufging. Corinius, obwohl die tödliche Droge seine Beine wie mit einem Wachstuch[2] band, war dennoch zu schnell für Corsus, der vor ihm zur Tür eilte, aber sich nur mehr an den schweren Vorhängen festkrallen konnte, als Corinius' Schwert ihn im Rücken traf. Er stürzte und lag, sich schwerfällig windend wie eine aufgespießte Kröte, am Boden. Und die Fliesen aus Steatit wurden schlüpfrig von seinem Blut.

»So ist's gut. Mitten ins Gekröse«, sprach Corinius. Er hatte nicht mehr die Kraft, das Schwert herauszuziehen, sondern taumelte wie im Rausch, stürzte und blieb, gegen den Türpfosten gelehnt, am Boden liegen.

Dort lag er eine Weile und lauschte dem Schlachtenlärm von draußen; denn der Eiserne Turm war quer über die Außenmauer gefallen und hatte eine Bresche durch alle Verteidigungslinien geschlagen. Und durch diese Bresche erstürmten die Dämonen die Feste Carcë, welche in all den Jahrhunderten, seit ihrer Erbauung durch Gorice I., nie eines Feindes Fuß gegen den Willen ihres Herrn betreten hatte. Eine schlimme Wacht war es für Corinius, dort auf der Erde zu liegen und jenem ungleichen Kampf zu lauschen und nicht eine Hand rühren zu können, zudem all jene, welche die Verteidigung der Festung anführen sollten, tot oder sterbend vor ihm lagen. Dennoch ging sein Atem leichter und seine Schmerzen wurden ein wenig gelindert, wenn sein Blick auf den feisten Körper des Corsus fiel, der am Schwert aufgespießt in seinen Todeszuckungen lag.

So verstrich fast eine Stunde. Corinius' Stärke und sein eisernes Herz hielten der Macht des Giftes in seinen Adern noch stand, lange nachdem die andren ihre Seelen ausgehaucht hatten. Doch nun war die Schlacht vorbei und der Sieg auf der Seite Dämonenlands, und die Fürsten Juss und Goldry Bluszco und Brandoch Daha traten mit einem Teil ihrer Leibgarde in den Bankettsaal. Über und über waren sie mit dem Blut und Schmutz der Schlacht bedeckt, denn nicht ohne Gegenwehr und den Tod manch wackerer Streiter war die Feste bezwungen worden. Goldry sprach, als sie auf der Schwelle innehielten: »Dies hier ist ein Bankettsaal des Todes. Wie kamen diese ums Leben?«

Corinius' Miene verfinsterte sich beim Anblick der Fürsten von Dämonenland, und mächtig mühte er sich, auf die Füße zu kommen, sank aber ächzend zurück. »Mir stockt das Blut für immer«, sprach er. »Jener teuflische Verräter hat uns vergiften lassen; sonst hätten einige von euch mein Schwert zu spüren bekommen, ehr ihr Carcë erobert hättet.«

»Bringt ihm Wasser«, sprach Juss. Und zusammen mit Brandoch Daha hob er Corinius sachte auf und trug ihn zu seinem Stuhl, um es ihm angenehmer zu machen.

Goldry sprach: »Hier ist eine Dame, die noch lebt.« Denn Sriva, die zu ihres Vaters Linken gesessen hatte und so dem giftigen Trank entgangen war, als die Becher weitergereicht worden waren, erhob sich von der Tafel, wo sie bisher vor Angst erstarrt gekauert hatte, warf sich zu Boden und umklammerte weinend und um Gnade flehend Goldrys Knie. Goldry hieß einen seiner Leibwache, sie ins Lager zu bringen und ihr dort bis zum Morgen eine sichere Zuflucht zu gewähren.

Nun war Corinius seinem Ende nahe, aber er fand noch die Kraft zu sprechen und sagte: »Froh bin ich, daß wir nicht durch Euer Schwert fielen, sondern vom Schicksal zermalmt wurden, das die Trümpfe ungleich verteilt und sich dieses Corsus und des teuflischen Stolzes des Königs bediente, der glaubte, Himmel und Hölle vor seinen Wagen spannen zu können. Das Schicksal ist eine rechte Hure, mich erst im Nacken zu kraulen und mir nun derart in die Magengrube zu schlagen.«

»Nicht das Schicksal, Fürst Corinius«, sprach Goldry, »sondern die Macht der Götter, deren Füße mit Wolle beschlagen sind.«

Inzwischen war das Wasser gebracht worden, und Brandoch Daha wollte ihm zu trinken geben. Aber Corinius wollte nichts trinken, sondern riß den Kopf zur Seite, daß der Becher zu Boden fiel, und sah Brandoch Daha mit wildem Blick an. »Elender Fant«, sprach er, »so bist auch du gekommen, das Grab Hexenlands zu schänden? Meinst mich nun ins Herz zu treffen und bist und bleibst doch nichts als ein Tänzer statt ein Soldat.«

»Wie?« sprach Brandoch Daha. »Wenn mich ein Hund in die Hinterbacke beißt, muß ich ihn dann an der gleichen Stelle zurückbeißen?«

Corinius' Augen fielen zu, und er sprach mit schwacher Stimme: »Wie sieht dein weibischer Tand in Krothering aus, seitdem ich Hand daran legte?« Und bei diesen Worten erreichte das kriechende Gift sein starkes Herz, und er starb.

Nun war es eine Weile still im Bankettsaal, und in der Stille waren Schritte zu vernehmen, und die Fürsten von Dämonenland wandten sich der hohen Tür zu, die in der Wand klaffte wie der Eingang zu einer Höhle der Dunkelheit; denn Corsus hatte in seinen Todeszuckungen die Vorhänge heruntergerissen, die jetzt als wirrer Haufen über der Türschwelle lagen und er darauf, mit Corinius' Schwert bis zum Heft in seinem Rücken, daß die Klinge einen Fuß lang aus seiner Brust herausragte. Und wie sie auf die dunkle Öffnung starrten, trat in den tanzenden Schein der Fackeln über jene Schwelle die Fürstin Prezmyra, gekrönt und angetan mit den Gewändern und Insignien einer Königin. Ihr Antlitz war bleich wie der Wintermond, der hoch zwischen den Wolken in einer windigen Nacht daherzieht, ehr der Regen fällt, und jene Fürsten standen sprachlos unter dem Zauber ihrer traurigen, kalten Schönheit.

Nach einer Weile hub Juss an wie einer, der seine Stimme beherrschen muß, und huldigte ihr und sprach: »O Königin, wir bieten Euch Frieden. Wir stehen Euch in allem zu Diensten. Und unsre erste Aufgabe, ehr wir heimwärts segeln, wird darin bestehen, Euch in Eurem rechtmäßigen Königreich Gnomenland auf den Thron zu setzen. Aber diese Stunde ist so voller Schicksalsschläge und Verzweiflungstaten, daß jetzt nicht die rechte Zeit für Pläne ist. Dafür ist die Morgenstunde da. Die Nacht rufet zur Ruhe. Ich bitte Euch, uns zu entlassen.«

Prezmyra sah Fürst Juss an, und es lag Schärfe in ihren Augen, die in einem metallischen Grün schillerten wie die Augen einer in die Enge getriebenen Löwin.

»Du bietest mir Gnomenland an, Fürst Juss«, sprach sie, »die ich doch Königin von Wichtland bin. Und du meinst, diese Nacht könnte mir Ruhe bescheren. Jene, die tot sind und die mir lieb waren, sie haben Ruhe gefunden: mein geliebter Gemahl Corund; der Prinz, mein Bruder; Gro, der mein Freund war. Tödlich zur Genüge fanden sie Euch, ob als Freunde oder Feinde.«

Juss sprach: »O Königin Prezmyra, das Nest fällt mit dem Baum. All diese Dinge hat das Schicksal herbeigeführt, und wir sind nur des Schicksals Kreisel, die nach seiner Peitsche tanzen. Gegen Euch führen wir nicht Krieg, und ich schwöre Euch, daß wir nach Kräften bestrebt sind, Euch Wiedergutmachung zu leisten.«

»Du und deine Schwüre!« sprach Prezmyra. »Und welche Wiedergutmachung kannst du mir anbieten? Jugend besitze ich und ein Maß an Schönheit. Doch kannst du mir jene drei Männer wieder zum Leben erwecken, die ihr gemordet habt? Bei all deinen hochgelobten Künsten übersteigt dies doch deine Macht.«

Alle schwiegen sie und folgten ihr mit den Augen, wie sie am Tisch vorbeischritt. Mit abwesendem und, wie es nach außen schien, verständnislosem Blick schaute sie auf die toten Gäste und leeren Kelche an der Tafel. Leer bis auf einen, den Viglus weitergegeben und aus dem Corsus nicht hatte trinken wollen; halb geleert stand er auf dem Tisch. Von seltener Meisterschaft war er, aus blaßgrünem Glas, sein Fuß gebildet aus drei ineinander verflochtenen Schlangen, eine aus Gold, eine aus Silber und die dritte aus Eisen. Während sie beiläufig die Finger um den Kelch legte, hob sie abermals ihren Blick zu den Dämonen und sprach: »Es war immer die Art derer von Dämonenland, das Ei zu verspeisen und die Schale als Almosen herzugeben.« Und sie deutete auf die tot an der Tafel Versammelten und sprach: »Waren diese auch Opfer Eurer heutigen Jagd, meine Herren?«

»Ihr tut uns Unrecht, Madame«, rief Goldry Bluszco. »Nimmer hat Dämonenland solche Machenschaften gegen seine Feinde betrieben.«

Fürst Brandoch Daha warf ihm einen kurzen Blick zu, trat wie unabsichtlich vor und meinte dabei: »Ich weiß nicht, welcher Meister jenen Kelch gefertigt hat, doch er besitzt seltne Ähnlichkeit mit einem, den ich in Wichtland sah. Indes ist dieser hier schöner und in den Proportionen wohlgestalter.« Prezmyra aber kam seiner ausgestreckten Hand zuvor und zog den Kelch zu sich hin, daß Brandoch Daha ihn nicht erreichen konnte. Wie Schwert sich mit Schwert kreuzt, so kreuzte sich der Blick ihrer grünen Augen und der seinen, und sie sprach: »Glaubet nicht, daß Ihr noch einen größeren Feind auf Erden habet denn mich. Ich war's, die Corsus und Corinius nach Dämonenland entsandte, es in den Staub zu treten. Hätte ich nur einen Funken männlicher Tugenden, so gingen jetzt wenigstens einige von Euch in das Reich der Schatten ein, ehr ich meine Segel setze. Doch dies habe ich nicht. Tötet mich denn, und laßt mich ziehen.«

Juss, der sein Schwert blank in der Hand trug, schob es in die

Scheide und ging auf sie zu. Doch der Tisch war zwischen ihnen, und sie wich zurück auf die Estrade, wo Corund aufgebahrt lag. Dort, wie eine triumphierende Göttin, stand sie über ihnen, den Giftbecher in der Hand. »Kommt keinen Schritt näher, Ihr Herren«, sprach sie, »oder ich leere diesen Becher auf Eure Verdammnis.«

Brandoch Daha sprach: »Die Würfel sind gefallen, o Juss. Die Königin hat das Spiel gewonnen.«

»Madame«, sprach Juss, »ich schwöre Euch, daß kein Zwang und keine Beschränkungen Euch auferlegt werden; nein, nur Ehre werden wir Euch erweisen und Achtung und Freundschaft, so Ihr es wollt. Und um Eures Bruders willen solltet Ihr dies gewiß annehmen.« Woraufhin sie ihn mit schrecklichem Blick ansah, und er sprach: »Nur leget in dieser wilden Nacht nicht Hand an Euch selbst. Um ihrer willen, die jetzt vielleicht aus dem unentdeckten öden Land[3] jenseits des dunklen Stromes auf uns schauen, tut dies nicht.«

Ohne den Blick von ihnen zu nehmen und ohne den in der Rechten erhobenen Kelch zu senken, legte sie ihre Linke sanft auf die bronzenen Platten von Corunds Harnisch, die die mächtigen Muskeln der Brust umschlossen. Ihre Hand berührte seinen Bart und zuckte dann plötzlich zurück; aber sogleich legte sie sie wieder zärtlich auf seine Brust. Ein wenig schien ihre östliche Schönheit sich zu erweichen in dem unsteten Licht, und sie sprach: »Ich wurde Corund jung gegeben. Heute nacht werde ich mit ihm schlafen oder mit ihm regieren im Reich der Toten.«

Juss machte eine Bewegung, als wollte er etwas sagen, aber sie hielt ihn mit einem Blick zurück, und ihre Züge verhärteten sich wieder, und erneut blickte die Löwin aus ihren unvergleichlichen Augen. »Hat Eure Größe«, sprach sie, »Euch den Verstand geraubt, daß Ihr glaubt, ich würde Euer Mietling, die ich eine Prinzessin war in Gnomenland, eine Königin im weitläufigen Wichtland und die Frau des größten Kriegers in dieser Feste Carcë, welchselbige bis zum heutigen Tag die einzige Geißel und der Schrecken der ganzen Welt gewesen? O meine Herren von Dämonenland, Ihr gutmütigen Narren, sprecht nicht mehr zu mir, denn Eure Worte sind Torheit. Geht heim, zieht Euren Hut vor der Hindin, die über die Berge springt; bittet sie freundlich, bei Euch und Eurem Stallvieh zu bleiben, nachdem Ihr ihren Hirschen erlegt habt. Soll der schwärzende Frost, so er alle lieblichen Blumen des Gartens verdorrt und zerstört hat, zu der Rose sagen: bleibe bei uns; und soll sie auf solch wölfisches Werben hören?«

Und bei diesen Worten leerte sie den Becher, und sie wandte sich von jenen Fürsten von Dämonenland ab, wie eine Königin sich von der unbeachteten Menge abkehrt, kniete sich sachte neben Corunds Totenbahre, legte ihre weißen Arme um sein Haupt und bettete ihr Gesicht an seine Brust.

Als Juss zu sprechen anhub, war seine Stimme von Tränen erstickt. Er befahl Bremery, daß sie die Leichname von Corsus und Zenambria und der Söhne von Corsus und Corund, die vergiftet und tot in jener Halle lagen, aufnehmen und ihnen am Morgen ein ehrenvolles Begräbnis bereiten sollten. »Und ich will, daß ihr den Fürsten Corinius feierlich aufbahret, daß er heute nacht in dieser Halle liege, und morgen werden wir vor Carcë einen Hügel über ihm errichten, wie es sich für einen Kriegshelden ziemt. Den großen Corund und seine Gemahlin aber soll niemand voneinander trennen; in einem Grabe sollen sie liegen, Seite an Seite, um ihrer Liebe willen. Ehr wir von hier fortziehen, will ich ihnen ein Monument errichten, wie es großen Königen und Fürsten geziemet, wenn sie gestorben sind. Denn vornehm und königlich war Corund und ein mächtiger Krieger und ein Kämpfer mit reiner Hand, wenngleich unser erbitterter Feind. Wundersam ist es, mit welchen Banden der Liebe er diese seine unvergleichliche Königin an sich band. Wer hat unter den Frauen eine gekannt, die ihr an Treue und Hoheit des Herzens gleichkäme? Und gewißlich war keine jemals unglücklicher denn sie.«

Nun gingen sie in den Hof von Carcë. Die Nacht trug noch einige Zeichen jenes Aufruhrs, der vor kurzem erst ausgebrochen und vorübergegangen war, und einige zerfetzte Schleier von Sturmgewölk hingen noch über dem Antlitz des Himmels. Zwischen ihnen, an den freigefegten Stellen des Firmaments, schimmerten ein paar Sterne, und der Mond, mehr als halb voll, senkte sich über Tenemos. Ein leiser herbstlicher Wind war aufgekommen, und die Dämonen, die gerade aus der schweren Luft der großen Banketthalle gekommen waren, fröstelte es ein wenig. Von der Ruine des Eisernen Turmes stieg Rauch in den Himmel, und die zerborstenen und umgestürzten Massen von Mauerwerk ringsum starrten gräßlich in der Düsternis, wie Fragmente des alten Chaos; und von ihnen und der aufgespaltenen Erde darunter stiegen stechende Dunstschwaden auf, wie von brennendem Schwefel. Und hin und her durch diese schwefligen Dämpfe flogen geschäftig widerliche Vögel der Nacht und Fledermäuse mit ledernen Schwingen, nur dann und wann undeutlich wahrzunehmen, außer wenn sie sich auf ihrer Bahn dunkel gegen den Mond abzeichneten. Und aus der Abgeschiedenheit des düsteren Fenns drangen von fern Stimmen der Klage durch die Nacht: wild jammernde Rufe und schluchzendes Geschrei und langes Stöhnen und Ächzen, anschwellend und abnehmend und ersterbend zur Stille.

Juss legte seine Hand auf Goldrys Arm und sprach: »Da ist nichts Irdisches in diesem Klagen; noch sind jene, die du im stinkenden Rauch kreisen siehst, wirklich Fledermäuse oder Eulen. Dies sind seine herrenlosen Diener, die um ihren Gebieter klagen. Viele dergleichen dienten ihm, Geister der Erde, der Luft und des Wassers; von ihm versklavt durch Zauberkunst, kamen und gingen und handelten sie nach seinem Willen.«

»Sie haben ihm nichts genützt«, sprach Goldry, »noch half ihm das Schwert Hexenlands gegen unsre Kraft, die es in seiner Hand entzweibrach und seine gewaltigen, heldenhaften Recken erschlug.«

»Und doch ist es wahr«, sprach Fürst Juss, »daß kein Größerer je auf Erden lebte denn König Gorice XII. Als wir ihn nach diesen langen Kriegen wie einen in die Enge getriebenen Hirschen gestellt hatten, fürchtete er sich nicht, ein zweites Mal zu versuchen, diesmal allein und ohne Hilfe, was kein andrer auch nur ein einzges Mal vollbracht und überlebt hat. Und wohl wußte er, daß jenes, was er aus der Tiefe herbeigerufen, ihn übermannen und vernichten würde, wenn er auch nur den geringsten Fehler beginge, so wie er ihn in vergangnen Tagen begangen, als ihm indes sein Schüler beistand. Und sieh, mit welch lautem Donnerschlag, unbezwungen von jedweder irdischen Macht, er von hinnen schied: mit diesem Carcë in schwarzen, rauchenden Trümmern als seinem Grabmal, mit diesen Fürsten von Hexenland und Hekatomben[4] von unsren und von hexenländischen Kriegern im Gefolge und mit jammernden Geistern in der Nacht als seinen Totenklägern.«

So kamen sie wieder zum Lager. Und nach geraumer Zeit ging der Mond unter, und die Wolken verschwanden, und die stillen Sterne folgten weiter ihrem ewigen Weg bis zum Ende der Nacht, als ob diese Nacht ganz wie andre Nächte gewesen wäre: diese Nacht, die gesehen hatte, wie die Macht und der Ruhm von Hexenland durch einem solchen Hammerschlag des Schicksals in Stücke geschlagen wurden.

Kapitel XXXIII

Königin Sophonisba in Stormhöh

Von dem Empfange, welcher der Königin Sophonisba, Ziehkind der Götter, durch den Fürsten Juss im Dæmonenlande bereitet ward, und von jenem Umstande, der sie über all die liebreizenden und merckwürdigen Dinge, die sie dorten erschauet, zumeist verwunderte; worin ein selten Beispiel zu sehen, wie in einer glücklichen Welt, jenseits aller Erwartung, im Lenz ein neues Leben ersprießet.

Nun brachten die wiederkehrenden Monate des Jahres die Zeit herbei, da Königin Sophonisba ihrem Versprechen gemäß Fürst Juss in Stormhöh besuchen wollte. Und so begab es sich, daß an einem windstillen Aprilmorgen die zimiamvische Karavelle[1], welche die Königin nach Dämonenland brachte, die Föhrde von Sichthaven hinaufgerudert kam.

Der ganze Osten war ein Garten für den goldnen Morgen. Kartadza, scharf umrissen wie in Bronze gegossen, verbarg noch die Sonne; und im großen Schatten des Berges schlummerten der Hafen und die niedrigen Hügel und die Haine von Steineichen und Erdbeerbäumen in einem Halbdunkel von blauen und purpurnen Tönen, gegen die sich die Reihen der rosaroten Mandelblüten und die weißen Marmorkais in blasser, erwachender Schönheit abhoben, abgebildet wie in einem Spiegel in jener stillen Flut des Meeres. Westwärts, jenseits der Föhrde, erglühte das ganze Land mit dem anbrechenden Tag. Schnee verweilte noch auf den höheren Gipfeln. Wolkenlos, getaucht in das goldne Licht, standen sie gegen das Blau: Dina, die Gabeln von Nantreganon, die Scherbenspitze und alle Gipfel des Dornrückens und des Nimmertals. Der Morgen lachte auf ihren hohen Kämmen und küßte die Wälder, die sich um ihre tieferen Hänge schmiegten: wogende Wälder, wo reiche Töne an Braun und Purpur von den dichten, knospenden Zweiglein auf ihren vieltausenden Ästen erzählten. Weiße Nebelbänke lagen wie Daunen über den Auen, wo sich das Tivarandartal zum Meer öffnet. An den Gestaden von Beidrey und Skaramsey und auf dem Festland nahe der hohen Wand des Thremnir-Kliffs und ein wenig südlich von Uhlswick öffneten sich goldglänzende Lichtungen in den Birkenwäldern: Narzissen, die im Frühling erblühten.

Sie ruderten in die nördlichste Anlegebucht ein und machten die Karavelle fest. Die Lieblichkeit der blühenden Mandelbäume war die Lieblichkeit des Frühlings in der Luft, und Frühling war im Gesicht jener Königin, die nun mit ihrem Gefolge die glänzenden Stufen hinaufkam, umgeben von ihren kleinen Merletten, die sie umkreisten oder auf ihren Schultern ruhten: sie, der die Götter immerwährende Jugend und Frieden auf ewig im Koschtra Belorn geschenkt.

Fürst Juss und seine Brüder nahmen sie im Verein mit Fürst Brandoch Daha am Kai in Empfang. Sie verneigten sich tief vor ihr und küßten ihr die Hand und hießen sie in Dämonenland willkommen. Aber sie sprach: »Nicht in Dämonenland allein, meine Herren, sondern zurück in der Welt. Und welchen von allen Häfen der Welt sollte ich ansteuern und welches Land, wenn nicht dies euer Land, die ihr durch eure Siege der ganzen Welt Frieden und Freude brachtet? Gewiß schlief der Frieden nicht sanfter über der Moruna in alten Zeiten, ehr die Namen von Gorice und Hexenland in jenem Lande vernommen wurden, als er jetzt über dieser neuen Welt und Dämonenland schläft, nun da jene Namen für immer vom Sturzbach des Vergessens und der Finsternis hinweggefegt wurden.«

Juss sprach: »O Königin Sophonisba, wünschet nicht, daß die Namen großer Toter auf ewig vergessen seien. Dann würden diese Kriege, die wir im letzten Jahr mit einem so gewaltigen Siege beendeten, daß wir zu unangefochtenen Herren der Welt wurden, zusammen mit den Namen jener, die gegen uns kämpften, der Vergessenheit anheimfallen. Soll doch der Ruhm dieser Taten von Generation zu Generation auf den Lippen der Menschen und in ihren Liedern sein, solange die Welt besteht.«

Sie saßen auf und ritten vom Hafen zur Straße hinauf und so durch offene Weiden weiter zur Haberwaldzunge. Lämmer sprangen auf den taufeuchten Wiesen neben der Straße umher; Amseln flatterten von Busch zu Busch; Lerchen trällerten in den Lüften; und als sie durch die Wälder zum Achenfuß kamen, gurrten Ringeltauben in den Bäumen, und Eichhörnchen schauten sie mit runden, glänzenden Augen an. Die Königin sprach wenig. Diese und all die scheuen Wesen der Wälder und Felder hielten sie in ihrem Bann, brachten sie zu einem Schweigen, das nur hie und da von einem kleinen Ausruf der Freude unterbrochen wurde. Fürst Juss, der selbst auch diese Dinge liebte, sah ihr Entzücken gern.

Nun klommen sie den steilen Weg vom Achenfuß hoch und ritten durch das Löwentor in Stormhöh ein. Entlang der Reihen irischer Eiben standen Soldaten der Leibwachen der Fürsten Juss, Goldry, Spitfyr und Brandoch Daha Spalier. Diese senkten zu Ehren ihrer Herren und der Königin ihre Lanzen, während Bläser auf silbernen Trompeten drei Fanfarenstöße schmetterten. Dann sang zur Begleitung von Lauten und Theorben und Gitarren, die sich über das Pochen gedämpfter Pauken erhoben, ein Mädchenchor ein Begrüßungslied und bestreute dem Pfad vor den Fürsten von Dämonenland und der Königin mit süßen weißen Hyazinthen und Narzissenblüten, derweil die Fürstinnen Mevrian und Armelline, schöner als alle Königinnen der Erde, auf dem oberen Absatz der goldnen Treppe im Innenhof warteten, um Königin Sophonisba in Stormhöh zu begrüßen.

Es wäre müßig, all jene Lustbarkeiten aufzuzählen, welche der Königin Sophonisba zu ihrer Erbauung von den Fürsten des Dämonenlandes bereitet wurden. Den ersten Tag verbrachte sie in den Parkanlagen und Lustgärten um Stormhöh, wo Juss ihr seine großen Lindenalleen, seine Eibenhäuser, seine Obstgärten und Rasenflächen und seine privaten Spazierwege und Lauben zeigte; seine mit Thymian bewachsenen Wandelgänge, die beim Darauftreten süße Düfte aufsteigen ließen; seine alten Wassergärten neben der Zaumtalache, wo sich im Sommer die Wassernymphen versammelten und im Mondschein ihre Lieder sangen und mit goldnem Kamme ihr Haar kämmten.

Am zweiten Tag zeigte er ihr seine Kräutergärtlein und führte sie in die geheimen Eigenschaften von Heilpflanzen ein, worin er sehr bewandert war. Dort wuchs jenes Zamalenticion, dessen zerstampfte Blätter mit einem Gemisch aus ungesalzenem Fett ein Balsam für alle Wunden sind. Und Diptam, dessen Genuß bewirkt, daß der Pfeil sich löst und die Wunde heilt, und dessen bloße Anwesenheit Schlangen nicht nur vertreibt, sondern durch seinen vom Wind getragenen Geruch im ganzen Umkreis tötet. Und Alraun, der, legt man ihn in die Mitte eines Hauses, alle bösen Geister vertreibt und zudem Kopfschmerz lindert und Schlaf fördert. Auch zeigte er ihr einen Meer-Rettich in seinem Garten, der an geheimen Orten wächst und an feuchten, und dessen Wurzel dem Kopf jenes Ungeheuers gleicht, das die Menschen Gorgone nennen; die Ausläufer der Wurzel haben Augen und Nase und die Farbe von Schlangen. Von dieser Wurzel wußte er zu berichten, man müsse beim Ausgraben derselben darauf achten, daß kein Sonnenlicht auf sie falle, und daß man beim Zerschneiden den Kopf abwenden müsse, da es einem Sterblichen nicht gestattet sei, diese Wurzel unversehrt zu schauen.

Am dritten Tag zeigte Juss der Königin seine Marställe, wo seine Schlachtrosse und edle Pferde für die Jagd und das Wagenrennen standen, allesamt mit Geschirren aus Silber, und sehr bestaunte sie seine sieben weißen Stuten, Schwestern, die einander so ähnlich waren, daß keiner sie zu unterscheiden vermochte, ein Geschenk aus alter Zeit von Priesterinnen der Artemis in den Landen jenseits des Sonnenuntergangs. Sie waren unsterblich, hatten sie doch Ichor, nicht Blut in den Adern; und das Feuer davon zeigte sich in ihren Augen, die wie Lichter brannten.

Am vierten Abend und am fünften war die Königin in Drepabühl zu Gast bei Fürst Goldry Bluszco und seiner Gemahlin Prinzessin Armelline, die sich am Julfest zu Zaje Zaculo vermählt hatten; und am sechsten und siebenten Abend in Uhlswick, wo ihr von Spitfyr fürstlich aufgewartet wurde. Aber Fürst Brandoch Daha wollte noch nicht, daß die Königin nach Krothering käme, denn noch hatte er seine Gärten und Anlagen nicht gänzlich instand gesetzt und seine reichen und prächtigen Schätze in seinem Sinne wiederhergestellt, nach den Verwünstungen, die Corinius ihnen zugefügt.

Am achten Tag kam sie wieder nach Stormhöh, und nun zeigte Juss ihr sein Studierzimmer mit seinen mannshohen, freistehenden Astrolabien aus Orichalcum[2], auf denen alle Tierkreiszeichen und die Häuser des Mondes dargestellt waren, und seinen Sehrohren und Globen und Kristallen und geschliffenen Vergrößerungsgläsern; und große Kristallkugeln führte er ihr vor, worinnen er Homunculi hielt, die er mittels geheimer Verfahren der Natur geschaffen hatte, sowohl Männer als auch Frauen, weniger als ein Daumen hoch und so schön, wie man sie sich nur wünschen konnte in ihren winzigen Gewändern, wie sie aßen und tranken und ihrer Wege gingen in jenen kristallenen Sphären, darin seine Kunst ihnen Leben gegeben hatte.

Jeden Abend, ob in Stormhöh, Uhlswick oder Drepabühl, wurden ihr zu Ehren Feste abgehalten mit Tanz und Musik und Frohsinn und allen Freuden, und Gedichte wurden vorgetragen und Kampf- und Reitvorführungen geboten und Tänze und Maskenspiele, dergleichen in der Welt noch nie gesehen ward an Schönheit und Geist und Pracht.

Nun war der neunte Tag des Gastbesuchs der Königin in Dämonenland angebrochen, und es war der Vorabend zum Geburtstage des Fürsten Juss, zu dem alle Großen des Landes sich versammelten, wie es auch vor vier Jahren geschehen war, um ihm und seinen Brüdern die Ehre zu erweisen, wie seit alters Brauch. Es war schönes, strahlendes Wetter, hin und wieder unterbrochen von einem Regenschauer, der die Luft mit neuer Süße erfüllte, Farbe und Erfrischung für die Erde brachte und Glanz dem Sonnenschein. Am Morgen wandelte Juss mit der Königin unter den Bäumen des Mondgrundkessels, deren junges Grün sich nun entfaltete; und nach dem Mittagsmahl zeigte er ihr seine Schatzkammern, die in den gewachsenen Fels unter Schloß Stormhöh gehauen waren, wo sie Barren von Gold und Silber erblickte, aufgeschichtet wie Baumstämme; unbehauene Kristalle von Rubin, Chrysopras oder Hyazinth, so schwer, daß ein starker Mann sie nicht hätte heben können; Stapel von elfenbeinernen Stoßzähnen, bis zur Decke aufgehäuft; Truhen und Gefäße, gefüllt mit Duftstoffen und kostbaren Gewürzen, Ambra, Weihrauch, süßduftendem Sandelholz und Myrrhe und Nelkenöl; Pokale und Humpen und Henkelkrüge und Lampen und Schatullen aus purem Gold, punziert und ziseliert mit den Gestalten von Männern und Frauen und Vögeln und wildem Getier und kriechenden Geschöpfen und verziert mit unschätzbaren Juwelen, Süßwasserperlen und rosafarbenen und gelben Saphiren, Emeralden und Chrysoberyllen und gelben Diamanten.

Als die Königin dies alles zur Genüge bestaunt hatte, führte er sie in seine große Bibliothek, in der Statuen der neun Musen die des Apoll umstanden und deren Wände alle hinter Büchern verborgen waren: Historien und Lieder aus alten Zeiten, Werke der Philosophie, Alchimie und Astronomie und der magischen Künste, Versromane und Werke der Tonkunst und Biographien großer Verstorbener und bedeutende Abhandlungen über alle Künste des Friedens und des Krieges, mit Bildern und reich geschmückten Initialen. Große Fenster öffneten sich nach Süden zum Garten hin, und Kletterrosen und Geißblatt und immergrüne Magnolie rankten sich dicht um die Fenster. Große Sessel standen um den offenen Kamin, in dem zur Winterzeit ein Feuer aus Zedernstämmen zu brennen pflegte. Lampen aus selbstleuchtendem Mondstein, beschirmt mit wolkig-grünem Turmalin, standen auf silbernen Ständern auf dem Tisch und bei jedem Sessel, um Licht zu spenden, wenn der Tag vergangen war; und die Luft war überall süß vom Duft getrockneter Rosenblätter, die in antiken Schalen und Vasen aus bemalter Töpferware aufbewahrt wurden.

Königin Sophonisba sprach: »Mein Fürst, dies gefällt mir am meisten von all den schönen Dingen, die du mir in deinem Schloß zu Stormhöh gezeigt hast: dieser Raum hier, in dem alle Kümmernis ein vergessenes Echo einer schlechten Welt zu sein scheint, die man hinter sich gelassen hat. Gewißlich ist mein Herz froh, o mein Freund, daß ihr, du und die andren Fürsten von Dämonenland, euch nun euer ganzes Leben lang hier in eurer lieben Heimat an euren reichen Schätzen und guten Tagen in Frieden und Ruhe erfreuen könnt.«

Der Fürst Juss stand an jenem Fenster, das sich westwärts über den See auf die große Mauer des Riffgebirges hin öffnete. Ein Schatten wie von einer feinen Melancholie hing über seinem edlen, dunklen Angesicht, als sein Blick auf einem Regenvorhang ruhte, der über das Gesicht des Berges hinwegstrich und die hohen Felsengipfel halb verschleierte. »Doch bedenket, o Königin«, sprach er, »daß wir jung an Jahren sind. Und für tatkräftige Gemüter liegt eine Ruhelosigkeit in zu viel Ruhe.«

Alsdann führte er sie durch seine Rüstkammern, wo er seine Waffen und Waffen für seine Krieger und alles kriegerische Beiwerk aufbewahrte. Dort zeigte er ihr Schwerter und Speere, Streitkolben und Äxte und Dolche, tauschiert und damasziert[3] und eingelegt mit Juwelen; Brünnen und Wehrgehenke und Schilde; Klingen so scharf, daß ein vom Wind gegen sie gewehtes Haar zerteilt würde; verzauberte Helme, denen kein gewöhnliches Schwert etwas anhaben konnte. Und Juss sprach zur Königin: »Madame, wie denket Ihr über diese Schwerter und Speere? Denn wisset wohl, daß diese die Sprossen der Leiter sind, über die wir Dämonen zu jener Vorherrschaft über die vier Enden der Welt aufgestiegen sind, die wir nun innehaben.«

Sie antwortete: »O mein Fürst, sie dünken mich edel und vortrefflich. Denn schlimm wäre es, derweil wir uns an der Ernte erfreuen, die Werkzeuge zu verachten, welche den Boden dafür bereitet und sie eingebracht haben.«

Während sie sprach, nahm Juss ein großes Schwert vom Haken, dessen Heft mit geflochtenen Gold- und Silberdrähten umwunden und an dessen Parierstangen aus verzinnter Bronze, mit amethystenen Knöpfen besetzt, sich jeweils am Ende ein Drachenkopf mit Augen aus rotem Granat befand und dessen Knauf eine Kugel aus bernsteindunklem Opal war, in der es rot und grün aufblitzte.

»Mit diesem Schwert«, sprach er, »zog ich gemeinsam mit Gaslark vor die Tore von Carcë, diesen Sommer vor vier Jahren, als mein Geist umwölkt war von den Auswirkungen der Sendung des Königs Gorice. Mit diesem Schwert kämpfte ich eine Stunde lang, Rücken an Rücken mit Brandoch Daha, gegen Corund und Corinius und deren fähigste Krieger: der größte Kampf, den ich jemals bestritt, und gegen die drückendste Übermacht. Hexenland selbst sah uns von den Wällen Carcës aus zu, durch den regnerischen Nebel, geblendet vom Schein der Fackeln, und verwunderte sich, daß zwei Männer, die vom Weibe geboren, solche Taten vollbringen konnten.«

Er löste die Schwertbänder und zog es singend aus der Scheide. »Mit diesem Schwerte«, sprach er, liebevoll die Klinge entlang blickend, »habe ich Hunderte meiner Feinde bezwungen: Hexen und Ghulen und barbarisches Volk aus Wichtland und aus den südlichen Meeren, Piraten aus Esamozien und Prinzen des östlichen Kontinents. Mit diesem Schwerte errang ich den Sieg in mancher Schlacht und den ruhmreichsten von allen in der Schlacht vor Carcë im letzten September. Dort, im Gedränge des Kampfes, brachte ich dem großen Corund mit diesem Schwerte die Wunde bei, die seine Todeswunde war.«

Er schob das Schwert wieder in seine Scheide, hielt es einen Augenblick, als ob er erwöge, sich damit zu gürten oder nicht, wandte sich dann langsam dem Platz an der Wand zu und hing es wieder auf. Er trug seinen Kopf hoch wie ein Streitroß, als sie das große Zeughaus zu Stormhöh verließen, und hielt dabei den Blick von der Königin abgewandt; doch nicht so geschickt, daß sie nicht etwas auf seinem unteren Augenlid hätte schimmern sehen, das eine Träne zu sein schien.

An jenem Abend wurde das Essen in dem Privatgemach des Fürsten Juss angerichtet: ein leichtes Mahl, doch höchst erlesen. Sie saßen um einen runden Tisch herum, neun an der Zahl: die drei Brüder; die Fürsten Brandoch Daha, Zigg und Volle; sowie die Fürstinnen Armelline und Mevrian und die Königin. Hell funkelten die Weine aus Krothering und Norvasp, und munter gingen die Gespräche, allem Anschein nach. Doch hin und wieder senkte sich Schweigen über die Tafel, wie ein graues Leichentuch, bis Zigg es mit einem Scherz zerriß oder Brandoch Daha oder seine Schwester Mevrian. Die Königin spürte den Frost hinter ihrem Frohsinn. Die Zeiten des Schweigens wurden länger, je weiter das Fest voranschritt, als hätten Wein und Geselligkeit ihre alten Eigenschaften verloren und wären zu Vätern der Schwermut und des Trübsinns geworden.

Der Fürst Goldry Bluszco, der bislang wenig gesprochen, sprach nun überhaupt nicht mehr; sein stolzes, dunkles Gesicht war zu nachdenklichen Falten erstarrt. Spitfyr war ebenfalls verstummt, das Gesicht in die Hände gestützt, die Augen zusammengekniffen; und mal trank er ein Schlückchen, mal trommelte mit den Fingern auf die Tischplatte. Der Fürst Brandoch Daha saß in seinem Stuhl aus Elfenbein zurückgelehnt und schlürfte seinen Wein. Sehr bedächtig, durch halb geschlossene Augen, wie ein in der Mittagshitze dösender Panther, beobachtete er seine Gefährten an der Festtafel. Wie Sonnenstrahlen von Wolkenschatten bei windigem Wetter über einen Felshang gejagt werden, so huschte hin und wieder belustigtes Aufleuchten über seine Züge.

Die Königin sprach: »Meine Herren, ihr habt mir versprochen, daß ich von euch die volle Geschichte eurer Kriege in Wichtland und den wichtländischen Meeren erfahren sollte und wie ihr nach Carcë kamet und von der großen Schlacht dort und vom Ende all der großen Fürsten von Hexenland und des Königs Gorice XII., unseligen Angedenkens. Ich bitte euch, laßt sie mich jetzt hören, auf daß die Erinnerung an eure Großtaten, die bis zum Ende der Welt unvergessen bleiben werden, vielleicht eure Herzen erfreue und wir erneut frohlocken mögen, daß all die Fürsten von Hexenland nun tot und vernichtet sind, unter deren Tyrannei die Welt so viele Jahre geächzt und gelitten hat.«

Fürst Juss, in dessen Gesicht, wenn es in Ruhe war, sich dieselbe Melancholie spiegelte, die sie an ihm bereits in der Bibliothek wahrgenommen hatte, goß Wein nach und sprach: »O Königin Sophonisba, Ihr sollt alles erfahren.« Alsdann schilderte er, was sich seit ihrem Abschied von Koschtra Belorn alles zugetragen hatte: vom Marsch durch die Moruna nach Muelva; von Laxus und seiner versenkten Flotte in der Straße von Melikaphkhaz; von der Schlacht vor Carcë und deren wechselhaftem Verlauf; von dem unheiligen Schein und den flammenden Zeichen am Himmel, wodurch sie wußten, daß der König wieder zu Carcë die Geister beschwor; von ihrem Warten in der Nacht, in voller Rüstung und gewappnet mit Zaubermitteln und Amuletten gegen die schreckliche Ausgeburt, die des Königs Zauber zeitigen mochte; vom Bersten des Eisernen Turmes und dem Sturm auf die Feste in stockfinsterer Nacht; von den Fürsten von Hexenland, ermordet an der Festtafel, und wie nichts geblieben war von der Macht und dem Pomp und dem Schrecken Hexenlands als ersterbende Glut von einem Begräbnisfeuer und Stimmen, die vor Morgengrauen im Wind klagten.

Als er seine Schilderung beendet hatte, sagte die Königin, als spräche sie im Traum: »Gewiß kann man von diesen toten Königen und Fürsten von Hexenland sagen:[4]

Die mächtigen Gestalten / die hier fielen /
Sie hinterließen nicht mehr Ruhm als einer /
Der in den Schnee fiel / und sein Abdruck
Verblieb im Reif – doch wenn die Sonne
Drauf scheinet / schmilzt die Schneeform
So wie der Schnee.«

Nach diesen Worten der Königin senkte sich wieder Schweigen wie ein Leichentuch über die Tafelrunde, bedrückender denn je und voller Schwermut.

Plötzlich stand Fürst Brandoch Daha auf, löste sein goldnes Schwertgehenk von der Schulter, das mit Saphiren, Diamanten und Feueropalen in der Form von Blitzen besetzt war. Er schleuderte es vor sich auf den Tisch, mit seinem Schwert, daß die Becher klirrten. »O Königin Sophonisba«, rief er, »Ihr habt eine passende Grabrede auf unsren Glanz wie auf den Hexenlands gehalten. Dies Schwert gab mir Zeldornius. Ich trug es bei Krothering gegen Corinius, als ich ihn aus Dämonenland hinauswarf. Ich trug es bei Melikaphkhaz. Ich trug es in dem letzten großen Kampf in Hexenland. Du magst sagen, daß es mir Glück und Sieg in der Schlacht brachte. Doch jenes größte Glück von allem, wie es Zeldornius zuteil ward, bescherte es mir nicht: vom Erdboden verschlungen zu werden, nachdem meine großen Taten vollendet waren.«

Die Königin blickte ihn voll Staunen an und wunderte sich, ihn so bewegt zu sehen, hatte sie ihn bisher doch nur als einen gelassenen Spötter gekannt, der über allen Dingen stand.

Aber die andren Fürsten von Dämonenland standen gleichfalls auf und warfen ihre Schwerter neben das Fürst Brandoch Dahas auf den Tisch. Und Fürst Juss hub an und sprach: »Wir hätten unsre Schwerter als letzte Gabe auf das Grab Hexenlands legen sollen. Denn von nun an müssen sie rosten, Seemannskunst und alle hohen Künste des Krieges müssen welken; und nun, da unsre großen Feinde tot und vernichtet sind, müssen wir, die wir die Herren der ganzen Welt waren, uns zu Schäfern und Jägern wandeln, auf daß wir nicht bloße Marktschreier und Gecken werden, rechte Gesellen für die courschneidenden Beschtrier oder den Roten Foliot. O Königin Sophonisba und ihr meine Brüder und Freunde, die ihr gekommen seid, um morgen mit mir meinen Geburtstag zu Stormhöh zu begehen, was traget ihr Festgewänder? Weinen solltet ihr, weinen ohne Ende und euch in Schwarz kleiden, eingedenk daß unsre mächtigsten Waffentaten und der hohe Zenith des hellen Sterns unsrer Herrlichkeit uns den unzeitigen Niedergang beschert. Denn wir, die wir um des Kampfes willen kämpften, haben am Ende so gut gekämpft, daß wir nun nie mehr kämpfen können; es sei denn im Bruderhaß gegeneinander. Und ehr dies geschähe, möge die Erde sich über uns schließen und unser Andenken vergehen.«

Tief bewegt war die Königin, einem solch mächtigen Kummer beizuwohnen, obzwar sie die Wurzeln und den Grund dafür nicht verstehen konnte. Ihre Stimme bebte ein wenig, als sie sprach: »Herr Juss, Herr Brandoch Daha und ihr andren Fürsten von Dämonenland, es lag meiner Erwartung fern, euch in solch einer Stimmung sauren Unfriedens vorzufinden. Denn ich kam, um mich mit euch zu freuen. Und seltsam klingt es in meinen Ohren, euch um eure schlimmsten Feinde trauern und klagen zu hören, die ihr unter so großer Gefahr für euer Leben und alles, was euch lieb ist, letztendlich bezwungen habt. Ich bin nur ein Maid und jung an Jahren, obzwar mein Gedächtnis zweihundert Lenze zurückreicht, und es steht mir nicht an, so großen Fürsten und Kriegshelden zuzuraten. Dennoch nimmt es mich wunder, daß es für euch keine Freude am Frieden und keine edlen Friedenstaten für den Rest eures Lebens geben sollte, die ihr jung und edel und Herren der ganzen Welt seid und reich an allen Schätzen und allen Gaben der Gelehrsamkeit und das schönste Land der Welt eure Heimat nennt.

Und wenn eure Schwerter nicht rosten sollen, so möget ihr sie gegen die unzivilisierten Völker von Wichtland und andrer ferner Lande richten und sie euch unterwerfen.«

Fürst Goldry Bluszco aber lachte bitter. »O Königin«, rief er, »soll die Unterwerfung armseliger Wilder den Durst unsrer Schwerter stillen, die gegen das Haus Gorice und all seine auserlesenen Feldherren kämpften, welche die große Macht von Carcë und seinen Glanz und die Furcht davor aufrechterhielten?«

Und Spitfyr sprach: »Welche Freude sollen wir haben an weichen Betten und köstlichen Speisen und allen andren Wonnen im gebirgichten Dämonenland, wenn wir wie Drohnen ohne Stachel sind, ohne die Gefahr, die uns den Hunger auf die Freuden des Lebens schärft?«

Alle schwiegen sie eine Weile. Dann hub der Fürst Juss an und sprach: »O Königin Sophonisba, hast du je an einem regnerischen Tag im Frühling hinauf zum Regenbogen geblickt, der sich zwischen Himmel und Erde spannt, und gesehen, wie alle irdischen Dinge unter ihm, Bäume, Berghänge und Flüsse, Felder und Wälder und Heimstätten der Menschen durchdrungen sind von den Farben des Regenbogens?«

»Ja«, sprach sie, »und mir oft gewünscht, sie mit meinen Händen zu greifen.«

»Wir«, sprach Juss, »sind über den Regenbogen hinausgeflogen. Und wir fanden dort kein sagenumwobenes Land der Glückseligkeit, sondern nur Regen und Wind, wo der Berghang friert[5]. Und unsre Herzen sind kalt darob.«

Die Königin sprach: »Wie alt bist du, mein Freund, weil du sprichst, wie ein alter Mann spräche?«

Er antwortete: »Ich werde morgen dreiunddreißig Jahre alt, und das ist jung nach der Rechnung der Menschen. Keiner von uns ist alt, und meine Brüder und Fürst Brandoch Daha sind jünger als ich. Dennoch können wir jetzt wie alte Männer dem Rest unsres Lebens entgegensehn, denn für uns hat die gute Zeit ein Ende gefunden.« Und er sprach: »Ihr, o Königin, könnt unsren Kummer kaum verstehen, denn Euch gewährten die unsterblichen Götter all Eures Herzens Begehr: ewige Jugend und ewigen Frieden. Wollten sie auch uns etwas Gutes geben, so wäre dies ewige Jugend und Krieg und nimmer schwindende Kraft und Waffenkunst. Würden sie uns doch nur unsre großen Feinde wiedergeben, lebendig und heil. Denn besser wär' es für uns, wieder der Gefahr völliger Vernichtung ausgesetzt zu sein, als unser Leben zu verbringen wie Vieh, das gemästet wird für den Tag, da der Schlächter es holt, oder wie tumbe Gartenblumen zu verblühen.«

Die Augen der Königin waren groß vor Verwunderung. »Könntest du das wirklich wollen?« sprach sie.

Juss antwortete: »Wahr sagt das alte Sprichwort: ›Ein Grab ist ein schlechtes Fundament.‹ Wenn Ihr mir jetzt verkünden würdet, daß der große König wieder lebe und wieder in Carcë sitze und uns zur Entscheidung im Waffengang rufe, dann würdet Ihr alsbald sehen, daß ich die Wahrheit sagte.«

Während Juss sprach, lenkte die Königin den Blick von einem zum andren an der Tafel. In jedem Auge sah sie, als Juss von Carcë sprach, die Kampfesfreude aufleuchten wie Leben, das in einen zurückkehrt, der in einem tödlichen Schlaf befangen ist. Und als er zu Ende gesprochen hatte, erlosch das Licht wieder. Wie Götter schienen sie, in ihrer stolzen Jugend Pracht um die Tafel versammelt; aber traurig und wehmütig wie Götter, die man aus dem hohen Himmel verbannt hatte.

Keiner sprach, und die Königin schlug ihre Augen nieder, tief in Gedanken. Dann erhob sich Fürst Juss und sprach: »O Königin Sophonisba, verzeiht, daß wir in unsrem eignen Kummer unsre Gastfreundschaft so vernachlässigen, unsren Gast mit einem freudlosen Fest zu langweilen. Doch glaubet mir, daß wir nur deshalb so wenig auf Förmlichkeiten geben, weil wir wissen, daß Ihr uns freund seid. Morgen werden wir mit Euch fröhlich sein, was immer danach auch geschehen mag.«

Und sie sagten ihr gute Nacht. Aber als sie in den Garten und unter die Sterne traten, nahm die Königin Juss beiseite und sprach leise zu ihm: »Mein Freund, seit du und Brandoch Daha als erste der Sterblichen nach Koschtra Belorn kamet und gemäß der Vorsehung den Zauber erfülltet, war nur dies mein Begehr: euch zu fördern und zu erheben und alles für euch zu tun, was in meiner Macht liegt. Wenngleich ich nur eine schwache Maid bin, scheint es den unsterblichen Göttern zu gefallen, mir ihre Gunst zu erweisen. Willst du, daß ich heute nacht zu ihnen bete?«

»Ach, liebste Königin«, sprach er, »soll sich jene zerfallene und verstreute Asche wieder vereinen? Wer vermag die Springflut unausweichlicher Notwendigkeit umzukehren?«

Sie aber sprach: »Du hast Kristalle und Gläser, welche dir ferne Dinge zeigen können. Ich bitte dich, hole sie und rudere mich in deinem Boot zum oberen Ende des Mondsees, auf daß wir um Mitternacht dort an Land gehen können. Und bringe den Fürsten Brandoch Daha und deine Brüder mit. Doch lasse es niemanden sonst wissen. Denn wir verhöhnten sie nur mit einem falschen Morgengrauen, sollte es sich zuletzt doch gemäß deines Wissens, o mein Freund, und nicht gemäß meiner Gebete erweisen.«

So tat der Fürst Juss also, wie jene holde Königin ihn geheißen, und so ruderten sie im Mondschein den See entlang. Keiner sprach, und die Königin saß abseits am Bug des Bootes, vertieft in ihre Gebete zu den unsterblichen Göttern. Als sie das obere Ende des Sees erreicht hatten, gingen sie bei einer kleinen Bank aus silbrigen Sand an Land. Die Aprilnacht wölbte sich über ihnen, mild im Mondlicht. Die Schatten der Berge hoben sich tintenschwarz und unvorstellbar gewaltig vom Himmel ab. Die Königin kniete eine Weile schweigend auf dem kalten Boden, und jene Fürsten von Dämonenland standen still daneben und sahen ihr zu.

Nach einer Weile erhob sie ihre Augen zum Himmel; und siehe, zwischen den beiden Hauptgipfeln des Riffgebirges erhob sich langsam ein Meteor aus dem Dunkel und kroch über den Nachthimmel, einen Schweif silbrigen Feuers hinter sich her ziehend, und verschwand lautlos ins Dunkel. Sie warteten, und ein weiterer erschien, und noch einer, bis das ganze westliche Firmament in ihrem Schein leuchtete. Von zwei Stellen des Himmels kamen sie hervor, einmal zwischen den Vorderpranken des Löwen und zum andren vom dunklen Bild des Krebses. Und jene, die vom Löwen kamen, funkelten weiß wie die Feuer des Rigel oder Altair, und jene vom Krebs waren feurig rot wie der Schein des Antares. Die Fürsten von Dämonenland, auf ihre Schwerter gestützt, sahen diesen Zeichen eine lange Zeit in Schweigen zu. Dann nahm der Meteorreigen ein Ende, und nur mehr die stetigen Sterne schienen einsam und hehr. Eine leichte Brise strich durch die Erlen und Weiden am See. Die Wellen, die am kiesigen Ufer leckten, spielten ihre plätschernde Weise. Eine Nachtigall in einem Gehölz auf einem Hügel sang so leidenschaftlich süß, daß es schien, ein Geist sänge aus ihr. Wie in Trance standen sie und lauschten, bis das Lied verklang und es totenstill über dem Wald und dem Wasser wurde. Dann flammte der ganze Osten einen Augenblick auf in einem blendenden Blitz, und Donner grollte von Osten über das Meer.

Der Donner nahm Gestalt an, so daß Musik das Firmament durchflutete, Himmel und Erde wie mit Trompetenstößen erfüllte, die zur Schlacht rufen, erst hoch, dann tief, dann verebbend zur Stille. Juss und Brandoch Daha erkannten es als jenen großen Schlachtruf wieder, der jener Musik in der dunklen Nacht vor dem Palaste der Königin im Koschtra Belorn vorausgegangen war, als beide das erste Mal unter ihrem göttlichen Portale standen. Wieder ging der mächtige Ruf durch Erde und Luft, trutzig erschallend; und in seinem Gefolge erhoben sich neue Stimmen, tastend in der Dunkelheit, schwollen an zu leidenschaftlicher Klage, zögerten und verhallten im Wind, bis nichts mehr blieb als ein Grollen gedämpften Donners, lang, tief, leise und voll Drohung.

Die Königin wandte sich Fürst Juss zu. Und gewiß waren ihre Augen wie zwei Sterne, die in der Düsternis erstrahlten. Sie sprach mit gedämpfter Stimme: »Den Sehkristall, mein Freund.«

So machte der Fürst Juss ein Feuer aus gewissen Kräutern und

Gewürzen, und Rauch stieg in einer dichten Wolke voller knisternder Funken empor, mit einem süßen, scharfen Geruch. Und er sprach: »Nicht wir, o Königin, damit nicht unsre Sehnsucht unsre Sinne betrüge. Blicke du in meinem Glas durch den Rauch und sage mir, was du im Osten jenseits der ungepflügten See schauest.«

Die Königin schaute. Und sie sprach: »Ich sehe eine Hafenstadt und einen trägen Fluß, der durch einen mit Schlammbänken durchsetzten See in den Hafen fließt und ein weites, ödes Marschland, das sich vom Meer aus landeinwärts erstreckt. Landeinwärts, am Ufer des Flusses, sehe ich ein großes Kliff, das sich über das flache Fenn erhebt. Und Mauern auf dem Kliff, als wäre es eine Festung. Und das Kliff und die gemauerten Befestigungen sind schwarz wie die Nacht und wie das Unheil auf mächtigem Thron, das die Öde jener Marschen verdunkelt.«

Juss sprach: »Sind die Mauern eingestürzt? Und liegt nicht jener große Rundturm südwestlich in Trümmern auf den Mauern?«

Sie sprach: »Alles ist ganz und heil wie die Mauern deines eignen Schlosses, mein Freund.«

Juss sprach: »Drehe den Kristall, o Königin, damit du hinter die Mauern schauen kannst, ob dort irgendwelche Personen sind, und sage uns ihre Gestalt und ihr Aussehen.«

Die Königin war eine Weile still und blickte angestrengt in den Kristall. Dann sprach sie: »Ich sehe einen Bankettsaal mit Wänden aus dunkelgrünem Jaspis, mit Rot gesprenkelt, und einem massiven Kranzgesims, das von dreiköpfigen Riesen, aus schwarzem Serpentin gemeißelt, getragen wird; und auf jedem der Giganten lastet eine große Krebsgestalt. Der Saal hat sieben Wände. Zwei lange Tische stehen darin und ein dritter am Querende. In der Mitte des Saales erkenne ich eiserne Kohlepfannen, und silberne Leuchter spenden Helligkeit für die Feiernden an den langen Tafeln. Ein paar dunkle junge Männer mit finstrer Miene und starkem Kinn, richtige Soldaten, Brüder vielleicht. Bei ihnen sitzt einer mit rötlichem Antlitz, freundlicher von Gesicht, mit einem langen braunen Schnurrbart. Ein andrer, der ein bronzenes Kettenhemd und ein meergrünes Wams trägt; alt ist er, mit spärlichem grauem Backenbart und aufgedunsenen Wangen; plump und dickwanstig, kein stattlicher alter Mann, dem Aussehen nach.«

Sie hielt inne, und Juss sprach: »Wen siehest du noch in dem Bankettsaal, o Königin?«

Sie sprach: »Das Licht der Leuchten blendet mich, so daß ich den Quertisch nicht sehen kann. Ich werde den Kristall wieder drehen. Ja, nun erkenne ich zwei an diesem Tisch, die sich mit einem Würfelspiel die Zeit vertreiben. Der eine sieht recht gut aus, mit kräftigen Gliedern und noblem Gebaren, lockigem braunem Haar und Bart und Augen scharf wie die eines Seemanns. Der andre wirkt jünger an Jahren, jünger als jeder von euch, meine Herren. Er ist glatt rasiert, von frischer Farbe und hat helles, gelocktes Haar, und seine Stirn ist mit einem festlichen Kranz umwunden. Ein sehr großer, breiter, stattlicher und gefälliger junger Mann. Dennoch hat er etwas an sich, das meinem Auge mißfällt, und trotz seines schönen Gesichts und königlichen Auftretens behagt er mir nicht.

Daneben sitzt eine junge Dame, die ihnen beim Spiel zusieht. Sie ist aufwendig gekleidet und besitzt eine gewisse Schönheit. Doch mehr Lobenswertes kann ich nicht –«, und plötzlich beunruhigt, senkte die Königin den Kristall in ihrer Hand.

Das Auge des Fürsten Brandoch Daha blinzelte, aber er sagte nichts. Fürst Juss sprach: »Mehr, flehe ich dich an, o Königin, ehr der Rauch und somit diese Vision verflogen ist. Wenn dies alles vom Bankettsaal ist, siehst du dann noch mehr außerhalb?«

Wieder blickte die Königin in den Kristall und sprach nach einer Weile: »Da ist eine Terrasse an der Westseite, unter der inneren Mauer jener Feste der Nacht, und auf ihr wandelt im Fackelleicht ein Mann, gekrönt wie ein König. Sehr groß ist er, hager und langgliedrig. Er trägt ein schwarzes Gewand, mit Diamanten besetzt, und die Krone auf seinem Haupt hat die Form eines Krebses, und die Juwelen darauf überstrahlen die Sonne an Glanz. Doch kaum vermag ich seine Gewandung zu bemerken, da ich in sein Gesicht geblickt, das schrecklicher ist, als es je bei einem Menschen gesehen ward. Und die ganze Art des Mannes ist voller Finsternis und Macht und Schrecken und Befehlsgewalt, so daß die Geister der Unterwelt vor ihm erzittern und ihm hörig sind.«

Juss sprach: »Der Himmel bewahre uns davor, daß dies nur ein süßer und goldner Traum ist, aus dem wir morgen voller Enttäuschung erwachen.«

»Neben ihm«, sprach die Königin, »in vertrauter Unterhaltung, wie ein Diener zu seinem Herrn sprechend, geht einer mit einem langen schwarzen Bart, gekräuselt wie Schafswolle und glänzend wie eine Rabenschwinge. Blaß ist er wie der Mond in den Stunden des Tageslichts, schlank, mit fein geschnittenen Zügen und großen dunklen Augen, und seine Nase ist gekrümmt wie eine Sichel; er sieht sanft und etwas melancholisch aus, dennoch sehr edel.«

Fürst Brandoch Daha sprach: »Siehst du niemanden, o Königin, in den Gemächern auf der östlichen Galerie über dem Innenhof des Palas?«

Die Königin sprach: »Ich sehe ein hohes Schlafgemach, mit Wandteppichen behangen. Es ist dunkel darin bis auf zwei Kerzenleuchter, die vor einem großen Spiegel brennen. Ich sehe eine Frau vor diesem

Spiegel stehen, mit einer Krone im Haar, welche mit purpurnen Amethysten besetzt ist, und das Haar hat die Farbe der Spitze einer Flammenzunge. Ein Mann kommt durch die Tür hinter ihr, teilt die schweren Behänge rechts und links. Mächtig von Gestalt ist er und sieht aus wie ein König, in seinem großen Wolfsfellmantel und seinem Wams aus rostrotem Samt mit Ornamenten aus Gold. Sein kahles Haupt, umgeben von einem einem Kranz ergrauter Locken, und die grauen Stellen in seinem Bart verraten, daß er die Lebensmitte schon überschritten hat; aber das Licht der Jugend brennt in seinen wachen Augen, und die Kraft der Jugend ist in seinem Schritt. Sie wendet sich um, ihn zu begrüßen. Groß ist sie, und jung ist sie und schön und stolzen und lieblichen Angesichts und auch edelmütig und herzlich, wenn ihr Aussehen nicht trügt.«

Königin Sophonisba bedeckte ihre Augen und sprach: »Meine Herren, mehr sehe ich nicht. Der Kristall wird trübe wie Schaum in einem Wasserstrudel bei schwerem Regen. Meine Augen schmerzen vom Schauen. Laßt uns zurückrudern, denn die Nacht ist weit fortgeschritten, und ich bin müde.«

Aber Juss hielt sie zurück und sprach: »Laßt mich noch ein wenig träumen. Die zwei Säulen der Welt, deren eine wir als blinde Werkzeuge des unerforschlichen Himmels zerstörten, sollen wieder stehn? Daß wir hinfort, ich und er, die Seinen und die Meinen, zeitlos und unsterblich auf immerdar, ewiglich unsren edlen Streit ausfechten möchten, ob er oder wir sollten der ganzen Welt Gebieter sein? Wenn dies nur Phantome sind, dann hättest du, o Königin, unsrem Herzen den Todesstoß versetzt. Denn ungesehen, ungeahnt, hätte dies uns vorenthalten bleiben können: jetzt aber nimmermehr. Doch wie wäre es möglich, daß die Götter sich erbarmen und die Jahre wiederkehren?«

Aber die Königin sprach, und ihre Stimme war wie die fallenden Schatten des Abends, in verborgener Pracht erzitternd wie von einem Hauch erwachenden Sternenlichts, lebendig hinter dem verblassenden Blau. »Dieser König«, sprach sie, »trug in der Verderbtheit seines sündhaften Stolzes auf seinem Daumen das Bildnis jenes Wurms Ouroboros, wie um zu sagen, daß sein Königreich niemals enden würde, Dennoch ward er, als seine Stunde gekommen, in die Tiefen der Hölle hinabgestürzt. Und wenn er jetzt daraus errettet und wieder zum Leben erweckt wurde, so geschah dies nicht ob seiner Tugend, sondern um euretwillen, ihr Herren von Dämonenland, die euch die allmächtigen Götter lieben. Deshalb bitte ich euch, bewahret Demut vor den Göttern in euren Herzen und sprecht keine ungeziemenden Worte. Laßt uns jetzt zurückrudern.«

Goldenfingrig kam die Morgenröte, doch die Fürsten von Dämonenland lagen lange zu Bett nach ihrer Wache in der Nacht. Etwa zur dritten Stunde vor Mittag füllte sich der hohe Audienzsaal, und die drei Brüder nahmen auf ihren Thronen Platz, wie sie vier Jahre zuvor gesessen, zwischen den goldnen Hippogryphen, und neben ihnen waren Thronstühle für Königin Sophonisba und Fürst Brandoch Daha aufgestellt worden. Alles andre von Schönheit und Pracht in Stormhöh hatte die Königin nun gesehen, nicht aber diesen Audienzsaal; und sie staunte ob der Kostbarkeiten und der prunkvollen Ausstattung, der Tapisserien und Reliefs an den Wänden, der Gemälde und selbstleuchtenden Lampen aus Mondstein und Garfunkel, der Ungeheuer auf den vierundzwanzig Säulen, aus Edelstein geschnitten, deren jeder so groß war, daß zwei Männer ihn kaum mit den Armen umfassen konnten, und der Sternbilder, die an jenem Firmament aus Lapis Lazuli unter dem Baldachin aus Gold erglühten. Und als sie zu Ehren des Fürsten Juss die Kelche erhoben und ihm ein langes Leben und Freude und Ruhm auf immerdar wünschten, nahm die Königin eine kleine Laute zur Hand und sprach: »O mein Fürst, ich will dir ein Sonett singen, dir und euch, ihr Herren, und dem meerumgürteten Dämonenland.« Und sie rührte die Saiten und sang mit ihrer kristallklaren Stimme, so rein und zart, daß alle im Saale von ihrer Schönheit überwältigt waren:[6]

Soll einem Sommers Tag ich Dich vergleychen?
Holdseliger vnd milder noch bist Du:
Durch Mäien-Knöspchen raue Winde streychen /
Des Sommers Frist geht raschem Ende zu.
Offt glüht des Himmels Auge gar zu heiß /
Offt zeigt sein goldner Glantz des Dunkels Spur;
Das Schöne weicht offt aus der Schönheit Gleiß
Durch Zufall / oder Wandel der Natur.
Dein ewger Sommer doch soll niemer schwinden
Noch jener Schöne mangeln / die Du hast;
Noch wirdt der Todt in Schattens Reich Dich finden /
Wenn Dich die Zeit in ewge Zeilen faßt.

Solange Menschen atmen / Augen sehn /
Lebt diß vnd gibt Dir Leben vnd Bestehn.

Als ihr Lied zu Ende war, erhob sich Juss und küßte ihre Hand und sprach: »O Königin Sophonisba, Schützling der Götter, beschämet uns nicht mit Lobpreisungen, die zu hoch für bloße Sterbliche sind. Wißt Ihr doch wohl, welch Ding allein uns Glück und Zufriedenheit bringen mag. Und 's ist undenkbar, daß jenes, was sich uns letzte Nacht am Mondsee zeigte, die reine Wahrheit war, sondern ehr der Traum einer Nachtvision.«

Aber Königin Sophonisba antwortete und sprach: »Mein Freund, versündige dich nicht an der Gnade der unsterblichen Götter, auf daß sie dir nicht zürnen und sie zurücknehmen, die sie euch von Dämonenland von diesem Tag an ewige Jugend und immerwährende Kraft und Waffenkunst und – doch höret!« sprach sie, denn eine Trompete ertönte am Tor, ein dreifach schmetterndes Signal.

Beim Schall dieser Trompete sprangen die Fürsten Goldry und Spitfyr von ihren Sitzen und warfen die Hand ans Schwert. Fürst Juss stand wie ein witternder Hirsch. Fürst Brandoch Daha saß still auf seinem goldnen Thron; er änderte kaum seine Haltung anmutiger Gelassenheit. Aber sein ganzer Körper schien entflammt zu sein zu neuer Tat, wie das Licht bei Sonnenaufgang am Himmel pocht und wächst. Er blickte die Königin an, und seine Augen waren erfüllt von einer wilden Ahnung[7]. Ein Diener, auf ein Nicken des Fürsten Juss hin, eilte aus dem Saal.

Atemlose Stille lag über jenem hohen Audienzsaal zu Stormhöh, bis nach einer kurzen Weile der Diener bestürzt und erschrockenen Auges wiederkam, sich vor Fürst Juss verneigte und sprach: »Herr, 's ist ein Gesandter von Hexenland mitsamt Gefolge. Er heischt sofortiges Gehör.«

Zeittafel

Die Zeitrechnung ist Anno Carces Conditae. *Die Handlung der Geschichte erstreckt sich über genau vier Jahre; vom 22. April 399 bis zum 22. April 403 A. C. C.*

Jahr
A. C. C.

171 – Königin Sophonisba in Morna Moruna geboren.
187 – Gorice III. jenseits des Bhavinan von Mantichoren verschlungen.
188 – Morna Moruna von Gorice IV. geplündert. Königin Sophonisba findet mit göttlicher Hilfe Zuflucht in Koschtra Belorn.
337 – Gorice VII. beim Zaubern in Carcë von bösen Geistern getötet.
341 – Geburt von Zeldornius.
344 – Geburt von Corsus.
353 – Corund in Carcë geboren.
354 – Geburt von Zenambria, Herzogin und Gemahlin des Corsus.
357 – Geburt von Helteranius.
360 – Volle zu Dunkelhohlstätten in Dämonenland geboren.
361 – Geburt von Jalcanaius Fostus.
363 – Geburt von Vizz zu Dunkelhohlstätten.
364 – Gro am Hof von Zaje Zaculo in Koboldland geboren, Ziehbruder des Königs Gaslark. Gaslark in Zaje Zaculo geboren.
366 – Laxus, Admiral von Hexenland und später König von Gnomenland, in Estremerine geboren.
367 – Geburt von Gallandus in Butenien.
369 – Zigg geboren zu Vielbüschen im Amadartal.
370 – Juss geboren zu Stormhöh.
371 – Goldry Bluszco geboren zu Stormhöh. Dekalajus, ältester der Söhne des Corsus, in Hexenland geboren.
372 – Spitfyr geboren zu Stormhöh. Brandoch Daha geboren zu Krothering.

374 – La Feurioz geboren zu Norvasp in Gnomenland. Gorius, zweiter von Corsus' Söhnen, in Hexenland geboren.
375 – Corinius geboren in Carcë.
376 – Prezmyra, Schwester des Prinzen La Feurioz, Corunds zweite Frau und später Königin von Wichtland, in Norvasp geboren.
379 – Geburt von Hacmon, ältester der Söhne Corunds. Mevrian, Schwester des Fürsten Brandoch Daha, geboren in Krothering.
380 – Heming geboren, zweiter von Corunds Söhnen.
381 – Dormanes geboren, dritter von Corunds Söhnen.
382 – Geburt des Viglus, vierter Sohn Corunds, in Carcë. Rezedor, König von Koboldland, wird heimlich von Corsus vergiftet; Gaslark regiert als sein Nachfolger in Zaje Zaculo. Sriva, Tochter von Corsus und Zenambria, geboren in Carcë.
383 – Armelline, Kusine ersten Grades des Königs Gaslark, später vermählt mit Goldry, geboren in Carcë.
384 – Cargo, jüngster der Söhne Corunds, geboren in Carcë.
388 – Die Ghulen dringen in Koboldland ein; die Flucht aus Zaje Zaculo; Tenemos verbrannt; die Macht der Ghulen von Corsus gebrochen.
389 – Zeldornius, Helteranius und Jalcanaius Fostus mit einem Heer von Gaslark nach Wichtland ausgesandt; werden dort verzaubert.
390 – Die Hexen fallen in Koboldland ein; ihre Niederlage dank der Dämonen bei Lormeron; Brandoch Daha erschlägt Gorice X.; Corsus wird von den Dämonen gefangengenommen und ihm große Schande bereitet; Gro, der sich von der Seite Koboldlands trennt, geht an den Hof von Hexenland ins Exil.
393 – La Feurioz, von Fax Fay Faz zu Lida Nanguna in Wichtland belagert, wird von den Dämonen befreit; Goldry Bluszco von Corsus bei Harquem vertrieben.
395 – Corund vermählt sich in Norvasp mit der Prinzessin Prezmyra.
398 – Die Ghulenplage nimmt ungeahnte Ausmaße an; sie plündern in Dämonenland und brennen Goldrys Haus zu Drepabühl nieder.
399 – Heiliger Krieg Hexenlands, Dämonenlands, Koboldlands und anderer zivilisierter Nationen gegen die Ghulen; Laxus, mit Zustimmung seines Herrn Gorice XI. und auf den Rat des Fürsten Gro hin, flieht mit seiner

Flotte aus der Schlacht vor Kartadza (östliche Küste Dämonenlands); die Ghulen werden dennoch von den Dämonen im Sund von Kartadza besiegt und ihre ganze Rasse ausgerottet. Gorice XI. erhebt Herrschaftsansprüche über Dämonenland, führt mit Goldry Bluszco einen Ringkampf aus und wird bei dieser Begegnung getötet.

Gorice XII. nimmt mit glücklicherer Hand die magischen Praktiken von Gorice VII. in Carcë wieder auf, entführt Goldry Bluszco mit einer solchen magischen Sendung. Juss und Brandoch Daha, halb um den Verstand gebracht, ziehen unüberlegt mit Gaslark gegen Carcë und werden dort eingekerkert; ihre Befreiung durch La Feurioz und Rückkehr in ihre Heimat; Juss' Traum; der Rat zu Krothering; die erste Expedition nach Wichtland.

Des Königs Rache an La Feurioz und Gnomenland, ausgeführt durch Corinius, und der Prinz enteignet und ins Exil getrieben; Corunds großer Marsch über das Gebirge Akra Skabranth, plötzliches Auftauchen in Niederwichtland und Eroberung dieses Landes; Schiffbruch der dämonenländischen Flotte; Blutbad von Salapanta; Marsch der Dämonen nach Oberwichtland; Liebesnacht des Brandoch Daha mit der Dame von Ischnain Nemartra, die ihm ein Wyrd auferlegt; Corund belagert und erobert Eschgrar Ogo; Juss und Brandoch Daha entkommen durch die Wüste Moruna und überwintern am Ufer des Bhavinan.

400 – Nachricht von Eschgrar Ogo gelangt nach Carcë; Corund wird dafür vom König mit dem Titel eines Königs von Wichtland geehrt. Juss und Brandoch Daha überqueren das Ziajoch; Kampf mit der Mantichore; Besteigung des Koschtra Pivrarcha und Eintritt in den Koschtra Belorn, dort Gäste der Königin Sophonisba; Juss' Vision von Goldry, auf dem Zora festgehalten; die Hilfe der Königin in ihrem Vorhaben; das Ei des Hippogryphen am Ufer des verzauberten Sees von Ravarie ausgebrütet; die fatale Torheit des Mirvasch. Juss wagt trotz der Königin Warnung die Besteigung des Zora Rach, kommt dabei um ein Haar ums Leben.

Prezmyra wird Königin von Wichtland und Laxus König von Gnomenland, beide gekrönt in Carcë; der König schickt seine Truppen nach Dämonenland und macht Corsus zu deren Feldherrn; Laxus besiegt Volle zur See vor Sichthaven, und Corsus Vizz zu Land bei Kreuzbühl; Vizz fällt in der Schlacht; grausame Maßnahmen des Corsus gegen Land und Volk; Zerwürfnis zwischen ihm und Gallandus. Großer Gegenschlag Spitfyrs; zerschlägt Corsus' Armee in der Aue von Brima und belagert die Überlebenden in Uhlswick; Unzufriedenheit in der Armee; Corsus ermordet Gallandus eigenhändig in Uhlswick; Gro bringt Kunde davon nach Carcë; Corsus vom König abgesetzt und an seiner Stelle Corinius zum König von Dämonenland ernannt, der sogleich aufbricht, um die Lage zu retten. Schlacht am Thremnir-Kliff, wo Spitfyrs Widerstand gebrochen wird; Corinius in Uhlswick gekrönt; Corsus und seine Söhne in Gewahrsam genommen und heim nach Hexenland verschifft.

401 – Eroberung des östlichen Dämonenlands durch Corinius, ausgenommen Stormhöh allein, das Bremery mit siebzig Mann halten kann; Corinius zieht über den Steig westwärts; seine ungehörige Forderung an Mevrian; Mißlingen von Gaslarks Eingreifen, um Krothering zu befreien; seine Niederlage zu Auerwatt; geschickter Rückzug des Corinius von Krothering vor großer Überzahl; er lauert Spitfyrs Streitkräften am Ufer des Scheidersees auf und vernichtet sie; der Fall Krotherings und Mevrians Kapitulation; ihre Flucht mit Hilfe der Söhne Corunds auf den Rat Gros hin und mit Billigung durch Laxus; ihre Flucht in die Westmark und dann ostwärts ins Nimmertal. Gro gibt die Sache Hexenlands zugunsten Dämonenlands auf; seine und Mevrians Begegnung mit Juss und Brandoch Daha, nach zwei Jahren heimgekehrt. Aufruhr im Osten und Befreiung Stormhöhs; die meisterhafte Kriegstaktik beider Seiten vor der Entscheidungsschlacht; Schlacht bei Krothering und Vertreibung der Hexen aus Dämonenland.

402 – Zweite Expedition nach Wichtland, bei der Gaslark und La Feurioz sich den Dämonen anschließen; Landung bei Muelva im Didornischen Meer; Juss, Spitfyr. Brandoch Daha, Gro, Zigg und Astar durchqueren die Moruna; Juss' Ritt auf dem Hippogryphen zum Gipfel des Zora Rach und Befreiung Goldry Bluszcos.

Laxus, vom König entsandt, versperrt mit einer überlegenen Flotte die Straße von Melikaphkhaz und den Dämonen somit den Heimweg; Vernichtung der hexenländischen Armada; Laxus und La Feurioz fallen; ein einziges übriggebliebenes Schiff bringt die Kunde nach Carcë; Corund wird zum Oberbefehlshaber in Carcë ernannt; Aufstellung der hexenländischen Armeen und ihrer Verbündeten.

Landung der Dämonen im Süden Hexenlands; die Verhandlung vor Carcë; des Königs Warnung an Juss; unschlichtbare Feindschaft zwischen ihnen; schlechte Vorzeichen und Omen am Firmament; des Königs verzweifelter Entschluß, sollte die Schlacht zu seinen Ungunsten ausfallen; Schlacht vor Carcë; der Tod Gros und Corunds; Corinius zum zweiten Mal Oberbefehlshaber; Corsus rät zur Aufgabe, zieht so den Zorn des Königs auf sich und wird seines Amtes als Ratsmitglied enthoben; in seiner Verzweiflung vergiftet er Corinius und unglücklicherweise auch seinen Sohn und seine Herzogin, fällt aber selbst durch Corinius' Hand; Zerbersten des Eisernen Turms beim Mißlingen von des Königs letzter Beschwörung. Die Dämonen stürmen Carcë; ihre Begegnung dort mit Königin Prezmyra; ihr tragisches Ende und ihr trauriger Triumph; womit das hexenländische Weltreich und das Haus Gorice untergehen.

403 – Königin Sophonisba in Dämonenland; das Wunder aller Wunder, welches am Geburtstag des Fürsten Juss, dem dreiunddreißigsten Jahr seines Lebens in Stormhöh, die Welt wiederherstellt.

Anmerkungen zur Einführung

1. Mark Graubard geht in seinem Buch *Astrology and Alchemy: Two Fossil Sciences* (New York: The Philosophical Library, 1953) auf den Ouroboros ein. Dieses alte Symbol wird Studenten der modernen Psychologie nicht ganz unbekannt sein, denn es ist von C. G. Jung und Erich Neumann in ihren Abhandlungen über die Entwicklung und Einheit der Persönlichkeit verwendet worden. Siehe Jungs *Symbole der Wandlung* (*Symbols of Transformation,* übers. R. F. C. Hull, New Haven: Princeton UP, 1956) und Neumanns *The Origins and History of Consciousness.* Eine Abbildung einer alten Zeichnung des Ouroboros in einem Papyrus-Manuskript findet sich, für den Interessenten, in *Greek Papyri in the British Museum, Catalogue with Texts,* hg. F. G. Kenyon (London: William Clones and Sons, Ltd., 1893), S. 103.
2. Die alten Alchimisten verstanden Gold, abgesehen von seiner wörtlichen Bedeutung als Edelmetall, in einem metaphorischen Sinne. Jede Substanz mit geordneten Proportionen konnte als »golden« bezeichnet werden.
3. Graubard, *Astrology and Alchemy,* S. 240.
4. Robert Steele, »Alchemy«, *Shakespeare's England* (Oxford: Clarendon Press, 1970), I: 462–475.
5. Eddison an K. Henderson, 5. Februar 1923, Ms. Eng. Letters c. 231, fol. 18, Bodleian Library, Oxford.
6. Die meisten Leser außerhalb des Gebiets der skandinavischen Literatur haben nie von den isländischen Sagas gehört. Professor Gwyn Jones beschreibt die Sagas in seinem Buch *A History of the Vikings* (London: Oxford UP, 1973), S. 288: »Das dreizehnte Jahrhundert . . . war das klassische Zeitalter der Sagadichtung (d. h. der Familiensaga). Die einhundertzwanzig oder mehr Sagas (*sögur*) und kürzere Erzählungen (*thaettir*) bieten uns eine frei wiedergegebene und oft erfundene Geschichte eines Großteils des zehnten und des ersten Drittels des elften Jahrhunderts am Beispiel der Lebensgeschichten herausragender Männer und Frauen und der von Fehden gekennzeichneten Traditionen großer Familien, doch stark umgestaltet durch die schöpferische Phantasie von Erzählern, Dichtern und Schreibern, durch die Veränderungen, denen die Tradition im Laufe von zwei- bis dreihundert Jahren unterworfen ist, und die unvermeidlichen Verzerrungen, wenn Menschen mit antiquarischem Interesse und Familienstolz eine Zeit teilweise in Begriffen einer anderen darstellen.«
7. H. Rider Haggard an Eddison, 14. Mai 1922, Ms. Eng. Letters c. 231, fol. 13, Bodleian Library, Oxford.
8. Hier greife ich Worte und Ideen auf, die J. R. R. Tolkien in seinem Essay »On Fairy-Stories«, in der Anthologie *Essays Presented to Charles Williams,* hg. C. S. Lewis (London: Oxford UP, 1947; reprogr. Nachdruck Grand Rapids, Michigan: Eerdmans, 1974), S. 60, zum Ausdruck gebracht hat. Dies sind Tolkiens Worte zur Fähigkeit des Lesers, das Phantastische in der Literatur zu glauben: »Diesen Geisteszustand hat man ›die willentliche Aussetzung des Unglaubens‹ genannt. Doch dies scheint mir keine

gute Kennzeichnung dessen, was dabei geschieht. Eigentlich geschieht vielmehr dies, daß sich der Geschichtenerfinder als ein erfolgreicher ›Zweitschöpfer‹ erweist. Er schafft eine Sekundärwelt, in die unser Geist eintreten kann. Darinnen ist ›wahr‹, was er erzählt: Es stimmt mit den Gesetzen jener Welt überein. Daher glauben wir es, solange wir uns gewissermaßen darinnen befinden. Sobald Unglaube aufkommt, ist der Bann gebrochen; der Zauber, oder vielmehr die Kunst, hat versagt. Dann sind wir wieder in der Primärwelt und betrachten die kleine, mißlungene Sekundärwelt von außen.« [»Über Märchen«, übers. Wolfgang Krege, in *Gute Drachen sind rar,* Stuttgart: Klett-Cotta, 1984 (Cottas Bibliothek der Moderne, 30), S. 90.]

9. Tolkien an Caroline Everett, Brief 199, *The Letters of J. R. R. Tolkien,* hg. Humphrey Carpenter mit Christopher Tolkien (Boston: Houghton Mifflin Co., 1981), S. 258. [J. R. R. Tolkien, *Briefe,* Hg. v. Humphrey Carpenter unter Mitwirkung von Christopher Tolkien, übers. Wolfgang Krege, Stuttgart: Klett-Cotta, 1991 (Hobbit Presse), S. 339.]
10. Ransome an Eddison, 10. September 1922, Ms. Eng. Letters c. 231, fol. 30, Bodleian Library, Oxford.
11. Arthur Ransome, *The Autobiography of Arthur Ransome* (London: Jonathan Cape, 1976), S. 38.
12. Eddison an E. Brinton, 6. August 1922, SRQ 823.91 ED23, Korrespondenz zu *Styrbiorn the Strong,* Local History Department, Reference Library, Central Library, Leeds.
13. SRQ 823.91 ED23, Korrespondenz zu *Styrbiorn the Strong,* Local History Department, Reference Library, Central Library, Leeds.
14. SRQ 823.91 ED23, Korrespondenz zu *Egil's Saga,* Local History Department, Reference Library, Central Library, Leeds.
15. Diese und alle anderen unbelegten Zitate in diesem Unterkapitel (»Ich will ... erzählen«), stammen aus Eddisons Einleitung zu seiner Übersetzung der *Egil's Saga* (Cambridge: Cambridge University Press, 1930), S. xxvii–xxii.
16. Eddison, *Egil's Saga,* S. xix.
17. Gwyn Jones, *Eirik the Red and other Icelandic Sagas,* übers. Gwyn Jones (Oxford: Oxford University Press, 1982), S. ix.
18. Magnus Magnusson und Hermann Palson, *Njal's Saga,* übers. M. Magnusson und H. Palson (Harmondsworth, Middlesex: Penguin, 1986), S. 25.
19. Jones, *Eirik the Red,* S. xiv.
20. E. V. Gordon, *An Introduction to Old Norse* (Oxford: Clarendon Press, 1927), S. xxxii.
21. Eddison an Mrs. Ford, 24. Januar 1923, Ms. Eng. Letters c. 231, fol. 9, Bodleian Library, Oxford.
22. Eddison, *Egil's Saga,* S. xxix.
23. Eddison an Henderson, 5. Februar 1923, Ms. Eng. Letters c. 231, fols. 18–21, Bodleian Library, Oxford.
24. Priamos' »schöner Palast« war »mit gehauenen Hallen geschmückt ...; aber im Innern / Waren fünfzig Gemächer aus schöngeglättetem Marmor / Dicht an einander gebaut« [*Homers Ilias* (Dortmund: Harenberg, 1978; Faksim. Nachdr. d. Ausg. München: Friedr. Bruchmann's Verlag, 1882), in der Übersetzung von Johann Heinrich Voß, VI: 242–245].

25. Es gibt im ganzen Roman nur drei Hinweise auf Eltern [Kap. XIII, XIV, XXXI].
26. H. Munro Chadwick, *The Heroic Age* (Cambridge: Cambridge University Press, 1917), S. 387.
27. Jones, *History of the Vikings*, S. 279–287.
28. [*Ilias*, zitiert nach der Übersetzung von Johann Heinrich Voß; vgl. oben, Anm. 24.]
29. *Othello*, 2. Akt, 3. Szene. [Hier zitiert nach der Übersetzung von Wolf Graf Baudissin.]

Anmerkungen zu ›Der Wurm Ouroboros‹

Vorbemerkung des Herausgebers

Im folgenden werden zwei Abkürzungen durchgängig verwendet: ERE für E. R. Eddison und *WO* für *Der Wurm Ouroboros.*

Wo möglich, habe ich versucht, auf die Quellen hinzuweisen, die einen nachweisbaren Einfluß auf den Text haben, um in detaillierter Form, als es in der Einleitung möglich war, die vielen literarischen Werke aufzudecken, welche Eddison derart entzückten, daß seine Phantasie davon angeregt wurde, sie nachzuahmen oder von ihnen zu borgen, und einige der Gedanken, die ihm durch den Kopf gingen, während er dieses Buch schrieb. Viele von den hier aufgezeigten Einflüssen sind literarischer Natur, da mir in anderen Bereichen die Kenntnisse fehlen; Astronomie zum Beispiel, eine Wissenschaft, mit der Eddison sich ausgiebig beschäftigt hat, habe ich völlig unberücksichtigt gelassen. Selbst meine Bemühungen, die literarischen Vorlagen zu erhellen, mußten bruchstückhaft bleiben, da Eddisons Belesenheit tiefer und weiter ging als die meine bislang, und mir ist bewußt, daß ich manche Anspielungen durch schiere Unwissenheit übergangen habe. Diejenigen Leser, deren Schatz an Poesie reicher ist als der meine, werden Dinge sehen, denen gegenüber ich blind gewesen bin, und ich bitte um Nachsicht bei der Lektüre meiner Anmerkungen.

P. E. Thomas

Anmerkung des Übersetzers

Die in der Übersetzung verwendeten allgemeinen Quellen unterscheiden sich zwangsläufig von jenen, die der englische Herausgeber verwendet hat; weshalb auf deren Nennung hier verzichtet wird. Von den häufiger konsultierten Werken bleibt jedoch eines zu nennen: Im Jahre 1928 veröffentlichte die Oxford University Press in der Clarendon Press das zehnbändige *A New English Dictionary on Historical Principles;* 1933 erschien eine zwölfbändige Ausgabe unter dem Titel *The Oxford English Dictionary* (OED), und 1989 wurde die überarbeitete und erweiterte zweite Ausgabe von *The Oxford English Dictionary* veröffentlicht. Bei der Klärung und Erklärung nahezu aller Archaismen und esoterischen Worte und deren etymologischer Zusammenhänge wurde dieses grundlegende lexikographische Werk herangezogen, in der mikrographisch reproduzierten zweibändigen Ausgabe von 1971 (London: Oxford University Press; rpt. 1979 by Book Club Associates). Die Shakespeare-Zitate folgen der klassischen deutschen Übertragung von Schlegel, Tieck u. a.; die Homer-Zitate der Übertragung von Johann Heinrich Voß. Für die Theaterstücke John Websters, *Die weiße Teufelin (The White Divel)* und *Die Herzogin von Malfi (The Duchess of Malfi),* sind die Übertragungen von Alfred Marnau in der Krater-Bibliothek, verlegt bei Franz Greno (Nördlingen, 1986) herangezogen worden.

Die Zitate nach isländischen Sagas richten sich durchweg nach den alten deutschen Ausgaben im Eugen Diederichs Verlag, Jena (vgl Anm. 2 und 4 zu ›Die Induktion‹).

Wie jede Neufassung steht auch diese auf den Schultern ihrer Vorgänger, so der ersten deutschen Übersetzung von Reinhard Heinz (*Der Wurm Ouroboros*, München: Heyne, 1981) und der niederländischen von Helen Knopper (*De Worm Ouroboros*, Amsterdam: Bert Bakker, 1976).

Im Gegensatz zur ursprünglichen Absicht hat es sich im folgenden nicht als zweckmäßig erwiesen, die Anmerkungen zur Übersetzung gegenüber denen des Herausgebers kenntlich zu machen, da es sich in vielen Fällen nicht entscheiden läßt, ob es sich um eine direkte Wiedergabe, eine Umsetzung oder um einen Vergleich handelt; zumal in einer Reihe von Fällen für entlegene englische Vokabeln stammverwandte Entsprechungen im Deutschen existieren, die keiner Erklärung bedürfen, und umgekehrt. Für eine textkritische Lektüre empfiehlt es sich ohnedies, auf das Original zurückzugreifen; die folgenden Anmerkungen sind im besonderen dazu gedacht, dem deutschen Leser zu einem besseren Verständnis – und Genuß – des Romans zu verhelfen.

Helmut W. Pesch

Die Induktion

1. **Die Induktion:** Die ›Induction‹ (so im Original) ist der ›Hauptmangel‹ des Romans genannt worden (siehe Anm. 8 zu Kap. II), doch ERE bezweckt damit, den Leser auf den Ton und die Atmosphäre des Werkes einzustimmen. Das Wort selbst hat mehrere Bedeutungen, und nahezu alle finden hier Anwendung. Zunächst ist es ein altertümliches Wort für *introduction* ›Einführung‹, und indem er mit einem solchen Wort beginnt, dem ersten von Hunderten derartiger Archaismen, weckt ERE sogleich unsere Aufmerksamkeit für den eigenen Stil des Buches: Es wird eine eklektische Mischung des Modernen und des Archaischen sein. Das Wort bezeichnet auch die Handlung des persuasiven Verlockens, und auf diesen ersten Seiten versucht ERE uns zu verlocken, uns auf die eigentliche Geschichte einzulassen. EREs Methode ähnelt hier dem des elisabethanischen Dichters Thomas Sackville. EREs weitreichende Kenntnisse der englischen Literatur des 16. Jahrhunderts dürften ihn auch auf Sackvilles berühmte ›Induction‹ (1563) zu dem didaktischen Sammelgedicht *Mirrour for Magistrates* gestoßen haben, das von mehreren Dichtern verfaßt und in vier jeweils erweiterten Ausgaben zwischen 1559 und 1587 veröffentlicht wurde. In dieser ›Induction‹, die dem sechsten Buch der *Äneis* des Vergil nachempfunden ist, begegnet das personifizierte Leid dem düsteren Erzähler an einem trüben Wintertag und führt ihn aus der bekannten Welt in die Hölle. Jenseits der schwarzen Tore zeigt das Leid dem Erzähler eine Folge von grimmen Personifikationen: Gewissensqual, Schrecken, Rache, Elend, Alter, Krankheit, Hunger und Krieg. Der personifizierte Krieg trägt einen gewaltigen Schild, auf dem große Feldherren der Vergangenheit abgebildet sind: Darius, Hannibal, Pompejus, Caesar, Sulla und Marius. Sackville beschreibt jede der Personifikationen und die Dargestellten in einer reichen Bildersprache, die aus der Hölle einen Ort sinnlichen Schreckens und tiefer Düsternis macht. Dies bereitet den Leser auf die eigentlichen Beispiele und Themen des ›Amtsspiegels‹ vor; denn Sackvilles finstere Hölle, als Gegensatz zu den Annehmlichkeiten der hellen Oberwelt, unterstreicht die Lehren des Gedichts für die Strafen, die man in der Hölle für politische Sünden im Leben erleidet. Auf ähnliche Art macht die seltsame Natur von Eddisons imaginärer Welt seine Induktion notwendig, doch ist diese weder allegorisch noch didaktisch wie Sackvilles. ERE muß den Glauben an die imaginäre Welt evozieren, indem er sie irdischen Wirklichkeiten gegenüberstellt. Somit gibt er dem Leser einen menschlichen Begleiter auf der Reise durch ›*les barricades mystérieuses*‹ zur fremden Welt des Merkur. Der Erfolg der Induktion liegt in ihrer Untertreibung und den unerklärten Handlungselementen begründet: Diese erzeugen Geheimnis im Text, und das Geheimnis wiederum weckt Neugierde beim Leser. Die Seltsamkeit des Hauses; seine Bezeichnungen als ›Haus des Friedens‹, ›Haus des Postmeridians‹ und ›Haus des Innigsten Begehrens‹; die Verweise auf das Lotuszimmer mit seiner Anspielung auf die Frucht des Lotus, die den Esser seine Heimat vergessen macht (vgl. Homers *Odyssee*, 9. Buch, Verse 82-104); die Beziehung des Lotuszimmers zum Merkur; die Ankunft der Schwalbe und des Flügelpferdes mit seinem

Wagen – weder ERE als der Erzähler noch Lessingham als Hauptfigur erklären diese Dinge. Die Ereignisse der Induktion geschehen einfach, und wie in einer mythischen Struktur müssen sie akzeptiert werden, wie es Keats von Mysterien sagt: »ohne jedwedes Hasten nach Fakten & Gründen« (in einem Brief an seine Brüder, 21.–27. Dezember 1917). Mit Bezug auf den Titel von Couperins Stück, *Les Barricades Mystérieuses,* flüstert Lessingham Mary zu: »Und nur du und ich wissen, was es wirklich bedeutet.« Dies faßt die ganze Induktion zusammen: ERE und seine Figuren kennen das Geheimnis, der Leser aber erhält nur Andeutungen, die sein Interesse anfachen, während sie sein intellektuelles Mißtrauen einschläfern. ›Wie in einem Traum‹ folgt Lessingham seinem Führer, und der Leser, in traumwandlerischer Neugier, folgt Lessingham zu den Wundern von Burg Stormhöh.

2. **Lessingham hieß ein Mann:** ERE beginnt seinen Roman in der Art einer Saga: *»There was a man named Lessingham...«* Alle größeren isländischen Sagas beginnen auf diese Art: *Njal's Saga: »There was a man named Mord...«* (übers. Sir George Webbe Dasent, London: J. M. Dent & Sons, 1911); *Egil's Saga: »There was a man named Wolf...«* (übers. E. R. Eddison, Cambridge: Cambridge University Press, 1930); *The Saga of Grettir the Strong: »There was a man named Onund...«* (übers. G. Hight, London: J. M. Dent & Sons, 1914); *Laxdaela Saga: »There was a man called Ketil Flat-Nose...«* (übers. M. Magnusson u. J. Palsson, Harmondsworth, Middlesex: Penguin Books, 1969). Daß auch *WO* in der Art einer Saga beginnt, zeigt EREs Bestreben, seine Verbundenheit zu einem seiner stärksten Einflüsse deutlich zu machen.

   In den deutschen Übersetzungen wird hierfür eine ähnliche formelhafte Wendung benutzt: *Die Geschichte vom weisen Njal:* »Mörd hieß ein Mann...«, (übers. Andreas Heusler, Jena: Eugen Diederichs, 1914 [Thule, 4]); *Die Geschichte vom Skalden Egil:* »Ulf hieß ein Mann...« (übers. Felix Niedner, Eugen Diederichs: Jena, 1923 [Thule, 3]); *Die Geschichte von dem starken Grettir, dem Geächteten:* »Onund hieß ein Mann...« (übers. Paul Hermann, Eugen Diederichs, Jena 1922 [Thule, 5]); *Die Geschichte von den Leuten aus dem Lachswassertal:* »Ketil Flachnase hieß ein Mann...« (übers. Rudolf Meißner, Eugen Diederichs: Jena, 1923 [Thule, 6]).

3. **Wasdale... Screes:** Für jemanden, der die Bergketten Asiens, Europas oder des westlichen Nordamerika durchwandert oder erklommen hat, wirken die Höhen des englischen Lake District wie Miniaturberge, und doch gibt es in jenen cumbrischen *fells* (d. h. Hügeln) eine Schönheit, die mit keinem keinem anderen Gebirge zu vergleichen ist. ERE kannte und liebte das Lakeland, und wegen seiner Entlegenheit war Wasdale einer seiner Lieblingsorte. Dieses Tal liegt im westlichen Teil des Lakelands, und dort befindet sich das Wast Water, der tiefste See im ganzen Distrikt. Wasdale selbst liegt innerhalb des Copedale Forest: Copeland erstreckt sich über die Berge westlich des Wast Water, und an seinem südlichen Rand liegt das stille Dorf Nether Wasdale. Eine einzige Straße, die am Westufer des Wast Water vorbeiführt, verbindet Nether Wasdale mit dem Dorf Wasdale Head am Nordende des Tales. Geht man entlang dieser Straße nach Norden, so kann man im Osten jenseits der klaren Fläche des Wast Water die Skrees erkennen, die sich steil vom Ostufer des Sees aufschwin-

gen. Von diesem Blickpunkt aus erscheinen die Skrees den Betrachter in die zerklüftete Landschaft der letzten Eiszeit zu versetzen; denn sie scheinen in das Wast Water unzählige Tonnen schwarzer, grauer, brauner und weißer Bruchstücke vulkanischen Gesteins zu ergießen; daher rührt der Name dieser Klippen (engl. *scree* ›Geröll, Geröllhalde‹). Die Screes sind von unterschiedlicher Höhe und erstrecken sich zwischen zwei Gipfeln: Whin Rigg (535 m) und Ilgill Head (609 m). Lessinghams Haus muß sich im Süden nahe dem Dorf Nether Wastdale befinden, doch es liegt wahrscheinlich östlich des Flusses Irt, denn die Aussicht vom Garten geht nordostwärts zum See, und der Gable ist hinter den Screes zu sehen. Der Gable, genauer: der Great Gable, ist 899 m hoch. A. Wainwright, dessen siebenbändiger *Pictorial Guide to the Lakeland Fells* eine Art Bibel für den Fell-Wanderer ist, beschreibt den Great Gable, den ›Giebelfels‹, in Worten weit besser, als unsereins es vermag:

> Er ist der unumstrittene Herrscher jener Gruppe von Hügeln, zu denen er gehört, und seine überragende Höhe wird zudem stark betont durch die tiefe Kluft, die ihn von den Scafells trennt und einen eindrucksvollen Blick gestattet, der seine Höhe von einer halben Meile zur Gänze als eine strenge, regelmäßige Pyramide freigibt: Dies ist die Seite des Berges, die ihm den Namen gegeben hat. ... Der Great Gable wirft einen Zauber. Er beginnt als ehrenwerter Widersacher und wird zu einem Freund.

4. **Njal:** Mary, Lessinghams Frau, liest im Original aus Kapitel 124 von Sir George Webbe Dasents vielgerühmter Übersetzung der *Njal's Saga*. Unter dem Titel *The Story of Burnt Njal* wurde sie 1961 in zwei Bänden von Edmonston and Douglas in Edinburgh herausgebracht. ERE erstand die Bände im Jahre 1900, so daß sie zu dem Zeitpunkt, als er diesen Abschnitt in *WO* einbrachte, bereits zwei Jahrzehnte in seinem Gebrauch waren, und der »verblaßte grüne Einband« von Marys Buch spielt vielleicht auf Eddisons eigenes Exemplar an. Die geschmückten Einbanddeckel zeigen zwei isländische Sprichwörter, in Gold geprägt: *»But a short while is hand fain of blow«* (›Nur eine kurze Weile erlahmt die Hand des Schlages‹), und: *»Bare is back without brother behind it«* (›Bloß ist der Rücken, der des Bruders entbehrt‹). Dasents Übersetzung liegt in einem preiswerten Nachdruck als Teil der Everyman's Library bei J. M. Dent in England und E. P. Dutton in Amerika vor.

Für die deutsche Übersetzung wurde, wie auch in anderen Fällen (s. o. Anm. 2), die Ausgabe der Sammlung Thule im Eugen Diederichs Verlag herangezogen (in diesem Fall zitiert nach der Neuausgabe, Düsseldorf und Köln, 1963 [1914], S. 272 f.).

Ganz einfach – vielleicht zu einfach – gesagt, handelt das große Thema der *Njal's Saga* von der Weisheit, friedliche Lösungen in gewaltträchtigen Konflikten zu finden. Der weise Njal ist fortwährend bemüht, die heilsamen Bande der Verwandtschaft und Freundschaft zu pflegen, während andere, streitsüchtige Menschen diese Bande zu zerreißen suchen, um ihren Zorn zu befriedigen. Die verwickelte Handlung der Saga erzählt von den nutzlosen Versuchen, durch Freundschaft die Feindschaft zu überwinden, durch Vergebung die Rache zu besänftigen, durch Demut den Stolz zu bezwingen und durch Kompromißbereitschaft den Starrsinn zu lösen. Der unheilverkündende ›Geisterritt‹ weist auf die Niederlage

Njals und den Triumph der Gewalt voraus. Der Mann, der den ›Geisterritt‹ sieht, heißt Hildiglum, doch er hat nur eine kleine Rolle in der Handlung der Geschichte. Der Mann auf dem grauen, reifbedeckten Pferd sagt Hildiglum, daß Flosis Pläne wie die brennende Fackel sind, die er trägt. Flosi Thordarssohn, Schwiegervater des Goden Höskuld, plant, Njals Haus anzugreifen und seine Söhne zu töten, aus Rache, weil sie Höskuld getötet haben. Flosi greift Njals Haus in Bergthorsbühl an und verbrennt die dort eingeschlossene Familie mitsamt ihrem Haus. Es ist schwer zu sagen, warum ERE gerade diese Passage in seiner ›Induktion‹ zitiert. Die letzten Worte, »große Ereignisse«, könnten eine Verbindung mit Lessinghams bevorstehender Fahrt haben; das Vorzeichen könnte auch auf die großen Kriegstaten in Merkurien verweisen. Da Eddisons Abneigung gegen Allegorie bekannt ist, scheue ich mich, eine direkte Verbindung zwischen den kämpfenden Isländern und den kriegführenden Dämonen und Hexen zu ziehen.

5. **Beizende Fledermäuse:** ERE spricht von »hawking bats« und meint damit, daß die Fledermäuse auf dieselbe Art Insekten jagen, wie der Falke (engl. *hawk*) Vögel jagt. Obwohl dieser Vergleich nicht korrekt ist, da Fledermäuse Insekten mit Ultraschall orten und sie im Flug verspeisen, während Falken andere Vögel töten, indem sie im Sturzflug auf sie herabstoßen und sie mit großer Geschwindigkeit rammen, ist dieser Ausdruck ein prägnantes Beispiel des elisabethanischen Aspekts von Eddisons Stil. Shakespeare gebraucht das Verb in derselben Art in *Macbeth*, wenn Ross und der alte Mann auf die seltsamen Vorzeichen zu sprechen kommen, die dem Mord an König Duncan sowohl vorausgingen als auch folgten.

   On Tuesday last,
   A falcon, tow'ring in her price of place,
   Was by a mousing owl hawk'd at and kill'd.
   (II: iv)

   Die klassische deutsche Übersetzung von Dorothea Tieck gibt dieses Wortspiel leider nicht wieder:

   Am letzten Dienstag
   Sah ich, wie stolzen Flugs ein Falke schwebte
   Und eine Eul ihm nachjagt und ihn würgte.

   Hauptsächlich nächtliche Jäger, stoßen die Eulen lautlos auf ihre Beute am Boden herab. Hier tötet eine Eule, die normalerweise Mäuse jagt, einen hochfliegenden Falken nach des Falken eigener Art.

6. ***Les Barricades Mystérieuses:*** François Couperins (1668–1733) kurzes Rondeau in B-dur ist *vivement* zu spielen.
7. **Postmeridian:** Der Begriff wird mit Schlaf assoziiert und bezieht sich auf die Stunden nach Mittag (*p. m.*).
8. **eine Merlette:** Das englische Wort *martlet* (aus dem anglo-französischen *merlot*) bezeichnet in der Heraldik einen kleinen Vogel ohne Schnabel und Füße (›gestümmelt‹). Das zugrunde liegende altfranzösische Wort *merlete* ist vermutlich eine Verkleinerungsform von *merle* ›Amsel‹, und es ist daher möglich, daß der heraldische Vogel ursprünglich eine kleine Amsel bezeichnete, die aus symbolischen Gründen ohne Füße dargestellt wurde. Die englischen Heraldiker des 16. Jahrhunderts setzten *martlet* mit dem Mauersegler (*Cypselus apus*) gleich, wegen seiner kleinen Füße (griech. *απους* ›fußlos‹); in den Schriftzeugnissen wird er jedoch auch oft mit der

Rauchschwalbe (*Hirundo rustica*) oder Mehlschwalbe (*Delichon urbica*) verwechselt.

Lessinghams lakonischer kleiner Freund zumindest scheint Füße zu besitzen, während in Kapitel XII ein fußloses Exemplar der Gattung erwähnt wird. Die Bedeutung läßt sich somit nicht präzise festlegen, was typisch für EREs ambivalenten Gebrauch von Archaismen ist.

9. **Einem Rosse schien es gleich:** Siehe Anm. 7 zu Kap. I.

Kapitel I

1. **Merkurien:** Das englische Original diffenziert nicht zwischen dem Planeten Merkur der ›Induction‹ und der imaginären Welt der Geschichte. Dabei handelt es sich indes weniger um den astronomischen Merkur – wogegen allein die physikalischen Unstimmigkeiten sprechen, bis hin zu der Tatsache, daß es in dieser Welt einen Mond gibt –, als um den astrologischen, »die wandelbare, unvorhersehbare Welt, in der alles geschehen kann« (so John Boardman in »The Novels of Eric Rucker Eddison«, *Amra*, vol 2., no. 5 [1955]; rpt. in *The Blade of Conan*, hg. L. Sprague de Camp, New York: Ace Books, 1979, 173). Um dieser Tatsache und den veränderten Lesegewohnheiten der heutigen Fantasy-Leser Rechnung zu tragen, ist darum hier von ›Merkurien‹ die Rede.
2. **gleich zwei wandelnden Träumen:** Die Worte der Merlette sind möglicherweise inspiriert durch einen Ausspruch der Lady Mary Seraskier in George du Mauriers *Peter Ibbetson*, einem Roman, den ERE sehr bewunderte. Peter Ibbetson trifft Lady Mary in einem Traum, und die beiden reisen in das Paris ihrer Kindheit. Dort angekommen, warnt Lady Mary Peter:

   > Und denk daran, du mußt Obacht geben, wie du Dinge oder Menschen berührst – du kannst hören und sehen und riechen; aber du darfst nie etwas berühren oder Blumen oder Blätter abpflücken oder Dinge bewegen. Es läßt den Traum verschwimmen, wie wenn man auf eine Fensterscheibe haucht. Ich weiß nicht warum, aber es ist so. Du darfst nicht vergessen, daß alles hier tot und vergangen ist. Bei mir und dir ist es anders; wir leben und sind wirklich . . .
   >
   > (George du Maurier, *Peter Ibbetson* [London: James R. Osgood, McIlvaine & Co., 1896], S. 191; übers. HWP.)
3. **Krösus:** Kroisos, König der Lyder (560–546 v. Chr.), war ein mächtiger und reicher Herrscher. Er eroberte Ephesos und unterwarf die kleinasiatischen Griechen, konnte die ionischen Inseln jedoch nicht bezwingen, so ging er ein Bündnis mit ihnen ein. Als Solon, der athenische Gesetzgeber, ihn besuchte, fragte Kroisos ihn, wer der glücklichste Mensch auf Erden sei, und Solon antwortete: »Ich sehe wohl, daß du sehr reich bist und ein großer König bist. Deine Frage aber kann ich nicht beantworten, bevor ich weiß, ob dein Leben bis zu Ende glücklich gewesen.« (*Das Geschichtswerk des Herodotos von Halikarnassos*, übertragen von Theodor Braun [Insel: (Leipzig), 3/1958], Erstes Buch, Kap. 32.) Krösus war überhaupt nicht erfreut über diese Antwort, schickte Solon fort »und hielt ihn für einen närrischen Kerl, weil er die vorhandenen Glücksgüter nicht zu

schätzen wußte, sondern meinte, man müsse immer erst das Ende des Lebens abwarten« (Ebd., I: 33).

4. **Minos:** Ein mythischer König von Kreta und der Sohn des Zeus; seine Frau Pasiphae gebar den Minotauros. Er opferte jedes Jahr dem Minotauros sieben Jungfrauen und sieben Jünglinge und wurde später Totenrichter im Hades.

5. **Semiramis:** Viele Legenden umgeben diese alte assyrische Prinzessin, die im 9. Jh. v. Chr. lebte. Der Bau Babylons und die Errichtung der berühmten hängenden Gärten, eines der sieben Weltwunder, werden ihr zugeschrieben. Einige Legenden sehen in ihr eine Verkörperung der Göttinnen Ischtar und Astarte.

6. **jenem hohen Audienzsaale der Fürsten von Dämonenland:** Im Jahre 1904 erstand ERE, damals zweiundzwanzig, *The Voiage and Travayle of Sir John Maundeville Knight* in der Ausgabe von John Ashton (London: Pickering & Chatto, 1887), ursprünglich geschrieben um 1356-57 in anglonormannischem Französisch. Es ist wahrscheinlich, daß Mandevilles seltsames, phantasievolles Buch ERE in der Darstellung der Audienzhalle des Fürsten Juss inspirierte. So sagte Mandeville vom Palast des Königs von Java:

> Der König des Landes hat einen gar köstlichen Palast, denn alle Stufen, die in die Hallen und Kammern führen, sind aus Gold oder Silber. Ebenso sind Estrich und Wände innen mit Gold oder Silber überzogen. An den güldenen Wänden sind gar viele ritterliche Geschichten und Kämpfe aufgezeichnet. Die Kronen der Ritter sind aus kostbaren Steinen und Perlen gefertigt.
> (*Die Reisen des Ritters John Mandeville durch das Gelobte Land, Indien und China,* bearbeitet von Dr. Theodor Stemmler nach der deutschen Übersetzung des Otto von Diemeringen unter Berücksichtigung der besten französischen und englischen Handschriften [Stuttgart: Steingrüben, 1966], S. 120. Diese Ausgabe wird auch im folgenden zitiert.)

Mandeville beschreibt auch den prunkvollen Palast des Prester John:

> . . . sein größter Palast . . ., der so reich und köstlich erbaut ist, daß niemand es glauben möchte, so er ihn nicht gesehen hätte. . . . Die Haupt-Tore des Palastes sind aus kostbaren Steinen gemacht, die man Sardonyx nennt. Die Einfassungen und Balken sind aus Elfenbein, die Fenster aus Kristall, die Tische aus Smaragd, Amethyst oder Gold mit Edelsteinen. Die sieben Stufen, die zu seinem Throne führen, da er während des Mahles sitzt, sind aus Onyx, Kristall, Grünem Jaspis, Amethyst, Sardonyx und Karneol; die letzte, darauf seine Füße ruhen, ist aus Chrysolith. Alle Stufen sind mit feinem Gold und großen Perlen eingefaßt. Die Seiten des Thrones sind aus Smaragd und mit anderen edlen Steinen besetzt. (S. 175f.)

7. **Hippogryph:** Anders als Ovids Pegasus wurde dieser Name, im Italienischen *ippogrifo,* erst mals im 16. Jh. von Ludovico Ariosto in seinem Gedicht *Orlando Furioso* verwendet, um eine Kombination von Pferd und Greif zu bezeichnen:

> Kein Blendwerk war sein Roß, das war Natur:
> Ein Greif hatt' es erzeugt, ein Pferd gebar es.
> Vom Vater hatt' es Kopf und Schnabel nur,

Die Tatzen vorn, den Schmuck des Flügelpaares;
In allem sonst trug es der Mutter Spur.
Kurz, einer von Hippogryphen war es,
Die ins Rhipäische Gebirge wohl
(Doch selten) kommen, fern vom eis'gen Pol.

(*Ariosts Rasender Roland*, übersetzt von Otto Gildemeister, erster Band [Berlin: Wilhelm Hertz, 1882], IV. Gesang, 18. Strophe.)

Ariost tut auch so, als ob der Hippogryph ein natürliches Tier wäre, um ihn von dem Flügelpferd in Boiards *Orlando Innamorato* zu unterscheiden, dem Gedicht, das Ariost teilweise inspirierte. Das geflügelte Pferd, das Lessingham nach Merkurien entführt, ähnelt Ariosts Tier, und es ist nur gerechtfertigt, daß Lessinghams Beförderer das Wappen von Dämonenland ziert.

8. **Meeraal:** Der Gemeine Graue Meeraal *(Conger conger)* kommt in den britischen Küstengewässern vor; er wird bis zu 1,80 m lang und wird zu Nahrungszwecken gefangen.
9. **Schlangenkraut:** Die Begriffe, die im Original alle auf botanische Bezeichnungen mit dem Element ›Drache‹ anspielen, wurden für die Übersetzung umgewidmet.
10. **Drachenwurz:** Dragonwort *(Dracunculus vulgaris)* galt im 16. Jh. als Hilfmittel gegen Schlangenbiß.
11. **Harpyie:** ERE las Vergil in Oxford und hatte vielleicht diese Zeilen der Äneis im Sinn, als er von dem kreischenden Ungeheuer schrieb:

    Grausiger ist kein Scheusal, und aus den stygischen Wellen
    Ist keine schlimmere Pest noch Götterstrafe entstiegen.
    Vögel sind sie mit Köpfen von Jungfraun; ekelerregend
    Ist ihr Unrat, die Hände sind Krallen, und immer von Hunger
    Ist ihr Antlitz gebleicht.

    (Vergil, *Äneis*, verdeutscht von Thassilo von Scheffer [Bremen: Carl Schünemann, o. J.], III: 281–87.)
12. **Feuerdrache:** Der Drache, den Beowulf tötete, wurde *fyr-draca* genannt (Zeile 5371), und das Wort wurde von den Elisabethanern gebraucht, um einen feuerspeienden Drachen zu bezeichnen.
13. **Basilisk:** Siehe Anm. 12 zu Kap. IV.
14. **Zyklop:** Riese mit nur einem runden Auge in der Mitte der Stirn. Viele davon lebten einst auf Sizilien; dort sind sie ausgestorben.
15. **Chimären:** feuerspeiende Ungeheuer mit Löwenkopf, Ziegenleib und Schlangenschweif.
16. **Leviathane:** In der alten hebräischen Dichtung stand der Name für ein riesiges Wassertier, ob wirklich oder imaginär. Im 16. Jh. bezeichnete es entweder einen Wal oder ein imaginäres Meerungeheuer.
17. **Crystolithe:** Chrysolit, eine gelbliche Variante des Beryll.
18. **Berylle:** ein transparenter, blaßgrüner Stein, manchmal mit einem Zusatz von hellem Blau, Gelb oder Weiß.
19. **Amethyste:** ein zusammengesetzter Stein aus Mangan und Quarz, von einer durchscheinend violetten Farbe.
20. **Garfunkelsteine:** Das Wort ›Karfunkel‹ oder ›Karbunkel‹ bezeichnet einen großen roten Edelstein; am häufigsten einen Rubin. Zwischen dem 14. und 16. Jh. wurde der Name einem mythischen Stein verliehen, der von innen heraus leuchtet. Erwähnt wird dieser Stein bei so bekannten Autoren wie

William Caxton und Sir Walter Raleigh, doch ERE fand den legendären Stein in Sir John Maundevilles *Voiage and Travayle*. In seiner Beschreibung des Palastes des Prester John zu Suza, sagt Maundeville: ›... auf dem höchsten Turm des Palastes sind zwei güldene Kugeln. darin zwei große Karfunkelsteine gar hell während der Nacht leuchten‹ (Kap. XCVII; dt. S. 175). In Kap. LXXII beschreibt Maundeville den Palast des Ok-lar-Khan, des Kaisers der Tartaren: ›Der Kaiser hat in einem der güldenen Pfeiler der Kammer einen Rubin, der ist eineinhalb Fuß lang und leuchtet so hell, daß er die Nacht zum Tag macht.‹ (S. 151)

21. **Lapislazuli:** ein Halbedelstein aus Schwefelsilikat von hellblauer Farbe.
22. **Silberseide:** Ein kostbares Tuch, oft durchwoben mit Gold- und Silberfäden. Die Elisabethaner und Jakobiner schätzten es sehr. ERE mag durch John Webster davon gehört haben. im 2. Akt, 1. Szene, von *Die weiße Teufelin* hält der Herzog von Florenz dem Brachiano den Verdacht einer ehebrecherischen Beziehung zu Vittoria Corombona vor, und er glaubt, daß Brachiano Vittoria als seine Mätresse aushält:

    Ihr Gatte ist ein Edelmann, gering begütert,
    sie aber glänzt in Samt und Silberseide.
23. **Musselin:** feines, transparentes Gewebe, benannt nach der Stadt Mosul.
24. **Halsgeschmeide:** Halsbänder mit eingesetzten Juwelen.
25. **die weißarmige Helena:** Helena von Mykene, die den Krieg um Troja entfesselte, besaß so große Schönheit, daß sie den Neid der Aphrodite erweckte. »Einer unsterblichen Göttin fürwahr gleicht Jene von Ansehn«, sagt einer von Priamos' Beratern (*Ilias*, III: 158).
26. **die arkadische Atalante:** ERE bewunderte Swinburne genug, um eine neunzehnbändige Ausgabe seiner gesammelten Werke zu erstehen. In Swinburnes *Atalanta in Calydon* liebt und verehrt der Prinz von Kalydonien die arkadische Jungfrau:

    For thy name's sake and awe toward thy chaste head,
    O holiest Atalanta, no man dares
    Praise thee, though fairer than whom all men praise,
    And godlike for thy grace of hallowed hair
    And holy habit of thines eyes.
27. **Phryne:** Eine wunderschöne griechische Frau des 4. Jh. v. Chr. Sie stand dem Bildhauer Praxiteles Modell, als dieser die ›Knidische Aphrodite‹ schuf, die erste lebensgroße und freistehende weibliche Nacktfigur in der klassischen griechischen Kunst.
28. **Königin ... auf immerdar unter den Geistern der Dahingeschiedenen:** Persephone, die Tochter des Zeus und der Demeter, wurde von Hades in die Unterwelt entführt; sie nahm dort Nahrung zu sich und mußte so für sechs Monate im Jahr bei Hades bleiben.
29. **Sylphiden:** (weibliche) Geister der Luft im mittelalterlichen Zauberglauben.
30. **das Leuchten eines Irrlichts:** wörtlich genommen, ein in der Natur auftretendes Feuer in einem Moor oder Sumpf; weil es seltsame Farben hat und erratisch wandert, wird der Begriff im übertragenen Sinne für alles verwendet, was verlockend ist, aber in die Irre leitet. Auch bekannt als ›Elmsfeuer‹, nach dem hl. Elmo.
31. **Zindeltaft:** ein dünnes Seidengewebe in Leinwandbindung; aus dem Persischen.

32. **Traun:** fürwahr; ein Wort aus der Vossischen Übersetzung der *Ilias.*
33. **der Tod von Rezedor . . ., den Corsus . . . mordete:** Dies geschah im Jahre A. C. C. 382; siehe die ›Zeittafel‹.
34. **im Krieg gegen die Ghulen:** Nach der ›Zeittafel‹ begann dieser Krieg im Jahre 399. In einem Brief (16. März 1942) an einen amerikanischen Freund namens J. M. Howard vergleich ERE den Krieg gegen Deutschland mit dem Krieg gegen die Ghulen. Er machte eine Unterscheidung zwischen den »Bestrebungen lebensspendender Handlung« wie den freudigen Kriegen von Stormhöh gegen Carcë, die, durch ihr Ende eine so schmerzliche Leere und Enttäuschung für Juss und seine Freunde brachten, und dem kummervollen, haßerfüllten, destruktiven Krieg gegen Hitlers Ideologie:

    > . . . dies ist ein Krieg gegen die Ghulen: ein Krieg der Zerstörung: eine schwere, unausweichliche, häßliche Aufgabe, deren Zweck und Ziel die Ausmerzung von Dingen ist, die, wenn wir sie nicht mit unserer eigenen Kraft und Mannhaftigkeit ausmerzen, zwischen der Menschheit und dem Leben stehen, welches – wenn wir Menschen bleiben sollen – allein erstrebenswert ist (Fol. 124, Ms. Eng. Lett., c. 231, Bodleian).

35. **ehr:** ehe, bevor.
36. **Stormhöh:** Der Name der Burg des Fürsten Juss, ›Galing‹, assoziiert im Englischen sowohl einen kräftigen Wind (*gale*), zwischen Brise und Sturm, als auch eine festliche Stimmung.
37. **weindunkle Tiefe:** ›weindunkel‹ ist das homerische Epithet für das Meer.

Kapitel II

1. **obdrein: außerdem, zusätzlich.**
2. **Trogtal:** ein Tal, das von einem Gletscher ausgeschaufelt wurde.
3. **Ruten:** die biegsamen Teile der Weide.
4. **Kampfplatz:** ERE inszeniert diese Episode nach der isländischen Institution des Richtkampfes, ›Holmgang‹ genannt. Bis zum Jahre 1006 hatten sowohl Verteidiger als auch Ankläger das Recht, einen Holmgang zu fordern, um eine gerichtliche Entscheidung herbeizuführen. Ein Beispiel eines Holmgangs findet sich in Kap. 65 der *Egil's Saga.*
5. **Brünnen:** Brustpanzer oder Kettenhemden.
6. **Beinschienen:** Schutzpanzer für die Beine vom Knie bis zum Fußgelenk. Brustpanzer und Beinschienen gehören zur Rüstung der homerischen Krieger.
7. **Hornvieh:** ein Rind; ein Stier oder Bulle.
8. **zuwarten und schauen, was geschieht:** Dies sind Lessinghams letzte Worte. Orville Prescott glaubt, daß Eddisons Verwendung dieser Figur etwas Unbeholfenes hat:

    > Da dies ein romantisches Epos über eine imaginäre Welt ist, hielt es ERE für notwendig, seine Bühne aufzustellen und Dinge zu erklären, bevor er die eigentliche Geschichte beginnen läßt. Dies tat er auf unbeholfene Weise, indem er einen englischen Gentleman in einem magischen Traum zum Planeten Merkur sandte, um dort Zeuge der Ereignisse zu werden. Es ist eine störende und ungeschickte Idee; aber da ERE nach den ersten zwanzig Seiten seinen

irdischen Beobachter einfach vergißt, sollte sich kein potentieller Leser durch dessen flüchtige Gegenwart beeinträchtigt fühlen (aus der Einführung zur amerikanischen Taschenbuchausgabe [New York: Ballantine, 1967], xiv).

Lin Carter, der die obige Passage zitiert, meint, Prescott habe damit »den Finger auf den Hauptfehler des Buches gelegt« (*Tolkien: A Look Behind the Lord of the Rings* [New York: Ballantine, 1969], 143). Es ist wahr, daß Lessinghams Teilnahme am Roman abrupt endet, doch die fehlende Erklärung für dieses plötzliche Ende ist nicht notwendigerweise ein Fehler. Vielleicht ist Lessinghams Schweigen für den Rest des Romans der Ausdruck seiner Entschlossenheit, »nicht nach irgend jemand andern Pfeife [zu] tanzen«. Oder vielleicht will ERE Lessinghams Entschluß als Zeichen für die Verwendung eines Saga-ähnlichen Erzählers gedeutet wissen, der die Handlung nicht interpretiert und die Figuren nicht bewertet. Auf der anderen Seite ist die Erklärung vielleicht doch gegeben: Die Merlette gibt Lessinghams Status in Merkurien wie folgt an: »... wo du und ich eine Zeitlang hin und her reisen werden ... Doch tun kannst du hier nichts, noch dich den Bewohnern bemerkbar machen ... Denn du und ich, wir wandeln hier ungreifbar und unsichtbar gleich zwei wandelnden Träumen« (Kap. I). ERE sagt ganz klar, daß Lessingham in Wirklichkeit außerhalb der Welt steht (wie der Leser), wenngleich er sie beobachtet, und nachdem er seine Gegenwart als die eines ständigen Beobachters verdeutlicht hat, fand er es vielleicht überflüssig, mehr über ihn zu sagen.

Zudem wird durch die Tatsache, daß die Exposition der Handlung als Kommentar der Merlette aus der Erzählung heraus verlagert wird, eine notwendige strukturelle Bedingung geschaffen für den Schluß des Romans; vgl. hierzu Helmut W. Pesch, *Fantasy: Theorie und Geschichte einer literarischen Gattung*, Diss. Universität zu Köln 1981 (Forchheim: Eigenverlag, 1982), 133.

9. Fürst Gro: Im ›Book of Drawings‹ (siehe Abschnitt 2 der Einführung) zeigt sich Gro bereits als komplexe Figur. Er handelt viel heroischer in den Zeichnungen als in *WO*. Eine Zeichnung zeigt »Fürst Gro, der den Wurfspeer des Sohns von Corund entzwei schlägt«: ein hübsches Stück Schwertkunst, das nur Männer wie Gunnar und Kolskegg aus der Njalssaga beherrschen. Eine andere Zeichnung trägt die Legende: »Die Dämonen versuchen Fürst Gro zurückzuhalten und zu entwaffnen, bis der Sohn von Corsus entkommen ist.« Auf dieser Zeichnung erscheint Gro als Held größer und stärker als die Dämonen, und nicht weniger als drei Dämonen haben Schwierigkeiten, ihn zurückzuhalten. Gros größter Augenblick im ›Book of Drawings‹ kommt dann, als er einen Angriff gegen ein Heer von Hexen führt: »Gorice stand vor dem Sieg, doch plötzlich kam Fürst Gro mit fünfzig Mann zur Rettung. Er griff die Hexen an, & als ihr Anführer kam, um ihn zu töten, zog er seinen Revolver & schoß ihn tot.« In *WO* tut Gro nichts so konventionell Heroisches, wenngleich er in der letzten Schlacht um Carcë mitkämpft. Zudem steht Gro im ›Book of Drawings‹ unwankbar auf der Seite der Dämonen; er zeigt nicht die Neigung, aus den besten Gründen zum Verräter zu werden, die ihn in *WO* kennzeichnet. Dennoch wird Gro in Situationen dargestellt, in denen man meinen könnte, daß er zumindest einige der machiavellistischen Eigenschaften hat wie in *WO*. Zwei Zeichnungen zeigen Gro, wie er einem anderen Fürsten

in den Rücken schießt. Eine trägt den Titel: »Fürst Gro sticht Fürst Gandari in den Rücken.« Gewiß kein Augenblick des Heldenmutes wie sein tapferer Beistand für Gorice. Eine weitere ist betitelt: »Fürst Gro erschießt seinen alten Genossen.« Ich weiß nicht, warum Gro diesen Mann erschießt, doch das Bild zeigt immerhin, wie Fürst Gro sich gegen jemanden wendet, der einst sein Verbündeter war. Da einige Zeichnungen Gros somit sehr verschiedene Charakterzüge zeigen, glaube ich, daß selbst zu diesem frühen Zeitpunkt Gro bereits auf dem Wege war, zu einem der komplexesten Figuren in Eddisons Gedankenwelt zu werden.

10. **sein schwarzer Bart kräuselte sich in dichten Locken:** ERE hatte die bärtigen Figuren in den Bronze-, Stein- und Reliefskulpturen des alten Akkad, Assyrien und Babylon im Sinne. ERE glaubte sehr an die Schönheit des Bates, und im Jahre 1930 legte er seine Ansichten in einem unveröffentlichen phantastischen Essay mit dem Titel »A Night Piece on Hair« (›Ein Nachtstück über das Haar‹) dar:

> In England ist heute die Mode der Rasur so nahezu universell, daß Monate und Jahre vergehen können, ohne daß man einen natürlichen Bart sieht. Zwischen der angeborenen Schönheit eines großen Bartes, den nie ein Rasiermesser berührte (und hier strich ich über die weiche assyrische Schwärze meines eigenen) und den rauhen, steifen gestutzten Bärten – und in der Regel Altmännerbärten – von heute gibt es so viel Unterschied wie zwischen der natürlich gewachsenen Ulme und ihren armen, verstümmelten Brüdern in Kensington Gardens. So ist der Bart von der vornehmlichsten Zierde des Mannes zum Merkmal eines Greisenalters geworden, das zu müßig ist, zum Messer zu greifen; und jene ›Blüte der Jugend‹, der weiche Bartflaum auf der Wange eines jungen Mannes, der die Griechen so entzückte, ist in diesem Land so ausgestorben wie der Fischadler oder die Trappe.

ERE, in seiner narrativen Persona, kann nicht anders, als sich mit den großen bärtigen Skulpturen der Assyrer zu identifizieren. Während einer Islandreise 1926 ließ er sich selbst einen Bart wachsen, und nach seiner Rückkehr drängten ihn seine Frau Winifred und seine Tochter Jean, ihn abzurasieren. Zu ihrer Erleichterung nahm er sich den Bart wieder ab, aber da er nicht vollständig auf seine Zierde der Männlichkeit verzichten wollte, behielt er für den Rest seines Lebens einen Schnurrbart bei (MS. Eng. Misc., c. 456, Bodleian).

11. **wider den Sonnenlauf:** linksherum, gegen den Uhrzeigersinn.
12. **Krapplack:** roter Farbstoff, der in der Wurzel der Färberröte vorkommt; der Lack daraus ist lichtbeständig.
13. **Corinius:** Dieser Hexenländer besitzt einige, doch gewiß nicht alle Charaktereigenschaften seines Namensvetters in Geoffrey von Monmouths *Historia Regum Britanniae*. Auf dem Weg von Troja nach Albion trifft Geoffreys fiktionaler Held Brutus in Mauretanien auf seinen Landsmann Corineus, »einen nüchtern denkenden Mann von klugem Rat, doch von großem Wagemut«. Corineus und sein Volk schließen sich Brutus an, und gemeinsam segeln sie nach Aquitanien, wo Corineus, bereits berühmt durch seine Kämpfe gegen Riesen, Brutus beeindruckt, als er die Krieger zum Sieg gegen die Aquitanier führt: »Corineus führte seine Kriegsaxt unter den zurückweichenden Heeren . . . Mit einem einzigen Schlag schlug

er eines Mannes Kopf ab, während er einem anderen die Beine abtrennte« (nach der engl. Übersetzung von Lewis Thorpe [Harmondsworth, Middlesex: Penguin, 1966], 68). ERE las Geoffrey vermutlich in seiner Jugend. Wenngleich Eddisons Held denselben Mut zeigt wie Geoffreys, ist er doch gewiß kein nüchtern Denkender.

14. **Angelika:** Die Wurzel dieses aromatischen Krauts wurde in der Medizin gegen Krankheit und Gift verwendet.

15. **in männigem Grimm:** ›männig‹ bedeutet viel, sehr; vgl. engl. *many.*

16. **stemmte er den König über seinen Kopf:** *Egil's Saga* ist die Quelle für Goldrys Akt der Gewalt. In der Episode, auf die ERE sich bezieht, wird Skallagrim (Grim) der Vater Egils, während eines Ballspiels, das dem Rugby ähnelt, so zornig, daß seine Kraft entsprechend anschwillt:

> Grim wurde jetzt so stark, daß er Thord ergriff und ihn so hart niederwarf, daß er völlig gelähmt wurde un dann starb. (*Die Geschichte vom Skalden Egil,* S. 109.)

Siehe die folgende Anmerkung, die die Natur von Skallagrims und Goldrys Kampfeswut deutlich macht.

17. **Goldrys Zorn war . . . von ihm gewichen, und er taumelte, völlig entkräftet:** Goldrys plötzlich anschwellender Zorn, sein zeitweiliges Irresein (»wie von Sinnen«), sein Zähneknirschen mit Schaum vor dem Mund, der jähe und außergewöhnliche Gewaltausbruch und das ebenso plötzliche Schwinden des Zornes wie auch der Kraft sind einige der Charakteristika eines ›Berserkers‹. Dieser alte isländische Ausdruck bezeichnet einen Krieger, dessen Geist und Körper von ›Kampfeswut‹ oder *furor athleticus,* wie Tacitus dies bei den Germanen bezeichnet, erfüllt werden. Unsicherheit besteht immer noch, was das Wort genau zu bedeuten hat: Einige Gelehrte meinen, daß es Krieger beschreibt, die nur mit einem Hemd aus Bärenfell bekleidet in die Schlacht ziehen; andere glauben, es bezeichne Krieger, die ohne Rüstung oder Kettenhemd in die Schlacht ziehen. ERE, dem diese Kontroverse bekannt war, ließ, vielleicht um keine Stellung beziehen zu müssen, Goldry und Gorice XI. nackt kämpfen! (Nach einer Interpretation steht *bare-sark* etymologisch für ›bloße Haut‹.) *Egil's Saga* gibt eine authentische Beschreibung der ›Berserker‹ bzw. der Berserkerwut:

> Man sagt, daß es den Männern, die mit übernatürlicher Stärke begabt waren und in Berserkerwut gerieten, so zu ergehen pflegte: während ihrer Taten wurden sie so stark, daß ihnen nichts widerstehen konnte. Hörte aber ihre Wut auf, dann waren sie schwächer als gewöhnlich.
>
> So wars auch mit Kveldulf. Wenn die übernatürliche Stärke von ihm gewichen war, dann ermattete er von dem Kampf, den er gefochten, und damals wurde er von all dem so kraftlos, daß er sich ins Bett legte. (S. 84.)

Ein Mann, der mit übernatürlicher Stärke begabt ist, hat oft auch die Fähigkeit, seine Gestalt zu verändern, gewöhnlich in einen Wolf oder Bär, und somit hat Kveldulf nicht von ungefähr einen Namen, der ›Abendwolf‹ bedeutet. Die Werwolf-Tradition ist in der nordischen Überlieferung oft mit der Berserker-Tradition verbunden. In der Folklore der meisten Kulturen findet sich die Tradition der Gestaltwandlung, möglicherweise als Relikt alter schamanischer Praktiken.

Kapitel III

1. **Salamander:** Eig. studentische Ehrenbezeigung, die als ›Trauersalamander‹ auch zu Ehren eines Toten ausgebracht wird. Hier wie im Original *arvale* in übertragener Bedeutung gebraucht.
2. **Gemäß:** Trinkgefäß, Krug (Studentensprache).
3. **Lögel:** altes Hohlmaß für Wein; 1 Lögel = ca. 0,45–0,5 Hektoliter.
4. **Theorbenspieler:** Die Theorbe ist eine zweihälsige Laute; am oberen Hals waren die Diskantund am unteren die Baßsaiten enthielt.
5. **Hoboenbläser:** Holzblasinstrument mit einer hohen Tonlage und einem zweieinhalb Oktaven umfassenden Register, Vorläuferin der heutigen Oboe.
6. **Äolische Tonart:** Eine Tonart, auf der einige gregorianische Gesänge basierten; eine späte Hinzufügung zu den Kirchentonarten, im 16. Jahrhundert verwendet. Kommt dem modernen a-Moll nahe und weist in der Art ihrer Bezeichnung auf die antiken Tonarten zurück, denen freilich ganz andere Melodievorstellungen zugrunde lagen. Zugleich eine Anspielung auf Äolos, den Gott der Winde; vgl. die Bezeichung ›Äolsharfe‹ für ein Windinstrument.
7. Das englische Original zitiert hier aus einer Totenklage von William Dunbar aus dem späten 15. Jahrhundert, »Lament for the Makaris: quhen he was seik«, die jeweils auf den Kehrvers endet: *»Timor mortis conturbat me« (›Die Todesfurcht entsetzet mich‹). Wie im folgenden, soweit möglich, ist für die deutsche Übersetzung ein Äquivalent aus der deutschen Dichtung gewählt worden, in diesem Fall ein Gedicht von Andreas Gryphius aus dem Jahre 1643 (hier zitiert – gekürzt – mit den Abweichungen der Ausgabe von 1663, bei genereller Großschreibung der Hauptwörter), wobei der Titel hier zum Kehrvers gewendet wurde: Vanitas! Vanitatum vanitas!* (›Eitelkeit! Eitelkeit der Eitelkeiten!‹; ›eitel‹ im Sinne von nichtig). So wie das Original just an der Stelle abbricht, wo statt der Sterblichkeit der menschlichen Stände die Vergänglichkeit der Schönheit und Kunst beklagt wird – etwas, das Eddison nie zugegeben hätte –, wird hier das Gedicht an der Stelle abgebrochen, wo der Dichter sich auf Gott wirft.
8. **ein Hertze machen:** Mut machen.
9. **Balloch:** Auch als ›Nierendolch‹ bekannt: Dolch mit nierenförmigen Parierknöpfen und schmaler Klinge, entwickelt aus den Panzerstechern des Mittelalters. Bekannt seit dem ausgehenden 14. Jahrhundert, wurde er von Männern zur zivilen Kleidung getragen und vor allem zur Notwehr benutzt.
10. **Pavane:** Ein würdevoller Tanz im 2/2-Takt. Dieser und die folgenden sind sämtlich Barocktänze des 17. Jahrhunderts.
11. **Allemande:** eine Bezeichnung für verschiedene deutsche Tänze.
12. **Fandango:** ein schneller spanischer Tanz im 3/4-Takt.
13. **Bacchantinnen:** die wilden, trunkenen Priesterinnen des Bacchus (Dionysos).
14. **Galliarde:** in schneller Tanz im Tripel-Takt.
15. **Gigue:** ein Tanz im 6/8-Takt.
16. **Courante:** ein lebhafter französischer Tanz im Tripel-Takt.

17. **Trappen:** Große, flugunfähige europäische Vögel, die mit hoher Geschwindigkeit laufen können. Trappen sind heute selten in Europa; die große Trappe war einst in England verbreitet, ist jedoch inzwischen ausgestorben.
18. **Cimbeln:** nicht das Becken (›Zimbel‹), sondern das Hackbrett, ein mit Hämmern geschlagenes Saiteninstrument (›Zimbal‹), aus dem sich das Cembalo (›Clavicimbel‹) oder Spinett entwickelte, ein Tasteninstrument als Vorläufer des modernen Klaviers.
19. Das Original zitiert hier ein Epigramm auf William Parrie, »a capital traitor«, hingerichtet wegen Hochverrats 1584, zitiert bei Holinshed. Die deutsche Fassung macht Gebrauch von einem Gedicht von Friedrich von Logau (1604–1655), »Heutige Welt-Kunst«:

    Anders sein und anders scheinen,
    anders reden, anders meinen,
    . . .
    Wer sich dessen will befleißen,
    Kann politisch heuer heißen.

20. **Leitstern:** ein Stern, der in der Seefahrt zur Orientierung dient; insbesondere der Polarstern.
21. **von schwacher Willenskraft:** Vgl. Lady Macbeths tadelnde Worte an ihren Gatten, als dieser sich fürchtet, die Dolche in Duncans Gemach zurückzubringen: »O schwache Willenskraft! / Gib mir die Dolche. Schlafende und Tote / Sind Bilder nur« (*Macbeth*, II: i).
22. **Egromantie:** (Negromantie, Necromantie) allgemein ›Schwarze Magie‹, bezogen auf Beschwörungen; ursprünglich die Kunst, durch Kommunikation mit den Toten die Zukunft vorherzusagen.
23. **dort stand geschrieben:** In den zitierten Dokumenten verwendet der Autor des Originals eine Sprache mit Formen, die zwischen dem 15. und 17. Jahrhundert variieren; ein weiteres Beispiel für den im Vorwort erwähnten alchemischen Eklektizismus. Bei der Übersetzung wurde weitgehend auf barocke Schreibformen zurückgegriffen: ›wo‹ (für ›wenn‹), ›entstecken‹ (›anzünden‹), ›dann‹ (›denn‹), ›itzo‹ (›jetzt‹), ›überkommen‹ (›bekommen, erhalten‹), etc.
24. Julius Wilhelm Zinkgref, aus: »Epigramma. Was der recht Adel sey«, 1624.

Kapitel IV

1. **Palas:** Hauptgebäude der mittelalterlichen Burg, abgeleitet von ›Palatium‹, dem Hügel Roms, auf dem sich das Haus des Kaisers erhob; vgl. das moderne ›Palast‹.
2. **Bergfried:** Höchster Turm im Innern der Burg, meist als Wohnturm ausgebaut.
3. **Kranzgesims:** Eine umlaufende Konstruktion aus Balkenköpfen oder Konsolsteinen, die einen auskragenden Teil der Wand abstützt. Das Kranzgesims stützt hier Turm und Brüstung.
4. **Pechnasen:** Öffnungen unter vorkragenden Mauerteilen, durch die Pech, geschmolzenes Blei oder siedendes Wasser auf die Angreifer gegossen werden kann.

5. **Retorten:** Glasgefäße mit einem langen, abwärts gebogenen Hals; zur Destillation von Flüssigkeiten verwendet
6. **Astrolabien:** Das Astrolabium ist ein altes Instrument, das früher zur Bestimmung der geographischen Höhe benutzt wurde; es gab verschiedene Formen, meist mit Metallringen entsprechend den Planetenbahnen.
7. **Destillierhelm:** ein kolbenförmiges Gefäß zur Destillierung.
8. **Bain-Marie:** Ein flaches Gefäß mit heißem Wasser; andere Gefäße werden hineingesetzt, und das Wasser erhitzt ihren Inhalt.
9. **Kormoran:** Diese Vögel, die die Meeresufer der nördlichen Halbkugel bevölkern, galten als unersättlich gefräßig.
10. **Männiglicher:** vielfältiger, unterschiedlicher.
11. **Phantasmagorie:** optische Illusion, Trugbild.
12. **Ausgeburt eines Hahneneis:** Dies ist der Basilisk, ein kleines, aber tödliches Monstrum, das von einer Schlage aus einem Hühnerei ausgebrütet wird. Wie bei der Gorgone (s.u.) kann ein Blick seines Auges töten. Eddison baut seine Beschreibung auf elisabethanische Folklore auf. Selbst die sanfte Julia spricht von ›dem todbringenden Auge des Basilisken‹ (*Romeo und Julia*, III: ii).
12. **Mittelerde:** Der Name für den vom Menschen bewohnten Bereich der Welt. Der moderne Ausdruck leitet sich vom altenglischen Wort *middangeard* ab, das ›Erde‹ oder ›Welt‹ bedeutet. J. R. R. Tolkien hat diesen Begriff in seinem Sinne umgewertet, ihn dabei jedoch nicht gänzlich von seinen alten Konnotationen gelöst:

> ›Mittelerde‹ ist übrigens nicht der Name für ein Nie-und-Nimmerland ohne Beziehung zu der Welt, in der wir leben (wie Eddisons Merkurien). Es ist einfach eine Verwendung von mittelenglisch *middelerde* (oder *-erthe*), verändert aus altenglisch *Middangeard:* der Name für die bewohnten Lande der Menschen ›zwischen den Meeren‹. Und obwohl ich nicht versucht habe, die Gestalt der Gebirge und Landmassen dem anzunähern, was Geologen über die nähere Vergangenheit sagen oder vermuten mögen, soll diese ›Geschichte‹ doch der Einbildung nach in einer Periode der tatsächlichen Alten Welt dieses Planeten stattfinden.
> (J. R. R. Tolkien, *Briefe*, herausgegeben von Humphrey Carpenter unter Mitwirkung von Christopher Tolkien, deutsch von Wolfgang Krege [Stuttgart: Klett-Cotta, 1991], 290.)

Diese irdische Verbindung aufrechtzuerhalten war wesentlich für Tolkien, weil er seinen Legenden ein Tor in die englische Geschichte offenhalten wollte, durch den angelsächsischen Namen Aelfwine (›Ebenfreund‹) den Tolkien einem Seefahrer gab, der gen Westen segelt und auf der einsamen Insel Tol Eressea die Geschichte der Elben erfährt.

13. **Gorgone:** Phorkos, ein Meergott, zeugte die drei Gorgonen, deren Köpfe mit Schlangen bedeckt waren und deren Blicke Menschen in Stein verwandelten. Medusa, die von Perseus getötet wurde, war die bekannteste von ihnen.
14. **Grimorium:** Zauberbuch, frz. *grimoire*, stammverwandt mit ›Grammatik‹; vgl auch mittelenglisch *grammarie* für Zauberei.
15. **Fixation, Konjunktion, Deflagration, Putrefaktion und Rubefikation:** Die aufgelisteten Begriffe sind alchemische Prozesse: *Fixatio* ist der Prozeß, einen flüchtigen Geist in permanenter fester Form zu binden; in der

modernen Chemie die Verbindung eines Gases mit einer festen Substanz. *Conjunctio* ist der Prozeß, Komponenten von Materie zu vereinen. *Deflagratio* ist das plötzliche Abbrennen einer Substanz mit dem Ziel, eine Veränderung in ihrer Zusammensetzung herbeizuführen. *Putrefactio* ist die Zersetzung einer Substanz durch chemische Einwirkung. *Rubeficatio* ist die Erhitzung eines niederen Metalls zur Rotglut.

16. **Adlaten:** lat. *adlatus*, Zuträger, Gehilfe.
17. **Phiole:** eine kleine Flasche, entsprechend einem Reagenzglas.
18. **Absud:** eine durch Sieden in Wasser von löslichen Teilen befreite Essenz.
19. **mit kostbaren Essenzen:** Goldtinktur ist aufgelöstes Blattgold, wie es zum Schreiben oder Malen verwendet wird. Goldsafran ist eine safrangelbe chemische Zubereitung. Amianth ist Alaun. Mandragore ist die zerstoßene Wurzel der Alraune, einer giftigen Pflanze, die als Narkotikum benutzt wurde (siehe Anm. 43 zu Kap. VII). *Sal armoniack* ist Salmiak (Ammoniumchlorid). *Aqua regia* ist eine Mischung von Salz- und Salpetersäure. Die genannten Pflanzen sind alle mehr oder minder giftig. Der Gallapfel wurde als Narkotikum verwendet und so genannt wegen seiner runden Form. Aphroselmia, Asem, Strypteria von Melos und *Vinum ardens* sind derart esoterische Substanzen, daß das Wissen um sie seit dem 16. Jahrhundert verboten wurde.
20. **Alkahest:** ätzende Lauge.
21. **Aurum potabile:** lat. ›trinkbares Gold‹. In der Alchemie das vielgesuchte Elixir der Vollkommenheit, das das Leben verlängert und vollkommene Gesundheit gibt.
22. **Instrumenten ohne Zahl von seltner Art:** Dies sind Gefäße aus der alchimistischen Praxis: Ein Aludel ein birnenförmiges Gefäß aus Glas oder Tongeschirr, offen an beiden Enden. Ein Sandbad ist eine Schale mit erhitztem Sand, in der andere Gefäße erhitzt werden. Eine Matrasse ist ein rundes Glasgefäß mit einem langen Hals, das zu Destillierzwecken verwendet wird. Ein Athanor ist ein selbstgespeister Ofen mit konstanter Hitze.

Kapitel V

1. **Kilts:** knielange Röcke, wie sie bei den Hochland-Schotten zur Tracht gehören.
2. **aus tyrischem Purpur:** Tyros, der Stadtstaat, aus dem die legendäre karthagische Königin Dido geflohen war, war berühmt für ihre Purpurfarbe, die aus Schnecken gewonnen wurde. Es ist eine wenig bekannte Tatsache, daß die alten Mittelmeervölker mit den Merkuriern Handel pflegten.
3. **Mohren:** schwarz- oder dunkelhäutige Personen, abgeleitet von den islamischen Mauren Spaniens im 8.–15. Jh.
4. **Duchten:** Ruderbänke.
5. **Alectoria:** ein trüber, wasserheller Stein, der angeblich im Magen oder Schlund eines Hahns (griech. αλεκτωϱ) zu finden ist.
6. **meinen Leib zur Melancholie bereitet, welche in den Wahnsinn führt:** Brandoch Daha beschreibt hier die Stufen einer Berserkerwut, die aber bei ihm nicht zum Ausbruch kommt. (Siehe Anm. 17 zu Kap. II.)
7. **Windlilien:** *fleurs-de-lys*, die dreilappten Wappenlilien Frankreichs bzw. des Hauses Bourbon.

Kapitel VI

1. **geiten sie die Segel auf:** banden sie die gerefften Segel mit Tauen (in der Seemannssprache ›Gei‹ genannt) an die Rahen.
2. **Mêlée:** Handgemenge.
3. **Frettchen:** Wiesel, Hermelin.
4. **Meine Augen brechen:** Eddison liebte die beiden italienischen Tragödien John Websters so, daß seine Phantasie von ihnen Besitz ergriff und sie sich einverleibte. Viele von Websters Zeilen trieben in Eddisons Phantasie umher, und hier zeigt sich, wie leicht seine Gedanken sich in eine elisabethanische Ausdrucksweise kleideten, da er eine von Websters berühmtesten Zeilen in einer relativ nebensächlichen Bemerkung verwendet:

   Bedeck ihr Antlitz. Meine Augen brechen; sie starb jung.

   Ferdinand spricht diese Worte, während er auf den Leichnam seiner Zwillingsschwester, der Herzogin, blickt, deren Ermordung er befahl. (*Die Herzogin von Malfi,* IV: ii.)
5. **meine Reisigen:** Soldaten; stammverwandt mit ›Reise‹, daher mittelhochdeutsch für Söldner in fremden Diensten.

Kapitel VII

1. **Teufelsdröck:** Teufelsdreck oder Stink-Asant, eine Pflanze mit einem starken, knoblauchähnlichen Geruch, aus der ein Gummiharz gewonnen wird; in Zentralasien verbreitet.
2. **Lebensbäume: Gattung** *Thuja,* ein Sammelbegriff für mehrere Arten immergrüner Büsche.
3. **Eisenhut:** eine Gattung giftiger Pflanzen *(Aconitum),* auch Sturmhut genannt.
4. **Damast:** Stoff aus Seide oder Leinen, dessen Musterung durch Kett- und Schußbindung zustande kommt und, obwohl einfarbig, durch die unterschiedliche Lichtreflexion ein deutlich sichtbares Muster aufweist. Die im Mittelalter vermutete Ableitung von der Stadt Damaskus ist wohl nicht zutreffend; es handelt sich aber um eine arabische Technik.
5. **Diasper:** Ein Gewebename aus dem Mittelalter, der nicht eindeutig identifizierbar ist; vermutlich ein meist farbiges damastähnliches Gewebe mit Gold- oder Silberfäden.

6: Robert Roberthin (1600–1648), »Wettstreit des Frühlings«, hier in der Orthographie barocken Schreibweisen angeglichen. Das Original zitiert an dieser Stelle ein Gedicht von Thomas Carew (1598–1639), das die Geliebte als Sitz der Essenz aller Schönheit im aristotelischen Sinne preist.

7. **meiner Herrin Angesicht:** Die deutsche Quelle liest hier: »Rosettens Angesicht«.
8. **Winzersalse:** die ›Wingertener Salse‹ des Mittelalters, eine Sauce aus Wein mit Schalotten und Salbei.

9.: Aus: Johan Grob (1643–1697), »Verschwiegenheit«. Eine Quelle des Zweizeilers ähnlicher Aussage im Original ist nicht belegt.

10. **Schellen:** feste Ringe mit Verschlüssen; vgl. das moderne ›Handschellen‹.
11. **der ihm vor sechs Wintern in Oberwichtland das Leben rettete:** Vergleiche die ›Zeittafel‹ für das Jahr 393.

12. **Karyatide:** eine weibliche Figur, die als Säule dient, um ein Gesims oder Gebälk zu tragen.
13. **eine barbarische Musik:** Musik aus einer der äußeren Provinzen von Hexenlands Reich. Die Instrumente sind keltisch.
14. **Atlas:** Seidenstoff mit einheitlicher Oberfläche und besonderen Glanz; gleichzusetzen dem Satin.
15. **Passionsblume:** Eine Art der Anemone mit glockenförmigen violetten Blüten *(Pulsatilla vulgaris);* sie sind häufige Aprilblumen auf den englischen Kreidehügeln.
16. **die Flügel des Oleanderschwärmers:** Diese wunderschönen Motten haben Flügel, die von der Form her denen moderner Kampfbomber ähneln und deren Farben viele Schattierungen von Grün mit Schlieren von Weiß, Gelb, Pink und einem Hauch von Lavendel vereinen. Die Raupe lebt vom Oleander, einem giftigen, immergrünen Strauch mit roten und weißen Blüten. Die Motte ist in warmen Mittelmeergegenden Europas zu finden, häufiger jedoch in Afrika.
17. **Krater:** Antiker Mischkrug mit trichterförmigem Rand und zwei Henkeln.
18. **Karbonaden:** Fisch, Fleisch oder Geflügel, eingeschnitten und über Holzkohle gegrillt
19. **Geselchtes:** geräuchertes Fleisch.
20. **Distelwolle:** die leichte, fedrige Substanz, die die Samen der Distel umhüllt und ihnen ermöglicht, mit dem Wind zu treiben und sich so zu verbreiten.
21. **Wams:** eine kurze, enge Jacke; auch ein Rock oder Kittel im allgemeinen.
22. **Bryonie:** Besser bekannt als Zaunrübe, eine Kletterpflanze des südlichen England. Die Weiße *(Bryonia cretica)* und die Schwarze Zaunrübe *(Tamus communis)* sind, obwohl ähnlich im Aussehen, zwei völlig verschiedene Pflanzen.
23. **Nachtschatten:** eine Pflanze mit weißen Blüten und schwarzen, giftigen Beeren; verwandt mit der Tollkirsche.
24. **die hyperboräischen Gefilde:** das mythische Land Hyperborea (griech. ›jenseits des Nordwinds‹), ein mildes Land im äußersten Norden.

25: Umdichtung unter Verwendung von Zeilen aus »Es hungert ihn nach Fleische« von Christian Weise (1642–1708), der barocken Schreibweise angeglichen. Das englische Original zitiert ein anonymes *An Antidote Against Melancholy* (1661).

26. **Mokett:** Ein wollenes Material von minderer Qualität als Samt oder Seide; hauptsächlich in den Niederlanden gefertigt und viel getragen im 16. und 17. Jh.
27. **einen mit Speck bardierten Krammetvogel:** Wacholderdrossel, eine Delikatesse der höfischen Küche des Mittelalters. Die mit Speck umwickelten Vögel wurden mit einer Soße aus Bratenfond und Dessertwein serviert.

28: Aus: Carl Michael Bellmann (1740–1795), »Fredmans Soliloquium«. Das englische Original zitiert hier eine freie Übersetzung von ERE aus den *Anacreonta* (XXV), einer spätantiken Gedichtsammlung in der Art des Dichters Anakreon (5. Jh. v. Chr.).

29. **Botarga:** gesalzener Fischrogen der Meeräsche, ital. Kaviar.
30. **Unternehmungen voller Mark und Nachdruck . . . in einer Art von Nichts:** ERE verbindet hier zwei Zitate von Shakespeare und Webster zum Thema Ehrgeiz. Zuerst zitiert er aus Hamlets Schlußgedanken in seinem berühmten Monolog:

So macht Gewissen Feige aus uns allen;
Der angebornen Farbe der Entschließung
Wird des Gedankens Blässe angekränkelt;
Und Unternehmungen voller Mark und Nachdruck,
Durch diese Rücksicht aus der Bahn gelenkt,
Verlieren so der Handlung Namen.
(*Hamlet*, III: i)

Für Hamlet verwirrt Gewissen, Denken und »die Furcht vor etwas nach dem Tod« (ebd.) den Willen und schwächt die Entschlußkraft, so daß ehrgeizige Pläne »der Handlung Namen« verlieren. Der Reiz von EREs Verwendung des Zitats liegt in dem Gegensatz von Gaslarks Verhalten und dem, was Hamlet beschreibt: Gaslarks Ehrgeiz verlor der Handlung Namen nicht, weil er zu sorgfältig, sondern weil er zu wenig geplant hatte. Juss nennt Gaslarks Plan, Carcë zugreifen, einen ›wilden Einfall‹ und sagt, Spitfyr und Brandoch Daha seien »toll wie Märzhasen« und daß sie ›die Weisheit einfangen wollen, indem sie derselben Stimme nachahmen‹, als sie Gaslarks Pläne unterstützen (Kap. V). Wenn Pläne der Handlung Namen verlieren, werden sie, wie König Gorice sagt, »eine Art von Nichts«. Mit diesem Ausdruck zitiert ERE, durch Gorice, John Websters ehrlosen, bitteren und selbstverachtenden Bosola, der, nachdem er selbst tödlich verwundet wurde, grimmig lächelt in dem Wissen, daß sein Streich den eiskalten und unbarmherzigen Kardinal, einen Mann, der mehrerer schwerer Sünden schuldig ist, das Leben kosten wird:

Noch schwelge ich, weil du,
der dastand als wie eine himmelhohe Pyramide,
auf festem, breitem Grund begonnen, enden mußt
in einem nichtig kleinen Punkt, einer Art von Nichts.
(*Die Herzogin von Malfi*, V: v.)

Obgleich Gaslark nichts mit Websters Kardinal gemein hat, beendet seine Wunde, wie die des Kardinals, seine ehrgeizigen Pläne für große Taten.

31. **Ach, armer Gaslark:** eine weitere Anspielung auf Shakespeares *Hamlet:* «Ach, armer Yorick!« (V: i), als Hamlet den Schädel des verstorbenen Hofnarren findet.
32. **herausfodert:** barocke Schreibweise für ›herausfordert‹.
33. Freie Nachdichtung unter Verwendung von Elementen eines unbetitelten Gedichts aus: Joachim Lange, *Das Erste Buch, Schöner Newer weltlicher Lieder, deren Text am meisten von ansehnlichen Frawen vnnd Frewlein selbst gemacht* (1606). Das englische Original zitiert hier aus den *Roxburgh Ballads* (gesammelt 1774). Es handelt sich dabei um das alte Motiv des *Mundus inversus*, der verkehrten Welt, wobei das Gedicht, in Kontext des Romans gesehen, am Ende ironisch auf genau jenes Ereignis vorausweist, das es als absurd abtut; vgl. Helmut W. Pesch, »The Sign of the Worm: Images of Death and Immortality in the Fiction of E. R. Eddison«, *Death and the Serpent: Immortality in Science Fiction and Fantasy*, hg. Carl B. Yoke und Donald M. Hassler (Westport, Ct.: Greenwood Press, 1985), 94.
34. **die Kröte und die Spinne:** Im elisabethanischen Zeitalter waren die Kenntnis weder von Amphibien noch von Arachniden weit genug fortgeschritten, um den Volksglauben über Spinnen und Kröten ernsthaft in Frage zu stellen. Edward Topsell in seiner *Historie of Serpents* (1608) faßt Kröten wie Spinnen unter die Gruppe der giftigen Schlangen, denn er definiert

den Begriff unter Einschluß »aller giftigen Tiere, ob kriechend ohne Beine, wie Nattern und Vipern, oder mit Beinen, wie Krokodile und Echsen, oder mit kompakteren Körpern wie Kröten, Spinnen und Bienen.« Robert Greene glaubt 1592, daß Spinnen ihr Gift aus Blumen saugen. Shakespeare teilt diesen Glauben; denn sein Richard II. bittet die »liebe Erde«, nicht »deines Herren Feind« zu nähren, sondern daß »sich Spinnen, die dein Gift einsaugen, / und träge Kröten in den Weg ihm legen« (*Richard II.*, III: iii). Wenngleich die Kröte »häßlich und voll Gift / ein köstliches Juwel im Haupte trägt« (*Wie es euch gefällt*, II: i), ist es eine Kröte, die »im kalten Stein / Tag und Nachte dreimal neun / zähen Schleim im Schlaf gegoren« (*Macbeth*, IV: i), deren Gift die Grundlage für das Gebräu der drei Hexen bildet. Indem er diese Ideen in Hexenland erörtern läßt, fügt ERE der Kultur Merkuriens ein weitere elisabethanisches Element hinzu. Mit baconischem Pragmatismus und Experimentierfreude macht Sir Thomas Browne diese elisabethanische Haltung zunichte, und seine Prosa ist EREs Quelle für Prezmyras praktisches Experiment:

> Die Antipathie zwischen der Kröte und der Spinne und daß sie einander durch Gift töten, ist sehr berühmt, und ernsthafte Geschichten sind über derlei Kämpfe geschrieben worden, worin der Sieg am häufigsten der Spinne zugedacht wurde. . . . Doch was wir diesbezüglich beobachtet haben, können wir der Vernunft nicht verbergen; als wir in einem Glase eine Kröte mit mehreren Spinnen schlossen, sahen wir die Spinnen ohne Gegenwehr auf ihrem Kopf sitzen und über ihren ganzen Körper laufen; worauf sie schließlich selbige bei Gelegenheit verschluckte, und das in wenigen Stunden, sieben an der Zahl.
> (*Pseudodoxia Epidemica*, III. Buch, Kap. 27, Abschn. 9.)

ERE erstand drei Bände mit Sir Thomas Brownes Werken im Jahre 1916, und er hat sie sein Leben lang bewundert. Auf den Einfluß Brownes hat er oft hingewiesen.

35. **Pistachios:** Pistazien.
36. **Theorem:** Lehrsatz; hier: Annahme, Hypothese.
37. **Papagei:** ERE dacht hier wahrscheinlich an Hotspurs Eröffnung in *König Heinrich IV – Erster Teil*, in der er dem König mitteilt, daß er seine Gefangenen nicht übergeben habe, weil ihn ein ›Papagei‹ so geärgert habe:

> Kam ein gewisser Herr, nett, schön geputzt,
> Frisch wie ein Bräut'gam; sein gestutztes Kinn
> Sah Stoppelfeldern nach der Ernte gleich!
> Er war bebalsamt wie ein Modekrämer.
> . . . Stets lächelt er und schwatzte.
> . . .
> Mit vielen Feiertags- und Fräuleinsworten
> Befragt' er mich . . .
> (*König Heinrich IV. – Erster Teil*, I: iii.)

Corinius pflichtet Hemings Bemerkung bei, »dieser La Feurioz versteht es wie kein andrer, sich mit Putz und Prunk hervorzutun«, und doch sagt uns der Erzähler, als Corinius wegen seines eigenen kostbaren Aufputzes verspottet wird: »Etwas rot war sein hochnäsiges, schönes Gesicht um die Wangen und das bartlose Kinn geworden; denn sicherlich war keiner im Saal so herausgeputzt wie er.« *Popinjay* (so im Original) war ein elisabethanisches

Wort mit einer abwertenden Bedeutung, mit einer homosexuellen Konnotation, für einen weibischen, gezierten Mann mit auffälliger Kleidung.

38. **mit der neunschwänzigen Katze:** Die neunschwänzige Katze war eine Peitsche mit mehreren Riemen zur Züchtigung von Matrosen auf Segelschiffen.

39. **Ich werd' ihm beschtrische Ornamente in das Gedärme schnitzen:** ERE hat diese Drohung aus John Websters *Die weiße Teufelin* entlehnt. Im Zorn über seine Verbannung bedroht Graf Lodovico den Herzog von Florenz und den Herzog von Braciano: »Ich schnitze ihnen haarscharf Ornamente noch / in das Gedärme ein – sollt ich je wiederkehren« (I: i). Das *Italian cut-work* von Websters englischem Original war eine Art Lochstickerei, welche im 16. und 17. Jahrhundert in Italien beliebt war; ERE siedelte diese Handarbeit vorsichtshalber in Merkurien an.

40. **Kapaun:** ein kastrierter Hahn.

41. **Nie ging die Sonne auf – bis jetzt:** Brandoch Daha zitiert John Websters faszinierenden, ungestümen, herzlosen und amoralischen Flamineo in *Die weiße Teufelin* (V: i).

42. **jene Schar schändlicher Schurken:** Die Übersetzung ist an dieser Stelle recht frei, um die Alliteration wiederzugeben.

43. **zwei Alraunen ausgegraben, welche ... Jammer und Tod bringen werden:** Die Alraune trägt giftige Früchte, die als Betäubungsmittel oder als Klistier Verwendung gefunden haben, und seit der Antike wurde sie als Aphrodisiakum betrachtet. Prezmyra spricht von der Alraunenwurzel, die wie ein gegabelter Rettich aussieht und der unteren Hälfte einer menschlichen Gestalt ähnelt, weshalb ihr bei den Elisabethanern mancher Aberglaube angehängt wurde. F. L. Lucas schreibt dazu:

> »Aus dieser merkwürdigen Ähnlichkeit [mit dem Menschen] erwuchs zweifellos die seltsame Vorstellung, daß die Pflanze unter Galgenbäumen wuchs, aus dem Ausfluß von Toten: die männliche Alraune von Männern und die weibliche von Frauen. Und daher auch die noch seltsamere Vorstellung, daß sie, menschengleich, ›einen Schrei von sich geben, wenn sie ausgerissen werden‹, was, wie Sir Thomas Browne fortfährt, ›vielleicht aus einem leisen und scharfen Geräusch hervorgeht, das sie, da fest verwurzelt, macht, wenn die Teile getrennt werden‹. Und da es den Tod für jeden bedeutete, der die magische Pflanze herauszog, wurde immer ein Hund zu diesem Zwecke eingesetzt, der alsgleich verschied; während der Pflücker, um dem Wahnsinn zu entgehen, den das Hören des Schreis zur Folge hatte, seine eigene Ohren versiegelte.«
> (F. L. Lucas, *The Complete Works of John Webster*, 4 Bde., London: Chatto & Windus, 1928, I, 227f.)

Prezmyras Wort ›Jammer‹ steht hier für den Wahnsinn, den der Schrei der Alraune hervorruft.

Kapitel VIII

1. **In den fleckenlosen Räumen ... verweht:** Im diesem Absatz kann man Echos von Coleridges *The Rime of the Ancient Mariner* hören, vielleicht dem Werk von Coleridge, das Eddison am meisten bewunderte:

The fair breeze blew, the white foam flew
The furrow followed free
We were the first that ever burst
Into that silent sea. (Text von 1834: 103–106)
The stars were dim, and thick the night,
The steersman's face by his lamp gleamed white;
From the sails the dew did drip –
Till clomb above the eastern bar
The horned Moon, with one bright star
Within the nether tip. (Text von 1843: 206–211)

2. **Dämonenland:** Die deutsche Übersetzung der Orts- und Landschaftsnamen schließt sich den Namensformen der Übertragung isländischer Sagas an; vgl. hierzu das Glossar der verdeutschten isländischen Ortsnamen in *Die Geschichte vom weisen Njal,* S. 382–385. So steht ›-föhrde‹ für *-firth;* ›-bühl‹ für *-by;* ›-tal‹ für *-dale;* ›-stätten‹ für *-stead;* etc. Auf angenommene oder nachweisbare etymologische Querverbindungen bei solchen Namen wird im folgenden nicht gesondert hingewiesen.
3. **Hauskarlen:** Im Altnordischen war ein *huskarl* ein Diener, im Altenglischen bezeichnet der Begriff Mitglieder der Leibwache des Königs.
4. **ein Mosaik winziger Steine:** Gagat ist schwarzer Marmor. Serpentin ist ein dunkelgrünes Mineral. Dunkler Hyazinth ist ein dunkelblauer Halbedelstein. Blutstein ist Jaspis oder ein anderer von mehreren Halbedelsteinen mit roten Einschüssen oder Streifen.
5. **Kammertuch:** veralteter Name für Batist, ein feines Grundgewebe aus Leinen oder Halbleinen
6. **So ritten sie . . . an der Sonne labten:** Eddisons Kentnis von Wildblumen kam aus erster Hand. All dies sind Pflanzen, die im Spätsommer auf englischen Klippen gedeihen. Die Margerite *(Leucanthemum vulgare)* ist die große weiß-gelbe Gänseblume, die zwischen Juni und August auf den Feldern zu finden ist. Die Glockenblume *(Endymion non-scriptus)* ist eine Wildblume mit großen Blättern und kleinen, glockenförmigen blaulila Blüten, die alle an der Seite eines langen Halmes hängen. Der gelbe Geißbart *(Tragopogon pratensis)* ist eine glattstengelige Blume, die den ganzen Sommer blüht; sie hat grüne, Grashalmen ähnelnde Kelchblätter unter ihren vielblättrigen Blüten, und die gelben Blütenblätter sind innen mit schwarzen Flecken gezeichnet. Die Lichtnelke ist wahrscheinlich die weiße Silene *(S. maritima),* eine vielverzweigte Pflanze mit weißen Blüten und gewölbtem Kelch. Der tiefblaue Enzian ist der seltene Gefranste Enzian *(Gentianella ciliata),* der im Herbst blüht; die gefransten Blätter seiner trompetenförmigen Blüte wölben sich nach außen. Der Oder- oder Ackermennig *(Agrimonia eupatoria)* ist eine Pflanze mit gefiederten Blättern und stabförmigen Blütenständen mit vielen kleinen Blüten. Der wilde Majoran *(Origanum vulgare)* ist eine verbreitete Pflanze auf Kalkböden; als Würzkraut beliebt. Die Ackerwinde *(Calystegia sepium)* ist eine Kletterpflanze mit trichterförmigen weißrosa Blüten mit weißen Streifen. Als Junge durchstreifte Eddison die baumbedeckten Hügel von Adel, dem Dorf seiner Geburt. Als junger Mann durchwanderte er die Yorkshire Dales und die Hügel des Lake District. Später besuchte er Island, Kanada und die Schweiz. In einem Brief an mich vom 15. Mai 1983 schrieb Eddisons Tochter, Jean G. R. Latham, von seiner Liebe zur Natur: »Er liebte

das Leben & die Kunst, & ich lernte so viel von ihm, auch eine große Freude an Tieren, Vögeln, Blumen & Bergwanderungen.«

7. **Onyxtürme:** Onyx ist eine Quarzart, die viele Farben aus ihren inneren Kristallflächen reflektiert; dem Achat verwandt.
8. **Karawanserei:** eine zeitweilige Wohnung oder ein Treffpunkt.
9. **Balustraden:** ein von Stützen mit stark profilierten Schaft getragenes Geländer an Treppen, Balkonen, Terrassen usw.; typische Form der Brüstungen der Renaissance und des Barocks.
10. **Widerrist:** der höchste Punkt des Rückens bei einem Vierbeiner, insbesondere Pferd, zwischen den Schulterblättern.
11. Diese merkwürdige Inschrift verbindet im Original das archaische *ye* mit Elementen des schottischen *(an', 'a', awa', frae* [statt *and, that, away, from*]) und Wiltshire- oder West-Somerset-Dialekts (*skeered* [statt *scared*]):

    Ye braggers an' 'a'
    Be skeered and awa'
    Frae Brandoch Daha!

    Diese Inschrift ist ein weiteres Beispiel für Eddisons alchemischen Eklektizismus. Alle seine Figuren kommunizieren in einer Sprache, und doch setzt er breite Grenzen für ihre Ausdrucksweise: Ihre Art zu sprechen und zu schreiben mag zu jeder Zeit geographisch unterschiedliche Dialekte vereinen und die Jahrhunderte vom fünfzehnten bis zum zwanzigsten überspannen. Im Deutschen spiegelt sich dies in der Verbindung etwa vom plattdeutschen ›üch‹ mit dem barocken ›für‹ (statt ›vor‹).
12. **Sylphyr:** Sulphur (Schwefel).
13. **Renegado:** Renegat, Abtrünniger.
14. **entstecket, verherget und geschleifft:** in Brand gesteckt, verwüstet und zerstört.
15. **erlebten:** überlebten.
16. **Mähr:** Mär, Kunde, Nachricht.
17. **sintemalen:** weil.
18. **Mantichora:** In diesem Abschnitt über die Mantichore zeigt Eddison einen Teil seiner Kompositionsmethode: eine systematische Heranziehung des *Oxford English Dictionary*, um den korrekten Gebrauch von Archaismen zu gewährleisten. Hier paraphrasiert er die Belege des OED von John Skelton, J. Wilkins und James Howell.
19. **geteert und kalfatert:** Beide Wörter bezeichnen das Abdichten von hölzernen Schiffsböden durch das Bestreichen der Fugen mit Pech.

Kapitel IX

1. **Knorren:** Lastschiffe der Wikingerzeit.
2. **Sauermost:** Saft unreifer Trauben, im Mittelalter zu medizinischen Zwecken verwendet.
3. **Broch:** Aussichts- und Wachtturm, aus dem Gälischen.
4. **Tjoste:** Lanzenstechen beim ritterlichen Turnier.
5. **Topfhelm:** alte Form des geschlossenen Helms, oben flach, ohne bewegliches Visier.
6. **Erebos:** In Hesiods *Theogonie* ist Erebos die ursprüngliche Dunkelheit, die

aus dem Chaos geboren wird. Er und seine Schwester, die Nacht, sind die Eltern von Äther und Tag. Gewöhnlich ist Erebos ein Name für die Unterwelt.

7. **ein Katarrh oder ein Rheuma:** Ein Schnupfen; ›Rheuma‹ steht hier nicht für eine Gelenkerkrankung, sondern für eine wäßrige Flüssigkeit im Sinne der mittelalterlichen Krankheitslehre.
8. **Segge:** steifes, hartes Gras.
9. Daniel Georg Morhof (1639–91), »Schlachtgesang«. Das Original zitiert hier *Hesperides* von Robert Herrick (1591–1674). Während in der englischen Fassung nur die unheimliche Atmosphäre beschworen wird, paßt die heroisch-ironische Aussage des deutschen Gedichts fast noch besser in diese Szene hinein.
10. **dem dunklen Fährmann:** Zeldornius bezieht sich auf Charon, den ungeduldigen und unbotmäßigen Fährmann des Styx, dessen Aufgabe es ist, die Seelen der Verstorbenen zu den Gefilden der Unterwelt zu führen. Vergil beschreibt ihn im sechsten Buch der *Äneis,* als die Sibylle Äneas durch die Unterwelt geleitet, auf der Suche nach dem Schatten seines Vaters Anchises:

    Charon, bedeckt mit Schmutz, sein Kinn umflattert ein grauer,
    Ganz verwilderter Bart, er starrt mit glühenden Augen,
    Und um die Schultern geknotet umhängt ihn ein garstiger Umwurf.
    Mit einer Stange treibt er die Fähre, er richtet die Segel
    Und setzt über die Toten auf eisenfarbigem Nachen.
    Greis bereits, doch ist er als Gott auch rüstig im Alter.
    (*Äneis,* VI: 394–400.)

Kapitel X

1. **mit Nägeln aus Diamant:** In John Websters *Weiße Teufelin* versichert Flamineo, der Sekretär Brachianos und sein Kuppler in seiner Affäre mit Vittoria, daß diese ihn treffen werde: »Ihr findet noch zueinander – dies ist mit Brillantenstiften [*nails of diamond*] festgenagelt, ein unentrinnbares Geschick« (I: ii).
2. **Urstromtal:** Ein flaches Tal, das von Schmelzwasserflüssen der Eiszeit ausgewaschen wurde, von einem Fluß durchflossen und von Hügeln begrenzt.
3. **in honigfarbenen Cymophanen:** ein Synonym für Chrysoberyll, ein gelblich-grüner Stein.
4. **Myrrhe und Nardenöl und Ambra:** Dies sind Duftessenzen: Myrrhe ist ein Gummiharz des Balsambaums *(Commiphora myrrha);* es wird mit dem Orient in Verbindung gebracht. Nardenöl ist ein aromatisches Öl, das durch Kochen aus der Indischen Narde *(Nardostachys natamansi)* gewonnen wird. Ambra ist ein Sekret aus dem Inneren des Pottwals.
5. **aus dem Gemach:** Die Episode zu Eschgrar Ogo ist zum Teil inspiriert und zum Teil entnommen aus den *Reisen des Ritters John Mandeville* (1357):

    Von Trapezunt kommt man gen Klein-Armenien, darin zwischen den Städten Laiazzo und Perschembé eine alte Burg auf einem Felsen liegt. Sie heißt die Sperber-Burg und gehört dem Herrscher von Korgho, der ein mächtiger Fürst und ein guter Christ ist. In der

Burg findet man einen gar schönen Sperber und eine Jungfrau, die ihn hütet. Sie ist aber kein Mensch, sondern wie eine Göttin, die man in welscher Sprache Fee nennt. Wer sieben Tage und sieben Nächte allein und ohne Schlaf bei dem Sperber ausharrt, dem erfüllt die Jungfrau einen einzigen Wunsch nach irdischen Dingen. Einst geschah es, daß ein tapferer und edler König von Armenien den Sperber bewachte. Nach sieben Tagen und sieben Nächten sprach die Jungfrau zu ihm, was er von ihr wünsche, solle ihm gewährt werden. Er antwortete ihr, daß er ein mächtiger Herrscher und reich genug sei und Friede in seinem Lande herrsche. Darum wünsche er nichts anderes, als mit dem Leib der Jungfrau seinen Willen zu haben. Da sprach die Jungfrau, er dürfe sich nur irdische Dinge wünschen, sie aber sei ein überirdisches Wesen. Doch der König sagte, er wolle sonst nichts anderes. Die Fee aber antwortete: ›Da ich es nicht aus Eurem Sinne bringen mag, gebe ich Euch und allen Euren Nachkommen bis ins neunte Glied Krieg ohne Frieden, Armut und Knechtschaft.‹ Und seit der Zeit sind die Könige von Armenien arm, leben in Unfrieden und sind dem Sultan untertan. (S. 97)

Eddison reduziert die sieben Nächte der Wache mit dem Vogel zu einer, doch das ganze Abenteuer dauert sieben Nächte, während Juss und Spitfyr schlafen. Indem Eddison seinem Helden gestattet, mit der Dame zu schlafen, erfüllt er Brandoch Daha den Wunsch, den Mandeville dem armen armenischen König verweigerte.

6. **Wyrd:** In modernen Zeiten hat das englische Wort *weird* die Bedeutung des Unheimlichen oder Abnormalen erhalten. Dieser moderne Gebrauch geht hauptsächlich auf die ›three weird sisters‹, die drei Hexen in *Macbeth* zurück; denn diese Frauen sehen unheimlich aus, sie haben Bärte und sie scheinen nicht von dieser Welt zu sein. Doch ursprünglich ist das Wort ein Substantiv, ›Wyrd‹, im Altenglischen, und bedeutet in mehreren Gedichten Schicksal, Erfahrung oder Lauf der Dinge. Zwei Zitate aus dem *Wanderer*, einem lyrischen Gedicht aus dem 7. Jh., das, verkürzt gesagt, auf elegische Weise die Gefühle eines einsamen und verzweifelten Mannes ohne Herrn und ohne einen Platz in der Gesellschaft wiedergibt, wird diesen Gebrauch verdeutlichen: ›*Wyrd biþ ful aræd*‹ (›Das Schicksal ist völlig festgelegt‹; Z. 5); ›*Ne mæg werig mod wyrde wiþstandon*‹ (›Ein entmutigter Geist kann dem Schicksal nicht widerstehen‹; Z. 15). Shakespeare verwendet das Wort grammatisch als Adjektiv, aber semantisch als Hauptwort: Als Macbeth und Banquo von den *weird sisters* sprechen, meinen sie die Hexen als Sendboten des Schicksals. Eddison benutzt das Wort, durch den Mund Brandoch Dahas, um das Schicksal zu bezeichnen, das die Dame von Ischnain Nemartra dem Dämonenfürsten auferlegt hat.

Kapitel XI

1. **Der Teufel brenn mich schwarz wie Buttermilch:** Hier spricht Corund, in einem Geplänkel mit Gro, mit witziger Ironie, indem er einige Zeilen, welche Macbeth, der todgeweihte Macbeth des fünften Aktes, zu einem zitternden Boten sagt, der kommt, ihn vor der englischen Armee zu warnen: »Der Teufel brenn dich schwarz, milchbleicher Lump! / Wie kommst du

an den Gänseblick?« (V: iii). Das Epithet ›milchbleicher Lump‹ gab ERE vielleicht den Gedanken an Buttermilch ein, die natürlich alles andere als schwarz ist.

2. **kalte dunkle Säfte im Körper:** Die europäische Medizin des Mittelalters und der Renaissance kategorisierte die Grundtypen des Temperaments und der Veranlagung nach vier *humores* oder Säften: Beim Sanguiniker dominiert das Blut und bringt eine rotgesichtige Person hervor, die fröhlich, hoffnungsvoll, mutig und herzlich ist. Beim Phlegmatiker dominiert das Phlegma und bringt entweder eine zurückhaltende, kalte und selbstbezogene Person oder eine faule, träge und dumpfe hervor. Beim Choleriker herrscht die gelbe Galle vor und macht den Menschen giftig, leicht zu erzürnen, leidenschaftlich und aggressiv. Beim Melancholiker dominiert die schwarze Galle und produziert eine düstere, traurige, deprimierte Person (aber mitunter auch einen großen Denker). Ärzte versuchten, die Säfte durch Schröpfen, Diät und Arzneien ins Gleichgewicht zu bringen.
3. **Fante:** ›Fant‹ ist eine veraltete, abschätzige Bezeichnung für einen jungen, unreifen Menschen; im übertragenen Sinne auch: Geck, Stutzer.
4. **Levericks:** Sand- oder Uferlerchen *(Eremophila alpestris)*, die auf felsigen Ufern wohnen; das Männchen trägt Federn wie zwei Hörner.
5. **das verschlägt nichts:** Das spielt keine Rolle.
6. **einen harten Rippenstoß:** Hier benutzt ERE eine Zeile aus *Othello*, in der Iago versucht, Othello seine Loyalität zu beweisen, indem er ihm erzählt, daß er davon träume, Brabantio zu erstechen: »Zwanzigmal / dacht ich, ihm mit 'nem Rippenstoß zu dienen« (*Othello*, I: ii).
7. **Vorhut:** Der vorderste Teil der Armee, die Vorausabteilung.
8. **die obszönen Bestien . . . labten sich im Mondschein an ihren Leichen:** Dieses Bild, bekannt aus der heroischen Dichtung, hat einen besonderen Schrecken für Helden und ihre Familien, weil ein wichtiger Teil des Ruhmes eines Helden davon abhängt, ob er ordentlich bestattet oder eingeäschert wurde; falls sein Leichnam auf dem Feld verbleibt, um von Aasfressern verzehrt zu werden, ist ihm dieser Ruhm verwehrt. Die Anfangszeilen der *Ilias* weisen diesen Schrecken unmittelbar. Die schrecklichen Folgen, die der Zorn des unversöhnlichen Achilleus zeitigt, sind, daß er

   > den Achaiern unnennbaren Jammer erregte
   > Und viel tapfere Seelen der Heldensöhne zum Aïs
   > Sendete, aber sie selbst zum Raub darstellte den Hunden
   > Und dem Gevögel umher. So ward Zeus Wille vollendet.
   > (*Ilias*, I: 2–5.)

9. **Gebt mit einen Brief darauf:** Schreibt es mir auf.
10. **allein gegen einen Fechter zum Bühnenkampf:** Im III. Akt, elfte Szene, von *Antonius und Cleopatra* gelobt Antonius, Octavius Caesar zum Zweikampf zu fordern, mit ihm »Schwert um Schwert zu fechten, / Er ganz allein«. Als er dies hört, spottet Antonius' Freund und Offizier Enobarbus, bereits bitter enttäuscht von Antonius wegen dessen Versagen in der Seeschlacht gegen Octavius, in einer Nebenbemerkung:

    > O ja! Recht glaublich! Cäsar, schlachtenstolz
    > Sollte sein Glück vernichten, mit dem Fechter
    > Den Bühnenkampf versuchen.

    Enobarbus schließt die Nebenbemerkung mit einem Zweifel an Antonius' Führungsqualitäten: »Auch den Verstand hat Cäsar ihn besiegt.«

Kapitel XII

1. **Königin Sophonisba:** Der Name entstammt einer Tragödie, die 1606 von John Marston geschrieben wurde. ERE kam wahrscheinlich auf den Namen und das Stück durch John Webster, der Marstons Werk bewunderte.
2. **bei den tartarischen Strömen:** Der Tartaros war der Bereich der Unterwelt, in dem die schuldigen Geister oder Schatten der Sterblicchen gepeinigt wurden.
3. **Pyriphlegethon oder Acheron:** Pyriphlegethon ist besser bekannt als Phlegethon, einer der Flüsse der Unterwelt, dessen Name schlicht ›flammend‹ bedeutet; *pyri* setzt einfach noch die Vorsilbe ›Feuer-‹ hinzu. Acheron ist der Fluß des Leides in der Unterwelt, wird aber auch als Name für die Unterwelt allgemein verwendet. Christopher Marlowes verdammter Faustus, mit reicher scholastischer Rhetorik begabt, schwört bei beiden Flüssen:

   Now by the kingdom of infernal rule,
   Of Styx and Acheron and the fiery lake
   Of ever-burning Phlegethon, I swear
   That I do long to see the monuments
   And situation of bright splendent Rome.
   (The Tragedy of Doctor Faustus, III: iii.)

   Vielleicht hatte ERE diese Verse im Sinn, als er dieses Kapitel schrieb, denn er bewunderte Marlowe sehr. ERE erstand die Mermaid-Series-Ausgabe von Marlowes Stücken im Jahre 1904 und behielt sie bis zu seinem Tod.
4. **das Zimiamvische Tor:** Dies ist die erste Erwähnung des Landes Zimiamvia, das zehn Jahre später während der Abfassung von *Mistress of Mistresses* zum Ort des ›privaten Himmels‹ von EREs Figuren Edward Lessingham und Mary Scarnside Lessingham wurde. Diese Figuren, da sie in der ›Induktion‹ zu WO vorkommen, bilden ein Bindeglied zwischen den beiden Romanen, die mit vierzehn Jahren Abstand veröffentlicht wurden. Die geographische Lage Zimiamvias in Merkurien, hier so klar, wird in den späteren Büchern unbestimmter, wo Merkurien nie wieder erwähnt wird.
5. **Bader:** Arzt; einer, der die Heilkunst praktiziert.

Kapitel XIII

1. **Furien, die der Unterwelt entsteigen:** Geboren aus den Blutstropfen, die der Wunde des entmannten Ouranos entströmten, waren die Furien (griech. Erinnyen) geflügelte Geschöpfe mit Schlangen im Haar. Sie werden assoziiert mit Haß, Wut und Rache. Um die eingeborenen Stämme zum Krieg gegen die eingewanderten Trojaner unter Äneas anzustacheln, ruft Juno (Hera) die Furie Allecto herbei:

   Also rief die Grause und schwebte nieder zur Erde,
   Rief aus der Furien Haus die Trauergöttin Allecto
   Her aus der höllischen Nacht, die Zorn und traurige Fehde,
   Hinterhalt liebt und Trug und alle schlimme Verleumdung.
   (*Äneis,* VII: 429–32)
2. **Behemoths:** Riesentiere; im Alten Testament Bezeichnung für das Nil-

pferd. Das englische Original lautet hier *nickers*, ein Wort mit ähnlicher Bedeutung, das sich aus dem *Beowulf* (Z. 422–23) ableitet.
3. **Atzung:** Nahrung der jungen Raubvögel.
4. **das hörnerne Tor:** In der griechischen Legende kamen wahre Träume durch das hörnerne und falsche durch das elfenbeinerne Tor.

Kapitel XIV

1. **der geringste Tand:** irgend etwas von Wertlosigkeit.
2. **erkühlet sich das Blut:** Vgl. Macbeths Zeilen vor seinem mörderischen Angriff auf Macduffs Burg in Fife: »Das ist nicht Torenwut: / Es ist getan, eh sich erkühlt mein Blut« (IV: i).
3. **jener geheime Tiefpunkt oder Grund unsrer Tage:** Im Jahre 1916 erstand ERE die *Pseudodoxia Epidemica, Religio Medici* und *Hydriotaphia* von Sir Thomas Browne (1605–82). Hier zitiert ERE Brownes Ansicht von Gottes Vorsehung aus 43 von *Religio Medici:* »Es gibt daher einen geheimen Tiefpunkt [*glome*] oder Grund unserer Tage: 's war seine Weisheit, sie zu bestimmen; aber seine fortwährende und wachende Vorsehung, die sie erfüllet und vollendet . . .« Es handelt sich somit um einen philosophischen, nicht psychologischen ›Tiefpunkt‹, die Erkenntnis, daß der Mensch sein Schicksal nur bis zu einer gewissen Grenze selbst zu bestimmen vermag.
4. **Ephemeriden:** Eintagsfliegen; ERE zitiert hier Robert Greenes *The Honorable Historie of Frier Bacon and Frier Bongay* (1594).
5. **Mittelerde:** Der moderne Begriff kommt von dem altenglischen Word *middangeard*, das ›Erde‹ oder ›Welt‹ bedeutet. Da wir zuvor aus dem *Wanderer* zitierten (siehe Anm. 6 zu Kap. X), hier ein weiteres Zitat: ›. . . *þes middangeard / ealra dogra gehwam dreoseþ ond fealle* (›Diese Mittelerde altert jeden von allen Tagen und zerfällt‹; Z. 62f.). Siehe auch Anm. 12 zu Kap. IV.

Kapitel XV

1. **Chrysolith:** ein grüner Edelstein; ein Silikat von Magnesium und Eisen.
2. **eben:** ebenso, genauso.
3. Aus: Martin Opitz (1591–1635): »Freiheit der Liebe«. Das englische Original zitiert ein Gedicht von John Donne (1573–1631).
4. **Marketenderin:** Händlerin bei der Feldtruppe.
5. **stach und trumpfte:** Im Original *gleeking*. ›Gleeke‹ war ein Kartenspiel bei den Jakobitern und Elisabethanern. John Webster erwähnt es in *The Devil's Law Case*, II: 1.
6. Gottfried Finckelthaus: »Der Vngetrewe Vnbestendige« (1640; das genaue Datum des hier zugrunde liegenden Druckes ist nicht bekannt). Das Original zitiert hier wie auch bei den beiden folgenden Gedichten aus einer Sammlung *Merry Drollerie* (1691).
7. **Eben / ungleich als:** ebenso ungleich wie.
8. **So die jene:** welche diejenige.
9. **hafft:** haftet, festhält.

10. Aus: *Merry Drollerie*; die Übersetzung folgt der von Reinhard Heinz.
11. Christian Hofmann von Hofmannswaldau: »An die Phillis« (1697). Phyllis ist der typische Name einer Schäferin in der pastoralen Dichtung.
12. **einen Stiefel leeren:** Studentensprache: einen großen Humpen (traditionell in Stiefelform).

Kapitel XVI

1. **Malabathrum:** ein aromatisches Blatt, das bei verschiedenen antiken Autoren erwähnt wird; vermutlich eine von mehreren möglichen Zimtarten (*Cinnamomum malabathrum* oder *C. tamala*).
2. **Dominus fac totum:** lat. ›Herr tu alles‹.
3. Aus: Jacob Schwieger: »Nacht-Lied« (1659). Das englische Original zitiert hier aus den *Anakreonta* (II), in EREs eigener Umdichtung.
4. **Jtzund:** ›itzund‹, barocke Schreibform von ›jetzt‹.
5. **wo:** wenn, sofern.
6. **Marmelstein:** Marmor.
7. **als da wäre:** Die Orthographie folgt hier in einzelnen Fällen, etwa der Zusammenschreibung von ›zu‹ mit der Infinitivform, dem *Abenteuerlichen Simplicissimus* des Johann Jacob Christoffel von Grimmelshausen (1668).
8. **Lichtstock:** Talgkerze.
9. **Bonaroba:** ital. *bona roba:* ein ›gutes Kleid‹, ein italienischer Euphemismus für eine Mätresse.

Kapitel XVII

1. **mindern:** schmälern
2. **Stichtuch:** Mustertuch mit Stickerei.
3. **Ist es nicht überaus schön, in Carcë zu sein:** Hier paraphrasiert Prezmyra Christopher Marlowes Tamburlain:
   Is it not brave to be a king, Techelles!
   Usumcasane and Theridamas,
   Is it not passing brave to be a king
   And ride in triumph through Persepolis?
   (*Tamburlaine the Great, Part One,* II: v)
4. **Hühnerhabichte:** Der Habicht ist ein großer Greifvogel mit kurzen Flügeln.
5. **Kurbetten und Kapriolen:** In der Dressur ist eine Kurbette ein Sprung, bei dem das Pferd die Vorderläufe hebt und dann mit den Hinterläufen hochspringt, bevor die Vorderläufe den Boden berühren. Eine Kapriole ist ein Sprung gefolgt von einer Seitwärtsdrehung auf den Hinterläufen.
6. **Austringern:** Ein Austringer ist ein Falkner für Habichte; vom mittellateinischen Wort für ›Habicht‹.
7. **verkappt:** mit einer Haube (s. u. Anm. 10) auf dem Kopf.
8. **Merlin:** ein sehr kleiner aber sehr kühner europäischer Falke.
9. **meinen wilden Adler:** Einen Adler, der als ausgewachsener Vogel gefangen wurde. Sobald Raubvögel in freier Wildbahn ihre erste Mauser hinter sich haben, sind sie wilder und nur sehr schwer für die Jagd zu zähmen.

10. **Geschüh ... Bell ... Haube:** In der Falknerei ist das Geschüh die Fußfessel des Falken, mit der er festgebunden ist. Die Bell ist eine kleine Glocke, die daran befestigt ist. Die Haube ist ein kleiner Ledersack, der über den Kopf des Falken gestülpt wird und ihn ruhig hält.
11. **Zuerst sprang sie:** Springen nennt man, wenn der angefesselte Falke von der Hand oder einem seiner Sitze fortzufliegen sucht.
12. **Sehern ... Gebeiß:** Seher sind die Augen des Keilers in der Jägersprache, Gebeiß seine Zähne.
13. **Decke:** Haut, Fell.
14. **Sathanas:** alte Schreibweise für ›Satan‹.
15. **Apanage:** eine Provinz für den Unterhalt eines Prinzen.
16. **Gran:** lat. *granum* ›Samenkorn‹: ein altes Apothekergewicht von der Schwere eines Pfefferkorns, ca. 0,6–0,7 Gramm
17. **mein Glück riskieren:** Das Original hat an dieser Stelle ein ausgedehntes Wortspiel mit Würfeln.
18. **Gehenk:** Schwertgehänge.
19. **Freisassen:** Pächter oder kleine Grundbesitzer, im Gegensatz zum leibeigenen Bauern.
20. **Belladonna:** Tollkirsche *(Atropa belladonna).*
21. Das Marschlied, eine Eigenschöpfung von ERE, wurde hier mit Elementen der niederländischen Übersetzung von Helen Knopper versetzt.

Kapitel XVIII

1. **Serpentin:** Marmor
2. **von der Farbe ungelöschten Kalks:** Wenn Kalkstein verbrannt wird, bis er sich zersetzt, entweicht Kohlensäure, während Kalziumoxid oder Ätzkalk zurückbleibt, der mit Wasser gelöscht werden muß. Ungelöschter Kalk hat eine gelblichweiße Farbe.
3. **ich hab' die Schlange zerhackt:** Es ist nur angemessen, daß nach einem an *Macbeth* gemahnenden Mord Corsus einen von Macbeths Ausdrücken verwendet. Gekrönt, doch voller Zukunftsängste, erzählt Macbeth seiner Frau, daß mehr Verbrechen begangen werden müssen, ehe sie sicher sind: »Zerhackt ward nur die Schlange, nicht getötet« (III: ii).
4. **ins Fenster trifft:** Ein obsoleter Begriff aus dem Tennis; die Fenster waren drei Felder auf dem Tennisplatz; wenn der Ball in eines von ihnen geschlagen wurde, gab es einen Punkt.
5. **Blutstein:** grüner Quarz, mit Rot gestreift oder gefleckt.
6. **Corsus ward als verwildert befunden:** Obwohl Gro im vorangegangenen Kapitel die Tatsache, daß der wilde Adler die Augen des Jagdhundes ausgepickt hat, ein schlechtes Vorzeichen nannte, gab er dem König jedoch keine Deutung desselben, und Gorice hatte die Sache anscheinend bald vergessen. Hier spricht der König vielleicht ohne bewußten Bezug zu dem ungehorsamen Vogel, und doch bestätigt die Wortwahl des Königs den Vorfall als böses Omen: Der wilde Adler steht für Corsus; der Hund für Gallandus; der Eber für Dämonenland; und das Auspicken der Augen für die Ermordung des Gallandus durch Corsus. Des Königs Worte sind auch ein Widerhall einer von Othellos Zeilen, als Iagos ›Medizin‹ ihre Wirkung zu entfalten beginnt: »Find ich dich verwildert, Falk ...« (*Othello*, III: iii).

Kapitel XIX

1. **Balas:** Eigentlich ein Eigenname für eine Gegend bei Samarkand, wo Rubine gefunden werden.
2. **sende den Kriegspfeil aus:** Im Norwegen des 10. Jh. wurden symbolische Pfeile aus Eisen und Holz durch die Lande geschickt, wenn ein Lehensherr rasch eine Armee zusammenstellen mußte. Siehe *Egil's Saga,* Kapitel 3.
3. **nimm vor Thremnirs Kliff dich in acht:** Diese kleine Szene ist eine weitere von EREs eklektischen Kombinationen. Der alte Mann scheint Odin zu sein; denn seine Erscheinung (abgesehen davon, daß er zwei Augen hat) ähnelt der Odins in der Wölsungensaga. In jener Geschichte tritt Odin fünfmal auf, und immer ist er ein alter Mann, langbärtig, allen unbekannt, und er trägt einen Hut mit herabhängender Krempe auf dem Kopf, und er ist einäugig, und er verschwindet plötzlich. (Siehe *The Story of the Volsungs and the Niblungs,* übers. William Morris und Eirikr Magnusson.) Doch der alte Mann, der Spitfyr begegnet, hat eine größere Ähnlichkeit mit Shakespeares Dramatisierung des Wahrsagers, der an Julius Caesar herantritt und die Worte sagt: »Nimm vor des Märzen Idus dich in acht!« (*Julius Caesar,* I: ii).
4. **den Würgapfel kriegen:** Hier borgt ERE eine Zeile aus John Websters *Die Weiße Teufelin.* Kardinal Monticelso, der Vittoria für ihren Sarkasmus während ihres Prozesses wegen Ehebruch tadelt, sagt: »Los, nur los! / Sobald das prahlerische Festessen vorbei ist, / kriegt Ihr den Würgapfel . . .« (III: ii). Ein ›Würgapfel‹ ist eine unreife, zähe und bittere Frucht.
5. **Drosselhahn:** die männliche Singdrossel.
6. **Kar:** eine mehr oder weniger kreisförmige Höhlung an einem Berghang, umgeben von steilen Hängen oder Schroffen.
7. **Schwarzen Andorn und Schafgarbe:** Schwarzer Andorn *(Ballota nigra)* ist ein mittelgroßer, stark riechender Lippenblüter mit weiß-purpurnen Blüten. Die Scharfgarbe *(Achillea millefolium)* ist ein weit verbreitetes Kraut mit einem zähen, gräulichen Stamm, gefiederten Blättern und Dolden von kleinen weißen Blüten.
8. **Gekröse:** in der Regel die Innereien eines Tiers.

Kapitel XX

1. **Adamant:** Diamant oder sonst ein Material, das härter ist als Stahl.
2. **Taffet:** eine dünne, glänzende Seide; alter Name für Taft.
3. **Leindottersalse:** Leindotter, auch Butterraps genannt *(Camelina sativa),* eine verbreitete Pflanze mit vier gelben Blütenblättern in Form eines Kreuzes.
4. **dampfend von der Schlacht:** Der Dampf kommt von heißem menschlichen Blut, das an einem kalten Morgen vergossen wird. Bei der Schlacht am Anfang von *Macbeth,* ausgetragen unter dem bewölkten Himmel in der schottischen Kühle, gewinnt Macbeth Ansehen für seine Heldentaten »mit gezücktem Stahl, / Der in des Blutgerichts Vollziehung dampfte« (I: ii).
5. **Galle:** Zorn, hervorgerufen durch eine Magenverstimmung (siehe Anm. 2 zu Kap. XI).

Kapitel XXI

1. **Märzenbecher:** Der Name verschiedener Pflanzen. Im Original ›winter-sweet‹.
2. **Daphnebusch:** Nach den Metamorphosen des Ovid wurde der Lorbeer mit Daphne in Verbindung gebracht, weil diese sich in einen solchen Strauch verwandelte, um den Nachstellungen des Gottes Apollon zu entgehen. Vermutlich der Lorbeer-Seidelbast *(Daphne laureola)*.
3. **die göttliche Jägerin:** in Griechenland die Göttin Artemis; in Rom Diana.

Kapitel XXII

1. **Hausmeier:** Verwalter; Vorsteher der Hofhaltung bei den Merowingern.
2. **meine erste Kugel durchs Tor schlug:** Der alte und kriegerische Raynor zeigt unerwarteten Humor, indem er eine Anspielung aufs Krocketspiel macht.
3. **Ich möchte ihre Namen wissen:** Siehe Anm. 8 zu Kap. XXVII.
4. **Jaspis:** ein vielfarbiger Quarzstein.
5. **Amaranth, Nepenthe und die elysische Narzisse:** Eddison mag Shelleys *Prometheus Unbound* im Sinn gehabt haben, als er diesen Satz schrieb:

   Prometheus saw, and waked the legioned hopes
   Which sleep within folded Elysian flowers,
   Nepenthe, Moly, Amaranth, fadeless blooms . . .
   (II: iv: 59–61)

   Der Amaranth ist eine imaginäre Blume, deren Blüte niemals verwelkt. Nepenthe ist eher berühmt für das Mittel, das man aus ihren Blättern gewinnt, als für ihre Blüte, aber ERE, wie Shelley, preist sie als Blume; ihr Saft bringt Vergessen und Leid. Hermes gab Moly, ein Kraut mit weißen Blüten, dem Odysseus, um ihn vor dem Zauber der Kirke zu schützen. Die elysische Narzisse erhielt ihren Namen von Homer, der in der *Odyssee* (XI: 539) sagt, daß die elysischen Gefilde von Narzissen bedeckt seien.
6 Nach einer alten englischen Ballade, *The Three Ravens«; übers. HWP.*
7. **Sie traget so schwer:** Die Hindin ist trächtig.
8. **Leman:** Geliebte.
9. **in den Armen der Königin der Liebe:** Demodokos singt mit reiner Stimme von der Liebe des Ares und der Aphrodite, die von Hephaistos im Bett gefangen wurden, und von der anderen Götter homerischem Gelächter bei diesem Anblick (*Odyssee*, VII: 266–366).

Kapitel XXIII

1. **rollig:** brünstig (bei Katzen).

Kapitel XXIV

1. **Sarsenett:** ein feiner, weicher Seidenfutterstoff.
2. **jene Schrift über dem Tor:** Siehe Kap. VIII und ebd., Anm. 11.

3. **Mein Fürst, entmannt Euch nicht durch solch eine tierische Anwandlung:** Vgl. Lady Macbeths Zurechtweisung ihres Gatten bei dessen hysterischer Reaktion auf den Anblick des Geistes von Banquo beim Fest: »Was! ganz entmannt vor Torheit?« (*Macbeth,* III: iv).
4. **den Harnisch auf dem Rücken:** Der Ausdrück bedeutet ›in voller Rüstung‹. Vgl. Macbeths trotzigen Ausbruch, als er hört, daß der Wald von Birnan auf den Hügel von Dunsinane vorrücke: »Auf! läutet Sturm! Wind blas! heran Verderben! / Den Harnisch auf dem Rücken will ich sterben.« (*Macbeth,* V: v).
5. **einen Roland zu Eurem Oliver:** In dem französischen Heldenepos des 12. Jh., *Le Chanson de Roland* (›Das Rolandslied‹), dem größten der französischen *chansons des gestes* (›Tatenlieder‹) waren Oliver und Roland enge Freunde und die zwei größten Ritter am Hofe Karls des Großen. Für die Sache des fränkischen Adels und des christlichen Glaubens verleiht der Dichter einem kleinen, aber blutigen Zwischenfall am 13. August 778 in den Pyrenäen epische Ausmaße: Bei der Rückkehr Karls aus Spanien, wo er alle Plätze und Burgen auf seinem Wege erobert hatte, wurde seine Nachhut im unwegsamen Gelände der Pyrenäen von plündernden Basken überfallen und niedergemacht. In dem Gedicht fallen Oliver und Roland und zehn weitere große Ritter, derweil sie nahezu vierhunderttausend Sarazenen in Schach halten.
6. **Atropos:** Die älteste der drei Parzen, jener Gottheiten, die in der griechischen Mythologie das menschliche Schicksal (und manchmal auch das der Götter) bestimmen. Atropos ist diejenige, die den Lebensfaden abschneidet.
7. **Amber:** Bernstein.
8. **fodern:** barocke Schreibweise für ›fordern‹.

9: Robert Greene (1560–92): *Alphonsus, King of Arragon;* übers. HP.

Kapitel XXV

1. **Sumpfmyrten:** Gagel *(Myrica gale),* ein süß duftender, rotbrauner Strauch.
2. **Ache:** Fluß, Bergbach.
3. **Fingerkraut:** Gattung *Potentilla,* mit fünfblättrigen gelben Blüten; davon mehrere Arten Gebirgsblumen.
4. **Grotesken:** phantasievoll geformte Tier- und Pflanzenornamente der Antike und der Renaissance.
5. **Oreaden:** Bergnymphen.
6. **Parnassusgras:** Der Parnassos ist ein Berg in Griechenland, in der Antike dem Apollon und den Musen heilig.
7. **Sandkraut:** wahrscheinlich eine Form der Gattung *Arenaria,* eine Bergblume mit weißen Blütenblättern und langen grünen Kelchblättern, die in Skandinavien und Irland heimisch ist.
8. **nie ein Schwarzer Milan einen guten Jagdfalken zur Strecke brachte:** Der Schwarze Milan (*Milvus Migrans;* auch Gabelweihe genannt) ist ein Raubvogel mit langen Flügeln und gegabeltem Schwanz. Mevrian scheint Gro mit dem Milan zu vergleichen, der den guten Jagdfalken, sie selbst, nicht töten wird.

Kapitel XXVI

1. **in der Esse ... unterm Hammer:** Vgl. Websters Bosola. Nachdem ihm die verruchten Taten reuen, die er als Spion im Dienste des Kardinals und seines wölfischen Bruders Ferdinand vollbracht hat, wendet sich Bosola gegen seinen Meister: »Wie schnell mich mein Verhängnis jetzt ereilt ... / Ich hab den Kardinal schon in der Esse, / nur unterm Hammer nicht« (*Die Herzogin von Malfi*, V: iv).
2. **der Bauer von Holt:** Dieser Mann, seine Schwiegertochter und sein Sohn stellen EREs einzige Schilderung des einfachen Volkes in dem Roman dar und die einzige Ausnahme von den aristokratischen Gestalten. Weil der Mann ein Bauer ist aber auch ein alter Krieger und weil sein Sohn für seinen Herrn Juss kämpft, ähnelt die Familie – sieht man vom Stand der Waffentechnik ab – einem isländischen Haushalt der Saga-Zeit.
3. **Wiesenpieper:** ein lerchenähnlicher Vogel *(Anthus pratensis)*.
4. **Sturmhaube:** gemeint ist ein Morion, ein hutförmiger Helm mit hohem Kamm, der von Landsknechten im 16. Jh. getragen wurde.
5. **Nur eine kurze Weile erlahmt die Hand des Schlages:** Siehe Anm. 4 zur ›Induktion‹.
6. **Krumen:** Brotbrocken.
7. **Partisane:** langschäftiger Speer mit Seitklingen zusätzlich zu Spitze, manchmal auch Hellebarde oder Gisarme genannt; im sechzehnten und siebzehnten Jahrhundert gebräuchlich.
8. **... der nicht aus ganzem Herzen dazu gewillt sei:** Als er diesen Absatz schrieb, muß ERE den ersten Teil von Heinrichs V. Rede vom St.-Crispins-Tag im Ohr gehabt haben, seit vierhundert Jahren der Ausdruck von militanten englischem Patriotismus:

   Ruf lieber aus im Heere, Westmorland,
   Daß jeder, der nicht Lust zu fechten hat,
   Nur hinziehn mag! Man stell ihm seinen Paß
   Und stecke Reisegeld in seinen Beutel:
   Wir wollen nicht in deß Gesellschaft sterben,
   der die Gemeinschaft scheut mit unsrem Tod!
   (*König Heinrich V.*, IV: iii)
9. **vom Scheitel bis zum Bauch:** Nur die größten Helden, wie Roland, waren solcher Taten fähig. Hier tötet der Graf Roland den Sarazenenprinzen Grandonie:

   ... mit so mächtgem Schlag trifft ihn der Graf,
   zerhaut den Helm bis auf die Nasenstange,
   zerspaltet Nas und Lippen ihm und Zähne,
   den ganzen Körper und das Panzerhemd,
   vom goldnen Sattel beide Silberhöcker
   und haut noch tief in seines Rosses Rücken.
   Für Mann und Roß gab's keine Rettung mehr ...
   (*Das Rolandslied*, hg. und aus dem Altfranzösischen übertragen von Rudolf Besthorn mit Verwendung der Übersetzung von Wilhelm Hertz, Carl Schünemann Verlag: Bremen, 1981 [Sammlung Dieterich], Strophe 124.)

   Im Deutschen bekannter als die epischen Vorbilder ist die Parodie von Ludwig Uhland (1787–1862) in seiner Ballade »Schwäbische Kunde«.

10. **niemals wieder heimwärts segeln sehn:** Hier spielt EREs Arnod auf die berühmte schottische Ballade von Sir Patrick Spens an:

O lang, lang may the ladies sit
Wi' their fans into their hand,
Or ere they see Sir Patrick Spens
Come sailing to the land.

O lang, lang may the ladies stand
Wi' their gold kems in their hair,
Waiting for their ain dear lords,
For they'll see them na mair.

Kapitän Spens und sein Schiff gehen auf der Fahrt nach Aberdeen in einem Sturm mit Mann und Maus unter.

11. **daß wir einander packten:** Dieser Abschnitt, mit seiner detaillierten vergleichenden Beschreibung, kommt einem homerischen Vergleich nahe, doch enthält auch ein Echo von Zeilen aus *Macbeth*, in denen der blutende und verwundete Hauptmann König Duncan von der Schlacht gegen Macdonals und dessen Anhänger berichtet:

Zweifelhaft noch stand es,
Wie ein erschöpftes Schwimmerpaar, sich packend,
Die Kunst erdrückt. (I: ii)

Kapitel XXVII

1. **Jägerin... Königin:** Artemis... Aphrodite.
2. **Notdurft:** Notwendigkeit.
3. **mit ihrer Hand gab sie ihr Herz:** La Feurioz wandelt die Worte zweier Verse ab, die Othello zu Desdemona spricht. Während er die Hand seiner Frau hält und betrachtet, spricht Othello: »... sonst gab das Herz die Hand; / Die neue Wappenkunst ist Hand, nicht Herz« (III: iv). Othello meint damit, daß in vergangenen Zeiten Menschen die Hände berührten, um das Geben ihrer Herzen zu bezeichnen, doch nun in diesen verderbten Zeiten berühren die Menschen nur Hände, ohne ihre Herzen zu geben. La Feurioz zählt seine Schwester unter die Aufrichtigen und Treuen, die ihr Herz mit der Hand geben.
4. **Schmacht:** Sehnsucht (eigentlich ein Verb, ›schmachten‹).
5. **Chrysopras:** ein goldgrüner Halbedelstein aus der Familie der Berylle.
6. **Grille:** Laune, wunderlicher oder drolliger Einfall.
7. **Halsberge... Wehrgehänge:** Das erste ist ein Teil der Rüstung, das den Hals schützt; das zweite ist ein Ledergürtel, der ein Schwert hält und über der Schulter getragen wird.
8. **Brigantinen:** Rumpfpanzerung in Form einer ärmellosen Jacke, die innen mit sich überlappenden Metallplättchen besetzt ist, gebräuchlich vom Ende des 14. bis zum frühen 17. Jh.
9. **So zeigte sie ihm alle, wie sie vorbeiritten:** Im dritten Buch der *Ilias* bereiten Paris und Menelaos sich darauf vor, einen Zweikampf um Helena auszutragen. Vor dem Kampf bittet der alte König Priamos Helena, sich auf einem der Palasttürme zu ihm zu setzen, damit sie ihr die griechischen Helden zeigen und schildern kann, die auf dem Feld unten einhergehen. Helena und Priamos sprechen zusammen in den Versen 161–242, und

Helena identifiziert und beschreibt Agamemnon, Odysseus und Aias, bevor sie ihre Auflistung mit den Worten beschließt: »Nun ... schau ich sie alle, die freudigen Krieger Achaia's, / Die ich wohl noch erkennt', und jegliche nennte mit Namen« (III: 234f.). Wenngleich es keine symbolische Entsprechung gibt, nimmt Gro in dieser Szene die Stelle des Priamos und Mevrian die der Helena ein. ERE greift zweimal auf dieses Modell zurück; in Kapitel XXII nahm Mevrian Priamos' Platz ein und Ravnor den der Helena. Siehe auch Anm. 11 in Kapitel XXXI mit einer Ausführung zum epischen Katalog.

10 **Küraß:** Brustharnisch der schweren Reiterei.

Kapitel XXVIII

1. **den schwarzgelockten Erderschütterer:** Poseidon.
2. **ihn:** Hades.
3. **den großen Vater aller:** Zeus.

Kapitel XXIX

1. **unerhört:** unglaublich.

Kapitel XXX

1. **Gobelin:** Wandteppich.
2. **punziert:** in Treibarbeit mit einem Metallstab eingestanzt.
3. **Emeralden:** Smaragden.
4. Aus: Georg Rudolf Weckherlin: »Lobgesang an / Die Durchleuchtigste Churfürstin etc. / Frau Elisabeth etc. Geborne Königliche Princessin / auß Groß-Britanien etc.« (1619). Das englische Original zitiert ein Lobgedicht von Sir Henry Wotton (1568–1639) auf Elisabeth, Königin von Böhmen.
5. **Venus:** Göttin der Liebe (griech. Aphrodite).
6. **Minerua:** Minerva (griech. Athene), Göttin der Weisheit, dem Haupt ihres Vaters Jupiter (Zeus) entsprungen.
7. **Phaebe:** Phoebe, ein anderer Name der Diana (griech. Artemis), jungfräuliche Göttin der Jagd und des Mondes.
8. **üppige Wald-göter:** Satyrn.
9. **Juno:** (griech. Hera), Gemahlin des Jupiter, Königin der Götter.
10. **So / Königin:** Das deutsche Original liest hier: »Also / Götin«.
11. **Pallas:** Beiname der Minerva; von dem Palladium, ihrem Brustschild.
12. **Cypris:** Beiname der Venus, die auf der Insel Zypern (Cyprus; griech. Kypros) aus dem Schaum des Meeres geboren wurde.
13. **Galbanum:** duftendes Gummiharz von persischen Bäumen (Gattung *Ferula*).
14. **Puissaunce:** Kraft, Macht, Stärke; auch Kriegsmacht, Heer.
15. **Occasion:** Gelegenheit.

Kapitel XXXI

1. **verstärkt durch einige, die uns gehören:** Nachdem Macbeth erfahren hat, daß die vereinten schottischen und englischen Armeen unter Prinz Malcolm und Macduff gegen ihn marschieren und daß viele seiner früheren Thanes sich auf ihre Seite geschlagen haben, und weiß, daß allein die Stärke der Mauern von Schloß Dunsinan die Angreifer zurückhalten muß, knurrt er: »Verstärken die sie nicht, die uns gehören, / Wir hätten, Bart an Bart, sie kühn getroffen / und sie nach Haus gegeißelt« (*Macbeth*, V: v).
2. **Kundenkompanie:** Landstreicher; aus dem Rotwelsch.
3. **im ersten Glied:** in vorderster Position in der Schlacht.
4. **Wildfang:** wilder Falke
5. **tauschiert und bossiert:** ›Tauschieren‹ (von einem arabischen Wort für ›Färbung‹) nennt man die Verzierung der Oberfläche von unedlen Metallgegenständen durch Einlegen andersfarbiger Drähte aus edlem Metall, verbreitet bei Prunkharnischen im 16. Jh.; ›bossieren‹ eine erhabene Treibarbeit in Metall.
6. **... aber in eine andre geht:** Der Satz geht auf die *Arcadia* von Sir Philip Sidney zurück. Webster gefiel er so gut, daß er ihn ebenfalls aufgriff. Siehe *The Complete Works of John Webster*, hg. F. D. Lucas (London: Chatto & Windus, 1928), Bd. 2, S. 137.
7. **Das Du tauget dir, so auch mir:** Juss bezieht sich hier auf den alten Unterschied zwischen den Anreden *thou* und *you*, der im heutigen Englisch nicht mehr vorhanden ist. Dies entspricht zum einen dem Unterschied im Deutschen zwischen den informellen ›du‹ und dem formellen ›Sie‹ (altertümlich ›Ihr‹: zum anderen dient das englische *thou* auch als Anrede unter Gleichen, weshalb die Verwendung in der Übersetzung generell etwas anders gehandhabt wurde als im Original.
8. **Latwergen:** Medizinische Pasten auf der Grundlage eines Pulvers gemischt mit Honig oder anderen süßen Substanzen. Manchmal wird der Begriff als Verweis auf Aphrodisiaka verwendet.
9. **Succubi und Incubi:** dämonische Geister, die Geschlechtsverkehr mit Menschen betreiben; der Succubus ist weiblich, der Incubus männlich.
10. **Fico:** ital. ›Feige‹; im Deutschen würde man sagen: nicht die Bohne.
11. **Nun, als der Morgen graute ... nach Osten:** In der Auflistung der Anführer und Truppen der Hexen und Dämonen folgt ERE den Konventionen des heroischen Epos, die in der *Ilias* angelegt sind. Im zweiten Buch der *Ilias* gibt Homer einen Katalog der Schiffe und Armeen der Achaier (der Danaer, Argiver, Myrmidonen u. a.) in vv. 494–759 und der Trojaner und ihrer Verbündeten in VV. 816–877. Homers Vorbild folgend, zählt Vergil in Vers 854–1072 im siebten Buch der *Äneis* die italischen Armeen auf, die den Trojanern des Äneas gegenübertreten. Epiker neueren Datums – Tasso, Milton und T. E. Lawrence – führen gleichfalls Heereskataloge in ihren Werken auf: *Gerusalemme Liberata*, Canto I, Strophe 37–47; *Paradies Lost*, Buch I, 392–51; *Seven Pillars of Wisdom*, Buch II, Kap. 25. Durch den wiederholten Gebrauch wurde diese Konvention zu einem der Erkennungsmerkmale des aristotelischen Epos (einem Epos, das eine ›Einheit der Handlung‹ besitzt, in dem Sinne, daß es eine einzelne Geschichte von Anfang bis Ende erzählt, im Gegensatz zu einem romantischen Epos,

das mehrere verschachtelte und episodische Handlungen hat). Die klassische Form erfordert nur einen Katalog, doch ERE hat diesem einen zwei weitere hinzugefügt: die Kompanien der hexenländischen Armee vor ihrer Ausfahrt nach Dämonenland in Kap. XVII und die Kompanien der Flotte der Dämonen und ihrer Verbündeter vor ihrer Ausfahrt nach Wichtland in Kap. XXVII.

Kapitel XXXII

1. **Sprich weiter ... Du stotterst und spuckst ... wie eine kranke Gans ... Wie kommst du an diesen Blick wie eine Käsemolke:** In diesen Ausdrücken und Sätzen finden sich Elemente aus dem furiosen fünften Akt von *Macbeth*, als dieser den erschrockenen Diener zurechtweist, der ihm von Malcolm und der heranrückenden englischen Armee berichtet:

   Macbeth: Der Teufel brenn dich schwarz, milchbleicher Lump!
   Wie kommst du an den Gänseblick?
   Diener: Da sind zehntausend –
   Macbeth: Gänse, Schuft?
   Diener: Soldaten, Herr.
   Macbeth: Reib dein Gesicht, die Furcht zu überröten,
   Weißlebriger Hund. Was für Soldaten, Hansnarr?
   Hol dich der Teufel! deine Kreidewangen
   Verführen all zur Furcht. Was für Soldaten,
   Molkengesicht? (V: iii)

   ERE spielt auf dieselbe Stelle an, als er Corund sagen läßt: »Der Teufel brenn mich schwarz wie Buttermilch« (vgl. Kap. XI, Anm. 1).
2. **Wachstuch:** ein mit Wachs getränktes Tuch, wie es verwendet wurde, um einen Toten einzuwickeln.
3. **dem unentdeckten öden Land:** ERE verbindet hier die Vorstellung von der antiken Unterwelt mit dem berühmten Monolog Hamlets von Sein oder Nichtsein: »Das unentdeckte Land, von des Bezirk / Kein Wandrer wiederkehrt« (III: i).
4. **Hekatomben:** eigentlich die Hundertschaften, die beim Tode eines frühgeschichtlichen Königs geopfert wurden; allgemein auch eine große Zahl von Menschen, die einem Unglück zum Opfer fallen.

Kapitel XXXIII

1. **Karavelle:** ein kleines, leichtes Schiff.
2. **Orichalcum:** ein gelbes Erz, eine Kupferlegierung; manchmal ein Name für Messing.
3. **damasziert:** Schmiedetechnik mit mehrfachem Falten von Metallen unterschiedlichen Härtegrades, um eine besondere Härte und Elastizität zu erzielen, desgleichen eine geflammte Oberfläche.
4: John Webster: *Die Herzogin von Malfi* (V: v).
5. **wo der Berghang friert:** Eine Anspielung auf das Gedicht *La Belle Dame Sans Merci« von John Keats (1820), in dem sich der Ritter nach der Verzauberung wiederfindet: »And I awoke and found me here / On the cold*

hill's side« (In der Übersetzung von Rudolf Borchardt: ›Und ich erwacht und fand mich hier, / Wo der Berghang friert.‹).

6: William Shakespeare, Sonett XVIII. Die Übersetzung folgt teilweise der von Eduard Sänger. Wie Shakespeare die Unwandelbarkeit seiner Geliebten auf sein eigenes Gedicht gründet (*»So long as men can breath, or eyes can see / So long lives this, and this gives life to thee«*), so weist auch dieses Gedicht in einem gewissen Sinne über die eigentliche Geschichte hinaus: Es ist das Buch, *Der Wurm Ouroboros*, das den Helden ewiges Leben schenkt – und ihrem Widersacher ebenso, auf ironische Weise dessen unheilige Ambition erfüllend; vgl. H. W. Pesch, *Fantasy*, S. 135; »The Sign of the Worm«, S. 94.

7. von einer wilden Ahnung: Diese ›wilde Ahnung‹, die sich bewahrheiten soll, steht als Kontrapunkt zu der falschen ›wilden Ahnung‹ des Laxus in Kap. V., als dieser Gorice in den Kerkern von Carcë wähnt. Der Ausdruck (*a wild surmise*) verweist auf das berühmte frühe Sonett von Keats, *On First Looking into Chapman's Homer* (1816):

Much have I travelled in the realms of gold,
And many goodly states and kingdoms seen;
Round many western islands have I been
Which bards in fealty to Apollo hold.
Oft of one wide expanse had I been told
That deep-browed Homer ruled as his demesne;
Yet did I never breathe its pure serene
Till I heard Chapman speak out loud and bold:
Then I felt like some watcher of the skies
When a new planet swims into his ken;
Or like stout Cortez when with eagle's eyes
He stared at the Pacific – and all his men
looked at each other with a wild surmise –
Silent, upon a peak in Darien.

Die Anspielung ist treffend, denn der Trompetenstoß bringt den Dämonen Leben, Sinn, Abenteuer und die vielgeliebte Gefahr zurück. Wenn sie die Bedeutung der Fanfare erahnen, stehen sie stumm, wie Cortez (Keats verwechselte Cortez mit Balboa) und seine Männer auf dem Isthmus, und sie sehen, wie ihre Welt sich wandelt.